陳應棠著

毛詩訓詁新銓

中華書局印行

毛詩訓詁新銓 目錄

第一篇 形　訓

第二篇　聲　訓

第三篇 義 訓

第四篇 名訓

自序

訓詁之學，詮釋前言，修明古訓，實爲治學之必要工具，其功用約有二端：陳澧云：「時有古今，猶地有東西南北，相隔遠則言語不通矣。地遠則有翻譯，時遠則有訓詁。有翻譯則能使別國如鄉鄰；有訓詁則能使古今如旦暮，所謂通之也。訓詁之功大矣哉！」此訓詁可通古今之用也。錢大昕云：「有文字而後有訓詁，有訓詁而後有義理。訓詁者義理之由出，非別有義理出乎訓詁之外者也。詩烝民之篇曰：『天生烝民，有物有則；民之秉彝，好是懿德。』宣尼贊爲知道之言。而其詩述仲山甫之德本於古訓是式。古訓者詁訓也。詁訓之不忘乃能全乎民秉之彝。訓詁之於人大矣哉！」此訓詁有功於人生之用也。中國文化歷五千餘年，其聖賢之遺言懿行，均保存於古籍之中，設非有訓詁而爲工具，則對古人之書，勢必望文生義，甚或茫然不得其解，而其中義理自必不得其傳，影響之大爲何如也！

中國歷代訓詁之書，造端於爾雅，集大成於毛詩詁訓傳，繼之以說文解字、方言、及釋名等書，茲分別論之。毛詩傳與爾雅大同而小異，而精博有過之。如周南關雎傳：「流求也。」「芼擇也。」爾雅則訓，「流擇也，芼搴也。」其字異而義實同。大雅大明傳：「肆疾也。」爾雅則訓，「肆力也。」力亦疾也。大雅皇矣傳：「懷歸也。」爾雅則訓，「懷至也。」至亦歸也。但毛詩傳則兼取流求，芼苗，肆疾，懷歸之聲訓，其精審處較爾雅爲深長也。爾雅一書多爲釋詩之作，但有望文生義之處。如爾雅：「寫憂也。」此釋邶風泉水，「以寫我憂也。」「義義祭也。」此釋大雅棫樸，「奉璋峩峩」也。「畟畟耜也。」此釋周頌良耜，「畟畟良耜」也。而毛傳則詳審其詩義，訓寫爲除，峩峩爲壯盛，畟畟猶測測也。其義訓與聲訓均在其中矣。二者相較其優劣可得而知也。

又考毛傳與爾雅唯一異訓者有二條。周南卷耳傳：「崔嵬土山之戴石者。」「石山戴土爲砠。」而爾雅則云：「石戴土謂之崔嵬。」「土戴石爲砠。」二文互異。段玉裁說文注云：「戴者增益也。釋山謂用石戴於土上，毛謂土而戴之以石。釋山謂用土戴於石上，毛謂石而戴之以土。以絲衣戴弁例之，則毛之立文爲善矣。」馬瑞辰直謂皆以毛傳爲確。是知毛長於爾雅矣。又魏風陟岵傳：「山無草木曰岵。山有草木曰屺。」而爾雅則云：「多草木岵，無草木峐。」峐即屺字，二文亦互異。段玉裁云：「竊謂毛詩所據爲長。岵之言瓠落也，屺之言荄滋也。岵有陽道故以言父，無父何怙也。屺有陰道故以言母，無母何恃也。毛又曰，父尚義，母尚恩，則屬辭之意可見矣。」此亦毛傳長於爾雅也。

至爾雅之時代作者，後人頗多懷疑，至少亦經後人竄改。如秦風小戎傳：「厭厭安靜也。」而爾雅則作：「懕懕安也。」又大雅瞻卬傳：「哲知也。」而爾雅則作：「哲智也。」厭與知爲古文，懕與智則爲今文，焉有周公時而用漢代以後文字之理？此又毛傳遠於爾雅之明證。故知訓詁之籍，以毛傳最爲完整且最精審也。至方言偏於方語，釋名只重聲音，均未得訓詁之全。許叔重之說文解字，其訓詁一本於毛詩傳，以爲後人對經傳注疏之依據。故吾人能對毛詩傳詳加研究，實可窺訓詁之堂奧也。

訓詁之對象既爲文字，而文字則包括字形，字聲，字義三者。在字形方面有今形有古形；字聲方面有今音有古音；字義方面有今義有古義。而三者中之展轉變化又屬無窮。故治訓詁者必須於形聲義三者互相求證，方能得其要旨。但就三者而言，形與義尚有文字可見，而聲音則與古人相去甚遠，且訓詁又以聲音爲骨幹。故治訓詁者必須旁及聲韻部門，所謂聲音訓詁形影不離也。信哉陳奐之言曰：「不知音不可以言學也。」

又詩三百篇多紀鳥獸草木之名，在當時則人人目焉而察，語焉而通。迨歲月久遠，名物日以滋多，重以方語之不同。是以同一物也，有因雅俗而不同，有因古今而異名，有因方言而變遷。如「荼苦菜也」，雅俗不同名也。「鷺白鳥也」，古今而異名也。「蜉蝣渠略也」，方語而變遷也。其他如共名與別名之分，性質與形狀之別，均爲名物訓釋者所依據。故特爲名訓一章，使略知名物之訓之原理。

今夏知友牟宗三兄由香港渡假來臺，承詢大雅皇矣篇：「不大聲於色，不長夏以革」之本義，以古人訓釋紛紜，莫衷一是。余答以毛傳爲最正確。傳曰：「不大聲見於色，不以長大有所更。」此言不大聲色以向人，不以壯大而對前法有所更改。承下句「不識不知，順帝之則」之詩義，最爲明確。鄭康成訓夏爲諸夏，馬瑞辰訓夏爲榎（夏楚），均不知夏之爲大乃方言之訓。方言云：「自關以西秦晉之間稱壯大爲夏。」故詩中之夏均訓大，如秦風，「於我乎夏屋渠渠」，周頌，「肆於時夏，」「陳常於時夏，」均訓夏爲大。此方言爲訓之理鄭等所不知也。又此文上句「予懷明德，」傳訓懷爲歸，古聲懷讀同歸，是同聲爲訓之理。至傳訓革爲更，革更雙聲，又是雙聲爲訓也。鄭風緇衣傳訓改爲更，改更亦雙聲也。毛詩訓詁之理可見一斑。

作者深感歷代訓詁之籍浩如淵海，苦無一貫之體繫，使治訓詁者得一明確之途徑，於是悉力研求各家之詩說，從新衡量整理，完成此著，名曰，「毛詩訓詁新銓」，作爲訓詁學之理論與體繫。內分形訓、聲訓、義訓及名訓四大部門，舉其訓詁條目凡七十三項，比例統類，冀能成爲一有條理有系統之訓詁也。

至內容以毛傳爲主體，間有因毛傳無訓，爲便於例證，故取材於鄭箋。如邶風新臺，「籧篨不鮮」，鮮無傳，取箋：「鮮善也。」爾雅：「省鮮善也。」省鮮聲近故也。小雅鹿鳴，「視民不恌，」視無傳，取箋：「視古示字也」，以明古今字之訓。小雅采綠，「薄言觀者，」觀無傳，取箋：「觀多也。」因觀可作覩，凡從「者」之字可訓多。小雅瓠葉，「有兎斯首，」斯無傳，取箋：「斯白也，今俗語斯白之字作鮮，齊魯之間聲近斯。」此聲近借訓也。如此之類是也。

尚有少數之訓例，毛傳鄭箋均有訓，爲取其聲義之長，故取箋而捨傳者。如大雅皇矣，「串夷載路」，不取毛傳串習夷常之訓，而取箋：「串夷卽混夷。」因串與混聲近，而其義又比傳爲長也。大雅民勞，「戎雖小子，」不取傳：「戎大也。」；而取箋：「戎猶汝也。」此取戎汝同音爲訓。至傳訓戎爲大，乃爲義訓。因訓例之不同，故取捨不一也。大雅常武，「匪紹匪遊」，不取傳訓紹爲繼，而取箋：「紹緩也。」此爲以緩借弨之聲訓，且其義較傳訓繼爲長。小雅小旻，「民雖靡膴」，不取毛傳在節南山篇訓膴爲厚，而取箋：「膴法也。」因取膴模同聲之借訓也。召南小星，「抱衾與裯，」不取傳：「裯襌被也。」而取箋：「裯牀帳也。」因取裯帳雙聲爲義之訓。如此之類是也。

又有少數訓例，毛傳鄭箋均無訓，而取後儒之訓釋者。如大雅行葦，「敦弓既句」，傳箋均無句字訓，則取朱集傳「句彀通」之訓，因取二字通訓也。大雅皇矣，「作之屏之」，作字傳箋均無訓，取王引之經義述聞：「作爲柞之借」之說，以符合載芟傳：「除木曰柞」之義。鄭風載馳，「莫我有尤，」有字傳箋無訓，取王引之經傳釋詞：「言無我或尤也，」以明有或二字互訓。小雅無羊，「或負其餱，」或字傳箋無義，取吳昌瑩經詞衍釋：「或猶又也」，以明或又二字互訓。唐風山有樞，「隰有榆，」榆字傳箋無訓，取陳奐：「白榆謂之枌」，以明二字互訓。王風兎爰，「尙寐無覺，」覺字傳箋無訓，取陳奐及王先謙謂寤覺互訓之說。又葛藟，「亦莫我聞」，聞字無傳，取王引之：「聞猶問也，」以明兩字通訓。如此之類是也。

至本著內容既偏重訓詁體繫，故對於詩中傳訓，不及盡稽其得失，一以條理體繫爲依歸。如秦風終南，「有紀有堂」，傳：「紀基也。」依詩義應從王引之考證「紀爲杞」，「堂爲棠」爲確當，但取基紀同聲之訓，故不爲辯正也。又大雅江漢，「江漢浮浮，」但取傳：「浮浮衆彊貌」，以明浮借芣之聲義而已。對於「江漢浮浮，武夫滔滔，」二句應從前儒倒改爲「江漢滔滔，武夫浮浮，」故未克敘論，此因非此著本旨所在也。

又本著因分形、聲、義、名等四種訓理，而形聲義三者頗難劃分，已詳見第一章形訓中所論。故舉例中因例證之目的不同，往往有重複之處。如鄭風溱洧，「方秉蕑兮，」傳：「蕑蘭也。」蕑蘭爲通字，形訓中已言之，但蕑又名蘭，亦爲名訓中兼名之訓矣。小雅十月之交，「悠悠我里，」傳：「悠憂也。」在形訓中凡從心之字多訓憂，而在聲訓中則以悠惂雙聲借訓也。小雅隰桑，「其葉有幽」傳：「幽黑色也。」形訓則以幽爲黝之假借字，而聲訓則以幽黝爲疊韻也。豳風鴟鴞，「予尾翛翛，」傳：「翛翛敝也。」在聲訓則以翛轉爲消，故訓敝，在義訓則以短言訓長言也。商頌玄鳥，「奄有九有，」傳：「九有九州也。」在形訓以有或互訓，在聲訓則以有乃借域之聲訓也。如此之類是也。

此外倂有引證一人之說而有兩義者。如鄭風淸人，「駟介旁旁。」傳：「介甲也。」馬瑞辰以爲介讀如甲，是同聲之訓。而在臣工，「嗟嗟保介，」箋：「介甲也。」馬瑞辰又謂介甲雙聲。二義同爲一人之說，故倂引之以示小有出入。至於例證太多，不免有重疊之病，但訓詁應重考證，而考證又在舉例說明。故不憚其煩而已。

本著首章形訓中一部分曾在大陸雜誌發表，蒙該社允予合倂刋印。並蒙李滌生先生指正付梓，均此致謝！民國五十七年八月鼉江陳應棠召培識於臺灣。

毛詩訓詁新銓

導言

訓詁二字據說文：「訓說教也。」段注：「說教者說釋而教之。」抑詩，「四方其訓之」傳：「訓教也。」又說文，「詁訓故言也，从言古聲，詩曰詁訓。」段注：「故言者舊言也，十口識前言也。」故，古，詁三字通。大雅：「古訓是式，」傳：「古故也。」以古釋故，正如以故釋詁。漢書楊雄傳，「訓詁通而已。」注：「詁謂指義也。」故凡文義之訓釋得謂之訓詁。毛詩有詁訓傳，通古今之異言使之知曉，此爲後人訓詁學之濫觴。而後世之訓釋文義者無不宗於毛詩傳。蓋毛詩傳對於釋訓文詞其方法甚爲周備，而後世之注釋家不能出其範圍也。

自來研究毛詩傳訓詁而舉其條例者推清之陳奐，其在「毛詩傳疏」中云：「竊以毛詩多記古文，倍詳前典，或引申，或假借，或互訓，或通釋，或文生上下而無害，或辭用順逆而不違。」至其在「毛詩說」中更列舉毛詩訓詁之條例凡六項：一曰本字借字同訓說，二曰一義引申說，三曰一字數義說，四曰一義通訓說，五曰古字說，六曰古義說。凡此六項只得其綱要，而未得其詳。茲參酌其義，以毛傳鄭箋爲本，佐以段玉裁，王引之，馬瑞辰及王先謙錢大昕，惠棟等人詩說，綜得訓詁條例共七十三條，而以字形，字聲及字義三者繫之。並殿以名物之訓例凡三十餘萬言。雖仍有陋略，然其詳可得覽焉。

第一篇 形訓

本來在訓詁上字形、字義、字聲三者頗難劃分，未有字形不與聲，義有關，亦未有字義不與形，聲有關，更未有字聲不與形，義有關。三者有其共通之點，因一字之完成卽包有形聲義三者。現只爲分類方便而已。朱駿聲在「說文通訓定聲」序上云：「天地間有形而後有聲，有形聲而後有意。」形、聲、義、三者未可分也。

一、字形爲訓

此與宋王聖美之右文說相近，彼謂古之字書皆從左文。凡字其類在左，其義在右，如木類其左皆從木。所謂右文者，如戔小也，水之小者曰淺，金之小者曰錢，歹之小者曰殘，貝之小者曰賤，皆以戔爲其義也。此說章太炎在「文始敍例」中批評爲望形爲諭，與其語基之說不同。但中國之字形確有如此構造。而開其訓詁之先者已在毛詩傳，不過毛詩傳之訓詁不只在右文，上下左右均得其宜也。謂爲拆字爲訓，亦無不可。茲舉例說明之：

1「是用作歌，將母來諗」。(小雅，四牡。) 傳：「諗，念也。」爾雅釋言亦云：「諗，念也。」王引之云：「將母來諗，言我惟養母是念。」鄭箋訓諗爲告，失之，此拆諗爲念也。

2「維南有箕，載翕其舌。」(小雅，大東。) 傳：「翕合也。」至小雅，常棣，「兄弟旣翕，和樂且湛，」傳訓翕爲和，亦取合義。王先謙謂取琴瑟相合之義，翕合也。又周頌，般，「允猶翕河」，傳：「翕，合也。」此拆翕爲合也。

3「君子偕老，副笄六珈。」（鄘，君子偕老。）箋：「珈之言加也。副既笄而加飾，如今步搖上飾。」珈之訓加，即拆珈爲加也。

4「叔在藪，火烈具舉。」（鄭，大叔于田。）傳：「烈列也。」箋，「列人持火俱舉，言衆同心。」拆烈爲列也。

5「哿矣富人，哀此惸獨。」（小雅，正月。）傳：「哿，可也。」箋：「此言王政如是，富人已可，惸獨將困也。」王先謙云：「哿，析加，可爲二字，加字上屬爲義，下作可以富人。」又雨無正篇，「哿矣能言。」傳：「哿可也。可矣世所謂能言也。」此均拆哿爲可以爲訓。

6「夙夜在公，寔命不同。」（召南，小星。）傳：「寔，是也。」箋：「是其禮命之數不同也。」又大雅，韓奕，「實墉實壑，實畝實籍。」箋亦云：「實，當作寔，趙魏之東，實寔同聲，寔是也。韓侯之先祖微弱，所伯之國多滅絕，今復舊職，興滅國，繼絕世，故築治是城，濬修是壑，井牧是田畝，收斂是賦稅，使如故常。」春秋桓六年經，「寔來」。公羊傳曰：「寔來者何？猶云是人來也。」穀梁傳曰：「寔來者是來也。」此爲拆寔爲是之訓。

7「魴魚頳尾，王室如燬。」（周南、汝墳。）傳：「頳赤也，魚勞則尾赤。燬，火也。」說文，「魴赤尾魚。」說文段注，「燬當作焜。焜燬皆火烈，王室政敎如之，言暴虐也。」以頳訓赤，以燬訓火皆以字形爲訓也。

8「赫如渥赭，公言錫爵」。（邶，簡兮）傳：「赫赤貌。」說文：「赫火赤貌。」段注，「此赫之本義，赫盛其引申義也。」赫如渥赭謂其顏色赫然明盛如霑漬赤土然也。以赤訓赫，是亦拆字爲訓之例。

9「氓之蚩蚩，抱布貿絲」。（衞，氓）傳：「氓民也。」說文，方言均曰氓民也。此爲氓之本義。後孟子謂「則天下之民皆悅而願爲之氓矣」，是有少別。以民釋氓，是亦字形之訓也。

10「交交桑扈，有鶯其羽。」（小雅，桑扈）箋：「交交猶佼佼，飛來貌。」交之與佼，猶佼之與交，加人爲佼，省人爲交，均察形爲訓也。

11「東門之栗，有踐家室。」（鄭，東門之墠）傳：「踐淺也。」箋：「栗而在淺家室之內。」王先謙云：「踐淺也者卽側陋之意，賢士之室不以貧敝爲嫌，有淺猶淺淺也。」踐之訓淺，卽取右文戔之義，亦卽察形之訓也。

12「彼候人兮，何戈與祋。」（曹，候人）傳：「祋，殳也。」說文：「祋殳也。」與傳同。孔穎達詩疏云：「戈祋須人擔揭，故以荷爲揭也。盧人，戈六尺有六寸，殳長尋有四寸，戈殳俱是短兵相類故也。且祋字从殳，故知祋爲殳也。」衞風伯兮，「伯兮執殳，爲王前驅。」候人之祋，卽伯兮之殳也。祋之訓殳，亦右文爲訓。

13「小戎俴收，五楘梁輈。」（秦，小戎）傳：「俴，淺也。」爾雅釋言，亦謂俴淺也。言後軫無掩板，故謂之俴收也。此詩下章，「俴駟孔羣。」箋，亦訓俴爲淺。謂以薄金爲介之札。此俴之訓淺，猶東門之墠，踐之訓淺也。

14「今夕何夕，見此邂逅。」（唐，椒聊）傳：「邂逅，解說之貌。」解說卽心解意悅也。釋文，邂本亦作解。莊子，「解逅同異之變多。」均作解。傳，邂之訓解，蓋取右文解之義，亦卽拆字之訓也。

15「辭之輯矣，民之洽矣。」（大雅，板）傳；「洽合也。」箋：「王者政教和說順於民，則民心合定。」以合訓洽，亦卽右文之訓。又小雅，正月，「洽其比鄰，」傳：「洽，合也。」

16「于以采藻，于彼行潦。」（召南，采蘋）箋：「蘋之言賓也，藻之言澡也。」蘋，說文作薲。以賓拆薲，以澡拆藻也。亦拆字爲訓之例。此與上右文不同，乃下文之訓，又如騶虞，「彼茁者葭」傳，「茁，出也。」閟宮，「毛炰胾羹」傳，「胾，肉也。」亦此例。

17「周公東征，四國是吪。」（豳，破斧）傳：「吪，化也。」爾雅，釋言作訛，郭注引此詩作訛。節南山，「式訛爾心。」箋：「訛化也。」化卽書大誥，「肆予大化，誘我友邦。」之意。吪之訓化，亦拆字之訓也。

18「止旅乃密，芮鞫之卽。」（大雅，公劉）箋：「芮之言內也，水之內曰隈，水之外曰鞫。公劉居豳，既安軍旅之役，止士卒乃安，亦就澗水之內外而居。」說文作汭，段注云：「鄭箋之言者，謂汭卽內也。」

19「以車祛祛」（魯頌，駉）傳：「祛祛强健也。」文選殷仲文詩注引韓詩章句云：「祛祛去也。」祛祛唐石經作袪袪，王引之說：「詹其行去去，當作去去。」陳奐云：「去去猶祛祛也。案祛爲馬行去去狀，亦傳訓强健之義。以祛之訓爲去，亦拆字之訓也。

20「決拾既佽，弓矢既調。」（小雅，車攻）箋：「佽謂手指相比次也。」正義申箋意云：「手指相比次，亦謂巨指既箸決，左臂加拾，右手指又箸沓而相比次也。」以次訓佽，正如以合訓洽，以內訓汭也。

以上所舉，皆毛詩字形之訓，此開後王子韶右文說之先河。即從某聲得某義，如句部有鉤，笱；臤部有緊，堅；丩部有糾，𦦢；瓜部有㼌，[illegible]；及諸會意形聲相兼之字，信多合者。（見章太炎，文始敘例）又如說文，訓征，正行也。碫，段石也，段注並引詩大雅公劉篇作「取厲取碫」，並引箋，碫石所以爲段質也，又引春秋傳。公孫段，字子石以爲證。又孟子所謂狩者守也，其察形拆字工夫無微不至。此皆毛詩訓詁之例也。至於論語顏淵：「政者，正也。」中庸：「仁者人也。」更是此例之證。

二、同字爲訓

此亦卽所謂以本字訓本字。劉師培在其「中國文學教科書」中云：「有以本字訓本字者，此由字包數音，音包數義，或以虛義釋實義，或以此音擬彼音。」同字必同音，故有人謂爲聲訓。但因其字形相同，謂爲形訓，亦無不可。此同字爲訓之例在古籍中甚多，如易序卦上謂蒙者蒙也；此者此也；剝者剝也。孟子滕文公篇謂周人百畝而徹，徹者，徹也。墨子公孟篇：「今問曰，何故爲樂？曰，樂以爲樂也。是猶曰何故爲室，室以爲室也。」以同字爲訓，在說文中有，鏤，鏤也，已，已也，申，申也之例。在毛詩中，於詩大序上云，風，風也，即已開其例。而在詩傳中亦發現不少，茲舉其例：

1「其虛其邪，既亟只且。」（邶，北風）傳：「虛，虛也。」箋以邪應讀徐，虛邪即虛徐。馬瑞辰「毛詩傳箋通釋」上云：「虛者舒之同音假借，虛徐即舒徐也。」虛之義可爲舒，但以虛訓虛，亦屬允當，虛虛同字也。

2「言笑宴宴，信誓旦旦。」（衛，氓）傳：「信誓旦旦然」。箋：「我以其信相誓旦旦耳。」「然」，語助詞，可有可無，傳訓與詩文可謂相同。

3「鶉之奔奔，鵲之彊彊。」（鄘，鶉之奔奔）傳：「鶉則奔奔，鵲則彊彊然。」「則」同「之」，鶉則奔奔，即鶉之奔奔，鵲則彊彊，即鵲之彊彊。陳奐謂此則字與之字同義，齊風，鷄鳴，「匪雞則鳴，蒼蠅之聲。」「匪東方則明，月出之光。」匪鷄則鳴，猶匪鷄之鳴；匪東方則明，猶匪東方之明。又禮記，學記，「或失則多，或失則寡，或失則易，或失則止。」「則」字皆作「之」字解。王引之經傳釋詞謂「之」可訓「則」，故「則」亦可訓「之」，「則」與「之」等耳。(詳見清吳昌瑩，經詞衍釋。）「則」既與「之」相等，故傳之訓詩，可謂同字爲訓。至「然」爲衍詞耳。

4「風雨淒淒，鷄鳴喈喈。」（鄭，風雨）傳：「風且雨淒淒然。」風且雨，「且」字語助詞，可行。「然」字亦衍詞。故傳訓與詩文大致相同。謂爲同字之訓，似無不可。

5「言念君子，溫其如玉。」（秦，小戎）傳：「言念君子，溫然如玉。」「溫其」等於「溫然」，猶「淒其」等於「淒然」。邶，綠衣，「淒其以風」，王先謙云：「其」辭也。唐人詩多用「淒其」字。又大雅皇矣，「依其在京」，王引之云：「依其者形容之詞，言文王之兵甚盛，依然其在京地也。」又如唐風，山有樞，「宛其死矣」，陳風，宛丘，「坎其擊鼓」，均可訓爲宛然，坎然。可見溫然如玉，卽等溫其如玉，亦卽以本字訓本字。

6「吹笙吹簧，承筐是將。」（小雅，鹿鳴）傳：「吹笙而鼓簧矣。」「而」字與上四條之「且」字相當，亦語助詞，可衍。「矣」字與然字同爲語助詞，均可衍。據此，則傳訓之「吹笙而鼓簧矣」，卽詩文之「吹笙鼓簧」，亦卽同字爲訓之例。

7「知而不已，誰昔然矣。」（陳，墓門）箋：「誰昔昔也。」爾雅，釋訓文同。郭注：「誰」發語辭。發語詞可衍，則昔，昔也。與上一條，虛，虛也相同。

8「彼昏不知，壹醉日富。」（小雅，小宛）傳：「醉而日富矣。」王引之，經傳釋詞謂，一，字或作壹，語助也。並引大戴禮小辯篇曰：「微子之言，各壹樂辯言。」左成十六年傳曰：「敗者壹大」，左襄二十一年傳曰：「今壹不免其身以棄社稷，不亦惑乎。」以上諸壹字均語助。據此，則此詩「壹醉日富」之壹字亦語助詞，可衍，卽「醉日富」。傳訓醉而日富矣「而」及「矣」，兩字均語助詞，均可衍。則亦等於「醉日富」。謂爲同字之訓，並無不當。又案馬瑞辰亦謂此詩之壹字乃語助詞。

9「匏有苦葉，濟有深涉。」（邶，匏有苦葉）傳：「匏謂之瓠。」說文，「匏」下云瓠也，「瓠」下云匏也。二字轉注爲訓，卽二者同一字一物。段玉裁說文注，匏判之曰蠡，曰瓠。二者同音同字也。

10「我行其野，蔽芾其樗。」（小雅，我行其野）箋：「樗之蔽芾。」「其」猶「之」也。小雅，正月，「瞻彼阪田，有菀其特。」箋亦訓有菀然茂特之苗。則「蔽芾其樗」，卽「蔽芾之樗」。箋訓樗之蔽芾，其辭語一致也。

三、二字互訓

王引之在「經傳釋詞」中云：「聲義相通，則字亦相通。」此互訓之義，即六書之轉注。二字相通謂之轉注，王筠在「說文釋例」云：「轉注者於六書中觀其會通也。」章太炎「轉注假借說」云：「更互相注得轉注名。」二字互訓，有人列爲聲訓，但以其形同字，故列爲形訓，在說文中如老與考，豕與彘，藘與䕡，蔆與蔆等例甚多，而毛詩訓詁亦不少其例。如：

1或——有。或之訓有，與有之訓或，在古籍中如尚書商書曰：「殷其弗或亂正四方。」多士曰：「時予乃或言。」傳，皆曰，或，有也。論語爲政，「或謂孔子曰」。鄭康成注云：「或之言有也。」孟子公孫丑：「夫旣或治之。」趙，鄭注及廣雅小爾雅並曰：「或，有也。」此有訓或之例，王引之云：「蓋或字古讀若域，有字古讀若以，二聲相近，故曰，或之言有也。」至有之訓或，如尚書多士曰：「朕不敢有後。」左僖廿八年傳，「有渝此盟。」禮器，「禮有大有小，有顯有微。」王引之均訓有爲或也。茲舉詩訓以明之。

甲、或訓有

(1)「何斯違斯，莫敢或遑。」（召南，殷其靁）釋詁：「或，有也。」王先謙云：「或有古通。」書洪範，「無有作好」，呂覽貴公篇引作「無或作好」，高誘注：「或，有也。」是或爲有也。

(2)「如松柏之茂，無不爾或承。」（小雅，天保）箋：「或之言有也。」

(3)「古帝命武湯，正域彼四方。」（商頌，玄鳥）傳：「域，有也。」上王引之已言或，古讀若域，域卽或也。韓詩九有作九域。惠棟在九經古義云：「域書作或。古或字作有，有字作又，亦作或。」緯書作九囿。此或之訓有之例。

(4)「凡此飲酒，或醉或否。」（小雅，賓之初筵）箋：「有醉者，有不醉者。」此或訓有也。

(5)「今女下民，或敢侮予。」（豳，鴟鴞）箋：「今女我巢下之民，寧有敢侮慢欲毀之者乎。」此或訓有也。

(6)「國雖靡止，或聖或否，民雖靡膴，或哲或謀，或肅或艾。」（小雅，小旻）傳：「有通聖者，有不能者，有恭肅者，有治理者。」此傳以或訓有之例。

乙：有訓或

(1)「方命厥后，奄有九有。」（商頌，玄鳥）韓詩作「奄有九域。」徐幹，中論法象篇，「成湯不敢怠遑，奄有九域。」王先謙云：「域，有一聲之轉。域卽或也。」有之訓或，如或之訓有也。說文：「或邦也，從口從戈以守一，一地也。」商書云：「九有以亡」，又云，「以有九有之師」，皆九州也。

(2)「莫遂莫達，九有九截。」（商頌，長發）晉書樂志。引詩作九域九截。以前玄鳥詩例之，知爲韓詩也。玄鳥傳，九有九州也。九州卽九域。域亦卽或也。

(3)「大夫君子，莫我有尤。」（鄘，載馳）王引之經傳釋詞云：「言無我或尤也。」此有訓或之例。

(4)「君子于役，不日不月，曷其有佸。」（王，君子于役）王引之云：「曷其有佸，曷其或佸也。此亦有訓或之例。

2有——又。王引之云：「有，又古同聲。故又字或通作有。」儀禮士相見禮曰，「某子命某見，吾子有辱。」箋注並曰：「有，又也。」論語，「惟恐有聞。」言又聞也。孟子，「邪說暴行有作。」其上節作「又作」。考工記，弓人，「量其力有三鈞。」禮記內則，「三王有乞言。」鄭注竝曰：「有，讀爲又。」易蠱彖傳曰，「終則有始。」王弼注：「終則復始。」復者又也。

至又之訓有，古籍中如，易繫辭傳，「履信思乎順，又以尚賢也。」鄭康成，虞翻本，「又」，竝作「有」。左僖二十四年傳，「尤而效之，罪又甚焉。」史記作「有甚。」論語，「固天縱之將聖，又多能也。」又有也。茲以詩中之例以明之。

甲、有訓又

(1)「終風且曀，不日有曀。」（邶，終風）箋：「有，又也。既竟日風且復曀，不見日矣，而又曀者，喻州吁闇亂甚也。」王先謙疏云：「有又古字通，義亦互訓，不日又曀，不竟日而又曀也。」此有訓又之例。

(2)「宣昭義問，有虞殷自天。」（大雅，文王）箋：「有，又也。徧明以禮義，問老成人，又度殷所以順天之事而施行之。」此有訓又之另一例。

(3)「昭明有融，高朗令終。」（大雅，既醉）箋：「有，又也。天既助女以光明之道，又使之長有高明之譽而以善名終，是其長也。」馬瑞辰云：「有，當從箋訓又，言既已昭明而又融融不絕，極言其明之長且盛也。」此以又訓有也。

(4)「武王載斾，有虔秉鉞。」（商頌，長發）箋：「有之言又也。」有訓又也。

乙、又訓有

(1)「嗟嗟保介，維莫之春，亦又何求。」（周頌，臣工）詩正義：「亦有何所求施於民乎？」又之訓有，此其例也。

(2)「君子有酒，嘉賓式燕又思。」（小雅，南有嘉魚）馬瑞辰訓又爲侑。侑，有古通。又可訓有，故亦得訓爲侑。

(3)「三爵不識，矧敢多又。」（小雅，賓之初筵）馬瑞辰亦訓又爲侑。

以上舉詩訓以明「或」，「有」，「又」三字可互訓。「或」可訓「有」——「有」可訓「又」，故「或」亦可訓「又」。如小雅，賓之初筵：

「既立之監，或佐之史。」

箋云：「飲酒於有醉者，有不醉者，則立監使視之，又佐以史以督酒，令皆醉也。」又小雅，無羊：

「何蓑何笠，或負其餱。」

或，毛鄭無訓，淸吳昌瑩，經詞衍釋，訓「或」爲「又」。其義應既荷蓑帶笠而又背負其餱糧也。

3納——入，納卽內。說文，納，絲溼納納。段注謂經傳多假納爲內。說文：「內入也」。注：「經傳多以納爲之」。詩之納或內與入互訓。茲舉例說明之。按說文亦內，入互訓。

(1)「九月築場圃，十月納禾稼。」（豳，七月）箋：「納，內也」。說文，「內入也」，爾雅，釋詁，「納入也」。此納訓入之例。

(2)「不聞亦式，不諫亦入。」（大雅，思齊）箋：「不能諫諍者亦得入言。」但王引之在「經義述聞」中云：「入，納也。言聞善言則用之，進諫則納之。左宣二年傳曰：『諫而不入，則莫之繼也。』」是納諫爲入也。」王先謙亦謂王說爲是。

4四——乘。乘訓四，在古籍中如左僖三十三年傳，「及滑，鄭商人弦高，將市於周，遇之，以乘韋先牛十二犒師。」杜注：「乘，四也。」又楊雄，解嘲，「乘雁集不爲之多，雙鳧飛不爲之少。」乘亦四也。詩傳亦乘，四互訓。

(1)「四矢反兮，以禦亂兮。」（齊，猗嗟）傳：「四矢，乘矢。」以乘訓「四」也。陳奐詩疏云：「鄉射禮言乘矢共十有一，傳以四矢爲乘矢本鄉射禮文也。鄭注云，乘矢，四矢也。」

(2)「叔于田，乘乘黃」（鄭，大叔于田）傳：「乘黃，四馬皆黃。」以「四」訓乘也。

(3)「王遣申叔，路車乘馬。」（大雅，崧高）傳：「乘馬，四馬也。」亦以「四」訓「乘」之例。又韓奕，「何以贈之，乘馬路車。」正義亦釋爲所乘之四馬，所駕之路車。

5「害——曷，何。」王先謙云：「害，曷雙聲，古借害爲曷」，曷者「何」也，故害亦得借訓爲何。茲舉詩訓明之。

(1)「曷予靖之，居以凶矜。」（小雅，菀柳）傳：「曷，害也。」箋：「王何爲使我謀之隨而罪我，居我於凶危之地。」曷之訓害，亦得訓爲何。三字互相爲訓也。

(2)「如火烈烈，則莫我敢曷。」（商頌，長發）傳：「曷，害也。」

(3)「薄汙我私，薄澣我衣，害澣害否。」（周南，葛覃）傳：「害，何也。」

(4)「遄臻于衛，不瑕有害。」（邶，泉水）箋：「害，何也。」

(5)「曷不肅雝，王姬之車。」（召南，何彼襛矣）箋：「曷，何也。」曷訓何之例極多，如南山，「曷又懷止。」有杕之杜，「曷飲食之」四月，「曷云能穀。」均曷訓何之例。「曷」訓「何」，「害」亦訓「何」，故害與曷得互訓也。

6 (6)寤——覺。說文，寤下去，「寐覺而有信曰寤。」是寤訓覺也。詩傳亦寤覺互訓，以例明之。

(1)「窈窕淑女，寤寐求之。」(周南，關雎)傳：「寤，覺也。」箋：「后妃覺寐則常求此賢女，欲與之共己職也。」此以覺訓寤也。

(2)「愾我寤嘆，念彼周京。」(曹，下泉)傳：「寤覺也。」亦寤，訓覺之例。

(3)「我生之後，逢此百憂，尚寐無覺。」(王，兎爰)王先謙詩疏云：「關雎傳，寤，覺也，覺，寤互訓。」陳奐，詩毛氏傳疏，與王說同。

7 榆——枌。說文，榆下云，白枌也。枌下云，榆也。詩中之榆與枌亦同訓。

(1)「東門之枌，宛丘之栩。」(陳，東門之枌)傳「枌，白榆也。」此榆訓枌。

(2)「山有樞，隰有榆，」(唐，山有樞)，榆，無傳，但陳奐詩傳疏引陳藏器，「本草拾遺」云：「白榆謂之枌。」朱集傳亦云：「榆，白枌也。」是知榆訓枌也。

8 如——而。「如」「而」古通用，故得互訓。禮記檀弓篇，「天下豈有無父之國哉？吾何行如之。」如而也，之至也，卽何行而至。左隱七年傳，「歃如忘。」服虔注：「如而也。」說文，引作歃而忘。又左傳，「火如象之」，漢書五行志，如作而。

至而之訓如，孟子，「而何其血之流杵也。」及「望道而未之見。」朱集注均謂而讀爲如。左定十年傳，「而不反我汶陽之田，吾以共命者。」而卽如也。又左成七年傳，「抽戈結衽而僞訟者。」謂如僞訟也。顧炎武在日知錄卷三十一，並引二十餘條而作如之例。茲以詩訓明之。

甲、而訓如

(1)「彼都人士，垂帶而厲，彼君子女，卷髮如蠆。」（小雅，都人士）箋：「而亦如也。」與下文卷髮如蠆同句法。朱子答門人問，亦引此詩以證而訓如。

(2)「胡然而天也，胡然而帝也。」（鄘，君子偕老）傳：「尊之如天，審諦如帝。」箋：「何由然女見尊如天帝乎？」此以如訓而也。

(3)「爾還而入，我心易也，還而不入，否難知也。」（小雅，何人斯）。箋：「爾行返入見我，我則解說也。」細繹箋義，應是，爾行返如果入見我，我心就解說也。故「而」字鄭雖未明訓如，而「如」義在其中矣。此句法與顧炎武所舉之例，如說苑，「越諸發日，意而安之，願假冠以見。」文意相類。此句「而」訓「如」，則此詩亦應以如訓而也。

乙、如訓而

(1)「王奮厥武，如震如怒。」（大雅，常武）箋：「王奮揚其威武，而震雷其聲，而勃怒其色。」釋文云：一本「如」作「而」。此以而訓如也。

(2)「耿耿不寐，如有隱憂。」（邶，柏舟）如字無傳。王引之經義述聞云：「如讀爲而，惟有隱憂，是以不寐，非謂若有隱憂也。」此詩「而」訓「如」，較當。

(3)「不失其馳，舍矢如破。」（小雅，車攻）王引之在經傳釋詞引王念孫云：『舍矢如破，與「舍拔則獲」同意，皆言其中之速也。楚策云：「壹發而殪」，意亦與此同。箋曰，如椎破物。孟子滕文公篇，趙注曰，應矢而死者如破。皆誤解如字』王說爲是。小雅正月「如不我得」陳奐亦謂如猶而也。又如小雅都人士「綢直如髮」陳奐亦訓如爲而。鄭，「風雨如晦」，陳奐亦云：「如猶而也。」此外因字通而互訓之例頗多，茲舉其數端而已。

9獻——奏「君子有酒，酌言獻之。」（小雅，瓠葉）傳：「獻，奏也。」又小雅賓之初筵，「獻爾發功。」箋：「獻猶奏也。」奏亦訓爲獻。賓之初筵，「其湛曰樂，各奏爾能。」箋：「子孫各奏爾能者，謂既湛之後，各酌獻尸，尸酢而卒爵也。」正義亦謂獻尸以事神也。是奏訓獻之例。陳奐亦謂奏者獻也。至六月，「以奏膚功」傳訓奏爲「爲」，爲亦有獻義也。案燕禮記，「獻公曰，臣敢奏爵以聽命」。是獻爲奏也。

10沚——渚「于以采蘩，于沼于沚。」（召南，采蘩）傳：「沚，渚也。」「鳧鷖在渚，公尸來燕來處。」（大雅，鳧鷖）傳：「渚，沚也。」沚渚二字互訓也。

11反——覆「不思其反，反是不思，無已然矣。」（邶——氓）箋：「反，覆也。」關雎，「輾轉反側」，正義云：「反側猶反覆也。」「匪用其良，覆俾我悖。」（大雅，桑柔）傳：「覆，反也。」箋：「居上位而不用其善，反使我爲悖逆之行。」又下文，「涼曰不可，覆背善詈」箋亦云：「女所行者不可，反背我而大詈言。」小雅，雨無正，「覆出爲惡，」傳亦訓覆爲反。以上是反與覆相互爲訓也。至大雅，瞻卬，「人有土田，女反有之，人有民人，女覆奪之，此宜無罪，女反收之，彼宜有罪，女覆說之。」反即覆也，此反與覆互訓互用之例。

四、倒文爲訓

俞樾在古書疑義舉例云：「古人多有以倒句成文者，順讀之，則失其解矣。」並舉詩桑柔篇「大風有隧，有空大谷，」後句有空大谷，應是「大谷有空」。因「大谷有空」，與「大風有隧」，成對文。又舉節南山篇「弗聞弗仕，勿罔君子；式夷式己，無小人殆。」言勿罔君子，無殆小人也。又謂倒文以協韻，並舉詩「制彼裳衣」；「如鼓瑟琴」，即制彼衣裳，如鼓琴瑟也。茲將訓詁中倒文爲訓之例以明之。

1「菁菁者莪，在彼中阿。」（小雅，菁菁者莪）傳：「中阿，阿中也。」次章，「在彼中沚。」傳：「中沚，沚中也。」三章，「在彼中陵」，傳：「中陵，陵中也。」

2「肅肅兔罝，施于中林。」（周南，兔罝）傳：「中林，林中也。」上文，「施于中逵，」韓詩作九馗，薛君章句云，中馗，馗中，九交之道也。中馗訓馗中，與中林訓林中同。又正月，「瞻彼中林，侯烝侯薪。」傳亦訓中林爲林中。

3「葛之覃兮，施于中谷。」（周南，葛覃）傳：「中谷，谷中也。」箋：「葛蔓延於谷中。」

4「瞻彼柏舟，在彼中河。」（鄘，柏舟）傳：「中河，河中也。」箋，「舟在河中。」

5「瞻彼中原，其祁孔有。」（小雅，吉日）朱傳：「中原，原中也。」又小宛，「中原有菽，庶民采之。」毛傳：「中原，原中也。」

6「其僕維何？釐爾女士，釐爾女士，從以孫子。」女士箋訓「女而有士行者」，馬瑞辰，王先謙謂應從列女傳（列女塗山氏傳）引詩作「釐爾士女。」卽鄭風溱與洧之「士與女」。俞樾在古書疑義舉例中亦謂鄭訓失之纖巧，女士者，士女也。卽甫田，「以穀士女」也。從之孫子，箋、「使生賢知之子孫以隨之，謂傳世也。」故孫子，卽子孫也，均倒文爲訓。

7「蠢爾蠻荊，大邦爲讎。」（小雅，采芑）傳：「蠻荊，荊州之蠻也。」此以荊蠻釋蠻荊也。

8「「漸漸之石，維其高矣。」（小雅，漸漸之石）傳：「山石漸漸然。」亦倒文爲訓也。

9「擇有車馬，以居徂向。」（小雅，十月之交）傳：「向，邑也。」箋：「擇民之富有車馬者，以往居于向也。」此句倒文，卽「以徂居向」。鄭箋，倒文爲訓也。

10「晝爾于茅，宵爾索綯。」（豳，七月）傳：「綯，絞也。」箋：「爾當晝日往取茅歸，夜作絞索以待時用。」如是，則以綯索，訓索綯也。

11「申伯南還，謝于誠歸。」（大雅，崧高）箋：「謝于誠歸，誠歸于謝也。」以倒文爲訓也。

12「爾卜爾筮，體無咎言。」（衛，氓）箋：「我卜女筮女，宜爲室家矣。」鄭以「卜女筮女」「訓爾卜爾筮」，乃倒文之訓也。

13「坎坎鼓我，蹲蹲舞我。」（小雅，伐木）箋：「爲我擊鼓坎坎然，爲我興舞蹲蹲然。」亦倒文爲訓也。

14「俾爾彌爾性，百神爾主矣。」（大雅，卷阿）百神爾主矣，箋：「使女爲百神主。」倒文爲訓也。

15「考卜維王，宅是鎬京。」（大雅，文王有聲）箋：「考猶稽也，……武王卜居是鎬京之地。」禮記，坊記，亦引此詩，鄭注：「言武王卜而謀居此鎬邑。」據此，考卜維王，即訓爲王維考卜，倒文之訓也。

16「不顯亦臨，無射亦保。」（大雅，思齊）傳「保安無厭。」陳奐謂此乃倒文爲訓以明義也。此外詩中倒文之訓甚多，如周南，葛覃，「施于中谷」傳：「中谷，谷中也。」小雅，鴻雁，「鴻雁于飛，集于中澤」。傳：中澤澤中也。唐風，「中心好之，中心悼之」，中心卽心中也。桃夭，「宜其室家，」傳：「室家猶家室也。」甫田，「以我齊明，」陳奐謂齊明猶明齊，卽左傳之絜齊也。（馬瑞辰謂假借字，詳後）又詩否定詞之賓語多倒用，但傳箋則作正訓。如鄭，東門之墠，「豈不爾思，子不我卽。」箋：「我豈不思望女乎？女不就迎我而俱去耳。」王風葛藟，「謂他人父，亦莫我顧。」箋：「謂他人爲己父，無恩於我，亦無顧念我之意。」爾思訓思爾，我卽訓就我，我顧訓顧我，均倒文之訓。又邶風，日月，「胡能有定，寧不我顧。」箋亦訓「曾不顧念我。」其他如載馳之「既不我嘉。」蹇裳之「子不我思。」黃鳥之「不我肯穀。」板之「則莫我敢葵。」均作倒文之訓。又汝墳，「不我遐棄」，陳奐云：「猶云不遐棄我。古人之語多倒，詩之此類衆矣。」巧言，「匪其止共，」陳奐亦云，止共猶言共止，倒句協韻耳。

五、假借字爲訓

一、以本字訓假借字

此卽陳奐所謂本字之訓。王引之在經義述聞叙中云：「毛公詩傳多易假借之字而訓以本字。」玆分條列明之。

(1)「似續妣祖，築室百堵。」（小雅，斯干）傳：「似，嗣也」似之訓嗣，其他詩例如，小雅，裳裳者華，「維其有之，是以似之，」大雅，卷阿，「似先公酋矣，」大雅，江漢，「召公是似，」周頌，良耜，「以似以續，」傳訓均謂似，嗣也。陳奐，詩毛氏傳疏云：「似讀與嗣同，其字作似，其義爲嗣，此謂假借也。」

(2)「譬彼壞木，疾用無枝。」（小雅，小弁）傳：「壞，瘣也。」釋文引樊光曰，詩云，「譬彼瘣木，疾用無枝。」爾雅，釋木，「瘣木，苻婁。」說文：「瘣，病也。詩云，瘣木。」王先謙云：「毛作壞，瘣之假借。」

(3)「瞻彼淇奧，綠竹如簀。」（衛，淇奧）傳：「簀，積也。」陳喬樅，「三家詩遺說考」云：「毛韓並訓簀爲積。」陳奐云：「張衡，西京賦，芳草如積，文選注引韓詩，綠䓯如簀，簀，積也。薛君韓詩章句云「簀，綠䓯盛如積也。」毛韓皆作簀，謂簀卽積之假借字。

(4)「陳錫哉周，侯文王孫子。」（大雅，文王）傳：「哉，載也。」史記，周本紀，「大雅曰，陳錫載周，」注云：「言文王布錫施利，以載成周道也。」玉篇引韓詩亦作，陳錫載周。左宣十五年及昭十年傳，皆引詩曰，陳錫載周。陳奐云：「今詩作哉，內外傳作載，故傳以載詁哉也。載見傳，載始也，哉爲載，載又爲始，此一義之申。」哉卽載之借字耳。

(5)「女心傷悲，殆及公子同歸。」（豳，七月）傳：「殆，始也。」陳奐云：「殆讀同始。」釋詁，殆，始也。殆與始同音，故假借。段玉裁，說文注云：「殆爲始之借字，唐韻正說，殆古音始。」

(6)「無信人之言，人實迋女。」（鄭，揚之水）傳：「迋，誑也」。王先謙云：「說文，誑欺也。春秋傳云，子無我迋。誑迋音近，故迋又爲誑之假借。」段玉裁，說文注亦云：「迋爲誑之借字。」

(7)「兄弟鬩于牆，外禦其務。」（小雅，常棣）傳：「務，侮也。」爾雅，釋言，「務，侮也。」左僖二十四年傳，及周語引詩，皆作「外禦其侮。」陳奐云：「侮爲本字，務爲假借字。」

(8)「八月斷壺。」（豳，七月）傳：「壺，瓠也。」「匏有苦葉」詩王先謙云：「壺卽瓠也。」二者同音，壺卽瓠之借字也。說文瓠下段注云：「七月傳曰，壺，瓠也，此謂叚借也。」臧琳云：「此非訓壺爲瓠，乃經借壺爲瓠，故傳謂壺卽瓠字，於六書爲假借也。」

(9)「克禋克祀，以弗無子。」（大雅，生民）箋：「弗之言祓也。」陳喬樅云：「毛詩弗字乃祓之假借。」陳奐云：「箋謂祓除無子之疾而得其福，卽申傳之去無子得有子也。」傳，箋之訓互通，但箋以本字訓借字。

(10)「之屏之翰，百辟爲憲。」（小雅，桑扈）傳：「翰，榦也。」爾雅，釋詁，「翰，榦也。」榦，卽與左襄三十年傳，「禮國之榦也。」詩訓翰爲榦，除此詩外，又如大雅，文王有聲，「王后維翰」，大雅，板，「大宗維翰」，大雅，崧高，「戎有良翰」等，傳均云：「翰，榦也。」陳奐云：「此謂假借也。」

(11)「天保定爾，俾爾戩穀。」（小雅，天保）傳：「穀，祿也。」爾雅，釋言亦云：「穀，祿也。」淮南子，人間篇云：「不穀親傷。」注云：「不穀，不祿也。」人君謙而自稱也。陳奐云：「穀，祿疊韻。」按朱駿聲假借字之分類，有疊韻假借字。此是其類也。

(12)「樂只君子，福履綏之。」（周南，樛木）傳：「履，祿也。」爾雅，釋言亦訓履爲祿。福履綏之，猶小雅，鴛鴦之「福祿綏之。」履乃祿之叚借字。

(13)「未見君子，惄如調飢。」（周南，汝墳）傳：「調，朝也。」朝本字，調借字也。

(14)「載震載夙，載生載育。」（大雅，生民）傳：「夙，肅也。」肅本字，夙借字也。

(15)「要之襋之，好人服之。」（魏，葛屨）傳：「要，䙅也。」正義云：「要字宜從衣，故云要䙅也。」是䙅爲正字也。

(16)「曾是掊克。」（大雅，蕩）傳：「掊克自伐而好勝人也。」陳奐謂掊卽伐之叚借字，故以伐訓掊。

(17)「以我齊明，與我犧羊。」（小雅，甫田）傳：「器實曰齊，在器曰盛。」馬瑞辰云：「明者盛之叚借，古明與盛同義。」周頌豐年，「亦有高廩，」傳：「廩所以藏齍盛之穗也。」此齍盛卽齊明之正字也。

此外陳奐在毛詩說中列舉假借字之例有二，茲附錄之。「葛覃之害，綠衣之曷，皆訓何，曷本字，害叚借字也。段先生曰，害本不訓何，而曰何也，則可以知害爲曷之假借字也。此一例也。若假干爲扞，直云，干，扞也。此直指假借之例。毛傳言假借，不外此二例。」證以上所舉，陳氏謂毛傳言假借只此二例，則未允也。

二、以假借字之義爲訓

自來言假借字之訓者，除陳奐指明以本字訓假借字外，其餘均屬於以假借字之義以爲訓。如王引之在經義述聞中「經文假借」一文中所列百餘條，均屬此例。此種訓例特別多，茲將詩訓中分言之。

(1)「考槃在阿，碩人之薖。」「衞，考槃」傳：「薖，寬大貌。」段玉裁說文薖下注云：「薖爲款之假借，款同窾，淮南子，窾者主浮，注，窾空也。款，過古同音，取空之義，故訓寬大。」薖，箋訓爲飢意，與上文「碩人之寬」不相屬，以傳訓爲允。

(2)「題彼脊令，載飛載鳴。」（小雅，小宛）傳：「題，視也。」玉裁謂題爲䁓之叚借字，說文：「䁓，顯也。」段謂當作顯視。

(3)「如月之恆，如日之升。」（小雅，天保）傳：「恆，絃也。」說文本作緪，緪，急張絃也。是恆乃緪之借字。

(4)「瞻彼淇奧，綠竹猗猗。」（衞，淇奧）傳：「奧隈也。」說文，「隩，水隈厓也。」段注：

「厓山地也。引申為水邊。」釋丘曰，「內為隈，外為鞫」，奧者，隩之叚借字也。

(5)「赫赫明明，王命卿士，南仲大師。」（大雅，常武）傳：「赫赫，赫赫然盛也。」與下章，「赫赫業業，有嚴天子，」傳亦云，「赫赫然盛也。」段玉裁云：「赫一作奭，說文，奭，盛也。此為正字，赫為借字。」按小雅，出車之「赫赫南仲」，正月之「赫赫宗周」，傳均訓赫為盛貌。

(6)「四騏翼翼，路車有奭。」（小雅，采芑）傳：「奭，赤貌。」段玉裁云：「此當作赫，說文，赫，火赤貌。」是赫，與奭互借也。

(7)「隰桑有阿，其葉有幽。」（小雅，隰桑）傳：「幽，黑色也。」說文，「幽，微青黑色也。」禮記，玉藻，「再命赤韍幽衡」，注：「幽讀為黝。」爾雅，「黑謂之黝。」陳奐云：「幽即黝之古文假借。」此詩幽字與小雅，伐木之「遷于幽谷，」傳，幽深也，不同。又與小雅，斯干之「幽幽南山」，傳幽深遠也，不同。

(8)「彼君子女，綢直如髮。」（小雅，都人士）傳：「密直如髮也。」說文，稠下注云：「本謂禾也，引申為凡多之稱。小雅，綢直如髮，叚綢為稠也。」據此則綢為稠之叚借字。馬瑞辰云：「說文，鬒，髮多也。詩作綢，為叚借字。」據此，則綢為鬒之叚借字。又陳奐云：「傳讀綢為周，故釋綢為密。說文，周，密也。杜注昭二十年左傳，周，密也。周謂之密，凡從周得聲字皆可謂之密。」據此，則綢為周之叚借字。無論其叚稠，叚鬒，叚周，其為叚借字則一也。

(9)「如矢斯棘，如鳥斯革。」（小雅，斯干）傳：「革，翼也。」說文，「翱，翅也。」釋文引韓詩作鞹。段玉裁云：「「毛用古文叚借字，韓用正字，而訓正同。」王先謙云：「廣雅，釋器云，鞹，翼也，卽用韓詩之文，而訓從毛傳。毛詩作革，乃以革爲鞹之消借，故訓爲翼，翼卽翅也。」又棘，傳稜廉也。韓詩作朸，云，隅也。抑，維德之隅，傳，隅廉也。陳喬樅云：「韓正字，毛叚借字。」毛之訓廉卽韓之訓隅也。

(10)「麻麥幪幪，瓜瓞唪唪。」（大雅，生民）傳：「唪唪然多實也。」馬瑞辰云：「唪唪卽菶菶之段借。」說文，玤，讀若詩曰，瓜瓞菶菶；又唪，讀若詩，瓜瓞菶菶，皆用本字。本三家詩，菶菶猶旆旆幪幪，皆盛貌也。說文：「菶，草盛。」通俗文，草盛曰菶，瓜瓞盛與草盛同義。此詩應作菶菶，卽大雅，卷阿之「菶菶萋萋」，箋：「菶菶喻君德之盛。」而瓜瓞菶菶則喻瓜之盛也。唪爲菶之借字無疑。

(11)「不解於位，民之攸塈。」（大雅，假樂）傳：「塈，息也」段玉裁云：「塈應作呬，卽呬之段借。」爾雅，呬息也。方言，「呬，息也。東夷謂息爲呬。」陳奐謂塈與呬爲古今字，非也。又泂酌篇亦有「民之攸塈」，傳同訓塈息也。

(12)「漸漸之石，維其高矣。」（小雅，漸漸之石）傳：「漸漸山石高峻。」釋文作「嶃嶃」。廣雅，釋訓亦云，「嶃嶃高也」。王先謙云：「言石之字從水作漸，自是叚借。」

(13)「我覯之子，籩豆有踐。」（豳，伐柯）傳：「踐，行列貌。」段玉裁謂踐卽𢓜之借字，說文𢓜，迹也，卽行列之義。

(14)「彼童而角，實虹小子。」（大雅，抑）傳：「虹，潰也。」陳奐云：「虹讀爲訌，此叚借字也。」爾雅，虹，潰也。大雅召旻篇，「蟊賊內訌」，訌正字，虹，借字也。

(15)「悠悠我里，亦孔之痗。」（小雅，十月之交）傳：「里，病也。」玉篇引作𤺌，病也。爾雅亦謂𤺌病也。王先謙云：「毛意以里爲𤺌之叚借字。」陳奐云：「𤺌，悝爲里之叚借字。」

(16)「或飲于池，或寢或訛。」（小雅，無羊）傳：「訛，動也。」玉篇口部引詩「或寢或吪」，吪，動也。陳奐云：「訛當作吪。」王先謙云：「吪是正字，訛當作吪。」王風，兎爰，「尚寐無吪」，傳：「吪動也。」吪是正字，訛是假借字。

(17)「克岐克嶷，以就口食。」（大雅，生民）傳：「岐知意也，嶷，識也。」釋文，嶷，說文作㘈。說文，㘈下云，「小兒有知也。從口疑聲。詩曰，克岐克㘈。」高誘注淮南曰：「菱杼紾抱，抱讀如岐㘈之㘈。」據此，則㘈本字，嶷爲借字也。

(18)「靡所止疑，云徂何往。」（大雅，桑柔）傳：「疑，止也」馬瑞辰云：「疑者𠤕字之叚借。」說文，「𠤕，定也。」段玉裁謂俗疑字訓不定，與𠤕義相反。士昏禮，鄉飲酒禮，「賓西階上疑立。」鄭注皆云，疑，止立自定之貌。又左傳，「趙盾疑疑然立，」亦自定之貌。陳奐云：「疑當卽凝之省假，說文，凝，止也。疑，凝同聲，定，止同義。」所據不同，其爲叚借字則一也。

(19)「桃之夭夭，灼灼其華。」（周南，桃夭）傳：「夭夭其少壯也。」說文，「枖，木少盛貌。」引詩曰，桃之枖枖。小箋云：「夭夭，卽枖枖之假借也。」

⒇「惟仲山甫舉之，愛莫助之。」（大雅，烝民）傳：「愛，隱也。」爾雅，「愛，隱也。」說文，「薆，蔽不見也。」靜女，「愛而不見」，說文引作僾。郭注云：「方言引作薆。」陳奐云：「愛爲古文假借字。」

(21)「誕我祀如何？或舂或揄。」（大雅，生民）傳：「揄，抒臼也。」說文舀下云，「舀，抒臼也。從爪臼聲，詩曰，或舂或舀。」段玉裁，陳喬樅均謂揄者舀之假借字。

(22)「駿惠我文王，曾孫篤之」（周頌，維天之命），傳：「篤，厚也。」馬瑞辰云：「篤者筥之叚借字。」說文，筥厚也，從亯竹聲，讀若篤。

(23)「古公亶父，陶復陶穴，未有家室。」（大雅，緜）傳：「陶其土而復之，陶其壤而穴之。」說文引詩復作𡪠，並云，𡪠，地室也。玉篇引詩同。故段玉裁謂復爲𡪠之假借字。王先謙云：「說文，覆，𠱾也，一曰蓋也。𠱾，反復也。傳言陶其土而復之，箋言復於土上，皆卽借復爲覆。」無論爲𡪠，或借爲覆，其爲借字則一也。

(24)「有厭其傑，厭厭其苗，緜緜其麃。」（周頌，載芟）傳：「有厭其傑，言傑苗厭然特美也。麃耘也。」說文，「𥟇，禾舉出苗也。」玉篇，「𥟇，長禾也。」陳奐云：「傑，與𥟇同。」段玉裁云：「傑爲𥟇之借字。」又麃，左傳（昭元年傳），「是穮是蓘，」杜注，「穮，耘也。」傳訓麃爲耘，則麃是穮之借字。

(25)「敦弓既堅，四鍭既鈞。」（大雅，行葦）傳：「敦弓，畫弓也。」說文，弴亦訓畫弓。段玉裁謂敦爲錞之叚借字。

(26)「匪安匪舒，淮夷來鋪。」（大雅，江漢）傳：「鋪，病也。」釋文，鋪作痡。周南，卷耳，「我僕痡矣」，傳：「痡，病也。」卷耳，爲正字，江漢，爲叚借字。

(27)「昔我往矣，日月方奧。」（大雅，小明），傳：「奧，煖也。」此借奧爲燠。

(28)「于以湘之，維錡及釜。」（召南，采蘋）傳：「湘亨也。」陳奐云：「湘鬺之假借字也。」廣雅「鬺煮也。」煮卽亨也。

(29)「鐘鼓既設，一朝右之」（小雅，彤弓），傳：「右，勸也。」陳奐云：「侑本字，右爲叚借字。」楚茨，「以妥以侑」，傳，侑勸也。此侑爲正字。周禮，「大祝以享右祭祀。」注云：「右讀爲侑」，可證。

(30)「哀我塡寡，宜岸宜獄」（小雅，小宛）傳：「岸訟也。」岸爲犴之叚借字。釋文引韓詩作犴。犴鄉亭之獄也。獄朝廷之獄也。

(31)「彼何人斯，居河之麋。」（小雅，巧言）傳：「水草交謂謂之麋。」爾雅釋水，「水草交爲湄。」郭注引詩作湄，李注文選任昉奏蟬引詩皆作湄。湄本字，麋假借字。又同篇，「既微且尰，」傳：「肝瘍爲微。」陳奐謂微爲瘣之假借字，古微瘣同部也。

(32)「曾孫之稼，如茨如梁。」（小雅，甫田）傳：「茨積也。」陳奐：「小箋云，說文，穳積木也，毛謂茨爲穳之假借也。」又瞻彼洛矣，「福祿如茨」之茨亦卽此義。

(33)「有略其耜，俶載南畝。」（周頌，載芟）傳：「略利也。」陳奐云：「略讀爲䂮，假借字也。」釋文云，「字書作䂮，」爾雅，「剡䂮利也。」剡，大田詩作覃。惠棟云：「䂮本籀文鍔字，故釋詁云，䂮利也。耜有鋒鍔乃能熾菑其田畝，略無訓利之文，當从字書作䂮。」

(34)「壹者之來，俾我祇也。」（小雅，何人斯）傳：「祇病也。」祇者地祇，不訓病，此爲疧之假借字，說文，「疧病不翅也，从疒氏聲。」無將大車，「祇自疧兮」傳：「疧病也。」又白華，「俾我疧兮」傳亦訓疧爲病。而其語法與此詩同。段玉裁說文注云，「何人斯叚祇爲疧，故毛傳曰，祇病也，言假借也。」

(35)「何以舟之，維玉及瑤。」（大雅，公劉）傳：「舟，帶也」小箋云：「舟卽匔之假借，故訓帶。」

詩假借字甚多，以上所引乃以詩傳爲依據，聊以爲例，至不在詩傳中者，如王引之「經文假借」說，所列亦數十條，如「亦莫我聞」乃假聞爲問。「衆稚且狂」乃假衆爲終。「武王載旆」乃假旆爲發。「受大球小球」乃假球爲捄。「歌以訊止」乃假訊爲誶。「是以有譽處兮」乃假譽爲豫。「無縱詭隨」乃假隨爲䜁。「不顯不承」乃假承爲烝。「其下維擇」乃假擇爲檡。諸如此類，不勝枚舉。此乃王氏詩訓之獨見，不見詩之傳箋，故不條列。又陳奐在「本字借字同訓說」舉出條例四十，讀者可參考其文，亦不重列。

三、以省借之義爲訓

所謂省借，卽省字之形而借字之聲，如禮器，「衆不匡懼」，釋文，匡本作恇。楚詞，「征夫皇皇其孰依兮」，注，「皇皇，惶遽貌。」匡乃恇之省借，皇卽惶之省借。此亦假借之一種。但細分之而已。玆以例明之。

(1)「厭厭夜飮，不醉無歸。」（小雅，湛露）傳：「厭厭，安也。」釋訓，「懕懕，安也。」說文，「懕，安也」，引詩作懕懕夜飮。是懕爲本字，厭爲省借也。按陳奐亦謂爲假借字。

(2)「洽比其鄰，昏姻孔云。」（小雅，正月）傳：「云，旋也。」說文，「云，象回轉之形。」云卽雲字，象雲回旋之形。段玉裁引埤雅云，「雲氣周旋盤轉，故曰旋。」左襄二十九年傳引此詩而釋「云」爲歸附之義。據此，則云爲雲之省借也。

(3)「酌以大斗，以祈黃耇。」（大雅，行葦）傳：「大斗長三尺也。」馬瑞辰云：「斗與枓異物，說文，斗十升也。枓，勺也。勺所以挹取也。此詩大斗，及小雅維北有斗，皆枓之省借。」陳奐引漢制，勺、徑六寸，長三尺，或卽此物。

(4)「昊天曰明，及爾出王。」（大雅，板）傳：「王，往也。」說文，「王，天下所歸往也。」明趙凡夫「說文長箋」云：『狂，迋，誑，往等皆從㞷，詩「出王」本作㞷。石經因凡從㞷者俱㞷爲王，併「出㞷」字亦省作王。』斯言是也。說文，㞷從㞢，在土上㞢，本象艸出而借訓往。

(5)「靡聖管管，不實于亶。」（大雅，板）傳：「管管，無所依也。」箋：「管管然以心自恣不能用實於誠信之言。」管本作悹。廣韻二十四緩引詩傳云，悹悹無所依。陳奐云：「箋言以心自恣，則其字作從心，悹，不作從竹，管。」

(6)「匪教匪誨，時維婦寺。」（大雅，瞻卬）傳：「寺，近也」箋：「是維近愛婦人用其言故也。」陳啓源云：「寺即侍之省，侍近也。」歐陽修訓寺爲寺人，詩中只言婦人亂國，並無一言及寺人，歐陽之說失之。

(7)「人涉卬否，卬須我友。」（邶，匏有苦葉）傳：「須，待也。」爾雅，釋詁，「䇓，待也。」邢疏，引詩作「卬䇓我友」。說文，「須，而毛也，從頁從彡。」「䇓待也，從立須。」陳奐謂二字通，實爲省借也。

(8)「瑣兮尾兮，流離之子。」（邶，旄丘）傳：「瑣尾，少好貌。」陳風，防有鵲巢，「誰侜予美」，韓詩，美作娓，云娓美也。此與毛詩瑣尾之訓正合。則娓爲正字，尾爲省借。陳奐謂爲假借字是也。

(9)「有美一人，碩大且卷。」（陳，澤陂）傳：「卷好貌。」釋文作婘。廣雅，「婘，好也。」玉篇，「婘好貌。」齊風，盧令，「其人美且鬈，」傳，「鬈好貌。」韓詩作婘。馬瑞辰云：「卷即婘之省借。」

(10)「湯孫穆穆，庸鼓有斁。」（商頌，那）傳：「大鐘曰庸。」釋文，庸作鏞。王先謙云：「釋文庸依字作鏞，明古文借字。」此亦庸爲鏞之省也。」

(11)「徹彼桑土，綢繆牖戶。」（豳，鴟鴞）傳：「桑土，桑根也。」方言，「杜，根也，東齊曰杜。」郭注引詩作「徹彼桑杜。」故知土即杜之省借也。陳啓源謂土杜古今字，下并存之。

⑿「亦既覯止，我心則夷。」（召南，草蟲）傳：「夷，平也。」說文，「徲行平易也。」陳奐云：「凡詩夷字之四義，平，說，易，常等義均應作徲」可知夷爲徲之省借。

⒀「神之弔矣，貽爾多福。」（大雅，天保）傳：「弔，至也。」弔即𨑩之省借，說文，「𨑩至也。」節南山，「昊天不弔」，箋亦訓弔爲至。

以上略舉十三例，其餘如「厲假不瑕」之厲假應作癘瘕。「日月其奧」，奧應作燠。「朱芾斯皇，」皇猶煌，「惴惴其栗」，栗應作慄。「式居婁嬌」，婁應作摟。「鼠憂以痒」，鼠應作癙。「婁豐年」，婁應作屢。他如「率」爲「𨓈」之省，「陰」爲「蔭」之省。又如小雅雨無正「戎成不退，飢成不遂」，陳奐謂「成」應作「誠」，以我行其野，「成不以富」，論語顏淵篇成作誠，可以爲證。是成爲誠之省借也。諸如此類，不勝枚舉。此皆省字之借也。

四、以增借之義爲訓

字有省，亦有增。段玉裁說文注云：「『百祿是何。』何其本義也。左隱三年傳引詩何作荷，是謂增借，而省之增之，其聲無不同者。」又如釆之作採，厶之作私，叚之作假，民之作氓，均是增借之例。茲以詩例明之。

⑴「維天之命，於穆不已。」（周頌，維天之命）傳：「穆，美也。」「穆穆文王」（大雅，文王）傳：「穆，美也。」「於穆清廟」傳：「穆，美也。」說文，「穆，禾也。」段注：「禾有名穆

者也。後借穆爲㣎。」又說文㣎，細文也。段注：「㣎者幽微也，引申爲精美之稱，後作穆，假借字也。」此種假借是謂增借。

(2)「追琢其章，金玉其相。」（大雅，棫樸）傳，追彫也。段玉裁說文「𠂤」下注云：「追卽𠂤字之假借字。蓋古治金玉突起者爲𠂤，穿穴者爲琢。」此追卽𠂤之增借也。

(3)「不吳不敖，胡考之休。」（周頌，絲衣）傳：「吳，譁也。」魯頌，泮水，「不吳不揚」，箋：「吳，譁也。」說文引作吴，吴，大言也。從口下大，故魚之大口爲吴，胡化反。故吳卽吴之增借也。

(4)「居岐之陽，實始翦商。」（魯頌，閟宮）傳：「翦，齊也。」箋：「翦，斷也。」又小雅，甘棠，「勿翦勿伐」，傳：「翦，去也」。段玉裁云：「此字應爲前。說文，前，齊斷也。翦，羽生也。前爲歬，從止在舟上，今改歬爲前，又加刀爲剪，加羽爲翦，皆隸變之僞。」此亦可謂增借之例。

(5)「式遏寇虐，憯不畏明。」（大雅，民勞）傳：「憯，曾也。」說文引此詩，憯作朁，云：「曾也。從曰兓聲。」說文別有憯字，云痛也。則朁，憯是兩字，詩中憯字多訓曾，當以不着心旁爲正。惟雨無正篇之「憯憯日瘁」當從心。可見此詩之憯字乃朁字之增借也。

(6)「有美一人，碩大且儼」。（陳，澤陂）傳：「儼，矜莊貌。」此假借嚴字。亦增借之例也。

(7)「亂之初生，僭始既涵。」（小雅，巧言）傳：「涵，容也。」說文，「涵，水澤多也。」惠棟在九經古義云：『『毛旣訓涵爲容，當從省文作函。函本與咸通。周禮，「伊耆氏共其杖咸」，鄭注云，咸讀爲函，司馬相如封禪文云：「上咸五，下登三」，徐廣曰：「咸一作函。漢書天文志，「閉可械劍」，蘇林曰，「械音函，容也。毛音含訓爲容，鄭音咸訓爲同，義並得通。薛君以爲減少之減，失之。』此詩之涵旣當爲函，則是增文之借也。

六、今字訓古字

毛詩爲古文，而毛傳則以今文釋之，所謂古文乃指先秦以前之籀書而言，而今文則爲漢代之隸書。故古字與今字卽先秦與漢代之文字。古字之義不顯，毛傳乃以今字釋之。陳奐在毛詩疏云：『草蟲，忡忡猶衝衝也」，「柏舟，耿耿猶儆儆也」，傳以今語通古語也。』他在疏魏，葛履又云：「糾糾繚繚古今語，葛履傳糾糾猶繚繚，以今語通古語；摻摻猶纖纖，以今義通古義也。」綢繆傳綢繆猶纏綿也。陳奐亦謂二者爲古今語。又大雅，行葦，「敦弓旣堅，」傳：「敦弓畫弓也。」正義云：『敦音彫。敦與彫古今之異，彫是畫飾之義，故云，敦弓畫弓也。」傳云，「天子敦弓。」荀子云：「天子彫弓，諸侯彤弓。』惠棟云：「敦與彫古今字。」茲再舉詩傳之例以明之。

1「大邦有子，俔天之妹。」（大雅，大明）傳：「俔，磬也。」段玉裁云：「說文；俔，喩也。此以今語釋古語，俔者，古語，磬者今語。是以毛作俔、韓作磬，如十七篇之有古今文。」此言極是。

2「就其深矣，方之舟之。」（邶，谷風）傳：「舟，船也。」陳奐云：「舟，船古今名。」古人言舟，漢人言船，此亦今語釋古語也。

3「猗與，那與，置我鞉鼓。」（商頌，那）箋：「置讀曰植。植鞉鼓者爲楹貫而樹之。」植即古置字。見「金縢」植璧注，故疏引之以正此二字之異同。此以今字釋古字也。

4「十月納禾稼。」（豳，七月）傳：「納，內也。治之於場而內之於囷倉也。」納，內古今字，戰國後多用內。如史記，「惡內諸侯客，」李斯諫逐客書，「卻客而不內」，均用內字。而春秋前則用納字，如禮記，「俯而納屨，」是也。周禮，「鍾師納夏」故書作內，杜子春云：「內當爲納。」此以今字釋古字也。

5「罙入其阻，裒荊之旅。」（商頌，殷武）傳：「罙，深也。」陳奐云：「罙即𥥍之隸變，說文穴部云，𥥍，㴱也。」故罙，深乃古今字也。說文，「罙，深也」。段注云：「此以今字釋古字也。𥥍㴱古今字，篆作𥥍㴱，隸變作罙深。水部㴱下但云水名，不言淺之反，是知古深淺字作罙。」

6「視民不恌，君子是則是傚。」（小雅，鹿鳴）箋：「視，古示字也。」儀禮，鄉飲酒禮，引詩作「示民不恌」，鄭注亦訓以示。左昭十年傳引此詩，服虔注云：「示民不偷，薄也。」王先謙云：「毛用古文，三家詩今文作示。」此以今文釋古文也。又傳訓恌爲愉，今爾雅，愉作偷，陳奐謂愉偷古今字也。

7「營營青繩，止于樊。」（小雅，青繩）傳：「樊，藩也。」又齊風，東方未明，「折柳樊圃，狂夫瞿瞿。」傳：「樊，藩也」。說文樊作棥，棥下云，藩也。漢書，論衡等引詩均作藩。陳奐謂三家詩作藩，故毛傳以藩訓之。三家爲今文，卽以今文訓古文也。

8「宴爾新昏，以我御窮。」（邶，谷風）傳：「御，禦也。」釋文謂一本作禦字。御，禦古今字也。白帖藝文類聚引詩作禦冬。至常棣，「外禦其務」之禦，則用今字。

9「彤管有煒，說懌女美。」（邶，靜女）箋：「說懌當作說釋。」正義云，「故又悅美彤管之能成靜女。」說文，「說說釋也。段注，「說釋卽悅懌，說悅，釋懌皆古今字。」草蟲，「我心則說，」說苑君道篇引詩作悅。陳奐云：「說悅古今字。」正義以悅訓說，此以今字訓古字，而鄭箋以釋訓懌則以古字訓今字。

10「既見君子，爲龍爲光。」（小雅，蓼蕭）傳：「龍，寵也。」陳奐及王先謙均云，「龍古寵字。」並引左昭十二年傳，「宋華定來聘，公賦蓼蕭，昭子曰，宴語之不懷，寵光之不宣，令德之不知，同福之不受。」惠棟引焦氏易林曰，「蓼蕭露瀼，君子寵光，鳴鸞噰噰，福祿來同。」是書傳皆讀龍爲寵。王肅周易，師之九二象曰，「在師中吉，承天龍也」，訓龍爲寵。今易作寵。知龍爲古文寵，故傳云，龍寵也。商頌，長發曰，「何天之龍」，箋云：「龍當作寵。」寵榮名之謂。

11「赫赫宗周，褒姒威之。」（小雅，正月）傳：「威，滅也。」王先謙云：「威，滅古今字之異也。」陳奐云：「此開今字訓古字之例。」

12「乘馬在廄，摧之秣之。」（小雅，鴛鴦）傳：「摧，挫也。」箋：「摧今莝字也。」說文，

「莝，斬芻也。」傳之訓挫，即箋之莝字。以莝訓摧，即以今字訓古字也。

13「雖則佩韘，能不我甲。」（衞，芄蘭）傳：「甲，狎也。」陳奐謂甲爲狎之古文叚借字。惠棟在「九經古義」則云：「漢儒訓詁，音義相兼，尙書，多方，『甲於內亂』，鄭，王皆以甲爲狎。古文以甲爲狎，遂有狎音，非叚借也。」據此，則甲，狎爲古今字，韓詩作狎，是其證也。陳喬樅云：「三家今文每以訓詁代正經。如芄蘭詩，「能不我甲」，傳：「甲，狎也。」釋文引韓詩作「能不我狎」。大明詩，「俔天之妹」，傳：「俔，磬也。」「正義引韓詩作磬天之妹，是其顯證。」據此，甲，狎爲古今字。此以今字訓古字之例。陳奐謂爲叚借字，非也。

14「子之湯兮，宛丘之上兮。」（陳，宛丘）傳：「湯，蕩也。」楚詞離騷，王逸注引詩作。惠棟九經古義云：「湯本古蕩字，王逸引此詩正作蕩，云，蕩猶蕩蕩無思慮貌也。古文論語云，君子坦蕩蕩，鄭康成注云，魯論作坦湯。是古皆以湯爲蕩。」

15「赳赳武夫，公侯干城。」（周南，兎罝）傳：「干，扞也。」釋詁訓文同，玉篇：「扞，衞也。」左傳以扞城其民釋干城，則干，扞亦古今字，與甲，狎同例也。

16「赫赫師尹，民具爾瞻。」（小雅，節南山）傳：「具，俱也。」具之訓俱，詩凡數見。如鄭風，「火烈具擧」，小雅，「百卉具腓」，「兄弟具來」，「神具醉止」，大雅，「莫遠具爾」，「具贅卒荒」，「具禍以燼」，等語，傳箋均以俱訓具。此亦今字古訓之例。

17「于以采蘩，于沼于沚。」（召南，采蘩）傳：「于，於也。」此外如燕燕，「之子于歸」，傳「于於也。」有駜，「于樂胥兮」，我將，「于時保之，」箋均訓于爲於。段玉裁謂于，於古今字也。陳奐之說同。

18「奉時辰牡，辰牡孔碩。」（秦，駟驖）傳：「時，是也。」陳奐云：「時，是同聲，古文以時爲是字也。」此今字訓古字之例。按詩篇時訓是者仍有，楚茨，「時萬時億，」大明，「時維鷹揚，」生民，「時維姜嫄，」韓奕，「因時百蠻，」我將，「于時保之，」文王，「帝命不時，」十月之交，「豈曰不時，」訪落，「率時昭考」，傳，箋均訓時爲是也。

19「夙興夜寐，洒埽庭內。」（大雅，抑）傳：「洒，灑也。」唐風，山有樞，「弗洒弗埽，」傳亦訓洒爲灑。馬瑞辰云：「洒，灑二字是因今古文異。」此今古文之訓也。案此條，段玉裁謂洒爲灑之段借字，而馬氏謂爲古今字，當以馬說爲長。

20「老夫灌灌，小子蹻蹻。」（大雅，板）傳：「灌灌猶款款也。」陳奐云「灌灌，卽懽懽之借字。懽與款聲同，古曰懽懽，今曰款款，此以今語通古語也。」

21「民之方殿屎，則莫我敢葵。」（大雅，板）傳：「殿屎，呻吟也」爾雅，殿屎，呻也。陳奐謂下奪吟字。並謂古語殿屎，今語呻吟。

22「靡人不周，」（大雅，雲漢）傳不訓周，箋周當作賙，周禮卿師職，「賙萬民之囏阨，」鄭司農云：「周讀爲周急之周」。陳奐謂周，賙古今字。先鄭不從賙，許君作說文亦不錄賙。毛詩多古文，祇作周爲救之假借字，不必賙也。

23「縞衣綦巾，聊樂我員。」（鄭，出其東門）傳：「願家室得相樂也。」此明以員爲語助詞。正義云：「箋訓聊爲且，故言且留可以樂我云也。」故又云：「云，員古今字，助句辭也。」商頌，玄鳥，「景員維河，」箋云：「員古文作云。」此以古今字爲訓也。

24「迺慰迺止，迺左迺右。」（大雅，緜」爾雅，「迺，乃也。」釋文，「迺古乃字。」案全詩均作乃，惟此詩除上列二迺字，更有，「迺疆迺理」，「迺宣迺畝」，「迺立皐門」，「迺立應門」，「迺立冢土」，共十一迺字；及公劉篇，「迺場迺疆」，「迺積迺倉」，「既順迺宣」，「迺陟南岡」，「既景迺岡」，「止基迺理」，共八迺字。而緜，及公劉篇迺，乃錯出不一，顯屬古今字錯用之證。

25「遹駿有聲，遹求厥寧，遹觀厥成。」（大雅，文王有聲）箋：「遹，述也。」又云：「所述者，謂大王，王季也，又述行終其安民之道，又述行多其成民之德，言周德之世益盛。」遹之訓述乃本爾雅釋訓文。孫炎云：「遹古述字。」日月篇，「報我不述。」陳奐謂毛詩多古字，當同爾雅作遹。又遹通聿，大雅、文王，「無念爾祖，聿修厥德。」傳：「聿，述也。」陳奐云：「爾雅，律述也，遹述也。古聿律遹通用。聿同曰，故詩中聿字皆語詞，無實義，唯此聿爲述。漢書東平思王傳，及後漢書宦者呂強傳引詩皆作述，此聿述聲通之證。述當讀如述所職之述，無念爾祖，述修厥德，言爾祖能述所職，爾庶國亦當念勤修爾祖之德也。」陳氏申毛義以述字爲述職之述，與鄭箋在文王有聲之訓述乃述行其安民之道，述行其成民之德，其文義正合。故此篇之遹字亦非語詞。馬瑞辰，王引之等均以語詞之欥字釋之，如王氏釋詞云：「說文，欥詮詞也，字或作聿，或作遹，或作曰，其實一字也。」馬氏傳箋通釋云：「爾雅，坎律銓也。坎當即欥字，形近之僞。律即聿也，銓即詮也。」此均以說文「欥銓詞也」而爲訓遹或聿字。至陳奐訓文王篇之聿修厥德之聿字甚是，然訓此篇之遹字仍以同欥字爲語詞，此又失之矣。

毛詩多用古字，但亦間雜用今文。說文段注：「周時以儀爲義。」但在詩則儀義雜用。如烝民「我儀圖之」，傳：「儀宜也。」而蕩篇，「不義式從，」傳：「義宜也。」同篇，「以秉義類」，箋亦訓義爲宜。釋文云，「毛作義，鄭作儀，儀義古今字也。」

今字訓古字之例在說文中亦不少。說文，「聯連也。」段注云：「周人用聯字，漢人用連字，古今字也。」說文，「舄，䧿也。」段注云：「舄即䧿字，古文作舄，小篆作䧿。」此皆以今字訓古字之例。

七、通字爲訓

古字多通用，以彼字訓此字，二而一也。茲以詩訓明之。

1「在我室兮，履我卽兮。」（齊，東方之日）傳：「履，禮也。」箋：「在我室者，以禮來則就之。」王先謙云：「履，禮古通用，故通訓。」按長發篇「率履不越」，傳亦訓履爲禮。

2「士與女，方秉蕑兮。」（鄭，溱洧）傳：「蕑，蘭也。」又澤陂篇「有蒲與蕑」，傳亦訓蕑爲蘭。鄭箋謂蕑當讀若蘭。是蕑與蘭爲通字，故得爲訓。

3「鬷假無言，時靡有爭。」（商頌，烈祖）傳：「鬷，總也。」又東門之枌，「越以鬷邁」，箋亦訓鬷為總。「鬷邁」謂總共以行，「鬷假」謂總集大衆，指助祭時諸侯及羣臣而坐，又長發篇「百祿是總」，釋文作「百祿是鬷」。可見二字通用且通義也。

4「威儀棣棣，不可選也。」（邶，柏舟）傳：「物有其容，不可數也。」是訓選為數。王先謙謂選與算古通用，文選廣絕交論引此詩作「不可算也。」論語，「斗筲之徒，何足選也。」朱注：「選，數也。」選，算，數通用，故為訓也。

5「宴爾新昏，不我屑以。」（邶，谷風）傳：「屑，絜也。」絜即潔。趙岐孟子章句十三云：「屑，潔也，」詩云，「不我屑已。」即論語所謂「與其潔也」。王先謙疏云：「不我屑以猶言不與我潔，以清潔而受汚濁之名，可傷之甚也。」是屑，潔古通用而為訓也。按君子偕老，「是屑髢也」，傳亦訓屑為絜。

6「無冬無夏，值其鷺翿。」（陳，宛丘）傳：「翿，翳也。」王先謙云：「說文作翌，即翳之省文，本字為翿。」此通字為訓之例。

7「豐年多黍多稌。」（周頌，豐年）傳：「稌，稻也。」陳奐云：「爾雅，釋草同訓，郭注，今沛國呼稌。」是稌為稻之通稱字，故得為訓也。

8「絲衣其紑，載弁俅俅。」（周頌，絲衣）箋：「載猶戴也。」與月令，載青旗，皆同戴。段玉裁云：「古文戴與載通用，言其上曰戴，言其下曰載。」惠棟云：「載與戴字本通。春秋戴國，陸氏釋文作載，石經作戴。陳留戴國，本亦作載，故隋時置載洲，顏搯以爲誤而駁，蓋未知字之相通也」，以通字之訓也。

9「燕婉之求，籧篨不殄。」（邶，新臺）箋：「殄當作腆，善也。」王引之經義述聞謂燕禮注，故腆皆作殄。大雅，雲漢，「不殄禮祀」，錢氏問答亦以殄爲腆。燕禮，「寡君不腆之酒」，注：「腆，善也。」是知腆，殄古字通，故爲訓也。

10「駿發爾私，亦三十里。」（周頌，噫嘻）箋：「發，伐也。」考工記注云：「伐之言發也。」周語，「王耕一撥」，注：「一撥，一耦之發也。」說文作犮，云，春草根枯引之而發土爲撥，故謂之犮。伐，發，撥犮通字，故得爲訓。

11「維鵜在梁，不濡其咮。」（曹，候人）傳：「咮，喙也。」玉篇引作噣，幷云，噣，喙也。又曰，噣亦作咮。古咮，噣，喙三字同音通用，故得爲訓也。

12「愾我寤嘆，念彼周京。」（曹，下泉）傳：「愾，嘆息之意。」說文，「愾，大息也。」王逸楚詞九嘆注，「慨慨歎息貌也，詩曰，愾我寤歎。」是知，愾，慨古通字，得爲訓也。

13「秩秩斯干，幽幽南山。」（小雅，斯干）傳：「干，澗也。」考槃篇「考槃在澗」，韓詩澗作干。是知澗古音同通用，故得爲訓也。

14「敦弓既句，既挾四鍭。」（大雅，行葦）朱傳：「句，彀也。」說文，「彀，張弓也。」東京賦，「彫弓斯彀。」句與彀音義同故爲訓也。

15「洵有情兮，而無望兮。」（陳，宛丘）傳：「洵，信也。」陳奐云：「洵，讀爲恂。說文，恂，信心也。是恂爲信也，爾雅，洵，信也。古恂，詢，洵通用。」此通用字之訓也。

16「君子信盜，亂是用暴。」（小雅，巧言）傳，「盜，逃也。」陳奐謂，古盜逃通用。荀子榮辱篇云，「陶誕突盜，惕悍憍暴以偷生。」又云「汗漫突盜，常危之術也。」王覇篇云，「汗漫突盜以先之。」此突盜卽王制篇之遁逃。此盜逃通用之證。

17「抑此皇父，豈曰不時。」（小雅，十月之交），箋「抑之言噫。噫是皇父，疾而呼之。」釋文引韓詩，「抑，意也。意卽噫也。」論語，「抑與之與！」蔡邕石經作「意與之與！」周頌，「噫嘻成王」，定本作意。大戴禮，武王問師尚父曰：「黃帝顓頊之道存乎，意亦復不可得見與？」意卽抑。惠棟曰：「抑本與意通。」字既通故得通訓。陳奐謂抑爲意之假借字，王先謙謂爲聲轉，均未若以通用字爲宜也。

18「遵大路兮，摻執子之袪兮。」（鄭，遵大路）箋：「思望君子於道中。」說文，「路道也。」爾雅釋宮，「一達謂之道路。」均以道釋路。書洪範云，「遵王之道」，又云，「遵王之路」，是路道通用字。故王引之在經義述聞中謂此詩之路應改爲道以協醜好之韻。

19「古訓是式，威儀是力。」（大雅，烝民）傳：「古故也。」箋：「故訓先王之遺典也。」古故通用字。列女宋鮑宗女傳引詩作「故訓是式」。釋詁及說文均云，古故詁三字通用。

20「辟爾爲德，俾臧俾嘉。」（大雅，抑）傳：「女爲善則民爲善矣。」同篇，「謹爾侯度，」

箋：「愼女爲君之法度。」均訓爾爲女。爾女通用字，爾女也。按蕩，抑兩篇均爾女雜用。

八、通字通訓

通字得通用，既通用自得通訓。兪樾在古書疑義舉例中引大雅抑篇云，「女雖湛樂從，」雖通維，「女維湛樂從，」猶尙書無逸篇，「惟耽樂之從。」又馬瑞辰釋抑篇，「肆皇天弗尙」云，「爾雅，尙右也。右通作祐，祐助也。弗尙卽弗右，箋訓爲高尙失之。」詩中通用之字甚多，而傳則通訓，如上所舉宴樂也，燕亦安也，宴燕古通訓。茲舉例明之。

1「彼君子兮，噬將適我。」（唐，有杕之杜）傳：「噬，逮也。」釋文引韓詩作逝，幷云逝及也。邶風，日月篇，「逝不古處，」傳：「逝，逮也。」是噬與逝通，通字故通訓也。陳奐云：「逝與噬通，逝謂之逮，逮又謂之及，故日月篇下章傳直以及字代逮字。逝不不及也，逝不古處，言不及古處也，逝不相好，言不及相好也。」此言噬與逝通訓，而逮與及又通訓也。

2「爲絺爲綌，服之無斁。」（周南，葛覃）傳：「斁厭也。」說文同訓。釋詁，「射厭也。」郭注引詩作「服之無射。」」楚辭招魂，王逸注引詩亦斁作射。禮記緇衣引詩亦然。王先謙云：「斁射古經典通用。」故大雅，思齊，「無射亦保，」周頌清廟，「射于斯人，」傳均訓射爲厭。

3「天生烝民，受命匪諶。」（大雅，蕩）傳：「諶誠也。」諶古通忱，說文引詩作「天命匪忱，」幷云，「忱誠也。」大雅，「天難諶斯，」諶亦同忱。今本大明篇作「天難忱斯」，傳：「忱信也。」誠與信同義，足知諶忱通用而通訓也。

4「秩秩大猷，聖人莫之。」（小雅，巧言）傳：「猷道也。」小旻，「匪大猷是經，」抑，「遠猶辰生，」傳均訓猶道也。古猶猷字通。書盤庚「女分猷念以相從，」漢石經作猶。召南小星，「寔命不猶，」魏風陟岵，「猶來無棄，」爾雅注均引作猷。常武，「王猶允塞，」韓詩外傳引作猷。是猶猷字通之證，字通故通訓也。朱駿聲謂猶亦作右形左聲。此亦與字形之訓有關。

5「昏以爲期，明星晢晢。」傳：「晢晢猶煌煌也。」大明傳，「煌煌明也。」庭燎，「庭燎晣晣，」傳：「晣晣明也。」釋文，晣本又作晢」張衡，東京賦作「庭燎晢晢，」可見晢，晣通字通訓。案晣左形右聲，而晢下形上聲，此又形通之理。

6「二子乘舟，汎汎其景。」（邶，二子乘舟）傳：「汎汎然迅疾而不礙也。」泮水，「憬彼淮夷，」傳，憬遠行貌。說文，「礙止也。」傳訓景爲迅疾而不礙，卽迅疾不止，正與遠行之義相合。王引之詩述聞云：「古景憬字通，士昏禮，『姆加景』今文景作憬。」故訓相通也。

7「謂他人昆，亦莫我聞。」（王，葛藟）聞字無傳，王引之詩述聞云：「古聞與問通，聞猶問也，謂相恤問也。箋訓不相聞命失之。」又大雅雲漢，「羣公先正則不我聞，」聞亦恤問之意，箋訓不聽我所言亦失之。文王篇，「令聞不已，」墨子引作「令問不已。」又文王篇，「宣昭義問，」陳奐亦謂問讀爲聞，善問猶令聞也。可見聞問古通，亦通訓。

此外詩傳通字通訓之例甚多，如齊風猗嗟，「抑若揚兮，」傳：「抑美色。」烝民，「好是懿德，」傳：「懿美也。」抑與懿通字通訓。又如小雅北山，「率土之濱，」傳：「濱涯也。」大雅常武，「鋪敦淮濆，」傳：「濆厓也。」濆又與濱通字通訓也。

惟古之通字類多通聲，如上通字之訓例，無一非聲通之字。故大部分留待聲訓方面詳別論。此處姑略備一種訓例而已。

九、形類通訓

說文叙曰：「轉注者建類一首，同意相受，考老是也。」所謂建類可分形類及聲類。形類取其形，如老考均從耂形，聲類則取其聲，如淺殘均從戔聲。章太炎在國故論衡「轉注假借說」云，「古者類律同聲，以聲韻爲類，猶言律矣。首者今所謂語基。管子曰，凡將起，五音凡首。莊子曰，乃中經首之會，此聲音之基也。」又曰，「方言曰，人之初生謂之首。初生者對孳乳寖多，此形體之基也。」章氏所謂形體之基卽此所謂形類之訓。而所謂聲音之基，卽下文所謂聲類之訓。近代訓詁學者特着重詞羣之研究，此亦因類而得義之法。但往往專重語音而忽略形體。如高本漢之注釋詩經以語源爲依據，而其所謂語源完全本源聲音，有時不無牽強之處。如衞風，淇奧，「會弁如星，」會是髆之假借字，是骨製會髮之器，故傳云：「會所以會髮。」而高氏硬將其與「曷其有佸」之佸字語音有關，因佸傳訓會也。（見董同龢譯高本漢詩經注釋）若從骨字旁之形體觀之自可明其義矣。故形類實不容忽視也。王引之在詩述聞中嘗言毛傳緣詞生訓，其實毛傳之緣詞乃兼緣形，緣義緣聲三者，此處所論乃其緣形之訓也。說文爲說形之書，共分五百四十部首，部首卽形類。段玉裁在說文皀下注云：「全書之例，於形得義之字，不可勝計。」其源實始於毛傳。茲將毛傳形類通訓之例分述之。

一、以示爲形類多通訓

(1)「其胤維何，天被爾祿。」（大雅，既醉）傳：「祿福也。」釋詁同。陳奐云：「天保曰百祿，假樂曰百福，皇矣曰受祿，假樂曰受福，是祿福同也。」又段玉裁說文注云：「商頌五篇兩言福，三言祿，大恉不殊，釋詁毛傳皆曰祿福也，此古義也。」是福祿同形類通例。又小雅信南山，「受天之祜」，箋：「祜福也。」周頌，「思皇多祜」，魯頌泮水，「自求伊祜」，商頌烈祖，「有秩斯祜」，箋均訓祜爲福。說文段注云：「祜訓福則當與祿禠等爲類。小雅六月，『既多受祉，』巧言，『君子如祉，』傳均訓祉福也。」是祜祉又爲同形類之通訓。

(2)「文定厥祥，親迎于渭。」（大雅，大明）傳：「祥善也。」箋：「文王以禮定其吉祥。」摽有梅及天保傳，「吉善也。」是吉祥同義。大雅行葦，「壽考維祺，」傳，「祺吉也。」周頌維淸，「維周之禎，」傳，「禎祥也。」箋，「周家得天下之吉祥。」是祥祺禎又爲同形類之訓。

(3)「禴祠烝嘗，于公先王。」（小雅，天保）傳：「春曰祠，夏曰禴，秋曰嘗，冬曰烝。」說文，「春祭曰祠。夏祭曰礿。礿亦作禴。」大雅烝民，「仲山甫出祖，」箋：「祖者將行犯軷之祭也。」說文，「禖祭也。」商頌玄鳥傳云：「春分元鳥降，湯之先祖有娀氏女簡狄配高辛氏帝，帝率與之祈於郊禖而生契。」說文，「禘禘祭也。」周頌雝序，「禘太祖之所歌也。」箋：「禘大祭也。」

又生民，「克禋克祀，傳以郊禖之祭釋之。是禴祠祖禖禘祀均爲同形類之訓。又皇矣，是類是禡，傳：「於野曰禡。」類，說文作禷，以事類祭天神。文王，「祼將于京」，傳：「祼灌鬯也」。說文，「祼灌祭也。」是禷禡祼又爲同形之訓矣。

(4)「克禋克祀，以弗無子。」（大雅，生民）傳：「禋敬也。」商頌長發，「上帝是祗，」箋：「祗敬也。」是禋祗爲形類之訓。

二、以大爲形類之字多訓大

(1)「受祿無喪，奄有四方。」（大雅，皇矣）傳：「奄大也。」說文，「奄覆也，大有餘也。从大申。」執競，「奄有四方」傳又訓奄爲同。同者共也，共同亦有大義。周南樛木，「葛藟荒之，」傳：「荒奄也。」周頌天作，「大王荒之，」傳：「荒大也。」故奄亦訓大。維天之命，「文王之德之純」，傳：「純大也。」陳奐謂純與奄同。

(2)「奕奕梁山，維禹甸之。」（大雅，韓奕）傳：「奕大也。」說文，「奕大也，從大亦聲。」正義曰：「以其言山之形而云奕奕故知大也。」下章，「四牡奕奕」，箋云：「韓侯束廣大之四牡奕奕然。」又周頌豐年，「亦有高廩，」箋：「亦大也。」段玉裁說文注云：「是卽奕之假借也。」案小雅巧言，「奕奕寢廟」，傳亦訓奕奕大貌。

(3)「佛時仔肩，示我顯德行。」（周頌，敬之）傳：「佛大也。」說文，「⿱大弗大也，從大弗聲，讀若予違汝弼。」陳奐，段玉裁均云：「佛爲⿱大弗之假借字。」又小雅四月，「廢爲殘賊，」傳：「廢大也。」釋詁同訓。廢與奔同部。段玉裁云：「廢卽奔之假借字也。」

(4)「神之聽之，介爾景福。」（小雅，小明）傳：「介大也。」大雅生民，「攸介攸止，」傳：「介大也。」說文，「夰大也，從大介聲。」段注云：「此謂分畫之大。方言曰，夰大也，東齊海岱之間曰夰。經傳多假介爲之。釋詁曰，介大也。」陳奐云：「夰大也，今字通作介，猶奄大，今作純，奔大今作佛，假借行而本義廢矣。」

(5)「內奰于中國，覃及鬼方。」（大雅，蕩）傳：「奰怒也。」說文，「𡚁壯大也。从三大三目。奰乃𡚁之省。」馬瑞辰云，「怒則氣滿，與壯大義近。」又小雅北山，「鮮我方將，」傳：「將壯也。」爾雅，「奘駔大也。」奘樊孫本作將。是將與奘通。奘有大義，故將亦有大義。周頌「我將我享，」傳：「將大也。」壯亦壯大之義也。又長發，「玄王桓撥，」傳：「桓大也。」箋：「廣大其政治。」說文，「𡘋奢也，从大亘聲。」段注云：「詩之桓卽𡘋之假借字。檀弓，桓楹，注亦云大楹。周禮桓圭同解。周書謚法，辟土服遠曰桓，辟土兼國曰桓，皆是大義。釋訓曰，桓桓威也。泮水傳，桓桓威武貌，桓序曰，桓講武類禡也。蓋此等桓字，皆𡘋之假借字，大之義可以兼武也。桓之本義爲亭郵表，自經傳皆借爲𡘋字，乃致桓行而𡘋廢矣。」

從大形之字多訓大，說文之例甚多，如「夸奢也。」「奢張也，」詩韓奕傳：「張大也。」「奃，大也」，段注：「此謂宏下之大也。」「奯，空大也。」「𡙁大也」，「段注：「此謂秩秩然之大也。」「夰大也，」段注：「此謂虛張之廣。」「㚎，大也，」段注：「此謂楤物之大。」「奃大也，」

段注：「此謂根柢之大。」「**奃**，瞋大聲也。」「**奄**大也」，段注：「此謂敦厚之大。」「契，大約也。」以上均從大而訓大之字類。

三、以心爲形類之字多訓憂

(1)「我僕痡矣，云何吁矣。」（周南，卷耳）傳：「吁憂也。」說文，「忓憂也。從心于聲。」段注：「吁卽忓之假借，說文吁驚詞也，此義不訓憂。」小雅何人斯，「云何其盱，」都人士，「云何盱矣。」均訓盱爲病，病亦與憂同。段注云：「盱無傳，亦忓之假借。釋詁，盱憂也，盱本或作忓。」

(2)「未見君子，憂心忡忡。」（召南，草蟲）傳：「忡忡猶衝衝也。」爾雅釋詁曰，「忡忡憂也。」陳奐謂忡卽楚辭九歌，「極勞心𢥞𢥞，」之𢥞，廣雅，𢥞，憂也。案擊鼓，「憂心有忡」；出車，「憂心忡忡」義同。又同篇，「憂心惙惙，」傳：「惙惙憂也。」說文，「惙憂也。」釋訓，「惙惙憂也。」單言曰惙，重言曰，惙惙，言憂之至也。

(3)「憂心悄悄，慍于羣小。」（邶，柏舟）傳：「悄悄憂貌。」說文，「悄憂也，詩曰，憂心悄悄。」又慍，傳訓怒，陳奐引孟子趙注，怒應作怨。正義云：「言仁人憂心悄悄然而怨此羣小人在君側者也。」怨亦有憂意，故釋訓曰，「悄悄慍也。」可見悄與慍同義。案陳風月出，「勞心悄兮，」傳亦訓悄爲憂。

(4)「出自北門，憂心殷殷。」（邶，北門）小雅正月，「憂心慇慇，」傳：「慇慇然痛。」桑柔，

「憂心慇慇。」釋訓，「慇慇憂也。」謂憂之切也。箋：「心爲之憂慇慇然。」是也。

(5)「無思遠人，勞心忉忉。」（齊，甫田）傳：「忉忉憂勞也。」釋訓，「忉忉憂也。」陳風，防有鵲巢，「心焉忉忉，」檜風羔裘，「勞心忉忉。」義同。又同篇，「勞心怛怛，」傳：「怛怛猶忉忉也。」匪風，「中心怛兮。」傳：「怛傷也。」說文，「傷憂也。」防有鵲巢，「心焉惕惕，」傳：「惕惕猶忉忉也。」均憂貌。

(6)「視爾夢夢，憂心慘慘。」（大雅，抑）傳：「慘慘憂不樂也。」小雅正月，「憂心慘慘，」傳：「慘慘猶戚戚也。」小明，「自詒伊戚，」傳：「戚憂也。」說文引作慽，段注：「戚即慽之假借字」。月出，「勞心慘兮，」戴震毛鄭詩考正云：「慘音義于詩不協，蓋懆字轉寫誤爲慘耳。懆千到切，故與照燎紹韻。說文，懆不安也，引詩「念子懆懆，」（小雅，白華）。今詩中正月篇，『憂心慘慘，』北山篇，『或慘慘劬勞，』抑篇，『我心慘慘，』皆懆懆之譌。釋文於北山篇云，字亦作懆，於白華篇『念子懆懆』云亦作慘慘，未能決定二字音義矣。」（詳聲訓）

又月出，「勞心慅兮，」巷伯，「勞人草草，」爾雅草作慅。重言曰慅慅，單言曰慅，慅亦憂也。傳訓草草爲勞心也，勞亦憂也。檜風，素冠，「勞心慱慱兮，」傳：「慱慱憂勞也。」故勞有憂義。

此外小雅頍弁，「憂心怲怲，」傳：「憂盛滿也。」正月，「憂心惸惸，」傳：「憂意也。」「憂心愈愈，」傳：「憂懼也。」十月之交，「悠悠我里，」傳：「悠悠憂也」。二子乘舟，「中心養養，」爾雅，「恙憂也。」養養應作恙恙。此皆從心形之訓憂也。

至從心字形而訓快樂之義亦不少。如邶，凱風，「莫慰母心，」傳：「慰安也。」小雅車舝，「以慰我心，」傳亦訓慰爲安。唐，山有樞，「他人是愉，」傳：「愉樂也。」小雅頍弁，「庶幾說懌，」懌亦說也。大雅泂酌，「豈弟君子，」豈弟亦作愷悌，傳以「樂以強教之」訓愷。說文，「愷樂也。」此皆從心而訓安樂並與憂勞相反者。至說文，憺安也。悰樂也。恛安也。快喜也。忻闓也，憪愉也。其例不勝枚舉。

四、從疒形之字多訓病

說文，疒倚也，人有疾痛也，象倚箸之形。故從此形之字多訓病。如周南卷耳，「我馬瘏矣」，傳：「瘏病也。」鴟鴞傳同。「我馬痡矣，」傳：「痡亦病也。」大雅江漢，「淮夷來鋪，」傳：「鋪病也。」此鋪卽痡之假借字。衛風，伯兮，「使我心痗，」傳：「痗，病也。」十月之交，「使我心痗，」傳亦同訓。小雅節南山，「天方薦瘥，」傳：「瘥病也。」四月，「百卉具腓，」傳：「腓病也。」釋詁曰，「痱病也。」說文，「痱風病也。」段注：「詩之腓應作痱。」同篇，「亂離瘼矣，」傳：「瘼病也。」桑柔，「瘼此下民」，傳亦訓瘼爲病。小雅無將大車，「無自疷兮，」傳：「疷病也。」白華，「俾我疷兮，」傳：「疷病也。」何人斯，「俾我祇兮，」傳訓祇爲病，祇卽疷之假借字。角弓，「交相爲瘉，」傳：「瘉病也。」菀柳，「無自瘵焉，」傳：「瘵病也。」瞻卬傳同。正月，「癙憂以痒」，傳：「癙痒皆病也。」十月之交，「悠悠我里，」傳：「里病也。」玉篇「作𤸫病也。釋詁亦訓瘽病也。里卽瘽之假借字。大雅板，「下民卒癉，」傳：「癉病也。」周頌，閔予小子，「嬛嬛在疚，」傳：「疚病也。」雲漢，「胡能瘨我以旱，」箋：「瘨病也。」以上所舉，皆從疒形之字，毛傳均訓病，故可察形見義也。

五、從髟之形類而通訓

(1)「彼君子女，綢直如髮。」（小雅，都人士）傳：「密直如髮也。」馬瑞辰云：「說文，⿱髟周髮多也。詩作綢，爲假借字。以四章「卷髮如蠆，」五章「髮則有旟，」皆極言髮美，則知綢直如髮，亦謂髮美。如髮猶云乃髮。」馬氏謂綢爲⿱髟周，卽美髮之義。其說甚是。

(2)「盧重環，其人美且鬈。」（齊，盧令）傳：「鬈好貌。」說文，「鬈髮好也，从髟卷聲。」引詩曰，其人美且鬈。段注，「毛傳不言髮，用引申之義，而許用本義也。」陳風澤陂，「碩大且卷。」傳：「卷好貌。」朱駿聲云：「卷又爲鬈，」引此詩。是卷卽鬈之假借字。故傳均訓好貌。釋文引韓詩作婘，乃韓說非毛義也。

(3)「攸介攸止，烝我髦士。」（小雅，甫田）傳：「髦俊也。」爾雅釋言同。大雅，「髦士攸宜，」思齊，「譽髦斯士，」傳均髦爲俊。說文，「髦，髦髮也，从髟毛。」段注：「髮之秀出者謂之髦髮，」漢書謂之壯髮。釋文云，毛中之長豪曰髦，士之俊傑者借譬爲名。俊者俊美也。

(4)「鬒髮如雲，不屑髢也。」（鄘，君子偕老）傳：「鬒黑髮也。」左昭二十八年傳，「昔有仍氏生女黰黑而甚美，光可鑑名曰玄妻。」服杜注皆云，「美髮爲黰。」詩黰作鬒，卽髮黑而長美之義。又髢箋：「髢髲也，不絜者不用髲爲善。」說文，「髲益髮也。」段注：「左傳，衛莊公見己氏之妻髮美，使髡之以爲呂姜髢。」據此，髢雖爲動詞，但鄭氏以髲髢爲首飾，既可爲首飾，當有美好之義。

又鄘，柏舟，「髧彼兩髦。」傳：「髧兩髦之貌。」髧說文作紞，冕冠塞耳者。正義云：「紞者懸瑱之繩垂於冠兩旁，故云冠之垂者。」總之，髧乃兩髦之裝飾，既爲裝飾當有美義。以上均詩傳中以髟形之通訓者。至說文中如「鬗髮長貌。」「⿱髟監髮長也。」「鬈髮好也。」「鬠絜髮也。」均有美好之義。

六、從見之形通訓

(1)「迺陟南岡，乃覯于京。」（大雅，公劉）傳：「覯見也。」箋：「乃見其可居者於京。」抑篇，「莫予云覯，」傳：「覯見也。」說文，「覯遇見也，从見冓聲。」召南草蟲，「亦既見止」，「亦既覯止」傳：「覯遇也。」毛以覯卽見，無待與上文重言，故云遇也。

(2)「韓侯入覲，以其介圭。」（大雅，韓奕）傳：「覲見也。」箋「諸侯秋見天子曰覲。」釋詁同訓覲曰見。陳奐云：「秋見曰覲，因之凡見皆曰覲。」

(3)「題彼脊令，載飛載鳴。」（小雅，小宛）傳：「題視也。」箋：「題之爲言視睇也。」徐幹中論引詩作「相彼脊令」，相亦視也。說文，「𧡫顯也，从見是聲。」段注：「小雅，題彼脊令，傳，題視也。題者𧡫之假借字。毛云視，許云顯者，此蓋轉寫奪字，當云顯視。察及飛鳥，是爲明顯之視。」視亦見也。

此外小雅何人斯，「有靦面目。」傳：「靦姡也。」爾雅釋言文。李孫注云：「靦人面姡然。」說文，「靦面見人也。」「姡面貌也。」越語，「余雖靦然而人面哉，吾猶禽獸也。」韋注云：「靦面目之貌。」此靦字从面見聲，但段玉裁說文注云：「此以形爲義之例。」故亦引入形訓。至說文從見之字多訓視，如「覼求視也。」「覣好視也。」「覞旁視也。」「覶好視也。」「𧡫笑視也。」「䚋大視也。」「觀諦視也。」「𧢝內視也。」其例不勝悉舉。

七、從穴之形通訓

(1)「侯作侯祝，靡屆靡究。」(大雅，蕩)傳：「究窮也。」小雅鴻雁，「其究安宅。」傳：「究窮也。」說文，「究窮也，从穴九聲。」釋言同。段注：「小雅常棣傳曰，究深也，釋詁及大雅皇矣傳曰究謀也，皆窮義之引申也。」究窮二字均从穴，穴居爲究，躬在穴爲窮，以形得義之例。

(2)「穹室熏鼠，塞向墐戶。」(豳，七月)傳：「穹窮也。」穹窮固爲雙聲，但亦均从穴形，可謂形訓與聲訓兼之。大雅，桑柔，「以念穹蒼，」傳：「穹蒼蒼天也。」穹蒼者謂蒼天難窮極也，故亦有窮義。

(3)「不弔昊天，不宜空我師。」「小雅，節南山)傳：「空窮也。」陳奐云：「古空穹通用。」七月傳，「穹窮也」，故空亦訓窮。白駒，「在彼空谷，」韓詩空作穹。傳，「空大也。」釋詁，「穹大也。」可知空穹同訓。空與穹，窮與空，雖空窮疊韻，但在字形上亦相通。亦可謂形與聲訓兼之也。

又衛風考槃，「碩人之薖，」段玉裁說文注云：「薖爲窠之假借字。」說文，「薖空也。」傳訓薖寬大貌，正與空義合。又窠字亦作窾。大雅板，「老夫灌灌」，傳：「灌灌猶款款也。」款亦借此窾字，窾者空也。心空廣卽懽意。

此外說文「竅空也。」「空竅也。」「窒空也。」「穵空也。」亦從穴形通訓之例。

八、從宀之形通訓

(1)「害澣害否，歸寧父母。」（周南，葛覃）傳：「寧安也。」釋詁同。說文，「寍安也，从宀心在皿上。」段注：「此安寧正字，今則寧行而寍廢矣。」全詩寧均訓安，故傳祇此寧字立訓。小雅斯干，「君子攸寧，」箋：「君子所安燕息之時。」常棣，「既安且寧」箋：「安寧之時。」節南山，「俾民不寧」，箋：「使民不得安。」大雅文王，「文王以寧，」正義云：「文王以安寧。」鳧鷖，「公尸來燕來寧。」箋：「尸之來燕也其心安。」江漢，「王心載寧，」正義云：「我王之心於是則安寧矣。」周頌載芟，「胡考之寧，」箋：「寧安也。」此均以寧訓安之例。

至伐木，「寧適不來，」雲漢，「胡寧忍予，」寧字無傳，王引之釋詞訓何。陳奐在小雅小弁篇，「我辰安在」疏云：「葛覃傳，寧安也。寧安同義，故二字竝與何同義。」是小弁之安可訓寧，伐木，雲漢之寧亦可訓安。小弁箋云：「我生所值之辰安所在乎？」則伐木亦可云，安適不來乎？雲漢亦可云，胡安忍予乎？據此，則寧字均可訓安。

(2)「胡能有定，寧不我顧。」（邶，日月）傳：「定止也。」此同釋詁文。說文，「定安也。」

止亦安止之義。故箋云：「君之行如是，何能有所定乎？曾不顧念我之言，是其所以不能定完也。」完郎公子完，言不能安公子完之位也。小雅六月「以定王國，」箋：「定安也。」正義云：「故能克勝以安定王國也。」大雅江漢，「四方既平，王國庶定。」正義云：「今四方既已平服，王國之內，幸應安定。」均以安訓定也。

(3)「宴爾新昏，如兄如弟。」（邶，谷風）傳：「宴安也。」孔疏言安愛爾之新昏，其恩如兄弟也。說文，「宴安也。」段注：「經傳多假燕爲之。」小雅鹿鳴，「以式燕嘉賓之心，」傳：「燕安也。」後漢書鍾離意傳，「鹿鳴之詩必言宴樂者以人神之心洽然後天氣和也。」是燕宴通之證。以上所舉，是從宀形之字其訓詁多相通。至說文，「宓安也。」「宜所安也。」「寍竫也，」安說文訓竫，故寍玉篇訓安。

此外周頌昊天有成命，「夙夜基命宥密，」傳：「宥寬也。」說文，「宥寬也，从宀有聲。」又「寬，屋寬大也，从宀莧聲。」此又從形而得義之例。

九、從辵之形通訓

(1)「用戒戎作，用逷蠻方。」（大雅，抑）傳：「逷遠也。」逷古逖字。潛夫論引詩作逖。說文，「逖遠也。」瞻卬，「舍爾介狄」，傳：「狄遠也。」正義云：「毛讀狄爲逖，故爲遠也。」又周頌泮水，「狄彼東南，」陳奐詩疏云：「瞻卬傳，狄遠也，抑傳，逷遠也，古逷逖聲通，狄彼東南，與尚書，逷矣西土之人句法一例。」逷，逖均從辵形，故通訓。

(2)「山川悠遠，維其勞矣。」（小雅，漸漸之石）箋：「其道里長遠，邦域又勞勞廣濶。」是讀勞爲遼。劉向九歎，「山修遠其遼遼兮，」王逸注：「遼遼遠貌。」說文，「遠遼也」，「遼遠也，」二字互訓。此以形爲訓。

(3)「洞酌彼行潦，挹彼注茲。」（大雅，洞酌）傳：「洞遠貌。」箋：「遠酌取之投木器之中。」說文，「迥遠也。从辵同聲。」段注：「見釋詁。大雅洞酌彼行潦，毛曰，洞遠也，謂洞爲迥之假借也。」迥遠均從辵。

(4)「維此良人，弗求弗迪。」（大雅，桑柔）傳：「迪進也。」箋：「國有善人王不求索不進用之。」迪與進同爲辵之形源。衛風考槃，「碩人之軸，」傳：「軸進也。」陳奐謂軸卽迪之假借字。又軸與迪均從由，其語源亦相關也。

十、從走之形通訓

(1)「古公亶父，來朝走馬。」（大雅，緜）說文引詩作趣馬，云，「趣疾也。」箋：「來朝走馬言其辟惡早且疾也。」此與說文之義合。說文，走趨也。釋名：「徐行曰步，疾行曰趨，疾趨曰走。」是走趣趨均有疾義。棫樸，「濟濟辟王，左右趣之。」傳：「趣趨也。」箋：「左右之諸臣皆促疾於事。」又猗嗟，「巧趨蹌兮，」緜蠻，「畏不能趨，」等趨字，均與說文，「趨走也」之義相合。

(2)「喓喓草蟲，趯趯阜螽。」（召南，草蟲）傳：「趯趯躍也。」說文，「躍迅也。」迅亦有疾義。齊風還，「子之還兮，」傳：「還便捷之貌。」說文，「䞘疾也。」段注：「按詩還爲䞘之假借也。」又周南兔罝，「赳赳武夫，」傳：「赳赳武貌。」說文，「赳輕勁有才力也。」輕勁亦有捷義。以上均從走字形通訓之例也。

十一、從老之形多訓老

(1)「樂只君子，遐不黃耇。」（小雅，南山有臺）傳：「耇老也。」大雅行葦，「黃耇台背。」耇亦同義。釋詁，「耇老壽也。」孫炎云：「黃耇面凍梨色如浮垢，壽徵也。說文，「耇面凍黎若垢也，从老省句會意句亦聲。」

(2)「今者不樂，逝者其耋。」（秦，車鄰）傳：「耋老也，八十日耋。」箋：「去仕他國其徒自使老。」案公羊宣十二年傳，「使一二耋老而綏焉。」注：「六十日耋。」

(3)「借曰未知，亦聿既耄。」（大雅，抑）傳：「耄老也。」大雅板，「匪我言耄，」傳：「八十日耄。」說文，「九十日耄。」左昭元年傳，「諺所謂老將知而耄及之者。」以上皆從老之字而通訓老也。

十二、從白形之字多訓白

(1)王風大車，「謂予不信，有如皦日。」傳：「皦白也。」箋：「我言之信如白日也。」說文，「皦玉名之白也，从白敫聲。」段注：「王風有如皦日，傳曰皦白也，按此假皦爲皢也。」說文，「皢日之白也。」段氏以鄭箋訓皦爲白日，故有此假設。其實毛傳既訓白，則玉石之白與日之白，其爲白一也。

(2)「月出皎兮，佼人僚兮。」（陳，月出）傳：「皎月光也。」箋，「喻婦人有美色之白皙。」說文，「皎月之白也，从白交聲。」文選月賦注引詩作「月出皦兮。」而王風「有如皦日」，陳奐詩疏云：「釋文皦本又作皎。列女梁寡高行傳引詩，及文選潘岳寡婦賦注引韓詩皆作皎，皦皎皆白也。」可見皎皦義通，傳，訓皎爲月光，即說文月之白也。

(3)「揚且之皙也。」（鄘，君子偕老）傳：「皙白皙。」孔疏：「其眉上揚廣且其面之色又白皙。」說文，「皙人色白也，从白折聲。」左襄十七年傳，「澤門之皙，邑中之黔。」黔爲黑則皙爲白也。

以上乃從白之字皆從訓白之例。

十三、從貝之形通訓

魯頌泮水，「大賂南金，」傳：「賂遺也。」廣韻，「遺贈也。」秦風渭陽，「何以贈之，」傳：「贈送也。」大雅韓奕，「其贈維何，」箋：「贈送也。」崧高，「以贈申伯」，傳：「贈增也。」說文，「贈玩好相送也，从貝曾聲。」段注：「崧高傳贈增也，增與送義異而同，猶賸之訓增亦訓送也。」故是增亦送也。鄭風女曰雞鳴，「雜佩以贈之，」箋亦訓贈爲送。

又釋詁，「賚予也。」小雅楚茨，「徂賚孝孫，」傳：「賚予也。」烈祖，「賚我思成，」傳：「賚賜也。」釋詁，「賚貢錫予況賜也。」又曰「賚予也。」故毛傳賚訓予，又訓錫。以上從貝之字均訓賜予之義。至說文，「齎持遺也。」「貢獻功也。」「貸施也。」「貱迻予也。」「贛賜也。」「賜予也。」其例不勝枚舉。

十四、從羽之形通訓

(1)「宛彼鳴鳩，翰飛戾天。」(小雅，小宛) 傳：「翰高。」說文，「翰天雞也，从羽倝聲。」段注：「小宛傳云，翰高也，謂羽長飛高。」淮南時則訓高注云：「鳴鳩奮迅其羽直刺飛入雲中。」此乃迅疾高飛之義。

(2)「如矢斯棘，如鳥斯革。」(小雅，斯干) 傳：「革翼也。」箋：「如鳥夏暑希革張其翼時。」韓詩革作䩼，翅也。說文，「䩼翅也，从羽革聲。」段注：「魏都賦，『雲雀踶甍而矯首，壯翼摛鏤於青雲。』注，踶則舉羽䩼用勢若將飛而尚住。此如鳥斯䩼之謂。」則䩼乃振翅將飛也。六月傳，「鳥章錯革、鳥爲章也。」爾雅，「錯革鳥爲旟，」孫炎注云：「錯置也，革急也，畫急疾之鳥於旒。」是革有疾飛之義。又下文「如翬斯飛，」翬無傳。說文，「翬大飛也，从羽軍聲。」段注：「翬訓大飛或許所據毛詩如此，與鄭不同，未可知也。」鄭箋訓翬爲鳥之奇異者，係取另義。方言，「翬飛也。」馬瑞辰云：「爾雅又云，鷹隼醜其飛也，翬，說文翬大飛也，此詩取翬爲大飛之義，以狀簷阿之勢，猶今之飛檐也。」馬說是也。

(3)「翩彼飛鴞，集于泮林。」(魯頌，泮水) 傳：「翩飛貌。」說文，「翩疾飛也，从羽扁聲。」段注：「泰六四翩翩，虞曰，離飛故翩翩。」巷伯，「揖揖翩翩，」傳：「翩翩往來貌。」往來亦飛義之引申。桑柔，「旟旐有翩，」傳：翩翩在路不息也。」亦疾飛義之引申也。

又豳風鴟鴞，「予室翹翹，」傳：「翹翹危也。」說文，「翹尾，長毛也，从羽堯聲。」段注：

「羽長毛必高舉，故凡高舉曰翹，詩曰，『翹翹錯薪，』高則危，詩曰，予室翹翹。」又鄭風清人，「河上乎翺翔，」齊風載驅，「齊子翺翔，」傳：「翺翔猶彷徉也。」彷徉即徘徊來往之義。此皆取羽之飛義也。此外如說文，「翥飛舉也。」「翾小飛也。」「翏高飛也。」「翔同飛也。」其例多矣。

以以上所舉乃以形類通訓。其他如從火之形通訓光。小雅無將大車，「不出于熲」，傳：「熲光也。」庭燎，「庭燎有煇」，傳：「煇光也。」又說文，「熠盛光也。」東山，「熠燿宵行，」傳：「熠燿燐也，燐螢火也。」螢火當有盛光。說文，「炎火光上也。」大雅雲漢，「赫赫炎炎」，傳：「炎炎熱氣也」。小雅大田，「秉畀炎火，」傳：「炎火陽盛也。」此均火光之申義。又小雅十月之交，「爗爗震電，」傳：「爗爗震電貌。」震電之光也。从上諸字均有火光之義。

又從酉之字多訓酒。如商頌烈祖，「既載清酤，」傳：「酤酒也。」說文，「酤一宿酒也，从酉古聲。」小雅伐木，「無酒酤我」，傳：「酤一宿酒也。」同篇，「釃酒有藇，」傳：「以筐曰釃，以藪曰湑。」又曰，「飲此湑矣，」箋：「共飲此湑酒，欲其無不醉之意。」均指酒而言。大雅行葦，「酒醴維醹，」傳：「醹厚也。」箋：「有醇厚之酒醴，」陳奐謂醴即七月篇傳，春酒凍醪也。說文，「醴酒一宿孰也。」又云，「醹厚酒也。」从上諸字又均從酉訓酒之例。

至召南野有死麕，「白茅包之，」傳：「包裹也。」包說文作勹曰，「勹裹也，象人曲形有所包裹。」唐風椒聊，「蕃衍盈匊，」小雅，采綠，「不盈一匊，」傳，均云，「兩手曰匊。」說文，「匊在手曰匊，从勹米。」亦取包裹之意。大雅江漢，「來旬來宣，」傳：「旬徧也。」桑柔，「其下維旬，」傳：「旬陰均也。」亦取包兼之義。

其他從㫃之字多訓旗。如商頌長發，「武王載旆，」傳：「旆旗也。」鄘風干旄，「孑孑干旄」，「孑孑干旟」，孑孑干旌」，傳曰，「旄於干首」，「鳥隼曰旟」，「析羽爲旌。」出車傳：「龜蛇曰旐，交龍曰旂。」大雅，大明，「其會如林，」三家詩及說文作旝。說文，「旝旌旗也」。此亦指旗而言。

又如從玉之字多以玉訓之。如商頌長發，「大球小球，」傳：「球玉也」。齊風，瓊華，瓊瑤，瓊英；衞風，瓊琚，瓊瑤，瓊玖，均訓爲美玉或玉石。從草之字多以草訓之。如「蓬草也」，「芄蘭草也」，「勺藥香草也」，「苕草也」，「葽草也」，「芩草也」，「芑草也」，「苴水中浮草也」，「蓼水草也」，「卉草也」。從木之字多以木訓之。如「樸樕小木也」，「榛木也」，「木瓜楙木也」，「楚木也」，「杞木也」，「松木也」，「柳柔脆之木也」，「櫟木也」，「樗惡木也」，「穀惡木也」，「樸枹木也」，「桐柔木也」，「灌木叢木也」。等等不可勝數，實開許叔重以形解字之先河。許氏曰：「方以類聚，物以羣分，同條牽屬，共理相貫，襍而不越，據形系聯，引而申之，以究萬原。」以此而贊毛氏訓詁之精微，亦無不可。

第二篇 聲訓

導言

中國文字由衍形而進爲衍聲。在六書之結構中，有兩種是表音之字，一曰形聲，一曰假借。說文，「形聲者以事爲名，取譬相成。」段注云：「以事爲名謂半義也，取譬相成謂半聲也。」但形之體有定，而聲之變無窮，故又創假借字以濟其窮。說文，「假借者本無其字，依聲託事。」段注云：「託者寄也，謂依傍同聲而寄於此。」鄭玄在經典釋文敍錄云，「其始書之也，倉卒無其字，或以音類比方假借之，趣於近之而已。」形聲假借之原理卽利用衆多之同音語詞或同音字體之關係，以一個字比擬另一字之音讀，而又從其音讀中比擬其表意之關係。故從每字之語源中可得知其相關之意義。如詖、簸、破三字其語源相同，故皆有分析義。頗、跛、波、披、陂、坡諸字語源亦相同，亦均有傾衺義。段玉裁說文禛字下注云：「聲與義同原，鮨聲之偏旁，多與字義相近。」至秦漢之注音家說明音讀時，乃根據此種文字之性質，一方面說音，一方面又是解釋字形與字義。此中國歷來訓詁之方法卽以字音爲樞紐，亦卽知聲訓在訓詁學中之重要地位。顧亭林在音論上云：

「愚以爲讀九經自攷文始，攷文自知音始，以至諸子百家亦莫不然。」

錢大昕在潛研堂集中亦云：

「古人訓詁，通乎聲音。聲音之變無窮，要自有條不紊。」

王念孫在廣雅疏證自叙中云：

「訓詁之旨，本於聲音，故有聲同字異，聲近義同，雖或類聚羣分，實亦同條共貫。」

王引之在經籍纂詁叙中云：

「訓詁之旨，本於聲音，揆厥所由，實同條貫。」

朱駿聲在說文聲訓定聲凡例中云：

「訓詁之旨，與聲音同條共貫。共用爲勇，稱自狼瞫，咨親爲詢，釋于叔豹。射言繹，或言舍，禮經著其文，刑爲侀，卽爲成，王制明其義。嘉祉殷富，子晉談姒姓之初，考神納賓，州鳩說姑洗之恉。孫爲奔諱，公羊之解經；散與渙同，孔子之序卦。枵名耗而魏名大，述之邱明；忠自中而信自身，陳於叔肸。石癸表吉人之訓，行父傳毀則之辭。究厥雅言，罔非古義。孟堅通德，成國釋名：此其恉也。故凡經傳及古注之以聲爲訓者，必詳列於各字之下，標曰聲訓。」

由上可知中國訓詁乃以聲訓爲主體。聲訓之來源甚爲久遠，其最早者如易說卦，「乾健也，坤順也。」小戴禮記，「仁者人也，義者宜也。」孟子，「洚水者洪水也。」「畜君者好君也。」此均以聲義相通以爲訓。中國訓詁之古籍，毛詩傳與爾雅大同小異，其聲訓部分爲此篇之主題。此外如班固之白虎通，許愼之說文解字，聲訓之例甚多，如白虎通，公者通也。侯者候也。伯者白也。子者孳也。男者任也是。說文，天顚也。旁溥也。馬怒也，武也。戶護也。帳張也。殆枯也。捦急持衣裣也。馴馬順也之類是。至劉熙（成國）之釋名更爲聲訓之專書。王先謙在釋名疏證補序中云：「學者緣聲求義，輒舉聲近之字爲釋，取其明易通，而聲義皆定。流求珥貳，例啓於周公，乾健坤順，說暢於孔子。仁者人也，誼者宜也，偏旁依聲以起訓。刑者侀也，侀者成也，展轉稽聲以求通。此聲教之大凡也。侵尋乎漢世，間見於緯書。韓嬰解詩，班固輯論，率用斯體，宏闡經術。許鄭高張之倫，彌廣厥恉。逮劉成國之釋名出，以聲爲書，遂爲經說之歸墟，實亦儒門之奧鍵。」

鄭康成生於東漢，晚習毛詩，對於毛傳之聲訓獨得其傳。故其詩箋，特標明聲訓。茲將其在詩訓中標明聲訓部分條述之如下：

1豳風東山，「烝在桑野，」傳，「烝窴也。」箋：「久在桑野有似勞苦者，古者聲窴塡塵同也。」此與小雅常棣，「烝也無戎，」傳，「烝塡，戎相也。」箋：「烝久也，猶無相助已者，古聲塡窴塵同。」之訓一致，馬瑞辰云：「塡塵同聲猶古田陳同聲。」錢大昕謂古無舌頭舌上之分。此即窴塡塵古同聲之理。又同篇，「烝在栗薪，」箋，「烝塵，栗析也。言君子又久見使析薪於事尤苦也。古者聲栗裂同也。」此均明言聲訓。

2小雅常棣，「鄂不韡韡。」箋：「承華者曰鄂，不當作拊，拊鄂足也。……古聲不拊同。」錢大昕云：「古讀附如部，左傳部婁無松柏，說文引作附婁云，附婁小土山也，（今人稱培塿）。」附之讀部，即不之讀拊也。此錢氏所謂古無輕唇音之理。

3小雅，節南山，「勿罔君子。」箋：「勿當作末。」馬瑞辰云：「勿末古通用。文王世子篇，

『末有原，』鄭注，末猶勿也。故箋訓勿爲末。」鄭氏破音之字訓均如是。

4小雅，大東，「舟人之子，熊羆是裘。」箋：「舟當作周，裘當作求，聲相近故也。」馬瑞辰云，舟與周字異而音同。玉篇，匌帀徧也，或作周洀，考工記注故書舟作周，是二字通用之證。

5小雅，瞻彼洛矣，「韎韐有奭，」箋：「韎韐者茅蒐染也，茅蒐韎韐聲也。」馬瑞辰云，「茅蒐之聲合爲韎。箋，茅蒐韎韐聲也，韐字乃誤衍。韋昭國語注，急疾呼茅蒐成韎。左傳正義引箋云，茅蒐韎聲也，無韐字，是其證矣。」是知韎卽茅蒐之合聲。箋訓爲聲，卽指合聲而言。

6小雅，瓠葉，「有兎斯首，」箋：「斯白也，今俗語斯白之字作鮮，齊魯之間聲近斯。有兎白首者兎之小者也。」古斯鮮聲近，故蓼莪，「鮮民之生，」阮元又馬瑞辰均訓鮮爲斯，鮮民卽斯民也。(見阮元之毛詩校勘記及馬瑞辰之毛詩傳箋通釋)

7大雅、緜，「縮板以載，」傳：「乘謂之縮。」箋：「既正則以索縮其築板上下相承而起。乘聲之誤，當爲繩也。」

8大雅，崧高，「往近王舅。」箋：「近辭也，聲如彼記之子之記。」古其，己，記，忌，近五字同部通用。故王風，揚之水，「彼其之子，」箋：「其或作記，或作已，讀聲相似。」又鄭風，大叔于田，「叔善御忌，」箋：「忌讀如彼已之子之已。」

9周頌，有瞽，「應田縣鼓，」箋：「田當作朄，朄小鼓也，在大鼓旁，應鞞之屬也。聲轉字變誤而爲田。」馬瑞辰云：「朄从申聲，與田字亦同部通用。朄借作田，猶陳轉作田也。故箋云聲轉字誤變而爲田。正義謂悈字以朿爲聲，聲既轉去朿，惟有申在，申又誤去其上下，故變从田，失箋恉矣。」

以上乃鄭氏對詩經標明聲訓之例，至其在他經之訓詁亦多以聲訓爲之。據經籍纂詁凡例中所舉如，論語鄭注，「古字材哉同耳。」周禮外府注，「齎資同耳，其字以齊次爲聲從貝變易，古字亦多或。」內司服注，「鄭司農云，屈者音聲與闕相似，襢與展相似。康成謂褘揄狄展聲相近。」儀禮鄉飲酒禮注，「如讀若今之若」。聘禮注，「藪讀若不數之數。」禮記曲禮注，「扱讀曰吸，繕讀曰勁。」周禮醢人注，「齊當爲齏。」內司服注，「狄當爲翟。」論語鄭注，「純讀爲緇，厲讀爲賴。」又「恂恂恭順貌，」「便便言辨貌。」

鄭氏之讀若，讀曰，不只注其音，而且注其義。並可謂其注音完全以訓詁爲目的。茲再舉其注經之例以明之。周禮士師，「一曰邦汋。」鄭注，「鄭司農云，汋讀如酌酒尊中之酌。國汋者，斟汋盜取國家密事，若今時刺探尙書事。」禮記中庸，「治國其如示諸掌乎?」鄭注，「示讀如寘諸河干之寘，寘置也，物而在掌中易爲知力者也。」又儒行，「竟信其志」，鄭注，「信讀如屈伸之伸，假借字也。」又聘義，「孚尹旁達，信也。」鄭注，「孚讀爲浮，尹讀如竹箭之筠；浮筠謂玉采色也，采色旁達，不有隱爾，似信也。」以上乃鄭氏注音兼注釋之例。

但鄭氏之聲訓，其範圍極狹，只限於聲同聲近而已。淸儒推明雙聲叠韻之理，因而對聲訓之範圍較廣。如朱駿聲在說文通訓定聲自叙云：「以字之體定一聲，以經之韻定衆聲，从通轉之理定正聲變聲。……若玆之類，厥有三端，其同音者，其叠韻者，其雙聲者。」照朱氏之意，聲訓不外同音，叠韻，雙聲以及通轉而已。予謂毛詩傳之聲訓範圍甚廣，若僅以朱氏之四者不足以得其詳。因參酌陳奐，馬瑞辰，段玉裁，朱駿聲，錢大昕等人之說，詳定其訓例凡十八條，均以毛詩傳爲主體也。

中國關於詩經之訓詁工作，本來未有出乎陳奐與馬瑞辰之上，但亦有短處。正如外儒高本漢所批評云：「因爲沒有現代語言學的方法，尤其對于中國上古語音系統，實在缺乏確切的知識——這在他們的時代沒有辦法的——他們的工作就不免大大的受到限制，並且他們的論證也受到影響。總之，在他們只知道古代語言系統的間格（聲母和韻母的大類）而不知道古音的實值的時候，任何一個字都未嘗不可以用那一套理論說作等於另外一個字。現在，我們的古音知識比他們進步得多了，我們確實處在一個非常好的地位，可以對他們的學說，從言語學的觀點，重新予以估量。」（見高著詩經注釋序言——董同龢譯）此論對于聲訓工作幫助甚大，故此篇除本陳，馬諸人之說作有系統之整理外，另須本高氏之語源系統以作比較。

此外此篇以毛傳爲本，只注重其聲訓之原理，而其訓經之得失不詳論列。至聲訓與聲韻至密切，大約取聲多於韻，故對上古聲母之知識亦須多爲運用。故在每條申述之前，先作原理之說明，藉明蹊徑。亦以可謂此篇乃毛詩訓詁上最重要一篇，亦爲訓詁學上之精華。望有此同好者進而教之，則幸甚焉！

爲淸眉目起見，特先將本篇之綱領分列于后：

一、同聲爲訓　二、雙聲爲訓　三、疊韻爲訓　四、聲轉爲訓　五、聲近爲訓
六、語根爲訓　七、依聲比訓　八、同聲轉訓　九、聲近轉訓　十、同聲借訓
十一、聲近借訓　十二、雙聲借訓　十三、疊韻借訓　十四、聲轉借訓　十五、聲同通訓
十六、聲近通訓　十七、聲轉通訓　十八、同語根通訓

一、同聲爲訓

上列鄭康成聲訓之例，如「古者聲寘填塵同也。」「古者聲栗裂同也。」「古聲不拊同。」等均爲同聲之訓。馬瑞辰云：「古聲同者其義亦同也。如大雅召旻，『如彼棲苴。』傳，苴水中浮草也。張參五經文字，『苴七余反，又音查，見詩大雅。』查又爲浮木之稱，水中浮木謂之查，水中浮草謂之苴，其義一也。」大戴記誥志篇，「虞史伯夷曰，明孟也，幽幼也。」孟子曰：「洚水者洪水也。」此皆爲古聲同之訓。周漢之注釋家均本此例以爲訓，毛詩傳當不能例外。

但聲有今古，今之異讀而古則同聲也，故研究訓詁必先研聲音。如明孟也。洚水者洪水也。明與孟，洚與洪，在今之聲不同，而在古則同聲也。故在未釋毛詩傳例之前，須先將古音同聲之原理作一說明。茲將歷來與同聲有關之古聲原理臚述於后：

一、古無輕脣音說。此說爲錢大昕所發明。他在十駕齋養新錄云：

「凡輕脣之音古讀皆爲重脣。詩凡民有喪匍匐救之。檀弓引詩作扶服，家語引作扶伏。又誕實

匍匐，釋文本亦作扶服。左傳昭十二年，奉壺飲冰蒲伏焉。釋文本又作匍匐，蒲本又作扶。昭二十一年，扶伏而擊之，釋文本或作匍匐。史記蘇秦傳，嫂委蛇蒲服。范雎傳，膝行蒲服。淮陰侯傳，俛出袴下蒲伏。漢書霍光傳，中孺扶服叩頭。皆匍匐之異文也。」

錢氏在此例之外並舉五十七個例，證明古無輕唇音。凡輕重唇音之字在古則同聲或聲近也。此例對毛傳同聲爲訓之原理關係極大，而應用亦最多。如古腓與芘同，詩小人所腓，箋云：「腓當作芘。」毛於此文及牛羊腓字之，皆訓腓爲辟，亦輕唇之讀重唇也。又古音晚重唇，今吳音猶然。說文，晚莫也，毛傳，莫晚也。此類之聲訓容後於應用時述明之。

二、古無舌頭舌上之分說。此說亦爲錢氏所發明。他在同書中云：

「古無舌頭舌上之分，知徹澄三母，以今音讀之，與照穿牀無別也；求之古音則與端透定無異。說文，沖讀若動。書，惟予沖人，釋文直忠切。古讀直如特。沖子猶童子也。字母家不識古音讀沖爲蟲，不知古讀蟲亦如同也。詩蘊隆蟲蟲，釋文，直忠反，徐，徒冬反。爾雅作爞爞，郭，都冬反。韓詩作烔，音徒冬反。是蟲音不異。」

錢氏除此外，並舉二十四個例，證明古無舌頭舌上之分。此原理對本篇應用甚大。如上列鄭訓古聲窴，塡，塵同，即爲此理。又如詩，追琢其章，傳，「追彫也。」荀子引詩，琢彫其章。蓋古聲追彫同也。根據此理，錢氏又得結論，謂古人多舌音，後代多變爲齒音，錢氏云：

「古人多舌音，後代多變爲齒音，不獨知徹澄三母爲然也。如詩重穋，周禮作穜稑，是重穜同音。陸德明云，禾邊作重，是重穋之字，禾邊作童，是穜蓺之字，今人亂之已久。予謂古人重童同音。嶧山碑，動从童，說文，董从童。左傳，予髮如此種種，徐仙民作董董。古音不獨重穋讀爲穜，卽種蓺字亦讀如穜也。後代讀重爲齒音，並从重之字亦改讀齒音，此齊梁人強爲分明耳。而元朗以爲相亂誤矣。」

錢氏又舉四個例以證此說。如至致本同音，而今人強分爲二。不知古讀至亦爲陟利切，讀如疐，舌頭非舌上也。詩，神之弔矣，不弔昊天，毛傳皆訓弔爲至。以上兩條爲錢氏對古音之偉大貢獻，亦爲不可動搖之定案。近人董同龢在中國語音史之上古聲母一章中，定上古與中古之關係共有九條，其中第一第三第六等條在與錢氏之說符合。（參董著中國語音史一八一頁）

三、古音娘日二紐歸泥說。此說爲章太炎所發明。章氏在國故論衡，古音娘日二紐歸泥說中云：

「古音有舌頭泥紐，其後支別則舌上有娘紐，半舌半齒有日紐，于古皆泥紐也。何以明之？涅從日聲，廣雅釋詁，涅泥也；涅而不緇，亦爲泥而不滓，是日泥音同也。……入之聲今在日紐，古文以入爲內。釋名曰，入內也，內使還也。是則入聲同內在泥紐也。任之聲今在日紐。白虎通德論，釋名皆云，男任也。又曰，南之爲言任也。淮南天文訓曰，南呂者任包大也。是古音任同南本在泥紐也。……日紐之音，進而呼之則近來，退而呼之則近禰。娘紐之音，浮氣呼之則近影，按氣呼之則近疑。古音高朗而徹不相疑似，故無娘日二紐矣。」

氏舉廿餘例以證其說。說文，「內入也。」詩大雅，「不諫亦入」，入亦內也。其訓甚久，而不知其同聲爲訓也。章氏此說對聲訓貢獻甚大也。此說在董同龢的古聲系統中第五類，即n-｜nè。如然(nè)與嘫(n-)乃(n-)與仍(nē)；弱(nē)與溺(n-)等諧聲字是。(參董著一七一頁)

四、喉牙二音，互有蛻化說。此說亦發明於章太炎，其在「古雙聲說」中云：

「夫喉牙二音，互有蛻化，募原相屬，先民或弗能宣……是故柆柜爲柆柜，曲紅爲曲江，冶容爲蠱容，肉倍好爲肉倍孔，芐爲大苦，何以恤我爲假以溢我，有蒲與荷爲有蒲與茄。詞有揚搉，訓有謑髁。(莊子天下篇釋文，謑有故啓，苦迷，五米三反，髁有戶寡，勘禍二反，其音出入喉牙，而皆雙聲。)鳥有雝渠，樂有空侯，形有句股弦，水有江河淮沇，山有吳嶅恆衡，皆雙聲也。㕣圝同文，油膏通借，若是者遽數之不能終其物。昔守溫，沈括，晁公武輩喉牙二音故已互易，韓道昭乃直云深喉淺喉，斯則喉牙不有異也。百音之極必返喉牙。……故喉牙者生人之元音，凡字從其聲類橫則同均，縱則同音。」

章氏舉甚多之例以證其說。如區聲爲歐，斤聲爲欣，軍聲爲運，元聲爲完，午聲爲許，我聲爲義，此喉音爲牙音者也。又如異聲爲冀，羊聲爲羌爲姜，或聲爲國，奚聲爲谿，益聲爲縊，咸聲爲感，臽聲爲餡，合聲爲袷，此牙音爲喉也。此說對古音之發明亦甚重要。如孟子云，「畜君者好君也。」畜與好同音。錢大昕在養新錄中云：

「孟子云，畜君者好君也。予弟晦之曰，古音畜與好同。孟子借同音之古訓以曉人。如洚水者洪水也，庠者養也，校者敎也，序者射也，徹者徹也，助者藉也，征之爲言正也，皆其例也。祭統，孝者畜也，亦以聲見義。呂氏春秋引周書曰，民善之則畜也，不善則讎也。高誘注，畜好也。文子上仁篇，善則吾畜也，不善則吾讎也，畜與讎協韻。廣雅，嬸好也，嬸卽畜字。（詩，不我能慉，反以我爲讎，傳云，畜養也，慉卽畜字，畜讎爲韻，與呂氏春秋同。）孟康云，北方謂媚好爲詡畜。（見漢書張敞傳注）」

此爲章氏喉牙聲類可以同音之張本。又錢氏論旭字亦有好音云：

「詩，旭日始旦，釋文，旭說文讀若好。字林，呼老反。爾雅，旭旭蹻蹻，郭景純，讀旭爲呼老反，疏引詩，驕人好好，釋之旭旭卽好好也。予弟晦之曰，今本說文，旭讀若勗，疑徐鉉所改。唐以後人不復知旭有好音，故廣韻三十二皓不收旭字。」

喉牙兩音之相通，在詩之例甚多，如九音糾，但亦音鬼。關關雎鳩之鳩讀糾音，但大東，「有冽氿泉」之氿則讀鬼音。又舅字詩亦有兩音，伐木則與咎爲韻，而頍弁則與首，阜爲韻。此錢，章兩氏之說可得確據也。在董同龢的古聲系統中，認定中古 tɕ-，tɕʻ-，dʑ-，ȵ-，ɕ-，ʑ-之字，在上古乃與舌根字諧聲。如赤（tɕʻ-），赦（ɕ-）與郝（x-）。支（tɕ-），枝（tɕ-）與⿰魚支（k-）岐（g-）。臣（ʑ-）與臤（k-）。示（ʑ-）與祁（g-）。旨（tɕ-）與稽（k-），耆（g-）。區（k-）與樞（tɕʻ-）。耆（g-）與嗜（ʑ-）。臤（k-）與腎（ʑ-）。敫（k-）與繳（tɕ-）。咸（ɣ）感（k-）與鍼，箴（tɕ-）。此卽錢、章兩氏所舉之喉牙音所關係之字。至董所舉之字如句之與昫，厷之與宏，圭之與匡，臣之與姬，堯之與嬈，貴之與隤，攸之與條，由之與笛（廸），衍之與愆，旨之與稽與耆，黑之與墨，毋之與悔等等均與章氏古雙聲說中所舉者相同。

詩大雅，民勞，「王欲玉女」，無傳，阮元毛詩校勘記云，「玉畜好古音皆同部相假借。玉女者畜女也。畜女者好女也。召穆公言王乎我惟欲畜女好女，不得不用大諫。詩之玉女與孟子引詩曰，畜君何尤，畜君者好君也，無異。玉卽畜之叚借。」按說文玉字不加點，加點之玉讀若畜牧之畜。此與錢氏畜，旭讀好音相似。

又顧寧人詩本音，凡牙音之字古讀淺喉音。如宜其室家之家音姑，誰謂鼠無牙之牙音吾，彼茁者葭之葭音姑，無冬無夏之夏音戶，宗室牖下之下音戶。其例不可悉數。

詩陳風澤陂，「有蒲與荷，」箋：「芙蕖之莖曰荷。」說文，「茄芙蕖莖。」馬瑞辰云：「荷茄古同音，荷之言茄也，茄通作荷。猶爾雅，陵莫於加陵，卽春秋成十七年之柯陵也。據正義引爾雅樊光注引詩，有蒲與茄。漢書楊雄傳，衿芰茄之綠衣兮，師古注，茄亦荷字也，見張揖古今字詁。以茄荷爲古今字蓋謂古茄荷同音通用。」此卽上章氏喉牙音通之理。但在古韻中，顧亭林之十部，江永之十三部以至段玉裁之十七部均歌與麻同部，是知同部之字其聲有時亦相同也。

又如澤陂詩，「有蒲與蕳，」傳：「蕳蘭也。」箋：「蘭當作蓮。」馬瑞辰云：「蕳蓮古同聲。溱洧詩釋文引韓詩傳曰，蘭蓮也，正釋此詩，「有蒲與蕳」爲鄭所本。釋文誤移於溱洧章耳。古連闌同聲，故蕳可借作蘭，亦可作蓮耳。」但據古聲韻，先寒又同部，蓮入先，蘭入寒。似此同部之字有時亦同聲也。

五、偏旁同聲說。此說始於許叔重而完成於段玉裁。許氏說文解字，从某得聲之字，古多同聲。如從勻之字皆讀勻如均，筠等，從丙之字如怲，炳，柄等是。一部說文，均言从某某聲。其聲讀有條不紊。待至中古以後因方音變音之關係，於是有音異讀問題。顧寧人在音論中云，「殊不知音韻之正本諸字之諧聲有不可易者，如霾爲亡皆切，而當爲陵之切者，因其以貍得聲，浼爲每罪切，而當爲美辨切者，因其以免爲聲。有爲云九切，而賄痏洧鮪皆以有爲聲，則當爲羽軌切矣。皮爲蒲糜切，而波坡頗跛皆以皮爲聲，則當爲蒲末切。」錢大昕謂顧氏論古音皆以偏旁爲聲，合於說文之旨。段玉裁在古十七部諧聲表中云：

「六書之有諧聲，文字之所以日滋也。考周秦有韵之文，某聲必在某部，至嘖而不可亂。故視其偏旁以何字爲聲而知其音在某部，易簡而天下之理得也。許叔重作說文解字時未有反語，但云某聲某聲，卽以爲韵書可也。自音有變轉，因一聲而分散於各部各韵，如一某聲，而某在厚韵，媒𥻅在灰韵。一每聲，而悔晦在隊韵，敏在軫韵，晦痗在厚韵之類，參差不齊，承學多疑之，要其始則同諧聲者必同部也。三百篇及周秦之文備矣。」

董同龢在上中聲母篇亦云：

「各類之內，各個聲母也必有某種程度的相同，才會常常諧聲。如悔，晦等從每得聲，他們的聲母，在上古決不會和中古一樣，一個是x-而一個是m-。」

此所謂从某得聲，就是章太炎所謂語基，也就是高本漢所謂語根。其原理凡語根相同之字多同聲。

如淫，任均從壬得聲，而淫，任，壬均同聲。而其義均爲大。詩，「仲氏任只，」傳：「任大也。」有壬有林，傳：「壬大也，」既有淫威，：傳「淫大也，」」又如京景均从京聲，詩宅是鎬京，傳：「京大也。」景行行止，傳：「景大也。」此類於下面以語根爲訓一節中詳論之。此處只證明同語根之字多同聲而已。

六、聲母ts-與 tʃ 兩系之音多相同。此說乃董同龢根據高本漢氏所主張。彼列例如下。壯 tʃ-，將 ts-——禮記射儀：「幼壯孝弟」，注壯或爲將。稷 ts-，側昃 tʃ——尚書申侯；「至於日稷」，鄭注：「稷讀曰側。」又春秋；「戊午日下昃。」穀梁作「日下稷」。彼云：「如果根據這些現象，我們可以推測 ts-，tʃ 兩系字同出一源，那麽，反切中若干精照互用的例，也就可以解釋爲古語遺留下的痕跡。」

吾人根據此理，則北山篇傳訓將爲壯固可以有原理可尋，即如月出篇之慘之爲懆亦可迎刃而解矣。北山篇之訓下例再述，而月出篇之「勞心慘兮」，與照紹不協韻，于是戴震氏疑慘爲懆之譌。戴氏在毛鄭詩考證云：「勞心慘兮，慘七感切，方言云，殺也，說文云，毒也，音義皆與詩不協，蓋懆轉寫譌爲慘耳。懆千到切，故與照燎紹韻。說文，懆愁不安也，引詩念子懆懆。今詩中正月篇，憂心慘慘，北山篇或慘慘劬勞，抑篇，我心慘慘，皆懆懆之譌。釋文於北山篇云，字亦作懆，於白華篇，念子懆懆云亦作慘慘，未能決定二字音義矣。」段玉裁詩經小學云：「張參五經文字，懆千到反，見詩。慘七敢反，悽也。據此，可見詩皆作懆之證。」此問題由陳第及顧寧人戴震段玉裁均謂慘當作懆。而孔廣森則謂二字相轉，爲宵豪及侵覃音轉之證。（詳見下聲轉條）。若根據此理古音慘懆語源相通，聲同通用，則月出篇之協韻問題與慘懆之眞譌問題均可解決矣。

又墓門篇，歌以訊之，釋文訊作誶，徐息悴反，告也。廣韻引詩作歌以誶止。廣雅，誶諫也，疏證曰，訊字古讀若誶，故經傳二字通用。此亦此原理之證明。

以上乃分析古同聲之原理。以後釋傳訓時，除在今音同聲之字外，其在今不同音之字，如在古音同聲者一律入同聲爲訓之例，而其理則不外乎上述者焉。至上述之原理當然不是完全同聲，有時亦爲聲相近。以後於聲近時再論及。此處乃同聲部分者，茲將毛詩同聲爲訓之例說明如下：

1「宜爾子孫蟄蟄兮。」（周南，螽斯）傳：「蟄蟄和集也。」馬瑞辰云：「說文，卙卙盛也，音義與蟄蟄同。」是知蟄有十聲。陳奐引淮南子道訓注，「蟄讀如什伍之什。」呂覽孟春紀注：「音律注，蟄讀如詩文王之什。」此蟄聲與十聲同音之理。高本漢詩經注釋：「集之古音爲 dziep，此與十聲同。」據此，是蟄與集同聲，蟄之訓集，卽同聲爲訓也。

2「厭浥行露。」（召南，行露）傳：「厭浥濕意也。」陳奐云：「說文，浥濕也。厭浥古語厭，浥，濕三字聲同。」按高本漢謂浥古音 iep 與濕同一語根，濕字古注家音與浥同。是爲陳氏三字同聲之證。至馬瑞辰謂厭浥之厭爲湆之叚借字，照高氏古音之考證，已斥其非矣。

3「乃如之人也。」（鄘，蝃蝀）傳：「乃如是奔淫之人也。」陳奐，釋毛詩音，「之讀是，凡之是同訓，倣此。」之讀是，不只注其音，而注其義。按詩言「之子」甚多，鄭箋於漢廣，「之子于歸，」訓之子是子也。

4「翟茀以朝。」（衛，碩人）傳：「茀蔽也。」錢大昕在古無輕唇音之例中云：「古讀茀如蔽，詩，翟茀以朝，傳，茀蔽也。周禮注引作翟蔽以朝。簟茀魚服，箋，茀之言蔽也。簟茀朱鞹，傳，車之蔽曰茀。」陳奐云：「茀三家詩作蔽，故傳云，茀蔽也。」其釋毛詩音又云，「茀讀蔽，周禮劉昌宗同。」

5「河水淸且淪猗。」（魏，伐檀）傳：「小風水成文轉如輪也。」此以輪訓淪。釋名，「淪倫也，水文相次有倫理也。」淪，輪，倫三字同聲。高本漢云：「此用輪釋同音之淪。」

6「有紀有堂。」（秦，終南）傳：「紀基也。」陳奐云：「紀讀與基同，古已其聲通也。」高本漢謂古音紀，基均爲Kieg，毛氏謂同音假借也。

7「四國是皇。」（豳，破斧）傳：「皇匡也。」惠棟九經古義云：「董氏曰，齊詩作匡，賈公彥引以爲據。則是皇讀爲匡，爾雅，皇匡皆訓爲正。白虎通曰，言東征述職，周公黜陟而天下皆正也。」陳奐云，「皇讀與匡同。」高本漢亦認皇匡是同音假借字。

8「死喪之威，」（小雅，常棣）傳：「威畏也。」巧言，旻天已威，傳亦訓威爲畏。將仲子，父母之言，亦可畏也。陳奐毛詩音云：「畏讀威，與懷韻，大東同。」是威畏古音同，考工記，弓之畏，故書作威，此其證也。

9「憯莫懲嗟。」（小雅，節南山）傳：「憯曾也。」十月之交，故憯莫懲，民勞，憯不畏明，傳均訓憯爲曾。雲漢，憯不知其故，箋：「曾不知爲政所失而致此害。」說文，「朁曾也。」章太炎云：「朁即朕字，古音朕讀爲岑與朁同。」孟子，「可使高於岑樓」，注，謂山之層疊似樓也。是層岑音義同，曾又與層同，據此，曾，朁，岑，朕古皆同音，此以同聲爲訓也。

10「生于道周。」（唐，有杕之杜）傳：「周曲也。」陳奐云：「周讀如漢盩厔之厔，與曲同聲義通。」高本漢讀周爲tiog，正本此。馬瑞辰引釋文引韓詩周右也，高本漢謂從音讀上不可能。

11「左執翿。」（王，君子陽陽）傳：「翿纛也。」爾雅同。釋文，「翿徒刀反」，又「徒報反」，「纛，徒報反」。是知聲相同也。

12「駟介旁旁。」（鄭，清人）傳：「介甲也。」馬瑞辰云：「介古音如甲，故甲胄假借作介胄，正義謂介是甲之別名非也。」

13「勿士行枚。」（豳，東山）傳：「枚微也。」錢大昕在古無輕脣音中云：「古微如眉，少牢禮，眉壽萬年，注，古文眉爲微，春秋莊廿八年，籍郿，公羊作微。詩勿士行枚，傳，枚微也。」微讀眉，眉又與枚同音，故知毛傳同音爲訓也。

14「衮衣繡裳。」（豳，九罭）傳：「衮衣卷龍也。」小雅采菽，玄衮及黼，傳：「玄衮卷龍也。」均以卷龍訓衮。馬瑞辰云：「曲禮記衮衣字皆叚借作卷，蓋衮从㕣聲與卷同音，故傳借作卷。荀子又借作裷。今說文作从公聲，形近傳寫之誤。」

15「鞙鞙佩璲，不以其長。」（小雅，大東）傳：「璲瑞也。」爾雅同。陳奐謂璲即古之遂字，芃蘭，容兮遂兮，箋：「遂瑞也。」古瑞與遂聲同，此與孟子仁人也之訓例相同。

16「山川悠遠，維其勞矣。」（小雅，漸漸之石）箋：「其道里長遠，邦域又勞勞廣濶，言不可卒服。」正義云：「廣濶遼遼之字當從遼遠之遼，而作勞字以古之字少多相叚借。」惠棟曰：「案昭七年左傳，隸臣僚，服虔解誼曰，僚勞也，其勞事也，尞勞古同音，故潦水亦作澇水。上林賦，師古注，潦者牢，勞勞之語見孔氏聘辭。僚與遼皆從尞聲，知古音同也。」

17「戎雖小子。」（大雅，民勞）箋：「戎汝也。」崧高，戎有良翰，烝民，以佐戎辟，韓奕，纘戎祖考，箋均訓戎爲汝。顧寧人詩本音，在釋小雅常棣，烝也無戎云：「元熊朋來五經說曰，此外禦其侮，當以左傳侮字爲據。烝也無戎，與常武，以修我戎，並當音汝。崧高，戎有良翰，卽汝有良翰，民勞，戎雖小子，卽汝雖小子，可見古者戎汝同音。吳氏改務音蒙，而不顧左傳引詩之文，失之矣。」朱傳讀常棣之戎爲而主反與務協韻，正讀戎爲汝音。戎之音同汝卽章太炎娘日歸泥之理。按周南，何彼襛矣，傳，「襛猶戎戎也。」生民，蓺之荏叔，傳，「荏叔戎叔。」據高本漢古音襛 niung，戎古音 niong，均在泥母，而今音則爲日母。據娘日歸泥之說，戎訓汝，襛荏訓戎，此正古同音之訓也。按行露，女無家，釋文，女音汝，卽泥母。朱傳，「蒸也無戎」之戎字作而主切，此兩字亦應讀汝也。

18「耆定爾功。」（周頌，武）傳：「耆致也。」馬瑞辰云：「說文，厎柔石也。其引伸之義爲致。耆者厎之叚借，故傳訓爲致。爾雅釋言，厎致也。郭注見詩傳者卽指此詩毛傳也。耆定爾功猶書，乃言厎可績，史記夏本紀作，汝言致可績。禹貢，覃懷厎績，夏本紀作，覃懷致功，是其證也。」據此，則古耆與致古皆讀與厎同。按錢大昕在古無舌頭舌上之分說中云：「至致本同音，而今人強分爲二（至照母，致知母）不知古讀至亦爲陟利切，讀如疐，舌頭非舌上也。」並引天保，神之弔矣，傳訓弔爲至之例。耆之爲厎，厎之爲致，均古同音之訓也。

19「濟濟辟王，左右趣之。」（大雅，棫樸）傳：「趣趨也。」陳奐毛詩音云：「趣讀趨，與樞協韻。」並引新書連語篇，容經篇及晏子問下篇引詩均作左右趨之。傳以趨訓趣正以同聲爲訓也。又同篇，追琢其章，傳：「追彫也。」荀子引詩作雕。此錢大昕古無舌頭舌上之分之理。有客，敦琢其旅，敦徐音雕，行葦，敦弓既堅，亦借敦爲雕，故傳云畫弓。均此理。

20「景命有僕。」（大雅，既醉）傳：「僕附也。」錢大昕在古無輕唇音說中云：「古讀附如部，左傳，部婁無松柏，說文引作附婁云，附婁小土山也。（今人謂培塿）詩，景命有僕，傳，僕附也，廣雅，薄附也。」據此，僕之訓附正同聲之訓也。又同篇，「室家之壼。」箋：「壼捆也。」馬瑞辰云：「壼捆同聲爲義。大射儀，既拾取矢捆之，鄭注，捆齊等之也，此卽室家之齊。」

21「古之人無斁，譽髦斯士。」（大雅，思齊）傳：「斁厭也。」釋文云，「斁毛音亦厭也。」是毛傳以同音爲訓之例。又同篇，無射亦保，傳，「保安無厭也。」則射亦讀厭。周南葛覃，服之無斁，今爾雅作射云厭也。郭注引詩作斁。禮記緇衣引詩引射。是知古射，斁，厭均同聲也。

22「厥德不回。」（大雅，大明）傳：「回違也。」陳奐云：「回讀與違同，不違不違德也。昭廿六年傳引詩，厥德不回，以受方國，釋之云，君無違德，方國將至。左以違釋回，傳所本也。」旱麓，求福不回，常武，徐方不回，箋訓並同。馬瑞辰云：「韋與回同聲，又借作回。書，靜言庸違，吳陸抗傳引作靜譖庸回。」是知回違爲同聲之訓也。

23「德音莫違」（邶，谷風）箋：「莫無也。」無古讀如莫。錢大昕在古無輕唇音說中云：「古讀無如模，說文，無或說規模字，或作橅。易，莫夜有戎，鄭讀莫如字云，無也，無夜非一夜。詩，德音莫違，箋莫無也。廣雅，莫無也。曲禮，毋不敬，釋文云，古文言毋猶今人言莫也。」莫之訓無即同聲之訓。

24「無然讙讙。」（大雅，板）傳：「讙讙然喜樂也。」陳奐云：「讙樂聲同。」古快樂之樂與智者樂水之樂同音。章太炎在古雙聲說中云：「樂古有鑠音。」此章氏喉牙音蛻化之理。陳奐謂讙樂聲同，即謂古音樂讀鑠也。

25「流言以對。」（大雅，蕩）傳：「對遂也。」皇矣，雲漢傳同。陳奐毛詩音，「對讀遂。」此正錢大昕所謂古無舌頭舌上之分。又同篇，侯作侯祝，傳：「作祝詛也。」正義謂作即古詛字，已見前述。馬瑞辰云：「作詛古同聲。說文，古文殂作𣦸，釋名，助乍也。呂覽貴生篇，士苴以治天下，高誘注，苴音同酢。皆作詛通借之證。」馬氏所謂作詛同聲之說，受高本漢之反對，謂作與詛古音不同。但董同龢注云：「他忽略釋文音作爲側慮反，並云注同。側慮反翻成高氏注音 tsio 與詛音一樣。」可見作詛同音之說不可破。

26「陳錫哉周。」（大雅，文王）傳：「哉載。」戴震曰：「春秋傳及國語引此詩皆作載周，古字載與栽通，栽猶殖也。」馬瑞辰云：「哉載以同聲通用。」又載與才同聲，故旱麓，淸酒既載，烈祖，既載淸酤，石鼓詩均作𩛥。說文，「𩛥設食也，从丮食才聲，讀若載。」載，才，哉既同聲，故得訓始。載見，「載見辟王，」傳，載始也。

又同篇，假哉天命，傳：「假固也。」馬瑞辰云：「假嘏古同聲通用，故假亦可訓固，固亦从古聲也。」陳奐謂假讀同固是也。又假之音可讀嘉。周頌維天之命，「假以溢我。」傳：「假嘉溢愼也。」陳奐毛詩音云：「假讀嘉，假古音胡，嘉古音賀。說文，誐嘉言也，引詩作誐。」據此，則假字古音亦可讀胡，亦可讀賀。因可讀胡，故說文引詩作誐以溢我；因可讀賀，故左襄廿七年傳，君子曰：何以恤我。馬瑞辰云：「何者誐之聲借，亦卽假之聲借，因古音同可通用也。」朱集傳云，「何之爲假聲之轉也。」其說非矣。又馬瑞辰云：「古溢，謐，恤同聲通用，故左傳溢作恤也。」

27「無貳無虞，」（魯頌，閟宮）傳：「虞誤也。」泮水，不吳不揚，釋文，吳音誤。史記引絲衣詩，作不虞不敖。馬瑞辰云：「虞與吳古同音通用。逸周書官人，解營之以物而不誤，大戴記作虞是也。」是知虞與誤同聲，因同吳聲也。

28「神罔時恫。」（大雅，思齊）傳：「恫痛也。」陳奐毛詩音，恫讀痛。高本漢恫古音 Tung，平聲，正與痛同。馬瑞辰謂雙聲取義，此乃今音非古音也。

29「無不潰茂。」（大雅，召旻）傳「潰遂也。」陳奐毛詩音，潰讀爲遂。遂成也就也。箋讀潰爲彙，茂貌。小雅小旻，「是用不潰于成。」傳，「潰遂也。」箋改字不改義。又案古从豕从貴之字多通用。抑篇大風有隧，王引之詩述聞考證，隧風卽遺風，遺與隧古同聲通用。說文㒸或作𧗿。角弓莫敢下遺，荀子非相篇引詩作莫敢下隧。章太炎在轉注假借說中云：「遺亡也，遂亡也，古音出入脂隊二類。」並云：「遺遂同聲，如㒸或作𧗿是其例。」馬瑞辰謂潰遂二字叠韻，乃以今音爲訓，而古音則二字同聲也。

30「召公是似。」（大雅，雲漢）傳：「似嗣也。」陳奐毛詩音，「似讀嗣。」是同聲之訓。至同篇，矢其文德，傳：「矢施也」。馬瑞辰謂矢，施，弛三字皆同聲。高本漢認爲矢古音 Sier 與施 Sia 完全不同音。高說是也。

31「王釐爾成。」（周頌，臣工）箋：「釐理也。」高本漢謂釐 Liəg 與理同音。尙書堯典，允釐百工，國語周語，釐改制量，均應訓釐爲理。又同篇，庤乃錢鎛，傳：「庤具也。」亦以同聲爲訓。

32「駿發爾私。」（周頌，噫嘻）箋：「發伐也。」冬官匠人云：「一耦之伐」，伐發地。伐發同聲，故碩人，發發又作紱紱，紱紱又作伐伐，均同聲之證。釋文，「發補末反。」按錢大昕養新錄云：「古讀罰如𨍁，𨍁讀別異之別，佛讀如弼，」均重唇音。罰卽伐之同音，佛卽發之同音，是發伐亦同聲也。

33「陟降厥士。」（周頌，敬之）傳：「士事也。」說文同。全詩士均訓事。如北山，偕偕士子，傳：「士子有王事者也。」大雅，「百辟卿士，」卿士卿之有事也。又士與仕同聲，四月，盡瘁以仕，箋：「仕事也。」文王有聲，文王豈不仕，傳：「仕事也。」陳奐毛詩音，「士讀事。」則古士，仕，事均同聲也。又按高本漢在文王有聲注音，仕與事均同音 Dziəg。段玉裁說文注云：「士事疊韻」，此今音非古音也。

34「淑愼爾止。」（大雅，抑）傳：「止至也。」陳奐毛詩音，止讀爲止于至善之至。是止與至同聲。此與第十八條底致之訓相同。祈父，靡所底止，傳：「底至也」。小旻，伊于胡底，止讀至，則止亦應讀底。底，至，止皆同聲也。

35「繼序思不忘。」（周頌，閔予小子）傳：「序緒也。」烈文，繼序其皇之，序亦訓緒。陳奐毛詩音，「序讀緒。」以同聲爲訓也。按爾雅，「敘緒也。」敘與序同，繼序猶纘緒，閟宮，纘禹之緒，傳：「緒業也。」

36「貽厥孫謀。」（大雅，文王有聲）箋：「孫順也。」高本漢云：「孫是遜之省體，故訓順。」蓋遜與順同聲也。又順與訓同聲。大雅抑篇，四方其訓之，廣雅釋詁，「訓順也。」馬瑞辰云：「訓順古同聲通用。洪範，于帝其訓，史記宋世家作順。哀廿六年左傳引詩作，四方其順之，是訓卽爲順之證。」傳以訓爲教，非聲訓也。

37「福祿來崇。」（大雅，鳧鷖）傳：「崇重也。」崇重今古音均聲同。錢大昕在古無舌上音中云：「古讀蟲如同，雲漢，蘊隆蟲蟲，韓詩蟲作烔，音徒冬反，是蟲與同音不異。」又重古音童，檀弓，童子作重子。蟲與崇同聲，故知崇亦讀如同，與童字同聲也。

38「聽我囂囂。」（大雅，板）傳：「囂囂猶謷謷也。」大雅十月之交，讒口囂囂，釋文引韓詩作，讒口謷謷。高本漢認兩字均音 ngog，是同音也。

39「履帝武敏。」（大雅，生民）箋：「敏拇也。」爾雅同。馬瑞辰謂敏拇古音皆讀弭。高本漢讀二字古讀皆爲 meg，故爲同聲。按敏拇皆从母得聲，故聲同也。

40「殆及公子同歸。」（豳，七月）傳：「殆始也。」段玉裁謂殆爲始之叚借。唐韻正，殆古音始。按二字均从台得聲，故同聲。陳奐謂殆讀與始同。又與胎同聲，說文，胎始也，均同聲之訓。

41「陳師鞫旅。」（小雅，采芑）傳：「鞫告也。」陳奐云：「鞫讀與告同。十月之交，告凶，漢書，告作鞫，此古告鞫聲通之證。」告讀誓誥之誥。周禮，誓用之於軍旅。文選東京賦注引尹文子云，將戰有司讀誥誓，三令五申之既畢，然後卽戰。

42「鮮我方將。」（小雅，北山）傳：「將壯也。」爾雅，「奘駔也。」奘與壯同。而樊孫本奘作將。又儀禮射儀，幼壯孝弟注，「壯或爲將。」此均壯將聲通之證。董同龢謂古音 tʃ- 與 ts- 聲母之字多諧聲，是也。

43「明命使賦。」（大雅，烝民）傳：「賦布也。」古無輕脣音，故讀賦如布。朱駿聲同入豫部。又錢大昕謂古音敷如布。長發，敷政優優，齊詩作布。左傳引詩亦作，布政優優。書顧命，敷重篾席，說文引作，布重莫席。儀禮管人，布幕于寢門外，注：「今文布作敷。」又敷讀如鋪，常武，鋪敦淮濆，釋文引韓詩作敷。又敷時繹思，左傳引作鋪。又蓼蕭，外薄四海，釋文云，諸本作外敷，注，「芳夫反。」按布，賦，鋪，敷，薄均同部音通，故同訓。

44「如匪行邁謀，是用不得于道。」（小雅，小旻）匪無傳。左襄八年傳引此詩，杜注云：「匪彼也。」顧寧人杜解補正，惠棟九經古義，均以杜說爲長。玉篇廣雅竝云，「匪彼也。」王念孫廣雅疏證，並將小旻四章，如彼築室于道謀，及雨無正，如彼行邁，以其語氣證明匪應訓彼。陳奐云：「疑毛詩傳本有匪彼也三字爲全詩匪字與彼字同義發凡起訓。」錢大昕養新錄曰：「古讀匪如彼，詩，彼交匪敖，春秋襄廿七年傳引詩，匪交匪敖。詩彼交匪紓，荀子勸學篇引作匪交匪紓。春秋襄八年傳引詩，如匪行邁謀，注，匪彼也。」據錢謂匪與彼同聲應互訓。

45「女雖湛樂。」（大雅，抑）雖無傳。陳奐云：「釋詁云，雖維也。古雖維聲通，書無逸篇，惟耽樂之從。正與此文義同。」俞樾在古書疑義舉例中云：「古書有雖唯通用例。說文，『雖从虫唯聲，』凡聲同之字，古得通用。然雖之爲唯，語氣有別。不達古書通用之例，而以後世文理讀之，則往往失其解矣。」按惟與唯通，唯與雖同聲，故雖得通唯。

46「寧莫之懲。」（小雅，正月）傳：「懲止也。」節南山，憯莫懲嗟，箋亦訓懲爲止。錢大昕云：「懲與徵通。易，君子以懲忿窒欲，懲者止也。漢書儒林傳引易作徵字，劉表始作懲而王弼從之。徵有止音，故宮徵字讀如祉，漢書律志，徵祉也。」按懲从徵聲，當與徵同聲。徵既有止音，而懲亦有止音，是知懲之訓止，正爲同聲之訓也。

47「曷其有佸。」（王，君子于役）傳：「佸會也。」陳奐毛詩音云，「佸讀會。」王先謙詩疏云：「佸，會古聲義並同。」是知佸與會爲同聲之訓也。又小雅車舝，「德音來括，」傳：「括會也。」括與佸同聲，故亦同訓會。至君子于役，羊牛下括，傳訓括爲至，因會之義爲至。廣雅釋訓，「括會至也。」故釋文引韓詩作括至也。括，佸，會均可訓至，更足證括佸會爲音義相同也。至段玉裁說文注云：「佸訓會以疊韻爲訓。」此乃今音，而古音則同聲也。

又形訓中所列小星，寔命不同，傳：「寔是也。」陳奐毛詩音，「寔讀是，寔是同聲，寔實不同聲。」故在形訓爲拆字，在聲訓則爲同聲。韓奕，實墉實壑，實應爲寔，即是墉是壑也。故箋云：「實當作寔，趙魏之東，實寔同聲，寔是也。」此與陳說相符。至實與寔乃一部分方語之同聲，非全部同聲。鄭箋及陳氏毛詩音均是也。

此外同音叚借之字，詩傳往往以本字爲訓，已詳第一篇所列。茲引述惠棟之語以作結束。惠定宇在九經古義之論音義相兼之言曰：

「漢儒訓詁，音義相兼。毛詩汝墳，惄如調飢，調朝也。小星，維參與昴，昴留也。騶虞，彼茁者葭，茁出也。谷風，亦以御冬，御禦也。東山，烝在桑野，烝塡也。蓼蕭，爲龍爲光，龍寵也。六月，如輊如軒，輊摯也。正月，褒似烕之，烕滅也。小旻，是用不集，集就也。小弁，譬彼壞木，壞瘣也。鴛鴦，摧之秣之，摧莝也。文王，陳錫哉周，哉載也。大明，俔天之妹，俔磬也。棫樸，追琢其章，追雕也。文王有聲，遹求厥寧，遹述也。王后維翰，翰幹也。卷阿，似先公酋矣，似嗣也。蕩，侯作侯祝，作詛也。崧高，往近王舅，近已也。烝民，古訓是式，古故也。我儀圖之，儀宜也。

江漢，矢其文德，矢施也。閔予小子，繼序思不忘，序緒也。良耜，畟畟良耜，畟畟猶測測也。烈祖，鬷假無言，鬷總也。長發，率履不越，履禮也。（韓詩作禮）如此類不可悉舉。」

惠氏所舉，多已上列。總以同聲之訓例居多。至其認矢施同聲，已引高本漢說以論其非。至集之訓就應爲轉聲，儀之訓宜應爲疊韻，以後再詳論之。

二、雙聲爲訓

中國語言之轉變與語詞之分化，可區分爲首部音素之變異與尾部音素之變異兩種現象。前者乃依雙聲而變，後者乃依疊韻而變。故雙聲疊韻在中國語言之變化上乃佔極重要地位。王筠在說文釋例中論雙聲疊韻云：

「梵書有二合者，吾儒未嘗無也。彼有二合音不復有兩字分其音，是以長存者也。吾儒有二合音，又有兩字分寄其音，是以沿襲而不覺也。雙聲疊韻非乎？茨，疾藜也，茨疾雙聲，茨藜疊韻。之于諸也，諸之雙聲，諸于疊韻。經典中形容之詞，如窈窕參差之等，莫不皆然。無論知與不知，作詩屬對必不誤。惟人名物名，則不知者必誤於屬對矣。梁之王筠，必與唐之杜甫爲偶，一雙聲，一疊韻也。」

中國文字屬於此之雙聲疊韻者甚多。錢大昕在十駕齋養新錄云：

「中國名多取雙聲疊韻，如左傳，宋公與夷䣙，黎來，袁濤塗，續鞫，居提，彌明士，彌牟，公孫彌牟，澹臺滅明，王孫由，于壽於，姚弗翰，胡曹翰，胡孟子，膠鬲，離婁皆雙聲也。書臯陶，左傳龐降，臺駘西，鉏吾，公子圍龜，鬬韋龜，公子奚斯，晉奚齊，先且居，鄭伯髡頑，鬬穀於莬，狄虒，彌樂，祁黎，蒯聵，陳須無，滕子虞，毋伶，州鳩，叔孫州仇皆疊韻也。秦始皇子扶蘇疊韻，胡亥雙聲。漢人尚有鄂千秋，田千秋，嚴延年，杜延年等。東京沿王莽二名之禁，遂無此風矣。」

「草木蟲魚之名，多雙聲，蒹葭，萑葦，薢茩，芙芫，薡董，鴻薈，蘧薚，厥攈，荎藸，蔟姑，袚袶，邛鉅，銚芅，草之雙聲也。唐棣，柜柳，荎著，枸檵，木之雙聲也。蛛蜘，螾衙，蛣蜣，蛣蝠，蚣蝑，至掌，蠛蠓，蛈蜴，詹諸，蝤蠐，蠐螬，蟋蟀，蠨蛸，伊威，熠燿，蟲之雙聲也。鴛鴦，流離，桔鞠，夷由，鶻鵃，禽之雙聲也。騊駼，距虛，獸之雙聲也。」

中國音韻學之發源在乎雙聲疊韻。反切之法以兩字取一音，以上字定其聲，以下字定其韻。故上字必與所切者爲雙聲，下字必與所切者爲疊韻。但雙聲疊韻則具見於詩三百篇，魏晉以下之音韻學家不過踵其法而演進之而已。錢大昕在潛研堂集中云：

「問雙聲昉於魏晉以後，古人未之知也。三百篇中間有近似者，祇是偶合，初非先覺。予乃謂雙聲之秘肇於三百篇，無乃矜管蠡之智以強附古人乎。曰，人有形卽有聲，聲音在文字之先，而文字必假聲音以成。綜其要，無過於雙聲疊韻二端。而疊韻易曉，雙聲難知。股肱叢脞，虞廷之賡歌也。次且，劓刖，文王之演易也。至詩三百篇興而斯秘大啓。卷耳之次章，崔嵬，虺隤兩疊韻。三章高岡元黃兩雙聲。碩人之次章，巧笑疊韻，美目雙聲，大叔于田之次章，上句磬控雙聲，下句縱送疊韻。

出其東門之首章，綦巾雙聲，次章，茹藘叠韻。七月之觱發，栗烈雙聲兼叠韻，上下相對。東山之伊威，蠨蛸，町畽，熠燿，四句連用雙聲。兆兮達兮，哆兮侈兮，旣敬旣戒，旣霑旣足，如蜩如螗，如蠻如髦，不吳不敖，不競不絿，允文允武，令聞令望，宜岸宜獄，式夷式已，之綱之紀，以引以翼，隔字而成雙聲。嘽嘽啍啍，顒顒卬卬，叠字而成雙聲。與與翼翼，隔句而成雙聲。居居究究，隔章而成雙聲。死生契濶，搔首踟蹰，一句而兩雙聲，旅力方剛，山川悠遠，一句而一叠韻一雙聲。其組織之工，雖七襄報章，無以過也。其音節之和雖壎篪迭奏，莫能加也。其尤妙者，角枕粲兮，錦衾爛兮，不獨粲爛韻而枕衾亦韻。錦衾叠韻，角錦又雙聲也。不敢暴虎，不敢馮河，暴馮雙聲，虎河亦雙聲也。此豈尋常偶合者可比？乃童而習之，白首而未喩。翻謂七音之辨，始於西域，豈古者聖賢之智乃出梵僧下耶？四聲昉於六朝，不可言古人不知叠韻。字母出於唐李，不可言古人不識雙聲。自三百篇啓雙聲之秘，而司馬長卿楊子雲作賦，益暢其旨。於是孫叔然制爲反切，雙聲叠韻之理遂大顯於斯世。後人又以雙聲類之而成字母之學。雙聲在前，字母在後，知雙聲則不言字母可也，言字母而不知雙聲不可也。而雙聲已昉於三百篇。吾於是知六經之道，大小悉備，後人詹詹之智早不出聖賢範圍之外也。」

由錢氏之語可知三百篇實集雙聲叠韻之大成，而中國辭章中所謂聯綿辭，莫不是由雙聲叠韻相綴而成。自三百篇以下，而楚辭，而漢賦，以至樂府詩詞，無不以雙聲叠韻爲運用。陳奐在毛詩音釋參差二字音云：「蓋文字始于言語，矢口成辭，總不離乎叠韻雙聲者近是。」訓釋家亦深知此理，每取雙聲疊韻以爲訓。說文，「東動也」，「琴禁也」，「聰察也」，「可肯也」，「月闕也」，「份份彬彬也」，「糾糾繚繚也」，此雙聲爲訓也。「室實也」，「儒柔也」，「狗叩也」，「戶護也」，「春蠢也」，「栗續也」，「門聞也」，此疊韻爲訓也。至釋名之例更多。姑不再舉。故陳奐在毛詩音云：

「凡訓詁每於疊韻雙聲得之。同部疊韻也，異部雙聲也。不知音者，不可以言學。」

中國古籍每多叚借字。朱駿聲謂叚借之法有四，而雙聲疊韻佔其二。疊韻者，如冰之爲棚，馮之爲淜。雙聲者如利之爲賴，荅之爲對。至雙聲可以相轉，疊韻可以相移，二者之爲用大矣。毛公生於漢世，對雙聲疊韻之理知之甚詳，故其詁訓每於雙聲疊韻求之。錢大昕在潛研堂集云：

「毛公釋詩，自爾雅詁訓而外，多用雙聲取義，若泮爲坡，苞爲本，懷爲和之類也。」

雙聲疊韻之理易以現在術語，即同聲母之字爲雙聲，同韻母之字爲疊韻。但古今之聲韻不同，而毛詩之訓詁當以古聲韻爲準。故對于古之聲母與韻母之知識必須了解，而後能通其音。正如王筠在說文釋例中云：「倚移者，阿難也，在古爲疊韻，在今爲雙聲也。」故研究古文之雙聲疊韻，必于古聲與古韻中求之。古韻之知識有清一代自顧寧人以至最近之章太炎黃侃等人均有系統之研究。而古聲之知識，則甚微，除章黃兩氏之古聲紐外，應推西人高本漢之成績。故在雙聲疊韻之訓詁問題上又須參酌比較，以求得正確之音聲焉。現先將毛詩雙聲爲訓之例列論如下。顧雙聲又可分單語雙聲複語雙聲，及語中雙聲三種，先言單語雙聲之訓。

1「云胡不夷。」（鄭，風雨）傳：「夷說也。」商頌那，亦不夷懌，傳亦訓夷爲說。說卽悅也。馬瑞辰云：「夷悅以雙聲爲義。」按夷悅同在疑母，聲母同自爲雙聲也。至草蟲，我心則說，傳：「說服也。」陳奐謂爲雙聲，但服古音讀匐，故匍匐卽匍服。則服爲重脣音，與悅之聲母不同，不應爲古雙聲也，此爲今雙聲也。

2「曷又鞠止。」（齊，南山）傳：「鞠窮也。」谷風雲漢傳同。馬瑞辰云：「鞠卽趜之借字，故訓窮。鞠窮雙聲取義。」但高本漢認鞠音 kiok，而窮音 giong 兩字聲母不同。殊不知窮從躳聲，古音讀均从旁聲。故論語，鞠躬如也，又作鞠窮如也。按儀禮聘禮記，鞠躬焉如恐失之，注，「鞠窮如也。」可以爲證。鞠躬爲雙聲，則鞠窮亦爲雙聲無疑，馬說是也。

3「敝予又改爲兮。」（鄭，緇衣）傳：「改更也。」陳奐云：「改更雙聲。」蓋兩字古聲母相同，而今音則更字不同古音矣。又同篇，還予授子之粲兮，傳，「粲餐也。」粲餐亦雙聲也。

4「竝驅從兩肩兮。」（齊，還）傳，「從逐也。」陳奐云：「從逐，雙聲爲義。」又同篇，「子之茂兮，」傳，「茂美也。」聲母均相同，亦爲雙聲。

5「有杕之杜。」（唐，杕杜）傳：「杕特生貌。」馬瑞辰云：「說文，杕樹貌，從木大聲，大與特雙聲，故傳訓爲特貌。」

6「肅肅鴇行。」（唐，鴇羽）傳：「行翮也。」段玉裁曰：「行翮於雙聲求之。上文云鴇羽鴇翼，故不得以行列釋之。」行讀爲行列之行，與翮之聲母相同，故爲雙聲也。

7「于嗟洵兮。」（邶，擊鼓）傳：「洵遠也。」陳奐云：「洵讀爲敻。」呂氏春秋引詩作，于嗟敻兮，故毛傳訓爲遠。按高本漢古音洵 Xiwen，而敻則音 Xiwan，二字聲母相同，均在曉母，故爲雙聲也。

8「自詒伊阻。」（邶，雄雉）傳：「詒遺也。」爾雅釋言同。詒屬之韻，遺屬脂韻，之脂雙聲，故詒遺亦雙聲也。

9「將仲子兮。」（鄭，將仲子）傳：「將請也。」陳奐云：「將請雙聲，爾雅，請告也，是將猶告也。」馬瑞辰謂將讀如楚辭，羌內恕己以量人兮之羌，王逸注羌楚人發語詞也。」則將音 tsiang 與請 tsiung 乃同聲母也。

10「我思不閟。」（鄘，載馳）傳：「閟閉也。」閟宮傳同。陳奐云：「閟閉雙聲。」閟閉同在並母，故爲雙聲。

11「或肆或將。」（小雅，楚茨）傳：「肆陳，將齊也，或陳于互，或齊于肉。」馬瑞辰云：將齊以雙聲爲義。齊，徐仙民，周禮音蔣細反，讀如劑。爾雅釋言，將齊也。」將與齊均同聲母，故爲雙聲。又同篇，「先祖是皇，」箋，「皇暀也。」信南山，先祖是皇，箋，「皇之言往也。」皇與暀亦雙聲也。

又同篇，「言抽其棘。」傳：「抽除也。」陳奐云：「抽除雙聲，」此兩字在今音固雙聲，在古音亦然。錢大昕云：「抽古讀搯，味古讀鬬。」味與除雙聲，則除亦讀舌頭音。抽與除古既均讀舌頭音，故亦雙聲也。

12「公尸來燕來宗。」（大雅，鳧鷖）傳：「宗尊也。」雲漢，靡神不宗，傳，「宗尊也」，二字互訓。陳奐云，「尊宗雙聲通用，若晉伯宗，國語，穀梁作伯尊。」宗尊兩字同聲母，故爲雙聲。

13「萬邦之屏。」（小雅，桑扈）傳：「屏蔽也。」陳奐云：「屏蔽雙聲。」聲母相同也。

14「會朝清明。」（大雅，大明）傳：「會甲也。不崇朝而天下清明。」段玉裁說文甲字下注云：「大雅，會朝清明，傳，會甲也。會讀如檜物之蓋也。會朝猶言第一朝，此於雙聲取義。貨殖傳，蓋一州，漢書作甲一州。」按說文注，會古外切，甲古狎切，反切之字首同聲，是謂雙聲也。

15「愛莫能助。」（大雅，烝民）傳：「愛隱也。」邶風靜女，愛而不見，說文引詩作僾而不見，爾雅釋言，「薆隱也。」郭注謂蔽薆也，引詩薆而不見。馬瑞辰云：「愛者薆及僾之省借。離騷經，衆薆然而蔽之，義與詩同。薆字又作𥳑，說文，𥳑蔽不見也。薆又通假字，林假彷彿見而不審也。玉篇，僾愛也。薆，隱，僾俱雙聲故同義。」按說文注，愛烏代切，隱於謹切。烏與於古同音。愛與隱同在影母，故謂爲雙聲也。又載芟，「有依其士，」箋，「依之言愛也。」依愛亦雙聲爲義。王引之云：「依之言殷也。」依殷亦雙聲。

16「秉心無競。」（大雅，桑柔）傳：「競彊也。」烈文傳同。無競傳，「無競競也，言君子秉心甚彊固也。」均以彊訓競。競彊同聲母，乃雙聲也。

17「既有淫威。」（周頌，有客）傳：「威則也。」爾雅釋言同。陳奐云：「威从戌聲，故威與則雙聲。廣雅釋言，威德也。威與德亦雙聲，則德義相近。」按戌與則今音在照母，古音在端母，德亦在端母，故威，則，德三字均雙聲。

18「振古如茲。」（周頌，載芟）傳：「振自也。」陳奐云：「振訓自，猶中庸示改爲寘。內則，祇或作振。易，振恒，說文作榰恒。說文，寘从真聲，讀若資。皆依雙聲立訓之例。振古卽自古，自古猶自昔也。爾雅云，振古也，詩言振古，故謂振爲古，毛不然者，必兼乎聲訓矣。」按陳說是也。又馬瑞辰已據王引之謂自，古文作自，與古相似，因譌爲古，毛傳之訓自卽本於爾雅，鄭所見爾雅本，已譌作古。

19「文王曰咨。」（大雅，蕩）傳：「咨嗟也。」陳奐云：「咨讀爲嗞。說文，嗞䜴也，嗟與䜴同。咨嗞雙聲，咨嗟亦雙聲。單言曰嗟，亦曰咨。累言曰咨䜴。爾雅，嗟咨䜴也。咨䜴卽嗞嗟。廣雅，嗞嗟憂聲也，亦曰嗟嗞。嗞或作茲，綢繆傳，子兮者嗟茲也。嗞，茲，子並字異而義同。」按咨，嗟，子等均在精母，故謂雙聲也。

20「奉是辰牡。」（秦，駟驖）傳：「時是也。」敬之，佛時仔肩，傳，「時是也。」論語，時哉時哉，虞贊注，「時是也。」朱駿聲云：「時是雙聲字。」又頍弁，爾殽旣時，傳，「時善也。」馬瑞辰云：「時善雙聲爲義。」朱駿聲亦謂時善雙聲字。王引之謂時善聲之轉。雙聲字亦可相轉，詳見下。

21「寧丁我躬。」（大雅，雲漢）傳：「丁當也。」陳奐謂庚陽聲近。丁當二字雙聲，雙聲亦聲近也。

22「柔遠能邇。」（大雅，民勞）箋：「能猶侞也。」釋文，「侞舊音如庶反。」但古無日母，章太炎新方言云：「如音同奴，故如與帑與能為雙聲。今蘇州謂如是曰寔能，寔訓為是，能即如字，此例語也。」馬瑞辰謂能字从㠯與而字聲近通用。未免太迂曲。

23「其命匪諶。」（大雅，蕩）傳：「諶誠也。」說文，諶作忱，古忱諶通。大明，天維忱斯，韓詩作訦。諶誠雙聲也。

一其次舉其複語雙聲為訓之例如下：

1「螽斯羽，詵詵兮。」（周南，螽斯）傳：「螽斯蚣蝑也。」螽斯與蚣蝑均雙聲也。又蚣蝑，名春黍，亦雙聲也。此明雙聲訓雙聲之例。

2「鳲鳩在桑。」（曹，鳲鳩）傳：「鳲鳩秸鞠也。」此亦以雙聲訓雙聲之例。

3「伊威在室。」（豳，東山）傳：「伊威委黍也。」陳奐云：「伊威雙聲，」而委黍亦雙聲，是以雙聲訓雙聲也。

4「予手拮据。」（豳，鴟鴞）傳：「拮据撠挶也。」陳奐云：「併為雙聲也。」

5「無然憲憲。」（大雅，板）傳：「憲憲猶欣欣也。」憲與欣均雙聲也。

6「耿耿不寐。」（邶，柏舟）傳：「耿耿猶儆儆也。」耿儆雙聲字也。

7「中心養養。」（邶，二子乘舟）傳：「養養猶漾漾也。」養漾雙聲也。

最後再舉其語中雙聲爲訓之例如下：

1「抱衾與裯。」（召南，小星）箋：「裯牀帳也。」馬瑞辰云：「裯帳以雙聲爲義。」

2「彼汾沮洳。」（魏，汾沮洳）傳：「沮洳其漸洳者。」陳奐云：「沮漸雙聲。廣雅釋詁，漸洳濕也。猶言汾旁之濕地。」此隔字雙聲爲訓也。

3「萋兮斐兮。」（小雅，巷伯）傳：「萋斐文章相錯也。」萋錯雙聲字，此隔字雙聲爲訓也。

4「中心如噎。」（王，黍離）傳：「噎憂不得息也。」噎憂二字雙聲。馬瑞辰引劉臺拱云：「噎憂雙聲，憂讀爲嚘，說文，歐嚘也，歐嚘即噎憂。」馬說是也。

5「蹙蹙靡所騁。」（小雅，節南山）箋：「蹙蹙縮小之貌。」蹙與縮聲母同，故爲雙聲也。

6「實維阿衡。」（商頌，長發）傳：「阿衡伊尹也。」說文，「伊殷聖人阿衡，尹治天下，从人尹。」段玉裁注云：「伊與阿，尹與衡皆雙聲。」此亦隔字雙聲爲訓之例也。

7「宜爾子孫繩繩兮。」（周南，螽斯）傳：「繩繩戒愼也。」繩與愼古雙聲通用，故下武，「繩其祖武，」後漢書東平憲王蒼傳引詩作，愼其祖武。管子宙合篇，「故君子繩繩乎愼其所先。」淮南繆稱篇，「末世繩繩乎惟恐失仁義。」陳奐云：「是繩繩之爲戒愼，其訓古矣。繩愼雙聲。」又抑篇，「萬民靡不承，」箋，「天下之民不承順之乎。」承與繩同音，順與愼同音，繩愼旣雙聲，故承順亦雙聲也。

三、疊韻爲訓

疊韻即同韻母之字，其原理已見前述。關於韻母之知識前人之成績甚豐，而古韻之研究亦比古聲爲多。故本節之疊韻字均根據段玉裁之分十七部，而陳奐，朱駿聲亦以段氏之音均表爲依歸也。因此，疊韻之訓例多根據陳，馬兩氏之說，無大意見出入。至其釋例中亦分單語疊韻，複語疊韻及隔字疊韻三類，先言單語疊韻。

1「亦既覯止。」(召南，草蟲)傳：「覯遇也。」全詩之覯均訓遇。段玉裁說文注亦云：「覯遇也。二字疊韻。」

2「我有旨蓄。」(邶，谷風)傳：「旨美也。」全詩之旨均訓美。陳奐云：「美旨疊韻。」

3「何以速我獄。」(召南，行露)傳：「速召，獄埆也。」埆亦作确，說文，獄确也。陳奐云：「速召，獄埆均疊韻。」

4「無冬無夏，値其鷺羽。」(陳，宛丘)傳：「値持也。」値與持同在第一部，故疊韻。又錢大昕在古無舌頭舌上之分說中舉例，直讀特，特古音亦在第一部也。又小宛傳，「負持也，」負亦在第一部。

5「懷之好音。」(檜，匪風)傳：「懷歸也。」此即言歸即好音也。陳奐云：「懷歸疊韻爲訓。」

6「儐爾籩豆。」(小雅，常棣)傳：「儐陳也。」陳奐云：「儐陳疊韻爲訓。」陳讀如禮皆南陳之陳，陳古敶字。」

7「謂山蓋高，不敢不局。」（小雅，正月）傳：「局曲也。」釋文引韓詩作跼云，「傴僂也。」傴僂亦曲也。局曲疊韻。又莠言自口，傳，莠醜也。亦疊韻爲訓。又同篇，「靡人弗勝，」傳，「勝乘也。」陳奐讀勝如騰，故十月之交傳，「騰乘也。」騰乘疊韻。

8「混夷駾矣。」（大雅，緜）傳：「駾突也。」陳奐云：「駾突古同部。文選靈光殿賦張載注引詩作，昆夷突矣。」駾突同部，故知疊韻。

9「有女仳離。」（王，中谷有蓷）傳：「仳別也。」陳奐毛詩音云：「仳別疊韻，古辨別離別無二音。」

10「不與我戍申。」（王，揚之水）傳：「戍守也，」陳奐云：「戍古讀如獸，戍守疊韻。」釋文引韓詩云，「戍舍也。」戍舍則爲雙聲。

11「予之佗矣。」（小雅，小弁）傳：「佗加也。」佗加疊韻。說文，「佗負何也。」何與佗亦疊韻，其義亦相近。

12「作邦作對。」（大雅，皇矣）傳：「對配也。」又同篇，「以對于天下，」傳：「對遂也。」對與配，對與遂均疊韻。

13「文王初載。」（大雅，大明）傳：「載識也。」陳奐云：「載識疊韻。」文王篇，「上天之載，」傳：「載事也。」此條見下聲近爲訓例。案高本漢古音載 dzeg，識 tieg，其韻母相同，故疊韻也。

14「酒醴維醹。」（大雅，行葦）傳：「醹厚也。」段玉裁說文注云，此疊韻爲訓。

15「倉兄填兮。」（大雅，桑柔）傳：「倉喪也。」二字疊韻。又同篇，「民靡有黎。」傳，「黎齊也。」此本管子正世篇，「治莫貴於得齊，齊不得則治難行，故治民之齊不可不察也，」爲義。陳奐云：「「黎齊疊韻爲義。」又，至今爲梗，傳，「梗病也。」梗病同部，故亦疊韻。

16「克岐克嶷。」（大雅，生民）傳：「岐知音也，嶷識也。」馬瑞辰云：「岐知以疊韻爲義。」段玉裁詩小箋云：「岐知音同在十六部，嶷識古音同在十一部，此古於疊韻得義之大凡也。岐者山之兩岐也，心之開明似之，故曰知意；嶷者心口間有所識也，故曰識也。皇矣，兩不識不知竝言。」案高本漢岐音 gieg，知音 tieg，韻母同。又嶷音 ngieg，識見前音 tieg，韻母亦同，均疊韻也。

17「學有緝熙于光明。」（周頌，敬之）傳：「光廣也。」光廣疊韻亦雙聲。說文，「廣殿之大屋也。」六月，四牡脩廣，傳，「廣大也。」雝，於薦廣牡，傳，「廣大也。」故光明亦即大明。陳奐云：「緝熙于光明猶言學自明而大而至於大明也。」馬瑞辰云：「光廣古通用。」此亦古疊韻通用之理。

18「跂彼織女，終日七襄。」（小雅，大東）傳：「跂隅貌。」孫毓云：「織女三星跂然如隅，然則三星鼎足而成三角，望之跂然，故云隅貌。」跂隅疊韻爲訓。

19「之屏之翰。」（小雅，桑扈）傳：「翰幹也。」又，受福不那，傳：「那多也。」均以疊韻爲訓。

20「素絲祝之。」（鄘，干旄）傳：「祝織也。」箋：「祝屬也。」王先謙詩疏云：「毛以雙聲，鄭以疊韻。」

21「我儀圖之。」（大雅，烝民）傳：「儀宜也。」又角弓，「如食宜饇，」釋文「宜本作儀。」儀宜在今音是疊韻，在古音亦疊韻。顧寧人音論謂古人讀義爲我。而宜字古人讀爲牛河反，故君子偕老與河，何協韻。據此，則儀與宜在古音同在十七部，亦疊韻也。

22「邦國殄瘁。」（大雅，瞻卬）傳：「殄盡也。」馬瑞辰云：「殄盡以疊韻爲義。」

23「無靡封于爾邦。」（周頌，烈文）傳：「靡累也。」馬瑞辰云：「靡累以疊韻爲訓。」

24「斧以斯之。」（陳，墓門）傳：「斯析也。」說文同。段玉裁注云：「此以疊韻爲訓。此斯之原義，假借爲此，如殷其靁傳，斯此也。」

其次再述複語疊韻之訓如下：

1「山有扶蘇。」（鄭，山有扶蘇）傳：「扶蘇扶胥也。」此以疊韻訓疊韻。

2「茹藘在板。」（鄭，東門之墠）傳：「茹藘茅蒐也。」亦疊韻之複語。

3「綢繆束薪。」（唐，綢繆）傳：「綢繆猶纏綿也。」此例與上同。

4「蜾蠃負之。」（小雅，小宛）傳：「蜾蠃蒲盧也。」二名皆疊韻複語。

5「女炰烋于中國。」（大雅，蕩）傳：「炰烋彭亨也。」二語皆疊韻，是以疊韻訓疊韻。

最後將語中疊韻之訓例列之如下。

1「鴥彼晨風。」（秦，晨風）傳：「鴥疾飛貌。」陳奐云：「鴥疾疊韻。」語中加一飛字。

2「憂心忉忉。」（齊，甫田）傳：「忉忉憂勞也。」馬瑞辰云：「忉勞疊韻，勞亦憂也。」語中加一憂字。

3「四牡龐龐。」（小雅，車攻）傳：「龐龐充實也。」陳奐云：「龐充疊韻。」語中多一實字。

4「王在靈囿。」（大雅，靈臺）傳：「囿所以域養禽獸也。」陳奐云：「囿域疊韻，故傳以域養禽獸釋經之囿。」此以語中之疊韻字爲訓也。按說文，「所以養禽獸曰囿。」此義訓。而毛傳之多一「域」字，即取其聲訓也。

5「是類是禡。」（大雅，皇矣）傳：「於內曰類，於野曰禡。」陳奐云：「野禡疊韻。」至內與類亦疊韻。此取語中之疊韻字以爲訓也。

6「祼將于京。」（大雅，文王）傳：「祼灌鬯也。」陳奐謂祼灌疊韻。朱集傳，祼音灌。考祼平聲，灌去聲，陳說是也。又，王之藎臣，傳，「藎進也。」馬瑞辰云：「藎本草名，訓爲進者當爲𦿩之同音叚借。說文，𦿩自進極也。𦿩進疊韻爲訓。」

7「憂心弈弈。」（小雅，頍弁）傳：「弈弈然無所薄也。」陳奐云：「弈薄疊韻。」

8「被之僮僮。」（召南，采蘩）傳：「僮僮竦敬也。」陳奐云：「僮竦疊韻。」此亦語中疊韻之訓。

此種語中疊韻之訓，說文仿之，爲例甚多，如嵯，嵯峨。嵯峨二字叠。疷病不翅也。疷翅古均讀重脣音，同在十六部。疷翅叠韻。其餘不勝數。

此外馬瑞辰及陳奐有所謂同部之訓，同部卽疊韻也。段玉裁云：「訓詁之學古多取同部。如仁者人也，義者宜也，禮者履也，春之言蠢也，夏之言假也，子孳也，丑紐也，寅津也，卯茂也之類。說文神字注云，天神引出萬物者也。祇字注云，地祇提出萬物者也。麥字注云，秋穜厚薶故謂之麥。神引同十二部，祇提同十六部，麥薶同第一部也。劉熙釋名一書，皆用此意爲訓詁。」（見段氏今韻古分十七部表序例）以此而觀，毛傳之訓詁亦莫不皆然。馬陳兩氏乃踵段氏之說而立言，茲並將兩人同部之訓字略舉如下。

1 「崇朝其雨。」（鄘，蝃蝀）傳：「崇終也。」馬瑞辰云：「崇終同部。」

2 「左右流之。」（周南，關雎）傳：「流求也。」陳奐云：「二字同部。」

3 「遵彼汝墳。」（周南，汝墳）傳：「遵循也。」二字同部。又同篇傳，「燬火也。」二字同在十五部。

4 「我姑酌彼金罍，維以不永懷。」（周南，卷耳）傳：「姑且也，永長也。」陳奐云：「姑且同部。永長同部，傳凡五見。」又傳，采采事采之也。事采亦同部。

5 「莫敢遑息。」（召南，殷其靁）傳：「息止也。」又，莫敢遑處，傳，「處居也。」陳奐謂均同部。

6「吉士誘之。」（召南，野有死麕）傳：「誘導也。」又，「舒而脫脫兮，」傳：「舒徐也。」均同部

7「維絲伊緡。」（召南，何彼襛矣）傳：「緡綸也。」緡綸同部。

8「彼茁者葭。」（召南，騶虞）傳：「葭蘆也。」二字同部。

9「遠于將之。」（邶，燕燕）傳：「將行也。」詩凡八見，將行同部。

10「逝不古處。」（邶，日月）傳：「逝逮也。」二字同部。

11「不我屑以。」（邶，谷風）傳：「屑絜也。」屑絜同部，先之入聲。

12「以寫我憂。」（邶，泉水）傳：「寫除也。」二字同部。

13「以我賄遷。」（衞，氓）傳：「賄財也。」二字同部。

14「子之丰兮。」（鄭，丰）傳：「丰豐也。」丰豐同部。

15「歲聿其莫。」（唐，蟋蟀）傳：「聿遂也。」二字同部。又同篇，日月其除，傳：「除去也。」二字亦同部。

16「噬肯適我，」（唐，有杕之杜）傳：「噬逮也。」又，「生于道周。」傳，「周曲也。」均同部爲訓。上言周曲同聲，同聲亦同部。

17「鬱彼北林。」（秦，晨風）傳：「鬱積也。」二字同部。

18「洵有情兮。」（陳，宛丘）傳：「洵信也。」二字同部。

19「東門之池，可以漚麻。」（陳，東門之池）傳：「漚柔也。」又，可以晤歌，傳，「晤遇也。」均同部爲訓。

20「不遂其媾。」（曹，候人）傳：「媾厚也。」二字同部。

21「十月隕蘀。」（豳，七月）傳：「蘀落也。」又，亟其乘屋，傳，「乘升也。」均同部。

22「魚麗于罶，鱨鯊。」（小雅，魚麗）傳：「鱨楊也。」二字同部。

23「俾爾戩穀。」（小雅，天保）傳：「穀祿也。」二字同部，同在第三部。

24「受言櫜之。」（小雅，彤弓）傳：「櫜韜也。」二字同在第三部。

25「既多福祉。」（小雅，六月）傳：「祉福也。」二字同第一部。

26「不宜空我師。」（小雅，節南山）傳：「空窮也。」空窮同在第九部。又同篇，降此鞠凶，傳：「凶訟也。」又，維秉國成。傳，「成平也。」均同部。

27「哿矣富人。」（小雅，正月）傳：「哿可也。」二字同部。

28「不敢馮河。」（小雅，小旻）傳：「馮陵也。」二字同部。

29「德音來括。」（小雅，車舝）傳：「括會也。」二字同部。

30「聿來斯宇。」（大雅，緜）傳：「宇居也。」二字同部。

31「此維與宅。」（大雅，皇矣）傳：「宅居也。」又，天立厥配，傳：「配對也。」又，攸馘安安，傳：「馘獲也。」又，是絕是忽，傳：「忽滅也。」均同部。

32「孝子不匱。」（大雅，既醉）傳：「匱竭也。」同部。又，高朗令終，傳：「朗明也。」明古讀如芒，此庚陽同韻之理。

33「遷于喬木。」（小雅，伐木）傳：「喬高也。」時邁傳同。喬高同入古第二部。

34「明命使賦。」（大雅，烝民）傳：「賦布也。」二字同部。按古無輕唇音，讀賦如布。

35「正域彼四方。」（商頌，烈祖）傳：「域有也。」二字同部。按古讀域如有，詳見第一篇形訓。

36「政事愈蹙。」（小雅，小明）傳：「蹙促也。」戚促同部。

四、聲轉為訓

自來研究音韻者均認音有正有變，即有本音有轉音。何者為本？何者為轉，自明陳第以來學者之研究甚繁，而所得之結果亦甚大。雖近代有人謂「一聲之轉」，「雙聲相轉」等名詞太空洞，但終不能否認音有轉音。可見聲之轉乃音韻學不可磨滅之事實。而訓詁家亦本此理以詁古籍，故亦為訓詁學上之原理。今先引述古人對聲轉之言論，再作一歸納性之原理總述，而為此訓例之依據。

顧寧人之音論中論轉音云：

「術轉去而音遂，故月令有審端經術之文。曷轉去而音害，故孟子有時日害喪之引。質為傳質為臣之質，覺為尚寐無覺之覺。沒音妹也，見於子產之書。燭音主也，著於孝武之紀。此皆載之經傳，章章著明者。……茲既本之五經，參之傳記，而亦略取說文形聲之指，不惟通其本音，而又轉之於平上去，三代之音，久絕而復存，其必自今日始乎！」

顧氏著詩本音即依此旨而指出本音與轉音而一歸於古。其於詩音貢獻甚大也。錢大昕論聲轉最詳，彼在潛研堂集云：

「毛公訓詁，每寓聲於義，雖不破字未嘗不轉音。小旻之用是不集，訓集爲就，即轉从就音。鴛鴦之秣之摧之，訓摧爲莝，即轉从莝音。瞻卬之無不克鞏，訓鞏爲固，即轉从固音。載芟之匪且有且，訓且爲此，即轉从此音。明乎聲隨義轉，而無不可讀之詩矣。」又云「三百篇中轉音之字甚多，七月之陰，雲漢之臨，蕩之諶，（以上三字顧寧人詩本音謂蓋出於方音耳）小戎之驂，車攻之調同，桑柔之瞻，文王之躬，生民之稷，北門之敦，召旻之頻，正月之局，皆轉音也。」

顧寧人以本音之外爲方言，而錢氏駁之曰：

「古字有正音，亦有轉音，求讀如奇，難讀如儺，敦讀如彫，徵讀如祉，皆聲之轉，而經典所常用者。天下之口相同，豈獨限於一方？昆山顧氏考求古音，最有功於小學，惜其未悟聲音相轉之妙。如求裘本一字，而強分爲二，甚且謂宣尼贊易，猶沿方俗之音，則拘墟而近於妄矣！」

錢氏又批評郭璞注爾雅亦未明聲轉之故，彼在「問省綝彀之爲善」例有云：

「問省綝彀之爲善何也？曰，省與鮮連文，省即鮮聲之轉，物以少者爲善，省鮮俱有少義。詩，帝省其山，禮大傳，大夫有大事省於其君，鄭君皆訓爲善。史記太史公自序，所從言之，有省不省耳，亦以省爲善也。觳與穀介連文，聲皆相轉，觳者射之善也。惟綝字不見於經，翟教授灝嘗引廣韻，訓綝爲繕，詩鄭風序，繕治兵甲，箋云，繕之言善也。周禮繕人注亦云，繕之言善。然則綝者器之善也。景純注爾雅，未喻聲音相轉之原故，於文多所未詳。如雉與陳，孟與勉，蹶與嘉，猷與已，皆聲之轉，廷轉爲寅，故寅有進義。動轉爲廸，故廸有作義，皆景純所未喻也。」

錢氏論詩三百篇中一字數音之原因均與轉音有關。並批評顧氏一字一音之說。彼在十駕齋養新錄中云：

「古人音隨義轉，故字或數音。小旻，謀夫孔多，是用不集，與猶咎爲韻，韓詩集作就，於音爲協。毛公雖不破字，而訓集爲就，即是讀如就音。書顧命，克達殷集大命，漢石經集作就。吳越春秋，子不聞河上之歌乎？同病相憐，同憂相救，驚翔之鳥，相隨而集瀨下之水，回復俱留，是集有就音也。瞻卬，藐藐昊天，無不克鞏，傳訓鞏爲固，即轉从固音，與下句後爲韻也。載芟，匪且有且，傳訓且爲此，即轉从此音，與下句茲爲韻也。顧亭林泥於一字祇有一音，遂謂詩有無韻之句，是不然矣。」

至近之章太炎言聲轉之理更詳，彼認聲無不轉，可轉之範圍極大，在未評論其得失之前，先引述其言，彼在小學問答中云：

「語言之始，誼相同者多從一聲而變誼；相近者多從一聲而變誼；相對相成者亦多從一聲而變。

相同之例舉如前矣。相近者亦以一音轉變者，人之易气爲性，音變則人之霒气爲情。穀不熟爲饑，音變則疏不熟爲饉。妻得聲于屮，音變則爲妾。娣从弟音變則爲姪（姪古音本徒結切與弟雙聲。）……相對相反者亦以一音轉變，故先言天，從聲以變則爲地。先言易，從聲以變則爲霒。先言古，從聲以變則爲今。先言始（古音如臺），從聲以變則爲冬（今終始之本字）。先言疏，從聲以變爲數。……此以雙聲相轉者也。先言起，從聲以變則爲止。先言寒，從聲以變則爲煖。先言出，從聲以變則爲內。先言央，從聲以變則爲傍。先言好，從聲以變則爲醜。先言老，從聲以變則爲幼……此以疊韻相池者也。亦有位部皆同訓詁相反者，始爲基，終爲期爲極，聯爲叕，斷爲絕……竝以一語相變，既有殊文，故人無眩惑。」

章氏之聲變聲轉爲其音韻學之對轉旁轉之根據。雖其論理亦有未盡合人意，然聲轉之事實，則屬不可磨滅也。茲綜合前人對聲轉之理論條述如下。

一、雙聲相轉

雙聲相轉已略見前述章太炎之理論。茲再舉其新方言之語云，「凡然，而，若，乃，如，爾，能七字古音皆在泥母，雙聲相轉，沿襲至今。鄙語言雖而，實而，故而若不可通，通以雙聲。雖而卽雖然，實而卽實乃，故而卽故乃，古有其文可理解也。」又朱駿聲在說文通訓定聲之凡例中云：

「古韻亦有方國時代之不同，輒或出入，如一東字也，音轉如當，則叶壯部矣；音轉如丁，則叶鼎部矣；音轉如登，則叶升部矣；音轉如耽，則叶臨部矣；音轉如敦，則竝可叶屯部矣。卽所謂雙聲，然其本音自有一定，今命之曰轉音。」

可見雙聲相轉，則聲韻完全不同。茲再舉詩三百篇之數例以明之。

1閟宮，「遂荒大東。」傳，「荒有也。」釋詁，幠有也，郭注引詩，遂幠大東。馬瑞辰云，「荒幠一聲之轉，荒通作幠。猶大戴禮投壺篇，無荒無傲，小戴禮作無幠無傲也。說文，荒蕪也，以雙聲取義，正與幠之通荒者同。」此荒幠雙聲通轉之理。

2烈祖，「鬷假無言。」中庸引作奏假無言。是知奏與鬷亦雙聲通轉也。馬瑞辰亦謂奏鬷一聲之轉。

3說文，伊尹字段注云，伊與阿，尹與衡，皆雙聲，即一語之聲。（已見上述）馬瑞辰亦謂伊尹即阿衡之轉。

4錢大昕養新錄云：「造次為雙聲，故造可為次音。詩，小子有造，與士韻，蹻蹻王之造，與晦介駉韻是也。春秋傳，使佐薳氏之簉，簉次室也，是造有次義。」又淮南說林訓，烏力勝日而服於鵻禮，高誘注，「鵻禮爾雅謂䳢笠。」錢大昕云：「禮笠聲相轉也」。

5權輿，「於我乎不承權輿」，爾雅，「權輿始也。」郭注引詩作，於我胡不承權輿。乎胡雙聲之轉也。其他如上錢大昕所謂，集之轉就，鞏之轉固，且之轉此均為雙聲之轉也。

此外雙聲必同聲母，故雙聲之轉亦可謂同聲母之轉。故訓釋家又每以聲母為釋。如駉，「駉駉牡馬，」釋文牡本亦作牧。馬瑞辰云：「按牧與牡本一聲之轉，其字同出明母，故本或作牧或作牡。」

又云：「釋文云，駟說文作驍又作駣。按驍與駟音不相通，駟與駣實一聲之轉，其字同出見母。」又閟宮，「犧尊將將。」傳：「犧尊有沙飾也。」馬瑞辰云：「沙與疏雙聲，其字同在審母，故古通用。犧與沙古音同部又轉爲疏，故犧尊卽疏縷之尊。」

又賚，「時周之命，」馬瑞辰云：「時與承一聲之轉，古亦通用，時周之命卽承周之命。」今按曾運乾氏將廣韻反切字訂爲五十一類，時與承同在時類，同類卽同母。又錢大昕在養新錄舉出：「無又轉如毛，漢書馮衍傳飢者毛食，注云，按衍集毛字作无。又無轉訓爲末，檀弓，末吾禁也，注，末無也。又轉訓爲靡，釋言，靡無也。」此皆重脣，其聲母相同也。又錢氏在潛研堂集云：「雉與陳，孟與勉，來與勞均聲相轉。」雉古音夷如稊，與陳同母，孟勉，來勞均同母。以上均闡述雙聲相轉之理，此理在今日似未能打破。

二、陰陽聲相轉

此說始於清之戴震，戴氏創陰陽相配，因入聲可以通轉。並依其韻類立爲「正轉」「旁轉」諸例。戴氏在音韻考中云：「正轉之法有三：一爲轉而不出其類，脂轉皆，之轉咍，支轉佳是也。一爲相配互轉，眞文魂先轉脂微灰齊……模轉歌是也。一爲聯貫遞轉，蒸登轉東，之轉尤，職德轉屋，冬轉江是也。」

戴氏之後繼之者爲孔廣森，著有詩聲類，分古韻爲陽九部，陰九部，其要如左。

陽聲九：一、原類　二、丁類　三、辰類　四、陽類　五、東類　六、冬類　七、侵類

八、蒸類　九、談類

陰聲九：一、歌類　二、支類　三、脂類　四、魚類　五、侯類　六、幽類　七、宵類

八、之類　九、合類

以上陰陽聲兩兩相配，可以對轉。至章太炎更擴充古韻類爲二十三部。（陽十二，陰十一）並立陽陰相轉之名稱，陽陰相對者爲正對轉，二部同居者爲近轉，同列相近者爲近旁轉，同列相遠者爲次旁轉，又從旁轉而成之對轉爲次對轉。依章氏之說則幾無可不轉也。至其弟子黃侃只認陰陽對轉一例，其餘可以同雙聲疊韻之原理賅括。（說見黃侃著音略略例）又錢玄同在文字學音篇中云：「古音言語之轉變，由於雙聲者多，疊韻者少。不同韻之字以同紐之故而得通轉者往往有之。此與本韻無涉，未可偏據而立旁轉之名也。」

由上可知陰陽對轉之理論似經前人所公認，茲舉詩訓之例以明之。

1 周頌桓篇，馬瑞辰云：「桓與和古同聲通用。禹貢，和夷底績，鄭注，和讀爲桓。孔廣森曰，歌戈爲寒元之陰，故二部每互相轉。戚學標曰，桓之轉和，猶番之轉播，難之轉儺，單之轉鼉是也。」此即孔氏陰陽聲第一類相轉之例。

2 閟宮之犧尊將將，傳以沙飾訓犧尊。（見前例）犧尊周禮作獻尊，大射儀，兩壺獻酒，注，「獻讀爲沙，」馬瑞辰云：「此古音寒元與歌戈兩部多通轉也。」

3 抑，「無曰苟矣。」馬瑞辰云：「苟自急敕也。釋文作居力反。支佳爲耕淸之陰聲，古音互相

通轉。苟爲敬字，所从得聲在耕淸部轉入支部，讀如几。」此卽孔氏第二類陰陽相轉之理。

4都人士，「髮則有旟，」傳：「旟揚也。」章太炎云：「常言有譽揚，皆魚陽對轉也。釋詁，陽予也，郭注引詩陽如之何。陽爲予之轉，猶卬爲吾之轉，此皆魚陽對轉之明徵也。」

5月出，「勞心慘兮。」馬瑞辰云：「孔廣森云，宵豪爲侵覃之陰聲，故慘轉爲懆，猶儀禮禫服或爲導。說文，㐁，古文讀若三年導服之導，今按孔說是也。檀弓鄭注，縿讀如綃，說文，紗讀若毚，皆宵豪及侵覃音轉之證。」按此卽前列孔廣森陰陽九部中第七類陰陽互轉之例。

6大雅瞻卬，「無不克鞏。」傳：「鞏固也。」鞏訓固以韻後。戴震，孔廣森均以此爲東侯交通之證。亦卽孔章兩氏所謂陰陽對轉也。

7小雅車攻，「弓矢既調，射夫既同。」調與同爲韻。孔廣森曰：「東侯二部聲氣交通。」胡承珙曰：「車攻調與同協韻，卽侯東相協之證。」

三、聲近相轉

此爲錢大昕之說。錢氏認孔廣森之陰陽聲相轉及旁轉，只可爲音轉之一部分解釋，不能爲全部之通釋。錢氏除論雙聲可通轉之外，更立聲近相轉之說。此說以清濁相近爲原理，並分聲轉與義轉兩種，此兩種均以聲之清濁爲依據。在聲轉部分與雙聲相轉相通，而在義轉方面，則因義而轉聲，此均因聲之清濁相近而轉也。茲將錢氏之言分述如下。錢氏在潛研堂集云：

「但古人亦有一字而異讀者，文字偏旁相諧謂之正音，語言清濁相近謂之轉音。音之正有定，而音之轉無方，正音可以分別部居，轉音則祇就一字相近假借互用而不通於他字。」

錢氏並分聲轉與義轉兩方面之轉聲，舉例如左。

一、以聲轉者之例

1難與那聲相近，故儺从難而入歌韻。難又與泥相近，故臡从難而入齊韻。非謂歌齊兩部之字盡可合於寒桓也。

2宗與尊相近，故春秋傳，伯宗或作伯尊。臨與隆相近，故雲漢詩以臨與躳韻。鞏與固相近，故瞻卬詩以鞏與後韻。非謂魂侵侯之字盡可合於東鍾也。

二、以義轉者之例

1躳之義爲身，即讀躳如身。詩，無遏爾躳，與天爲韻。易震，不于其躳于其隣，躳與隣韻。非謂眞先之字盡可合於東鍾也。

2賡之義爲續，說文以賡爲續之古文。蓋尚書，乃賡載歌，孔安國讀賡爲續。非庚陽之字盡可合於屋沃也。

3溱洧之溱本當作潧。說文，潧水出鄭國，引詩，潧與洧方渙渙兮，此是正音。而毛詩作溱者，讀潧如溱以諧韻耳。溱即潧之轉音，不可據說文以糾詩之失韻，亦不可據詩而疑說文之妄作。又不可執潧溱相轉，而謂蒸眞兩部之字盡可通也。如謂吾言不信，則試引而申之。夫增與潧皆曾聲也，毛傳於魯頌「烝徒增增」云，「增增衆也。」此爾雅釋訓之正文，而於小雅「室家溱溱」，亦云，「溱溱衆也。」文異而義不異，豈非以溱潧聲相近而讀增爲溱，不獨假其音，並假其義乎？

按秦風小戎，騧驪是驂之驂與中韻。段玉裁云：「驂本音在第七部，七月之陰韻沖，公劉飲韻宗，蕩諶韻終，雲漢臨韻蟲，宮，宗，躬，皆東侵合韻之理。」段氏所謂東侵合韻之字，若根據以上錢氏之理論，亦可以聲近轉聲之理明之。如小戎之驂與沖聲近，故與中韻。七月之陰與隆聲近，故與沖韻。公劉之飲與中聲近，故與宗韻。蕩之諶與沖聲近，故與終韻。雲漢之臨，已如錢氏所謂與隆聲近，故與蟲，宗，宮，躬韻。

此外如召旻之頻與蒙聲近，故與中韻。桑柔之瞻與莊聲近，故與相臧爲韻。生民之稷與足聲近，故與夙育韻。君子偕老之翟，讀如狄有剔音，故與揥韻。北門之敦，韓詩云，敦迫也，故轉音爲迫與遺韻。蕩，殷不用舊，舊與忌聲近，故轉音與時韻。召旻之舊又與里哉韻。又睘本讀環，入山仙韻，而獨行睘睘，入菁韻，讀同煢也。

錢氏又舉易經之例爲證，如民冥聲相近，故屯象以韻正，讀民如冥也。平便聲相近，故觀象以韻賓民，讀平如便也。淵音近環與營，故訟象以韻成正，讀淵如營也。天汀聲相近，故乾象以韻形成，乾文言以韻情平，讀天如汀也。

錢氏此聲近相轉之理與章太炎所謂旁轉之理相通。如段玉裁所謂東侵合韻，即章氏之近旁轉，不過錢氏認爲不盡如此而已。

又王引之在經籍纂詁序云：「曲禮，急繕其怒，鄭讀繕爲勁，後人不從，而不知繕之爲勁，乃耕仙二部之相轉，猶辨秩東作，通作平秩，平平左右，亦作便蕃左右也。」此耕仙相轉，即錢氏聲近相轉之理，亦即章太炎眞青旁轉之理也。

四、同位轉聲

此說亦錢大昕所倡。彼在潛研堂集音韻問答中云：

「問敬之篇，佛時仔肩，毛訓佛爲大，正義謂其義未聞，願聞其審。曰，說文，奔大也，从大弗聲，讀若予違爾弼，即此佛字。佛之訓大，猶墳之訓大，皆同位之轉聲也。」

此所謂同位即指發音之同部位，即所謂喉，牙，舌，齒，唇之五部位也。（案古音只有五部，後演爲七部，九部）亦即紐位相同也。如佛之與墳，古同爲重唇音，故謂同部位相轉，因相轉而義同爲大也。又如尼之與刃，古同在泥母，故謂同紐相轉，因相轉而義同爲止也。根據此理，則天作，大王荒之，傳，「荒大也。」古音荒爲重唇音，與幠同位，故爾雅釋詁亦訓幠爲大。又文王，穆穆文王，傳，「穆美也」。而縣，周原膴膴，傳，「膴美也。」穆膴同位也。諸如此類甚多，待下面於聲轉通訓部分再詳述之。

五、四聲相轉

此說主於顧寧人，此爲上古之聲調問題。首先一述音韻家對於古聲調之認識。自明陳第在毛詩古音考中主張古無四聲之說。陳氏云：「四聲之辨，古人未有。……舊說必以平叶平，仄叶仄也，無亦以今泥古乎！」其後淸儒顧寧人，段玉裁，江有誥諸人則認古仍有四聲，但與今之運用不同而已。現先述顧氏四聲相轉之說，其在「古人四聲一貫說」中云：

「四聲之論，雖起於江左，然古人之詩，已自有遲疾輕重之分，故平多韻平，仄多韻仄，亦有不盡然者。而上或轉爲平，去或轉爲平上，入或轉爲平上去，則在歌者之抑揚高下而已，故四聲可以並用。」

顧氏之說，與後之段玉裁古無去聲說，及孔廣森古無入聲說正相反。顧氏認四聲仍存在，並以入聲爲樞紐。彼在其「入爲閏聲說」中云：

「詩三百篇中亦往往用入聲之字，其入與入爲韻者什之七八，與平上去爲韻者什之三。以其什之七而知古人未嘗無入聲也。以其什之三而知入聲可轉爲三聲也。故入聲聲之閏也，猶五音之有變宮變徵而爲七也。」

其又論平入相轉今古不同云：

「韻書之序平聲，一東二冬，入聲一屋二沃。若將以屋承東，以沃承冬者久仍其誤而莫察也。屋之平聲爲烏，故「小戎韻驅馵，不協於東董送可知也。沃之平聲爲夭，故揚之水以韻鑿襮樂，不協於冬腫宋可知也。術轉去而音遂，故月令有審端經術之文，曷轉去而音害，故孟子有時日害喪之列。」又云：

「平上去三聲固多通貫，惟入聲似覺差殊。然而祝之爲州見於穀梁。蒲之爲亳見於公羊。趨之爲促見於周禮。提之爲折見於檀弓。若此之類不可悉數。」

此種四聲轉聲之理在訓詁學中亦常應用。如左文六年傳，「董逃逋。」杜預注云：「董篤也。」董與篤乃聲調之關係，董爲上，篤爲入，是以入聲字訓上聲字，亦卽四聲相轉之訓也。又如詩，學有緝熙于光明，傳，「光廣也。」陳奐云：「光廣古聲通。」所謂聲通乃因聲調相轉而相通也。此又顧氏入平相轉之理。

近代音韻家多從韻尾或聲尾之不同而研究出聲或韻之形態。而所謂尾語是與聲調有極大之關係。吾人試從董同龢之上古聲調問題中所得之結論，以追尋上古尾語對于聲轉之理。董氏所定之原理如下。

1平上去多兼叶，因爲同是陰聲字（韻尾同是 *-d 或 *-g）。

2去人韻尾不同(*-d; *-t 或 *-g; *-k) 而多兼叶，是因爲調值似近。

3平上與入韻尾既不同，調值又遠，所以極少兼叶。除第三條對于顧寧人所謂平入相轉之理不大符合外，其餘均適合聲調叶韻或轉聲之理（案叶韻亦可轉其聲）至前面所述所謂陰陽聲相轉，卽尾語之 -d, -g 字與尾語 -m, -n, -ŋ 之字相轉。而聲近相轉，卽尾語 -m, -n, -ŋ 之字可以相轉，又尾語 -d, -g 之字亦可相轉。卽所謂旁轉也。而入聲轉平聲，則尾語多从 -u 轉 -k。至雙聲字注重聲母。疊韻字注重韻母，故雙聲視首語之變化，疊韻視語尾之變化。疊韻相轉之字既少，可略而不詳。

以上對於聲轉之原理已作概括之陳述，以下乃以毛詩訓詁之條目分陳聲轉爲訓之例。

1「遄臻于衛。」（邶，泉水）傳：「臻至也。」雲漢，饑饉荐臻，傳亦訓臻爲至。臻至聲之轉，卽章太炎眞至對轉之理。

2「之死矢靡它。」（鄘，柏舟）傳：「之至也。」陳奐云：「之至一聲之轉。」此卽上錢大昕所謂聲近相轉也。又之至同爲陰聲，章太炎所謂次旁轉也。

3「采葑采菲。」（邶，谷風）傳：「菲芴也。」馬瑞辰云，「菲芴一聲之轉。菲服葩聲亦相近。」按菲芴古音皆重唇音，此卽錢大昕所謂同位相轉也。

4「襢裼暴虎。」（鄭，大叔于田）傳：「暴虎空手以搏之。」馬瑞辰云：「暴搏一聲之轉。孟子，馮婦善搏虎，而趙岐章句云，猶若馮婦暴虎，是暴卽搏也。」暴與搏同位相近也。

5「上愼旃哉。」（魏，陟岵）傳：「旃之也。馬瑞辰云：「旃之一聲之轉，又爲之焉之合音，故訓之，又訓焉。」按唐風采苓，舍旃舍旃，箋：「旃之爲言焉也。」又旃之焉三字均雙聲，故相轉聲。

6「爰得我直。」（魏，碩鼠）傳：「得其直道。」馬瑞辰云：「傳以道訓直，非直外增道字也。直與道一聲之轉。」案直字錢大昕謂古讀特，幷引詩，實維我特，韓詩特作直。是知特與道均同位相轉也。

7「胡不佽焉。」（唐，杕杜）傳：「佽助也。」佽从次聲，助从且聲，馬瑞辰云：「次與且一聲之轉，故佽可訓助。」按佽助雙聲，此雙聲相轉也。

8「果臝之實。」（豳，東山）傳：「果臝括樓也。」陳奐云：「果括，臝樓皆一聲之轉。」按果括，臝樓皆雙聲之轉聲也。

9「不遑啓處。」（小雅，四牡）傳：「啓跪處居也。」釋言文同。郭注云：「跪小跽。」古人隱几而坐曰跪。陳奐云：「啓跽一語之轉。」按啓跽二字雙聲相轉也。

10「鹿斯之奔，維足伎伎。」（小雅，小弁）傳：「伎伎舒貌。謂鹿之奔走其足伎伎然舒也。」伎說文作跂，訓徐行。伎舒雙聲之轉也。

11「謀夫孔多，是用不集。」（小雅，小旻）傳：「集就也。」大明同。韓詩作，是用不就。襄八年左傳引詩，杜注，「集就也。」王先謙詩疏晨風，引易林，大舉就溫，集者就也，集就一聲之轉。此卽上述錢大昕所謂聲近轉聲也。又章太炎亦引此例以證爲緝幽對轉。

12「匪且有且。」（周頌，載芟）傳：「且此也。」北風，君子陽陽，蹇裳箋均訓且爲此。陳奐云：「匪且有且者言不期有此而今適有此也，且此一聲之轉。此者指上文洽禮獲福而言。」錢大昕上已以此爲聲近相轉之例。馬瑞辰謂爲雙聲叚借，下並存之。

13「平平左右，是用率從。」（小雅，采菽）傳：「平平辯治也。」平平韓詩作便便。荀子儒效篇云：「分不亂於上，能不窮於下，治辯之極也。詩曰，平平左右，是用率從。是言上下之交不相亂也。」此毛傳平訓辯之所本。馬瑞辰云：「平，便辯三字皆一聲之轉。」此卽上述顧寧人所謂聲調相轉之例也。

14「言采其蓫。」（小雅，我行其野）傳：「蓫惡菜也。」箋：「蓫牛蘈也。」釋文蓫本又作蓄。即谷風，我有旨蓄之蓄。本又作藬，藬即蘈。爾雅郭注作牛藬。馬瑞辰云：「蓫音近禿，蘈禿亦一聲之轉。說文，穨禿貌。正以聲轉爲義。」此即平上聲近相轉也。

15「有瑲葱珩。」（小雅，采芑）傳：「葱蒼也。」陳奐云：「葱蒼聲轉通義。」此即上述雙聲相轉。因雙聲可以相通，故陳奐云聲轉通義也。

16「亹亹文王。」（大雅，文王）傳：「亹亹勉也。」禮記禮器，「君子達亹亹，」鄭注，「亹猶勉也。」棫樸，勉勉我王，荀子富國篇及韓詩外傳，引作亹亹我王。亹古音娓。故此詩及易繫辭，成天下之亹亹者，崔靈恩讀作娓娓。高本漢釋詩，亹娓同音 miwer。亹又音門，詩，鳧鷖在亹，是也。馬瑞辰云：「亹勉一聲之轉。」錢大昕云：「古鐘鼎文，眉壽字多作釁，或作亹。楊南仲謂釁眉古同文。眉轉爲門，詩，鳧鷖在亹是也。門又轉爲勐，詩，勐勐我王，荀子引作亹亹是也。」馬瑞辰云：「勐勐又轉爲明明，爾雅釋詁，孟勐也，孟明古同聲通用，故勐謂之孟，重言之，則曰明明。江漢，明明天子，令聞不已，猶此詩，亹亹天子，令聞不已也。魯頌有駜詩，在公明明，猶言在公勐勐也。亹亹又轉爲沒沒，易繫辭，成天下之亹亹者，鄭注，亹亹沒沒也。爾雅釋詁，沒勉也，邵晉涵正義曰，亹亹蠠沒以聲轉爲義是也。又轉爲勿勿，大戴曾子立事篇，君子終身守此勿勿，盧辨注，勿勿猶勉勉也。又通作穆穆，墨子明鬼篇下引此詩作，穆穆文王，令聞不已是也。又轉爲旼旼，大戴禮記，亹亹穆穆。司馬相如封禪文，旼旼穆穆，旼旼即亹亹也。」王引之在經義述聞云：「亹亹勉勉明明亦一聲之轉。大雅江漢篇曰，明明天子，令聞不已，猶言亹亹文王，令聞不已也。漢書楊惲傳，明明求仁義，常恐不能化民，古卿大夫之意也；明明求財利，常恐困之者，庶人之事也。言勉勉求仁義，勉勉求財利也。」按古音亹，勉，明均重唇音，此爲同位相轉之例也。又亹可轉爲慔，爾雅釋訓，慔慔勉也。楚茨，君婦莫莫之莫卽慔字。淮南繆稱篇，「猶未之莫與」，高誘注，「莫勉之也。」

17「淪胥以鋪。」(小雅，雨無正)傳：「淪率也。」高本漢引郝懿行爾雅義疏以爲率應讀 Liwet，而淪讀 Liwen，此二字聲母正相同，故馬瑞辰云：「淪率音之轉也。」又按後漢書蔡邕傳，李賢注引詩作，「勳胥以痛，」勳卽薰之或體，音 Xiwen，而三家詩都訓勳爲帥，帥古音 Sliwat，如是，則勳與帥之聲母相近，亦可謂爲聲近相轉也。

以上乃詩中以聲轉之訓例，而又有原理可尋者。至其他之不合古音者概不采列。如大雅大明，矢于牧野，馬瑞辰引周書曰：「武王與紂戰于坶野。」幷云，「坶牧聲之轉。」按坶讀牧爲同聲，如讀今之母音則失矣。

五、聲近爲訓

上古訓詁對于聲訓部分總不離同聲與聲近之法。彼等總以字音之間互相比擬。如有同音之字則用同音之字以爲訓釋，此所謂同聲之訓也。如遇無同音之字，只得取音近之字以爲比擬，此爲聲近之訓也。故此聲近之訓亦爲訓詁上之重要方法。如上列鄭康成訓大東，舟人之子，是羆是裘云，「舟當作周，裘當作求，聲相近故也。」錢大昕在養新錄云：

「古書聲近之字卽可假借通用。如吉蠲爲饎，或作吉圭，有覺德行，或作有梏。春秋季孫意如或作隱如，罕虎或作軒虎，此類甚多。」

錢氏又云：「古人訓故假借多取聲相近之字以訓故言。」茲幷舉其數例言之。

1郊特牲，「肵之爲言敬也。」釋文，「肵音祈。」案說文無肵字當與祈同。祈敬聲相近也。……折从斤亦當有祈音。檀弓，「吉事欲其折折爾。」注引詩，好人提提解之，蓋讀折如提也。古音提與祈相近，如左傳，提彌明或作祈爾明也。

2襄三十年左傳，取我衣冠而褚之，杜注，「褚畜也。」大昕謂古讀畜積之畜敕六切，褚畜聲相近也。歸安嚴元照云：「古褚貯兩字聲近通用，呂氏春秋先識覽云，我有衣冠而子產貯之，一切經音義引左傳亦作貯。」

3定八年左傳，桓子咋謂林楚，唐石經本作乍，後人加口於左旁，杜注，「咋暫也」。孟子，今人乍見孺子，趙岐訓乍爲暫，乍暫聲相近。

4學記，足以謏聞，注，「謏之言小也。」又宵雅肄三，注，「宵之言小也，」宵謏聲相近。人幼爲冥，壯爲晝，老爲宵，宎之言宵，謂晦昧無所知也。

5呂刑，苗民弗用靈，墨子引作，苗民否用練，弗與不同，否卽不字，靈練聲相近。

6問蓋之爲裂何也？曰，鄭注緇衣云，割之言蓋也，正義謂割蓋聲相近。古者聲隨義轉，聲相近者義亦相借。

以上所舉乃證明古訓上聲相近之例。至詩三百篇中，除錢氏外，如阮元，馬瑞辰，王引之等均取聲近爲訓之義。如蓼莪，鮮民之生，阮元在毛詩校勘記云：「古鮮聲近斯，遂相通借，鮮民當讀爲斯民，如論語斯民也之例。」又如大東篇，有捄棘七，馬瑞辰云：「古者喪用桑七，吉用棘七，皆取聲近爲義。桑言喪則棘言吉。」北山，或盡瘁事國，王引之在經義述聞云：「北山篇，或盡瘁事國，昭七年左傳引此，盡瘁作憔悴。」正義曰：「蓋師讀不同。」臧氏玉林經義雜記曰：「據漢書五行志所載，左傳作盡顇，知左傳古文本與毛詩同。杜本作燋，聲近之誤。」王引之則反對臧氏之說謂杜本左傳作憔，非聲近之誤，憔亦盡也。

由上可知訓詁之學，聲近之訓實佔重要地位，毛傳訓詁當不能例外。但在未釋例以前亦須先將聲近之原理作一述明，使此訓例更得有所依據焉。茲綜合前人對聲近之說，約其原理如下：

一、同聲母之字往往聲近

所謂同聲母卽同紐，亦卽雙聲之字。錢大昕在潛研堂集云：「爾雅，倫勑爲勞，倫與勞聲相近，倫勞均來母也。」又讀如之字卽聲相似，亦卽聲近。如錢大昕云：「古讀豬如都，檀弓，洿其宮而豬焉，注，豬都也。古音中如得，呂覽，以中帝心，注，中猶得也。」又如上列內司服注，「鄭司農云，屈者音聲與闕相似，禮與展相似。康成謂禕揄狄展聲相近。」故所謂聲相似卽聲相近，而此等聲相近之字均同聲母也。

二、同位相近

同位卽如上列之同位相轉之同發音部位。此同部位之字亦聲母相同，故亦與第一項相通。但在古音則同位者或相變。以三十六字母言之，則影見端知精照莊邦非同位，曉溪透徹清心初疏穿審滂敷同位。匣羣定澄從邪牀禪並奉同位。爲喻泥來娘日明微同位。（參林尹著中國聲韻學通論）此同位相近之例，錢大昕在潛研堂集中云：

「或取同位相近之聲，如願之爲每，龍之爲和，遡之爲鄉，綴之爲表，達爲射之類是也。」

此外如小雅大田，秉畀炎火，韓詩作，卜畀炎火，訓卜爲報。又同篇，曾孫是若，高本漢采用若訓諾。天保，神之弔矣，傳訓弔爲至。魚藻，有頒其首，韓詩讀頒如紛，（古均重唇音）故訓頒爲衆貌。又鵲巢，百兩御之，傳，「御迎也。」釋文讀御爲迓，御迓同位相近，故訓迎。馬瑞辰亦謂御迎爲雙聲。至株林，乘我乘駒，釋文本駒作驕。錢大昕在養新錄云：「驕駒聲相近，故株林以韻株，皇皇者華以韻濡諏，蓋讀驕如駒，非竟以駒代驕也。說文引詩作，我馬維驕，是許見毛詩不作駒。」是知駒與驕乃同位之相近也。

三、同韻母之字多相近

如遵大路之遵，傳訓爲循，遵循同部，故陳奐謂遵循聲相近。大田，既方既皁，箋：「方房也。」方房同部，故高本漢謂二字音近。瓠有苦葉，人涉卬否，傳訓卬爲我。馬瑞辰云：「卬爲姎之假借，說文，姎婦自稱我也。爾雅郭注，卬猶我也。卬姎聲近通用。」按卬與姎同在古音第十部，是知同韻母亦聲近也。又北山，率土之濱，馬瑞辰云：「賓與頻聲近通用。」按賓頻古音同在第十二部，是知其爲同韻母之相近字也。

以上三項均與雙聲疊韻相關，大抵雙聲與疊韻之字其聲均相近也。在古代未發明韻書中之反切方法以前，雙聲疊韻之理仍未被發現，故鄭康成時代均以聲近二字以名之。故聲近之理，實有雙聲疊韻存焉。

四、韻目相近之字往往聲相近

如古支近脂，魚近虞，先近仙，眞近庚，尤近侯，咍音近之，泰音近夬，祭，廢，皆音近齊灰。此即段玉裁古音分部以音近爲類之理。此理可舉毛詩傳訓之例以明之。

1「領如蝤蠐。」（衛，碩人）傳：「領頸也。」節南山，四牡項領，亦同。此在名訓方面乃古今名，而在聲訓方面則爲聲相近也。陳奐在釋毛詩音云：「領頸乃眞庚相近。」是言二字乃眞庚二韻目之字也。按領从令聲，屬眞部，即古音第十二部；頸从巠聲，屬庚部，即古音第十一部。二者同屬陽聲，在章太炎音均表中爲同列字。

2「乘彼垝垣。」（衛，氓）傳：「垝毀也。」陳奐毛詩音云：「垝毀乃支脂相近。」垝从危聲，屬古音第十六部；毀在古聲第十五部，二者同屬陰聲，章太炎謂爲同陰弇同列。馬瑞辰謂垝毀二字疊韻非也，因二字不同部。

3「景員維河。」（商頌，玄鳥）傳：「員均也。」又長發，幅隕既長，傳訓幅隕爲廣均。錢六昕在潛研堂集云：「問景員維河，毛鄭異解，當何所從？曰，說文，員物數也。故其義爲均。濬哲篇，幅隕既長，毛亦訓隕爲均。景員爲大均，幅隕爲廣均，蓋七十子相傳之故訓。後儒競出新意，終不如毛傳之正大。」陳奐毛詩音云：「員均乃諄文耕清音相近。」按員屬諄文韻，古音在第十三部；均屬耕清韻，古音在第十一部。均屬陽聲。

此外韻目相近之字而以聲近相諧之例如維清，肇禋之禋與成，禎爲韻。禋从垔聲，其韻目屬諄文，古音在第十三部；而禎从貞聲，與成之韻目屬耕清，古音在第十一部。又烈文，四方其訓之，其訓字與刑爲韻。訓从川聲，其韻目屬諄文，古音在十三部；刑从幵聲，其韻目屬耕清，古音在十一部。至上列錢大昕所舉之民冥聲近，故屯象以韻正，平便聲相近，故觀象以韻賓民，淵音近環，與營聲近，故訟象以韻成正，天訂聲相近，故乾象以韻形成，乾文言以韻情平。此均眞耕二韻目之字其聲相近之理。

聲近之理除上述四項外，其餘如上述同聲之原理，有時亦可爲聲近。如錢大昕在古無輕唇音之例中云：「古音晚重唇，今吳音猶然。說文，晚莫也。詩毛傳，莫晚也。莫晚聲相近。」又其在古無舌頭舌上之分舉例中云：「古讀涿如獨，周禮，壺涿氏注，故書涿爲獨。杜子春云，獨讀爲濁，其源之濁，音與涿相近，書亦或爲濁。」故錢氏之原理，可用之於同聲，亦可用之於聲近，惟視其音讀如何耳。至章太炎之古娘日歸泥及喉牙蛻化之說更屬可以同聲，又可以聲近。正如章氏所謂喉牙貫穿諸音，而因遒斂與發舒之不同而變化無窮也。

毛詩傳聲近之訓，除在上述原理中舉例說明外，茲再舉例如下。

1「雄狐綏綏。」（齊，南山）傳：「雄狐相隨綏綏然」，陳奐云：「綏與隨古音相近。」按綏爲妥聲，隨爲隋聲，古同爲重唇音，此同位聲相近之例。

2「沔彼流水，」（小雅，沔水）傳：「沔水流滿也。」瓠有苦葉傳，「瀰深水也。」新臺，河水瀰瀰，傳，「瀰瀰盛貌。」說文，「濔水滿也。」陳奐云：「瀰與沔聲義相近。」按瀰滿聲母相同，故聲相近也。

3「厭厭夜飲。」（小雅，湛露）傳：「厭厭安也。」錢大昕在養新錄云：「厭安聲相近。」幷引大學，「此之謂自謙，注，謙讀爲慊，慊之言厭也，疏以厭爲安靜之貌。」按厭慊亦聲近，故展轉相訓。

4「有渰萋萋。」（小雅，大田）傳：「渰雲興貌。」定本集注作，渰雲陰貌。家訓書證篇引毛詩傳云，「渰陰雲貌。」段玉裁小箋從家訓定本集注作陰雲貌。按渰依董同龢上古音韻表音 âm，與陰聲近，故毛傳訓爲陰雲貌。又按高本漢謂呂氏春秋務本篇引魯詩作晻，漢書引齊詩作黤，其詞源如一。訓陰較爲恰當。此所謂同位相近也。

又同篇，「俶載南畝，」箋讀俶爲熾，熾與始聲近，故孔疏及釋文均訓爲始，卽開始工作之義。此本大雅既醉，「令終有俶，」傳，「俶始也。」而崧高，有俶其城，傳訓俶爲作，此亦開始工作之意。

5「殿天子之邦。」（小雅，采菽）傳：「殿鎮也。」陳奐云：「殿讀如臀，與鎮聲相近。釋文，鎮本作塡，古塡與鎮通。」按此卽錢大昕所謂古無舌上音，故鎮讀塡。

6「王事靡盬，不遑將父。」（小雅，四牡）傳：「將養也。」桑柔，「天不我將，」箋：「將猶養也。」高本漢古音將 tsiang，而養音 Ziang，並謂此毛傳以音相釋之法。陳奐謂將讀同養非也。

7「政事愈蹙。」（小雅，小明）箋：「愈猶益也。」愈與益聲近，故相訓。

8「上天之載，」（大雅，文王）傳：「載事也。」載古音讀爲菑，大田，俶載南畝，箋讀俶爲熾，讀載爲菑是也。馬瑞辰云：「菑，事，載古音近通用。」朱駿聲編載事，菑，熾均入頤韻，漢書楊雄傳，引詩作上天之縡，廣雅，玉篇均訓縡爲事，縡與事亦聲近。載與事聲近，故尙書舜典，有能奮庸，熙帝之載，史記引作熙帝之事。高本漢讀載爲 tsəg，讀事爲 dziəg，韻母同而聲近也。

9「垂帶而厲。」（小雅，都人士）箋：「而亦如也。」（已見第一編形訓）馬瑞辰云：「而如若古聲近通用。高注淮南引詩作若。」按「而」章太炎古讀如「女」，「若」高本漢讀如「諾」。「如」字馬瑞辰讀如「能」。均爲泥母，故聲相近也。

10「鋪敦淮濆。」（大雅，常武）箋：「敦當作屯，陳屯其兵於淮水大防之上。」馬瑞辰云：「敦屯古聲近通用。呂覽去私篇高注，䵚讀日東𥬠之𥬠，是其類也。」胡承珙曰：「成二十三年左傳，敦陳整旅，謂整頓也。周書，武順解一卒居後日敦，敦亦頓也。越絕書，西陵名敦兵城，卽頓兵城也。今按頓與屯亦聲近義通，猶鄭義也。」按敦，屯古皆重脣音，故聲相近也。

11「神之弔矣。」（小雅，天保。）傳：「弔至也。」節南山，不弔昊天，傳亦訓弔爲至。錢大昕云：「古讀至陟利切，讀如疐，舌頭非舌上也。詩，神之弔矣，不弔昊天，毛傳皆訓弔爲至，以聲相近爲義。」此同位聲近也。

12「何以舟之。」（大雅，公劉）傳：「舟帶也。」錢大昕云：「今人以舟周屬照母，輈啁屬知母，謂有齒舌之分，此不識古音者也。考工記，玉楖雕矢磬，注，故書彫或爲舟，是舟有雕音。詩，何以舟之，傳云，舟帶也。古讀舟如雕，故與帶聲相近。」錢說是也。馬瑞辰謂舟爲匊之叚借字，說文，匊帀徧也，故有周帶之義。此義訓，非聲訓也。

13「陟彼高岡。」（小雅，車舝）箋：「陟登也。」皇矣，陟我高岡，箋亦訓陟爲登。錢大昕云：「古音陟如得，周禮太卜掌三夢之法，三曰咸陟，注，陟之言得也。讀如王德翟人之德。詩，陟其高山，箋，陟登也。登得聲相近。」按所引詩陟其高山，當爲陟彼高岡之誤。

14「胡逝我陳。」（小雅，何人斯）傳：「陳堂塗也。」爾雅，「堂塗謂之陳。」防有鵲巢，中唐有甓，傳，「唐堂塗也。」正義云：「爾雅，廟中路謂之唐，堂塗謂之陳，唐之與陳，廟庭之異名耳，其實一也。」錢大昕云：「陳田同音，故與堂塗聲相近。」此亦聲近之訓也。

15「小人所腓。」（小雅，采薇）傳：「腓辟也。」大雅生民傳同。箋：「腓當作芘。」錢大昕云：「腓與芘同，詩，小人所腓，箋云，腓當作芘。毛於此文及牛羊腓字之，皆訓腓爲辟，蓋以聲相似取義。」錢說是也。

16「人實迋女。」（鄭，揚之水）傳：「迋誑也。」馬瑞辰云：「說文，迋往也，誑欺也，誑迋古音近，故傳以迋爲誑之叚借。說文迋字注引春秋傳曰，子無我迋，又左氏傳曰，是我迋吾兄也。皆借迋爲誑。」按迋誑同聲母，故聲近也。

六、語根爲訓

所謂語根卽章太炎所謂語基。彼論轉注中建類一首云：「類謂聲類。鄭君周禮序曰，就其原文字之聲類。夏官序官注云，薙讀如鬀小兒頭之鬀，書或爲夷字從類耳。古者類律同聲。（蓋類律聲義皆相近也）以聲韻爲類猶言律矣。首者今所謂語基。管子曰，凡將起五音凡首。莊子曰，乃中經首之會，此聲音之基也。」章氏分文字爲形類與聲類二者，形類卽在第一篇之形訓，此之聲類卽語根之訓。其舉例，藟藟也，藟藟也，同得畐聲，古音同在之類。又桯牀前几，桱桱桯也，同得壬聲，古音同在靑類。其他如垚土高也。堯高也，古音同在宵部。午牾也，牾屰也，古音同在魚類。又照昭同在宵類。㕯訥同在隊類等，均語根相同而聲類一致也。訓詁家知其理，故以語根爲訓，析其聲而明其義也。在上同聲爲訓中已述明同語根者其聲多相同之原理亦在乎此也。此章專就毛詩傳中以語根爲訓者列之於下。

1「其下侯旬。」（大雅，桑柔）傳：「旬陰均也。」鄭風羔裘，洵直且侯，傳，「洵均也。」爾雅，「旬均，侚徧也。」樊光本侚作徇，陳奐云：「古旬聲與勻聲通。」旬以勻得聲，而均亦以勻得聲，故旬得訓爲均。又江漢篇，來旬來宣，傳，「旬徧也。」旬既訓均，而均亦徧也，此亦以勻聲而得義。

2「何神不富。」（大雅，瞻卬）傳：「富福。」二字皆从畐聲，郊特牲云：「富也者福也。」小宛，「壹醉日富，」馬瑞辰云：「富之言畐也，說文，畐滿也，醉則日自盈滿。」小雅，我行其野，「言采其葍，」箋：「葍蓄也。」此與說文之訓同。又小雅，采菽，邪幅在下，傳：「邪幅幅愊也，所以自愊束也。」箋：「邪幅如今行縢也，偪束其脛自足至膝，故曰在下。」幅，愊，偪均从畐得聲，其語根相同，故得爲訓也。

又瞻卬同篇，「日蹙國百里，」傳：「蹙促也。」蹙促同部，但均从足得聲，故以爲訓也。

3「芮鞫之卽。」（大雅，公劉）傳：「鞫究也。」馬瑞辰引李黼平曰：「傳蓋謂鞫爲究。漢書地理志引詩作，「芮阮之卽，」顏師古注謂爲韓詩，阮，究均從九得聲，故同義。」此之謂語根之訓。

4「我生之初尙無庸。」（王，兔爰）傳：「庸用也。」齊南山傳同。說文，「庸用也，从用庚。」庸从用得聲，是以語根以爲訓。章太炎謂庸用均入東類。陳奐云：「庸用猶佽次，試式矣。」按小雅車攻，決拾既佽，箋訓爲次比。南有嘉魚，嘉賓式燕以樂，角弓，式居婁驕，民勞，式遏寇虐，泮水，式固爾猶，小宛，小明，桑柔之式穀，箋皆訓用，此叚借爲試，因試式二字同語根，故相通叚也。

5「昔在中葉。」（商頌，長發）傳：「葉世也。」陳奐云：「葉从枼聲，枼从世聲，故葉世同訓。」淮南脩務云：「稱譽葉語，」高注，「葉世也。」廣雅釋言亦曰，「葉世也。」馬瑞辰以傳以葉爲世之叚借。按葉世同部，此疊韻叚借也。

6「以贈申伯。」（大雅，崧高）傳：「贈增也。」秦風渭陽，何以贈之，傳，「贈送也。」故鄭箋亦以送訓此詩之贈字。按贈與增均从曾聲，曾之言層也，故曾有益義。閟宮，烝徒增增，爾雅釋訓，增增衆也，衆亦有增益之義。至贈送之送亦增益與人。蓋贈訓增乃取聲訓，即以語根爲訓。（朱駿聲亦列此條爲聲訓。）至贈訓送乃以義取訓也。馬瑞辰謂贈乃增之叚借字失之。

7「園有棘。」（唐，園有桃）傳：「棘棗也。」馬瑞辰云：「棗从重朿，棘从並朿。對文則異，散文則棘亦訓棗。」孟子告子篇，「養其樲棘，」趙注云：「樲棘小棘，即所謂酸棗也。」按棘與棗从朿聲，故得相訓也。

8「山有橋松。」（鄭，山有扶蘇）橋無傳，王肅謂橋作喬云，高也。釋文，「橋本亦作喬。」時邁，「及河喬嶽，」傳，「喬高也。」漢廣，南有喬木，傳，「喬上竦也。」箋則訓喬爲高。此喬訓高之故訓。馬瑞辰云：「喬从高聲，故訓高。猶傳尙書者爲歐陽高，而說文引作歐陽喬也。」此亦語根爲訓之例。

9「天不湎爾以酒。」（大雅，蕩）箋：「天不同女顏色以酒，有沈湎于酒者是乃過也。」高本漢申鄭氏之意，謂湎與面是語源有關之字，即謂不使你面帶酒色。朱集傳云：「湎，飲酒變色也。」按湎从面得聲，此乃以語根之義以爲訓。

10「天何以刺。」（大雅，瞻卬）傳：「刺責也。」陳奐云：「刺責皆從朿聲，故傳云，刺責也。責者責求備人也，今隸變作責。」依陳奐說則傳以語根爲訓。

11「中谷有蓷。」（王，中谷有蓷）傳：「蓷鵻也。」陳奐云：「爾雅釋草，萑蓷，疑上一字作蓷，下一字作佳。爾雅以佳釋蓷，毛傳以鵻釋蓷，從佳聲也。」按蓷，鵻均从佳得聲，是以語根爲訓也。

12「薄言觀者。」（小雅，采綠）箋：「觀多也。」釋文觀作覩。陳喬樅云：「覩義亦得訓多。說文覩爲古文睹字。覩从見者聲，者从白𠂹聲，𠂹古文旅，旅有衆義。故都从邑者聲，義訓爲聚，諸从言者聲，義訓爲衆，然則覩亦有衆義，故與觀之訓多者同也。」依陳氏之意，觀作覩，覩从者得聲，凡從者聲之字可訓多，故觀得訓多。此亦以語根爲訓也。

以上只列以語根爲訓之例，至同語根而同訓之例亦多，以後再論列。至上列抑篇，女雖湛樂從，雖从虫唯聲，故王引之，馬瑞辰等訓雖爲唯。鄭溱洧篇，方秉蕑兮，傳，「蕑蘭也。」因蘭从柬聲，古與柬蕑聲同通用，故傳訓蕑爲蘭。又七月，殆及公子同歸，傳，「殆始也。」因殆始均从台聲，故以爲訓。至第一篇形訓部分之拆字爲訓之例亦多以語根爲訓。又說文，「仲中也」，「佮合也」，「僓寬也」「儥賣也」等訓均屬此類之例也。

七、依聲比訓

字有形義聲三部，故訓詁方面有比字之形，比字之義與比字之聲。比字之形與比字之義已於前後兩篇論列，此篇只論其比聲方面。陳奐疏關雎，左右流之，傳訓流為求，認為是依聲託訓之例。予參酌之名為依聲比訓，因依聲託訓之名包括同聲聲近聲轉等訓例，而比聲之訓則只能於此節得之，故立此訓例焉。然此例只重其聲，故所舉之例或有與前相同者，但其旨則不同。此外所謂依聲有同聲者有雙聲者有疊韻者更有聲轉者，並列其聲之所屬焉。茲將詩傳之訓例列之於下。

1「憂心忡忡。」（召南，草蟲）傳：「忡忡猶衝衝也。」按說文讀忡為動平聲。而錢大昕在養新錄古無舌上音說中云：「書，惟予冲人，釋文，直忠切，古讀直如特，冲子猶童子也。」是讀冲為童也。又說文，衝作衝，云，「通道也，从行童聲，字亦作衝。」是知忡與衝皆為童聲，依字之同聲而比訓也。

2「耿耿不寐。」（邶，柏舟）傳：「耿耿猶儆儆也。」魯詩耿作炯。說文，「耿古杏切，」正與炯同。廣雅，「耿耿警警不安也。」儆通警。按耿與儆同在庚部，即古音第十一部。是以疊韻而比訓也。

3「齊子翱翔。」（齊，載驅）傳：「翱翔猶彷徉也。」彷徉兩字異文甚多，如左襄十七年傳，橫流而方羊。漢書司馬相如傳，消搖乎襄羊。禮樂志郊祀歌，周流常羊。張衡思玄賦，悵相佯而延佇。文選宋玉風賦，倘佯乎中庭。均與彷徉同。按翱翔雙聲，彷徉疊韻，是以疊韻訓雙聲也。亦以聲比聲之例。

4「何彼襛矣。」（召南，何彼襛矣。）傳：「襛，猶戎戎也。」據前列同聲之訓內云，襛戎均古在泥母。高本漢謂詩經原來是襛，或是戎，現在不能決定。是知其爲同聲比訓也。

5「自我人究究。」（唐，羔裘）傳：「究究猶居居也。」陳奐毛詩音，居讀裾，究讀宄（音軌）。於今音爲牙音，於古音爲喉音，即章太炎所謂喉牙蛻化之說。居古爲尻，應讀喉音，二者爲同位聲近也。

6「蒹葭萋萋。」（秦，蒹葭）傳：「萋萋猶蒼蒼也。」萋一本作淒。均訓盛。（萋之訓盛見於葛覃傳）按萋蒼雙聲，此以雙聲以比訓也。

7「維莠驕驕。」（齊，南山）傳：「驕驕猶桀桀也。」此與上章維莠桀桀相比訓。按驕古音近駒，已見上聲近爲訓內，駒與桀雙聲，是即雙聲比訓也。

8「糾糾葛屨。」（魏，葛屨）傳：「糾糾猶繚繚也。）糾从丩聲，說文，丩相糾繚也。丩屬宵部，古音第二部，繚屬幽部，古音第三部。即章太炎所謂同陰侈相旁轉也。亦即錢大昕所謂聲近相轉也。是以聲轉比訓也。

又同篇，「摻摻女手，」傳：「摻摻猶纖纖也」說文引詩作攕攕女手。文選古詩十九首注引韓詩作纖纖。馬瑞辰云：「摻摻纖纖皆攕之叚借，摻纖古同音。攕通作摻，猶醶通作醦，縿通作攕也。」是以同聲而比訓也。

9「有敦瓜苦。」（豳，東山）傳：「敦猶專專也。」專古團字，釋文，專徒端反。行葦傳，敦聚貌，專專聚意。高本漢認爲專與野有曼草，零露漙兮之漙同音同義，二字均音 dwan。據此，則以同音而比訓也。

10「皇皇者華。」（小雅，皇皇者華）傳：「皇皇猶煌煌也。」采芑，朱芾斯皇，傳亦訓皇皇爲煌煌。陳奐云：「皇古煌字，皇讀煌。」是以同字同聲而比訓也。

11「行邁靡靡。」（王，黍離）傳：「靡靡猶遲遲也。」陳奐云：「靡遲一語之轉。」按靡遲均陰聲聲近相轉也。

12「執我仇仇。」（小雅，正月）傳：「仇仇猶謷謷也。」按仇屬幽部，謷屬宵部，均屬陰聲，聲近相轉。

又同篇，「憂心慘慘。」傳：「慘慘猶戚戚也。」按慘聲同懆（已見上列），聲屬宵部，戚聲屬幽部，亦聲近相轉也。

13「南山律律，飄風弗弗。」（小雅，蓼莪）傳：「律律猶烈烈也，弗弗猶發發也。」馬瑞辰云：「律烈雙聲，律律卽溧溧之叚借，凜冽同義，故傳云猶烈烈也。」陳奐云：「古弗發聲同。碩人發發，皇矣茀茀，並訓爲盛，盛謂之發發，亦謂之茀茀，疾謂之發發，亦謂之弗弗，故傳云，弗弗猶發發也。」據此，則一以雙聲，一以同聲而爲比訓也。

14「裳裳者華」（小雅，裳裳者華）傳：「裳裳猶堂堂也。」說文門部引詩作闣，盛貌。按裳堂同部，此以疊韻比訓也。

15「噲噲其正，噦噦其冥。」（小雅，斯干）箋：「噲噲猶快快也，噦噦猶煟煟也。」馬瑞辰云：「噲卽快之同音叚借。倉頡篇，噲此亦快字。說文，噲或讀若快。又盧抱經鍾山札記，引淮南精神訓，噲然得臥。宋書樂志，我皇多噲事，皆叚噲爲快。」據此，則箋以同聲比訓也。又噦與煟，據段玉裁古音表同在第十五部，是爲以疊韻而比訓也。

16「交交桑扈。」（小雅，桑扈）箋：「交交猶佼佼。」交佼同聲，是以同聲比訓也。

17「雨雪浮浮，」（小雅，角弓）傳：「浮浮猶瀌瀌也。」陳奐云：「浮瀌一聲之轉。江漢，浮浮廣大也，廣大亦衆盛意，故云，浮浮猶瀌瀌也。」按古無輕唇音，浮應讀重唇音，與瀌正同位，此同位相轉之比訓也。

18「捷捷幡幡。」（小雅，巷伯）傳：「捷捷，猶緝緝也，幡幡猶翩翩也。」按捷與緝之語尾均p，幡與翩之語尾均n，故爲聲近之比訓也。

19「藹藹王多士。」（大雅，卷阿）傳：「藹藹猶濟濟也。」依段玉裁古韻分部，二字均在第十五部，是以疊韻比訓也。又按旱麓，榛楛濟濟，傳，濟濟衆多也。王逸楚辭九嘆注云，藹藹衆也。是濟藹二字亦同義。

20「無然憲憲。」（大雅，板）傳：「憲憲猶欣欣也。」陳奐謂憲卽軒之叚借字。高本漢謂軒與掀在語源上是一個詞，掀从欣得聲，故同聲。馬瑞辰謂二字雙聲亦是。

又同篇，「老夫灌灌，」傳：「灌灌猶款款也。」馬瑞辰云：「灌款以疊韻爲訓。」胡承珙謂灌爲懽之叚借字，款與懽亦叠韻。是以叠韻比訓也。

21「畟畟良耜。」（周頌，良耜）傳：「畟畟猶測測也。」陳奐云：「畟測古聲同。尙書，中候至于日稷，鄭注，稷讀曰側。」側測均从則聲，此亦同聲比訓也。

22「烝烝皇皇。」（魯頌，泮水）箋：「烝烝猶進進也，皇皇當作暀暀，暀暀猶往往也。」按烝古音在第十一部，進古音在第十二部。是眞庚聲相近也。又暀从往得聲與往同聲，此以同聲爲比訓也。

詩傳箋此例極多，讀者可以詩訓中求之。

八、同聲轉訓

所謂轉訓卽展轉相訓。錢大昕在潛研堂集有一段論同聲轉訓之理。其論爾雅訓厭之理謂豫與射同，射訓厭故豫亦訓厭。彼云，「問豫之爲厭何也？曰：豫與射古文通用。鄉射禮，豫則鉤楹，內堂則由楹外。鄭康成云，豫讀如成周宣榭災之榭。今文豫爲序，孟子，序者射也，序之名取於習射以得名也。詩，于邑于謝，王符潛夫論引作序，則序與謝亦通矣。豫之與射猶竺之與篤，文殊而義同，射有厭義，則豫亦訓厭矣。」轉訓可分兩部，一爲義轉，一爲聲轉。義轉在義訓部分論列，此章只論聲之轉訓。聲轉又分聲同與聲近兩類，現先論同聲之轉訓。茲舉詩訓以明之。

1「式微式微，胡不歸。」（邶，式微）傳：「式用也。」上已述南有嘉魚，嘉賓式燕以樂，以及角弓、民勞、泮水、小宛、小明、桑柔、等篇之箋均訓式爲用。

小雅、采芑、師干之試，傳，「試用也。」大東，「百僚是試，傳，「試用也。」爾雅釋言，「試用也。」尙書虞書，明試以功，注，「試用也。」試從式聲，故與式同聲。式旣訓用，故試亦得轉訓爲用也。

2「哀我塡寡。」（小雅，小宛）傳：「塡盡也。」陳奐云：「塡讀爲殄。」右塡殄聲通。釋文引韓詩作疹，疹卽殄字。

大雅瞻卬，邦國殄瘁，傳：「殄盡也。」殄與塡古同聲，因殄亦讀舌頭音，與塵音同，塵塡聲同（鄭箋在常棣篇所云），故殄塡亦同聲。塡旣訓盡，故殄亦得轉訓爲盡。

3「憂心且妯。」（小雅，鼓鍾）傳：「妯動也。」釋訓同。箋，「妯之言悼也。」陳奐云：「古由卓聲同，鄭不以妯悼同訓，而以鼓鍾之妯讀同悼，猶以柳菀之蹈讀曰悼，謂妯蹈皆卽悼也。」說文引詩作怞，衆經音義引詩作陶，皆聲同。

檜風羔裘，「中心是悼。」傳：「悼動也。」悼與妯聲同，悼旣訓動，故妯亦得轉訓爲動。

4「王公伊濯。」「大雅，文王有聲）傳：「濯大也。」常武傳同。陳奐云：「古濯倬聲同，故倬謂之明，濯亦謂之明，倬謂大，濯亦謂之大。」按大雅棫樸，倬彼雲漢，傳，「倬大也。」小雅甫田，「倬彼甫田」，傳，「倬明貌。」大雅崧高，鉤膺濯濯，傳，「濯光明也。」又濯从翟聲，倬讀菿（倬彼甫田，韓詩作菿彼甫田。）翟與濯皆重脣音。倬與濯以聲同，故展轉其訓也。

5「噦噦其冥。」（小雅，斯干）傳：「冥幼也。」說文，「冥幽也。」大戴禮誥志篇，「幽幼也。」按窈即窈字之簡，故窈又讀窈。關雎，窈窕淑女，傳，「窈窕幽閒也。」是以窈訓幽。亦是以窈訓幽。窈與幽同聲，冥既訓幽，故亦得轉訓爲窈。

6「神之格思。」（大雅，抑）傳：「格至也。」釋詁同。格假古音同。烝民，昭假于下，釋文假音格。假者徦之借，格者佫之借。玉篇：「徦至也，」「佫至也。」方言，「徦佫至也，邠唐冀兗之間，或曰徦，或曰佫。」故雲漢篇，昭假無贏，傳，「假至也。」泮水篇，昭假烈祖，傳，「假至也。」格與假同聲，格既訓至，故假亦得轉訓爲至，馬瑞辰在那篇謂格與假爲一聲之轉失之。

7「矢于牧野。」（大雅，大明）傳：「矢陳也。」又卷阿，矢詩不多，傳亦訓矢爲陳。皇矣，無矢我陵，傳：「矢陳也。」陳奐云：「矢讀爲尸。」祈父，「有母之尸饔。」傳：「尸陳也。」古尸矢同聲，尸既訓陳，矢自可得轉訓爲陳。又爾雅，雉陳也。雉亦从矢得聲。錢大昕謂雉古音夷，夷與陳通。春秋夷儀，公羊作陳儀，夷有陳義，故雉亦訓爲陳也。

8「昭茲來許。」（大雅，下武）傳：「許進也。」陳奐云：「許與御古聲同。」劉昭續漢書祭祀志引謝沈書作，昭茲來御，本三家詩也。御本字，許叚借字。」按許御均从午聲，古聲同。小雅，六月，飲御諸友，傳，「御進也。」御既訓進，故許亦得轉訓爲進。至高本漢認許音 **Xio**，御音 **ngio**，據此二字韻母相同，亦可謂爲聲近也。

9「無言不讎。」（大雅，抑）傳：「讎用也。」陳奐云：「讎與由聲同，由謂之用，故讎亦謂之用。」按君子陽陽，右招我由房，傳，「由用也。」小弁，君子無易由言，箋，「由用也。」抑，無易由言，傳，「由用也。」由之訓用，與讎之訓用乃同聲轉訓也。又箋訓讎爲售，讎與售亦聲同，售亦有用義。論語，「沽之哉！」沽者售也，亦卽用世之意。

10「徂賚孝孫。」（小雅，楚茨）傳：「賚予也。」賚之音通釐。少牢饋食禮注，來讀曰釐，大雅，既醉，釐爾士女，傳，「釐予也。」賚與釐聲同，釐既訓予，故賚亦轉訓爲予。至少牢饋食禮注，「釐賜也。」江漢，釐爾圭瓚，傳，「釐賜也。」烈祖，賚我思成，傳，「賚賜也。」爾雅同。釐既訓賜，故賚亦得訓賜。又釐又通作理，尙書，予其大賚女，史記殷本紀作理。詩周頌臣工，王釐爾成，箋，「釐理也。」此亦聲通轉訓也。

11「鬷假無言。」（商頌，烈祖）傳：「假大也。」思齊，烈假不瑕，傳：「假大也。」假與嘏同聲。說文，「假从人叚聲。」「嘏从古叚聲，」二字皆从叚聲，故爲同聲。小雅，賓之初筵，錫爾純嘏，傳：「嘏大也。」大雅，卷阿，純嘏爾常矣。傳，「嘏大也。」爾雅，假嘏亦均訓大。因假嘏同聲，嘏既訓大，假亦得訓大也。

12「儀式刑文王之典。」（周頌，我將）傳：「儀善也。」儀與義同聲，古亦通用。典命，掌諸侯之五義，注，「古者書儀但爲義，今時所謂義爲誼。」儀訓善，故義亦訓善。文王，宣昭義問，傳，「義善也。」

13「莫不震疊。」（周頌，時邁）傳：「疊懼也。」疊與慴聲同。爾雅，「慴懼也。」說文，「慴懼，讀若疊。」可見疊慴聲同。慴訓懼，故疊亦得訓懼。

14「奄觀銍艾。」（周頌，臣工）傳：「銍穫也。」陳奐謂銍爲挃之叚借。是銍與挃同音，因皆从至聲，至古音讀疐。周頌，良耜，穫之挃挃，傳，「挃挃穫聲也。」挃訓穫，故銍亦得轉訓爲穫。

15「載見辟王。」（周頌，載見）傳：「載始也。」古哉載聲同，故文王，陳錫哉周，傳，「哉載也。」爾雅，「哉始也。」文王陳錫哉周之哉，箋亦訓爲始。哉既訓始，故載亦得轉訓爲始。而載哉始同在之咍部。

16「景行行止。」（小雅，車舝）傳：「景大也。」玄鳥傳同。陳奐毛詩音，景聲同京。文王，祼將于京，大明，曰嬪于京，皇矣，依其在京，傳訓京爲大。陳奐云：「京訓大，故景亦得訓大也。」

17「亟其乘屋。」（豳，七月）傳：「乘升也。」陳奐云：「古乘登升三字同聲。」公劉，陟則在巘，箋，陟升也。而車舝及皇矣箋，則訓陟爲登。陳奐謂登與升通用。乘與登同聲，登既可爲升，故乘亦得轉訓爲升也。

18「茀祿爾康矣。」（大雅，卷阿）傳：「茀小貌。」茀與芾同聲。故召南甘棠，蔽芾甘棠，傳，「芾小貌。」芾既訓小，故茀亦得訓小。按毛詩音，載驅之簟茀之茀讀蔽，因古讀皆重脣音。錢大昕云：「古讀茀如蔽，詩，翟茀以朝，傳，茀蔽也。簟茀魚服，箋，茀之言蔽也。」至蔽芾甘棠之芾，高本漢亦謂與韓詩異文之茀音讀相同。可見蔽，芾，茀三字古同音也。因同音，故得展轉爲訓。

19「山川沸騰。」（小雅，十月之交）傳：「騰乘也。」正月，靡人不勝，傳，「勝乘也。」陳奐毛詩音，勝讀爲騰。（案古無舌上音，故乘讀騰）勝既可訓乘，故騰亦得訓乘，是謂展轉相訓也。

20「無封靡于爾邦。」（周頌，烈文）傳：「封大也。」陳奐云：「封與豐聲同，故訓大。」殷武，封建厥福，傳亦訓封爲大。按豐之訓大有豐年篇傳，「豐大也。」易豐彖傳及說卦傳皆云，「豐者大也。」豐既訓大，故封亦得轉訓大。又案與封同音之丰，丰篇，子之丰兮，傳，「丰豐滿也，」亦有大義。又說文，「洚大水也，」「峯山高也，」均有大義。

21「逢天僤怒。」（大雅，桑柔）傳：「僤厚也。」僤與亶同聲。爾雅，亶厚也。馬瑞辰云：「左傳疏引樊光注引詩，逢天亶怒。毛傳蓋亦讀僤如亶，故訓爲厚。」按板篇，下民卒癉，釋文癉本又作僤，沈本作⿸疒亶，可見僤與亶同聲通用。亶既訓厚，故僤亦得訓厚。又僤與單同，天保，俾爾單厚，傳「或曰單厚也。」單訓厚，故僤亦得訓厚。

22「方命厥后。」（商頌，玄鳥）箋：「方命其君，謂偏告諸侯也。」此以偏訓方。馬瑞辰云：「方旁古通用，易繫辭，旁行而不流，淮南主術作，方行而不流，方猶旁也。旁之言溥也，偏也。立政，方行天下，呂刑，方告無辜於上，方皆讀旁，並溥偏之義。」說文，「旁溥也。」大雅公劉，既溥且長，箋訓溥爲廣，亦卽偏之義。方旁既聲通，旁訓溥偏，而方亦得訓爲溥偏也。

23「此維與宅。」（大雅，皇矣）傳：「宅居也。」宅與度古同聲。故同篇，爰究爰度，傳，「度居也。」馬瑞辰云：「宅度古音同通用，故書宅西，縫人注作度西。詩宅是鎬京，坊記作度。此維與宅，論衡亦作度。是知爾雅釋言，宅居也，卽毛傳度居也所本。」宅既與度同聲，宅訓居，故度亦訓居也。

24「碩人之軸。」（衞，考槃）傳：「軸進也。」軸釋文音迪。此古皆重唇音也。此因迪訓進，故軸亦得訓爲進。此同音轉訓之例也。

25「憂心怲怲。」（小雅，頍弁）傳：「怲怲憂盛滿也。」馬瑞辰謂古音丙讀如方。引士冠禮，加柶面枋，注今文枋爲柄。少牢饋食禮，南柄，注古文柄爲方。方古讀爲旁。怲怲與彭彭旁旁聲義並同。說文，「騯馬盛也，」引詩四牡騯騯。廣雅，「彭彭旁旁盛也。」旁訓盛，故怲怲亦轉訓盛。

26「樂只君子，福祿膍之。」（小雅，采菽）傳：「膍厚也。」說文，「膍或从比作肶。」玉篇，「肶字同膍。」故膍與毗音通。節南山，天子是毗，傳，「毗厚也。」毗可以訓厚，則膍亦可訓厚也。

27「不宜空我師。」（小雅，節南山）傳：「空窮也。」空與穹聲同。惠棟云：「韗人爲臯陶，穹者三之一。鄭司農曰，穹讀爲志無空邪之空，是古穹空同聲之證。」故說文，「穹窮也。」詩七月，穹窒熏鼠，傳，「穹窮也。」穹既訓窮，故空亦得訓窮。

此外馬瑞辰在釋周頌臣工篇云：「釋詁，漮虛也。釋文：引郭注云，漮本或作荒。說文，⿰禾荒虛無食也。是康荒音義正同。廣雅，荒大也。（按天作，大王荒之，傳，荒大也。）則康亦可訓大。」此以康荒聲同，荒訓大故康得轉訓爲大也。此馬氏訓康爵爲大爵之理。

爾雅，「檢同也。」錢大昕曰：「檢當爲僉。書堯典，僉曰伯禹作司空，傳，四岳同辭而對，是僉爲同也。」按檢从僉得聲，故其聲同。僉既訓同，而檢自得訓同。

又說文，「德升也。」古文德與得通。公羊傳，「登來之也。」齊人語，以得爲登，登已見上訓升，故德亦可訓爲升。此均同聲轉訓之例也。

九、聲近轉訓

聲近轉訓之理與聲同轉訓同，只以聲同聲近之分。爾雅，「寅進也。」錢大昕曰：「寅與延聲相近，釋詁，延進也。」延訓進，故寅亦轉訓進。此聲近轉訓之例也。茲將詩傳之例說明如下。

1「予寧不嗣音。」（鄭，子衿）箋：「嗣遺也。」嗣古與怡，聲近通用。尚書，「舜讓于德弗嗣。」史記作不懌，今文作不怡。嗣又與詒聲近。說文，「詒遺也。」詩雄雉，自詒伊阻，谷風，既詒我肄，天保，詒爾多福，思文，詒我來牟，有駜，詒孫子，傳箋皆訓詒爲遺。詒與嗣既聲近，詒訓遺，故嗣亦得轉訓爲遺也。

2「南有樛木，葛藟縈之。」（周南，樛木）傳：「縈旋也。」縈與云聲近，故正月，昏姻孔云，傳，「云旋也。」云訓旋，故縈亦轉訓旋。

3「展矣君子，實勞我心。」（邶，雄雉）傳：「展誠也。」陳奐云：「展與愼雙聲，愼訓誠，故展得訓誠。又展與亶爲叠韻，亶爲誠，展亦得謂之誠。」按詩白駒，愼爾優游，巧言，予愼無罪，巷伯，愼爾言也，傳箋皆訓愼爲誠。又祈父，祈父亶不聰，傳，「亶誠也。」又按雙聲叠韻古亦謂聲近，馬瑞辰謂亶與展聲近通用是也。

4「我生之初尚無造。」（王，兎爰）傳：「造爲也。」思齊，小子有造，傳，「造爲也。」造與租及奏聲相近，故鴟鴞，予所蓄租，傳，「租爲也。」六月，以奏膚功，傳，「奏爲也」毛詩音，造讀如奏，是知造奏聲近。租，既可訓爲，而造亦可得訓爲。

又造與作聲近，蕩，俾晝作夜，傳，「作爲也。」淸人，中軍作好，傳，「作爲也。」下武，世德求作，箋，「作爲也。」爾雅釋言同。常武，王舒保作，箋訓作爲行，行亦爲也。大明，天作之合，亦爲之義。易，益利用爲大作，書舜典，故作司徒，注均作訓爲。作訓爲，故造亦轉訓爲。鳧鷖，福祿來爲，傳，「厚爲孝子也。」箋，「爲猶助也。」正義，「爲謂助爲也。」論語，「夫子爲衞君乎？夫子不爲也，」並以爲爲助，助造亦聲近也。又崧高，有俶其城，傳，「俶作也。」俶造，租，作，助均聲近也。

5「維鳩方之。」（召南，鵲巢）傳：「方有之也。」釋文云，「一本無之字。」廣雅，「方有也。」方與荒同部聲近，故閟宮，遂荒大東，傳，，「荒有也。」荒訓有，故方亦得轉訓爲有。

6「既戒既平。」（魯頌，玄鳥）傳：「戒至也。」陳奐以爲戒乃屆之叚借字，故以節南山傳，屆至也之訓相借。此說經高本漢斥其非。高氏謂古音屆 ked，而戒古音 keg，二者之音，不可能爲叚借字。高說是也。但屆，戒二字同聲母，故爲雙聲，雙聲亦即相近也。屆戒既聲相近，節南山，君子如屆，箋，「屆至也。」屆訓至，故戒亦得轉訓爲至。又節南山傳訓屆爲極。菀柳，後予極焉，傳，「極至也，」屆訓極，極又訓至，故屆得轉訓爲至也。

7「柔遠能邇，以定我王。」（大雅，民勞）傳：「柔安也。」陳奐謂柔與保爲疊韻。（段玉裁古韻表，柔保同在第三部）疊韻亦卽聲近之理。南山有臺，保艾爾後，傳，「保安也。」保訓安，故柔亦轉訓爲安。

8「宣昭義問。」（大雅，文王）傳：「義善也。」古義爲我聲，尙書，不偏不頗，遵王之義，以義協頗，顧寧人在音書辯之詳矣。義與嘉聲近。東山，其新孔嘉，破斧，亦孔之嘉，箋皆訓嘉爲善。大明，文王嘉止，傳訓嘉爲美，美亦善也。嘉既訓善，故義亦得訓爲善。馬瑞辰云：「義問猶令問嘉問。」此亦申毛義也。

又大雅韓奕，「侯氏燕胥，」箋：「胥皆也。」馬瑞辰云：「爾雅釋詁，胥皆也。廣雅釋言，皆嘉也。皆嘉以雙聲爲義，則訓胥爲皆，亦可轉訓爲嘉。桑扈詩，君子樂胥，義與燕胥同，樂胥猶樂嘉也。」此爲胥訓皆，皆又轉嘉也。按王引之經義述聞，詩維其偕矣條亦云：「廣雅曰，皆嘉也。皆與偕古字通，小雅魚麗曰，維其嘉矣，又曰，維其偕矣。賓之初筵曰，飲酒孔嘉，又曰，飲酒孔偕，偕亦嘉也。」是皆之轉訓嘉更有明證矣。

9「我車既攻。」（小雅，車攻）傳：「攻堅也。」陳奐云：「攻鞏聲近而義同。」瞻卬，無不克鞏，傳，「鞏固也。」固卽堅也。天保，亦孔之固，傳，「固堅也。」故攻亦得轉訓爲堅。

10「愼淑爾止。」（大雅，抑）傳：「止至也。」止與極聲近，故菀柳，後予極焉，傳，極至也。崧高，駿極于天，傳極至也。極訓至，故止亦得訓至。又極止音近，故又得展轉爲訓。南山，曷又極止，傳，極止也。鴇羽，「曷其有極」，青繩，讒人罔極，箋皆訓爲已，已亦止也。又極有大義，止亦有大義。小旻，國雖靡止，傳：「靡止言小也。」則止是大。至之言大，如易，「至哉乾元也，」猶言大哉乾元也。止與至同義，至訓大，止亦得訓大也。

十、同聲借訓

借訓卽叚借之訓，第一篇之言叚借乃借字之形，此乃論其借字之聲。經典中之叚借字均與聲音有關，正如前述鄭玄所云：「其始書之也，倉卒無其字，或以音類比方假借之，趣於近之而已，」朱駿聲論叚借云：「依聲託事，誼不在形而在音，意不在字而在神。神似則字原不拘，音肖形可不論。」錢大昕論古同聲假借說云：「古書假借之例，假其音，並假其義，音同而義亦隨之。」故此章可補前篇叚借字形之訓之不足。茲將詩訓之例說明之。

1「百夫之防。」（秦，黃鳥）傳：「防比也。」陳奐云：「傳讀防爲比方之方，徐邈云，毛音方是也。」方可訓比。故防訓比也。此借同聲之方之義以爲訓也。至箋訓防爲當，則爲雙聲之訓矣。

2「可以晤歌。」（陳，東門之池）傳：「晤遇也。」晤與遻同聲，說文，「遻遇也。」楚詞，重華不可遻兮，注，「遻遇也。」高本漢謂午，迕，遻，忤，仵，啎，許，悟，牾等字在中國語裏同屬一語根，基本意義是相遇相對。晤乃借遻之義以爲訓也。

3「四國是遒。」（豳，破斧）傳：「遒固也。」陳奐馬瑞辰均謂遒與揫古聲通，遒者揫之叚借，商頌長發詩，百祿是遒，說文引作揫。廣雅，揫固也，與傳訓遒爲固同義。其說是也。

4「厭厭夜飲。」（小雅，湛露）傳：「厭厭安也。」厭韓詩作愔均與燕同聲。鹿鳴，以燕樂嘉賓之心，傳，「燕安也。」此厭借燕之義以爲訓。

5「秩秩斯干。」（小雅，斯干）傳：「秩秩流行也。」陳奐云：「秩讀若禹貢，泆爲熒之泆。說文，泆水所蕩泆也。」此乃借泆之義爲訓。按巧言，秩秩大猷，傳，「秩秩進知也。」又小戎，秩秩德音，傳，「秩秩有知也。」由此可知秩無流水之義，傳訓流行，卽借泆義爲訓也。

6「威儀棣棣，不可選也。」（邶，柏舟）傳：「物有其容不可數。」車攻傳亦訓選爲數，前篇已列爲字通之訓，而在聲訓方面，則爲以同聲之義以爲訓。惠棟云：「選與算同聲，鄭注論語云，算數也。漢書車丞相贊云，斗筲之徒何足選也。以算爲選。朱穆集載絕交論云，威儀棣棣，不可算也。」選與算同聲，故借算之義以爲訓也。

7「維禹甸之。」（小雅，信南山）傳：「甸治也。」韓詩甸作敶，周官稍人邱乘，注，「乘讀與維禹敶之敶同。」賈疏云：「毛詩維禹甸之，不言敶者，鄭君先通韓詩，此據韓詩而言。」胡承珙云：「毛訓甸爲治者，甸讀爲田，說文，田陳也。爾雅釋地李巡注，田敶也。謂敶列穀種之處，夫敶列穀種固有治義矣。韓詩字雖作敶，亦當同毛訓治。爾雅，神治也。邵晉涵謂神爲敶之轉。」又說文，「敶理也。」理卽爲治，亦以聲近義同也。小司徒鄭注，「甸之言乘也，」乘亦訓治。豳風，亟其乘屋，箋云：「乘治是也。」此以甸與陳同聲，故借其義爲訓也。（此本惠棟及錢大昕之說）

又同篇，「畇畇原隰，」傳：「畇畇墾辟貌。」馬瑞辰云：「均人注，旬均也，讀如營者蓋韓詩。釋文，畇本亦作眴，小爾雅，廣雅並曰，眴治也，眴卽旬也，畇亦均也。夏小正。農率均田，均田卽除田，除卽治也。釋訓，畇畇田也，正取曾孫田之爲例。說文有均無畇。郝懿行謂畇卽均之或體。」畇卽均，均卽墾辟貌。蓋取其聲義以爲訓也。

8「廢爲殘賊。」（小雅，四月）傳：「廢大也。」列子楊朱篇廢虐註，張註，「廢大也。」逸周書，華廢而誣，亦訓大。此均本詩傳。廢以發得聲，故音同。蓼莪，發發，疾也，又云，弗弗猶發發也。碩人，發發，皇矣弗弗均訓盛，盛亦大也。故廢之訓大實借發而得義也。高本漢亦謂廢與佛時仔肩之佛有關，因佛亦訓大也。

9「既齊既稷，既匡既敕。」（小雅，楚茨）傳：「稷疾也，敕固也。」陳奐云：「稷讀爲速，爾雅，速疾也。敕讀爲飭，說文，飭致堅也，从人力食聲，讀若敕。飭敕不同部，許讀同者，其類相近，故其義相通也。致堅者固之謂也。」按生民篇，時維后稷之稷，錢大昕音謖以韻夙，（已見上轉聲部分）謖與速聲同，是知稷之訓疾乃借速之義，敕之訓固亦借飭之義也。

又同篇，「卜爾百福，」傳：「卜予也。」天保，君曰卜爾，傳亦訓卜爲予。按小雅甫田，秉畀炎火，韓詩秉作卜，並云卜報也。又按楚茨前章，報以介福，（信南山亦有報以介福）與卜爾百福之義正同，是知卜卽報也。卜與報同聲，報者予也，故知以報之義爲訓也。

10「視我邁邁。」（小雅，白華）傳：「邁邁不說也。」釋文引韓詩作怖怖云，不悅也。說文引作怫怫云，很怒也。很怒與不說意正同。陳奐謂怫邁古聲同，故借怫之義以爲訓。

11「芸其黃矣。」（小雅，苕之華）傳：「將落則黃。」傳以落訓芸。陳奐云：「芸爲抎之叚借字，抎落也。」此正以抎之義以爲訓也。

12「介爾景福。」（小雅，小明）傳：「介景皆大也。」介大生民傳同。說文，「乔大也。」方言，「東齊海岱之間曰大爲乔。」猶奄大今作純，⿱大弗大今作佛。陳奐謂介爲乔之借字，景即京之借字，文王，來嬪于京，傳，「京大也。」

13「淠彼涇舟。」（大雅，棫樸）傳：「淠舟行貌。」釋文，「淠匹世反，讀如沛。」楚辭九歌，沛吾乘兮桂舟，王注，「沛行貌。」是淠與沛同音而借義也。又淠與旆同聲，采菽，其旂淠淠，傳動也。出車，胡不旆旆，傳垂貌，亦旌之動也。

14「串夷載路。」（大雅，皇矣）傳：「夷常也。」夷讀如彝，烝民，民之秉彝，傳，「彝常也。」瞻卬，靡有夷瘳，傳亦訓夷爲常，此皆借彝之聲以爲訓也。

15「本實先撥。」（大雅，蕩）箋：「撥猶絕也。」馬瑞辰云：「撥敗同聲，撥即敗之叚借。列女傳，齊東郭姜傳引詩正作本實先敗，蓋本韓詩。說文，退數也。退與敗字音義同。」按長發，玄王桓撥，傳訓治，即撥亂之意。與蕩篇之撥意義不類，顯爲叚借字。又按高本漢之釋音，撥敗均音 Pwad，其同音叚借，似屬合理。至敗與箋之絕義亦相同。

16「繩其祖武。」（大雅，下武）傳：「武迹也。」朱駿聲，陳奐均謂武爲步之叚借。並謂古步武聲同。說文，步行也。行即有行迹，唐詩所謂落葉無行迹是也。沔水傳，「蹟道也。」蹟即迹，祖迹即祖道也。

17「奄有四方。」（周頌，執競）傳：「奄同也。」爾雅，「弇同也，」弇與奄聲同，故借訓爲同。（本陳奐說）此借弇之聲義爲訓也。

又同篇，威儀反反，傳：「反反難也。」此難即竹竿，佩玉之儺，傳，儺行有節度也。賓之初筵，威儀反反，傳，言重愼也。箋，愼習之貌。亦即行有節度之儀。此傳訓字中之借訓也。

18「求民之莫。」（大雅，皇矣）傳：「莫定也。」馬瑞辰云：「爾雅釋詁，貉嗼安定也。莫即嗼之省借。說文，嗼，啾嗼也。呂覽高注，嗼然無聲也。啾嗼無聲則定矣。廣雅釋詁，嗼安也，安亦定也。下文貉其德音，貉亦嗼之叚借，故左傳韓詩皆引作莫。」莫，貉皆嗼之叚借，借其音且借其義，馬說是也。至小雅楚茨，君婦莫莫，傳，莫莫淸靜而敬至也。此亦以莫爲嗼之聲借也。

19「民雖靡膴。」（小雅，小旻）箋：「膴法也。」錢大昕云：「古讀膴如模。說文，膴讀若謨。謨均有法義，故箋訓膴爲法。」

20「胡考之寧。」（周頌，載芟）傳：「胡壽也。」箋：「以芬香之酒醴祭於祖妣，則多得其福右。」按胡與祜均从古聲，古聲同。信南山，受天之祜，載見，思皇多祜，泮水，自求伊祜，烈祖，有秩斯祜，箋均祜爲福。福亦壽也。故傳箋均以胡借祜之音義爲訓也。

21「肆其靖之。」（周頌，昊天有成命）傳：「肆固也。」爾雅，肆故也。詩大雅思齊，肆戎疾不殄，傳，「肆故今也。」又抑篇，「肆皇天弗尚，」傳亦訓肆爲故今，此同爾雅肆故之訓。胡承珙後箋云：「故當讀如孟子，天下之言性則故而已也。故者以利爲本，文言曰，利者義之和也。毛傳假固爲故，非堅固之謂。」

又同篇，宥密于緝熙，傳：「緝明，熙廣。」爾雅，「翌明也。」說文作昱，陳奐謂緝昱古同聲。故緝亦訓爲明。此同聲借訓也。又說文，「巸廣頤也，」巸熙同，故傳訓熙爲廣也。

22「閟宮有侐。」（魯頌，閟宮）傳：「侐淸靜也。」陳奐毛詩音，「侐讀闃其無人之闃。」（易豐卦）說文，闃靜也。侐與闃同聲，故借其義以爲訓。

又同篇，「則莫我敢承。」傳：「承止也。」哀四年左傳，諸侯大夫恐其又遷也承，杜注，「承音懲，蓋楚語。」馬瑞辰云：「此詩承卽懲之叚借。」傳訓止，卽以訓懲者釋之。並言荆舒是懲，故下段借承與懲爲韻，此均詩人義同字變之例。

又同篇，「松桷有舄。」傳：「舄大貌。」陳奐云：「舄爲庴之叚借字。舄古音託。禹貢，海濱廣庴，夏本紀及地理志皆作廣舄，此庴舄聲通之證也。說文，庴卻屋也。段注，卻屋者謂開拓其屋使廣也。文選魏都賦注引蒼頡篇云，庴大也。」馬瑞辰與陳說同。

23「撻彼殷武。」（商頌，殷武）傳：「撻疾意也。」釋文引韓詩作達。陳奐謂古滑泰字作達，讀如撻。生民，先生如達，傳「達生也。」載芟，驛驛其達，傳，「達射也。」均有疾義。按高本漢釋音，泰，達，撻均同爲 tat，是則陳說是也。

又同篇，旅楹有閑，傳，「旅陳也。」賓之初筵，殽核維旅，傳亦訓旅爲陳。陳奐毛詩音，「旅讀如臚，」即取其陳列之義。逸周書作雒篇，有旅楹孔鼂，注，「旅列也。」陳即列之義。馬瑞辰在賓筵篇釋云：「旅者臚字之叚借。周禮司儀，皆旅擯後，鄭注，旅讀爲鴻臚之臚，臚陳之也。儀禮士冠禮，旅占，注，古文旅作臚。爾雅釋言，臚叙也。叙卽陳也。此詩，毛傳亦讀旅爲臚，故訓爲陳。爾雅釋詁，旅陳也，旅亦臚之叚借。」按馬說是也。但馬氏在殷武篇之旅則謂鑪之叚借字，鑪又通作盧，未免太迂曲。

又同篇，勿予禍適。傳：「適過也。」毛詩音，「適讀爲謫。」（此與錢大昕古無舌上音合）北門傳，「謫責也。」說文，「謫罰也。」左桓十八年傳注，「謫遣也。」均有過義。

24「爾土宇昄章。」（大雅，卷阿）傳：「昄大也。」陳奐毛詩音，「昄音大學，體胖之胖，胖爲肥大之義，故昄訓爲大。」

25「則不可沮。」（大雅，雲漢）傳：「沮止也。」巧言，亂庶遄沮，傳亦訓沮爲止。毛詩音，「沮如阻。」左閔二年傳，狂夫阻之，服注，「阻止也。」是以阻之音義訓沮也。

26「或肆或將。」（小雅，楚茨）傳：「將齊也。」陳奐云：「將與醬同，說文，醬醢也。古文作牆，醢則分齊其肉之細者也。是將有分齊之義。」朱駿聲認爲將是戕的叚借字，戕之義是殺是割。此又爲雙聲借義也。

又同篇，「我孔熯矣。」傳：「熯敬也。」段玉裁小箋云：「熯是戁的叚借字，說文，戁敬也。」

亦同音借訓之例。

27「不能旋濟。」（鄘，載馳）傳：「濟止也。」馬瑞辰云：「爾雅釋天，濟謂之霽。是濟本止雨之稱，因通以濟爲止。」高本漢並引尙書洪範、曰雨曰霽，史記宋世家作，曰濟，而尙書鄭本，濟雨止也。二人均認濟卽霽之同聲字，義相通也。

28「有倫有脊。」（小雅，正月）傳：「脊理也。」脊本不訓理，脊者迹之叚借。玉篇，「迹跡也理也。」春秋繁露引詩作「有倫有跡。按沔水，念彼不蹟，傳，「蹟道也。」蹟同迹，有脊卽有道也。

29「謂他人母，亦莫我有。」（王，葛藟）箋：「有識有也。」友與有古同聲通用。王念孫廣雅疏證云：「古者謂相親曰有，亦莫我有，謂莫相親友也。左昭二十五年傳，是不有寡君也。杜注有相親友也。釋名，友有也，相保有也。」王引之並引左僖廿二年傳，雖及胡耇，獲敗取之，何有于二毛，言何愛于二毛也。」是有借友之義以爲訓。

30「斤斤其明。」（周頌，執競）傳：「斤斤明察也。」馬瑞辰云：「斤斤卽昕昕之省借。一切經音義引爾雅，昕察也，當作昕昕察也，卽爾雅，斤斤察也之異文。說文，昕旦明也，廣雅，昕明也，重言之則曰昕昕矣。」馬說是也。

31「誰適爲容。」（衞，伯兮）傳：「適主也。」陳奐云：「適當讀敵。說文，敵仇也。爾雅，仇匹也。匹與主義近。」是知古適敵同聲，借敵之義以爲訓也。

32「不可爲也。」（大雅，抑）箋：「人君政教一失，誰能反覆之。」按爲通譌，譌又通訛，故與磨協韻。爾雅釋言，「訛化也。」方言「譌化也。」節南山，式訛爾心，箋，「訛化也。」變化卽反覆之義。故爲卽訛之同聲叚借。馬瑞辰謂爲乃蔿之叚借。廣雅蔿匕也，匕與化通。不若訓訛之直捷。

33「穆如淸風。」（大雅，烝民）傳：「穆和也。」釋訓，「穆穆敬也。」郝懿行云：「穆穆卽睦睦之叚借，說文，穆敬和也。」此亦借聲義之訓。

34「在渭之將。」（大雅，皇矣）傳：「將側也。」陳奐云：「將之言牆也。爾雅畢堂牆堂，牆爲山厓邊側之名。其水厓邊側亦如是也。傳訓將爲側正本爾雅釋厓岸堂牆之義。大明，在渭之涘，涘厓也，伐檀傳，側猶厓也。岐周在渭水之北。韓奕箋以方爲則，與此傳同。王者人所歸往也。」陳說謂讀將爲牆，借其音義以爲訓也。

35「勝殷遏劉。」（周頌，武）傳：「劉殺也。」陳奐毛詩音云：「劉古當作鎦，書顧命執鎦，鎦兵器，故有殺訓。」此借鎦之音義以訓劉也。

十一、聲近借訓

錢大昕在養新錄云：「古音相近之字卽可假借通用。如詩吉蠲爲饎，或作吉圭。有覺德行，或作有梏。春秋季孫意如，或作隱如。罕虎或作軒虎。此類甚多。」

又在潛研堂集云：「問蓋之爲裂何也？曰，鄭注緇衣云，割之言蓋也。正義謂割蓋聲相近。古者聲隨義轉，聲相近者義亦相借。尙書，割申勸寧王之德，割有蓋義。爾雅割蓋同訓，蓋有割義，皆取同聲之轉也。」茲再舉詩訓之例以明之。

1「日月其慆。」（唐，蟋蟀）傳：「慆過也。」陳奐云：「慆與滔聲義相近，過猶去也。」是慆爲滔之叚借。說文，「滔水漫漫大貌。」過如水漫漫之去也。東山，慆慆不歸，傳訓慆爲久，久亦與過去之義相近。又蕩篇，天降慆德，傳，「慆慢也。」箋：「厲王施倨慢之化。」釋名，「慢漫也，漫漫心無所恨忌也。」故傳訓慆爲慢。

2「捄之陾陾，度之薨薨。」（大雅，緜）傳：「捄虆也度居也。」箋：「捄捊也，度投也。」高本漢謂鄭氏顯以捄爲鳩（勼）在語源上同一個詞。堯典，共工方鳩僝功，說文引作共工方逑孱功，並訓逑爲斂聚。捄逑均由求得聲。箋云，「聚壤盛之以虆，」則傳之訓虆亦有聚虆之義。是鄭氏以捄爲鳩之聲近借訓也。至箋訓度爲投，亦取聲近借訓也。

3「江漢浮浮。」（大雅，江漢）傳：「浮浮衆彊貌。」段玉裁云：「浮與芣聲近。說文，芣華盛也。」盛與衆彊義近。此借聲義以爲訓也。

4「人涉卬否。」（邶，匏有苦葉）傳：「卬我也。」馬瑞辰云：「卬者姎之叚借，說文，姎婦人自稱我也。爾雅郭注，卬猶姎也，卬姎聲近通用。亦爲我之通稱。姎借爲卬，猶偃仰通作偃姎。」按朱駿聲編卬我爲雙聲類，雙聲亦聲近也。

5「揖我謂我儇兮。」（齊，還）傳：「儇利也。」釋文，「儇韓詩作婘云好貌。」馬瑞辰引王念孫應從韓詩作婘訓好。並云：「毛詩作儇者音近叚借，傳以利釋之。方言，說文並曰，儇慧也，慧者多便利，與還爲便捷義相近。」馬說是也。

6「籩豆有楚。」（小雅，賓之初筵）傳：「楚列貌。」曹風，蜉蝣，衣裳楚楚，傳，「楚楚鮮明貌。」說文引詩作衣裳䵘䵘。馬瑞辰云：「䵘楚音近得相叚借。史記仲尼弟子傳，秦祖字子南，王引之曰，祖讀爲楚，聲近叚借。」馬王兩氏之說是也。

7「載震載夙。」（大雅，生民）傳：「震動也。」馬瑞辰云：「震卽娠之聲近叚借。爾雅，娠震動也。郭注，娠猶震也。說文，娠女妊身動也。春秋傳曰，后緡方娠，今左傳作震。載震卽周本紀所云身動如孕者是也。」今人震動爲常語，不知其原爲娠之借音字也。

8「匪紹匪遊。」（大雅，常武）箋：「紹緩也。」馬瑞辰云：「紹與弨之音義近。小雅，彤弓弨兮，傳，『弨弛貌。』說文，『弛弓解弦也。』凡弓張則急，弛則緩，弨之言弛猶紹之言緩也。」馬說是也。

9「蛇蛇碩言。」（小雅，巧言）傳：「蛇蛇淺意也。」蛇與詍，呭，泄，聲近而義通。板傳，「泄泄猶沓沓也。」說文，「泄作呭，又作詍，多言也。」多言卽指讒言，故傳訓蛇蛇爲淺意。馬瑞辰謂蛇卽詍之叚借。高本漢認爲蛇與詍同音。陳奐謂淺卽諓。引楚辭九嘆，讒言諓諓孰可愬兮，王注云，「諓諓讒言貌。」又文十二年公羊傳引書，惟諓者善諍言，何休注，「諓諓淺薄之貌，」可以爲證。

陳說是也。

10「降爾遐福。」（小雅，天保）箋：「遐遠也。」馬瑞辰云：「遐與嘏聲近而義同。爾雅，嘏大也。說文，嘏大遠也。遐訓遠者當卽嘏字之叚借。」馬說是也。

又同篇，何福不除，傳，「除開也。」王念孫引哀廿年左傳，天又除之，除之卽啓之，啓卽開也。此亦除啓聲近借訓之理。

11「作之屏之。」（大雅，皇矣）作無傳。王引之經義述聞云：「作讀爲柞。周頌載芟傳，除木曰柞。周官，柞氏掌攻草木及林麓是也。內則，魚曰作之。爾雅，作剒。郭注謂削鱗也，是作有斬削之義。」馬瑞辰謂，柞槎聲近通用。說文，「槎衺斫也。」是知柞爲槎之叚借。柞作同音，槎可叚爲柞，卽可叚爲作，柞作皆槎之借。王馬兩氏之說均是。

又同篇，王赫斯怒，箋，「斯盡也。」釋文謂鄭讀斯爲賜。文選西征賦，若循環之無賜，李注引方言，「賜盡也。」斯與賜聲近通用。

12「至于艽野。」（小雅，小明）傳：「艽野遠荒之地。」艽與究聲近。究窮也，地之窮極故曰遠。又艽與鬼聲近，史記鬼侯作九侯，蒼頡篇，「鬼方遠方也，」故訓艽爲遠。

13「左右芼之。」（周南，關雎）傳：「芼擇也。」王引之在經籍纂詁序云：「周南關雎篇，左右芼之，傳訓芼爲擇，後人不從，而不知芼苗聲近而義同。左右芼之之芼，傳以爲擇，猶田苗蒐狩之苗，白虎通以爲擇取。」是知芼卽苗之聲近借訓也。

14「九月叔苴。」（豳，七月）傳：「叔拾也。」馬瑞辰云：「爾雅釋言，筑拾也。小爾雅，督拾也。筑督均與拾音近而義同。」是叔以筑督之聲近而借訓也。至後人借叔爲少，段玉裁謂爲同聲故借訓之，叚借既久，而叔之本義廢矣。

此外小雅瓠葉，有兎斯首，箋以斯近鮮，故訓白，而阮毛詩校勘記據此而訓蓼莪篇，「鮮民之生」之鮮爲斯。阮氏之言曰：「古鮮聲近斯，遂相通借，鮮民當讀爲斯民，如論語斯民也之例。」又王引之經義述聞釋破斧，「亦孔之將」云，「將與臧聲近，亦孔之將，猶言亦孔之臧耳。」至大雅既醉篇，爾殽既將，馬瑞辰亦根據王引之之說，而訓將爲臧。諸此之類，均聲近借訓也。

十二、雙聲借訓

雙聲疊韻本可歸入聲近範圍，但因假借之理每以雙聲疊韻爲之。如朱駿聲分叚借之例凡四，而雙聲疊韻佔其二焉。而馬瑞辰釋詩亦多于雙聲疊韻得之。故於聲近外另附此二條，使知聲假之理焉。朱駿聲曰：「叚借之理，疊韻易知，雙聲難知。」兹先將雙聲借訓說明於下。

1「實維我儀。」（鄘，柏舟）傳：「儀匹也。」馬瑞辰云：「訓匹者，儀與偶雙聲，同在疑母。蓋以儀爲偶字之叚借。猶獻與儀雙聲，而獻卽可叚爲儀也。」此雙聲借訓之典型。

2「羔裘晏兮。」（鄭，羔裘）傳：「晏鮮盛貌。」馬瑞辰云：「晏與殷雙聲，殷盛也。傳蓋以晏爲殷之假借，故訓爲鮮盛。」此亦雙聲之借訓也。

3「悠悠我里。」（小雅，十月之交）傳：「悠憂也。」馬瑞辰云：「悠與慆雙聲，故通用。方言，慆憂也。」

4「何錫予之。」（小雅，采菽）箋：「賜諸侯以車馬。」馬瑞辰云：「錫與賜雙聲，錫卽賜之叚借。」說文，「賜予也。」錫予卽賜予也。

5「如茨如粱。」（小雅，甫田）傳：「茨積也。」陳奐云：「茨卽穧之叚借字。說文，穧積禾也。茨本訓屋之草蓋。故知此訓積爲叚借字。」茨穧雙聲，故積與穧通用。說文引詩，積之栗栗，作穧之秩秩。

6「依其在京。」（大雅，皇矣）箋：「文王但發其依京地之衆。」王引之經義述聞云：「依盛貌，依其者形容之詞。依之言殷，殷盛也。言文王之兵盛，依然其在京地也。」馬瑞辰云：「依殷二字雙聲古通用。此詩依其，正與鄭風殷其句法相同。」按小雅車舝，依彼平林，傳，「依木茂貌。」卽訓依爲盛也。王馬之說是也。

又同篇，串夷載路，箋：「串夷卽混夷。」馬瑞辰云：「串卽毌之隸變，貫毌古今字，昆貫雙聲，昳與昆貫亦雙聲，故知串夷混夷爲一，皆昳夷之叚借。」馬說是也。

7「有覺德行。」（大雅，抑）傳：「覺直也。」緇衣引詩作，有梏德行，鄭注，梏直也。馬瑞辰謂覺梏雙聲，覺卽梏之叚借。

8「緜緜翼翼。」（大雅，常武）傳：「緜緜靚也。」說文，「靚靜也。」爾雅釋詁，「密靜也。」緜密雙聲，均从武母。文選洛神賦注，「緜緜密也。」陳奐亦謂緜之訓靚亦取密義。馬瑞辰謂傳以緜爲宀之叚借。說文，「宀交覆屋深也。」武延切。韓詩，緜緜作民民。大戴禮記，緜緜荀子作惛惛，均密也。又詩，緜蠻黃鳥，一作緡蠻黃鳥。緜民，緜緡均雙聲也。馬說是也。

9「嗟嗟臣工。」（周頌，臣工）傳：「工官也。」馬瑞辰云：「工與官雙聲，故官通借作工。小爾雅，工官也。堯典，允釐百工，史記五帝紀作，信飭百官，皆工卽官之證。」工官雙聲是也。又同篇，嗟嗟保介，箋：「介甲也。」馬瑞辰云：「介與甲雙聲，故甲可借作介。」是又雙聲之借訓也。

10「匪且有且。」（周頌，載芟）傳：「且此也。」馬瑞辰云：「且此雙聲，以且爲此之叚借，讀从此音，與茲爲韻。」高本漢反對此說，但其釋音，且與此聲母相同，謂爲雙聲相轉借訓亦可。

此外如樛木，福履綏之，傳：「履，祿也。」履與祿雙聲，故叚履爲祿。小弁，譬彼壞木，傳，「壞瘣也。」壞與瘣雙聲，故叚壞爲瘣。大明，燮伐大商，傳，「燮和也。」馬瑞辰謂襲與燮雙聲，燮伐卽襲伐之叚借。猶淮南子天文篇，而天地襲矣，高注，襲和也，襲卽燮之借也。

十三、疊韻借訓

1「左右流之。」（周南，關雎）傳：「流求也。」流求依段玉裁古音表同在第三部，是疊韻也。陳奐云：「古流求同部，流本不訓求，而詁訓云爾者，流讀與求同，其字作流，其意作求，比古人叚借之法也。」據陳奐似謂爲同聲借訓，但此二字同部，謂爲疊韻借訓較爲適宜。至馬瑞辰謂爲聲轉，非也。

2「爰及矜人。」（小雅，鴻雁）傳：「矜憐也。」馬瑞辰云：「矜應作矝。說文，矝矛柄也，从矛令聲。傳訓憐者以矝爲憐字之叚借字，从令聲，不从今聲。」陳奐謂二字疊韻通用。尙書多士，予惟率肆矜爾，論衡雷虛篇作，予惟率夷憐爾。又論語，哀矜作哀憐。按矜作矝，馬說是也。矝與憐古音同在第十二部。此疊韻通借字也：

3「載戢干戈。」（周頌，時邁）傳：「戢聚也。」桑扈，不戢不難，傳亦訓戢爲聚。鴛鴦，白華，戢其左翼，箋訓戢爲斂，斂亦聚也。左宣十二年傳引詩注云，「戢藏也。」藏亦聚也。陳奐毛詩音，「戢讀集。」鴇羽，集于苞栩，傳，「集止也。」小毖，又集于蓼，箋，「集會也。」止會均有聚義。據陳氏之意，戢爲集之叚借字。按戢集古音同在第七部。高本漢在周南螽斯篇謂揖與戢同音tsiəp，詞語上與集 dziəp 有關。據其注音，則戢集亦韻母相同，乃疊韻字也，即陳奐所謂疊韻相借之義也。

4「恆之秬秠。」（大雅，生民）傳：「恆徧也。」釋文，「恆作亘，古鄧反。」正義定本作桓，集注作亙字。馬瑞辰云：「說文，㮓竟也，从木恆聲，亙古文㮓，亙即𠄢字。顏氏家訓書證篇所云，彌亙字从二閒舟引詩作，𠄢之秬秠是也。」胡承珙曰：「六朝本蓋皆作𠄢，今詩作恆者，㮓之省借。猶天保詩，如月之恆，亦叚借爲絚也。」按㮓，亘二字疊部，同在古音第十四部，是疊韻之借訓也。

5「迨其謂之。」（召南，摽有梅）傳：「謂之不待備禮也。三十之男，二十之女，禮未備則不待禮會而行之者，所以蕃育人民也。」馬瑞辰云：「按此傳義，本周官媒氏，仲春令會男女。以謂之爲會之之叚借。上云謂之不待備禮，下卽云會而行之者，正以會而行之釋經文謂之也。」按謂从胃聲，與會字古音同在十五部，是謂疊韻借訓也。

6「其葉有幽。」（小雅，隰桑）傳：「幽黑色也。」此幽爲黝之叚借字。說文，「黝微青黑色也。」陳奐謂幽讀爲黝。按段玉裁古音表，則幽黝應同在第三部，是亦疊韻也。

7「三歲貫女。」（魏，碩鼠）傳：「貫事也。」魯詩作宦，卽宦字之叚借。釋文「貫徐音宦。」說文，「宦仕也，」玉篇，「官宦也。」說文，「宦吏事君也。」事與仕亦同義。故貫爲宦之叚借，亦可爲宦之叚借。禮記樂記，禮樂明備，天地宦矣，鄭注，「宦猶事也。」高本漢亦謂貫與官或宦均在詞語上有關係，均同一聲母。按貫與官或宦古音同在第十四部，是謂疊韻借訓也。

8「涼彼武王。」（大雅，大明）傳：「涼佐也。」韓詩引作亮，云，「亮相也。」相亦助也。漢書王莽傳引詩正作亮。爾雅，「亮右也。」又云，「左右亮也。」佐古只作左。說文無亮字，段玉裁依六聲故所據唐本補云：「亮明也，从几高省，而申釋之曰，高明者可以佐人，故義爲佐。」是涼爲亮之義。陳奐讀涼如亮，叚借字也。按涼亮古音同在第十部。是疊韻叚借字也。

9「宅殷土芒芒。」（商頌，玄鳥）傳：「芒芒大貌。」說文，「芒草耑也，」無大義。馬瑞辰云：「芒卽荒之叚借。」並引荀子富國注，芒或讀爲荒，史記三代世表；帝芒，索隱云，芒一作荒。

按芒荒古音同在第十部，叠韻字也。是謂叠韻借訓也。

10「不吳不揚。」（商頌，泮水）傳：「揚傷也。」馬瑞辰云：「揚傷古音近，蓋以爲瘍之叚借。」釋文揚作瘍是也。按傷瘍古音同在第十部，是亦叠韻之借訓也。

此外如大雅，思齊，不顯亦臨，無射亦保，馬瑞辰云：「古射字與夜夕字叠韻亦通用。故春秋狐射姑，穀梁作夜姑。曹莊公名射姑，史記作夕姑。夜夕皆闇冥之義。無射亦保，猶云闇則保也。」是知射爲夜夕之叠韻借訓爲闇也。

又大雅皇矣，其灌其栵。王引之詩述聞云，栵當讀爲烈。烈拚也，斬而後生者也。馬瑞辰云：「烈與蘖以叠韻叚借，蘖木餘也。蘖與拚同義。」按烈與蘖古音同在第十五部，是知叠韻也。

十四、聲轉借訓

字之聲音及訓詁可分聲同，聲近，雙聲，叠韻及聲轉五種，已如上列。前四種既可惜訓，故聲轉亦可借訓。爾雅，「䞶作也。」錢大昕云：「䞶與動聲相轉，動卽有作義。說文，妯動也。䞶妯文異義同。」此卽聲轉借訓之理也。兹將詩訓之例說明如下：

1「東方未晞。」（齊，東方未明）傳：「晞明之始升。」馬瑞辰云：「晞者昕之叚借。說文，昕旦明，日將出也，讀若希。昕與晞一聲之轉，故通用。廣雅，昕明也。小爾雅，焮晞也，昕猶焮也。傳知晞卽昕，故以爲明之始升。」按昕與晞爲雙聲相轉，，亦卽聲轉之借訓也。

2「予尾翛翛。」（豳，鴟鴞）傳：「翛翛敝也。」正義曰：「予尾消消而敝。唐石經作脩脩。蜀本越本作修修。」馬瑞辰云：「說文無翛字，當從石經作脩脩。脩修古通用。修與消一聲之轉，故修修可讀爲消消也。」翛之音轉爲消，故轉訓爲敝。按修消雙聲轉借也。

3「流言以對。」（大雅，蕩）傳：「皆流言毀謗賢者。」馬瑞辰云：「箋蓋訓流言爲譌言。釋詁，流，藹匕也。匕與化通，藹與譌訛通，釋言，訛化也。譌言以訛傳訛，流變無窮，故亦稱流言，流與訛亦一聲之轉。方言，藹譌化也，正與流之訓匕同義。譌言之轉爲流言，猶說文，囮讀若譌字，或从繇作圝，其字又通作游與由也。」馬氏證明譌轉聲爲繇，繇與游雙聲也。是亦合雙聲轉借之理。

4「民有肅心。」（大雅，桑柔）箋：「肅進也。」肅本訓敬，詩思齊，肅肅在廟，傳，「肅敬也。」按敬古音屬庚，在第十一部。進屬眞，古音在第十二部。依上列眞聲近庚聲之理，二字乃聲近相轉。亦即章太炎眞青相近旁轉之理。說文，「敬肅也，从攴从茍會意。」「茍自急敕也。」急敕與進之義相成。又敬與近通，民勞，以敬有德，傳作以近有德。說文，「近附也。」與進義亦相成。進近亦聲近相轉借也。

5「缾之罄矣。」（小雅，蓼莪）傳：「罄盡也。」說文，「罄器中空也。」引詩缾之罄矣。大東，杼柚其空，傳，「空盡也。」陳奐謂罄空聲之轉。按罄與窒聲通，故說文，「窒空也，」引詩，缾之窒矣。窒與空乃雙聲也，是罄與空乃雙聲相轉借也。陳說是也。

6「或舂或揄。」（大雅，生民）傳：「揄抒臼也。」馬瑞辰云：「揄者舀之叚借。說文，舀抒舀也，引詩，或簸或舀。（簸當爲舂之譌）揄舀一聲之轉，故通用。揄古音如由，故與蹂叟浮等字爲韻。」馬說是也。

7「籧篨不鮮。」（邶，新臺）箋：「鮮善也。」王引之在經籍纂詁序云：「新臺篇，籧篨不鮮，箋訓鮮爲善，後人不從，而不知爾雅鮮省二字皆訓爲善，正是一聲之轉。且下云，籧篨不殄，殄讀曰腆，其義亦爲善也。」按皇矣，帝省其山，箋，「省善也。」與王說合。據此，則鮮卽省之聲轉借訓也。

8「民人所瞻。」（大雅，桑柔）瞻無傳，吳棫韻補，讀瞻爲諸良切，引漢溧陽長潘乾校官碑，「永世支百，民人所彰」爲證。因瞻與相臧腸狂爲韻，正應讀爲彰。馬瑞辰云：「瞻與彰一聲之轉，瞻卽彰字之叚借。猶之集就雙聲。假集爲就，務侮雙聲，毛借務爲侮也，謂民人所共見也。」是知瞻與彰雙聲相轉，因而借瞻爲彰也。

9「奄有九有。」（商頌，玄鳥）傳：「九有九州也。」九有卽九域之叚借。韓詩作九域，又文選注引韓詩章句曰，九域九州也。此九有卽九域之證。馬瑞辰云：「域與有一聲之轉，故通用。」九有緯書又作九囿，段玉裁云：「九囿卽毛詩之九有，韓詩之九域也。」

又長發，帝命式于九圍，傳：「九圍九州也。」馬瑞辰云：「圍，域，有皆一聲之轉，聲同則義同。故韓詩釋九域曰九州，毛釋九有九圍並曰九州，特變文以爲韻耳。說文，或从口从戈以守一，一地也。又曰，圍守也。是域與圍義同之證。」此馬說聲轉通借之例。

10「誰昔然矣。」（陳，墓門）傳：「昔久也。」箋：「誰昔昔也。」馬瑞辰云：「朱子集傳云，誰昔猶言疇昔也，其說是也。疇誰一聲之轉。爾雅，疇誰也。禮記檀弓曰，予疇昔之夜，鄭注，疇發聲也。疇轉爲誰皆語詞，故箋以誰昔卽爲昔也。疇昔或作疇曩，昔爲久，曩亦爲久也，昔對今言，故訓爲久。」據此，則誰爲疇之聲轉借訓也。

此外如，玄鳥，景員維河，傳，「景大也。」景固以京爲語根之轉訓，但馬瑞辰云：「景與廣一聲之轉，景卽廣之叚借。」魯頌，憬彼淮夷，韓詩，憬作獷。雝，於薦廣牡，傳，「廣大也。」是景又爲廣之聲轉借訓也。

又園有桃，我歌且謠，傳：「徒歌曰謠。」說文，「䍃徒歌从言肉聲。」又通作繇。馬瑞辰云：「繇謠一聲之轉。」是䍃謠聲轉而通借也。

十五、聲同通訓

古聲相同之字其義亦得相通。俞樾在古書疑義舉例中說明雖唯通用之例云：「凡聲同之字，古得通用。」既通用其義自同也。馬瑞辰云：「聲同者其義亦同。」並引皇矣，上帝耆之，傳，「耆惡也。」潛夫論班祿篇引詩作，上帝指之。廣雅，「指斥也。」指斥亦惡怒之義。又引卷阿，似先公酋矣，傳，「酋終也。」說文，「傮終也。」傮之古音與酋同。釋名，「曹酋也。」猶爾雅，慒慮也。釋文云，「慒音囚也。」音同則義同，故傮亦訓終。又錢大昕在養新錄中亦謂音同義亦同。並引勉與俛古人多通用，黽勉漢碑多作僶俛。表記，俛焉日有孳孳，讀如勉。矢人，前弱則俛，後弱則翔，唐石經俛作勉，蓋音同義亦同也。毛詩傳中聲同通訓之例甚多，茲列之如下。

1「淇水滺滺。」（衞，竹竿）傳：「滺流貌。」說文：「攸水行也，从攴从人水省。六書故云：「唐本作水行攸攸也。」其中从水。釋文作浟浟。玉篇，「浟水流貌。」攸从水爲正，俗又讀作滺，又通作悠。攸，浟，滺，悠聲同義亦通。故小雅黍苗，悠悠南行，傳，「悠悠行貌。」行亦流也，其義同。又載馳，驅馬悠悠，傳，「悠悠遠貌。」黍離，悠悠蒼天，傳：「悠悠遠意。」凡流行必遠，故其義相通也。

2「猗儺其枝。」（檜，隰有萇楚）傳：「猗儺柔順也。」箋：「及其長大則枝倚儺而柔順不妄尋蔓草。」柔順亦與美盛相通。小雅隰桑，隰桑有阿，其葉有難，傳，「阿然美貌，難然盛貌。」箋，「隰中之桑，阿阿然長美，其葉又茂盛可以庇蔭人。」美盛亦有多義，桑扈，受福不那，傳，「那多也。」箋，「受福亦不多也。」那篇，猗與那與，傳，「那多也。」陳奐云：「阿之爲言猗也。淇奧傳，猗猗美盛也。難儺古通，難之言那也。釋文，難乃多反，其讀同那。桑扈傳，那多也。萇楚曰猗儺，那曰猗那，音義皆同也。」王引之經義述聞云：「萇楚之枝柔弱蔓生，故傳箋竝以猗儺爲柔順。但下文華與實不得言柔順，而亦云猗儺，則猗儺乃美盛之貌矣。小雅隰桑篇，隰桑有阿，其葉有難，傳，阿然美貌，難然盛貌。阿難與猗儺同字。又作旖旎，楚辭九辯，紛旖旎乎都房，王逸注，旖旎盛貌，引詩，旖旎其華，與毛傳異義，蓋本於三家。」馬瑞辰云：「史記司馬相如傳，旖旎從風，索隱引張揖云，旖旎猶阿那也。那與儺古亦同聲。草之美盛曰猗儺，樂之美盛曰猗那，其義正同。」據此，同聲之字均通訓也。

3「睍睆黃鳥。」（邶，凱風）傳：「睍睆好貌。」箋：「睍睆以喻顏色悅也。」禮記檀弓，童子曰華而睆，鄭注引詩傳云，「睆睆好貌。」故古本或作睆睆黃鳥。小雅杕杜，有睆其實，傳，「睆實貌。」大東，睆彼牽牛，傳，「睆明星貌。」馬瑞辰云：「鳥之好貌曰睆睆，明星之睆貌曰睆彼，木之實貌曰有睆，其義一也。」按高本漢謂睍睆乃明顯而光亮之意，此即與好貌相通。又有睆其實，傳訓為實貌，正形容其實之好。陳奐謂其義未聞非也。又野有蔓草，清揚婉兮，傳，「婉然美也。」婉與睆聲同，美與好同義。

又菀柳傳，菀木茂也。齊風甫田，婉兮孌兮，傳，「婉孌少好貌。」曹風候人傳，「婉少貌，孌好貌。」是知宛婉均少小嬌好之貌。菀柳傳訓菀為茂，亦與好義通也。

4「如食宜饇。」（小雅，角弓）傳：「饇飽也。」常棣，飲酒之飫，韓詩作，飲酒之饇。說文，「飫燕食也，飽猒也。」廣韻，「飫飽也。」傳訓飫為私，私燕私也，即燕食也。燕食必飽，乃自然之理。馬瑞辰云：「以古音讀之，醧與豆具孺韻，正協作飫，則聲入蕭宵部，毛詩蓋讀飫如饇也。」按醧即饇字，饇與飫聲同，故其義通也。

5「英英白華。」（小雅，白華）傳：「英英白雲貌。」韓詩英英作泱泱。文選潘岳射雉賦，天泱泱以垂雲，正本韓詩。李善注引毛詩，英英白雲，毛萇曰，英英白雲貌。英从央聲，故與泱同聲。

六月，白旆央央，傳，「央央鮮明貌。」公羊宣十二年傳疏引詩作，白旆英英。是央英字通，而傳訓央央爲鮮明，而英英訓爲白雲貌，白雲之貌必鮮明也。此聲同而通訓也。

6「茀厥豐草。」（大雅，生民）傳：「茀治也。」茀，爾雅作弗，治也。釋文引韓詩作拂。上章，以弗無子，傳，「弗去也。」去與治其義相成。案此茀字與皇矣，臨衝茀茀，及卷阿，茀祿爾康矣，等茀字音義均不相同。錢大昕云：「古讀拂如弼。古讀茀如蔽，前之義爲治，後之義爲小。」又長發，玄王桓撥，傳，「撥治也。」韓詩作發訓明。明與治義通。同篇，武王載旆，荀子議兵篇及韓詩外傳引詩均作發。說文引作坺，並訓坺爲治。此亦以坺，撥，發同聲而通訓也。按江漢篇詩序，能興衰撥亂。陳奐毛詩音，「撥發聲。」

7「赳赳武夫。」（周南，兎罝）傳：「赳赳武貌。」赳與驕，蟜，蹻聲同。清人，四牡有驕，傳：「驕壯貌。」魯頌泮水，蟜蟜虎臣，傳，「蟜蟜武貌。」同篇，其馬蹻蹻，傳，「蹻蹻言彊盛也。」周頌酌，蹻蹻王之造，傳，「蹻蹻武貌。」大雅崧高，四牡蹻蹻，傳「蹻蹻壯貌。」按高本漢釋音，赳，驕，蟜，蹻均爲 kiog，是知其字古同音，而武，壯，彊之義均相通也。

8「度其鮮原。」（大雅，皇矣）傳：「小山別於大山曰鮮。」此與公劉，陟則在巘之傳訓，「小山別於大山曰巘」相同。馬瑞辰謂鮮與巘同音，鮮即巘字。並引禮記月令，天子乃鮮羔，即詩七月之獻羔，禮記鄭注亦言鮮卽獻。馬說是也。此聲同同訓之例。陳奐謂鮮古音斯，斯與析聲近。並云小山分析而不與大山相連屬。此說太牽強矣。

9「有饛簋飧。」（小雅，大東）傳：「饛滿簋貌。」饛與朦通。方言，「朦豐也。自關以西秦晉之間凡大貌謂之朦。」滿與豐義同。又饛與幪音同，生民，麻麥幪幪，傳，「幪幪然茂盛也。」盛亦與滿義通。此聲同通訓也。

又同篇，有捄棘匕，傳，「捄長貌。」有捄天畢，傳，「捄畢貌。」正義云，「亦言畢之長也。」良耜，有捄其角，箋，「捄角貌。」說文引詩作，有觓其角，並云，觓角貌。是觓捄音義相同也。桑扈，兕觥其觩，釋文亦作觓。泮水，角弓其觩，傳，「觩弛貌。」釋文亦作觓。凡弛必長，故其義相通。是知捄，觩，觓音義均相通也。

10「八鸞瑲瑲。」（小雅，采芑）傳：「瑲瑲聲也。」烈祖，八鸞鶬鶬，傳，「鶬鶬言文德之有聲也。」王先謙云：「鶬鶬猶瑲瑲也。」韓奕，八鸞鏘鏘。有女同車，佩玉將將，傳，「將將佩玉鳴而後行。」庭燎，鸞聲將將，傳，「將將鸞鑣聲也。」說文，「瑲鐘聲也。」將將，鏘鏘，瑲瑲，鎗瑲，鶬鶬皆見詩，字異而音義同，指佩玉八鸞鐘鼓磬管之聲言也。瑲為玉聲，鎗為鐘聲，見說文，是本義。鏘字說文無篆，而臤字注有鏗鏘字，从金，當為金聲。其將鶬二字為叚借字。是皆聲同而通訓也。至緜之應門，閟宮之犧尊，亦言將將，門為嚴正，尊為美盛，皆非聲也。

11「鸞聲噦噦。」（魯頌，泮水）傳：「噦噦言其聲也。」庭燎，鸞聲鉞鉞，傳，鉞鉞徐行有節也。采菽，鸞聲嘒嘒，傳，「嘒嘒中節也。」所謂有節與中節，均言聲之有節，聲之中節也。按噦噦，嘒嘒，鉞鉞皆同聲通義字。碩人，施罛濊濊，說文亦作泧泧。東京賦作鸞聲鐬鐬，从金亦正。說文，「鉞車鑾聲也，从金戉聲，詩曰，鑾聲鉞鉞。」徐鍇云：「鉞後作鐬。與嚖嚖均爲鑾聲。」徐鉉云：「今俗作鐬。」段玉裁注云：「疑古毛詩泮水本作鉞鉞，後乃變爲鐬字。許所據作鉞，戉聲辛律切。變爲鐬，呼會切。」陳奐云：「案集韻十四泰，鉞，鉞，噦三同呼外切。說文，車鑾聲也，引詩鑾聲鉞鉞。是丁度所據說文引詩作鉞鉞也。今詩作噦噦，庭燎篇同。」是知噦，嚖，鉞古聲同，而其義亦通也。

12「牂羊墳首。」（小雅，苕之華）傳：「墳大也。」魚藻，有頒其首，傳，「頒大首貌。」陳奐謂頒墳聲同。郝懿行爾雅疏證云：「羒蓋同墳，言高大也。此墳卽爾雅之羒也。」此同聲同訓也。又樊光爾雅注引魚藻詩作有賁其首。頒通作賁，猶公羊傳言濆泉，穀梁作賁泉，左氏則作蚡泉也。

又大雅韓奕，汾王之甥，傳，「汾大也。」正義云：「釋詁云，墳大也，傳音以墳汾同音，故亦爲大也。」按汝墳傳，「墳大防也。」陳奐毛詩音，「墳作坋。」馬瑞辰謂墳乃坋之叚借。方言，「墳地大也。青幽之間凡土高且大者謂之墳。」又桃夭，有蕡其實，傳，「蕡實貌。」馬瑞辰云：「蕡者頒之叚借。說文，頒大首貌。引申爲凡大之稱。爾雅釋詁，墳大也。墳亦頒之借，有蕡者狀其實之大也。」是知墳，汾，頒均音同義同也。

13「魴鯉甫甫。」（大雅，韓奕）傳：「甫甫大也。」同篇，溥彼韓城，傳，「溥大也。」溥从水尃聲，本義爲水之大，故大皆稱溥。北山，溥天之下，公劉，瞻彼溥原，召旻，溥斯害矣，皆訓大。甫釋文音布五反，與尃聲同，故通訓也。

又同篇，麀鹿噳噳，傳，「噳噳然衆也。」吉日，麀鹿麌麌，傳，「麌麌衆多也。」按噳釋文又作麌。是噳麌均同聲通用，而其義亦通也。

14「其旆茷茷。」（魯頌，泮水）傳：「茷茷言有法度也。」釋文，「茷作伐。」茷讀如胡不旆旆之旆。采菽，其旂淠淠，傳，「淠淠動也。」淠亦卽旆，言有法度者動有文章也。茷，旆，淠古聲同，故通訓也。又皇矣，臨衝茀茀，傳，「茀茀彊盛也。」音同而義亦通。

15「矇瞍奏公。」（大雅，靈臺）傳：「公事也。」七月，載纘武功，傳，「功事也。」崧高，世執其功，傳，「功事也。」楚茨，工祝致告，傳，「善其事曰工。」四月，以奏膚公，傳，「公功也。」古公，功，工三字聲同故通訓也。

16「甡甡其鹿。」（大雅，桑柔）傳：「甡甡衆多也。」說文，「甡衆生並立之貌。」五經音義作侁，色巾反。玉篇，「侁衆多貌。」陳奐毛詩音，「甡音莘。」而侁又與莘通。皇皇者華，駪駪征夫，傳，「駪駪衆多之貌。」國語引此詩作莘莘。韋注，「莘莘衆多也。」說文，「燊盛貌，讀若詩曰，莘莘征夫。」李注文選東都賦，魏都賦皆引詩作莘莘衆多也。陳奐謂毛詩原作莘莘，駪駪爲後人所改。

又周南螽斯，羽詵詵兮，傳，「詵詵衆多也。」釋文，「詵詵說文作𡖔，音同。」馬瑞辰云：「今本說文無𡖔字。據廣雅，𡖔多也，玉篇，𡖔多也，或作侁。玉篇又云，𡖔或作莘騂𦐤甡。一切經音義卷四，詵又作甡𡖔同莘，詵詵爲衆多貌，猶說文訓駪爲馬衆多貌也。詵通作莘𡖔騂等字，猶小雅，駪駪征夫，說文引作莘莘，伊尹耕於有莘之野，有莘或作有侁也。」是知甡，駪，詵，莘，緈等字均聲同通用，而其義亦相同也。至小雅魚藻，有莘其尾，傳，「莘長貌。」文選高唐賦，縱之莘莘，注引詩有莘其尾，並云，毛萇曰，莘衆多也。故胡承珙謂李善誤引韓爲毛也。莘訓衆，亦訓長，長與衆義亦相成也。

17「弁彼鸒斯。」（小雅，小弁）傳：「弁樂也。」說文，「昪喜樂貌。」弁音同盤。爾雅釋詁及般詩序曰，「般樂也」馬瑞辰謂弁與般均爲昪之叚借字。弁與般同聲，其義亦同也。

18「其葉蓁蓁。」（周南，桃夭）傳：「蓁蓁至盛貌。」無羊，室家溱溱，傳，「溱溱衆也。」溱又與潧通。溱與洧，說文引詩作潧與洧（已見前列）。潧又與增同聲，魯頌泮水，烝徒增增，傳，「增增衆也。」與溱蓁之義相同。馬瑞辰云：「溱以作潧爲正，詩以溱與人爲韻，在古音眞臻類，故叚溱作潧，猶潧潧作溱溱也。」

19「如彼遡風。」（大雅，桑柔）傳：「遡鄉也。」說文字作泝，段氏注云，「逆流而上曰泝洄。」泝向也，水欲達之而上也。从水㡿聲或作遡。字又音素，與傃通。論語，君子素其位而行，與中庸，素隱行怪，鄭注素讀爲攻其所傃之傃，並云，「傃鄉也。」是遡與素傃聲同義亦同也。

20「不云自頻。」（大雅，召旻）傳：「頻厓也。」頻通瀕。說文，瀕水厓，人所賓附也。列女傳引詩作瀕。周南采蘋，南澗之濱，傳，「濱厓也。」釋文引張揖字詁云，「瀕今濱。沈約宋書何尙之傳引毛詩，南澗之濱。」北山，率土之濱，傳，「濱涯也。」

馬瑞辰云：「古賓頻同音通用，故采蘋又作采薲。」是知濱瀕同聲通訓也。

此外如商頌玄鳥，「邦畿千里。」傳：「畿疆也。」馬瑞辰云：「邦畿二字同義，邦者封之叚借。小爾雅，封界也。周禮大司徒注，封起土界也。大司馬注，封謂立封於疆爲界，是封亦疆也，界也。文選西京賦注引詩作，封畿千里，蓋本三家詩，毛詩作封者叚借字也。」錢大昕云：「古讀封如邦，論語，且在邦域之中矣，釋文，邦或作封。而謀動干戈於邦內，釋文，鄭本作封內。釋名，邦封也，有功於是故封之也。」是知古封邦同聲，而邦畿又同義，故畿訓疆也。

又如蓼莪，出入腹我，傳，「腹厚也。」上句，顧我復我，陳奐謂腹訓厚，則顧復皆厚也。顧復腹皆同聲，故應同訓也。野有死麕，吉士誘之，傳，「誘道也。」大雅板篇，天之牖民，傳亦訓牖爲道。

又魯頌，遂荒大東，傳，「荒有也。」爾雅釋詁，「憮有也。」郭注引詩作，遂憮大東。陳奐謂憮荒古字通。聲通故得通訓也。至北山，「四牡彭彭，王事傍傍。」傳，「彭彭然不得息，傍傍然不得已。」彭與旁聲同，而不得息與不得已亦義通也。

十六、聲近通訓

凡聲近則義通，此爲訓詁之一法則。如大明，大任有身，傳，「身重也。」說文，「身神也。」爾雅釋詁，「申神重也。」神與身聲近，故神與身同訓重。又身與娠聲近，廣雅釋詁，「孕重妊娠。」

一切經音義卷十九引詩作，大任有娠。是身娠均爲重義也。又錢大昕在音韻問答中云：「問毖神溢愼也。郭云，神未詳。神亦似有愼義。曰，說文，神天神引出萬物者也。鄭康成注檀弓，讀愼爲引，則神愼二文音本相近，義亦可通。」是知聲近通訓之例爲訓詁之通則，茲再以毛詩傳以明之。

1「好是懿德。」（大雅，烝民）傳：「懿美也。」懿與抑聲近，齊風猗嗟，「抑若揚兮，」傳，「抑美也。」大雅抑篇，楚語云，衞武公作懿以自儆。此與詩序，「衞武公刺厲王以自警也」之義相同。韋昭曰：「昭謂懿詩大雅抑之詩也，抑誼若懿。」王先謙詩疏云：「懿與抑不相借，蓋取聲近字爲訓。」是知懿抑之通訓及以聲相近也。

2「其葉蓬蓬。」（小雅，采菽）傳：「蓬蓬盛貌。」陳奐云：「蓬蓬與芃芃聲相近。」載馳，芃芃其麥，傳，「芃芃然方盛長。」曹下泉，芃芃黍苗，傳，「芃芃美貌。」大雅棫樸，芃芃棫樸，傳，「芃芃木盛貌。」是知蓬與芃其聲相近而義相通也。

3「奉璋峩峩。」（大雅，棫樸）傳：「峩峩盛壯貌。」大雅卷阿，顒顒卬卬，傳，「卬卬盛貌。」峩說文段注作五可反，卬，朱集傳作五綱反，是其聲母相同，爲雙聲字，亦即聲近之字，而其義均爲盛也。

4「我黍與與，我稷翼翼。」（小雅，楚茨）箋：「與與翼翼蕃廡貌。」信南山，疆場翼翼，黍稷彧彧。傳，「彧彧茂盛貌。」甫田，黍稷薿薿，箋，「薿薿然而茂盛。」又大雅韓奕，奕奕梁山，傳，「奕奕大也。」蕃亦盛，大亦盛也。至與，翼，奕，薿等字，依黃侃古聲類同在影母，其聲相近也。

5「垂轡爾爾。」（鄘，載馳）傳：「爾爾衆也。」采薇，彼爾維何，傳，「爾華盛貌。」爾與耳聲近，故閟宮，六轡耳耳，傳，「耳耳然至盛也。」衆卽盛也。按古無國語之儿聲，詩之爾均讀你，讀如尼。易，繫于金柅，說文，柅作檷。詩，飲餞于禰，韓詩作坭。書典禮，毋豐于昵，謂禰廟也，錢大昕云：「俗人不通古音，乃於爾旁著人，讀爲奴禮切，又省作你，不知奴禮切乃爾之正音。」至耳字說文注作而止切。古而字亦讀如尼，讀烝也無戎，朱傳讀戎爲而主切，而戎字卽與爾同音，故爾耳均屬泥母。二字紐位相同，故其聲相近也。

6「召伯所憩。」（召南，甘棠）傳：「憩息也。」此字本作愒，民勞，汔可小愒，傳，「愒息也。」菀柳，不尙愒焉，傳，「愒息也。」至谷風，伊余來塈，傳，「塈息也。」假樂，民之攸塈，傳「塈息也。」朱集傳音愒爲器，音塈爲戲。陳奐謂愒與塈聲近是也。聲近故通訓也。

7「魯道有蕩。」（齊，南山）傳：「蕩平易也。」小弁，周道踧踧，傳，「踧踧平易也。」按踧字朱集傳音笛。與蕩均爲舌頭音，故其聲相近也。又按踧踧釋文引樊光本爾雅作攸攸。攸音條，朱音笛，其聲相近。

8「瓜瓞唪唪。」（大雅，生民）傳：「唪唪然多實也。」唪說文作菶，並云，草盛。草盛與瓜盛同義。馬瑞辰云：「菶菶猶旆旆幪幪，皆盛貌也。」按生民篇，荏菽旆旆，麻麥幪幪。廣雅，「幪幪茂也。」又云，「菶菶茂也。」多實亦茂也。旆，幪，菶，古讀皆重唇音，故其聲相近也。

9「松桷有舃。」（魯頌，閟宮）傳：「舃大也。」釋文，舃音昔，徐又音託。託與廓音近，皇矣，憎其廓矣，傳，「廓大也。」亦音近通訓之例。

10「矜矜兢兢。」（小雅，無羊）傳：「矜矜兢兢以言堅彊也。」陳奐云：「矜兢雙聲。說文兄部，兢競也，讀若矜，隸變作兢。宣十八年左傳引詩，戰戰兢兢，本亦作矜矜，是矜矜與兢兢同。」又兢與競雙聲，桑柔，秉心無競，傳，競彊也。烈文，無競維人，傳，「競彊也。」說文，「競彊語也。」是兢競均訓彊。按矜，兢，競均雙聲，亦卽聲近，而其義相通也。

11「大王荒之。」（周頌，天作）傳，「荒大也。」蟋蟀公劉同。荒與皇同部，皇矣上帝，傳，「皇大也。」荒又與將同部，我將長發傳均訓將為大。段玉裁同編入第十部，朱駿聲同編入壯部。是同韻母而聲近故通訓也。

12「積之栗栗。」（周頌，良耜）傳：「栗栗衆多也。」說文作穦之秩秩。說文，「秩積也。」積亦有衆義。按積與戠同音，巧言，秩秩大猷，說文作，戠戠大猷，並云，「戠大也。」馬瑞辰云：「秩秩與大猷連文卽狀其猷之大貌，猶商頌，有秩斯祜，祜為大福，秩亦大貌也。」大與衆義相成。馬氏又謂秩與栗同部通用。是亦聲近而通訓也。

此外，如敬之，佛時仔肩，傳，「佛大也。」錢大昕讀佛如弼。是佛與甫聲近，齊甫田傳，「甫大也。」車攻，東有甫草，傳，「甫大也。」韓詩作圃草，薛君章句云，圃博也。此亦聲近通訓之例也。

又如柏舟，憂心悄悄，月出，勞心悄兮，勞心慅兮，勞心慘兮（慘讀爲懆，已見前）悄，慅，慘均韻母相同而聲相近，均訓爲憂。又，月出皎兮，月出皓兮，月出照兮。皎，皓，照亦聲相近，均訓爲光。又，佼人僚兮，佼人懰兮。僚，懰亦聲相近，均訓爲好。又同篇，舒窈糾兮，舒懮受兮，舒夭紹兮。窈糾，懮受，夭紹亦均叠韻聲相近，故均訓舒之姿也。高本漢訓爲美。馬瑞辰謂均爲形容美好之詞。又楚茨，廢徹不遲，箋，「廢去也。」馬瑞辰云：「釋詁云，發去也。廢與發聲近義同，故訓去。」此皆聲近通訓之例也。

十七、聲轉通訓

中國詞語往往聲轉而義相通。沈兼士曾舉例云，「尼聲字有止義，刃聲字亦有止義（刃字古亦在泥紐），如仞，訒，忍，紉，軔是也。釁聲字有赤義，（釁古音如門），㒼聲字亦有赤義，如擹，樠，㒼是也。」（見張世祿著中國音韻學史五三頁）而尼之與刃，釁之與㒼，沈氏均謂爲聲轉之字。其在詩三百篇如桑柔，捋采其劉，傳，「劉爆爍而希也。」爾雅作毗劉，釋詁云，「毗劉爆爍也。」王風中谷有蓷，有女仳離，馬瑞辰云：「仳離即毗劉之轉聲，木之稀疏曰毗劉，人之離散曰仳離，其義一也。」此皆聲轉通訓之例。茲再舉詩傳以明之。

1「蒹葭蒼蒼」，「蒹葭淒淒」，「蒹葭采采。」（秦，蒹葭）傳：「蒼蒼盛也。淒淒猶蒼蒼也。采采猶蒼蒼也。」淒淒又通萋萋，葛覃，維葉萋萋，傳，「萋萋茂盛貌。」是知萋萋猶蒼蒼也。又曹風蜉蝣，采采衣服，傳，「采采衆多也。」衆多亦卽茂盛，故云采采猶凄凄也。陳奐云：「蒼蒼，凄凄，采采一語之轉。」按蒼，凄，采均雙聲，所謂雙聲相轉也。

2「日居月諸，下土是冒。」（邶，日月）傳：「冒覆也。」又君子偕老，蒙彼縐絺，傳，「蒙覆也。」陳奐云：「冒蒙聲轉義通。」按冒與蒙均重脣音，所謂同位相轉也。

3「碩大無朋。」（唐，椒聊）傳：「朋比也。」又秦風黃鳥，百夫之防，傳，「防比也。」陳奐謂朋與防一語之轉。故其義相同。按防古讀如旁，與朋均重脣音，亦同位相轉也。

4「坎其擊鼓。」（陳，宛丘）傳：「坎坎擊鼓聲。」陳奐云：「坎之言考也，山有樞，弗鼓弗考，傳，考擊也。坎與考一語之轉，擊鼓謂之考，擊鼓聲謂之坎坎，皆考擊之義也。」按坎考亦雙聲相轉也。

5「可以漚菅。」（陳，東門之池）傳：「漚柔也。」漚菅一作渥菅，釋文，渥烏豆反，與漚同。陳奐云：「漚猶渜也。隰桑傳，渜柔也。渜之爲柔，猶漚之爲柔，皆一聲之轉。」按漚屬侯類，古聲在第四部，柔屬幽類，古音在第三部，侯幽二類字聲相近，亦卽章太炎所謂旁轉也。

6「椓之橐橐。」（小雅，斯干）傳：「橐橐用力也。」又緜，築之登登，傳，「登登用力也。」陳奐云：「橐登二字聲轉同義。」按橐登二字均重唇音，亦同位相轉也。

又同篇，植植其庭，傳：「植植平正也。」小弁，踧踧周道，傳，「踧踧平易也。」平易與平正義相通。陳奐云：「植踧一聲之轉。」按踧踧與蕩聲相近，已如上述。又按錢大昕謂古讀直如特。踧音笛，二字亦聲近相轉也。

7「鬱彼北林。」（陳，晨風）傳：「鬱積也。」周官函人鄭注引詩作，宛彼北林。宛與菀同。史記倉公傳，寒濕氣宛，即氣鬱也。易林，小畜之革，晨風之翰，大舉就溫。溫與蘊同。蘊、菀、鬱，陳奐謂為一聲之轉。並謂鬱，正月，小弁，菀柳，桑柔皆作菀，訓茂。按蘊、菀、鬱三字皆雙聲之轉也。

8「濟濟蹌蹌。」（小雅，楚茨）傳：「濟濟蹌蹌言有容也。」禮記曲禮下篇，大夫濟濟士蹌蹌，鄭注云，「皆行有容止之貌。」同篇，執爨踖踖，傳，「踖踖言爨竈有容也。」爾雅，踖踖敏也。易離，「初九履錯然敬之无咎，」象傳，「履錯之敬以避咎也。」錯與踖通。踖踖與蹌蹌皆敬而有容之貌。蹌蹌即踖踖之聲轉，即雙聲相轉，此聲轉通訓之例。

9「四牡業業。」（大雅，烝民）傳：「業業高大也。」采薇傳，「業業壯也。」壯亦大之義，又小雅車攻及大雅韓奕，四牡奕奕，文選謝惠蓮詩注引韓詩章句云，「奕奕盛貌也。」而奕奕梁山傳，「奕奕大也。」是業業與奕奕之義同。陳奐謂業奕一語之轉。按此為聲近之轉也。

10「鼓鍾欽欽。」（小雅，鼓鍾）傳：「欽欽言使人樂進也。」又大雅，鳧鷖，旨酒欣欣，傳，「欣欣然樂也。」爾雅，「欣樂也。」重言曰欣欣。欣又同薰，文選東京賦，具醉薰薰，其義同也。陳奐云：「欣欽一語之轉，」是謂清濁相近之轉也。

11「檀車幝幝。」（小雅，杕杜）傳：「檀車役車也。」大明，「傳檀車戎車也。」戎車即役車。

又何草不黃，有棧之車，傳，棧車役車也。此與傳訓檀車爲役車正同。陳奐云，「此檀車棧車也。傳云役車，與何草不黃棧車同稱矣。」馬瑞辰引曾釗曰，「毛意檀車即棧車，蓋聲轉耳。」按檀棧雙聲相轉，故同訓役車也。

12「以按徂旅。」（大雅，皇矣）傳：「按止也。」箋：「以却止祖國之兵。」按之訓止，釋詁文同。按字梁惠王篇引詩作遏。文王，無遏爾躬，傳，「遏止也。」陳奐云：「按與遏一聲之轉。」按與遏雙聲，此謂雙聲相轉也。

13「松柏丸丸。」（商頌，殷武）傳：「丸丸易直也。」箋：「取松柏易直者。」又皇矣，松柏斯兌，傳，「兌易直也。」丸與兌二字同訓。馬瑞辰云：「古音兌讀如脫，脫丸一聲之轉，故丸丸亦訓爲易直。」按兌屬泰類，古音在第十五部，丸屬寒類，古音在第十四部，此即章太炎所謂寒泰兩類陰陽對轉也。

14「爾還不入，我心易也。」（小雅，何人斯）傳：「易說也。」陳奐云：「易一音羊益切，故與懌聲相轉，版傳，懌說也。懌謂之說，易亦謂之說矣。易一音以敬切，與夷音相轉，風雨，那傳，夷說也。夷謂之說，易亦得謂之說矣。」陳說是也。

15「菁菁者莪。」（小雅，菁菁者莪）傳：「菁菁盛貌。」桃夭，其葉蓁蓁，傳，「蓁蓁至盛貌。」馬瑞辰引李舟云：「菁蓁以聲近而轉，故通訓也。」

16「有芃者狐。」（小雅，何草不黃）傳：「芃小獸貌。」陳奐云：「芃濛一聲之轉。」東山，靈雨其濛，傳，「濛雨貌。」說文引詩云，「微雨貌」小獸微雨，其取微小之義則一也。

17「林有樸樕。」（召南，野有死麕）傳：「樸樕小木也。」鄭風，山有扶蘇傳，「扶蘇扶胥小木也。」馬瑞辰謂樸樕之轉爲扶蘇，故均訓小木。按樸樕疊韻字，扶蘇亦疊韻字。樸與扶雙聲，（扶古讀重唇音）樕與蘇亦雙聲，是均雙聲相轉也。

此外如大雅江漢，對揚王休。爾雅，「越揚也。」周頌淸廟，對越在天。王引之經義述聞云：「對越猶言對揚。聘義，扣之其聲淸越以長。晉語，必播於外而越於民。鄭韋注竝曰，越揚也。夬彖傳，揚于王庭，鄭注曰，揚越也。揚越一聲之轉。對揚之爲對越，猶發揚之爲發越，淸揚之爲淸越矣。」亦亦因聲轉而通義也。

又如小雅鳧鷖，鳧鷖在亹，傳：「亹山絕水也。」箋：「亹之言門也。」上已言亹與勉明等相轉，而亹與微亦聲轉而義通。陳奐云：「絕渡也，猶通也。亹爲山間通水之處。爾雅釋崖，岸谷者微。水經滱水注引爾雅作微。郭注云，微水逕通谷也。微亹一聲之轉。」至文王，穆穆文王，那，湯孫穆穆，傳均訓穆爲美。而緜，周原膴膴，傳，「膴膴美也。」節南山傳，「膴厚也。」厚與美亦相通。是膴之美與穆相同。按膴說文讀若謨，與穆同爲重唇音，是又同位相轉也。

至君子偕老，玼兮玼兮與瑳兮瑳兮，馬瑞辰謂爲聲轉通用。賓之初筵，屢舞瑳瑳，說文引作，屢舞姕姕是也。說文，「玼新玉色鮮也。」瑳玉色鮮白也。是二字通訓。陳奐謂二字不同部而聲近。是爲聲近相轉而通義也。

十八、同語根通訓

語根在訓詁上之重要及其訓例已如上述，故同語根之字其義相通。如上轉訓中所列之景與京，因景从京得聲，故京景均訓大。至北風其涼之涼亦从京聲。說文作䬔，亦从京聲，北風之風必大也。泮水，憬彼淮夷，傳，「憬遠行貌。」遠亦有大義。

又上列苕之華，牂羊墳首，傳：「墳大也。」凡从賁得聲之字均訓大。靈臺，賁鼓維鏞，傳，「賁鼓大鼓也。」桃夭，有蕡其實，陳奐謂蕡然大也。尚書，天子賁庸，注，「賁大也。」書盤庚，用宏茲賁，傳，「宏賁皆大也。」采蘋傳，「蘋大蓱也。」蘋通作蕡，賓又通作賁也。

又上列文王有聲，王公濯濯，傳，「濯大也。」常武傳同。凡从翟得聲之字多訓大或訓光。如崧高，鉤膺濯濯，傳，「濯濯光明也。」靈臺，麀鹿濯濯。廣雅釋訓，「濯濯肥也。」肥亦大之義。說文，「翟山雉尾長者。」長亦有大義。草蟲，趯趯阜螽，傳，「趯躍也。」巧言，躍躍毚兔，爾雅，「躍躍迅也。」迅亦大進之義。至燿爲光明照耀之義，光明亦光大之義也。

又如皇矣，爰究爰度，究度亦作鳩度，（王引之在經義述聞有說）並引左襄二十五年傳，「度山林鳩藪澤。」爲證。兪樾在古書疑義舉例中云：「究度亦作軌度。左二十一年傳，軌度其信是也。」

究，鳩，軌並從九聲故得通假。」此亦同語根之字得通義也。凡詩中傳訓以語根相同而通訓者均屬此類，茲再列舉其例如下。

1「椒聊且，遠條且。」（唐，椒聊）傳：「條長也。」條與脩均从攸得聲。六月，四牡脩廣，傳，「脩長也。」韓奕，孔脩且張，傳，「脩長也。」又悠亦以攸得聲，黍離，悠悠蒼天，傳，「悠悠遠意。」載馳，驅馬悠悠，傳，「悠悠遠貌。」遠亦長也。此皆同語根而通訓也。

2「朱幩鑣鑣。」（衞，碩人）傳：「鑣鑣盛貌。」載驅，行人儦儦，傳，「儦儦衆貌。」衆亦盛也。角弓，雨雪瀌瀌，箋，「雨雪之盛瀌瀌然。」瀌字韓詩外傳及荀子非相篇漢書劉向傳均作麃。鑣，儦，瀌均从麃得聲，故同訓盛也。

3「福履綏之。」（周南，樛木）傳：「綏安也。」楚茨，以綏後祿，傳，「綏安也。」釋詁，「綏安也。」綏以妥得聲，楚茨，以妥以侑，傳，「妥安坐也。」陳奐云：「綏從妥聲，妥爲安，故綏亦爲安。」此以語根同而通訓也。

4「四驪濟濟。」（齊，載驅）傳：「濟濟美貌。」陳奐云：「濟濟猶齊齊也。」車攻，我馬旣同，傳，「同齊也。」美與齊義亦相近。說文，「齊禾麥吐穗上平也。」上平亦有美觀之義。車攻傳，「宗廟齊豪，尙純也，戎事齊力，尙強也，田獵齊足，尙疾也。」所謂尙純尙強尙疾均與四驪濟濟之訓美貌相通。因濟从齊得聲故通訓也。按魯頌駉傳云，「純黑曰驪，」此尙純也。又以車彭彭，傳，「有力有容也，」此尙強也。北山傳，「彭彭然不得息」，此尙疾也。傳以此訓齊，正與濟之訓美，及文王傳，濟濟多威儀也相通。蓋語根同故通訓也。

5「我黍與與，我稷翼翼。」（小雅，楚茨）箋：「與與翼翼蕃廡貌。」正義云：「釋詁，廡茂豐也，黍稷之苗蕃殖而茂盛也。」凡从與得聲之字多有美盛之義。說文，「旟衆也，从㫃與聲。」小雅無羊，旐維旟矣，馬瑞辰云：「旟有衆義，故爲室家溱溱之兆。」伐木，釃酒有藇，傳，「藇美貌。」美亦盛也。廣韻，「穥穥黍稷美也。」玉篇，「藇酒之美也。」藇亦作䤄，廣韻曰，「釃酒有䤄，䤄酒之美也。」旟，藇，穥，䤄均从與聲，故其義相通也。

6「綢直如髮。」（小雅，都人士）傳：「密直如髮也。」此以密訓綢。陳奐云：「傳讀綢爲周，故釋綢爲密。說文，周密也。杜注昭二十七年傳，周密也。周謂之密，凡從周得聲之字皆可謂之密。說文，㐱稠髮也。⿱髟周髮多也。稠⿱髟周並有密義。」按說文，調和也，从言周聲。賈子道術，合得周密謂之調。車攻，弓矢旣調，箋，謂弓強弱與矢輕重相得，此亦和密之義。凡從周得聲之字皆可謂之密，陳說是也。

7「四牡項領。」（大雅，節南山）傳：「項大也。」段玉裁謂項爲洪之叚借字，商頌傳，「洪大也。」陳奐云：「凡從工聲字多訓大，如空，仜，琟之例，故傳訓項爲大也。」陳說是也。按白駒，在彼空谷，傳，「空大也。」說文，「仜大腹也」。「琟鳥肥大琟琟也」又鴻雁于飛，傳，「大曰鴻，小曰雁。」九罭，鴻飛遵渚，箋，「鴻大鳥也。」淮南鴻烈序，「鴻大也。」又車攻傳訓攻為堅，瞻卬傳訓鞏為固，均有大義。七月，載纘武功，崧高，世執其功，傳均訓功為事，事即大事也。

8「我日構禍。」（小雅，四月）傳：「構成也。」構以冓為語根，牆有茨，中冓之言，箋謂宮中所構成頑與夫人昏淫之語。此亦以構成訓冓，是構冓均訓成也。

9「君子攸芋。」（小雅，斯干）傳：「芋大也。」說文，「芋大葉實根駭人，故謂之芋。」段注云：「凡于聲字多訓大。」錢大昕謂芋者宇之異文，宇者居之大也。宇亦从于得聲。大雅生民，實覃實訏，傳，「訏大也。」抑，訏謨定命，韓奕，川澤訏訏，傳均訓訏為大。訏从于聲，故均訓大也。

10「何彼襛矣。」（召南，何彼襛矣）傳：「襛猶戎戎也。」馬瑞辰云：「說文，襛衣厚貌。又醲酒厚也。濃露之厚也。玉篇，農厚也。从農聲者多有厚意。厚與盛同義，戎戎即盛貌也。」按小雅蓼蕭，零露濃濃，傳，「濃濃厚貌。」字林，「𤢊多毛犬也。」多亦厚意。故知馬說是也。

11「髧彼兩髦。」（鄘，柏舟）傳：「髧兩髦之貌。髦者髮至眉，子事父母之飾。」說文引詩作紞。字林，「紞低之垂者。」玉篇，「紞冠垂也。」馬瑞辰云：「凡字从冘聲者多有垂義。蒼頡篇，頕垂頭之貌。說文，耽耳大垂也。皆與紞為垂髦義相近。」按馬說是也。

12「喪亂弘大。」(小雅，節南山)傳：「弘大也。」民勞，而式弘大，箋，「弘廣也。」廣亦大也。弘从弓厶聲。凡從厶聲之字均有大義。釋詁，「宏大也。」尚書盤庚，用宏茲賁，傳，「宏賁皆大也。」酒誥，宏父定辟，傳，「宏大也。」說文，「宖屋響也。」朱駿聲云：「凡屋深大必響。」又閎亦訓大。楚辭怨思，遂曾閎而迫身，注，「閎大也。」羽獵賦，涉三皇之登閎，注，「閎大也。」說文，「泓下深貌。」吳都賦注引說文，下深大也。又雄偉連語，偉亦大也。楚辭大招，雄雄赫赫，注，「威勢盛也，」盛亦大也。

13「仲氏任只。」(邶，燕燕)傳：「任大也。」按任从人壬聲，凡從壬聲之字多訓大。賓之初筵，有壬有林，傳，「壬大也。」生民，蓺之荏菽，荏菽旆旆，傳，「荏菽戎菽。」緜，戎醜攸行，傳，「戎大也。」戎爲大故荏亦爲大。說文，「飪大熟也。」「妊孕也。」孕亦有大腹之義。又衽，「衽席也。」緇衣之蓆兮，傳，「蓆大也。」是衽亦有大義。

又周頌有客，既有淫威，傳：「淫大也。」爾雅釋詁同。淫从水㸒聲，㸒又从壬聲。陳奐謂壬，任，淫三字並有大義，因均从壬得聲也。

14「王旅嘽嘽。」(大雅，常武)傳：「嘽嘽然盛也。」陳奐云：「說文，單大也，从吅甲吅亦聲，吅讀若讙。故从單聲之字皆有大之義。采芑傳，嘽嘽衆也，衆盛義相近。」按天保，俾爾單厚，傳，「單厚也。」桑柔，逢天僤怒，傳，「僤厚也。」厚亦有盛大之義。

15「彼爾維何。」（小雅，采薇）傳：「爾華盛貌。」陳奐云：「凡從爾聲之字竝有盛衆之義。」載驅，垂轡瀰瀰，傳，瀰瀰衆也。新臺，河水瀰瀰，傳，瀰瀰盛貌。瓠有苦葉，有瀰濟盈，傳，瀰深水也。深水亦盛滿之義。

又大雅行葦，維葉泥泥，傳：「葉初生泥泥。」箋：「草木方茂盛，以其終將爲人用。故周之先王爲此愛之，況於人乎？」釋文云，張揖作苨苨云，「草盛也。」廣雅釋訓，「苨苨茂也。文選注引潛夫論引詩作，維葉柅柅。今潛夫論作柅柅，是柅字之譌。此泥字高本漢詩音作 nier，並謂與爾字同音。（上列爾字亦音尼）高氏並云：「詩經時代言語中有一個詞音是 nier（上聲）指盛多。正如載驅篇的「瀰」從水，本篇的「泥」也從水；這兩個字都是魯詩的柅和韓詩的苨的異體。」（見董譯詩經注釋八五〇頁）陳高兩氏之說均是也。

16「零露瀼瀼。」（鄭，野有蔓草）傳：「瀼瀼盛貌。」蓼蕭，零露瀼瀼，傳，「瀼瀼繁露貌。」繁與盛義同。凡從襄聲之字多有盛大義。執競，降福穰穰，傳，「穰穰衆也。」衆亦盛也。烈祖，豐年穰穰，此穰穰亦衆義。至良耜，其饟伊黍，箋，「豐年之時雖賤者亦食黍。」按古禮，庶人食稷，豐年則食黍也。此亦含有豐餉之義。史記貨殖列傳，天下熙熙皆爲利來，天下攘攘皆爲利往。攘攘亦衆多之義。又方言，「䑋盛也。秦晉或曰䑋，梁益之間，凡人言盛及其所愛偉其肥謂之䑋。」爾雅釋訓曰，「穰穰福也。」福亦有美盛之義。說文，「孃煩擾也，一曰肥大也。」又公劉，于橐于囊，傳，

「小曰橐，大曰囊。」是知從襄聲之字多有盛大之義也。

17「葛之覃兮。」（周南，葛覃）傳：「覃延也。」生民，實覃實訏，傳，「覃長也。」依展轉相訓之例，則延亦長也。故釋詁方言均訓延爲長。凡從延聲之字多有長義。殷武，松桷有梴，傳，「梴長貌。」釋文，梴作挻。白帖引詩作埏，均从延聲，義皆爲長。又生民，誕彌厥月，傳，「誕大也。」箋，「大矣后稷之在其母終人道十月而生。」誕亦从延得聲，大亦長之義也。說文，「挻長也，从手从延會意，延亦聲。」釋名，「筵衍也，舒而平之衍衍然也。」衍亦長也。此皆語根相同而義通之例也。

18「受天之祜。」（小雅，桑扈）傳：「祜福也。」卷阿，純嘏爾常矣，箋：「予福曰嘏。」又賈誼禮書曰，「祜大福也。」釋詁，「祜福也，」又「祜厚也。」厚亦有大義。祜既有大義，故嘏亦訓大。釋詁，「嘏大也。」賓之初筵，錫爾純嘏，卷阿，純嘏爾常矣，傳均訓嘏爲大。又廣雅釋詁，「胡大也。」載芟，胡考之寧，馬瑞辰謂胡應訓大，胡考卽大老也。祜，嘏，胡均从古聲，故義相通。又緜，古公亶父，傳，「古言久也。」久有長義，長卽有大義。說文，「苦大苦也，」从草古聲。「湖大陂也，从水胡聲。」胡亦从古得聲也。

此外从凡聲之字常有盛大義，如上列，芃芃黍苗，傳，「美貌。」芃芃棫樸，傳，「木盛貌。」汎汎其景，傳，「汎迅疾而不礙也。」又汎彼柏舟，傳，「流貌。」均狀流水之盛大。芃，汎均从凡聲。說文，「凡最括也，从二，二耦也，从𠄎，古文及，會意。」廣雅釋詁，「凡皆也。」春秋繁露深察，號凡者獨舉其大事也。漢書楊雄傳，諸略舉凡而客自覽其切焉。注，「凡大指也。」是知凡字亦有大義。至北山，出入風議，傳，「風放也。」放亦有長大之義，風亦從凡得聲也。廣雅釋詁三，「風衆也。」衆亦盛大之義也。

又上列小雅賓之初筵，籩豆有楚，與曹風，衣裳楚楚，其楚字卽𧜟字之聲近叚借，故說文引詩作，衣裳𧜟𧜟。馬瑞辰云：「𧜟从虘聲，虘从且聲。楚从疋，古讀如胥，與且同聲，故通用。𧜟𧜟借作楚楚，猶賓之初筵，籩豆有楚，義同韓奕，籩豆有且。」按韓奕，籩豆有且，箋，「且多貌。」周頌有客，有萋有且，正義曰，「威儀萋萋且且，威儀多之狀。」此與箋訓且爲多貌義同。至傳訓籩豆有楚之楚爲列貌，訓衣裳楚楚之楚爲鮮明貌。凡物之臚列必多，而物之鮮明亦必盛也。是知楚與且之義相通。

又按𧜟从且聲，凡从且聲之字多有美盛之義。如說文，「祖事好也。」方言，「珇好也。」「珇美也。」均與盛多之義相通。又說文，「樝果似梨而酢。」又抯讀若樝梨之樝。酢亦有美好義。又魯頌駉篇，思馬斯徂，馬瑞辰云：「徂當爲駔之叚借。說文，駔壯馬也。爾雅釋言，奘駔也。說文，奘駔大也。音義均與珇近。」此同語根而通訓也。

又大雅緜，緜緜瓜瓞，傳，「瓞㼖也。」箋：「瓜之木實繼先歲之瓜必小，狀似㼖，故謂之瓞。」爾雅舍人云，「㼖小瓜也。」按从勺聲之字多有小義。中庸，「一勺之多，」言不多也。莊子田子方，

「夫水之于汋也。」一汋之水亦言少也。故天文斗杓爲小歲。淮南子主術篇，所守甚約，注，「約少也。」又說文，「箹小籟也。」此均从勺聲之字而通訓也。

以上聲訓十八條，乃以聲同，聲近，雙聲，疊韻及聲轉等項爲經，而以轉訓，借訓，通訓爲緯。綜合貫通，而毛傳聲訓之理得焉。至與聲韻上之運用是否完善，望達者進而敎之。

第三篇　義訓

毛詩正義云：「詁訓傳者注解之別名。傳者傳通其義也。」故訓詁以通義爲旨，義爲本而形聲爲用，義既明而訓詁之功畢矣。自來言訓詁者，非以形察義，即以聲求義。如說文以形察義者也，釋名以聲求義者也。惟毛傳一書集形聲義三者之大成。本篇就毛詩傳中專以義取訓者舉其項目共二十一，兼以細目條析之。其理可得考焉。

一、古義爲訓

字有古義有今義。王引之在經義述聞云：「詩字在古義，但明今義不可也。」故讀詩應於古義詳爲分辨，方能徹底明其意義。詩字多古語，古語亦有古義。俞樾在「古書疑義舉例」中舉出不識古字而誤改例。及不達古語而誤解例。如大雅，皇矣，「爰究爰度」，究、度古語也，亦或作鳩度，引左傳，「度山林鳩藪澤」爲證（見王引之，經義述聞）。俞樾以「究度」作「軌度」，引左襄二十一年傳「軌度其信」。究、鳩，軌并從九聲，故得通假。又王引之云：「遹，述古語也。」箋，於詩「我征聿至」，「聿懷多福」，「遹駿有聲」，「遹求厥寧」，「遹觀厥成」，「遹追來孝」，併釋之爲述。此乃古義如此也。茲將詩傳以古義爲訓之例分別如下。

1「子孫繩繩，萬民靡不承。」（大雅，抑）傳於繩繩無訓，箋云：「繩繩戒也。」大雅，下武，

「繩其祖武」，傳：「繩，戒也。」又周南，螽斯，「子孫繩繩」，傳：「繩繩，戒愼也。」爾雅亦同訓。馬瑞辰云：「繩與愼音近義通。下武篇，繩其祖武，續漢書祭祀志注引作愼其祖武，故爾雅，毛傳並以繩繩爲戒。」此以古義爲訓也。朱傳以子孫不絕爲訓，失之。

2「莫予荓蜂，自求辛螫。」（周頌，小毖）螫字傳無訓，箋云：「自求辛苦毒螫之害。」韓詩作赦，曰，赦，事也。馬瑞辰云：「赦卽螫之省，訓事者蓋以螫爲敕之同音假借，釋詁，敕，勞也；事，勤也。勤，勞同義，故敕亦可訓勞，卽可訓事。辛螫卽辛苦辛勤，亦卽箋所謂辛苦。一字之訓卽知古義。」又傳，「荓蜂摩曳也。」爾雅釋訓，「荓蜂，掣曳也。」均爲古義。朱傳訓爲使蜂，則失古義矣。

3「予其懲而毖後患。」（周頌，小毖）懲，無傳，箋，懲，艾也。韓詩外傳，懲，苦也。鄭之訓艾，本史記「推己懲艾，悲彼家難」之語。小明篇「心之憂矣，其毒大苦」，苦與艾義相近，卽憂疾之詞。淮南子，精神篇，「苦洿之家，掘洿而注之江。」注，「苦猶疾也。」此懲之古義。

4「薄汚我私，薄澣我衣。」（周南，葛覃）傳，「汚，煩也。」箋：「煩煩撋之。」釋文，煩撋猶挼莎也。煩字亦作擩。玉篇，「擩，挼也。」又云，「撋，摧物也。」說文，「挼，摧物也。」據此，則煩，挼均汚字之古義。陳奐謂煩亦汚垢也。並引禮記內則篇，「衣裳垢和灰請澣」爲證。而王先謙更引說文「汚，薉也。」爲證。均失古義矣。

5「中谷有蓷，暵其脩矣。」（王，中谷有蓷）傳：「脩且乾也。」脩之本義謂脯之加薑桂者，脯乃自濕而乾之物，應取乾爲義。劉熙，釋名，「脩，縮也。」乾肉謂之脯，亦謂之脩，因之凡乾皆曰脩。此脩字之古義也。

6「是刈是濩，爲絺爲綌，服之無斁。」（周南，葛覃）服字無傳，箋：「服，整也。」又魏風，葛屨，「好人服之」，箋亦訓服爲整。段玉裁云：「服爲𠬝之借字。說文，𠬝，治也。經傳通用服，治亦整也。此訓本於古義。」

7「牆有茨，不可襄也。」（鄘，牆有茨）傳：「襄，除也。」爾雅，釋言亦同訓。說文，襄下云，「漢令解衣耕謂之襄。」王先謙云：「耕必芸治其草，故凡除草，皆謂之襄。漢令本古義。」按小雅，出車，「玁狁于襄」，傳亦訓襄爲除。

8「彼候人兮，何戈與祋。」（曹，候人），傳：「何，揭也。」又無羊篇，「何蓑何笠」，傳亦云，何揭也。至商頌，「百祿是何」，「何天之休」，「何天之龍」，傳，皆訓曰，何，任也。箋曰，「何，擔負也。」揭卽舉，舉卽任。說文，何，擔也。此何字之古義，與今義之「何」完全不同。

9「胡不自替，職兄斯引。」（大雅，召旻）傳，「兄茲也。」又下章，「職兄斯宏」，兄亦訓茲。其餘如小雅，「僕夫兄瘁」箋：「兄，茲。」大雅，「亂兄斯削」，箋：「而亂茲甚。」段玉裁云：「凡此皆兄之本義，後人妄改爲況及僞爲况。」按小雅，常棣，「況也永嘆」，釋文作「兄也永嘆。」韋昭注國語云，「兄，益也。」皆卽茲。戴東原「毛鄭詩考正」曰，「茲通滋。」說文，「茲，草多益，滋下云益也。」可見兄以茲益爲本義。

10「往近王舅，南土是保。」（大雅，民勞）傳：「近，已也。」箋：「近，辭也，」讀如「彼記之子之記」。近卽古迈字，爲語辭。段玉裁云：「迈與已，忌，記，其均語辭也，」王風，「彼其之子」，箋：「其或作記，或作已，讀聲相似。」鄭風，「叔善射忌」，箋，「忌讀如『彼已之子』之已。」陳奐云：「其，記，已，忌，迈五字同詞之助也。」往近王舅，卽王舅往已。此近字之古義也。

11「玁狁之故，不遑啓處。」（小雅，采薇）箋：「啓，跪，處，居也。」古謂跪爲啓，謂坐爲凥爲處，凥俗作居。跪乃啓之古義也。

12「命彼倌人，星言宿駕。」（鄘，定之方中）星無傳，箋：「星雨止星見。」釋文引韓詩星作精。精，晴也。姚鼐云：「古晴字本作暒，暒亦作星。若星辰之星自作曐，詩星精也，精，晴明之謂也。世久以星字當曐辰之曐，此詩偶存古字耳。甫晴而駕，足以爲勤矣，若見星而行，乃罪人與奔喪者之事。」段玉裁云：「星卽姓之古字，說文，姓，晴也。」鄭箋云，「星雨止星見，雨而夜除曐見之。」正合此義。

13「彼爾維何？維常之華。」（小雅，采薇）傳：「爾，華盛貌。」爾，三家詩作薾，說文，「薾，華盛貌。」馬瑞辰云：『說文，爾下注，「麗爾猶靡麗也。」三蒼解詁云，「爾華繁也。」爾古讀如彌，與靡音同，又讀近旖旎之旎，皆盛貌，後人借爲爾汝之稱，而爾之本義晦矣。』

14「宜言飲酒，與子偕老。」（鄭，女曰雞鳴）傳：「宜，肴也。」爾雅，釋言亦同訓。宜卽古宜字，宜古義爲肴。鄭箋謂：「宜乎我燕樂賓客而飲酒。」正義，謂：「閒暇無事宜與賓客宴。」均不明古字古義。

15「九月叔苴。」（豳，七月）傳：「叔，拾也。」說文，「叔拾也，汝南名收芋爲叔。」段玉裁云：「按釋名，仲父之弟曰叔父，叔，少也，其於雙聲疊韻叚借之，叚借旣久，而叔之本義廢矣。」可見叔之古義爲拾。

16「民今方殆，視天夢夢。」（小雅，正月）傳：「王者爲亂夢夢然。」釋訓曰，「夢夢亂也。」說文，「夢不明也。」段注云：「按故訓釋爲亂；許云不明者由不明而亂也。以其字從夕，故釋爲不明也。夢之本義爲不明，今字叚爲㝱寐字，夢行而㝱廢矣。」據此，夢之古義爲亂也。

17「民亦勞止，汔可小康。」（大雅，民勞）傳：「汔，危也。」箋：「汔，幾也。」陳啓源，毛詩稽古編：「古義，危卽近義，幾亦近也。鄭言幾正申毛意，非易傳也。」爾雅，「嗃幾烖殆危也。幾汔也。」𨕖，危，汔轉互相通。胡承珙後箋云：「古人言幾每曰危。漢書宣元六王傳，恐無處所，我危得之。外戚傳，今兒安在，我危殺之矣。此皆以危爲幾意。」故危幾古義相同。

18「孌彼諸姬，聊與之謀。」（邶，泉水）傳：「聊，願也。」爾雅，「願思也。」方言「願欲思也」。此與詩上文，「有懷于衞，何日不思，」相應。正義云：「我所思念者，念孌然彼諸姬未嫁之女，願欲與之謀婦人之禮。」願欲卽願思也，卽思與之謀也。出其東門，「聊樂我員」，傳：「願家室得相樂也。」正義云：「願其相得則樂也。」素冠，「聊與子同歸，」傳：「願得有禮之人與之同歸，卽言思見有禮之人也。」傳均訓聊爲願與方言欲思之義合。說文，「聊，耳鳴也。」楚辭，怨思，「耳聊啾而憹慌，」王注云：「聊啾耳鳴也。」耳鳴卽怨思之表現，此亦有思之義，思卽願也。此乃聊字之本義。陳奐云：「此篇及園有桃箋云，聊且略之詞，素冠箋云，聊猶且也，此今義。」

19「齊子發夕。」（齊，載驅）傳：「發夕自夕發至旦。」商頌釋文引韓詩云，發明也。此詩釋文引韓詩云，發旦也。旦亦明也。馬瑞辰云：「自夕發至旦猶云，自夕初明至明也。小宛，明發不寐，傳，明發發夕至明。猶此詩云，自夕發至旦也。」又云：「發之訓明訓旦，蓋古義。」

此外陳奐之古義說復有九條，並錄之以供參考。

(1)北山，賢，勞也，古義也，今訓賢才。

(2)簡兮，簡，大也，古義也，今訓簡擇，簡略。

(3)白駒，巧言，愼誠也，古義也，今訓謹愼。

(4)小宛，齊，正也，古義也，今訓齊截也。

(5)頍弁，時，善也，今訓時是。

(6)天保，昊天有成命，單，厚也，今訓單薄。

(7)烝民，愛，隱也，今訓惠愛。

(8)酌，養，取也，今訓教養。

(9)賓之初筵，手，取也，今訓手足。

二、通義爲訓

俞樾在「古書疑義舉例」中云：「凡聲同之字，古得通用。不達古書通用之例，而以後世文理讀之，則往往失其解矣。」古書通用之字極多，而通字必通義，故通訓之例頗多，茲舉詩訓之例以明之。

1「有洸有潰，既貽我肄。」（邶，谷風）傳：「肄，勞也。」釋詁，「肄，勞也。」孔疏，爾雅或作勩，孫炎曰：「習事之勞也。」釋文，勩亦作肄。雨無正篇「莫知我勩」傳：「勩，勞也。」勩，肄二字通，故亦同訓。馬瑞辰謂肄古亦通肄，釋言，「肄，力也。」亦勤也勞也。

2「窈窕淑女，君子好逑。」（周南，關雎）傳：「逑，匹也。」「羣經音義」，逑作仇，列女傳亦引作仇。釋詁，「仇，匹也。」兎罝篇，「公侯好仇」傳：「仇，匹也。」古逑與仇同義字，故訓同。

3「曷其有佸」，「羊牛下括」（王，君子于役）傳：「佸，會也。」「括，至也。」釋文引韓詩佸訓至。會與至義通。車舝，「德音來括」傳：「括，會也。」釋文，括本亦作佸。釋詁，「括，會，至也。」王先謙謂古括，佸，會聲義並同。詳見聲訓篇。

4「勞心悄兮」（陳，月出）傳：「悄，憂也。」又檜風，素冠，「勞心慱慱兮」傳：「慱慱憂勞也。」箋，「勞心者憂不得見。」釋訓，「慱慱，憂也。」馬瑞辰云：「淮南精神篇高注，勞，憂也。凡詩言勞心皆憂心，勞心悄兮猶言憂心悄悄也。」勞與憂古同義。

5「於乎悠哉，朕未有艾。」（周頌，訪落）傳無艾字訓，箋：「艾，數也。」釋詁，「艾，歷也。」「歷，數也。」又曰，「艾歷相也。」馬瑞辰引郊特牲，簡其車徒而歷其卒伍，歷讀爲閱歷之歷。說文，「閱具數於門中也。」是知艾，歷，與數皆同義。旣同義則通訓也。

6「淑人君子，其儀不忒。」（曹，鳲鳩）傳：「忒，疑也。」箋：「執義不疑。」釋詁，「貳，疑也。」王引之在經義述聞云，「貳乃貣之誤，古忒，貣通義也。」

7「天之沃沃，樂子之無知。」（檜，隰有萇楚）箋：「知，匹也。」衆經羣義十引蒼頡篇云，「樂善也，知匹也。」馬瑞辰云：「墨子經上篇，知接也。莊子，庚桑楚篇注，知者接也。荀子，正名篇云，知有所合謂之智。又古者謂相交接爲相知。楚辭，樂兮新相知，言新相交也。交與合義亦近。芄蘭詩，能不我知，知正當讀合，不我知爲不我合，猶不我甲，爲不我狎也。曲禮，男女非有行媒不相知名，釋文，作不相知，以名爲衍字。不相知，即不相匹也。」此段引證，證明知，接，合，匹義通。

8「摽有梅，其實七兮。」（召南，摽有梅）傳：摽「，落也。」摽古通𠬪，即孟子「野有餓莩」之莩字。說文，「莩，零落也。」莩訓落，故摽亦訓落。

9「儐爾籩豆，飲酒之飫。」（小雅，常棣）傳：「飫，私也。」韓詩飫作醧。說文，「醧，宴私飲也。」即所謂宴私以飫飽爲度，即楚茨篇「儀禮率度」是也。此醧或飫即私之義之通也。

10「鼉鼓逢逢，矇瞍奏公。」（大雅，靈臺）傳：「公，事也。」史記集解引作「功」。楚詞，九章，王逸章句引作「工」。陳喬樅云，「古公，工，功同字通假。」既通假，故通訓，工，功，訓事，公亦得訓事也。按公工功同聲亦通訓，詳聲訓篇。

11「隰桑有阿，其葉有難。」（小雅，隰桑）傳：「難然盛貌。」陳奐云：「難，儺，古通。難之言那也。釋文，難，乃多反，其讀同那。桑扈，那，傳那多也。萇楚日猗儺，那日猗那，音義皆同也。」故難，儺，那皆通訓爲多盛之義。

12「念茲皇祖，陟降庭止。」（周頌，閔予小子）傳：「庭，直也。」又訪落篇，「紹庭上下」，傳亦訓庭爲直。漢書匡衡傳引作廷，顏注誤作朝廷之廷，其實廷即挺，直也。後作亭亭，亦直之義，均爲通義之訓。

13「亦服爾耕，十千維耦。」（周頌，噫嘻）箋：「亦，大也。」釋詁，亦作奕，「奕，大也。」說文亦訓奕爲大。豐年，「亦有高廩」，箋亦訓「亦」爲大。古亦，奕義同，故以通義爲訓。

14「自牧歸荑，洵美且異。」（邶，靜女）箋：「遺我者，遺我以賢妃也。」王先謙云：「歸讀如左閔二年傳歸夫人魚軒之歸。」晉語注歸饋也。歸饋古通義，故歸爲遺也。

15「或不知叫號，或慘慘劬勞。」（小雅，北山）傳：「叫呼，號召也。」陳奐云：「說文口部叫嘑也，嘑，號也。言部叫大嘑也，評召也。碩鼠傳，號呼也。古嘑，評，呼通用，叫謂之嘑，嘑又謂之號，號謂之呼，呼又謂之召。」是通義而爲訓也。

三、同義爲訓

同義爲訓亦即俞樾所謂兩字同義之說。凡屬文字均有此相同之義，而訓釋者依據其相同之義而爲訓。此種原則，古今中外均無二法。但字之同義甚多，如爾雅，釋詁，「初，哉，首，基，肇，祖，元，胎，俶，落，權輿，始也。」同一始義之字即有十二個，又釋詁：「卬，吾，台，予，朕，身，甫，余，言，我也。」又說文，「朕，賚，畀，卜，陽，予也。」（依段玉裁說，此原爲我義。）同一我義之字亦有十五個。茲舉詩訓數例以明之。

1「厥初生民。」（大雅，生民）傳：「初，始也。」「令終有俶。」（大雅，既醉）傳：「俶始也。」「維清緝熙，文王之典，肇禋。」（周頌，維清）傳：「肇，始也。」「于嗟乎，不承權輿。」（秦，權輿）傳：「權輿，始也。」又如「訪予落止。」（周頌，訪落）傳：「落，始也。」「殆及公子同歸。」（豳，七月）傳：「殆，始也。」「載見辟王。」（周頌，載見）傳：「載，始也。」此副詞同義之訓例也。

2「言告師氏。」（周頌，葛覃）傳：「言，我也。」陳啓源毛詩稽古編云：「起葛覃，言告師氏，盡騆篇，醉言歸，此六十七言字，皆訓我。」「招招舟子，人涉卬否。人涉卬否，卬須我友。」（邶，匏有苦葉）傳：「卬，我也。」又大雅，生民，「卬盛于豆。」小雅，白華，「卬烘于煁」，傳均卬爲我。又大雅，韓奕，「無廢朕命」，「朕命不易」，周頌，訪落「朕未有艾」，傳均訓朕爲我。至予之訓我更爲普遍，不必舉例。此代名詞同義之訓例也。

3「比物四驪，閑之維則。」（小雅，六月）傳：「則法也。」大雅烝民傳同。同篇，「萬邦爲憲」，傳：「憲法也。」桑扈傳同。「如何昊天，辟言不信。」（小雅，雨無正）傳：「辟法也。」大雅板傳同。「哀哉爲猶，匪先民是程。」（小雅，小旻）傳：「程法也。」「卜爾百福，宜幾宜式。」（小雅，楚茨）傳：「式法也。」周頌下武，「下土之式，」傳：「式法也。」「儀刑文王，萬邦作孚。」（大雅，文王）傳：「刑法也。」大雅，思齊，「刑于寡妻，」傳：「刑法也。」抑篇，「克共明刑，」傳：「刑法也。」周頌我將，「儀刑文王之典。」傳：「刑法也。」「受大共小共。」（商頌，長發）傳：「共法也。」以上是則，憲，辟，程，式，刑，共，均同訓法也。

至小雅南山有臺，「邦家之基，」傳：「基本也。」大雅生民，「實方實苞，」傳：「苞本也。」小雅節南山，「維周之氐，」傳：「氐本也。」以上基，苞，氐，均訓本也。此名詞同義之訓之略例也。

4「尙寐無吪。」（王，兎爰）傳：「吪，動也。」「豈不爾思，中心是悼。」（檜，羔裘）傳：「悼，動也。」「上帝甚蹈，無自暱焉。」（小雅，菀柳）傳：「蹈，動也。」「蠢爾蠻荆，大邦爲讐。」（小雅，采芑）傳：「蠢，動也。」「虞芮質厥成，文王蹶厥生。」（大雅，緜）傳：「蹶，動也。」又大雅，板，「天之方蹶」，傳亦訓蹶爲動。「載震載夙。」（大雅，生民）傳：「震，動也。」又周頌，時邁，「莫不震疊」，傳亦訓震爲動。魯頌，閟宮，「不震不騰」，傳：「震，動也。」「憂心且妯。」（小雅，鼓鍾）傳：「妯，動也。」「徐方繹騷。」（大雅，常武）傳：「騷，動也。」「天之抗我，如不我克。」（小雅，正月）傳：「抗，動也。」「無感我帨兮。」（召南，野有死麕）傳：「感，動也。」此動詞同義之訓例也。

5「天生烝民，有物有則。」（大雅，烝民）傳：「烝，衆也。」又周頌，思文，「立我烝民」傳：「烝，衆也。」又東山，「烝在栗薪」，傳亦訓烝爲衆。「其車三千，師干之試。」（小雅，采芑）傳：「師，衆也。」又大雅，韓奕，「烝師所完」，傳亦訓師爲衆。「殷商之旅，其會如林。」（大雅，大明）傳：「旅，衆也。」又小雅，北山，「旅力方剛」，傳亦訓旅爲衆。「無縱詭隨，以謹醜厲。」（大雅，民勞）傳：「醜，衆也。」又魯頌，泮水，「屈此羣醜」，傳亦訓醜爲衆。「俾爾多益，以莫不庶。」（小雅，天保）傳：「庶，衆也。」「維予小子，未堪家多難。」（周頌，訪落）傳：「多，衆也。」此形容詞或名詞同義之訓例也。

6「羔裘逍遙」，「羔裘翺翔。」（檜，羔裘。）傳：「翺翔猶逍遙也。」「佼人僚兮，舒窈糾兮」，「佼人懰兮，舒懮受兮。」「佼人燎兮，舒夭受兮。」（陳，月出）傳：「窈糾，舒之姿也。」馬瑞辰云：「窈糾猶窈窕，皆疊韻，與下懮受，夭紹同爲形容美好之詞。」此連語同義之訓例也。

7至於疊語方面，如草蟲，「憂心忡忡」，「憂心惙惙」，羔羊，「勞心忉忉」。澤陂，「中心悁悁」。弁，「頍憂心怲怲」，「憂心奕奕」。甫田，「勞心怛怛」。正月，「憂心京京」，「憂心愈愈」，「憂心惸惸」，「憂心慘慘」桑柔，「憂心慇慇」。二子乘舟，「中心養養」。白華，「念子懆懆」。傳，箋均以憂訓之。

又如東門之楊，「其葉牂牂」，「其葉肺肺」。桃夭，「灼灼其華」，「其葉蓁蓁」。凱風，「棘心夭夭。」載馳，「芃芃其麥。」清人，「駟介旁旁」。溱洧，「溱與洧，方渙渙兮。」杕杜，「其葉青青」，「其葉湑湑」。湛露，「湛湛露斯」。采芑，「嘽嘽焞焞」。車攻，「四牡奕奕」。沔水，「其流湯湯」。節南山，「赫赫師尹。」信南山，「黍稷彧彧。」甫田，「黍稷薿薿」。采菽，「其葉蓬蓬」。弓角，「雨雪瀌瀌」，「雨雪浮浮。」棫樸，「芃芃棫樸」，「奉璋峩峩」。卷阿，「顒顒卬卬」，「菶菶萋萋」。常武，「赫赫業業」，「王旅嘽嘽」。以上疊語傳，箋均訓為茂盛。

此外亦有分合同義之訓例。例如周頌，訪落，「佛時仔肩」，傳：「仔肩，克也。」說文，「仔，克也。」爾雅，「肩克也。」是以仔謂之克，肩亦謂之克，故仔肩亦得謂之克。猶左謂之助，右謂之助。陳奐謂此乃詁訓中分合同義之例。又如周頌，閔予小子，「嬛嬛在疚，」傳，「疚，病也。」而說文，「疚，貧病也。」陳奐云：「㝌謂貧，又謂之病，合言之曰，貧病，猶癉謂之勞，又謂之病，合言之曰勞病，其義同也。」

詩中同義之字可分可合。雖異詞分言而其義則一。如抑篇，「莫予云覯」，傳，「覯見也。」而草蟲，「亦既見止」，「亦既覯止」，覯見同義也。鄭風緇衣一章，「緇衣之宜兮，敝予又改為兮。」二章，「緇衣之好兮，敝予又改造兮。」三章，「緇衣之蓆兮，敝予又改作兮。」傳：「好猶宜也。」箋：「造為也。作為也。」按周頌閔予小子，「遭家不造」，傳亦訓造為也。據此，一章之「宜」與二章之「好」分文同義。又蓆訓大，大亦有好義。至一章之「爲」，二章之「造」與三章之「作」又均同義也。此種訓例王引之在經義述聞中謂詩之用詞不嫌複。並云，「夫歌之爲言也，長言之也，一唱三嘆而不病其複。」茲引其言而明之。

「芣苢篇，采采芣苢，薄言采之。采采芣苢，薄言有之。采采芣苢，薄言掇之。采采芣苢，薄言捋之。采采芣苢，薄言袺之。采采芣苢，薄言襭之。毛傳曰，采取也。有藏之也。掇拾也。捋取也。袺執衽也。扱衽曰襭。家大人曰，詩之用詞不嫌於複。有亦取也。廣雅曰，有取也。首章汎言取之，次則言其取之之事，卒乃言既取而盛之以歸耳。若首章既言藏之，而次章復言掇之捋之，則非其次矣。大雅瞻卬篇曰，人有土田，女反有之，人有民人，女覆奪之。是有爲取也。」

王氏釋小雅庭燎篇首章夜未央，二章夜未艾，三章夜鄉晨云，「傳，央旦也，艾久也。楚辭，時亦猶其未央，王注云，央盡也。九歌，爛昭昭兮未央，注云，央已也。故曰未央者未已也。二章艾亦已也。已央艾一聲之轉，夜未艾猶夜未央也。三章夜鄉晨猶言夜未央夜未艾耳。三章皆言早朝之事，文雖異而義則同。」此亦文分而義同之例。

鄘風柏舟，首章「實維我儀」，傳，「儀匹也。」二章「實維我特」，傳，「特匹也。」儀特均訓匹，詞雖異而義同也。

秦風蒹葭，首章「蒹葭蒼蒼」，次章「蒹葭淒淒」，三章「蒹葭采采」，傳，「淒淒猶蒼蒼也。采采猶淒淒也。」蒼蒼，淒淒，采采，詞雖分而義則同也。

邶風綠衣，首章「曷云其已」，傳：「憂雖欲自止，何時能止也。」次章「曷云其亡」，箋：「亡之言忘也。」忘亦有止義，其義則同。章太炎在「新方言」亦云，其已亦其亡也。

小雅菁菁者莪，二章「我心則喜」，傳，「喜樂也。」三章「我心則休」，箋，「休者休休然。」王引之云：「休亦喜也。」並引尚書，雖休勿休爲證。又草蟲，「我心則降」，「我心則說」，「我心則夷」，降，說，夷，均喜悅之貌也。江有汜，「不我以」，「不我與」，「不我過」，以，與，過均爲共聚之意。此均辭分義同之例也。

四、今義訓古義

今義卽今字之義，古義卽古字之義，換言之，卽以今字之義訓古字之義也。陳奐云：「版，殿屎，呻吟也，小毖，荓蜂，摯曳也，傳以今義通古義也。」良耜，「畟畟良耜」，傳，「畟畟猶測測也。」段玉裁說文注云：「此以今語通古語也。」茲再以詩訓說明之。

1「因是謝人，以作爾庸。」（大雅，崧高）傳：「庸，城也。」段玉裁謂庸，墉古今字，此庸卽大雅，皇矣，「以伐崇墉」之墉，此篇墉傳亦訓城。說文，「墉，城垣也。」此以今字之義訓古之義也。

2「我雖異事，及爾同寮。」（大雅，板）傳：「寮，官也。」左文七年傳：「荀林父曰，同官爲寮，吾嘗同寮，敢不盡心乎？不聽，爲賦板之三章，又弗聽，及亡，荀林父盡送其帑及其器用財賄於秦曰，爲同寮故也。」此寮訓官乃本於此。陳奐云：「寮今字通僚。」小雅，大東，「百僚是試」，用今僚字。傳，百僚，試用於百官也。寮，僚古今字均訓官，是以今義通古義也。

3「南山有臺，北山有萊。」（小雅，南山有臺）傳：「臺，夫須也。」正義謂臺，夫須，莎草也。可以爲蓑。小雅，都人士，「臺笠緇撮」，傳，「臺所以禦雨。」與小雅，無羊傳，「蓑所以備雨。」同義。是臺即薹字。段玉裁云：「臺即今文之薹。」以夫須訓臺，即以今義訓古義也。

4「帝度其心，貊其德音。」（大雅，皇矣）傳：「貊，靜也。」釋文，「貊韓詩作莫，云莫，定也。」定亦靜也。此與同篇上文「求民之莫」，傳亦云，「莫，定也。」韓用今文作「莫」，毛用古文作「貊」，其義訓相通。此以今義通古義也。

5「無我魗兮，不寁好也。」（鄭，遵大路）傳：「魗，棄也。」箋：「魗亦惡也。」孔頴達詩疏云：「魗與醜古今字，醜惡可棄之物，故傳以爲棄，言子無得棄遺我。」此亦以今字義釋古字義也。

6「用戒戎作，用逷蠻方。」（大雅，抑）傳：「逷，遠也。」王符，潛夫論引詩作「用逖蠻方。逖，遠也。王先謙謂逷亦即逖之古文。說文，逖遠也，古文作逷。此以今文之義爲訓也。

7「徹彼桑土，綢繆牖戶。」（豳，鴟鴞）傳：「桑土，桑根也。」釋文，「桑土韓詩作桑杜。」方言，「杜，根也，東齊謂根曰杜。」郭注，詩曰，「徹彼桑杜」是也。陳啓源在毛詩稽古編云，「土，杜古今字。」此以今字之義訓古字義也。

8「毖彼泉水，亦流于淇。」（邶，泉水）傳：「泉水始出，毖然流也。」三家詩毖作泌，說文，「泌，俠流也。」陳啓源亦謂毖，泌爲古今字。取今文之義以爲訓也。

9「罔敷求先王，克共明刑。」（大雅，抑）傳：「共執也。」陳奐云，「共古拱字，」爾雅釋詁，「拱，執也。」玉篇手部引詩，克拱明刑，亦云執也。又烝民「虔共爾位」傳，亦訓共爲執。乃以今古文之字義以爲訓也。

10「蔽芾甘棠，召伯所茇。」（召南，甘棠）傳：「茇草舍也。」說文，「废舍也，詩曰，召伯所废。」說文茇下云，草根也，無舍義，傳訓乃讀茇爲废。陳奐云：「釋文引說文舍上有草字，許正用毛訓，是其所據詩作废。今字作茇與废同。」段玉裁說文废下注云：「茇废實古今字。」此以今字之義訓古字之義也。

五、比義爲訓

比「卽」學記所謂「比類醜物」。比有比字，比喻兩種。前者以此字比彼字。後者以此言喻彼言。茲以詩訓之例說明之。

一、以比字爲訓：

(1)「考卜維王，宅是鎬京。」（大雅，文王有聲）箋：「考，猶稽也。」以稽字比考字也。又同篇「詒厥孫謀」，箋：「詒，猶傳也。」亦以傳比詒也。

(2)「於論鼓鐘，於樂辟廱。」(大雅，靈臺)箋：「論之言倫也。」以倫比論也。

(3)「豈弟君子，神所勞矣。」(大雅，旱麓)箋：「勞，勞來，猶言佑助。」以此義比彼義也。

(4)「大車檻檻，毳衣如菼。」(王，大車)傳：「菼，騅，言草色也。」騅鳥青，菼亦青，傳以鳥色比草色也。

(5)「古訓是式，威儀是力。」(大雅，烝民)箋：「力，猶勤也。」王引之云：「勤亦勞也。」此以勤字勞字比力字之訓也。

(6)「髧彼西髦，實維我特。」(鄘，柏舟)傳：「特，猶匹也。」不言特匹也而言猶匹也，是比義之訓也。

(7)「綢繆束薪，三星在天。」(唐，綢繆)傳：「綢繆猶纏綿也。」以此詞比彼詞也。

(8)「皎皎白駒，食我場藿。」(小雅，白駒)傳：「藿猶苗也。」以苗比藿也。又同章，「以永今夕」傳，「夕猶朝也。」亦以夕比上章之朝也。

(9)「柔遠能邇，以定我王。」(大雅，民勞)箋：「能，猶伽也。」按釋文借廣雅如字訓釋之，箋云「安遠方之國順伽其近者」則伽義當與順相同。此亦比字之訓也。

(10)「天之方難，無然憲憲。」(大雅，板)傳：「憲憲猶欣欣也。」又同篇「老夫灌灌」，傳：「灌灌猶款款也。」均爲比詞之訓也。

(11)「烝烝皇皇，不吳不揚。」(魯頌，泮水)箋：「烝烝猶進進也，皇皇當作暀暀，暀暀猶往往也。」

(12)「女炰烋于中國，斂怨以爲德。」（大雅，蕩）傳：「炰烋猶彭亨也。」箋：「炰烋氣矜自健之貌。」玉篇，「廣雅均云憉悙，自彊也。」以此詞比彼詞也。

(13)「摻摻女手，可以縫裳。」（魏，葛屨）傳：「摻摻猶纖纖然。」以此字比彼字也。

(14)「蔽芾甘棠，召伯所拜。」（召南，甘棠）箋：「拜之言拔也。」以拔字比拜字也。

二、以比喻爲訓：

禮記學記云：「不學博依，不能安詩。」孔疏云：「若欲學詩，先依倚廣博譬喻，若不學廣博譬喻則不能安善其詩。」茲略舉詩訓以明之。

(1)「枝葉未有害，本實先撥。」（大雅，板）傳：「喻紂之官職雖俱存，紂誅，亦皆死。」此以喻爲訓也。

(2)「有卷者阿，飄風自南。」（大雅，卷阿）傳：「惡人被德化而消，猶飄風之入曲阿也。」以飄風而喻德化也。

(3)「親結其縭，九十其儀。」（豳，東山）傳：「九十其儀，言多儀也。」此卽喻多儀之意。

(4)「何彼襛矣，唐棣之華。」（召南，何彼襛矣）箋：「喻王姬顏色之美盛。」

(5)「滮池北流，浸彼稻田。嘯歌傷懷，念彼碩人。」（小雅，白華）傳：「喻王無恩意於申后，滮池之下不如也。」此以喻而釋言也。

(6)「睍睆黃鳥，載好其音。」（邶，凱風）箋：「睍睆，興顏色說也，好其音，興其詞令順也。」此「興」者卽喩也。以喩爲訓也。

(7)「棘心夭夭，母氏劬勞。」（邶，凱風）箋：「夭夭以喩七子少長母養之病苦也。」又同篇，「凱風自南，吹彼棘心。」箋：「以凱風喩寬仁之母，棘猶七子也。」此均以比喩爲訓也。

(8)「終風且暴，顧我則笑。」（邶，終風）箋：「喩州吁之爲不善，如終風之無休止，而其間又有甚惡，其在莊姜之旁，視莊姜則反笑之，是無敬心之甚。」此以長言之喩爲訓也。

(9)「匪兕匪虎，率彼曠野。」（小雅，何草不黃）箋：「兕虎比戰士也。」

(10)「葛生蒙楚，蘞蔓于野。」（唐，葛生）傳：「葛生延而蒙楚，蘞生蔓于野，喩婦人外成于他家。」

(11)「如江如漢，如山之苞，如川之流。」（大雅，常武）箋：「江漢以喩盛大也，山本比喩不可驚動也，川流以喩不可禦也。」

(12)「采采卷耳，不盈頃筐。」（周南，卷耳）傳：「憂者之興也。」詩傳之言興，乃「所見在此，所得在彼。」（依鄭樵說）則興實與比喩無大分別。所以鄭箋均云「興者喩……。」如上篇之凱風，傳訓爲興，而箋則引申爲喩。所以此篇傳訓爲憂者之興，卽憂者之喩也。又「摽有梅，其實七分。」（召南，摽有梅）傳，興也。而箋，「興者，梅實尙餘七未落，喩始衰也。謂女二十春盛而不嫁，至夏則衰。」凡毛傳所謂興詩之篇，而箋均以喩訓之。甚或將興諭同訓。如「燕燕于飛，差池其羽。」箋，「興戴嬀將歸，顧視其衣服。」此興卽喩也。至詩之比體朱熹釋「比」，「比者，以彼物比此物。」比卽比方於物，喩其情事。但朱傳所謂比，而毛傳則謂爲興，如邶，綠衣篇，朱傳謂爲比，毛傳則謂興也。箋申傳訓云，「綠兮衣兮者，言綠衣自有體制也。」言卽言喩也。又邶之日月篇，朱傳謂爲賦體，而鄭箋訓曰，「日月喩國君與夫人也。」據此，則詩之賦，比，興三體多屬比喩，而傳，箋多以比喩爲訓也。

六、申義爲訓

申義卽引申意義之謂。有一字而引申數字，一言而引申數言，此亦訓詁之一例也。如說文，匕下云，「相與比敍也。」僇下云，「癡行僇僇也。」憀下云，「憀然也。」此類訓詁之例極多。孔穎達詩疏乃全部本此例以立訓。茲舉詩訓以明之。

1「靡有孑遺。」（大雅，雲漢）傳：「無孑然遺失也。」箋：「今其餘無有孑遺者，言又餓病也。」正義云，「其意言死者已死，在者又餓，無有孑然不餓者。」此申其字與義也。

2「如飛如翰。」（大雅，常武）傳：「疾如飛，鷙如翰。」箋：「其行疾自發舉如鳥之飛也。」正義云：「疾如飛如鳥飛也，鷙如翰者摯擊也，翰是飛之疾者，言其擊物尤疾如鳥之疾飛者。」此申飛與翰之字義也。

3「上帝是依。」（魯頌，閟宮）傳：「依依其子孫也。」箋：「依依其身也，天用是憑依而降精氣，」此申依字之義也。

4「滃滃訿訿。」（小雅，小旻）傳：「滃滃然患其上，訿訿然不思稱其上。」此申滃，訿之字義也。

5「彼童而角。」（大雅，抑）傳：「童羊之無角者也。」此申童字之義也。

6「綏我思成。」（商頌，那）箋：「安我心所思而得成之。謂神明未格也。」孔疏云：「思之所成者正謂萬福來宣，天下和平也。」此申義之訓也。

7「何斯違斯。」（召南，殷其靁）傳：「何此君子也，斯此違去也。」箋：「何乎此君子，適居此，復去此也。」此申言之訓也。

8「聽者藐藐。」（大雅，抑）傳：「藐藐然不入也。」此申藐字之義也。

9「視天夢夢。」（小雅，正月）傳：「爲亂夢夢然。」此申夢字之義也。

10「心之憂矣，曷維其已。」（邶，綠衣）傳：「憂雖欲自止，何時能止也。」此申言之訓也。

11「悠悠我思。」（邶，終風）箋：「我思其如是悠悠然。」孔疏云：「悠悠然我心思之，言思其如是悠悠然也。」皆申言之訓也。

12「願言思子，中心養養。」（邶，二子乘舟）傳：「養養然憂不知所定。」箋：「思此二子，心爲之憂養養然。」此申義之訓也。

13「人之無良，我以爲兄。」（鄘，鶉之奔奔）箋：「人之行無一善者，我君反以爲兄。」亦申言之訓也。

14「其雨其雨，杲杲日出。」（衛，伯兮）傳：「杲杲然日復出矣。」箋：「人言其雨其雨，而杲杲然日復出。」亦申言之訓也。

15「在我心曲。」（秦，小戎）箋：「心曲，心之委曲也。」此申心曲二字之義也。又同篇「龍盾之合」傳，「龍盾，畫龍之盾也。」此申龍盾二字之義也。

16「羔裘逍遙，狐裘以朝。」（檜，羔裘）傳：「羔羊以燕遊，狐裘以適朝。」此申言之訓也。

17「鴛鴦于飛，畢之羅之。」（小雅，鴛鴦）傳：「于其飛，畢掩而羅之。」此申言之訓也。

18「儦儦俟俟。」（小雅，吉日）傳：「趨則儦儦，行則俟俟。」正義云：「獸行多疾，當先言其趨，故以趨則儦儦，行則俟俟。」此皆申言之訓也。

19「載沈載浮。」（小雅，菁菁者莪）傳：「載沈亦沈，載浮亦浮。」箋：「舟者沈物亦載，浮物亦載。」此皆申言之訓也。

20「爾公爾侯，逸豫無期。」（小雅，白駒）傳：「爾公爾侯邪，何爲逸豫無期以返也。」正義云：「爾豈是公也，爾豈是侯也，何爲亦逸豫無期。」此皆申言之訓也。

此外陳奐亦有一段關於申義訓例之語，附錄參考。陳氏云：「又有益其辭以申其義者。『有女如玉』，傳，「德如玉」，益德字。『可以樂飢』，傳，可以樂道忘飢，益道字，忘字，以申補經義。『蝃蝀在東』傳云，「蝃蝀，虹也，夫婦過禮，則虹氣盛。」『莫之敢指』，傳云，君子見戒而懼諱之，莫之敢指於蝃蝀。補出夫婦過禮一層，於莫敢指一層補出君子戒諱一層，經義之未明備者，傳必申成之。」此亦申義為訓之例也。

其實申義之訓再經探討應分三種，第一為申言益字之訓，如上所列。此種訓例，陳奐謂之「釋經訓。」第二為申述詩義之訓。此即陳奐所謂「釋經義」。第三為先申字義再申詩義。此即陳奐所謂先釋經訓再釋經義。茲再將第二第三兩種訓例略舉數例以補明之。

一、申述詩義之訓例：

1「參差荇菜，左右流之。」（周南，關雎）傳：「后妃有關雎之德乃能共荇菜備庶物以事宗廟也。」陳奐謂此乃釋經言荇菜之義。又同篇「琴瑟友之」，傳：「宜以琴瑟友樂之。」「鍾鼓樂之」傳：「盛德者宜有鍾鼓之樂。」此均申經義之例。

2「桃之夭夭，有蕡其實。」（周南，桃夭）傳：「非但有華色，又有婦德。」下章，「其葉蓁蓁」傳：「有色有德形體至盛也。」均為申經義之例。

3「雖速我訟，亦不女從。」（召南，行露）傳：「不女從，終不棄禮而隨此彊暴之男。」陳奐謂以申釋經不女從之義。

4「匪女之美，美人之貽。」（邶，靜女）傳：「非為徒說美色而已，美其人能遺我法則。」此亦申經義之訓。

5「一日不見，如三月兮。」（鄭，子衿）傳：「言禮樂不可一日而廢。」箋：「君子之學以文會友，以友輔仁，獨學而無友則孤陋而寡聞，故思之甚。」陳奐云：「不見不見禮樂也，不見禮樂一日如三月之久，是禮樂不可一日而廢者矣。傳言此卽是上兩章厚望學子來習之意。」此乃釋經義之訓。

6「有美一人，傷如之何。」（陳，澤陂）傳：「傷無禮也。」箋：「傷思也，我思此美人當如之何而得見之。」孔疏謂毛於傷如之何下傳云：「傷無無禮是君子傷此有美一人之無禮也。箋易傳以思美人不得見而憂傷。」陳奐云：「有美一人謂有禮者也。言有美一人見陳君臣淫說無禮之甚而爲之感傷也。」此均申釋經義之詞。

二、先申字義再申詩義之訓例：

1「適子之館兮，還，予授子之粲兮。」（鄭，緇衣）傳：「適之，館舍，粲餐也。諸侯入爲天子卿士受采祿。」此先釋字義再釋詩義之例也。

2「子之不淑，云如之何。」（鄘，君子偕老）傳：「有子若是，可謂不善乎。」亦兼字義與經義之訓。

3「相鼠有皮，人而無儀。」（鄘，相鼠）傳：「相視也，無禮儀者雖居尊位猶爲闇昧之行。」箋：「儀威儀也，視鼠有皮，雖處高顯之處，偷食苟得不知廉恥，亦與人無威儀者同。」此兼申字申詩義之訓也。

4「南山崔崔，雄狐綏綏。」（齊，南山）傳：「南山齊南山也，崔崔高大也。國君尊嚴如南山，崔崔然雄狐相隨綏綏然無別，失陰陽之匹。」此亦先釋詩字而再釋詩義之例。全詩此三種申義之訓例極多，可於詩中得之。

七、借義爲訓

字有本義，有引申義。此一字數義之由來也。訓詁家取一字之本義而借爲他義，此所謂借訓之例也。說文取字之本義而毛傳則多取其借義。如六月，「四牡修廣」，傳，「廣大也。」雝，「於薦廣牡」傳，「廣大也。」說文，「廣殿之大屋也。」此借其大義也。又帥本同帨字，野有死麕，「無感我帨兮」，傳，「帨佩巾也。」後借爲率導之義。說文，「胥蟹醢也。」後借爲相與之義。有駜，「于胥樂兮，」桑柔，「不胥以穀，」箋，「胥皆也。」說文，「罷高屋也。」借爲廣大之稱。「雋鳥肥也」，借爲雋永之義。「阿曲阜也」，借爲曲處。如詩卷阿傳，「阿曲也。」又如輯本爲車輿，因其無不居無不載，故借爲和義，如詩大雅板，「辭之輯矣」傳，「輯和也。」此種借訓在訓詁上之用甚廣，茲再舉傳訓以明之。

1「鳥鼠攸去，君子攸芋。」（小雅，斯干）傳：「芋，大也。」說文，芋下去，「大葉實根駭人，故謂之芋也。」方言，「芋，大也。」取芋之本義，故借訓爲大。段玉裁謂凡從于聲多訓大。如「訏」字，鄭風，溱洧「洵訏且樂」，大雅，生民，「實覃實訏」，大雅，抑，「訏謨定命」，傳及爾雅皆訓訏，大也。此借義之訓例也。關於聲訓部分上已論列。

2「緇衣之蓆兮。」（鄭，緇衣）傳：「蓆，大也。」說文，「蓆，廣大也。」廣多亦大之義。

此亦借義之訓。

3「哆兮侈兮，成是南箕。」（小雅，巷伯）傳：「哆，大貌。」說文，「哆，張口也。」張口必大，故借訓爲大。

4「大車啍啍，毳衣如璊。」（王，大車）傳：「啍啍，重遲之貌。」說文，「啍，口气也。」按啍言口氣之緩，故借訓爲重遲之貌。

5「抑磬控忌，抑縱送忌。」（鄭，大叔于田）傳：「騁馬曰磬。」胡承珙云：「磬，卽磬折之謂，禮，凡言磬者謂屈身如磬之折殺。凡騁馬時人之立於車中者，必屈曲向前，故謂之磬。」取磬折而像騁馬之狀，乃借訓也。

6「出其東門，有女如雲。」（鄭，出其東門）傳：「如雲，衆多也。」此借其雲多之義也。又同篇，「有女如荼」傳：「荼，英荼也。」箋：「荼，茅秀，物之輕者飛行無常。」馬瑞辰云：「如雲如荼者，皆取衆多義。」案韓奕，「祁祁如雲」傳亦言衆多也。

7「夏之日，冬之夜。」（唐，葛生。）傳：「言長也。」箋：「思者於晝夜之長時尤甚。」夏日與冬夜乃日與夜最長之候，此借其候以訓甚長也。

8「彼路斯何，君子之車。」（小雅，采薇）路，傳，箋無訓。陳奐訓路爲車名，胡承珙謂路爲車大之貌，因上文「爾」字爲華盛貌，此「路」字應爲車大之貌。如此上下文相稱。釋詁，「路，大也。」胡說爲是。此乃借路之大義借訓車之大貌。又案生民，「厥聲載路」傳，「路大也。」皇矣，

「串夷載路」傳亦訓路大也。

9「宛彼鳴鳩，翰飛戾天。」（小雅，小宛）傳：「翰，高也。」說文，「翰，天雞也。」段注云：「訓爲高者謂羽長飛高。」此借其高飛之義爲訓也。

10「未堪家多難，予又集于蓼。」（周頌，小毖）傳：「蓼言辛苦也。」蓼原爲辛菜。楚詞，東方朔七諫，「蓼蟲不知徙乎葵菜。」王注，「言蓼蟲處辛烈，食苦惡，不能知徙乎葵菜，食甘美。」洪興祖補注云，「蓼辛菜也。」此以辛菜之義借訓爲辛苦也。

11「苞有三蘖，莫遂莫達，九有九截。」（商頌，長發）傳：「蘖，餘也。」爾雅蘖作枿，云，「枿，餘也。」謂木斫髡而復枿生也。史記貨殖列傳「山有荏蘖」，注，「蘖，髡斬之也。」此取其截餘之義而借訓。

12「瞻彼中林，甡甡其鹿。」（大雅，桑柔）傳：「甡甡，衆多也。」說文，「甡，衆生並立之貌。」取生生之義。生生必衆多也。

13「或出入風議。」（小雅，北山）箋：「風猶放也。」取風放肆之義也。又大雅崧高，「其風肆好」，傳訓肆爲長，風長亦猶風放也。

14「母也天只，不諒人只。」（鄘，柏舟）傳：「天，謂父也。」以天之義借訓爲父也。

15「彼其之子，不遂其媾。」（曹，候人）傳：「媾，厚也。」說文，「媾，重婚也。」取重之義而借訓爲厚也。

16「予所蓄租，予口卒瘏。」（豳，鴟鴞）傳：「租爲也。」正義云：「租訓始也，物之初始必有爲之，故云租爲也。」租爲祖之借字，借祖之義而訓爲也。

17「南有樛木，葛藟荒之。」（周南，樛木）傳：「荒，奄也。」說文，「荒蕪也。」荒蕪必有草掩地，故借其義而訓奄。又閟宮，「遂荒大東」，傳「荒有也」亦借奄有之義以爲訓。又昊天有成命，「大王荒之」，傳：「荒大之也。」王先謙云：「草多則荒蕪，而所掩覆者大。又蟋蟀，「好樂無荒」傳亦訓荒爲大。此亦借荒蕪之義以爲訓。

18「維鵲有巢，維鳩方之。」（召南，鵲巢）傳：「方有之也。」說文，「方併船也。」王先謙云：「引申之物相併皆謂之方。鄉射禮注，方猶併也。」併之卽有之也。此借併船之義以爲訓。

19「駟驖孔阜，六轡在手。」（秦，駟驖）傳：「阜大也。」又車攻，吉日等篇之言「四牡孔阜」，亦阜大之義。說文，「阜，大陸也，山無石者象形。」此借大陸之大義以爲訓。段玉裁注說文云：「阜引申之凡爲厚，爲大爲多之稱。秦風傳曰，阜大也，鄭風傳曰阜盛也，國語曰阜厚也，皆由土山高厚演之。」

20「四牡脩廣，其大有顒。」（小雅，六月）傳：「顒，大貌。」說文，「顒，大頭也。」此傳借大頭之大義以爲訓也。

21「作此好歌，以極反側。」（小雅，何人斯）傳：「反側，不正直也。」箋：「反側輾轉也。」正義云：「洪範云，無反無側，王道正直。是知側不正直也。反側者翻覆之義，故箋以爲輾轉申傳不正直之義。」其實詩言「輾轉反側」，又言「輾轉伏枕」，皆言翻覆牀笫，不能安寢之義。此之反側亦借翻覆而取義不正直也。

22「人可以食，鮮可以飽。」（小雅，苕之華）傳：「鮮少也。」小雅蓼莪，「鮮民之生，不如死之久矣。」傳：「鮮寡也。」鮮卽尟之假借字，故與寡同訓。但此寡字與寡少之寡不同，此乃孤寡之寡。陳奐云：「鮮訓少與此鮮爲寡者，訓近而義殊。寡當讀惠鮮鰥寡之寡。鴻雁傳，「偏喪曰寡」，因之喪父母者亦曰寡，意指下文無父無母而爲釋也。」此乃借寡少之寡而訓孤寡之寡也。

23「其類維何？室家之壼。」（大雅，既醉）傳：「壼，廣也。」說文，「壼，宮中道。从口象宮垣道上之形。」隸變作壼。爾雅釋宮，「宮中衖謂之壼。」郭注云，「巷閤門道也。」此詩之壼乃借其義而爲廣也。錢大昕謂國語叔向引此章而云，「壼也者廣裕民人之謂也。」是壼之爲廣自昔有此訓矣。

24「奉璋峨峨，髦士攸宜。」（大雅，棫樸）傳：「髦俊也。」爾雅釋言同訓。鄭注云：「士中之俊，如毛之髦。」說文，「長毫曰髦。」是借其義以爲訓也。

25「匪伊卷之，髮則有旟。」（小雅，都人士）傳：「旟，揚也。」箋：「旟，枝旟，揚起也。枝卽楷字，言髮之揚起如楷旟也。」說文，「旟錯革鳥其上。」本爲旗類，蓋取旗之飛揚也。

26「既見君子，德音孔膠。」（小雅，隰桑）傳：「膠固也。」韓詩外傳云，「夫習之於人，微而著深而固，是暢於筋骨，貞於膠漆，是以君子務爲學也。」並引此詩，此取如膠漆之固以爲訓也。

27「上帝耆之，憎其式廓。」（大雅，皇矣）傳：「廓，大也。」釋文廓作城郭之郭，取城郭之大義也。又同篇「誕先登于岸」，傳，「岸，高位也。」正義云，「岸是高地，故以喻高位。」

28「鳧鷖在沙。」（大雅，鳧鷖）傳：「沙，水旁也。」說文，「沙水散石也，从水少，水少沙見。」傳取其義以爲訓。陳奐謂水旁卽水旁多積散石，非謂水旁名沙也。

八、連義爲訓

連義卽兩字意義相連，可成連語。毛詩訓詁以連義之字爲訓，而所訓之字則與原字成爲連語。如邶風，擊鼓，「于嗟闊兮，不我活兮，于嗟洵兮，不我信兮。」傳訓不我活兮，「不與我生活也。」載芟，「實函斯活」箋，「活生也。」連言之曰生活。是生活連文得義。陳奐云：「傳以極訓信，而信極連讀，猶以生詁活，而生活連讀，不與我信極者言不與我終古也。」又如「公侯好仇」，傳，「仇匹也，」仇匹可作連語，春秋繁露引大雅假樂，率由羣匹作率由仇匹是也。凡傳訓，二字得連讀者皆可謂連語。此訓例極多，茲列之如下：

1「樂只君子，福履成之。」（周南，樛木）傳：「成，就也。」陳奐云：「爾雅，就，成也。成，就二字互訓，傳爲全詩成字通訓，凡成皆有就義也。」成就亦連語也。如凱風，「吹彼棘薪」，傳，「棘薪有成就者」，成訓就，成就得連語也。又葛覃，「維葉莫莫」，傳，「莫莫成就之貌」，均以成就連言也。

2「胡轉予于恤兮，靡所止居。」（小雅，祈父）傳：「恤，憂也。」小雅，杕杜，亦訓恤爲憂。憂恤二字連語，大雅，桑柔，「告爾憂恤，」箋：「恤亦憂也。」

3「哿矣富人，哀此惸獨。」（小雅，正月）傳：「獨，單也。」單獨連語也。故正義云：「可矣富人猶有財貨以供之，哀哉此單獨之民窮而無告。」

4「靜言思之，寤辟有摽。」（邶，柏舟）傳：「靜，安也。」鄭風，女曰雞鳴，「莫不靜好」，傳，「無不安好。」安靜，連語也。故小戎，「厭厭良人」，傳，「厭厭，安靜也。」此以安靜連文爲訓。

5「歸寧父母。」（周南，葛覃）傳：「寧，安也。」大雅文王，「文王以寧。」正義云：「文王以安寧。」江漢，「王心載寧」，正義云：「我王之心於是則安寧矣。」常棣，「既安且寧」箋：「安寧之時，以禮義相琢磨，則友生急。」此安寧爲連語之證。顧炎武日知錄卷廿四謂重言之詞，安卽寧也。

6「先君之思，以勖寡人。」（邶，燕燕）傳：「勖，勉也。」陳奐謂尙書勖字，史記多作勉字。勖勉爲義通之連語也。

7「人之無良，我以爲兄。」（鄘，鶉之奔奔）傳：「良，善也。」邶，日月，「德音無良，」秦風，黃鳥，「殲此良人，」大雅，桑柔，「維此良人」，傳，均訓良爲善。良善，連語也。故日月篇詩正義云：「莊公曾無良善之德音以處語夫人。」

8「碩人俁俁，公庭萬舞。」（邶，簡兮）傳：「碩大。」考槃，「碩人之寬」，碩人，「碩人其頎」，狼跋，「公孫碩膚」，箋，碩均訓大。碩與大爲連語，故，澤陂篇有「碩大且卷」，「碩大且儼，」等語。又唐風椒聊，「碩大無朋。」「碩大且篤。」均碩大連文也。

9「乃如之人兮，德音無良。」（邶，日月）傳：「音，聲也。」箋，「無善恩意之聲語於我也。」至邶，谷風，「德音莫違，」鄭，有女同車，「德音不忘，」秦，小戎，「秩秩德音，」豳，狼跋，「德音不瑕」，小雅，鹿鳴，「德音孔昭，」小雅，南山有臺，「德音不已」，車舝，「德音來括」，大雅，皇矣，「貊其德音」，假樂，「德音秩秩」，等音字均作聲。聲音，連語也。故正義云：「無良德音，謂無善恩意之聲音處語我夫人也。」又小雅，何人斯，「我聞其聲。」箋云：「使我得聞女之音聲。」

10「宛其死矣，他人是愉。」（唐，山有樞）傳：「愉，樂也。」爾雅，釋詁同訓。又蟋蟀，「無已太康」傳，「康，樂也。」北山，「或湛樂飲酒，」傳，「湛亦樂也。」抑，「女雖湛樂。」康樂，湛樂，愉樂，連語也。陳奐云：「湛樂也，連言湛樂。般樂也，連言般樂。娛樂也，連言娛樂。愉樂也，連言愉樂。喜樂也，連言喜樂。康樂也，連言康樂。」

案小雅彤弓，「中心喜之」傳：「喜，樂也。」喜樂連語，故唐風山有樞，「且以喜樂。」大雅板傳，「謔謔喜樂也。」崧高傳，「徒行者御車者嘽嘽喜樂也。」菁菁者莪序云，「君子能長育人材，則天子喜樂之矣。」車舝，「式燕且喜」，正義云：「故燕飲酒相慶而且喜樂。」均喜樂連言。

又小雅賓之初筵，「子孫其湛」，箋：「湛，樂也。」湛樂連語，故下文曰，「其湛曰樂。」北山，「或湛樂飲酒。」常棣，「或和樂且湛。」大雅抑，「女雖湛樂」均湛樂連文也。至周頌般，序云，「般樂也。」般樂亦連語，故孟子曰，「般遊怠敖」，「般樂飲酒」亦般樂連文也。

又鄭風出其東門，「聊可以與娛。」傳：娛「樂也。」正義云：「可令相與娛樂。」是知娛樂連語也。

11「母氏聖善，我無令人。」（邶，凱風）傳：「聖叡也。」箋：「聖作叡。」聖與叡同義字，鄭玄注古文尚書大傳云，「容當作睿，睿通也。」說文，「聖，通也。」二字同訓，故得爲連語，如國語，楚語，「子實不叡聖」是也。

12「我戍未定，靡使歸聘。」（小雅，采薇）傳：「聘，問也。」左傳，「聘問上國。」隱九年穀梁傳亦云，「聘問」，荀子大略篇亦聘問連用。

13「天保定爾，亦孔之固。」（小雅，天保）傳：「固堅也。」堅固連語也。故小雅，四牡，「王事靡盬」傳，「盬，不堅固也。」陳奐云：「堅亦固也。」案爾雅，「堅，固也。」堅爲固，固亦爲堅。皇矣，「受命既固。」正義云：「其受命之道堅固也。」

14「我生不辰，逢天僤怒。」（大雅，桑柔）傳：「僤，厚也。」陳奐云：「僤與單同，單訓厚，故僤亦訓厚。」單厚連語也。故天保，「俾爾單厚，」陳奐云：「單厚者單亦厚也。」

15「胡能有定，寧不我顧。」（邶，日月）傳：「定，止也。」爾雅，釋詁同。又節南山，「亂

「靡有定」箋：「定止也。」桑柔，「靡有止疑」傳：「疑，定也。」儀禮鄉射注云：「疑，止也。」爾雅，「疑，戾也。」雨無正，「靡有止戾，」傳：「戾，定也。」可知止與定同義，定止連語也。故沔水，「鴥彼飛隼，載飛載揚，」傳：「言無所定止也。」定止連言爲訓也。

16「予羽譙譙，予尾翛翛。」（豳，鴟鴞）傳：「譙譙殺也。」譙殺連語也。禮記樂記篇，「其哀心感者其聲噍以殺。」又云，「志微噍殺之音作而民思憂。」譙與噍同，重言之曰譙譙。

17「悠悠蒼天，此何人哉。」（王，黍離）傳：「悠悠遠意。」又鄘，載馳，「驅馬悠悠，」傳，「悠悠遠貌。」是以遠訓悠。單言悠，重言悠悠，悠遠連語也。故小雅，漸漸之石，「山川悠遠，維其勞矣。」此悠遠連用之證。

18「天之降罔，維其優矣。」（大雅，瞻卬）傳：「優渥也。」優渥連語也。信南山，「既優既渥」，全詩凡兩助詞之句法甚多，如生民，「實覃實訏，」葛覃，「是刈是濩，」緜，「是究是圖，」江漢，「如震如怒」，陳奐均謂其句法乃實覃訏也，是刈濩也，是究圖也，而震怒也。倣此，則「既優既渥」，乃既優渥也。此優渥爲連語之證。

19「我今不樂，日月其邁。」（唐，蟋蟀）傳：「邁，行也。」東門之枌同訓。行邁連語，故王風黍離篇，「行邁靡靡」，傳，訓邁爲行。又小旻，「如匪行邁謀」，邁亦行也。單言邁，纍言曰行邁。

20「我車既攻，我馬既同。」（小雅，車攻）傳：「攻，堅也。」攻堅連語也。故鴟鴞，「無毀我室，」傳：「無能毀我室者，攻堅之故也。」

21「遊于北園，四馬既閑。」（秦，駟驖）傳：「閑，習也。」齊，還序云：「習於田獵謂之賢，閑於馳逐謂之好。」陳奐謂閑習同義。並引禮記仲尼燕居篇，以之田獵有禮，故戎事閑也。書大傳，「戰鬬不可不習，故于搜狩以閑之也，閑之者貫之也，貫之者，習之也。」閑習可連用也。故正義云：「言公遊於北園之時，四種之馬既已閑習矣。」柏舟傳云，「棣棣富而閑習也。」又那，萬舞有奕，傳，「奕奕然閑也。」箋，「其干舞又閑習。」亦閑習連語。

22「我有旨酒，嘉賓式燕以敖。」（小雅，鹿鳴）傳：「敖遊也。」至邶柏舟，「微我無酒，以敖以遊。」傳：「非我無酒可以敖遊。」常武傳云，「匪紹匪遊，不敢繼以敖遊也。」江漢，「匪安匪游」，陳奐亦謂游敖游也，則敖遊爲連文同義語也。

23「不思其反，反是不思，亦已然矣。」（衛，氓）箋：「反覆也。」說文亦訓反爲覆，象形爲已覆之掌，反謂覆其掌也。反覆連語也。故小明有「畏此反覆。」陳奐云，「反猶覆也。反覆猶反側也。」案關雎，「輾轉反側」，正義云，「反側猶反覆，輾轉猶婉轉，俱是迴動，大同小異。」故何人斯箋「反側輾轉也。」

24「終窶且貧，莫知我艱。」（邶，北門）箋：「艱難也。」何人斯，「其心孔艱，」箋，「艱難也。」又鳧鷖，「無有後艱，」箋亦云，艱難也。艱難連語也。故王風，中谷有蓷，「遇人之艱難矣。」傳，「艱亦難也。」陳奐云：「艱難合二字一義，古人屬辭，一字未盡故重一字以足之。」七月序，正義亦云，「艱亦難也，但古人之語重耳。」又大雅抑篇，「天方艱難」亦艱難連用也。

25「可以濯罍。」（大雅，泂酌）傳：「濯，滌也。」周禮，大宰，宰夫，大宗伯，小宗伯，肆師併有眡滌濯之文，是滌濯連文同義，亦是連語也。

26「既見君子，孔燕豈弟。」（小雅，蓼蕭）傳：「豈樂弟易也。」載驅，早麓，泂酌傳均訓豈弟爲樂易，是豈訓樂也。鄭箋均謂豈亦樂也。豈樂連語也，故小雅魚藻，「豈樂飲酒」，「飲酒樂豈」，均以豈樂連文成義。

27「英英白雲，露彼菅茅。」（小雅，白華）傳：「言天地之氣無微不著，無不覆養。」是以覆訓露也。馬瑞辰云：「露猶覆也。連言之則曰覆露。晉語，是先王覆露子也。淮南時則訓，『包裹覆露覆，無不囊懷。』繁露基義篇：『天爲居而覆露之。』漢書鼂錯傳，『今陛下配天象地，覆露萬民。』嚴助傳，『陛下垂德惠以覆露之。』皆覆露同義之證。」是知覆露爲連語也。

28「毋教猱升木，如塗塗附。」（小雅，角弓）傳：「附着也。」陳奐謂猱之性善登木而以泥附着於木。又考工記，「輪人欲其樸屬，」鄭注，「樸屬猶附着堅固也。」是知附着爲連語。

29「匏有苦葉，濟有深涉。」（邶，匏有苦葉）傳：「濟渡也。」濟渡連語也，故柏舟，「亦汎其流」傳云，「亦汎汎其流不以濟渡也。」正義云：「此柏木之舟，宜用濟渡，今而不用，亦汎汎然其與衆物俱流水中而已。」又同篇，「招招舟子」，傳，「舟人主濟渡者。」均濟渡連文。

30「天方薦瘥，喪亂弘多。」（小雅，節南山）傳：「弘大也。」弘大連語也，故大雅民勞云，

「而式弘大。」又淇奧，「善戲謔兮，不爲虐兮。」傳，「寬綏弘大雖則戲謔不爲虐矣。」均弘大連文。

31「篤公劉，匪居匪康。」（大雅，公劉）傳：「篤厚也。」篤厚連語，故鄘風載馳，「不如我所之，」傳，「不如我所思之篤厚也。」案唐風椒聊，「碩大且篤，」傳，「篤厚也。」

32「王事敦我，政事一埤遺我。」（邶，北門）傳：「敦厚也。」爾雅作惇厚也。敦厚連語，故衞風氓，「氓之蚩蚩，」傳，「蚩蚩敦厚之貌。」

33「三壽作朋，如岡如陵。」（魯頌，閟宮）傳：「壽考也。」壽考連語，故商頌殷武云，「壽考且寧。」箋，「王乃壽考且安。」棫樸，「周王壽考，遐不作人。」曹風鳲鳩，「正是國人，胡不萬年。」箋，「能長人則人欲其壽考。」大雅行葦，「壽考維祺。」均以壽考連文。

34「棘心夭夭，母氏劬勞。」（邶，凱風）傳：「劬勞疾苦也。」是以苦訓勞也。勞苦連語，故下章云，「母氏勞苦。」又小雅杕杜傳云，「杕杜猶得其時蕃滋，役夫勞苦不得盡其天性。」皆勞苦連文。

35「共武之服，以定王國。」（小雅，六月）箋：「定安也。」安定連語也，故正義云：「以能克勝安定王國也。」又大雅江漢，「王國庶定。」正義亦云：「王國之內幸應安定。」均安定連文。

36「庭燎有煇。」（小雅，庭燎）傳：「煇光也。」煇光連語也。易大畜彖傳，「剛健篤實，煇光日新。」煇光連文，此或傳訓所本亦未可知。

此外，此種連語之訓例極多。如周南，汝墳，「遵彼汝墳」，傳，「遵循也。」文王，「文王陟降」傳，「降下也。」抑，「借曰未知」，傳，「借假也。」白駒，「縶之維之」傳，「維繫也。」南山有臺，「邦家之基」傳，「基本也。」何彼穠矣，「平王之孫」傳，「平正也。」采芑，「方叔涖止，」傳，「涖臨也。」賓筵，「舍其坐遷，」傳，「遷徙也」。芣苢，「薄言采之，」傳，「采取也。」大叔于田，「叔馬慢忌，叔發罕忌。」傳，「慢遲也，」「罕希也。」鄭，緇衣，「敝予又改爲兮，」傳，「改更也。」小雅，何人斯，「祇攪我心，」傳，「攪亂也。」鄘，君子偕老，「之子之清揚，」傳，「清明也。」邶，雄雉，「瞻彼日月，」傳，「瞻視也。」召南，鵲巢，「維鳩盈之，」傳，「盈，滿也。」周頌，賚，「文王既勤止，」傳，「勤勞也。」衞，干旄，「何以畀之，」傳，「畀，予也。」諸如此類，不勝枚舉。

九、展轉爲訓

爾雅，遹，遵，率，循訓自，而遹，遵，率，自又訓循。郝懿行所謂展轉相訓也。詩轉訓之例有聲轉及義轉兩種，此言義轉。孔穎達詩正義云：「釋詁云，介右也，右助也，展轉相訓，是介爲助也。」此正義釋七月，「以介眉壽，」之轉訓。釋言云，「寬綽也。」故角弓，「綽綽有裕」傳，綽綽寬也。寬既訓綽，故綽亦得轉訓爲寬。節南山之節字釋文引韓詩節視也。節爲省，省即有視義。亦轉訓之例。茲再舉例說明之。

1「不殄心憂，倉兄塡兮。」（大雅，桑柔）傳：「塡，久也。」又大雅，瞻卬，「孔塡不寧，」傳亦訓塡爲久。小雅，常棣，「每有良朋，烝也無戎。」傳：「烝，塡也。」箋：「當急難之時，雖有善同門來久也，猶無相助己者。」馬瑞辰云：「傳訓烝爲塡，箋訓烝爲久。」烝既訓塡，塡又訓久，故烝可轉訓爲久也。箋訓烝爲久，乃轉訓之例也。

2「既見君子，云胡不夷。」（鄭，風雨）傳：「夷，說也。」又節南山，「既夷既懌」，邪，「亦不夷懌」，傳均訓夷爲說。爾雅，釋言，夷，悅也。至小雅，何人斯，「爾返而入，我心則易。」傳，「易，說也。」因此，周頌，天作，「彼徂矣，岐有夷之行。」傳，「夷，易也。」至「君子如夷，」「降福孔夷」，傳均訓夷爲易。因「夷」訓「說」，「易」亦訓「說」，所以，「夷」可轉訓「易」。

3「樂只君子，福祿膍之。」（小雅，采菽）傳：「膍，厚也。」釋文引韓詩作肶，厚也。王先謙云：「膍與毗通。」節南山篇「天子是毗」傳曰，毗，厚也。毗既可訓厚，則膍亦可轉訓爲厚也。

4「有女懷春。」（召南，野有死麕）傳：「懷思也。」四牡傳及卷耳箋同。卷耳，維以不永傷，傳，「傷思也。」終風，願言則懷，傳，「懷傷也。」懷爲思，而傷又爲思，故懷得轉訓爲傷也。

5「苟亦無與。」（唐，采苓）傳：「無與勿用也。」與本不訓用，蓋古以與通用，擊鼓，不我以歸，箋，「以猶與也。」載芟，侯彊侯以，傳，「以用也。」以既訓用，故與亦得轉訓爲用。

6「居以凶矜。」（小雅，菀柳）傳：「矜危也。」馬瑞辰云：「方言，厲今也。戴震曰，今當爲矜。厲與矜同義。厲爲危，故矜亦爲危。廣雅，矜，厲危也。」按桑柔，誰生厲階，傳，「厲惡也。」民勞，以謹醜厲，箋亦訓厲爲惡。惡與危義相近。矜既爲厲，而厲又爲危，故矜得轉訓爲危。

7「仍執醜虜。」（大雅，常武）傳：「仍就虜服也。」箋，「就執其衆之降服者。」爾雅釋詁，「仍因也。」說文同。廣雅，「因就也。」仍訓因，因又訓就，故仍得轉訓爲就。又仍與扔通，因與捆通。說文，「扔捆也。」「捆就也。」故字林云，「扔就也。」此均展轉爲訓之例。

8「我躬不閱，遑恤我後。」（邶，谷風）傳：「閱容也。」閱與說通，左襄二十五年傳引此詩作，「我今不說，遑恤我後。」杜注云：「言我今不容說，何暇念其後乎?」是說又有容義。馬瑞辰云：「孟子以容悅並言，亦以容爲閱也。」悅卽說也。閱爲說，而說又爲容，故以容訓閱。此轉訓也。

9「順彼長道，屈此羣醜。」（魯頌，泮水）傳：「屈，收也。」按爾雅，釋詁，「屈，聚也。」又云，「收，聚也。」周頌，維淸，「我其收之，」傳，「收，聚也。」屈訓聚，收亦訓聚，故屈得轉訓收。陳奐云：「釋詁，屈，收，聚也。屈訓聚，亦訓收，轉相爲訓。」

10「百川沸騰，山冢崒崩。」（小雅，十月之交）傳：「崒崔嵬也。」爾雅，釋山，「崒者厜㕒。」說文厜㕒山顚。谷風傳，「崔嵬山顚也。」崒既有山顚之義，故亦得轉爲崔嵬。

11「好言自口，莠言自口。」（小雅，正月）傳：「莠，醜也。」十月之交，「亦孔之醜」傳，「醜惡也。」故鄭箋訓正月此詩云，「好言爲善言，莠言爲惡言。」莠訓醜，醜亦訓惡，故莠轉訓爲惡。

12「聽言則答，譖言則退。」（小雅，雨無正）傳：「以言進退人也。」此以進訓答。陳奐云：『傳以進釋答字，答本當作對，大雅，桑柔聽言則對，與此正同。蕩，「流言以對，」傳，「對遂也。」遂之義爲進，易大壯，「不能退，不能遂。」虞注，「遂進也。」』此展轉相訓之例也。

13「謀夫孔多，是用不集。」（小雅，小旻）傳：「集就也。」周南樛木，「福履成之，」傳，「成就也。」爾雅，「就成也。」成就二字互訓。集既訓就，就又訓成，故集可轉訓成。黍苗，「我行既集」箋，集猶成也。此轉義之訓例。

14「黃耇台背，以引以翼。」（大雅，行葦）傳：「引長翼敬也。」陳奐云：「卽長之敬之。」楚茨，「勿替引之」傳亦訓引爲長。山有樞，「且以永日，」傳，「永，引也。」至廣漢傳，「永長也，」永訓引又訓長，故引轉訓爲長。

15「貽我來牟，帝命率育。」（周頌，思文）傳：「率用也。」釋詁，「率由自也。」君子陽陽，「右招我由房，」傳，「由，用也。」又唐風羔裘，「自我人居居，」傳，「自，用也。」由與自既訓爲用，故率亦得轉訓爲用也。

16「庤乃錢鎛，奄觀銍艾。」（周頌，臣工）傳：「銍穫也。」陳奐謂銍乃挃之假借字。良耜，「穫之挃挃，」傳，「挃挃穫聲也。」挃訓穫聲，故銍又可轉訓爲穫。

17「天作高山，大王荒之。」（周頌，天作）傳：「荒大也。」皇矣，「奄有四方，」傳，「奄大也。」閟宮，「遂荒大東，」箋，「荒，奄也。」樛木，「葛藟荒之，」傳，「荒奄也。」「奄有九域，」陳奐云：「奄有猶荒有也，荒旣訓奄，奄訓大，而荒亦得轉訓爲大也。」

18「蓺之荏菽，荏菽旆旆。」（大雅，生民）傳：「荏菽，戎菽也。」荏卽任，陳奐云：「任，戎皆有大義，故箋云，戎菽大豆也。」任从壬，賓之初筵，有壬有林，傳，「壬大也。」緜，「戎醜攸行，」思齊，「肆戎疾不殄，」烈文，「念茲戎功，」傳均戎爲大。任訓大，戎亦訓大，故任得轉訓爲戎。又案章太炎新方言，「郭璞曰，荏菽，卽胡豆也。廣東曰馬豆，四川謂之胡豆，戎，胡，馬皆大也。」

以上轉訓之例開後人訓詁之門。如陳奐詩疏在汝墳，「雖則如燬，父母孔邇。」說，詩「既見君子」既傳訓已，蟋蟀傳，「已，甚也。」此詩孔傳訓甚，故孔與既同義，故云孔且者既且也，云亦孔者亦既也。此均法毛傳轉訓之例。又邶，二子乘舟，「願言思子，中心養養。」傳，「願，每也。」而陳奐詩疏則訓每爲雖，云，雖曰思子，徒憂其心，養養然也。此以皇皇者華傳訓每爲雖，故以此每字訓爲雖。此亦轉訓之例也。又何草不黃，「率彼曠野，」傳，「曠空也。」而白駒傳，「空大也，」故陳奐謂曠野爲廣大之野。

十、正反同訓

此卽俞樾所謂美惡同辭之例。王念孫廣雅疏證云：「凡一字兩訓而反覆旁通者，若亂之爲治，故之爲今，擾之爲安，臭之爲香，不可悉數。」尙書，「武王有亂臣十人」，亂者，治也。易辭，「其臭如蘭」，臭，香也。禮記內則云佩容臭，鄭注容臭香物，但書盤庚，「無起穢以自臭。」左僖四年傳，「十年尙猶有臭。」論語，「惡臭不食。」此均臭之正義也。又說文，「苦，大苦也。」以其味苦也。但廣雅，釋詁，苦，急也。集韻引說文，「苦一日急也。」方言二，「苦，快也。」段玉裁說文注云：「此相反相成之訓，如亂之治也。」又段玉裁在說文靠字注云：「古人謂相背爲靠，今俗謂相依爲靠，猶分之合之皆日離。」此在字義方面爲美惡同辭，而在訓詁方面可謂爲正反同訓。茲舉詩訓以明之。

1「胡臭亶時，后稷肇祀。」（大雅，生民）箋：「何芳臭之誠得其時乎？」又大雅，文王，「無聲無臭」，箋：「耳不聞聲音，鼻不聞香臭。」此香臭同辭，乃正反同訓之例也。

2「蕩蕩上帝，下民之辟。」（大雅，蕩）箋：「蕩蕩，法度廢壞之貌。」爾雅，版版蕩蕩僻也。此蕩蕩爲惡義。

齊風，南山，「魯道有蕩，齊子由歸。」傳：「蕩，平易也。」王先謙云：「有蕩猶蕩蕩也。」此蕩蕩卽論語之「君子坦蕩蕩。」此蕩蕩爲美義。以上美惡同辭，卽正反同訓也。

3「鼓鍾欽欽，鼓瑟鼓琴。」（小雅，鼓鍾）傳：「欽欽，使人樂進也。」此欽欽爲美義。

秦風，晨風，「未見君子，憂心欽欽。」傳：「思望之志欽欽然。」箋：「未見賢者之時，思望而憂之。」此欽欽爲惡義。亦正反同訓之例也。

4「既見君子，孔燕豈弟。」（小雅，蓼蕭）傳：「豈樂弟易也。」又大雅，旱麓，「豈弟君子，干祿豈弟。」傳：「故君子得以干祿樂易。」又如大雅，泂酌，「豈弟君子，民之父母。」傳：「樂以強教之，易以說安之，民皆有父之尊，母之親。」此豈弟，皆美辭。

齊風，載驅，「魯道有蕩，齊子豈弟。」箋：「此刺襄公乘是四驪而來，徒爲淫亂之行，此豈弟，猶言發夕也。」按此篇上章，「齊子發夕，」箋，「文姜發夕出之往會焉，曾無慙恥之色。」此豈弟則爲惡辭。此正反得相兼訓也。

5「既曰告止，曷又鞠止。」（齊，南山）傳：「鞠，窮也。」小雅，小弁，「踧踧周道，鞫爲茂草。」傳，「鞫，窮也。」（鞫，讀同鞠。）又邶風，谷風，「昔育恐育鞫，及爾顛覆。」傳，「鞠，窮也。」（釋文，鞫，一本作鞠。）至小雅，節南山，「降此鞠訩」，傳，「鞠，盈也。」大雅，公劉，「芮鞫之卽，」傳，「鞫，究也。」盈與究均有窮義。

「父兮生我，母兮鞠我。」（小雅，蓼莪）傳：「鞠，養也。」此養與窮二者正反同訓。段玉裁云：「養與窮相反而相成，猶亂訓治也。」

6「翩翩者鵻，載飛載下。」（小雅，四牡）箋：「夫不鳥之愨謹者也，人皆愛之。」（鵻，傳訓夫不），此所以興使臣也。又小雅，南有嘉魚，「翩翩者鵻，烝然來思。」箋：「喻賢者有專壹之意。」此所以興賢者。此翩翩爲美辭。

至小雅，巷伯，「緝緝翩翩，謀欲譖人。」傳：「緝緝，口舌聲，翩翩，往來貌。」此言往來口舌，此所以刺讒人。此翩翩又為惡辭，即正反同訓之例也。

7「誨爾諄諄，聽我藐藐。」（大雅，抑）傳：「藐藐然不入也。」箋：「藐藐然忽略不用。」爾雅，釋訓，「藐藐悶也。」郭注，「煩悶。」聽而煩悶即不樂聽。此藐藐為惡辭。

至大雅，崧高，「寢廟既成，既成藐藐。」傳：「藐藐美貌。」又大雅，瞻卬，「藐藐昊天，無不克鞏。」傳，「藐藐大貌。」箋，「藐藐美也，王者有美德藐藐然無不能自堅固於其位者。」此藐藐又為美辭。此又是正反同訓也。

8「俾爾單厚，何福不除。」（小雅，天保）傳：「除，開也。」箋：「何福而不開。」此為開來之意。

至小雅，斯干，「風雨攸除，鳥鼠攸去。」箋：「其牆屋弘殺，則風雨之所除也，其堅致則鳥鼠之所去也。」除與去同列，除即去也。又小雅，小明，「日月方除」傳，「除陳生新也，」蟋蟀，「日月其除，」傳，「除去也。」又泉水之寫，牆有茨之襄，楚茨之抽，傳均訓除，除皆去也。上開來與此除去適相反。陳奐云：「去者除陳，開者生新，除字兼有此二義。」

9「爰及矜人，哀此鰥寡。」（小雅，鴻雁）傳：「老無妻曰鰥，偏喪曰寡。」此與大雅，烝民，「不侮矜寡，」之義同。此寡字為惡辭。

至大雅，思齊，「刑于寡妻，至于兄弟。」箋：「寡妻為寡有之妻。」此為美稱。與尚書孔安國傳康誥，「乃寡兄勖」，康王之誥，「無壞我高祖寡命」，其釋「寡」均為寡有，朱傳以寡得釋之，其義均同。毛傳訓寡爲適，不若箋訓爲佳。據此，則寡又爲美辭。

10「誰謂荼苦，其甘如薺。」（邶，谷風）箋：「荼誠苦矣，而君子於己之苦毒又甚於荼，比方之荼，則甘如薺。」此甘與苦對言。又齊風，雞鳴，「甘與子同夢，」箋：「樂與子同夢，言親愛之無已。」說文，「美，甘也。」此甘字之正義。

至衛風，伯兮，「願言思子，甘心首疾。」傳：「甘，厭也。」厭有厭足及厭倦厭苦兩義。漢書韓信傳注云，「苦，厭也。」李廣傳注云，「苦，厭之也。」傳之訓厭，即爲苦義。馬瑞辰云：「甘與苦以相反爲義，故甘草，爾雅名爲大苦，方言，苦，快也。郭注，苦而爲快者猶以臭爲香，治爲亂，徂爲存。以此推之，則甘心亦得訓爲苦心，猶言憂心，勞心，痛心也。左成十二年傳，諸侯備聞此言，斯是用痛心疾首。杜注云，疾猶痛也。甘心首疾，與痛心疾首文正相類，皆爲對舉之詞。」據此，甘可訓苦。此正反相訓之顯例也。

11「心之憂矣，自詒伊戚。」（小雅，小明）傳：「戚，憂也。」箋：「我冒亂世而仕，自遺此憂。」此與論語，「小人長戚戚，」孟子，「於我心有戚戚然，」同義。此爲戚之正義。

至大雅，行葦，「戚戚兄弟，莫遠具爾。」傳：「戚戚內相親也。」曹植，求通親親表，「常有戚戚具爾之心，」正用此詩義。據此，則戚又爲憂之反義。

12「匪棘其欲，遹追來孝。」（大雅，文王有聲）箋：「乃述追王季勤孝之行，進其業也。」禮器，亦引此詩，鄭注云：「乃述追先祖之業，來居爲此孝。」此追字有追來之意。

至周頌，有客，「薄言追之，左右綏之。」箋：「追，送也。於微子去，王始言餞送之。」此與韓奕篇，「韓侯出祖，出宿于屠，顯父餞之。」意義相同。此追字爲追送之意，與追來之義相反。

13「女曰觀乎，士曰既且。」（鄭，溱洧）箋：「女情急故勸男使往觀於洧之外，言其土地信寬大又樂也，於是男則往也。」且卽徂之借字，說文，「徂，往也。」故箋訓且爲往。徂之訓往，如衞風，氓，「自我徂爾，」大雅，桑柔，「云徂何往，」小雅，十月之交，「以居徂向，」傳箋均訓往。此其正義也。

至鄭風，出其東門，「雖則如荼，匪我思且。」箋：「匪我思且，猶匪我思存也。」釋文云，「且，存也。」且卽徂，故爾雅云，「徂，存也。」此與徂往之義相反。

14「肅肅兎罝，椓之丁丁。」（周南，兎罝。）傳：「肅肅敬也。」此與大雅，思齊，「肅肅在廟」，周頌，淸廟，「肅雝顯相」，均訓肅爲敬。說文，「肅，物事振敬也，從聿在𣶒上，戰戰兢兢也。」此肅字有敬謹小心之義。

至召南，小星，「肅肅宵征，」傳：「肅肅疾也。」釋詁同訓。晉語，「知羊舌職之聰敏肅給也。」肅之言速，給之言急也。與上戰戰兢兢之義相反。

15「蘀兮蘀兮，風其吹女。」（鄭，蘀兮）箋：「木葉槁，待風乃落。」說文，蘀下云，「草木凡皮葉落陊地爲蘀。」又落下云：「凡草曰零，木曰落。」又云，「陊，落也。」故凡葉之落，則有凋盡之意。又氓，「桑之落矣，其黃而隕。」傳，「隕隋也。」爾雅，「隋，隊落也。」傳之隋卽說文之陊，均落之意，此落字之正義也。

至周頌，訪落，「訪予落止，率時昭考。」傳：「落，始也。」馬瑞辰云：「左昭七年傳，楚子成章華之臺，願與諸侯落之。王引之曰，謂與諸侯始其事也。楚語，伍舉對靈王曰，願得諸侯與始升焉，是其明證。」孔廣森曰，「物終乃落，而以爲始者，大抵施於終始相嬗之際，如宮室考成，謂之落成，言營治之終，而居處之始也。成王詩，言訪予落止，此先君之終，而今君之始也。離騷，夕餐秋菊之落英，宋人有引此落始也訓之者，蓋秋者百卉之終，草木黃落，而菊始有花，故惟菊乃言落英。」王先謙曰，「終則有始，義本相反而相成。以落爲始，猶之以徂爲存，亂爲治，來爲往，故爲今，廢爲置，義有反覆互訓耳。」據此，則落字又有反義，正反得兼訓也。

16「裳裳者華，芸其黃矣。」（小雅，裳裳者華）傳：「芸黃盛也。」箋：「華芸然而黃，與明王德之盛也。」又小雅，苕之華，「芸其黃矣，」王先謙云：「芸黃盛貌。」此黃字爲美辭。

至周南，卷耳，「陟彼高岡，我馬玄黃。」傳：「玄馬病則黃。」陳奐謂玄黃病也，二字雙聲同義。曹子建贈白馬王彪詩，「修坂造雲日，我馬玄以黃。玄黃猶能進，我思鬱以紆。」正用玄黃馬病之義。又小雅，「何草不黃」，「何草不玄」，陳奐云：「上章言黃，下章言玄，黃玄猶玄黃也。爾雅，玄黃，病也。卷耳傳，馬病則玄黃。馬病謂之玄黃，草病亦謂之玄黃。」此黃字又爲惡義，正反兼訓也。

17「抑若揚兮，美目揚兮。」（齊，猗嗟）傳：「抑，美色。」大雅，假樂，「威儀抑抑」傳，

「抑抑美也。」大雅，抑，「抑抑威儀，」傳，「抑抑密也。」密亦爲美辭。王先謙云：「抑古通懿抑詩國語作懿詩。」懿，美也。

至大雅，瞻卬，「懿此哲婦，爲梟爲鴟。」箋：「懿，有所傷痛之聲也。」又小雅，十月之交，「抑此皇考，」箋：「抑之言噫。」噫爲感嘆之詞，亦卽傷痛之聲也。此又爲惡辭。與上之抑訓美正相反也。

18「文茵暢轂，駕我騏馵。」（秦，小戎）傳：「暢，長也。」取暢達之意。又唐風，椒聊，「椒聊且，遠條且。」傳：「條，長也。」取條暢之意。漢書地理志，「中繇永條」注，條，暢也。此暢字爲美辭。

至小雅，鼓鍾，「憂心且妯，」傳，「妯，動也。」箋訓爲悼。韓詩妯作陶，並云，「陶，暢也。」陶與悼音義近。說文，「暢，不生也。」禮月令曰，「地氣且泄，是謂發天地之房，諸蟄則死，民必疾疫，又隨以喪，命之曰暢月。」則暢之義與鬱近，古人鬱陶連文，訓爲憂思。王先謙謂此暢有喜，憂兩義，一字兩訓而反覆旁通者也。

19「哿矣富人，哀此惸獨。」（小雅，正月）傳：「獨，單也。」禮記，閒居傳注，單獨也。此單字之正義。

至小雅，天保，「俾爾單厚。」傳：「單厚也。」又大雅，桑柔，「逢天僤怒，」傳，「僤厚也。」陳奐謂僤與單同，故單謂之厚，僤亦謂之怒。單之訓厚，與上單訓獨，其義正相反也。

20「是肆是伐，是絕是忽。」（大雅，皇矣）絕之言殄也。緜，「肆不殄厥慍」傳，「殄絕也。」瞻卬，「邦國殄瘁，」傳，「殄，盡也。」盡亦絕也。說文，「絕斷絲也。」此爲正義。大雅，鳧鷖，「鳧鷖在亹。」傳：「亹山絕水也。」陳奐云：「絕渡也猶通也，卽山閒通水之處。水經注作微，郭注微水逕通谷也。」又公劉，涉渭爲亂，傳，「正絕流曰亂，」絕亦渡也。是絕爲通義，與上義相反爲訓也。

21「豈不懷歸，畏此反覆。」（小雅，小明）反猶覆也，故氓，「少思其反」傳訓反爲復，箋訓爲覆，復應作覆。此與關雎，「輾轉反側」之反，均爲覆義，卽所謂翻來覆去，此有覆去之義。至周頌，執競，「福祿來反，」傳：「反復也。」箋：「以重得福祿也。」此與大雅，鳧鷖，「福祿來成，」義正同。此反有反來之意。反來與覆去義正相反也。

22「其繩則直，縮版以載。」（大雅，緜）傳：「言不失其繩直也，乘謂之縮。」爾雅，「繩之謂之縮。」上乘字係繩子之誤。治縮曰縮，猶治亂曰亂也。孟子「自反而縮」，縮謂直也。禮記，「古者冠縮縫」，縮，直也。士喪禮，「絞橫三縮一，」喪大記，「布絞縮者一」，均直也。說文，「縮，亂也。」亂者治也，理也。釋詁訓同。物不申曰縮，縮不申曰亂，不申者申之則直。傳謂繩之爲縮，其繩則直也。此縮字爲訓之反義。

至縮之正義爲收縮之義。如小雅，巷伯，傳云，「縮屋而繼之。」又七月，「九月肅霜，」傳，「肅，縮也，霜降而收縮萬物。」正義引月令，「仲春行冬令，草木皆肅，」注肅謂枝葉縮束。縮束猶收縮也。上列緜篇之縮字則與此相反。鄭箋訓若，「以索縮其築版，上下相承而起。」此乃以縮之正義爲訓，失矣。

又谷風，「毋發我笱」，韓詩發作撥，發亂也。但長發，「玄王桓撥，」傳，撥治也。陳奐云：「撥之爲亂，猶治之爲亂。」二義相反相成。

又鄘風柏舟，「實維我特。」傳：「特匹也。」廣雅，「特獨也。」方言，「物無偶曰特。」說文，特字段注云，「特本訓牡，陽數奇，引申之凡單獨之稱。」此特之正義，但此詩訓匹，是爲偶，則爲反義。馬瑞辰云，「特訓獨又訓匹者，猶介爲特又爲副，乘爲一，又爲二，爲四，匹爲一，又爲雙爲偶，皆以相反爲義也。」

此外，俞樾在古書疑義舉例之美惡同辭例中另有一例，玆並錄之。『詩皇矣篇，「無然畔援」，箋云，「畔援，猶跋扈也。」韓詩曰，「畔援，武強也。」按畔援，卽畔喭。論語先進篇鄭注，「子路之行，失於畔喭。」正義曰，「言子路性行剛強。常吸喭失禮容也。」正與鄭韓義合。喭之爲援。猶畔之爲吸。聲近而義通矣。玉篇又作「無援伴換」，古雙聲叠韻字，無一定也。卷阿篇「伴奐爾游矣。」伴奐卽伴換也。箋曰，「伴奐自縱弛之意。」蓋卽跋扈之意而引申之。是故畔援也，伴奐也，一而已矣。畔援爲不美之辭，而伴奐爲美之之辭，美惡不嫌同辭也。訪落篇，「將予就之，繼猶判渙。」判渙亦卽伴奐也。傳箋均未得伴奐之義，判渙亦自縱弛也。言將助成而就之，猶不免於縱弛也。是故伴奐也，判奐也，一而已矣，伴奐爲美之之辭，判渙又爲不美之辭，美惡不嫌同辭也。』

至詩辭爲美，而他經則又以爲不美者，如大雅，抑，「誨爾諄諄」箋：「諄諄，口語諄諄然。」朱傳謂爲詳熟貌。此爲美辭。至左襄三十一年傳，「且年未盈五十，而諄諄焉如八九十者，弗能久矣。」王引之云：「諄諄眊亂也。」（見經義述聞）此又爲不美之辭。又如小雅，何人斯，「有靦面目，」傳，「靦，姡也。」說文，「姡，面靦。」說文，「靦，面見人也。」但段玉裁注云，「面見人如今人云無面目相見，其義彼此相成。」此正如「有」字，說文，「有，不宜有也。」有與不宜有乃相反相成。又如釋言，「曁，不及也。」但公羊傳則曰，「會，及，曁皆與也。」此亦包正反兩義。又邶，旄丘，「褎如充耳，」傳：「充耳盛飾也。」陳啓源云：「淇奧篇以充耳篇爲美，此詩以充耳爲刺，盛飾均也，而稱不稱焉，美惡不嫌同辭。」

正反爲訓之例在訓詁學上之例極多，如爾雅，「愉」，樂也，「愉」，勞也，勞苦，與快樂義相反。「繇」，憂也，「繇」，喜也，憂與喜相反。「鞠」，盈也，「鞠」，窮也，盈與窮相反。「康」，安也，靜也，「康」，苛也，苛與安相反。「落」，始也，「落」，死也，生死之義相反。

又如桑柔，「寧爲荼毒」正義云：「荼苦葉毒者。螫蟲荼毒皆惡物。」可見毒是惡辭。但易曰，「聖人以此毒天下。」注，毒厚也。此又爲美辭。躋字兼升降兩義。書，「由賓階躋，」躋升也。至左傳，「知躋於溝壑矣。」則躋者降也。說文，「介大也，」而易，「介于石」又有小義。「穆」兼誠與不誠。方言，「穆信也。」而尙書「穆卜」訓作繆卜，名實相反之謂。是又不誠也。「終」兼始終兩義。廣韻，「終竟也。」如易，「女之終也。」但又訓爲自，漢書南越傳，「終今以來，」猶言自今以來。「容」兼「可」及「豈可」兩義。如左傳，「不容彈矣，」是可義；而三國志，「容得已乎。」是豈可義。此均古籍中詞兼正負之訓例也。

十一、義理爲訓

此亦與陳奐所謂以經義爲訓相似。不過經中之義包含哲理，毛詩傳表而出之，故謂爲義理之訓較爲適合。宋儒釋經偏重義理，實本於毛傳也。茲以詩傳之例以明之。

1「帝度其心，貊其德音。其德克明，克明克類，克長克君。王此大邦，克順克比，比于文王。」（大雅，皇矣）傳：「心能制義曰度，德正應和曰貊，照臨四方曰明，勤施無私曰類，教訓不倦曰長，賞慶刑威曰君，慈和徧服曰順，擇善而從曰比，經緯天地曰文。」此段訓釋均重義理也。

2「載馳載驅，周爰咨諏。」（小雅，皇皇者華）傳：「忠信爲周，訪問於善爲咨，咨事爲諏。」此雖出於國語及左傳之湊合語，但亦偏重於義理也。

3「伐柯如何，匪斧不克。」（豳，伐柯）傳：「柯斧柄也。禮義者亦治國之柄。」又「取妻如何，匪媒不得。」傳：「媒所以用禮也。治國不能用禮則不安。」正義云：「柯可以供家，猶禮可以供國用。取妻不以媒，則不能得妻，喻治國不用禮，則不能安國。」此以治國之義理以釋詩也。

4「盧令令，其人美且仁。」（齊，盧令）傳：「言人君能有美德，盡其仁愛，百姓欣而奉之，愛而樂之，順時遊田，與百姓共其樂，同其獲，故百姓聞而悅之，其聲令令然。」此種政治道理與孟子梁惠篇，「今王田獵於此，百姓聞王車馬之音，見羽旄之美，舉欣欣然有喜色而相告曰，今王庶幾無疾病與！何以能田獵也。此無他，與民同樂也。」之哲理相同也。

5「豈不懷歸，王事靡盬，我心傷悲。」（小雅，四牡）傳：「私歸者私恩也，靡固者公義也，傷悲者情思也。無私恩非孝子也，無公義非忠臣也。君子不以私害公，不以家事辭王事。」故鄉飲酒燕禮，鄭注云，「采其勤苦王事念將父母，懷歸傷悲，忠孝之至也。」此以忠孝之義理以爲訓也。

6「左之左之，君子宜之，右之右之，君子有之。」（小雅，裳裳者華）傳：「左陽道，朝祀之事，右陰道，喪戎之事。」逸周書武順篇，「吉禮左還順天以利本，武禮右還順地以利兵。」老子亦云，「吉事尚左。凶事尚右。」此以陰陽之理以訓詩也。

7「宛彼鳴鳩，翰飛戾天。」（小雅，小宛）傳：「行小人之道，責高明之功，終不可得。」正義謂才智小者而欲使之行化政治亦不可得也。此亦一般政治道理也。

8「雖有兄弟，不如友生。」（小雅，常棣）傳：「兄弟尚恩怡怡然，朋友以義切切然。」正義云：「兄弟之多則尚恩，其聚集則熙熙然。朋友之交則以義，其聚集切切節節然。」論語云，朋友切切偲偲，此以崇高恩義之哲理以爲訓也。

9「嚶其鳴矣，求其友生。」（小雅，伐木）傳：「君子雖遷於高位不可以忘其朋友。」正義謂此爲喻朋友之道。此申友誼之理以爲訓也。

10「我車既攻，我馬既同。」（小雅，車攻）傳：「宗廟齊豪尚純，戎事齊力尚強也，田獵齊足尙疾也。」此以同齊之義理以爲訓也。正義云：「齊其毫毛尙純色，齊其馬力尙強壯，齊其馬足尙迅疾也。」此卽申其義理。

11「悠悠蒼天，此何人哉。」（王，黍離）傳：「蒼天以體言之。尊而君之則稱皇天，元氣廣大則稱昊天，仁覆閔下則稱旻天，自下降鑒則稱上天，據遠視之蒼蒼然則稱蒼天。」此以體用之理以訓蒼天也。

12「如切如磋，如琢如磨。」（衛，淇奧）傳：「道其學而成也，聽其規諫以自修，如玉石之見琢磨也。」禮記大學篇引此詩而釋之曰，「如切如磋道學也，如琢如磨自修也。」爾雅，釋訓同。郭璞爾雅注云，「骨象須切磋而爲器，人須學問以成德。又云，玉石之被琢磨猶人自修飾也。」此以修學之理以爲訓也。

13「淇水滺滺，檜楫松舟。」（衛，竹竿）傳：「舟楫相配得水而行，男女相配，得禮而備。」陳奐云：「傳以舟楫之得水，喻男女之得禮，此亦待禮以成其家室也。」此以人類相配之理以爲訓也。

14「女子有行，遠父母兄弟。」（鄘，蝃蝀）箋：「婦人生而有適人之道，何憂於不嫁而爲淫奔之過乎。」正義云：「言女子有適人之道，當自遠其父母兄弟，於理當嫁，何憂于不嫁，而爲奔淫之過惡乎！」此以婦道以訓詩也。

15「有力如虎，執轡如組。」（邶，簡兮）傳：「武力比於虎，可以御亂御衆有文章，言能治衆，勤於近成於遠也。」呂覽先己篇云，「詩曰，執轡如組，孔子曰，審此言也，可以爲天下。子貢曰，何其躁也。孔子曰，非謂其躁也，謂其爲之於此，而成文於彼也。聖人組修其身而成文於天下矣。」此以治衆之理以爲訓也。

16「匪風發兮，匪車偈兮。」（檜，匪風）傳：「發發飄風，非有道之風，偈偈疾馳，非有道之車。」此以人之理以訓風與車也。韓詩外傳云，「國無道則飄風厲疾，暴雨折木，陰陽錯分，夏寒冬溫，春熱秋榮，日月無光，星辰錯行，民多疾病，國多不祥，羣生不壽而五穀不登。當成周之時，陰陽調，寒暑平，羣生遂，萬物寧，故曰，其風治，其樂連，其驅馬舒，其民依依，其行遲遲，其意好好。詩曰，匪風發兮，匪車揭兮。」此爲以人理配物理之說明。

17「綢繆束薪，三星在天。」（唐，綢繆）傳：「三星在天，可以嫁娶矣。」以人倫以訓天文也。

18「東方之月兮，彼姝者子，在我闥兮。」（齊，東方之日）傳：「月盛於東方。君明於上，若日也。臣察於下，若月也。」此與上章，「東方之日兮」傳：「日出東方，人君明盛無不照察也。」相表裏。十月之交傳云，「日君道，月臣道。」亦以日月喻君臣明察者，謂能以禮化之也。即此詩序所謂君臣失道，男女淫奔，不能以禮化也。此以君臣之理訓詩也。

19「蟲飛薨薨，甘與子同夢。」（齊，雞鳴）傳：「古之夫人配其君子、亦不忘其敬。」正義云：「夫人樂與同夢，相親之甚，猶尚早起早朝，雖親不敢忘敬。」此以夫婦相敬之理以訓詩也。

20「人涉卬否，卬須我友。」（邶，匏有苦葉）傳：「言室家之道，非得所適貞女不行，非得禮義婚姻不成。」此以家室之道以訓詩也。又行露篇，「雖速我獄，家室不足。」傳，「昏禮純帛不過五兩。」此所謂非得禮義昏姻不成也。「雖速我訟，亦不女從。」傳，「不女從，終不棄禮而隨此彊暴之男。」此所謂非得所適貞女不行也。此亦言家室之道。

21「菁菁者莪，在彼中阿。」（小雅，菁菁者莪）傳：「君子長育人材如阿之長莪菁菁然。」此詩序云，「菁菁者莪，樂育人材也，君子能長育人材則天下喜樂矣。」此以育材之理以訓詩也。

22「有兎爰爰，雉離于羅。」（王，兎爰）傳：「言爲政有緩有急，用心之不均。」此以爲政之道以訓詩也。又同篇，「我生之初，尚無爲。」傳：「尚無成人爲也。」陳奐謂此以人爲釋經爲字。爲卽僞也。凡成於人爲謂之僞。荀子性惡篇云，「人之性惡，其善者僞也。不可學不可事而在人者謂之性，可學而能可事而成之人者謂之僞。」又正名篇云，「生之所以然者謂之性，心慮而能爲之動謂之僞。慮精焉，能習焉而後成謂之僞。」此謂之成於人爲者皆僞也。此以人性僞之說以釋詩也。

23「關關雎鳩，在河之洲。」（周南，關雎）傳：「后妃說樂君子之德，無不和諧，又不淫其色，愼固幽深，若關雎之有別焉，然後可以風化天下。夫婦有別，則父子親；父子親，則君臣敬；君臣敬則朝廷正，朝廷正，則王化成。」此以人倫治國之理以訓詩也。

24「誰能亨魚，漑之釜鬵。」（檜，匪風）傳：「亨魚煩則碎，治民煩則散。知亨魚則知治民矣。」韓非子解老篇云，「亨小鮮而數撓之則賊其澤，治大國而數變法，則民苦之。是之有道之君貴靜不重變法。故曰，治大國若亨小鮮。」韓子與詩傳之旨合。此以政治之理以訓詩也。

25「發言盈庭，誰敢執其咎。」（小雅，小旻）傳：「謀人之國，國危則死之，古之道也。」此以人臣之道以爲訓也。

毛詩之立場乃從道德以言詩，正如詩大序所謂先王以是經夫婦，成孝敬，厚人倫，美教化，移風俗。故多以人倫政治之理以訓詩。其傳詩之本意固在此也。

十二、釋詞爲訓

此所謂詞卽王引之所謂語詞，釋詞卽其所謂語詞之釋。語詞之釋肇於爾雅，但毛詩傳亦不乏其例。至王引之經傳釋詞一書其於詩三百篇部分亦全宗毛傳，可見毛傳釋詞之訓例實開後學硏究語詞之先聲。如論語泰伯：「君子人與？君子人也。」朱注，「與，疑辭，也，決辭。」此乃宗毛詩以釋詞爲訓之例。玆舉其訓例明之。

1「文王在上，於昭于天。」（大雅，文王）傳：「於，歎辭。」又周頌，淸廟，「於穆淸廟」傳亦曰，「於歎辭也。」王引之曰：「一言則曰於，一加一言則曰於乎。如大雅，召旻，『於乎哀哉，』周頌，維天之命，『於乎不顯，』閔予小子，『於乎皇考，』其與於之義相同，均爲歎辭。」

2「子兮子兮，如此良人何。」（唐，綢繆）傳：「子兮者嗟玆也。」王引之謂嗟玆卽嗟嗞。說文，「嗞，嗟也。」廣韻，「嗞嗟，憂聲也。」秦策，「嗟嗞乎司空馬。」管子小稱篇，「嗟玆乎，聖人之言長乎哉。」說苑貴德篇，「嗟嗞乎，我窮必矣。」楊雄靑州牧箴，「嗟玆天王，附耳下士。」

竝字異而義同。詩言子兮，猶曰嗟子乎，嗟嗞乎也。

3「噫嘻成王，既昭假爾。」（周頌，噫嘻）傳：「噫，歎也。」阮氏校本謂噫古字，箋，「噫嘻有所多大之聲也。」戴震謂噫嘻猶噫歆，祝神之聲。馬瑞辰謂噫嘻卽噫歆之假借，噫嘻祀神正叫呼之義。其爲呼聲卽傳所謂歎也。論語子路篇，「子曰，噫。」鄭注曰，「噫，心不平之聲。」先進篇，「子曰，噫。」包咸注曰，「噫，痛傷之聲。」其爲歎辭則一也。

又噫與懿通。大雅，瞻卬，「懿厥哲婦。」箋：「懿，有所痛傷之聲也。」又噫與抑通。大雅，抑，「抑此皇父。」箋，「抑之言噫。噫是皇父，疾而呼之。」抑又與懿通，國語引抑篇作懿篇。王引之云：「噫，意，懿，抑竝字異而義同。」蓋均爲歎詞也。

4「猗嗟昌兮，頎而長兮。」（齊，猗嗟）傳：「猗嗟，歎辭。」又商頌，那，「猗與那與，」傳亦曰，「猗，歎辭。」又周頌，潛，「猗與漆沮，」箋，「猗與，歎美之言也。」

又猗與兮通。魏風，伐檀，「河水淸且漣猗」，傳訓若河水之淸且漣。則猗爲兮可明。王引之謂此猗猶兮也。故漢魯詩殘碑，猗作兮。尙書，秦誓，「斷斷猗」，大學引作兮。莊子大宗師篇，「而已反其眞，而我猶爲人猗。」猗亦兮也。猗，兮均語助辭也。

5「麟之趾，振振公子，于嗟麟兮。」（周南，麟之趾）傳：「于嗟，歎辭。」文選，謝脁八公山詩，李注引韓詩薛君章句云，「吁嗟，歎辭也。」于吁古今字。說文，「吁，驚也。」小爾雅曰，「烏乎，吁嗟也，有所歎美，有所傷痛，隨事有義也。」據此詩則爲歎美之辭。案擊鼓，「于嗟洵兮，」騶虞，「于嗟乎騶虞，」蚳，「于嗟鳩兮，」「于嗟女兮，」于嗟均歎辭。

6「文王曰咨，咨爾殷商。」（大雅，蕩）傳：「咨，嗟也。」箋：「咨嗟殷紂以切刺之。」馬瑞辰云：「孔疏，咨是歎辭，故言嗟以類之，非訓咨爲嗟也。」王先謙云：「嗟者𧪚之或體，說文言部𧪚下云，咨也。段本改作嗞，是訓嗟之字當作嗞。釋詁，嗟，咨𧪚也。」案爾雅，嗟咨同訓者亦以咨爲嗞之借字。孔疏不知咨爲嗞之借字，遂謂傳非訓咨爲嗟也。嗟嗞卽前綢繆篇傳所謂嗟茲也。均爲歎辭。

7「彼其之子，不與我戍申。」（王，揚之水）箋：「之子，是子也。其，或作記，或作己，讀聲相似。」案韓詩外傳，引詩作「彼己之子」。其者，語助。毛詩彼其之子，除此詩外尚有鄭風，羔裘，「彼其之子」，左襄二十七傳及晏子雜篇並作己。至候人之「彼其之子」，禮記，表記引作記。王引之謂其，記，己均語辭也。

8「叔善射忌，又良御忌。抑磬控忌，抑縱送忌。」（鄭，大叔于田）傳：「忌，辭也。」箋：「忌，讀如彼己之子之己。」陳奐云：「己，忌讀聲相似，故並爲語辭。」

9「往近王舅，南土是保。」（大雅，崧高）傳：「近，己。」箋：「䢋，辭也，聲如彼記之子之記。」段玉裁謂往近王舅卽往己王舅。王先謙謂往矣王舅，均謂近爲語助辭。案近卽䢋字。王引之謂其，語助也，或作記，或作忌，或作己，或作䢋，義並同也。傳之訓近爲己，卽訓近爲語助辭也。

10「南有喬木，不可休思，漢有游女，不可求思。」（周南，漢廣）傳：「思，辭也。」以下「不可泳思」，「不可方思」均倣此。又周頌，賚篇，「敷時繹思」，箋：「能陳繹而行之。」則思爲辭明矣。至左宣十二年傳引此詩作「鋪時繹思，」杜注亦云：「思，辭也。」此思，爲語尾助詞也。

大雅，文王，「思皇多士，」傳：「思，辭也。」又公劉篇「思輯用光，」傳：「言民相與和睦以顯於時也。」照此訓，則思爲語詞。又思齊篇：「思齊大任」，陳奐謂思齊大任，猶言有齊季女，有，思皆語詞。王引之謂，思文曰，「思文后稷」，載見曰，「思皇多祜」，良耜曰，「思媚其婦」，泮水曰，「思樂泮水」，思字皆發語詞，此思爲語首助詞也。

周南，關雎，「寤寐思服，」傳：「服，思之也。」王引之云：「訓服爲思，則思服之思當是語助。」又云，「桑扈曰，『旨酒思柔。』文王有聲曰，『自西自東，自南自北，無思不服。』閔予小子曰，『於乎皇王，繼序思不忘。』思皆句中語助。」

11「匪伊垂之，帶則有餘。」（小雅，都人士）箋：「伊，辭也。」邶風，雄雉，「自貽伊阻」傳：「伊，維也。」維，韓詩作惟。韓詩章句，「惟，辭也。」傳訓伊爲維，維既爲辭，則伊亦辭也。鄭箋對于雄雉之「自貽伊阻」，蒹葭之「所謂伊人」，東山之「伊可懷也」，正月之「伊誰云憎」，竝曰，「伊當作緊。」緊，是也。是亦辭也。

12「日居月諸，照臨下土。」（邶，日月）傳：「日乎月乎，照臨之也。」詩正義曰：「居諸者，語助也。故傳不言居諸也。」大雅，生民，「上帝居歆」，箋：「上帝則安而歆享之。」不言居也，陳奐云：「居，語詞，上帝居歆，言上帝其享也。」至正義又引左文五年傳，「皋陶庭堅，不祀忽諸。」以證明「諸」之爲語詞。小爾雅曰，「諸，乎也。」卽以邶風詩傳爲據也。

13「爰采唐矣，沬之鄉矣。」（鄘，桑中）傳：「爰，於也。」箋：「如何采唐，必沬之鄉。」王先謙云：「爰，詞也。」邶風，擊鼓，「爰居爰處。爰喪其馬。」箋：「爰，於也。今於何居乎？於何處喪其馬乎？」此爰字訓爲於何，亦卽如何，此爲問詞。此與同篇，「于以求之？」之「于以」同義，于以亦問辭。于與於同義，故爰亦訓于。如大雅，卷阿，「亦集爰止，」箋，「爰，于也。」並釋爲集於所止。可見于於同義也。

又爰訓爲曰。如邶，凱風，「爰有寒泉，在浚之下。」箋：「爰曰也。」此外，定之方中，「爰伐琴瑟，」碩鼠，「爰得我所，」鴻雁，「爰及矜人，」鶴鳴，「爰有樹檀，」四月，「爰其適歸，」公劉，「爰方啓行，」「爰衆爰有，」等詩，箋均訓爰爲曰。說文，曰，詞也。

14「有周不顯。」（大雅，文王）傳：「有周，周也。」同篇，「有商孫子，」有商亦商也。王引之云：「有語助也，一字不成詞，則加有字以配之。若虞，夏，商，周，皆國名，而曰，有虞，有夏，有殷，有周，如尚書召誥云，『我不可不監于有夏，亦不可不監于有殷。』是也。」至大雅，民勞，「以敬有德，」傳：「以近有德，求近德也。」王先謙謂有字辭語也。

有字可用爲狀物之詞，如魯頌，閟宮，「閟宮有侐，實實枚枚。」傳：「侐，清淨也。」又如邶風，「有瀰濟盈，」傳，「瀰，深水也。」鄭風，「明星有爛，」箋，「明星尚爛爛然早於別色時。」

豳風，「有敦瓜苦，」傳，「敦猶專專也。」小雅，「彤管有煒，」傳，「煒，赤貌。」「有頒其首，」傳，「頒大首貌。」「有莘其尾，」傳：「莘，長貌。」大雅，「昭明有融，」傳，「融，長貌。」商頌，「有秩斯祜，」傳，「秩常也。」諸如此類，不勝枚舉。此「有」字均爲語助詞，故傳不訓其字也。

15「徒御不警，大庖不盈。」（小雅，車攻）傳：「不警，警也，不盈，盈也。」不字爲語詞甚明。又如桑扈，「不戢不難，受福不那。」傳：「戢，聚也，不戢，戢也，不難，難也。那，多也，不多，多也。」此不字亦語詞。文王，「有周不顯，帝命不時。」傳，「不顯，顯也，不時，時也。」思齊，「不顯亦臨。」又同篇，「不聞亦式，不諫亦入。」王引之謂兩不字亦語詞。又「肆戎疾不殄，」傳，「故今大疾害人者不絕之而自絕也。」陳奐謂不絕絕也。與不顯顯也，同例。下武，「不遐有佐，」傳，「遠夷來佐。」崧高，「不顯申伯，」傳，「顯矣申伯也。」卷阿，「矢詩不多，」傳，「不多，多也。」清廟，「不顯不承，」傳，「顯於天矣，見承於人矣。」又生民，「上帝不寧，不康禋祀。」傳，「不寧，寧也，不康，康也。」至邶，匏有苦葉，「濟盈不濡軌，」陳奐，王引之均訓「不」爲語詞，不濡軌言濡軌也。又雨無正，「不畏于天」，陳奐亦謂不畏畏也。菀柳，「不尙息焉，」王引之亦謂不語詞，不尙尙也。又常武，「不留不處，」傳，「誅其君弔其民，」留卽劉字，武傳，「劉殺也。」此訓兩不字均爲語詞。

陳奐在詩毛氏傳疏云：「徒御不警，徒御警也；大庖不盈，大庖盈也。傳以『不』爲助句之詞也。一字不成詞，則用一助字以足之，此其句例。桑扈，不戢戢也，不難，難也，不多多也。文王，不顯顯也，不時時也。生民，不寧寧也，不康康也。卷阿，不多，多也。玉篇云，不詞也。凡古人作詞多由方語，語有急緩，則詞有長短。初以言語之發聲，後爲文詞之助句，皆出自然，非有矯爾。毛公深明乎屬詞之意，故特發明之。」此言深得毛詩傳訓詁之本旨。

與不字同義之無字，毛傳亦以語詞視之。如大雅，文王，「王之藎臣，無念爾祖。」傳，「無念，念也。」抑，「無競維人，四方其訓之。」傳，「無競，競也。」周頌，執競，「無競維烈，不顯成康。」傳，「無競，競也。」此乃以無字爲語辭之訓。又斯干，「無相猶矣，」陳奐謂「無」爲助詞，無意義，並舉上列文王，抑兩篇以爲證，並謂皆爲發語之助。又大東，「無浸穫薪，」陳奐云：「無浸浸也，浸穫薪與下文哀憚人，一喻一正作對文。」至與無同義之「毋」字亦同此。如角弓，「毋教猱升木」，馬瑞辰云，「毋爲發聲，與無通。箋以毋爲禁辭失之。」

此種訓例，王引之，俞樾均謂語助之訓，並舉論語，「四體不勤，五穀不分。」不勤，是勤也，不分，是分也，以爲證。獨清代臧琳在經義雜記中則謂古人語氣急，故可相反爲訓。並謂詩不寧爲豈不寧，不康爲豈不康。並謂書，堯典，「試可乃已，」史記五帝本紀云，「試不用而已。」是書以可爲不可也。又論語陽貨，「其未得之也，患得之。」集解云，「患得之者，患不能得之。」此皆古人語急反言之證。據此，則此訓例又可作相反爲訓之例。但以毛傳，「有周，周也。」之例繩之，則不顯，顯也之訓應爲同類，自以釋詞之訓爲宜。

16「母也天只，不諒人只。」（鄘，柏舟）傳：「母也天也，尚不諒我，天謂父也。」只之訓「也」，則爲助詞無疑。又邶，燕燕，「仲氏任只，」傳，「任大也。」其義應爲任氏大矣。此只字爲語尾助詞。

又周南，樛木，「樂只君子，福履綏之。」只無傳。說文，只語已詞也。從口象氣下引之形。廣雅，釋詁均訓只爲詞。王先謙云：「樂只君子，猶樂哉君子也。」他如小雅，南山有臺，采菽之「樂只君子」均同。至北風，「既亟只且，」君子陽陽，「其樂只且，」王引之謂均爲語尾助詞也。

17「上愼旃哉，猶來無止。」（魏，陟岵）傳：「旃，之也。」又唐風，采苓，「舍旃舍旃。」箋，「旃之言焉也。」之，焉均語詞之訓也。

18「采采芣苢，薄言采之。」（周南，芣苢）傳：「薄，辭也。」至葛覃，「薄汚我私，」時邁，「薄言震之，」韓詩章句訓薄爲辭也，與毛傳同。案王引之及陳奐均謂「薄言」兩字均語詞。

19「侯作侯祝。」（大雅，蕩）傳：「作祝詛也。」侯之爲語辭甚明。大雅，下武，「應侯順德，」傳，「侯，維也。」小雅，四月，「侯栗侯梅，」箋，「侯，維也。」王引之謂維，發語詞也。

20「不見子都，乃見狂且。」（鄭，山有扶蘇）傳：「且，辭也。」陳奐云：「且訓辭，辭，當爲詞。不見子都，乃見狂且，言不見子都，乃見狂人。且爲語已之詞，無實義，此傳爲全詩且字發凡也。單言曰且，連言之曰只且，且亦曰也。且只且也，皆以二字爲語已之詞。且有在句首者爲發語詞，山有樞，且以喜樂，且以永日之屬是也。且猶云姑且也故卷耳傳以且詁姑，君子偕老傳以而詁且也。此傳統釋之云，且詞也。」又韓奕，「籩豆有且，」陳奐亦謂且爲詞也，言有籩有豆也。

21「孌彼諸姬，聊與之謀。」（邶，泉水）箋：「聊，且略之辭。」又鄭風，出其東門，「聊樂我員，」箋：「言且留樂我員。」聊之訓且，且既爲語辭，聊亦應爲語辭也。

22「亦既見止，亦既覯止，我心則降。」（召南，草蟲）傳：「止，辭也。」又大雅，抑篇，「告爾舊止，」箋：「止，辭也。」陳奐云：「傳訓止爲辭，辭當作詞，爲全詩止字發凡也。」

23「載馳載驅，歸唁衞侯。」（鄘，載馳）傳：「載，辭也。」陳奐云：『乘車曰載，假借之爲語詞，傳爲全詩載字發凡也。凱風，泉水不傳者，例不限於首見也。辭當爲詞，載者發語詞也。載驅，「載驅薄薄，」言驅薄薄也。傳不釋載字，凡句首載字無意義者倣此。又載者詞之乃也，小戎曰，「載寢載興，」斯干曰，「乃寢乃興，」是載與乃同義。又載者詞之則也：江漢曰，「王心載寧，」黍苗曰，「王心則寧，」是載與則同義。此箋及七月，湛露，沔水，小宛，楚茨，江漢，時邁，有駜箋竝云，載之言則也。凡詩中或言載，而或言則，或言載，而或言乃者放此。而傳則渾言之詞也。』

24「有頍者弁，實維何期。」（小雅，頍弁）箋：「何期猶伊何也，期，辭也。」案同篇上章，「有頍者弁，實維伊何。」箋：「言幽王服是皮弁之冠，是維何爲乎？」此借義爲訓，但訓期爲辭，則爲釋詞之訓。陳奐云：「釋文，期本亦作其，何其，何也。其語詞。箋云，何期猶伊何也，期，辭也。辭當作詞。」

25「蟋蟀在堂，聿云其暮。」（唐，蟋蟀）傳：「聿遂也。」陳奐云：「聿與曰通，其義旨皆可訓遂，遂亦詞也。」文選注江賦，引薛君韓詩章句，「聿詞也。」王引之謂「聿或作遹，或作曰，其實一字也。」春秋傳引詩聿懷多福，杜注云，「聿，惟也，」皆以為語助。詩中聿，曰，遹三字互用，禮記引詩聿追來孝，今詩作遹，七月篇，曰為改歲，釋文云，「漢書作聿。」角弓篇見晛曰消，釋文云，「韓詩作聿。」其實均為語詞也。

此外傳，箋對於釋詞方面亦稍有不同者，如桃夭，「之子于歸，」傳，「之子，嫁子也。」箋則訓采綠云，「之子，是子也。」又式微篇之「式微」傳，「式，用也。」箋則云，「式，發聲也。」文王，「侯文王孫子，」傳，「侯，維也。」箋則云，「侯，君也。」此見毛鄭對于釋詞之稍異也。

十三、重文訓單文

陳奐云：「凡經文一字而傳文用疊字者，一言之不足則重言之以盡其形容者。」顧炎武在日知錄卷六云：「肅肅敬也，雝雝和也。詩本肅雝一字，而引之二字者，長言之也。詩云，有洸有潰，毛公傳之曰，洸洸武也，潰潰怒也，即其例也。」亦即俞樾在「古書疑義舉例」所謂以重言釋一言例。茲將顧、俞兩氏之書中所未列者補列如下：

1「藴隆蟲蟲。」（大雅，雲漢）傳：「藴藴而暑，隆隆而雷，蟲蟲而熱。」藴，隆本一字而申之以重文也。

2「淠彼涇舟。」（大雅，棫樸）箋：「淠淠然涇水中之舟。」淠一言也，申之爲重言也。

3「坎其擊鼓。」（陳，宛丘）傳：「坎坎擊鼓聲。」坎一言而坎坎則重言矣。

4「克岐克嶷。」（大雅，生民）箋：「能匍匐則岐岐然意有所知也，其貌嶷嶷然有所識別也。」岐，嶷一言也，而申之爲重言矣。

5「振鷺于飛。」（周頌，振鷺）傳：「振振鷺飛貌。」振一言也，申之爲重言矣。

6「萬舞有奕。」（商頌，那）傳：「奕奕然閑也。」奕一言也，申之爲重言矣。

7「擊鼓其鏜。」（邶，擊鼓）傳：「鏜鏜然擊鼓聲。」鏜一言也，申之爲重言矣。

8「后稷呱矣。」（大雅，生民）傳：「后稷呱呱然泣。」呱一言也，而呱呱則重言矣。

9「常棣之華，鄂不韡韡。」（小雅，常棣）傳：「鄂猶鄂鄂然。」鄂單言，鄂鄂則重言矣。

10「有敦瓜苦。」（豳，東山）傳：「敦，猶專專也。」敦一言也，而以同義之重言爲訓也。

11「何彼襛矣。」（召南，何彼襛矣。）傳：「襛，猶戎戎也。」襛一言也，戎戎則爲同義之重言矣。

12「朱芾斯皇，有瑲葱珩。」（小雅，采芑）傳：「皇猶煌煌也。」以煌煌訓皇，是單言訓重言也。

13「巧言如流，俾躬處休。」（小雅，雨無正）箋：「使身居休休然。」休爲單言，休休則爲重言矣。

矣。

14「四牡騤騤，旟旐有翩。」（大雅，桑柔）傳：「翩翩在路不息也。」翩為單言，翩翩則重言矣。

除上列十四例外，並將俞，顧兩書所列錄出，以供參考。俞書引錢氏大昕養新錄曰，詩「亦汎其流，」傳云，「汎汎流貌。」「碩人其頎，」箋云，「長麗俊好頎頎然。」「咥其笑矣，」傳箋皆云，「咥咥然笑。」「垂帶悸兮」傳箋皆云，「悸悸然有節度。」「條其歗矣，」傳云，「條條然歗。」「零露漙兮，」傳云，「漙漙然盛多。」「子之丰兮，」箋云，「面貌丰丰然。」「零露湑兮，」傳云，「湑湑然蕭上露貌。」「噂沓背憎，」傳云，「噂猶噂噂然，沓猶沓沓然。」「有扁斯石，」傳云，「扁扁乘石貌。」「匪風發兮，匪車偈兮」，傳云，「發發飄風，非有道之風，偈偈疾驅，非有道之車。」「匪風嘌兮」，傳曰，「嘌嘌無節度也。」俞氏又以丘中有麻（王風）「將其來施施」，舊本作「將其來施」傳云，「施施難進之意。」箋云，「施施舒行伺間，獨來見已之貌。」經文只一施字，而傳箋並以施施釋之。所謂以重言釋一言也。

顧氏日知錄集釋，引胡氏（胡承諾）曰，「毛詩傳，有經文本一字，而傳重文者。如「憂心有忡」，傳，「憂心忡忡然。」「赫兮喧兮」傳，「赫有明德赫赫然。」「容兮遂兮，垂帶悸兮」傳，「佩玉遂遂然，垂其紳帶悸悸然。」「將其來施」傳，「施施難進之貌。」「條其歗矣」傳，「條條然歗也。」「惴惴其栗」傳，「栗栗懼也。」

經傳中以重文為訓之例極多，俞樾舉周易乾，「九三，君子終日乾乾，夕惕。」惕者惕惕也，猶言終日乾乾，終夕惕惕也。尚書，盤庚中篇，「乃咸大不宣乃心欽，念以忱。」欽者欽欽也。猶詩云，「憂心欽欽」也。而在毛詩中則此例更普遍也。

十四、單文訓重文

上以重文訓單言，此乃以單言訓重文，其例正相反。大雅，板，「上帝板板」，傳，「板板，反也。」陳奐云，「傳以反詁板板，此單字釋經疊字之例。」可知此訓例，亦詩之通例也。茲再舉詩訓以明之。

1「肅肅兔罝，椓之丁丁。」（周南，兔罝）傳：「肅肅，敬也。」又思齊，「肅肅在廟，」雝，「至止肅肅」，傳均以敬訓肅肅。至烝民，「肅肅王命」，箋亦訓肅肅爲敬。肅肅爲重文，而敬則單文，此以單文訓重文也。

2「予羽譙譙，予尾翛翛。予室翹翹，風雨所漂搖，予維音嘵嘵。」（豳，鴟鴞）傳：「譙譙，殺也。翛翛，敝也。翹翹，危也。嘵嘵，懼也。」此以單字訓疊字也。

3「兢兢業業，如霆如雷。」（大雅，雲漢）傳：「兢兢，恐也，業業，危也。」又召旻，「兢兢業業，孔塡不寧。」箋，「兢兢，戒也，業業，危也。」此均單字訓疊字之例。

4「北流活活」，「鱣鮪發發」，「葭菼揭揭，」（衛，碩人）傳：「活活，流也。發發，盛貌。揭揭，長也。」

5「威儀抑抑，德音秩秩。」（大雅，假樂）傳：「抑抑，美也。」箋：「抑抑，密也。秩秩，清也。」

6「牧野洋洋，檀車煌煌。」（大雅，大明）傳：「洋洋，廣也。煌煌，明也。」又同篇，「明明在下」傳，「明明，察也。」此均以單字訓叠字之例。

7「釋之叟叟，烝之浮浮。」（大雅，生民）傳：「叟叟，聲也，浮浮，氣也。」

8「緜緜翼翼。」（大雅，常武）傳：「緜緜，靚也。翼翼，敬也。」

9「佌佌彼有屋，蔌蔌方有穀。」（小雅，正月）傳：「佌佌，小也。蔌蔌，陋也。」

10「鐘鼓喤喤，磬筦將將，降福穰穰，降福簡簡，威儀反反。」（周頌，執競）傳：「喤喤，和也。將將，集也。穰穰，衆也。簡簡，大也。反反，難也。」此章一連用五叠文，而傳則以五單文訓之。

11「有來雝雝，至止肅肅。」（周頌，雝）傳：「雝雝，和也。」大雅，思齊，「雝雝在宮」，傳亦訓雝雝爲和。至肅肅訓敬也如上例。按雝雝和也，肅肅敬也，本禮記，樂記文。此均以單文訓重文也。

12「烝烝皇皇，不吳不揚。」（魯頌，泮水）傳：「烝烝，厚也，皇皇，美也。」又同篇，「矯矯虎臣」，傳訓矯矯爲武。此皆以單文訓重文也。

13「穆穆文王，於緝熙敬止。」（大雅，文王）傳：「穆穆，美也。」又商頌，那，「穆穆厥聲，」箋亦訓穆穆美也。那篇，「奏鼓簡簡，」箋亦訓簡簡爲大。此均重文以單文爲訓也。

14「相土烈烈，海外有截。」（商頌，長發）傳：「烈烈，威也。」又同篇，「敷政優優」傳，「優優，和也。」

15「檀車幝幝，四牡痯痯。」（小雅，杕杜）傳：「幝幝敝也，痯痯罷也。」

16「戎車嘽嘽，嘽嘽焞焞。」（小雅，采芑）傳：「嘽嘽衆也，焞焞盛也。」

此種訓例，在詩傳中甚多，如韓奕，「奕奕梁山」傳：「奕奕，大也。」緜篇，「捄之陾陾，」傳，「陾陾，衆也。」無羊，「室家溱溱，」傳，「溱溱，衆也。」十月之交，「悠悠我里，」傳，「悠悠，憂也。」巧言，「悠悠昊天，」傳，「悠悠，思也。」巷伯，「驕人好好，」傳，「好好，喜也。」大田，「興雨祁祁，」傳，「祁祁，徐也。」載芟，「載穫濟濟，」傳，「濟濟，難也。」又均爲此訓例也。

十五、他經爲訓

清儒常言，通數經而後可通一經，蓋六經義理貫通也。毛公生於六國之世，受詩於荀卿之門人浮丘伯，其爲詩詁訓傳，融貫各經，訓釋自有所依承。如論語，「工欲善其事。」而楚茨，「工祝致告，」傳云，「善其事曰工。」此毛傳融貫各經之證。茲從其詩傳中與他經合者擇錄如下。

1「琴瑟在御，莫不靜好。」（鄭，女曰雞鳴）傳：「君子無故不徹琴瑟。」此乃曲禮文也。

2「天之方蹶，無然泄泄。」（大雅，板）傳：「泄泄猶沓沓也。」此與孟子文同。

3「禴祠烝嘗，于公先王。」（小雅，天保）傳：「春曰祠，夏曰禴，秋曰嘗，冬曰烝。」此本周官，大宗伯文也。

4「五日爲期，六日不詹。」（小雅，采綠）傳：「婦人五日一御。」此本禮記，內則文也。

5「君子無易由言，耳屬于垣。無逝我梁，無發我笱。我躬不閱，遑恤我後。」（小雅，小弁）傳：「念孝子也。高子曰，小弁，小人之詩也。孟子曰，何以言之？曰，怨乎？孟子曰，固哉，高叟之爲詩也。有越人於此，關弓而射我，我則談笑而道之，無他，疏之也。兄弟關弓而射我，我則垂涕泣而道之，無他，戚之也。然則小弁之怨，親親也。親親仁也。固矣，夫高叟之爲詩。曰，凱風何以不怨，曰，凱風，親之過小者也，小弁，親之過大者也。親而過大而不怨，是愈疏也。親之過小而怨，是不可磯也。愈疏，不孝也，不可磯，亦不孝也。孔子曰，舜其至孝矣，五十而慕。」此全引孟子文也。

6「凡周之士，不顯亦世。」（大雅，文王）傳：「士者世祿也。」此本孟子，「士者世祿盛德不爲衆」也。

7「古公亶父，陶復陶穴，未有家室。」（大雅，緜）傳：「古公豳公也。古言久也。亶父字，或殷以名言，質也。古公處豳，狄人侵之，事之以皮幣，不得免焉，事之以犬馬不得免焉，事之以珠玉不得免焉。乃屬其耆老而告之曰，狄人之所欲者吾土地也。吾聞之，君子不以其所養人者害人，二三子何患乎無君，去之踰梁山，邑于岐山之下。豳人曰，仁人之君不可失也。從之如歸市。」此段全引孟子文也。

8「維天之命，於穆不已。」（周頌，維天之命）傳：「孟仲子曰，大哉天命之無極而美周之禮也。」按孟仲子，趙岐注，孟子云，「孟仲子孟子之從昆弟，學於孟子者也。」至閟宮傳亦引孟仲子說。

9「雖速我獄，室家不足。」（召南，行露）傳：「昏禮純帛不過五兩。」此本周禮文義也。按周禮媒氏，「凡嫁子取妻入幣，純帛無過五兩。」

10「民之無辜，並其臣僕。」（小雅，正月）傳：「古者有罪不於刑，則役於圜土，以爲臣僕。」此本周禮之文義也。按周禮司圜掌收教罷民，「凡害人者弗使冠飾，而加明刑焉，任人以事而收教之，能改者，上罪三年而舍，中罪二年而舍，下罪一年而舍。不能改而出圜土者殺，雖出，三年不齒。凡圜土之刑人也不虧體，其罰人也不虧財。」

11「求我庶士，迨其謂之。」（召南，摽有梅）傳：「三十之男，二十之女，禮未備則不待禮會而行之者，所以蕃育民人也。」男三十而娶，女二十而嫁，禮記曲禮內則，大戴禮本命，穀梁十二年傳，尙書大傳均有載。至禮未備不待禮會而行之者，則本周禮會男女法也。

12「有驪有黃，以車彭彭。」（魯頌，駉）傳：「諸侯六閑馬四種，有良馬，有戎馬，有田馬，有駑馬。」按周禮校人掌王馬之政，辨六馬之屬。又周禮有邦國六閑馬之制。故此詩傳乃本周禮文義也。

13「瑳兮瑳兮，其之展也。」（鄘，君子偕老）傳：「禮有展衣者，以丹縠爲衣。」此本禮記內司服及喪大記之文義也。

14「言告師氏，言告言歸。」（周南，葛覃）傳：「古者女師教以婦德婦言婦容婦功。祖廟未毀，教于公宮三月，祖廟既毀，教于宗室。」此本禮記，昏義，儀禮，士昏禮，周禮，九嬪掌婦學之法也。

15「兄弟既具，和樂且孺。」（小雅，常棣）傳：「九族會曰和。」此本左傳召穆公合九族於成周而作詩以爲說也。至九族之說本禮記，喪記之說也。

16「右招我由房。」（王，君子陽陽）傳：「國君有房中之樂。」此本燕禮記，房中之樂之文義也。

17「婦無公事，休其蠶織。」（大雅，瞻卬）傳：「古者天子爲藉千畝，冕而朱紘，躬秉耒。諸侯爲藉百畝，冕而青紘，躬秉耒，以事天地山川社稷先古，敬之至也。天子諸侯必有公桑蠶室，近川而爲之，築宮仞有三尺，棘牆而外閉之。及大昕之朝，君皮弁積素，卜三宮之夫人世婦人吉者，使入蠶于蠶室，奉種浴于川，桑于公桑，風戾以食之。歲既單矣，世婦卒蠶，奉繭以示于君，遂獻繭于夫人，夫人曰，此所以爲君服與，遂副褘而受之，少牢以禮之。及良日，后夫人繅三盆手，遂布于三宮夫人世婦之吉者使繅，遂朱綠之，玄黃之，以爲黼黻文章。服既成矣，君服之以祀先王先公，敬之至也。」此全用禮記，祭義篇文也。

18「王于興師，脩我戈矛，與子同仇。」（秦，無衣）傳：「天下有道，則禮樂征伐自天子出。」此全用論語季氏篇文也。

19「赫如渥赭，公言錫爵。」（邶，簡兮）傳：「祭有畀煇，胞，翟，閽寺者，惠下之道，見惠不過一散。」此本禮記祭統篇文。按祭統云，「天祭有畀入煇，胞，翟，閽者，惠下之道也。」畀之言與也，能與其餘畀其下者也。

20「簡兮簡兮，方將萬舞。」（邶，簡兮）傳：「以干羽爲萬舞，用之宗廟山川。」所謂干羽，卽本禮記，文王世子，「春夏學干戈，秋冬學羽籥，」及樂記，「羽籥干戚，樂之器也，」之文義。又同篇，「日之方中，在前上處。」箋曰，「周禮，大胥掌學士之版，以待致諸子春入學舍，采合舞。」此又明引周禮以爲訓也。

21「未見君子，我心傷悲。」（召南，草蟲）傳：「嫁女之家不息火三日，思相離也。」陳奐云：「曾子問孔子曰，嫁女之家三日不息燭，思相離也。」此引曾子語以爲訓也。

22「魚麗于罶，鱨鯊。」（小雅，魚麗）傳：「太平而後微物衆多，取之有時，用之有度，則物莫不多矣。古者不風不暴，不行火，草木不折，不操斧斤，不入山林，豺祭獸然後殺，獺祭魚然後漁，鷹，隼擊然後罻羅設。是以天子不合圍，諸侯不掩羣，大夫不麛不卵，士不隱塞，庶人不數罟，罟必四寸然後入澤梁，故山不童，澤不竭，鳥獸魚鼈各得其所然。」此與禮記，（王制篇較詳），逸周書文傳，淮南子主術，賈子禮等篇，及荀子王制篇文義略同也。

23「君子屢盟，亂是用長。」（小雅，巧言）傳：「凡國有疑，會同則用盟而相要也。」此引周禮文也。按周禮，司盟掌盟載之法，「凡邦國有疑，會同則掌其盟約之載。」盟要卽盟約也。

24「我東曰歸，我心西悲。」（豳，東山）傳：「公族有辟，公親素服不舉樂，爲之變，如其倫之喪。」此本禮記，文王世子之文也。

25「序賓以賢。」（大雅，行葦）傳：「言賓客次序皆賢。孔子射於矍相之圃，觀者如堵牆，射至於司馬，使子路執弓矢出延射曰，奔軍之將，亡國之大夫，與爲人後者不入，其餘皆入。蓋去者半，入者半。又使公罔之裘，序點，揚觶而語曰，幼壯孝弟耆耄好禮，不從流俗，脩身以俟死者不在此位。蓋去者半，處者半。序點又揚觶而語曰，好學不倦，好禮不變，耄勤稱道不亂者不在此位也，蓋僅有存焉。」此傳中孔子射於矍相之圃以下皆引禮記射義文以爲訓也。

26「彼其之子，三百赤芾。」（曹，候人）傳：「一命緼芾黝珩，再命赤芾黝珩，三命赤芾蔥珩。」此本禮記玉藻文也。

27「遵彼微行，爰求柔桑。」（豳，七月）傳：「五畝之宅，樹之以桑。」此用孟子梁惠王篇文也。

28「國無有殘」（大雅，民勞）傳：「賊義曰殘。」此用孟子梁惠王篇「賊義者謂之殘」之文也。

29「碩鼠碩鼠，無食我苗。」（魏，碩鼠）傳：「苗嘉穀也。」春秋莊七年，「秋大水無麥苗。」

左傳云不害嘉穀也。毛傳正本左傳爲訓。

30「人亦有言，靡哲不愚。」（大雅，抑）傳：「國有道則知，國無道則愚。」此論語，公冶長篇文，傳引之以釋訓也。

31「辟爾爲德，俾臧俾嘉。淑愼爾止，不愆于儀。」（大雅，抑）傳：「女爲善則民爲善矣。爲人君止於仁，爲人臣止於敬，爲人子止於慈，與人交止於信。」此禮記大學篇文，傳引之釋訓也。

32「豈弟君子，民之父母。」（大雅，泂酌）傳：「樂以強教之，易以說安之，民皆有父之尊，有母之親。」禮記表記篇云，「詩曰，凱弟君子，民之父母。凱以強教之，弟以說安之，使民有父之尊，有母之親。」此傳所本也。陳奐云：「凱俗豈字，傳豈作樂，弟作易者，蓋以訓詁字代之也。」

33「靖共爾位，正直是與。」（小雅，小明）傳：「正直爲正，能正人之曲曰直。」襄公七年左傳，引此詩而釋之，「恤民爲德，正直爲正，正曲爲直，參和爲仁，如是則神聽之，有福降之。」傳云正直爲正，能正人之曲曰直，此用左傳文也。

34「其告維何？籩豆嘉靜。」（大雅，既醉）傳：「恒豆之菹，水草之和也，其醢陸產之物也。加豆陸產也，其醢水物也。籩豆之薦，水土之品也，不敢用常褻味，而貴多品，所以交於神明者，言道之徧至也。」此引用禮記郊特牲之文也。

35「趣馬師氏，膳夫左右。」（大雅，雲漢）傳：「歲凶年穀不登，則趣馬不秣，師氏弛其兵，馳馬不除，祭祀不縣，膳夫徹膳，左右布而不修，大夫不食粱，士飲酒不樂。」此本曲禮下篇文以爲訓也。

36「昊天有成命，二后受之，成王不敢康，夙夜基命宥密，於緝熙，單厥心，肆其靖之。」（周頌，昊天有成命）傳：「二后文武也。基始，命信，宥寬，密寧也，緝明，熙廣，亶厚，肆固，靖和也。」此本於國語也。周語，「叔向謂單子曰，語說昊天有成命，頌之盛德也。其詩曰，昊天有成命，二后受之，成王不敢康，夙夜基命宥密，於緝熙，亶厥心，肆其靖之。是道成王之德也。成王能明文昭能道武烈者也。夫道成命者稱昊天，翼其上也。二后受之讓於德也。成王不敢康，敬百姓也。夙夜恭也，基始也，命信也，宥寬也，密寧也，緝明也，熙廣也，亶厚也，肆固也，靖和也。其始也翼上德讓而敬百姓，其中也，恭儉信寬帥歸於寧，其終也廣厚其心以固和之，始於德讓，中於信寬，終於固和，故曰成王。」

37「赤芾金舄，會同有繹。」（小雅，車攻）傳：「時見曰會，殷見曰同。」此周禮大宗伯文也。注云：「時見者無常期，諸侯有不服者，王將有征伐之事，則既朝覲，王爲壇於國外，合諸侯而命事焉。殷衆也，十二歲王如不巡狩，則六服盡朝，朝禮既畢，王爲壇合諸侯以命政焉。」

至大雅，板，「及爾同寮」，傳：「寮，官也。」此用左文七年傳，荀林父曰，「同官爲寮」以爲訓也。又小雅，北山序，「己勞于從事而不得養其父母矣。」此又本孟子之語也。至於鄭注之詩箋之用他經爲訓更多，如魯頌，有駜篇「夙夜在公，在公明明。」箋曰，「禮記曰，大學之道在明明德。」七月，「取彼狐狸」傳，「狐貉之厚以居。」此本論語子罕篇文也。此類之訓例極多，不勝枚舉，讀者可於詩中求之。

十六、破字爲訓

破字又謂破音，乃將字之音換讀而取義也。此例由漢人開之。陳奐在「釋毛詩音敘」中云：「詩用古文，故多通借，傳義顯著者識之以讀字，猶漢人讀爲之例也。」沈兼士在「讀經籍舊音辨證發墨」上云，「蓋古書音義以義爲主，故義通之字不妨換讀。」王引之在「經義述聞序」上云：「故毛公詩多易假借之字而訓以本字，已開改讀之先。至康成箋詩注禮，每云某讀爲某，而假借之例大明。後人或病康成破字者，不知古字之多假借也。」以上各說均指破字爲訓而言。此種訓例，毛傳較少，而鄭箋最多。陳啓源在「毛詩稽古編」上有「鄭箋破字異同」一章，舉出鄭箋破字爲訓共有七十八條。茲將其未列者及毛傳之訓列明之。

1「其繩則直，縮版以載。」（大雅，緜）傳：「乘謂之縮。」鄭箋，「乘，聲之誤當作繩。」是則毛傳以繩讀爲乘，開後人破字之例。

2「考槃在陸，碩人之軸。」（衛，考槃）傳：「軸，進也。」詩正義，及釋文皆讀軸爲迪，以合進義。是則毛傳亦有破軸爲迪之義也。

3「上帝板板，下民卒癉。」（大雅，板）傳：「板板，反也。」箋：「王爲政，反先王與天之道，天下之民盡病。」韓詩外傳亦以爲君反道而民愁。板之訓反，固可謂爲右文之訓，但其破板爲反，亦可謂爲破字之訓。毛傳破字之例，如是而已。

4「大邦有子，俔天之妹。」（大雅，大明）傳：「俔磬也。」此乃如上所謂以今語訓古語。惠棟九經古義云：「說文，俔譬諭也。韓詩作磬，磬譬也。傳不訓爲譬，而云磬者，蓋讀俔爲磬也。」據此則毛傳亦有破字之例。

5「桓桓于征，狄彼東南。」（魯頌，泮水）箋：「狄當作剔，剔，治也。」韓詩狄作鬄，除也。治與除同義，鄭箋本於韓說。此鄭箋讀字之例也。

6「池之竭矣，不云自頻。」（大雅，召旻）箋：「頻，當作濱。」傳訓頻爲厓，鄭讀頻爲濱。此鄭破字之訓例。

7「乘馬在廐，摧之秣之。」（小雅，鴛鴦）傳：「摧，挫也。」箋：「摧，今莝字也。古者明王所乘之馬繫於廐，無事則委之以莝，有事乃予之穀，言愛國用也。」王應麟詩考，謂韓詩摧作莝。鄭本韓而破字也。此爲陳氏所未錄。

8「無言不讎，無德不報。」（大雅，抑）傳：「讎，用也。」而箋則作售，並云，「敎令之出，如賣物，物善則其售賈貴，物惡則其售賈賤。」古讎可作售，漢書，「酒讎數倍」，又曰，「收不讎」，如淳及師古注皆云，讀爲售是也。此破讎爲售之訓例也。

9「淑人君子，其德不猶。」（小雅，鼓鍾）箋：「猶，當作瘉，瘉，病也。」詩疏云，「古之善人君子其德不於禮法爲病者類上不忘不回。故以猶爲瘉；瘉是病名，與上相類。角弓云，『不令兄弟，交相爲瘉。』斯干云，『兄及弟矣，無相猶矣。』以彼二文，知猶，瘉相近而誤。」案古音瘉，猶同，正月詩，「胡俾我瘉，」之瘉字與後，口協韻，可證。鄭之訓乃詬病之義，與好反。傳訓猶爲道，陳奐更謂「無相猶矣」之無字爲發聲詞，無相猶卽相道也。未免牽強。朱傳訓猶爲謀，更不及鄭。

10「帝遷明德，串夷載路。」（大雅，皇矣）箋：「串夷卽混夷，西戎國名也。」正義云：「鄭以詩本爲患，故不從毛，采薇序曰，西有混夷之患，是患夷者患中國之夷，故患夷卽混夷也。出車云，薄伐西戎，是混夷爲西戎國名也。」詩疏云，「串古患反，一本作患。」惠棟九經古義云，「患夷載路，毛讀患爲串，鄭如本字釋之。」是謂毛傳之破字矣。

鄭之破字爲訓實始於韓詩，如湛露，「厭厭夜飲」，韓詩，厭厭作愔愔。大東，「佻佻公子」，韓詩，佻佻作嬥嬥，和悅貌。鄘，柏舟，「實維我特」，韓詩，特作直，相當值。角弓，「見晛日消」，韓詩，晛作曣晛，並二字爲一義。白華，「視我邁邁」，韓詩，邁邁作怖怖，並云，「意不悅好也。」陳，衡門，「衡門之下，可以樂飢。」韓詩，樂作療。（鄭箋亦同韓說）。信南山，「維禹甸之」，韓詩，甸作敶。小雅，谷風，「維山崔嵬」，韓詩，崔嵬作岑原。諸如此類，不勝枚舉。鄭初習韓詩，受其影響最大。

鄭後王肅繼之亦多作破字之訓，如小雅，十月之交，「曰予不戕，禮則然矣。」王肅破戕爲臧，臧善也。又小雅，楚茨，「或剝或亨，或肆或將。」王肅謂肆讀爲鬄，言鬄其骨體於俎，將則奉而進之。至淸儒換讀之訓更盛，如馬瑞辰之訓天保，「羣黎百姓，徧爲爾德。」云：「爲讀如『式訛爾心』之訛，訛，化也。爲與化古言讀若僞，故爲，訛，化古通用。」王引之訓魯頌，泮水，「靡有不孝」孝作效。淸廟，「對越在天，」越作揚。雲漢，「則不我聞，」文王，「令聞不已，」聞皆作問。諸如此類均爲破字爲訓之例，而其由來則始於毛鄭也。

茲再將陳啓源在毛詩稽古編中之鄭箋破字異同一章所列各訓例錄出，以供參考。陳奐所列共分七項！

（子）據當時讀本未嘗收者。①「願言則疐」，鄭，疐讀如嚏。②「素衣朱繡」，繡爲綃。③「東有甫田」，甫爲圃。④「串夷載路」，串爲患。⑤「好是稼穡」，稼穡作家嗇。⑥「景員爲河」，河爲何。

（丑）有似改而實非改者。①「其虛其邪」，邪作徐。②「籧篨不殄」，殄作腆。③「其魚魴鰥」鰥作鯤。④「烝在栗薪」，栗作裂。⑤「公孫碩膚」，「詒厥孫謀」，孫皆作遜。⑥「示我周行」，示作寘。⑦「視民不恌」，視爲示，並云，「視古示字」。⑧「鄂不韡韡」，「不爲拊」。⑨「抑此皇父」，「抑爲噫」。⑩「飲酒溫克」，「溫爲蘊」。⑪「既匡既敕」，「匡爲筐」。⑫「垂帶而厲」，「厲爲裂」。⑬「裂假不瑕」，「裂假作厲瘕。」⑭「維其勞矣」，「勞爲遼」。⑮「孔亟我圉」，「圉爲禦」。⑯「靡人不周」，「周爲賙」。⑰「懿厥哲婦」，「懿爲噫」。⑱「置我鞉鼓」，「置爲植」。

（寅）有改其字而不改其義者。①「白茅純束」，「純爲屯」。②「其之展也」，「展爲襢」。③「隰則有泮」，「泮爲畔」。

（卯）有所改之字義雖小異，而不甚相遠者。①「出自闉闍」，「闍爲都」。②「既敬既戒」，「敬爲儆」。③「立我烝民」，「立爲粒」。④「自詒伊阻」，「所謂伊人」，「伊可懷也」，「伊誰云憎」，「伊皆爲緊」。⑤「幅隕既長」，「隕爲圓」。

（辰）有改之而有補於文義者。①「良馬祝之」，「祝爲屬」。②「齊子豈弟」，「豈弟爲闓圛」。③「其弁如騏」，「騏爲綦」。④「浸彼苞稂」，「稂爲涼」。⑤「無相猶矣」，「猶爲瘉」。⑥「勿罔君子」，「勿爲末」。⑦「舟人之子」，「舟爲周」。⑧「熊羆是裘」，「裘爲求」。⑨「莫肯下遺」，「遺爲隨」。⑩「謂之尹吉」，「吉爲姞」。⑪「應田縣鼓」，「田爲輮」。⑫「賓載手仇」，「仇爲斞」。

（巳）有改之而無妨於文義者。①「說懌女美」，「懌爲釋」。②「山有橋松」，「橋爲槁」。③「其人美且鬈」，「鬈爲權」。④「有蒲有蕑」，「艹爲蓮」。⑤「田畯至喜」，「喜爲饎」。⑥「其祁孔有」，「祁爲麎」。⑦「攘其左右」，「攘爲饟」。⑧「肇祀后稷」，「肇祀肇域」，「肇爲兆」。⑨「上帝甚蹈」，「蹈爲悼」。⑩「有兎斯首」，「斯爲鮮」。⑪「其政不獲」，「政爲正」。⑫「實墉實壑」，「實爲是」。⑬「來旬來宣」，「旬爲營」。⑭「徐方繹騷」，「繹爲驛」。⑮「鋪敦淮濆」，「敦爲屯」。⑯「何天之龍」，「何爲荷，龍爲寵」。

（午）有改之不必改，而文義反迂者。①「綠兮衣兮」，「綠爲褖」。②「說于農郊」，「說爲襚」。③「俟我于堂兮」，「堂爲棖」。（案惠棟九經古義云：「古文論語有申棖，史記作申堂，是堂本與棖通，故改爲棖非鄭之改字也。」④「他人是愉」，「愉爲偷」。⑤「小人所腓」，「腓爲芘」。⑥「不可以明」，「明爲盟」。⑦「似續祖妣」，「似爲巳」。⑧「君子攸芋」，「芋爲幠」。⑨「維周之氐」，「氐爲桎」。⑩「先祖是皇」，「烝烝皇皇」，「皇皆爲暀」。⑪「俶載南畝」，「俶載爲熾菑」。⑫「式勿從謂」，「式爲慝」。⑬「無自瘵焉」，「瘵爲際」。⑭「后稷不克」，「克爲刻」。⑮「先祖于摧」，「摧爲嗺」。⑯「草不潰茂」，「潰爲彙」。⑰「賚我思成」，「賚爲來」。

至詩敘之訓，鄭於「哀窈窕」，「哀爲衷」。（關雎序）「刺幽王」，「幽爲厲」。（十月之交，雨無正，小旻，小宛，四月序）「祀高宗」，「祀爲祫」。（元鳥序）

由上可見鄭之詩訓，破字之例甚多。而其長短得失雖經陳啓源氏論列，但亦有不盡然者。如鄭風，山有扶蘇，「山有橋松，」鄭箋，「橋作槁。」此本呂覽，先已篇，「百仭之松本傷於下，而末槁於上。」但松爲常綠喬木，王肅讀橋爲喬，高也。此與上文，「山有扶蘇」，傳訓扶蘇爲小木相對，則鄭訓失之，而陳氏謂爲無妨於文義，非也。又桑柔，「好是稼穡，力民代食。稼穡維寶，代食維好。」鄭箋，「稼穡作家嗇。」並云，「但好任用是居家吝嗇於聚斂作力之人令代賢者處位食祿。明王之法，能治人者食於人，不能治人者食人。禮記曰，與其有聚斂之臣，寧有盜臣；聚斂之臣害民，盜臣害財。此言王不尙賢，但貴客嗇之人與愛代食者而已。」此訓稼穡爲居家客嗇。而下章，「稼穡卒痒」，鄭箋則訓耕種曰稼，收斂曰穡。照韓詩外傳十，晉平公篇，引詩稼穡維寶，代食維好二句仍作稼穡。王先謙謂釋文作家嗇爲省缺，臧琳謂爲漏筆畫，不當有別義。王肅謂家嗇爲稼穡之壞字，如「日予不戕」之戕爲臧之壞字。並云，「當好知稼穡之艱難，有功力於民代無功者食天祿。」陳奐亦謂王說爲是。據此，則鄭破字之訓未必盡合也。至小雅，漸漸之石，「山川悠遠，維其勞矣。」鄭破勞爲遼，此本劉向九嘆，「山修遠而遼遼兮。」但此詩上句「山川悠遠」，則下句再言遼遠，文詞重複，且此詩言武人東征，正應如王肅，「言遠征戎狄，戍役不息，乃更漸漸之高石，長遠之山川，維其勞苦也。」陳奐及詩正義均謂王說爲合毛傳之意。則鄭訓未免反迂矣。

但鄭之破字亦確有其長處。如小雅，角弓，「莫敢下遺，式居婁驕。」箋破遺爲隨。並云，「無肯謙虛以禮相卑下先人而後己。」荀子非相篇引詩作「無敢下隧」，楊倞注：「隧讀爲隨。」毛傳對此遺字無訓，陳奐謂北門傳，遺，加也，此遺字亦當訓加。據此，則加不如隨也。又小雅，采薇，「君子所依，小人所腓。」箋，「腓，當作芘，此言戎車者將率之所依，戍役之所芘倚。」芘，庇古字通，桑柔箋，「人庇蔭其下者，」雲漢箋，「我無所庇蔭處，」釋文云，「本亦作芘蔭。」而毛傳訓腓爲辟，與生民，「牛羊腓字之，」訓腓爲辟同。傳與箋比較則箋爲長。小如小雅，黃鳥，「不可以明。」傳，「不可以明夫婦之道。」箋讀明爲盟，信也。馬瑞辰謂明盟古通用，從箋讀盟爲是。經傳之訓，各有得失長短，見仁見智，各以其義理之安耳。

鄭之破字，不特可讀其音，且可讀其義。開後人釋訓之門。除上引敘王引之等人之說外，茲並引淸錢大昕之說。錢氏謂此讀字爲古音假借，引證甚博。他在潛研堂文集，古音假借說，有云：「漢人言讀若者，皆文字假借之例，不特寓其音，並可通其字。卽以說文言之，鄦讀若許，詩，不與我戍許，春秋，之許田許男，不必从邑从無也。⿰契阝讀若薊，禮記，封黃帝之後於薊，不必从邑从契也。璹讀若淑，爾雅，璋大八寸謂之琡，卽淑之譌，不必从玉从壽也。珣讀若宣，爾雅，璧大六寸謂之宣，不必从玉从旬也。赹讀若煢，詩，獨行煢煢，不必从走从勻也。⿺走咅讀若匐，詩，匍匐救之，誕實匍匐，不必从走从咅也。丮讀若戟，春秋傳，公戟其手，不必从丮也。檷讀若柅，易，繫於金柅，不必改爲檷也。宄讀若鳩，書，方鳩僝功，不必改爲勼也。慴讀若疊，詩，若不震慴，不必改爲疊也。奡讀若傲，書，無若丹朱傲，不必改爲奡也。橾讀若藪，考工記，以其圍之阞梢其藪，不必改爲橾也。㞑讀若僕，孟子，僕僕爾亟拜，不必改爲㞑也。辛讀若愆，今經典辠辛字皆作愆。刱讀若創，今經典刱業皆作創。亼讀若集，今經典亼合字皆作集。羍讀若達，今詩正作達。翌讀若皇，今周禮正作皇。翇讀若紱，今周禮作帗，帗，與紱亦同也。芮讀若汭，詩芮鞫之卽，韓詩作汭，是芮汭通也。瞿讀若句，春秋，鸜鵒，說文作鴝鵒，是瞿句通也。雁讀若鴈，今經典雁鴈亦通用也。說文又有云，讀與某同者，如莧讀與蔑同。尚書，莧席，正作蔑字。嵒讀與聶同，今春秋，嵒北，正作聶字。卟讀與稽同，今尚書，卟疑，正作稽字。雀讀與爵同，今經典鳥雀字多作爵，⿰也攴讀與施同，今經典敷⿰也攴字皆用施。𤔌讀與隱同，孟子，莊子，皆有隱几字，不作𤔌。以是推之，許氏書所云讀若，云讀與同，皆古書假借之例。假其音並假其其義。音同而義亦隨之。非後譬況爲音者可同日而語也。」此錢氏以說文爲例以說明讀字之法，殊不知此爲毛鄭開其端也。

十七、比事爲訓

事與理相關，故事明而理自明。又事與義相關，故事明而義自明。訓詁之學，不外乎訓理訓義，故比事爲訓，則其理也，義也自可暢明。毛詩訓詁，以比事之訓甚多，茲舉例明之。

1「告于文人，錫山土田。」（大雅，江漢）傳：「諸侯有大功德，賜之名山土田附庸。」詩無附庸，傳申其事以爲訓耳。

2「鎬京辟廱，自西自東。」（大雅，文王有聲）傳：「武王作邑於鎬京。」箋：「武王於鎬京行辟廱之禮，自四方來觀者皆感化其德心無不歸服者。」此比其事以爲訓也。

3「日之方中，在前上處。」（邶，簡兮）傳：「教國子弟以日中爲期。」箋：「周禮，大胥掌學士之版，以待致諸子，春入學舍平合舞。」此均以事爲訓也。

4「公孫碩膚，赤舄几几。」（豳，狼跋）箋：「周公攝政七年，致太平，復成王之位，孫遁辟此成功之大美，欲老，成王又留之，以爲大師。」又同篇，「無使我心悲兮，」箋：「周公西歸，而東都之人心悲，思恩德之愛至深也。」此皆以事爲訓也。

5「王命仲山甫，城彼東方。」（大雅，烝民）傳：「古者諸侯之居逼隘，則王者遷其邑而定其居，蓋去薄姑而遷於臨菑也。」

6「有瀰濟盈，有鷕雉鳴。」（邶，匏有苦葉）傳：「衞夫人有淫佚之志，授人以色，假人以辭，不顧禮義之難，至使宣公有淫昏之行。」此亦以事爲訓也。

7「厥初生民，時維姜嫄。」（大雅，生民）傳：「生民，本后稷也。姜姓也，后稷之母配高辛帝焉。」箋：「言周之始祖，其生之者是姜嫄也。姜姓者炎帝之後有女名嫄，當堯之時，爲高辛氏之世妃，本后稷之初生，故謂之生民。」此亦以事爲訓也。

8「天命玄鳥，降而生商。」（商頌，玄鳥）傳：「玄鳥鳦也，春分玄鳥降於湯之先祖，有娀氏女簡狄配高辛氏帝，帝率與之祈於郊禖而生契，故本其爲天所命以玄鳥至而生焉。」箋：「天使鳦下而生商者，謂鳦遺卵，娀氏之女簡狄吞之而生契，爲堯司徒，有功封商。堯知其後將興，乃賜其姓焉。」此以長事爲訓也。

9「哆兮侈兮，成是南箕。」（小雅，巷伯）傳：「侈之言是必有因也，斯人自謂辟嫌之不審也。昔者顏叔子獨處於室，鄰之釐婦又獨處於室，夜暴風雨至而室壞，婦人趨而至，顏叔子納之，而使執燭，放乎旦而蒸盡，縮屋而繼之。自以爲辟嫌之不審矣，若其審者宜若魯人然。魯人有男子獨處於室，鄰之釐婦又獨處於室，夜暴風雨至而室壞，婦人趨而託之，男子閉戶而不納。婦人自牖與之言曰，子何爲而不納我乎？男子曰，吾聞之也，男子不六十不閒居，今子幼，吾亦幼，不可以納子。婦曰，子何不若柳下惠然，嫗不逮門之女，國人不稱其亂。男子曰，柳下惠固可，吾固不可，吾將以吾不可學柳下惠之可。孔子曰，欲學柳下惠者未有似於是也。」毛傳何以引此事以釋詩？陳奐疏云：「讒必有因，故傳申明之云，侈之言是必有因也。讒之因出於己之不早辟嫌，故又申明之云，斯人自謂辟嫌之不審也。下文卽引昔者顏叔子與魯人男子辟嫌之審不審以自悔責己之不審也。」毛傳訓詩千變萬化，此訓之以事，不惜詳言之也。

10「周公西征，四國是皇。」（豳，破斧）傳：「四國，管，蔡，商，奄也。」箋：「周公旣反攝政東征，伐此四國，誅其君罪，正其民人而已。」

11「蔽芾甘棠，召伯所茇。」（召伯，甘棠）傳：「召伯聽男女之訟，不重煩勞百姓，止舍小棠之下而聽斷焉。國人被其聽說其化思其人敬其事。」

12「二子乘舟，汎汎其景。」（邶，二子乘舟）傳：「二子伋壽也。宣公爲伋取於齊女而美，公奪之生壽及朔，朔與其母愬伋於公，公令伋之齊，使賊先待於隘而殺之。壽知之而告伋，使去之。伋曰，君命也，不可以逃。壽竊其節而先往，賊殺之。伋至，曰，君命殺我，壽有何罪？賊又殺之。國人傷其涉危，遂往，如乘舟而無所薄，汎汎然迅疾而不礙也。」

以上均以事爲訓之例，此訓例開後代注釋家之先河。如鄭玄之注禮，於「學記」之「當其爲師，則弗臣也。」直引呂尙之對武王之事以釋之。又注，尙書無逸篇，其在祖甲，不義惟王。」鄭注曰：「高宗欲廢祖庚，立祖甲，祖甲以爲不義，逃於民間　故云，不義爲王。」至朱熹，書集傳，直以史記商本紀之事以釋之。比事之訓由來有自矣。

十八、風俗爲訓

此亦比事爲訓之一。此訓例在詩訓之中只得十一例，但在其他訓詁中則其例不少。卽以詩而言，如鄭風，溱洧一篇，太平御覽八八六引韓詩內傳云：「鄭國之俗，三月上巳之日於兩水之上招魂續魄，拂除不祥，故詩人願與所說者俱往觀也。」又呂覽，本生篇，高誘注，引此詩云，「鄭國淫辟，男女私會於溱洧之上，有詢訏之樂，勺藥之和。」又如鄭風，出其東門篇，漢書地理志引此詩云，「鄭男女亟聚會，聲色生焉，故其俗淫。」至朱熹詩集傳之訓溱洧之首章云，「鄭國之俗，三月上巳之辰，采蘭水上以祓除不祥。故其女問於士曰，盍往觀乎？士曰，吾旣往矣。女復要之曰，且往觀乎？蓋洧水之外，其地信寬大而可樂也。於是士女相與戲謔，且以勺藥爲贈，而結恩情之厚也」此訓對於鄭國風俗，繪影繪聲，而於詩義更爲瞭然。然此由詩訓中之毛鄭開其端也。茲以例明之。

1「角枕粲兮，錦衾爛兮。」（唐，葛生）傳：「齊則角枕錦衾，禮，夫不在，斂枕篋衾席，韣而藏之。」此以齊之俗以爲訓也。

2「在其板屋，亂我心曲。」（秦，小戎）傳：「西戎板屋。」朱傳云，「西戎之俗，以板爲屋。」此卽釋毛傳之義。漢書地理志亦云，「天水隴西山多林木，民以板爲室屋，故秦詩曰，在其板屋。」此以風俗爲訓之例也。

3「雝雝鳴雁，旭日始旦。」（邶，匏有苦葉）傳：「納采用雁。」箋：「雁者隨陽而處，似婦人從夫，故昏禮用焉。自納采至請期用昕，親迎用昏。」此以昏俗以爲訓。同篇，「匏有苦葉，濟有深涉。」箋云：「匏葉苦而渡處深，謂八月之時陰陽交會，始可以爲昏禮——納采、問名。」又同篇，「士如歸妻，迨冰未泮。」箋：「冰未散，正月中以前也，二月可以爲昏矣。」此均以昏俗爲訓之例。

4「糾糾葛屨，可以履霜。」（魏，葛屨）傳：「夏葛屨，冬皮屨，葛屨非所以履霜。」箋：「葛屨賤，皮屨貴。魏俗至冬猶謂葛屨，可以履霜，利其賤也。」同篇，「摻摻女手，可以縫裳。」傳：「婦人三月廟見然後執婦功。」箋：「言女手者未三月未成爲婦，裳男子之下服，賤又未可使縫。魏俗使未三月婦縫裳者，利其事也。」同篇，「宛然左辟，」傳，「婦至門，夫揖而不入，不敢當尊，宛然而左辟。」又同篇，「維是褊心，是以爲刺。」箋，「魏俗所以然者，是君心褊急無德教使之也。」此均以俗爲訓也。

5「生民如何？克禋克祀，以弗無子。」（大雅，生民）傳：「去無子求有子。古者必立郊禖焉。玄鳥至之日以太牢祠于郊禖，天子親往，后妃率九嬪御乃禮天子，所御帶以弓韣，授以弓矢于郊禖之前。」王先謙云：「以祓無子當卽周禮女巫祓除所由昉，鄭風溱洧篇，韓詩以爲上巳祓除，亦此類也。」此言古代求子之禮俗甚爲詳明也。

6「商邑翼翼，四方之極。」（商頌，殷武）箋：「商邑之禮俗翼翼然可則傚，乃四方之中正也。」此言商之禮俗，據詩孔穎達疏，謂商之禮俗卽禮，讓，恭，敬也。

7「有客有客，亦白其馬。」（周頌，有客）傳：「殷尚白也。」檀弓云：「殷人尚白，戎事乘翰。」鄭注云，「翰白色鳥也，」引易曰，「白馬翰如。」是殷馬用白也。此以殷俗以爲訓也。

8「祭以清酒，從以騂牡。」（小雅，信南山）傳：「周尚赤也。」正義云：「地官牧會，陽禮用騂牲，毛之注以陽祀爲宗廟似由陽祀，故用騂。此云尚赤者，牧人以周尚赤，故郊廟用騂，爲陽以相對。其實由所尚，故曰白牡騂公牲，三代祭其廟各用所尚之毛色也。」又小雅旱麓，「清酒既載，騂牡既備。」白虎通義三正篇釋詩云，「言文王之牲用騂，周尚赤也。」周尚赤正如殷尚白，各尚其俗也。

9「殷士膚敏，祼將于京。」（大雅，文王）傳：「祼灌鬯也，周人尚臭。」此本於禮記郊特牲。尚臭者乃周一代之禮俗。周禮天官小宰云，「凡祭禮贊祼將之事。」祼者以鬯酒灌尸故言灌鬯也。王肅云：「殷士自殷以其美德來歸周助祭行灌鬯之禮也。」此周人尚臭舉盟將以表祭事。

10「既和且平，依我磬聲。」（商頌，那）傳：「周尚臭殷尚聲。」此均禮記，郊特牲文。周尚臭已如上述。至殷尚聲，正義云，「言此者，以祭祀之禮，有食有樂，此詩美成湯之祭先祖不言酒食唯論聲樂，由其殷人尚聲，故解之。」此言殷人祭祀之禮俗也。

11「中原有菽，庶民采之。」（小雅，采菽）傳：「菽藿也，力采者則得之。」馬瑞辰云，「力采者則得之，皆以采豆葉爲俗所不禁。又馬氏引程瑤田九穀考云，「聞之山西人言，秋閒采豆葉以爲禦，冬之菜蓋任人采之，其主不與聞也，殆猶沿古風耳。」此亦以風俗爲訓之例。

此外詩之言禮俗者甚多，如見於上之十七條以他經爲訓中之「五日爲期，六日不詹。」傳訓婦人五日一御。「琴瑟在御，莫不靜好。」傳訓君子無故不徹琴瑟。「未見君子，我心傷悲。」傳訓嫁女之家不息火三日，思相離也。節南山，「降此鞫訩。」箋，「乃下此多訟之俗。」此均爲以禮俗爲訓之例，但因以出於他經，故列入以他經爲訓之例。

十九、制度爲訓

此所謂制度乃指古代之制度。近人周法高在其「中國訓詁學法發凡」一文中之義訓部分，曾舉出一條，有以今制釋古制者，如周禮天官大宰，「一曰官屬」，鄭司農注，「官屬謂六官，其屬各六十，若今博士，大宰，大樂，屬大常也。」「四曰祿位，」鄭玄注，「祿若今月俸也。」其實何只以今制釋古制，如詩商頌那篇，「猗與那與，置我鞉鼓。」傳，「夏后氏足鼓，殷人置鼓，周人縣鼓。」箋，「湯受命伐桀定天下而作濩樂，故歎其多改夏之制，乃始植我殷家之樂鞉與鼓也。」至以當時之制度以釋詩，在毛傳鄭箋中之例甚多，玆列舉如下：

1「造舟爲梁，不顯其光。」（大雅，大明）傳：「天子造舟，諸侯維舟，大夫方舟，士特舟。造舟然後可顯其光輝。」此以當時之制度爲訓也。

2「以雅以南，以籥不僭。」（小雅，鼓鍾）傳：「舞四夷之樂大德廣所及也，東夷之樂曰昧，南夷之樂曰南，西夷之樂曰朱離，北夷之樂曰禁。」此以中外之制以爲訓也。

3「薄汙我私，薄澣我衣。」（周南，葛覃）傳：「私，燕服也。婦人有副褘盛飾以朝覲舅姑，接見于宗廟，進見于君子，其餘則私也。」此以衣服之禮制爲訓也。

4「豈曰無衣七兮，不如子之衣安且吉兮。」（唐，無衣）傳：「侯伯之禮七命冕服七章。」箋：「我豈無是七章之衣乎？晉舊有之，非新命之服。」孔疏：「春官典命云，侯伯七命，其國家宮室車旗衣服禮儀皆以七爲節。秋官大行人云，諸侯之禮，執信圭七寸，冕服七章，是七命七章之衣。」毛、鄭、孔三人皆以制度釋詩也。

5「充耳以素乎而，尙之以瓊華乎而。」（齊，著）傳：「素，象瑱，瓊華美石，士之服也。」下章，「充耳以靑乎而，尙之以瓊瑩乎而。」傳：「靑，靑玉，瓊瑩石似玉，卿大夫之服。」又卒章，「充耳以黃乎而，尙之以瓊英乎而。」傳：「黃，黃玉，瓊英美石似玉者，人君之服也。」此以古代服飾之制以爲訓也。又大雅，文王，「常服黼冔，」傳：「冔，殷冠也，夏后氏曰收，周曰冕。」亦以冠制爲制。

6「或獻或酢，洗爵奠斝。」（大雅，行葦）傳：「夏曰醆，殷曰斝，周曰爵。」此在禮記明堂位有記載，以器制爲訓也。

7「元戎十乘，以先啓行。」（小雅，六月）傳：「元大也，夏后氏曰鉤車，先正也，殷曰寅車，先疾也；周曰元戎，先良也。」詩正義曰：「夏后氏曰鉤車，殷曰寅車，周曰元戎，司馬法文也，先疾先良，傳因名而解之。」此以古今之車制爲訓也。

8「方叔涖止，其車三千，師干之試。」（小雅，采芑）箋：「司馬法，兵車一乘，甲士三人，步卒七十二人，宣王承亂，羨卒盡起。」此以兵制訓詩也。又同篇，「鉦人伐鼓，陳師鞠旅。」箋：「二千五百人爲師，五百人爲旅，此言將戰之日，陳列之師旅誓告之也。」此亦以兵制釋詩也。

9「東有甫草，駕言行狩。」（小雅，車攻）傳：「甫大也。田者，大芟草以爲防，或舍其中，褐纏旃以爲門，裘纏質以爲槸，間容握，驅而入，擊則不得入，左者之左，右者之右，然後焚而射焉。天子發然後諸侯發，諸侯發然後大夫士發。天子發抗大綏，諸侯發抗小綏，獻禽於其下，故戰不出頃，田不出防，不逐奔走，古之道也。」此以田獵之法制以訓詩也。又同篇卒章，「徒御不警，大庖不盈。」傳：「徒，輦也，御，御馬也。不警，警也，不盈，盈也。一曰乾豆，二曰賓客，三曰充君之庖。故自左膘而射之達于右腢爲上殺，射右耳本次之，射左髀達于右䯚爲下殺，面傷不獻，踐毛不獻，不成禽不獻。禽雖多擇取三十焉，其餘以與大夫。士以習射於澤宮，田雖得禽，射不中不得取禽，田雖不得禽，射中則得取禽，古者以辭讓取，不以勇力取。」此又以田射之制以釋詩也。

10「君子至止，鞞琫有珌。」（小雅，瞻彼洛矣）傳：「鞞，容刀鞞也，琫上飾，珌下飾也。天子玉琫而珧珌，諸侯璗琫而璆珌，大夫璙琫而鏐珌，士珕琫而珕珌。」說文玉部云，「禮云，佩刀，天子玉琫而珧珌，諸侯璗琫而璆珌，士珕琫而珧珌。」又云，「琫佩刀上飾，珌佩刀下飾。天子以玉，諸侯以金。」爾雅，釋器，「黃金謂之璗，其美者謂之鏐，白金謂之銀，其美者謂之鐐。」以此佩飾之制以訓詩也。

11「載謀載惟，取蕭祭脂，取羝以軷，載燔載烈。」(大雅，生民) 傳：「嘗之日，涖卜來歲之芟，獮之日，涖卜來歲之戒，社之日，涖卜來歲之稼，所以興來而繼往也。穀熟而謀，陳祭而卜矣。取蕭合黍稷臭達牆屋，既奠而後爇蕭合馨香也。」按傳自嘗之日至來歲之稼，均周禮春官肆師職文也。可以入以他經爲訓，亦可作古制爲訓也。

12「魯侯戾止，在泮飲酒，既飲旨酒，永錫難老。」(魯頌，泮水) 箋：「在泮飲酒者徵先生君子與之行飲酒之禮，而因以謀事也。已飲美酒而長賜其難使老，難使老者最壽考也。長賜之者如王制所云，八十月告存，九十日有秩者與。」此以諸侯飲酒之禮制以爲訓也。

13「二之日鑿冰沖沖，三之日納于凌陰，四之日其蚤，獻羔祭韭。」(豳，七月) 箋：「古者日在北陸而藏冰，西陸朝覿而出之，祭司寒而藏之，獻羔而啓之。其出之也，朝之祿位賓食喪祭於是乎用之。月令，仲春天子乃獻羔羊開冰，先薦寢廟。周禮凌人之職，夏頒冰掌事秋刷。上章備寒，故此章備暑，后稷先公備禮教也。」此以禮教之制以釋詩也。

14「庶見素韠兮，我心蘊結兮，聊與子如一兮。」(檜，素冠) 傳：「子夏三年之喪畢，見於夫子，援琴而弦，衎衎而樂，作而曰，先王制禮不敢不及。夫子曰，君子也。閔子騫三年之喪畢，見於夫子，援琴而弦，切切而哀。作而曰，先王制禮不敢過也。夫子曰，君子也。子路曰，敢問何謂也？夫子曰，子夏哀已盡能引而致之以禮，故曰君子也，閔子騫哀未盡能自割以禮，故曰君子也。夫三年之喪，賢者之所輕，不肖者之所勉。」此以喪禮之制以釋詩也。

15「魚麗于罶，鱨鯊。」（小雅，魚麗）傳：「古者不風不暴不行火，草木不折不操，斧斤不入山林，豺祭獸然後殺，獺祭魚然後漁，鷹隼擊然後罻羅設，是以天子不合圍，諸侯不掩羣，大夫不麛不卵，士不隱塞，庶人不數罟，罟必四寸然後入澤梁，故山不童，澤不竭，鳥獸魚鼈皆得其所然。」此以漁獵之制以釋詩也。此條本見於他經爲訓內，但以頗多言法度，傳訓以古制以釋之。故六月詩序云，魚麗廢則法度缺矣！

16「出此三物，以詛爾斯。」（小雅，何人斯）傳：「三物豕犬鷄也。民不相信則盟詛之。君以豕，臣以犬，民以鷄。」正義云，「隱十一年左傳曰，鄭伯使卒出豭行出鷄犬以詛射潁考叔者。豭卽豕也。並言詛而俱用三，故知此三物豕犬鷄也。又，所以詛者民不相信則盟詛之，言古者有此禮。司盟曰，盟萬民之犯命者，盟其不信者。」是不相信有盟詛之法也。此以禮制以釋詩也。

17「靜女其孌，貽我彤管。」（邶，靜女）傳：「古者后夫人必有女史彤管之法，女史不記，過其罪殺之。后妃羣妾以禮御於君所，女史書其日授其環，以示進退之法，生子月娠則以金環退之，當御者以銀環進之，著於左手。既御著於右手。事無大小，記以成法。」此以女史彤管之法以爲訓也。

此外如大雅，緜，「迺立臯門，」「迺立應門，」傳：「王之郭門曰臯門。」又說，「王之正門曰應門。」箋：「諸侯之宮外門曰臯門，朝門曰應門，內有路門，天子之宮加以庫雉。」此以宮門之制以釋詩也。又魯頌泮水，「思樂泮水」，傳：「天子曰辟廱，諸侯曰泮宮。」此以學校之名制以釋詩也。又魯頌，閟宮，「公車千乘，朱英綠縢。二矛重弓，公徒三萬。」傳，「大國之賦千乘。」

箋：「二矛重弓備折壞也。兵車之法，左人持弓，右人持矛，中人御。萬二千五百人爲軍，大國三軍，合三萬七千五百人，言三萬者，舉成數也。」此以兵制釋詩也。至葛覃傳：「古者王后織玄紞，公侯夫人紘綖，卿之內子大帶，大夫命婦成祭服，士妻朝服，庶士以下各衣其夫。」召南羔羊傳，「古者素絲以英裘，不失其制，大夫裘以居。」淇奧傳，「天子玉瑱，諸侯以石。」騶驖傳，「冬獻狼，夏獻麋，春秋獻鹿豕羣獸。」七月傳，「春夏爲圃，秋冬爲場。」又云，「鄉人以狗，大夫加以羔羊。」天保傳，「春曰祠，夏曰禴，秋曰嘗，冬曰烝。」叔于田傳，「冬獵曰狩。」車攻傳，「夏獵曰苗。」文王傳，「冔殷冠也，夏后氏曰收，周曰冕。」行葦傳，「天子之弓合九而成規。」駉傳，「諸侯六閑馬四種，有良馬有戎馬有田馬有駑馬。」閟宮傳，「夏禘則不礿，秋祫則不嘗，唯天子兼之。」又云，「白牡周公牲也，騂則魯公牲也。」此均以古制以爲例也。

此訓例開後人訓詁之端，如服虔注宣元年左傳云，「古者一禮不備，貞女不從。」說文虛下云，「古者九夫爲井，四井爲邑，四邑爲丘，丘謂之虛。」均沿此訓例也。

二十、狀物爲訓

狀者形容之謂，狀物卽形容事物之稱，凡詩之形容詞皆屬之。詩傳均以貌稱之。郭璞爾雅序云：「三曰釋訓，訓者道也，道物之貌以告人也。」故釋訓者多形容寫貌之詞，故爾雅之釋訓，可謂狀物之訓。詩傳之「貌」字亦等於「也」字，故其狀物之訓「貌」「也」可兼用，卽有時用「貌」，有時用「也」。陳奐云：『凡訓狀容之詞多用「貌」，狀動之詞多用「之」。如關雎，「服思之也。」葛覃，「濩煮之也。」鵲巢，「方有之也。」芣苢，薄言有之，「有藏之也。」靈臺，「經度之也。」卷耳，「采采，事采之也。」』此言狀物之訓之用字。但狀貌之詞，貌字往往作也字，如淇奧，「瑟兮僩兮，」傳，「僩寬大也。」釋文作，「寬大貌。」又考槃，「碩人之薖，」傳，「薖寬大貌。」玉篇云，「薖寬大也。」伐木，「釃酒有藇，」傳，「藇美貌。」初學記器物部引傳，「藇美也。」釋文亦「貌」作「也」。玉篇，「藇酒之美也。」均以「貌」作「也」。故陳奐疑今本誤作貌字。又角弓，「騂騂角弓，」釋文謂騂說文作弲，說文注，「弲角弓也，」馬瑞辰謂爲角弓貌之誤。還傳還便捷之貌。陳奐謂應作便捷也。小弁傳，「漼深貌。」說文作深也。又殷武傳「梴長貌，」說文，「梴長也。」據此以觀，狀物之訓詞，貌字也字可通用。詩傳狀物之訓可分三部分，即狀物之容，狀物之聲，狀物之動作，茲分別言之。

甲、狀物之容

容者容貌之謂，此乃狀物之訓之主體。詩言物之容訓極多，爲便利閱覽茲分類說明之。

一、狀美好之訓

1「窈窕淑女，君子好逑。」（周南，關雎）傳：「窈窕幽閒也。」正義云：「窈窕者謂淑女所居之宮，形狀窈窕然。」方言云，「美狀爲窈，美心爲窕。」釋文引王肅云，「善心曰窈，善容曰窕。」王逸注楚辭九歌云，「窈窕好貌。」廣雅，「窈窕好也。」傳訓幽閒亦美好之義。

2「睍睆黃鳥，載其好音。」(邶，凱風)傳：「睍睆好貌。」禮記檀弓疏引亦作「睍睆好貌。」箋：「睍睆與顏色說也。」陳奐謂下文有好音，睍睆應爲狀聲之詞，並謂「也」誤作「貌」。此說非是。

3「瑣兮尾兮，流離之子。」(邶，旄丘)傳：「瑣尾少好之貌。」陳風防有鵲巢傳，「娓美也。」娓與尾通。好亦美也。

4「我有旨蓄，亦以御冬。」(邶，谷風)傳：「旨美。」說文，「旨美也。」全詩旨均訓美。

5「孌彼諸姬，聊與之謀。」(邶，泉水)傳：「孌好貌。」候人傳同。孌彼即孌然美也。凡詩加助詞之形容詞倣此。

6「靜女其姝，俟我于城隅。」(邶，靜女)傳：「姝美色也。」說文，「姝好也。」方言，「趙魏燕代之間謂好曰姝。」同篇，「靜女其孌，」傳訓孌爲美色，與泉水義同，「彼」，「其」均語助形容詞也。甫田傳，「婉孌少好貌。」車舝傳，「孌美貌。」蜉蝣傳，「婉少貌孌好貌。」義與此同。

7「燕婉之求，籧篨不鮮。」(邶，新臺)傳：「燕安婉順也。」文選西京賦注引韓詩，「燕婉好貌。」安順亦好義。

8「委委佗佗，如山如河。」(鄘，君子偕老)傳：「委委者行委曲蹤跡也，佗佗者德平易也。」爾雅釋訓，「委委佗佗美也。」李巡曰，「寬容之美也。」孫炎曰，「委委行之美，佗佗長之美。」

郭璞曰，「皆佳麗豔之貌。」

9「有匪君子，如切如磋。」（衞，淇奧）傳：「匪文章貌。」釋文引韓詩作邲云，「美貌。」廣韻六至，「邲好貌。」是匪亦爲美好之稱。

10「有美一人，清揚婉兮。」（鄭，野有蔓草）傳：「婉然美也。」臧琳經義雜記，「此傳當云，清揚婉兮，眉目之間婉美也。」

11「子之茂兮。」（齊，還）傳：「茂美也。」茂木訓盛，盛亦有美義。生民，「種之黃茂，」傳，「茂美也。」

12「其人美且鬈。」（齊，盧令）傳：「鬈好貌。」謂容之好也。又陳風澤陂，「碩人且卷」傳，「卷好貌。」卷卽鬈之省借。均好貌。

13「抑若揚兮。」（齊，猗嗟）傳：「抑美色。」釋文作美色貌。陳奐疑色字爲貌字之誤。烝民傳，「懿美也。」懿古與抑通。玉篇，「抑美也。」又同篇，「巧趨蹌兮，」傳，「蹌巧趨貌。」小雅楚茨傳，「蹌蹌言有容也。」有容亦言其動作之美好。

14「佼人僚兮，舒窈糾兮。」（陳，月出）陳：「僚好貌。」說文同。同篇二章，「佼人懰兮，」釋文云，「懰好貌。」三章，「佼人燎兮，」方言廣雅均云，「燎好也。」

15「芃芃黍苗，陰雨膏之。」（曹，下泉）傳：「芃芃美貌。」小雅黍苗，「芃芃黍苗，」傳，「芃芃長大貌。」義與此同。

16「哀我人斯，亦孔之休。」（豳，破斧）傳：「休美也。」爾雅釋詁文同。大雅民勞，「以爲王休，」傳亦訓休美也。

17「伐木于阪，釃酒有衍。」（小雅，伐木）傳：「衍美貌。」謂多溢之美也。又上章，「釃酒有藇，」傳亦訓藇美貌。

18「君子有徽猷，小人與屬。」（小雅，角弓）傳：「徽美也。」爾雅釋詁，「徽善也。」善亦美也。

19「穆穆文王，於緝熙敬止。」（大雅，文王）傳：「穆穆美也。」釋詁文同。清廟傳同。又假樂，「穆穆皇皇，」泮水傳，「皇皇美也。」執競傳，「皇美也。」穆穆與皇皇同爲美也。又同篇，「殷士膚敏，」傳，「膚美也。」

20「周原膴膴，菫荼如飴。」（大雅，緜）傳：「膴膴美也。」箋：「周之原地在岐山之陽膴膴然肥美。」李注文選魏都賦引韓詩作腜腜美也。廣雅，「膴膴肥也。」肥亦美也。

21「文王烝哉。」（大雅，文王有聲）傳：「烝君也。」釋文引韓詩云，「烝美也。」陳奐謂君與美同義，引左昭元年傳，楚公子美矣君哉，孟子，君哉舜也，皆美嘆之詞。

22「寢廟旣成，旣成藐藐。」（大雅，崧高）傳：「藐藐美也。」釋詁文同。說文藐作䫉，亦訓美。

23「有厭其傑，厭厭其苗。」（周頌，載芟）傳：「厭厭然特美也。」正義云，「謂其中特美者苗。」玉篇，「愔愔苗美也。」愔愔卽厭厭之異文。

24「於鑠王師，遵養時晦。」（周頌，酌）傳：「鑠美也。」箋：「於美乎文王之師。」釋詁亦訓鑠爲美。

至與美相似者爲香，如小雅信南山，「苾苾芬芬，」箋：「苾苾芬芬然香。」廣雅，「馥馥芬芬香也。」大雅既醉，「燔炙芬芬，」傳，「芬芬香也。」周頌載芟，「有飶其香，」傳，「飶芬香也。」「有椒其馨，」傳，「椒猶飶也。」

二、狀善惡之訓

1「王錫韓侯，淑旂綏章。」（大雅，韓奕）傳：「淑善也。」箋云，「善旂旂之善色者也。」淑之訓善，關雎，君子偕老傳均同。說文作俶善也。俶與淑通。

2「求我庶士，迨其吉兮。」（召南，摽有梅）傳：「吉善也。」天保，「吉蠲爲饎。」傳，「吉善也。」

3「卜云其吉，終然允臧。」（鄘，定之方中）傳：「臧善也。」雄雉，著，頍弁傳均訓臧爲善。

4「乃如之人兮，德音無良。」（邶，日月）傳：「良善也。」鶉之奔奔，黃鳥傳同。說文亦訓良爲善。

5「母氏聖善，我無令人。」（邶，凱風）箋：「令善也。」正義云：「母氏有叡智之善德，但我七人無善人之行以報之。」此均以善訓令。

6「穀旦于差，南方之原。」（陳，東門之枌）傳：「穀善也。」小雅，黃鳥，甫田傳同。爾雅釋詁訓文亦同。

7「爾酒既旨，爾殽既時。」（小雅，頍弁）傳：「時善也。」時本訓是，如駟驖，「奉時辰牡，」楚茨，「時萬時億，」大明，「時維鷹揚，」生民，「時維姜嫄，」等傳均訓時爲是，但「是」亦有善義也。

8「文定厥祥，親迎于渭。」（大雅，大明）傳：「祥善也。」爾雅釋詁文同。

9「則友其兄，則篤其慶。」（大雅，皇矣）傳：「慶善也。」

10「孝子不匱，永錫爾類。」（大雅，既醉）傳：「類善也。」瞻卬，桑柔傳訓類爲善。

11「宣昭義問，有虞殷在天。」（大雅，文王）傳：「義善也。」周頌，我將，「儀式文王之典。」傳，「儀善也。」儀與義通，均訓善。

12「价人維藩，大師維垣。」（大雅，板）傳：「价善也。」爾雅釋詁及說文均訓价爲善。

至善之反面爲邪惡，如鄘柏舟，「之死矢靡慝，」傳：「慝惡也。」民勞，「無俾作慝，」傳：「慝惡也。」唐羔裘，「自我人居居，」傳，「居居懷惡不相親也。」「自我人究究，」傳，「究究猶居居也。」案究古通宄。正月，桑柔及瞻卬傳，「厲惡也。」鼓鍾，「大德不回，」傳，「回邪也。」召旻，「皋皋訿訿，」傳，「皋皋頑不知道也，訿訿窳不供事也。」十月之交，「亦孔之醜，」傳，「醜惡也。」

三、狀仁厚誠信之訓

1「宜爾子孫振振兮。」（周南，螽斯）傳：「振振仁厚也。」麟之趾，「振振公子。」傳，「振振信厚也。」召南，殷其雷，「振振君子，」傳，「振振信厚也。」其義相類。

2「王事敦我。」（邶，北門）傳：「敦厚也。」衛，氓，「氓之蚩蚩，」傳，「蚩蚩敦厚之貌。」敦亦厚也。大雅行葦，「敦彼行葦，」傳，「敦聚也。」王先謙引寇榮云，「敦之言厚也。」

3「彼其之子，碩大且篤。」（唐，椒聊）傳：「篤厚也。」爾雅釋詁同。大明，公劉，維天之命傳均同。

4「瑣瑣姻亞，則無膴仕。」（小雅，節南山）傳：「膴厚也。」周禮腊人注，「膴又詁曰大。」厚與大同義。

5「顧我復我，出入腹我。」（小雅，蓼莪）傳：「腹厚也。」爾雅釋詁同。

6「樂只君子，福祿膍之。」（小雅，采菽）傳：「膍厚也。」節南山，「天子是毗。」傳，「毗厚也。」膍與毗通。

7「曾孫維主，酒醴維醹。」（大雅，行葦）傳：「醹厚也。」說文，「醹厚酒也。」

8「我生不辰，逢天僤怒。」（大雅，桑柔）傳：「僤厚也。」僤與單同，均訓厚。

9「受大共小共，為下國駿厖。」（商頌，長發）傳：「厖厚也。」釋詁，「厖大也。」正義引釋詁，「厖厚也。」

至誠信之訓如雄雉，「展矣君子」傳：「展誠也。」定之方中，「終然允臧」傳，「允信也。」氓，「信誓旦旦，」箋，「言其懇惻款誠。」蟋蟀，「良士瞿瞿，」傳，「瞿瞿守信義也。」巧言，「予慎無罪，」傳，「慎誠也。」都人士，「行歸于周，」傳，「周忠信也。」板，「不實于亶，」傳，「亶誠也。」蕩，「其命匪諶，」傳，「諶誠也。」

又與此同類之訓則爲親愛，如思齊，「思媚周姜，」傳，「媚愛也。」北風，「惠而好我，」傳，「惠愛也。」行葦，「戚戚兄弟，」傳，「戚戚猶相親也。」載芟，「有依其士，」箋，「依依言愛也。」

四、狀茂盛之訓

1「維葉萋萋。」（周南，葛覃）傳：「萋萋茂盛貌。」文選潘岳籍田賦注引韓詩章句云：「萋萋盛也。」也及貌均狀物之詞。此與小雅出車，「卉木萋萋」之義同。又同篇，「維葉莫莫」傳：「莫莫成就之貌。」廣雅，「莫莫萋萋茂也。」是莫莫亦茂盛也。

2「桃之夭夭，灼灼其華。」（周南，桃夭）傳：「灼灼華之盛也。」又同篇，「其葉蓁蓁。」傳，「蓁蓁至盛貌。」此之夭夭，傳訓少壯。而凱風，「棘心夭夭，」傳，「夭夭盛貌。」

3「褎如充耳。」（邶，旄丘）傳：「褎盛服也。」漢書董仲舒傳，「今子大夫褎然爲舉首。」顏注，「褎然盛服貌也。」

4「北風其涼，雨雪其雱。」（邶，北風）傳：「雱盛貌。」下章，「雨雪其霏，」傳，「霏甚貌。」甚與盛同義。

5.「新臺有泚，河水瀰瀰。」（邶，新臺）傳：「瀰盛貌。」釋文引韓詩作浘浘，盛貌。

6.「我行其野，芃芃其麥。」（鄘，載馳）傳：「麥芃芃然方盛長。」小雅黍苗，「芃芃黍苗。」據，「芃芃長大貌。」長大亦盛長之義。又大雅棫樸，「芃芃棫樸。」傳，「芃芃木盛貌。」

7.「瞻彼淇奧，綠竹猗猗。」（衛，淇奧）傳：「猗猗美盛貌。」下章，「綠竹青青。」傳，「青青茂盛貌。」小雅菁菁者莪傳，「菁菁盛貌。」唐杕杜傳，「菁菁葉盛也。」

8.「四牡有驕，朱幩鑣鑣。」（衛，碩人）傳：「鑣鑣盛貌。」下章，「河水洋洋。」傳，「洋洋盛大也。」又「鱣鮪發發。」傳，「發發盛貌。」「庶姜孽孽。」傳，「孽孽盛飾。」

9.「桑之未落，其葉沃若。」（衛，氓）傳：「沃若猶沃沃然。」隰桑，「其葉有沃。」傳，「沃柔也。」隰有萇楚傳，「沃沃壯佼也。」淮南子墬形訓注，「沃盛也。」說文，「𣸦灌漑也。」草木得水灌漑則美盛。是沃有美盛之義。又同篇，「淇水湯湯。」傳，「湯湯水盛貌。」

10「子之昌兮。」（鄭，丰）傳：「昌盛壯貌。」齊，還傳，「昌盛也。」猗嗟傳同。

11「有杕之杜，其葉湑湑。」（唐，杕杜）傳：「湑湑枝葉不相比也。」馬瑞辰云：「湑湑菁菁皆言葉盛。」小雅裳裳者華，「其葉湑兮。」傳，「湑盛貌。」蓼蕭傳，「湑湑然蕭上露貌。」此亦言盛也。

12「蒹葭蒼蒼，白露爲霜。」（秦，蒹葭）傳：「蒼蒼盛也。」下章，「蒹葭淒淒，」傳，「淒淒猶蒼蒼也。」卒章，「蒹葭采采，」傳，「采采猶淒淒也。」均言盛也。

13「鴥彼晨風，鬱彼北林。」（秦，晨風）傳：「鬱積也。」正月，小弁，桑柔，菀柳，皆作菀，訓茂。茂，菀，鬱均一語之轉而義同也。

14「東門之楊，其葉牂牂。」（陳，東門之楊）傳：「牂牂盛貌。」下章，「其葉肺肺，」傳，「肺肺猶牂牂也。」

15「依彼平林，有集維鷮。」（小雅，車舝）傳：「依茂木貌。」采薇，「楊柳依依，」釋文引韓詩訓盛貌。大雅皇矣，「依其在京。」王引之在釋詞云：「依盛貌，依其形容之詞。」周頌載芟，「有依其士。」王引之云，「依之言殷也。馬融易注「殷盛也。有殷爲壯盛之貌。」

16「赫赫師尹，民具爾瞻。」（小雅，節南山）傳：「赫赫顯盛貌。」出車，「赫赫南仲」傳，「赫赫盛貌。」常武，「赫赫業業，」傳，「赫赫然盛也。」生民，「於赫厥靈」傳，「赫顯也。」顯亦盛也。商頌那。「於赫湯孫」傳，「於赫湯孫盛矣。」

17「上天同雲，雨雪雰雰。」（小雅，信南山）傳：「雰雰雪貌。」雰雰白帖二兩引詩作紛紛。乃多盛貌。說文雨部無雰字，陳奐疑古毛詩本作分分。又同篇，「黍稷彧彧」傳，「彧彧茂盛貌。」

18「方苞方體，維葉泥泥。」（大雅，行葦）傳：「葉初生泥泥然。」文選蜀都賦，「總莖柅柅，裛葉蓁蓁。」劉逵注，「柅柅蓁蓁茂盛貌也。」李善引毛詩亦作柅柅。廣雅，「柅柅茂也。」是傳之泥泥然即茂盛之意。

19「裳裳者華，其葉湑兮。」（小雅，裳裳者華）傳：「裳裳猶堂堂也。」說文「闓闓盛也。」廣雅，「常常盛也。」又「湑盛貌，」已見前述。又同篇，「芸其黃矣」傳，「芸黃盛也。」

此外，天保傳，「興盛也。」湛露傳：「湛湛露茂盛貌。」又「豐茂也。」六月傳，「熾盛也。」采芑傳，「闐盛貌。」采菽傳，「蓬蓬盛貌。」隰桑傳，「儺然盛貌。」卷阿傳，「卬卬盛貌。」板傳，「熇熇熾盛也。」常武傳，「嘽嘽然盛也。」閟宮傳，「耳耳至盛也。」那傳，「斁斁然盛也。」

五、狀高大之訓

1「桃之夭夭，有蕡其實。」（周南，桃夭）傳：「蕡實貌。」案蕡從賁聲，上篇聲訓，凡從賁得聲之字多訓大。故陳奐云：「言桃之實蕡然大也。」王先謙亦云：「舉蕡以狀桃之大也。」

2「南有喬木，不可休息。」（周南，漢廣）傳：「喬上竦也。」說文，「喬高而曲也。」山有扶蘇，「山有橋松，」王肅讀橋爲喬，云高也。時邁，「及河喬嶽」傳，「喬，高也。」又「翹翹錯薪，」翹翹有高大之意。

3「簡兮簡兮，方將萬舞。」（兮，簡兮）傳：「簡大也。」爾雅釋詁同。周頌執競，「降福簡簡」傳，「簡簡大也。」單言爲簡，重言爲簡簡。商頌那，「奏鼓簡簡，」亦言奏鼓聲之大也。又同篇，「碩人俁俁。」傳，「碩人大德也，俁俁容貌大也。」碩之訓大，碩人，考槃，狼跋，澤陂，駟驖等篇箋均訓同。說文，「碩碩大也。」釋詁，「碩大也。」

4「汶水湯湯，行人彭彭。」（齊，載驅）湯湯亦大義，傳，「湯湯大貌。」大雅，「江漢湯湯，」此湯湯亦大義也。又同篇，「汶水滔滔，」與江漢，「武夫滔滔，」（此應爲江漢滔慆，與上文江漢浮浮誤倒）傳，「滔滔廣大貌。」此詩之滔滔亦應訓廣大。

5「好樂無荒。」（唐，蟋蟀）傳：「荒大也。」廣雅，「荒大也。」大雅公劉，「豳居允荒。」傳，「荒大也。」周頌天作，「大王荒之，」傳亦訓荒爲大。

6「洵訏且樂。」（鄭，溱洧）傳：「訏大也。」大雅生民，「實覃實訏，」傳，「訏大也。」抑，「訏謨定命，」韓奕，「川澤訏訏，」傳均訓訏爲大。

7「駟驖孔阜，六轡在手。」（秦，駟驖）傳：「阜大也。」周禮，庾人以阜馬，鄭注，「阜盛壯也。」大亦盛壯之義。

8「於我乎夏屋渠渠。」（秦，權輿）傳，「夏大也。」爾雅釋詁訓同。大雅皇矣，「不長夏以革。」傳，「不長大以更。」是以大訓夏也。周頌時邁，「肆于時夏」傳，「夏大也。」左襄二十九年傳，「此之謂夏聲。夫能夏則大，大之至也。」此均訓夏爲大也。

9「泌之洋洋，可以樂飢。」（陳，衡門）傳：「洋洋廣大也。」碩人，「河水洋洋」傳，「盛大也。」陳奐謂盛大言流滿，廣大言水寬。然其爲大則一也。大明傳，「洋洋廣也。」雝：「於薦廣牡」傳，「廣大也。」六月傳亦訓廣爲大。

10「哀我人斯，亦孔之將。」（豳，破斧）傳：「將大也。」爾雅釋詁文同。樛木，「福履將之」傳，「將大也。」正月，「亦孔之將，」我將，「我將我享，」長發，「有娀方將，」傳均訓將爲大。

方言云，「將大也。齊楚之郊或曰京或曰將。」（見方言爲訓條）

11「東有甫草，駕言行狩。」（小雅，車攻）傳：「甫大也。」大雅韓奕，「魴鱮甫甫，」傳，「甫甫然大也。」甫田傳，「甫田天下田也。」陳奐云：「甫爲大，甫田卽大田，故云天下田也。」

12「溥天之下，莫非王土。」（小雅，北山）傳：「溥大也。」大雅，公劉，「瞻彼溥原」傳，「溥大也。」爾雅釋詁文同。溥與普通，故史記司馬相如傳，韓詩外傳，引「溥天之下，」作「普天之下。」普亦大也。

13「神之聽之，介爾景福。」（小雅，小明）傳：「介景皆大也。」釋詁訓同。介方言作乔，大也。今字作介。猶奄大，今作純，㚕大，今作佛。玄鳥，「景員維河，」「景行行止，」傳均訓景爲大。至維天之命傳，「純大也。」

14「百禮既至，有壬有林。」（小雅，賓之初筵）傳：「壬大，林君也。」壬與荏淫均訓大。生民之荏菽，傳訓戎菽，戎亦大也，思齊傳，「戎大也。」緜傳，烝民傳均訓戎爲大。有客傳，「淫大也。」此均從壬得聲之字。（參上聲訓條）林訓君，說文，「君羣也。」羣有多義，多亦含大義。又下文，「錫爾純嘏，」傳，「嘏大也。」嘏與假同聲，故思齊傳，「假大也。」那傳，「假大也。」

15「王公伊濯，維豐之垣。」（大雅，文王有聲）傳：「濯大也。」常武，「濯征徐國，」傳，「濯大也。」殷武，「濯濯厥靈，」濯濯亦大也。又同篇，「皇天維辟，」傳，「皇大也。」楚茨，「先祖是皇，」傳亦訓皇爲大。皇矣之皇，傳亦訓大。

16「崇墉言言。」（大雅，皇矣）傳：「言言高大也。」下章，「崇墉仡仡，」傳，「仡仡猶言言也。」又同篇，「憎其式廓，」傳，「廓大也。」按詩訓高大之狀者除此篇外，又有齊風南山傳，「崔崔高大也。」大雅崧高傳，「崧高貌，山大而高曰崧。」韓奕傳，「奕奕大也。」此言梁山之高大。同篇「四牡奕奕，」亦言馬之高大。又烝民，「四牡業業，」傳，「業業言高大也。」小雅，斯干，「有覺其楹，」傳，「有覺言高大也。」至言高峻之狀詞有節南山傳，「節高峻貌。」漸漸之石傳，「漸漸山石高峻貌。」

此外如蓼蕭傳，「蓼長大貌。」六月傳，「廣大也，顒大貌。」又傳，「膚大也。」「元大也。」（采芑傳同）吉日傳，「祁大也。」節南山傳，「弘大也。」「項大也。」巧言傳，「幠大也。」魚藻傳，「頒大首貌。」苕之華傳，「墳大也。」文王傳，「京大也。」緜傳，「光大也。」「路大也。」（生民傳同）韓奕傳，「張大也。」「汾大也。」烈文傳，「封大也。」閟宮傳，「實實廣大也。」「舄大貌。」玄鳥傳，「芒芒大也。」長發傳，「洪大也。」「駿大也。」殷武傳，「封大也。」以上均以高大爲訓之例。

至與高大同類之長貌，亦多入傳。如碩人，「碩人其頎，」傳，「頎長也。」又「碩人敖敖，」傳，「敖敖長貌。」頎傲傳均爲長，故箋云，「敖敖猶頎頎也。」王先謙謂敖卽贅之省文，說文，「贅顤高也。」又同篇，「葭菼揭揭」傳，「揭揭長也。」竹竿，「籊籊竹竿」傳，「籊籊長而殺也。」葛藟，「緜緜葛藟」傳，「緜緜長而不絕之貌。」箋，「以長大而不絕。」齊，甫田，「維莠驕驕」

驕無傳，楊子法言引詩作「維莠喬喬，」喬高也，則驕爲高長之貌。下章，「維莠桀桀，」傳，「桀桀猶驕驕也。」案桀即揭之借字，碩人傳，「揭揭長也，」是則驕桀均應訓長。椒聊，「遠條且，」傳，「條長也。」六月，「四牡脩廣，」傳，「脩長也。」（韓奕傳同）大東，「有捄棘匕，」傳，「捄長貌。」魚藻，「有莘其尾，」傳，「莘長貌。」生民，「實覃實訏，」傳，「覃長。」既醉，「昭明有融，」傳，「融長也。」卷阿，「以引以翼，」傳，「引長也。」崧高，「其風肆好」傳，「肆長也。」閟宮，「孔曼且碩，」傳，「曼長也。」玄鳥，「正域彼四方，」傳，「正長也。」節南山，「有實其猗，」傳，「猗長也。」

又與高長厚盛之同類者爲堅固之訓，如車攻，「我車既攻，」傳，「攻堅也。」天保，「亦孔之固，」傳，「固堅也。」韓奕，「虔共爾位，」傳，「虔固也。」瞻卬，「無不克鞏，」傳，「鞏固也。」昊天有成命，「肆其靖之，」傳，「肆固也。」長發，「有虔秉鉞，」傳，「虔固也。」又，「百祿是遒，」傳，「遒固也。」又與固同類者爲久，爲密，爲聚，爲遠。如墓門，「誰昔然矣，」傳，「昔久也。」桑柔，「倉兄塡兮，」傳，「塡久也。」瞻卬，「孔塡不寧，」傳，「塡久也。」閟宮，「實實枚枚，」傳，「枚枚礱密也。」東山，「有敦瓜苦，」傳，「敦猶專專也。」聚也。常棣，「原隰裒矣，」傳，「裒聚貌。」擊鼓，「于嗟洵兮，」傳，「洵遠也。」黍離，「悠悠蒼天」傳，「悠悠遠意。」四牡，「周道倭遲，」傳，「倭遲歷遠也。」采薇，「行道遲遲，」傳，「遲遲長遠也。」斯干，「幽幽南山，」傳，「幽幽深遠也。」

至與厚盛之反面爲獨特，如正月，「哀此惸獨，」傳，「獨單也。」禮記閒居傳注，「單獨也。」惸亦獨也。伯兮，「邦之桀兮，」傳，「桀特立也。」唐杕杜，「獨行踽踽」傳，「踽踽無所親也。」「獨行睘睘，」傳，「睘睘無所依也。」又該篇之杕，傳云，「杕獨生貌。」江南本作獨貌。大東，「佻佻公子，」傳，「佻佻獨行貌。」閔予小子，「嬛嬛在疚，」箋，「嬛嬛然孤特在憂病之中。」干旄，「孑孑干旄，」傳，「孑孑干旄之貌。」漢書注引詩云，「孑然獨立貌。」

六、狀幼小之訓

1「蔽芾甘棠，勿翦勿伐。」（召南，甘棠）傳：「蔽芾小貌。」小雅，我行其野，「蔽芾其樗」箋：「樗之蔽芾始生，謂之仲春之時。」始生必小，與此傳義同。韓詩引作蔽茀，茀與芾同義。故卷阿，「茀祿爾康矣，」傳，「茀小也。」爾雅，「芾小也。」此卽茀義。朱集傳訓蔽芾爲盛貌，馬瑞辰和其說。此爲人民思念召伯之詩，非召伯所息之樹長爲茂盛也。朱說失之。

2「嘒彼小星，三五在東。」（召南，小星）傳：「嘒微貌。」微卽小也。詩言小星，故傳訓嘒爲微。小弁，「鳴蜩嘒嘒，」說文，「嘒小聲也。」玉篇口部亦云，「嘒小聲也。」

3「交交黃鳥，止于棘。」（秦，黃鳥）傳：「交交小貌。」小雅小宛，「交交桑扈」傳，「交交小貌。」黃鳥，桑扈均小鳥，故均訓交交爲小貌。

4「婉兮孌兮，總角丱兮。」（齊，甫田）傳：「丱幼稺也。」丱與貫同音，故昭十九年穀梁傳，「羈貫成竟。」貫卽丱也。音義皆同。

5「瑣瑣姻亞，則無膴仕。」（小雅，節南山）傳：「瑣瑣小貌。」爾雅釋言，「仳仳瑣瑣小也。」此釋詩，仳仳彼有屋，及瑣瑣姻亞也。舍人注云，「瑣瑣計謀褊淺之貌。」即傳所謂小也。案正月，「仳仳彼有屋，」傳，「仳仳小也。」管子輕重乙篇，「仳諸侯，度百里。」此言小諸侯也。仳說文作㐰，引詩作仳仳彼有屋。亻與細字均從囟聲，故訓小。

6「宛彼鳴鳩，翰飛戾天。」（小雅，小宛）傳：「宛小貌。」考工記，「函人眂其鑽空，欲其惌也。」鄭司農注云，「惌小孔貌。惌讀爲苑彼北林之苑。」案晨風，「鬱彼北林」，詩考謂爲宛彼鳴鳩之誤。小孔貌即小也。

7「緜蠻黃鳥，止于丘阿。」（小雅，緜蠻）傳：「緜蠻小鳥貌。」此亦以黃鳥爲小鳥，故訓小鳥貌。

8「有芃者狐，率彼幽草。」（小雅，何草不黃）傳：「芃小獸貌。」陳奐謂芃與濛一語之轉。案東山，「零雨其濛，」傳訓濛雨貌。而說文則訓濛微雨貌。陳氏乃據說文之訓也。

七、狀衆多之訓

1「螽斯羽，詵詵兮。」（周南，螽斯）傳：「詵詵衆多也。」小雅皇皇者華，「駪駪征夫，」傳，「駪駪衆多之貌。」大雅桑柔，「甡甡其鹿，」傳，「甡甡衆多也。」詵，駪，甡乃音通義同。（詳聲訓條）

又「螽斯羽，薨薨兮。」傳：「薨薨衆多也。」下章，「螽斯羽，揖揖兮。」傳，「揖揖會聚也。」

陳奐云：「言衆多而會聚之，進乎衆多之詞也。」揖與集音義通，廣雅，「集集衆也。」說文鏶或作鍓之例是也。

2「威儀棣棣，不可選也。」(邶，柏舟)傳：「棣棣富而閑習也。」新書容經篇，「棣棣富也。」王先謙云：「棣棣猶優優也，」說文，「優饒也。」饒與富同義。富卽衆多之義也。

3「出其東門，士女如雲。」(鄭，出其東門)傳：「如雲衆多也。」齊風敝笱，「其從如雲」傳：「如雲言盛也。」下章，「其從如雨，」傳，「如雨言多也。」卒章，「其從如水，」傳，「水喻衆也。」

4「四驪濟濟，垂轡瀰瀰。」(齊，載驅)傳：「瀰瀰衆也。」下章，「行人彭彭，」傳，「彭彭多貌。」卒章，「行人儦儦，」傳，「儦儦衆貌。」案北山，「四牡彭彭，」傳，「彭彭然不得息。」此亦行動之多貌。

5「十畝之外兮，桑者泄泄兮。」(魏，十畝之間)傳：「泄泄多人之貌。」案泄與呭，詍通，呭詍說文均訓多言。泄訓多人，其義相近。

6「蜉蝣之翼，采采衣服。」(曹，蜉蝣)傳：「采采衆多也。」文選彌衡鸚鵡賦注引韓詩采采衣服，薛君章句云，「采采盛貌。」盛亦衆多也。夏小正，「五月蜉蝣有殷，」傳，「殷者衆也。」此亦采采之義。芣苢傳，「采采非一辭也。」亦狀盛多之貌。至卷耳之「采采卷耳」，馬瑞辰亦謂應訓衆多，並引此詩及蒹葭詩之采采與淒淒同義均爲盛多之意。

7「春日遲遲，采蘩祁祁。」(豳，七月) 傳：「祁祁衆多也。」出車，「采蘩祁祁，」亦與此同義。玄鳥，「來假祁祁，」箋，「祁祁衆多也。」

8「獸之所同，麀鹿麌麌。」(小雅，吉日) 傳：「麌麌衆多也。」大雅韓奕，「麀鹿噳噳，」傳，「噳噳然衆也。」與此義同。說文引詩作噳云，「麌鹿羣口相聚貌。」陳奐謂麌者乃詩之誤字。又同篇，「從其羣醜，」箋，「醜衆也。」大雅緜，「戎醜攸行，」傳，「醜衆也。」又民勞，「以謹醜厲，」傳，「醜衆也。」

9「旐維旟矣，室家溱溱。」(小雅，無羊) 傳：「溱溱衆也。」魯頌閟宮，「烝徒增增」傳，「增增衆也。」陳奐謂增溱聲轉而義同，如溱洧或作潧洧是也。又溱與蓁音同而義近，桃夭訓蓁爲至盛貌，盛亦衆也。(詳聲訓篇)

10「有漼者淵，萑葦淠淠。」(小雅，小弁) 傳：「淠淠衆也。」廣雅，「淠淠茂也。」茂亦有衆義。鄭箋，「言大者之旁無所不容。」大亦有衆義。陳奐謂淠讀爲𣎳，說文，𣎳草木盛𣎳𣎳然也。盛亦有衆義。

11「我黍與與，我稷翼翼。」(小雅，楚茨) 箋：「黍與與稷翼翼，蕃廡貌。」說文，「旟旟衆也，从㫃與聲。」是與有衆義。廣雅，「翼翼盛也。」盛亦有繁多之義。

12「濟濟多士，文王以寧。」(大雅，文王) 傳：「濟濟多威儀也。」爾雅，「藹藹濟濟止也。」郭注云，「皆賢士盛多之容止。」故卷阿，「藹藹王多吉士。」傳，「藹藹猶濟濟也。」王逸注楚辭九歎，「藹藹盛多貌。」則濟濟亦盛多之意。至棫樸，「濟濟辟王，」亦多威儀之義。

13「遹求厥寧，遹觀厥成。」（大雅，文王有聲）箋：「觀多也。」案小雅釆綠，「薄言觀者」周頌臣工，「奄觀銍艾，」此等觀字箋均訓多。此本爾雅，觀多也之訓。而薄言觀者之觀，釋文引韓詩作覩。陳喬樅云，「釋詁，觀多也，郭注引詩薄言觀者，箋說正本雅訓。覩義亦得訓多。說文，覩爲古文睹字。覩從見者聲，者從白𠂔聲，𠂔古文旅，旅有衆義。故都从邑者聲，義訓爲聚。諸从言者聲，義訓爲衆。然則覩亦有衆義，故與觀之訓多者同也。」案段玉裁說文觀下注云，「小雅釆綠傳曰，觀多也。（傳字當爲箋字之誤）此亦引申之義，物多而後可觀，故曰，觀多也。猶灌木之爲藂木也」又說文覩下去，「古文从見，衆目相及也。」據此則觀與覩均有多義。（詳聲訓）

14「天生烝民，有物有則。」（大雅，烝民）傳：「烝衆也。」爾雅釋詁文同。東山，「烝在栗薪，」傳亦訓烝爲衆。泮水，「烝烝皇皇，」傳，「烝厚也。」厚亦衆義。文王有聲，「文王烝哉」傳，「烝君也。」說文，「君羣也。」羣亦衆義。小雅賓之初筵，「有壬有林，」傳，「壬大，林君也。」馬瑞辰云：「壬林承上百禮言，有壬狀其百禮之大，有林狀其禮之多。爾雅林烝幷訓爲君，又訓爲衆，其義一也，君卽羣也。」

此外如天保傳，「庶衆也。」正月傳，「繁多也。」小弁傳：「淠淠衆也。」大雅緜傳，「陾陾衆也。」旱麓傳，「瑟衆貌。」韓奕傳，「師衆也。」卷阿傳，「翽翽衆多也。」周頌執競傳，「穰穰衆也。」（烈祖傳同。）載芟傳，「嗿衆貌。」良耜傳，「栗栗衆也。」泮水傳，「搜衆意也。」

閟宮傳，「洋洋衆也。」又「增增衆也。」那傳，「那多也。」均以狀衆多爲訓。

八、狀彊武之訓

1「赳赳武夫，公侯干城。」（周南，兎罝）傳：「赳赳武貌。」爾雅釋訓文同。衞風碩人，「四牡有驕，」傳，「驕壯貌。」周頌酌，「矯矯勇貌。」大雅崧高，「四牡蹻蹻，」傳，「蹻蹻壯貌。」又泮水，「其馬蹻蹻，」傳，「言彊盛也。」赳與蹻矯聲近故均訓勇武。（詳聲訓篇）

2「庶姜孽孽，庶士有朅。」（衞，碩人）傳：「朅武壯貌。」又伯兮，「伯兮朅兮」傳，「朅武貌。」釋文引韓詩作「庶士有桀」云，健也。字異義同也。玉篇人部引詩作偈。文選注宋玉高唐賦，「偈兮若駕駟馬建羽旗，」引韓詩云，「偈桀侹也。」侹即健字之誤。

3「駕彼四牡，四牡騤騤。」（小雅，采薇）傳：「騤騤彊貌。」此狀馬彊盛之貌。六月，「四牡騤騤，」其義同。又同篇「四牡業業，」傳，「業業然壯也。」上引烝民，「四牡業業」傳，「言高大也。」高大亦有壯義。

4「矜矜兢兢，不騫不崩。」（小雅，無羊）傳：「矜矜兢兢以言堅彊也。」桑柔，烈文傳，「競彊也。」說文，「競彊語也。」兢競雙聲，故均訓爲彊。又矜與兢亦雙聲亦訓彊。矜兢二字同義也。（詳聲訓篇）

5「江漢浮浮，武夫滔滔。」（大雅，江漢）傳：「浮浮衆彊也。」角弓，「雨雪浮浮，」傳，「浮浮猶瀌瀌也。」清人，「駟介麃麃，」傳，「麃麃武貌。」碩人，「朱幩鑣鑣，」傳，「鑣鑣盛貌。」武卽彊，盛卽衆，故浮浮爲衆彊也。又同篇下章，「武夫洸洸。」傳，「洸洸武貌。」爾雅，「洸洸武也。」邶，谷風，「有洸有潰，」傳亦訓洸爲武貌。

6「桓桓于征，狄彼東南。」（魯頌，泮水）傳：「桓桓威武貌。」爾雅，「桓桓武也。」與傳義同。周頌，桓篇，「桓桓武王，」箋，「我桓桓有威武之武王則能安有天下之事。」至長發，「玄王桓撥，」傳，「桓大也。」此亦桓爲查之借字。然威武亦有大義。

7「偕偕士子，朝夕從事。」（小雅，北山）傳：「偕偕強壯貌。」說文，「偕彊也，」並引此詩。下章，「鮮我方將，」傳，「將壯也。」古壯與將常通用。射義，「幼壯孝弟，」壯或爲將。爾雅樊本奘作將，均可爲證。（詳聲訓篇）

此外如皇矣，「臨衝茀茀，」傳：「茀茀彊盛也。」崧高，「申伯番番」傳，「番番勇武貌。」周頌駉，「以車祛祛，」傳，「祛祛彊健也。」有駜傳，「駜馬肥彊也。」此均以彊武爲狀物訓也。

九、狀安樂，喜樂之訓

1「樂只君子，福履綏之。」（周南，樛木）傳：「綏安也。」爾雅釋詁文同。楚茨，「以綏後祿，」傳亦訓綏爲安。古綏與妥聲通故均訓安。楚茨，「以妥以侑，」傳，「妥安坐也。」（詳聲訓篇）

2「有子七人，莫慰我心。」（邶，凱風）傳：「慰安也。」小雅，車舝，「以慰我心，」傳亦曰，「慰安也。」馬瑞辰云：「王肅申毛云，慰怨也。亦非毛傳之舊。說文，訧慰也。玉篇，訧慰也。亦作婉，訦即婉之或體，訦者順也。訦可訓慰，慰亦可訓訦，毛傳蓋本作慰訦也，後人少識訦，因譌而爲怨，王肅遂以怨恨釋之耳。」釋文引韓詩作慍，「慍恚也。」亦此之誤。至大雅緜篇，「迺慰迺止，」傳，「慰安也。」鄭箋均從毛傳義。

3「宴爾新昏，如兄如弟。」（邶，谷風）傳：「宴安也。」全詩宴安字，惟此詩，其餘均假作燕。如小雅鹿鳴，「以燕樂嘉賓之心，」傳，「燕安也。」又周頌雝，「燕及皇天，」傳，「燕安也。」北山，「或燕燕居息，」傳，「燕燕安息貌。」陳奐云：「燕安也，重言曰燕燕，字又作宴宴。」

4「君子陽陽，左執簧。」（王，君子陽陽）傳：「陽陽無所用其心也。」正義云：「言無所用心者，史記稱晏子御擁大蓋策四馬，意氣陽陽甚自得。則陽陽是得志之貌。賢者在賤職而亦意氣陽陽，是其無所用心故不憂。下傳云陶陶和樂亦是無所用心，故和樂也。」案下章，「君子陶陶」傳，「陶陶和樂貌。」禮記檀弓，「人喜則思陶，」鄭注云，「陶鬱陶也。」爾雅，「鬱陶繇喜也。」喜亦樂也。

5「厭厭良人，秩秩德音。」（秦，小戎）傳：「厭厭安靜也。」小雅湛露，「厭厭夜飲」傳，「厭厭安也。」爾雅作「懕懕安也。」字從心。說文，「懕安也，从心厭聲。」引詩作懕懕夜飲。釋文引韓詩作「愔愔夜飲。」薛君章句云，「愔愔和悅之貌。」和悅亦安也。

6「弁彼鸒斯，歸飛提提。」（小雅，小弁）傳：「弁樂也。」說文，「昪喜樂也。」段注謂弁即昪之假借字。又周頌般傳，「般樂也。」弁與般音同故皆訓樂。（詳聲訓篇）

7「公尸來止熏熏。」（大雅，鳧鷖）傳：「熏熏和悅也。」說文作醺，醉也。陳奐謂此云公尸燕飲尚未及旅酬之節，不得言醉，傳云和悅，祭義所謂饗之必樂也。下文，「旨酒欣欣，」傳，「欣然樂也。」爾雅，「欣樂也。」重言曰欣欣。大雅板，「無然憲憲，」傳，「憲憲猶欣欣也。」是憲憲亦樂也。

8「驕人好好，勞人草草。」（小雅，巷伯）傳：「好好喜也。」爾雅，「旭旭憍也。」郭注，「小人得志憍蹇之貌。」亦解此詩。此亦驕喜之意。

9「天之方虐，無然謔謔。」（大雅，板）傳：「謔謔喜樂也。」喜亦樂也。小雅彤弓，「中心喜之。」傳，「喜樂也。」菁菁者莪傳同。下文，「老夫灌灌，」傳，「灌灌猶款款也。」灌同懽，說文，「懽喜款也；款意有所欲也。」楚辭，「悃悃款款，」王注，「心志純也。」卽此意。

10「既入於謝，徒御嘽嘽。」（大雅，崧高）傳：「嘽嘽喜樂也。」樂記云，「其樂心感者其聲嘽以緩。」又云，「嘽諧慢易，繁文簡節之音作而民康樂。」是嘽有喜樂之義。

此外如葛屨傳，「提提安諦也。」南有嘉魚及那傳，「衎樂也。」山有樞傳，「愉樂也。」蟋蟀傳，「康樂也。」蓼蕭傳，「豈樂也。」出其東門傳，「娛樂也。」賓之初筵箋，「湛樂也。」民勞及時邁傳，「柔安也。」常武傳，「保安也。」此均以安樂爲訓也。

十、狀危懼之訓

1「予室翹翹，風雨所漂搖，予維音曉曉。」（豳，鴟鴞）傳：「翹翹危也，曉曉懼也。」爾雅釋訓文同。危者言阢阢不固，懼者懼室爲風雨所漂搖也。

2「戰戰兢兢，如臨深淵。」（小雅，小旻）傳：「戰戰恐也，兢兢戒也。」大雅雲漢，「兢兢業業。」傳，「兢兢恐也，業業危也。」恐恐懼也，戒戒愼也，戒愼與恐懼同義，故可同訓。兢兢亦作矜矜，左宣十六年傳引詩戰戰兢兢，本亦作矜矜。說文兄部云，「兢讀若矜。」菀柳，「居以凶矜，」傳，「矜危也。」危亦恐也。長發，「有震有業，」傳，「業危也。」與雲漢傳同。

3「薄言震之，莫不震疊。」（周頌，時邁）傳：「疊懼也。」爾雅，說文均云，「慴慴懼也。」慴與疊聲同故均訓懼。後漢書李固傳，「周頌曰，薄言振之，莫不震疊。此言動於內而應於外者也。」注云，「韓詩章句云，「薄辭也，振奮也，震動也，疊應也。」此與毛傳震動也，疊懼也之義符合。蓋動內應外卽動內懼外也。

4「不戁不竦，百祿是總。」（商頌，長發）傳：「戁恐，竦懼也。」爾雅，「戁竦懼也。」說文，「戁竦皆敬也。」凡戒懼必敬愼也。

以上乃恐懼之訓與前條安樂相反。至與安樂相反之憂愁之訓更多，如柏舟傳，「悄悄憂貌。」擊鼓傳，「憂心忡忡然。」草蟲傳，「惙惙憂也。」北門，正月，桑柔傳，「慇慇憂也。」黍離傳，「搖搖憂無所愬。」甫田傳，「忉忉憂勞也。」「怛怛猶忉忉也。」素冠傳，「慱慱憂勞也。」采薇箋，「烈烈憂貌。」正月傳，「京京憂不去也。愈愈憂懼也。惸惸憂意也，慘慘猶戚戚也。」十月之交傳，「悠悠憂也。」巷伯傳，「草草勞心也。」大東傳，「契契憂苦也。」小明傳，「戚憂也。」頍弁傳，「怲怲憂盛滿也。」抑傳，「摻摻憂不樂也。」已見上形訓篇，不另條列。

至痛苦與不安之訓，如柏舟傳，「隱痛也。」耿耿不寐之「耿耿猶儆儆也。」(廣雅，耿耿警警不安也。) 白華傳，「邁邁不安也。」思齊傳，「恫痛也。」板傳，「殿屎伸吟也。」

又如痛苦之訓，如卷耳傳，「虺隤痛也。」「瘏病也。」「痡病也。」凱風傳，「劬勞病苦也。」伯兮傳，「痗病也。」山有樞傳，「宛死貌。」鴟鴞傳，「閔病也。」節南山傳，「瘥病也。」菀柳傳，「瘵病也。」板傳，「癉病也。」桑柔傳，「瘼病也。」正月傳，「瘉痒皆病也。」何人斯傳，「祇病也。」小明傳，「憚勞也。」擊鼓傳，「契闊勤苦也。」多已見上形訓篇。

至與憂病相類者如，邶，柏舟，「慍於羣小，」傳，「慍怒也。」緜，「肆不殄厥慍，」傳，「慍恚也。」板，「天之方懠，」傳，「懠怒也。」

十一、狀遲疾之訓

1「被之祁祁，薄言還歸。」(召南，采蘩) 傳：「祁祁舒遲也。」爾雅，「祁祁遲遲舒也。」與傳訓同。大田，「興雨祁祁，」傳，「祁祁徐也。」舒，徐，遲均同義。邶谷風，「行道遲遲，」傳，「遲遲舒行貌。」黍離，「行邁靡靡，」傳，「靡靡猶遲遲也。」七月，「春日遲遲」傳，「舒緩貌。」月出，「舒窈窕兮，」傳，「舒遲也。」野有死麕，「舒而脫脫兮，」傳，「舒徐也，脫脫舒遲也。」常武，「王舒保作，」傳，「舒徐也。」此乃舒，徐遲同義互訓之例。

2「有兔爰爰，雉離于羅。」(王，兔爰) 傳：「爰爰緩意。」言為政有緩有急，用心之不均。

爾雅釋訓，「爰爰緩也。」箋，「有緩者有所聽縱也。有急者有所躁蹙也。」衆經音義引韓詩，「爰爰發蹤之貌。」蹤卽縱，發縱卽聽縱也。

3「彼留子嗟，將其來施施。」（王，丘中有麻）傳：「施施難進之意。」箋，「施施舒行伺間獨來見已之貌。」施舒亦聲通爲訓之理。舒者遲也。

4「叔馬慢忌。」（鄭，大叔于田）傳：「慢遲也。」陳奐云：「釋文作嫚，古侮嫚作嫚，惰慢作慢，其義皆不訓遲，嫚慢皆𧼮之假借字。說文，𧼮行遲也。因之，凡遲皆可謂之𧼮。」

5「彤弓弨兮，受言藏之。」（小雅，彤弓）傳：「弨弛貌。」說文，「弨弓反也。」弛與反義相近。魯頌泮水，「角弓其觩，」傳，「觩弛貌。」釋文作斛。字與丩聲相近，有下垂之義，下垂卽弛也。

6「鹿斯之奔，維足伎伎。」（小雅，小弁）傳：「伎伎然舒也。」箋，「鹿之奔走其勢宜疾，而足伎伎然舒，留其羣也。」說文，「伎與也。」與卽留羣之義。

7「執訊連連，攸馘安安。」（大雅，皇矣）傳：「連連徐也。」箋，「及獻所馘皆徐徐，以禮爲之不尙促速也。」陳奐謂連連讀如輦輦，今吳俗尙有徐行輦輦之語。

至遲之反面是疾。商頌長發，「湯降不遲，」傳：「不遲言疾也。」詩傳狀疾之訓特多，茲簡述之。小星，「肅肅宵征，」傳，「肅肅疾貌。」黍苗，「肅肅謝功，」義同。終風，「終風且暴，」傳，「暴疾也。」泉水，「遄臻于衞，」傳，「遄疾。」烝民，「式遄其歸，」傳，「遄疾也。」相鼠，「胡不遄死，」傳，「遄速也。」速亦疾也。北風，「既亟只且，」傳，「亟急也。」又「北風其喈，」傳，「喈疾貌。」遵大路，「不寁故也。」傳，「寁速也。」風雨，「風雨瀟瀟」傳，「瀟瀟暴疾也。」齊風還篇，「子之還兮，」傳，「還便捷之貌。」陳奐曰：「便之言疾也。軍得曰捷，便捷者疾得之謂也。」小雅四牡，「載驟駸駸，」傳，「駸駸驟貌。」六月，「六月棲棲」傳，「棲棲簡閱貌。」簡閱卽古五年一大簡閱之禮。棲棲卽論語之栖栖。邢疏，栖栖猶皇皇也。卽行不止也。蓼莪，「飄風發發。」傳，「發發疾貌。」何人斯傳云，「飄風暴起之風。」終南傳，「暴疾也。」是知發發爲疾貌。蓼莪下章，「飄風弗弗，」傳，「弗弗猶發發也。」是弗弗亦疾貌。北山，「四牡彭彭，王事傍傍。」傳，「彭彭然不得息，傍傍然不得已。」亦言疾速也。小明，「政事愈蹙」傳，「蹙促也。」召旻傳同。文王，「殷士膚敏，」傳，「敏疾也。」江漢傳同。大明，「肆伐大商，」傳，「肆疾也。」桑柔，「四牡騤騤，」傳，「騤騤不息也。」「旟旐有翩，」傳，「翩翩在路不息也。」不息亦疾也。又「國步斯頻，」傳，「頻急也。」楚茨，「既齊既稷，」傳，「稷疾也。」良耜傳，「畟畟猶測測也。」釋文作稷稷，卽作稷疾之義。長發，「不競不絿，」傳，「絿急也。」急急疾也。殷武，「撻彼殷武，」傳，「撻疾意也。」以上均狀急疾之訓例。

十二、狀鮮明之訓

1「新臺有泚。」(邶，新臺)傳：「泚鮮明貌。」說文引此詩作玼，新色鮮也。釋文引韓詩作漼，鮮貌。

2「玼兮玼兮。」（鄘，君子偕老）傳：「玼鮮盛貌。」此與說文之玼同義。

3「羔裘晏兮，三英粲兮。」傳：「晏鮮盛貌。」伐木，「於粲洒埽，」傳，「粲鮮明貌。」此詩之粲應爲此鮮明之義。大東，「粲粲衣服，」傳，「粲粲鮮盛貌。」唐，揚之水，「白石鑿鑿，」傳，「鑿鑿然鮮明貌。」鑿爲糳之假借字。說文，「一斛舂爲八斗曰糳，六斗大半斗曰粲。」是糳粲均爲精米，精米卽爲鮮明。

4「衣裳楚楚。」（曹，蜉蝣）傳：「楚楚鮮明貌。」說文引詩作髗，云會五綵鮮色也。此義與傳合。

5「旂旐央央。」（小雅，出車）傳：「央央鮮明也。」六月，「帛茷央央，」傳，「央央鮮明貌。」采芑亦云，「旂旐央央，」義與此同。釋文引作英英，英英猶央央也。白華，「英英白雲，」傳，「英英白雲貌。」韓詩作泱泱，泱央古通，均爲鮮明也。

6「檀車煌煌。」（大雅，大明）傳：「煌煌明也。」說文，「煌煌煇也。」廣雅，「煌煌光也。」光亦明也。陳，東門之楊，「明星煌煌，」「明星晢晢，」傳，「晢晢猶煌煌也。」皇皇者華傳，「皇猶煌煌也。」采芑，「朱芾斯皇，」傳，「皇猶煌也。」晢爲煌，煌又爲明，故晢亦爲明。庭燎傳，「晣晣明也。」故煌也，晢也，皇也，明也其義通。

其他如，文王傳，「緝熙光明也。」旣醉傳，「朗明也。」箋，「昭亦明也。」崧高傳，「濯濯光明貌。」執競傳，「顯光也。」甫田傳，「倬明貌。」均以狀光明爲訓。

至與光明同類者亦有狀淸潔之訓，如邶谷風傳，「屑絜也。」唐，揚之水傳，「皓皓潔白也。」「粼粼淸澈也。」天保傳，「蠲絜也。」君子偕老傳，「淸揚視淸明也。」絲衣傳，「紑絜鮮貌。」

十三、狀深淺之訓

1「有瀰濟盈。」（邶，匏有苦葉）傳：「瀰深水也。」新臺，「河水瀰瀰，」傳，「瀰瀰盛貌。」盛亦深水。說文作瀰滿也。濔通瀰。生民及卷阿傳，「彌終也。」終者盡也，終盡亦有滿義。

2「有實其猗。」（小雅，節南山）傳：「實滿。」箋以滿爲草木之平滿。說文，「室實也。」室實即充滿之義。

3「有漼者淵。」（小雅，小弁）傳：「漼深貌。」說文，「漼深也。」「新臺有泚，」之泚，韓詩作漼，訓爲鮮貌。凡深者必鮮明，其義通也。又同篇，「莫浚匪泉，」傳，「浚深也。」浚與濬通，故長發，「濬哲維商，」傳，「濬深也。」

4「有饛簋飧。」（小雅，大東）傳：「饛滿簋貌。」饛與幪同。方言，幪豐也。說文，「饛盛器滿貌。」並引此詩。後漢書張衡傳引詩作蒙。東山，「零雨其濛，」傳，「濛雨貌。」雨當有豐滿之義。故蒙，濛，幪，饛均有滿義。（詳聲訓篇）

5「維水泱泱。」（小雅，瞻彼洛矣）傳：「泱泱深廣貌。」說文，「泱滃也。」又「滃雲气起也。」雲起必深廣。上列英英白雲，韓詩作泱泱白雲，傳訓英英爲白雲貌，亦形容白雲之深厚。至傳訓央央爲鮮明，凡深廣者必鮮明也。

6「不盈頃筐。」（周南，卷耳）傳：「頃筐畚屬，易盈之器也。」釋文引韓詩作皷筐，「皷盈滿也。」七月，「女執懿筐，」傳，「懿筐深筐也。」陳奐謂由此可知頃筐爲淺筐。以深淺而狀物也。

十四、狀物冷煖之訓

1「淒其以風。」（邶，綠衣）傳：「淒寒風也。」淒爲寒意，詩言風故傳亦云寒風。鄭風雨，「風雨淒淒，」孔疏，「淒淒寒涼之意。」

2「北風其涼。」（邶，北風）傳：「北風寒涼之風。」爾雅，「北風謂之涼風。」以寒訓涼，連言之寒涼也。

3「一之日觱發，二之日栗烈。」（豳，七月）傳：「觱發風寒也。栗烈寒氣也。」陳奐云：「發風發發也，觱爲風寒之貌。觱讀爲滭，說文，滭風寒也。」栗烈，下泉作「洌彼下泉。」傳，「洌寒也。」大東，「有洌氿泉，」傳，「洌寒意也。」是知烈與洌同。栗與溧同，說文，「溧寒也。」

4「不如子之衣安且燠兮。」（唐，無衣）傳：「燠煖也。」爾雅釋言文同。釋文作奧。小明，「日月方奧，」傳，「奧煖也。」奧者燠之省借也。

十五、狀和柔之訓

1「言笑晏晏。」（衛，氓）傳：「晏晏和柔也。」爾雅釋訓，「晏晏柔也。」古晏與宴通，谷風傳，「宴安也。」凡和柔必安，故其形義相通。

2「猗儺其枝。」（檜，隰有萇楚）傳：「猗儺柔順也。」王注楚辭九辯九歎引詩作「旖旎其華，」並云盛貌。凡茂盛亦有柔意。說文，「儺行有節度也。」竹竿，「佩玉有儺，」傳，「儺行有節度。」行有節度必柔順也。執競傳，「反反難也。」載芟傳，「濟濟難也。」難即儺字。賓之初筵，「威儀反反，」傳，「反反言重愼也。」公劉傳，「濟濟蹌蹌言有容也。」重愼，有容均柔順之貌。

3「溫溫恭人。」（小雅，小宛）傳：「溫溫和柔貌。」爾雅，「溫溫柔也。」郭注云，「和柔也。」大雅抑，「溫溫恭人，」傳，「溫溫寬柔也。」寬亦和也。小戎「溫其如玉，」箋，「溫然如玉。」溫然亦和柔之貌。卷阿，「顒顒卬卬，」傳，「顒顒溫貌。」亦寬柔之義。

4「荏染柔木。」（小雅，巧言）傳：「荏染柔意也。」大雅抑篇，「荏染柔木，」箋，「柔忍之木荏染然。」說文，「栠弱貌，姌弱長貌。」廣雅，「栠栠姌姌弱也。」弱亦柔也。

5「燮伐大商。」（大雅，大明）傳：「燮和也。」釋詁文同。說文亦同。言天人會合伐商也。凡應天順人謂之和。常棣傳，「九族會曰和。」是和有會義。

6「雝雝在宮。」（大雅，思齊）傳：「雝雝和也。」清廟，「肅雝顯相」傳，「肅敬雝和也。」何彼襛矣，「曷不肅雝，」傳，「肅敬雝和。」

7「辭之輯矣。」（大雅，板）傳：「輯和也。」抑篇，「輯柔爾顏。」傳亦訓輯爲和。說文，「輯車輿也。」段注，「輿之中無所不居，無所不載。因引申爲斂爲和。」

8「布政優優。」（商頌，長發）傳：「優優和也。」爾雅釋訓文同。左昭二十年傳，「詩曰，布政優優，百祿是遒，和之至也。」此傳訓所本。說文作憂，和之行也，引此詩。憂愁作恖，優和作憂。

此外與和柔相關之訓如終風，「惠然肯來，」傳，「言時有順心也。」維天之命，「假以溢我」傳，「溢愼也。」兎罝，「肅肅兎罝，」傳，「肅敬也。」思齊，淸廟傳同。采蘩，「被之僮僮，」傳，「僮僮竦敬也。」賓筵，「左右秩秩，」傳，「秩秩肅敬也。」卷阿，「有馮有翼，」傳，「翼敬也。」大明，「小心翼翼，」之義同。常武傳，「翼翼敬也。」文王傳，「翼翼恭敬也。」桑柔，「爲謀爲毖，」傳，「毖愼也。」小瑟傳同。絲衣，「載弁俅俅，」傳，「俅俅恭順貌。」采薇，「四牡翼翼，」傳，「翼翼閑也。」那，「萬舞有奕，」傳，「奕閑也。」

十六、狀平正之訓

1「殖殖其庭。」（小雅，斯干）傳：「殖殖平正也。」小弁，「踧踧周道，」傳：「踧踧平易也。」說文，「踧行平易也。」殖與踧爲聲轉之字故訓近。又南山傳，「蕩平易也。」陳奐亦謂蕩踧聲轉而義同。斯干之殖殖乃狀其庭之平正，故大田，「既庭且碩，」傳，「庭直也。」韓奕，「榦不庭方，」傳，「庭直也。」閔予小子，「陟降庭止，」傳，「庭直也。」

2「有覺德行。」（大雅，抑）傳：「覺直也。」馬瑞辰謂覺卽梏之假借字，爾雅，「梏直也。」直卽平直之謂。

3「秉國之均，」（小雅，節南山）傳：「均平也。」「式夷式已，」傳，「夷平也。」「誰秉國成，」傳，「成平也。」大雅緜，「虞芮質厥成，」傳，「成平也。」至玄鳥傳，「員均也。」長發傳，「隕均也。」則為均徧之義。

4「人之齊聖。」（小雅，小宛）傳：「齊正也。」爾雅，「齊中也。」中亦正也。思齊傳，「齊莊。」莊亦莊正之貌。猗嗟，「舞則選兮，」傳，「選齊也。」車攻，「我馬既同，」傳，「同齊也。」桑柔，「民靡有黎，」傳，「黎齊也。」閟宮，「實始翦商，」傳，「翦齊也。」此等齊字均為正之義。

5「應門將將。」（大雅，緜）傳：「將將嚴正也。」張衡東京賦，「立應門之將將，」李善注引詩云，「將將嚴正之貌。」說苑權謀篇，「將將之臺，」亦嚴正之義。北山傳，「將壯也。」我將傳，「將大也。」壯大亦有嚴正之義。

此外與嚴正有關之詞則為矜莊，如淇奧，「瑟兮僩兮，」傳，「瑟矜莊貌。」澤陂，「碩大且儼，」傳，「儼矜莊貌。」常武，「有嚴天下，」傳，「嚴然而威。」

至與平正相反者則為不正。如何人斯，「以極反側，」傳，「反側不正直也。」角弓，「翩其反矣」，傳，「翩然而反。」陳奐謂翩為偏之假借字。偏者不正也。白華，「有扁斯石，」傳，「扁扁乘石貌。」扁者器不圜也。民勞，「以謹繾綣，」傳，「繾綣反覆也。」抑，「白圭之玷」傳，「玷缺也。」缺者不正也。召旻，「不知其玷，」其義同。賓筵，「屢舞僛僛，」傳，「僛僛舞不能自正也。」又如正月傳，「局曲也。」卷阿傳，「卷曲也。」此皆平正之反義也。

十七、狀乾濕之訓

1「暵其乾矣。」（王，中谷有蓷）傳：「暵菸貌。」說文，「暵乾也，耕暴田曰暵。」但說文引此詩則作𤅩。並云，「𤅩水濡而乾也。」傳訓菸，說文，「菸鬱也。」陳奐謂菸與蔫通，說文，「蔫一曰𣨙也。」「𣨙枯死也。」此言陸草生谷中傷水而枯死。下章，「暵其脩矣」傳，「脩且乾也。」說文，「脩脯也。」「脯乾肉也。」是乾得謂之脩。卒章，「暵其濕矣，」傳，「鵻遇水則濕。」玉篇作㬤，云「欲乾也。」此本三家詩。

2「白露未晞。」（秦，蒹葭）傳：「晞乾也。」小雅湛露，「匪陽不晞，」傳亦訓晞為乾。

3「厭浥行露。」（召南，行露）傳：「厭浥濕意也。」說文，「浥濕也。」厭浥連語狀詞。

4「零露泥泥。」（小雅，蓼蕭）傳：「泥泥霑濡也。」濡猶濕也，霑濡即霑濕。亦即行露傳所謂濕意也。

十八、狀叡知之訓

1「母氏聖善。」（邶，凱風）傳：「聖叡也。」箋，「叡作聖，令善也，母氏有叡知之德。」逸周書，「叡聖也。」國語楚語，「子實不叡聖。」聖叡同訓也。

2「秩秩德音。」（秦，小戎）傳：「秩秩有知也。」爾雅，「秩秩智也。」巧言，「秩秩大猷」傳，「秩秩進知也。」知智通。

3「哲婦傾城。」（大雅，瞻卬）傳：「哲知也。」爾雅釋言同。大雅抑篇，「靡哲不愚」傳，

「國有道則知，國無道則愚。」均以知訓哲。知卽今之智也。

與叡知相反者爲紛亂。如旄丘，「狐裘蒙戎，」傳，「蒙戎以言亂也。」正月，「視天夢夢，」傳，「王者爲亂夢夢然。」箋，「王者所爲反夢夢然而亂。」爾雅釋訓，「夢夢亂也。」孫炎注云，「夢夢昏昏之亂也。」說文，「夢不明也。」不明卽昏昏也。抑篇，「視爾夢夢」傳，「夢夢亂也。」民勞，「以謹惽怓」傳，「惽怓大亂也。」說文，「惽怓也，」「怓亂也。」正用傳意。箋云，「惽怓猶讙譁也。」讙譁亦亂也。召旻，「潰潰回遹，」傳，「潰潰亂也。」

此外，狀色之訓亦與狀容有關。如邶，簡兮，「赫如渥赭。」傳，「赫赤貌。」陳奐云，「赭爲赤，故云赫赤貌。赫如猶赫赫然也。」鄘，君子偕老，「揚且之皙也。」傳，「皙白皙，」王，大車，「有如皦日，」傳，「皦白也。」鄭，緇衣，「緇衣之宜兮。」傳，「緇黑色。」卽考工記鍾氏，七入爲緇。秦，終南，「顏如渥丹。」箋，「顏色如厚漬之丹，言赤而澤也。」豳，七月，「載玄載黃。」傳，「玄黑而有赤也。」又，「我朱孔陽，」傳，「朱深纁也。」小雅，采芑，「路車有奭」傳，「奭赤貌。」奭讀爲赫，故訓赤，與簡兮同。隰桑，「其葉有幽。」傳，「幽黑色也。」幽卽黝之假借字，故訓黑色。以上均狀物之色之訓也。（詳名訓）

乙、狀物之聲

一、狀鳥獸之聲

1「關關雎鳩。」（周南，關雎）傳：「關關和聲也。」爾雅釋詁，「關關音聲和也。」玉篇，「關關和鳴也，或爲唁。」集韻，「唁唁和鳴也。」王先謙云，「鳥之情意通，則鳴聲往復相交，故曰關，重言之曰關關，謂鳥聲兩相和悅也。」

2「其鳴喈喈。」（周南，葛覃）傳：「喈喈和聲之遠聞也。」爾雅，「喈和也。」說文，「喈鳥鳴聲。」重言之曰喈喈。喈喈鳴相和也。風雨，「雞鳴喈喈，」傳，「雞猶守時而鳴喈喈然。」下章，小雅出車，「倉庚喈喈。」亦鳴聲也。

3「有鷕雉鳴。」（邶，匏有苦葉）傳：「鷕雌雉聲也。」說文作鳴，其訓同。因下文有「雉鳴求其牡，」故知雌雉鳴也。又下章「雝雝雁鳴，」傳，「雝雝雁聲和也。」爾雅釋詁，「噰噰音聲和也。」郭注，「鳥鳴相和。」

4「雉之朝雊。」（小雅，小弁）箋：「雊雉鳴也。」說文，「雊雄雉鳴也。」下文，「尚求其雌，」故知雄雉鳴以求雌也。

5「鳥鳴嚶嚶。」（小雅，伐木）傳：「嚶嚶驚懼也。」箋，「嚶嚶兩鳥聲也。」釋詁，「嚶嚶音聲和也。」陳奐云：「傳言鳥驚懼而作其聲嚶嚶然，嚶實鳥鳴之聲，故下文嚶其鳴矣，不謂驚懼也。」箋於「嚶其鳴矣，」訓爲「則復鳴嚶嚶然。」可知嚶嚶爲鳥鳴聲也。

6「肅肅其羽。」（小雅，鴻雁）傳：「肅肅羽聲也。」又鴇羽傳，「肅肅鴇羽聲。」至「鴻雁于飛，哀鳴嗸嗸。」傳，「未得所安集則嗸嗸然。」均狀其聲也。

7 「鳳凰于飛，翽翽其羽。」（小雅，卷阿）傳訓翽翽爲衆多也。但其文語與鴻雁于飛，肅肅其羽相同。肅肅旣訓羽聲，則翽翽亦應訓羽聲，故箋云，「翽翽羽聲也。」此亦狀其聲也。

8 「喓喓草蟲。」（召南，草蟲）傳：「喓喓聲也。」出車同。廣雅，「喓喓鳴也。」鳴亦聲也。

9 「鳴蜩嘒嘒。」（小雅，小弁）傳：「嘒嘒聲也。」廣雅，「嘒嘒鳴也。」曹植蟬賦，「詩詠鳴蜩，聲嘒嘒兮。」皆指蟬聲而言也。

10 「呦呦鹿鳴。」（小雅，鹿鳴）傳：「呦呦然鳴而相呼。」說文，「呦鹿鳴聲也。」廣雅，「呦呦鳴也。」易林升之乾云，「白鹿呦鳴，呼其老少，喜彼茂草，樂我君子。師之比，益之恆，同人之蹇。」可知呦呦爲鹿鳴聲也。

11 「闞如虓虎。」（大雅，常武）傳：「虎之自怒虓然。」說文，「虓虎鳴。」又云，「唬虎聲。」風俗通義正失篇引詩作哮虎。虓唬哮三字聲義通，均爲虎聲也。又蕩篇，「女炰烋于中國。」炰烋即咆哮之假借。說文，「咆嘷也，哮豕驚聲也。」廣雅，「咆鳴也，」玉篇，「咆咆哮也。」此皆形容聲。

12 「蕭蕭馬鳴。」（小雅，車攻）傳：「言不讙譁。」不讙譁言行軍之整也。此即言軍士不讙譁而只聞軍馬之嘶聲。是知蕭蕭即馬之鳴聲也。

二、狀車及車鈴之聲

1 「大車檻檻。」（王，大車）傳：「檻檻車行聲也。」王逸楚詞九歎怨思篇注，「檻檻車聲也，詩云，大車檻檻。」白帖十一作轞轞。服虔通俗文云，「車聲曰轞。」張參五經文字云，「轞大車聲。」轞轞二字通借也。

2「載驅薄薄。」（齊，載驅）傳：「薄薄疾驅聲也。」薄與迫義近，重言曰薄薄，故云，疾驅聲。

3「有車鄰鄰。」（秦，車鄰）傳：「鄰鄰衆車聲也。」釋文，「鄰作轔。」漢書地理志引詩亦作轔。王逸楚辭九辯注，「軒車先導，聲轔轔也。」均以車聲爲言也。馬瑞辰謂鄰爲鈴之叚借字。據此則鄰鄰爲車鈴之聲也。

4「八鸞瑲瑲。」（小雅，采芑）傳：「瑲瑲聲也。」釋文瑲作鎗，傳云聲即鸞聲也。庭燎，「鸞聲將將，」傳，「將將鸞鑣聲也。」鸞者鈴也，即車鈴之聲也。烝民，「八鸞鏘鏘，」韓奕，「八鸞鏘鏘，」均言鈴聲，鏘即將也。烈祖，「八鸞鶬鶬，」傳，「言文德之有聲也。」鶬即瑲，亦與將同聲，故均爲鸞聲。但烈祖爲諸侯助祭之詩，故言文德之有聲也。

5「八鸞喈喈。」（大雅，烝民）傳：「喈喈猶鏘鏘也。」鏘鏘是鈴聲則喈喈亦爲鈴聲。蓼蕭，「和鸞雝雝，」雝無傳，兎罝，清廟傳均訓雝爲和，是言其聲之和也。賈子容經篇，「古者聖王居有法則，動有文章，登車則馬行，馬行則鸞鳴，鸞鳴則和，應聲曰和，和則敬，故詩曰，和鸞噰噰，萬福攸同，言動以紀度，則萬福之所聚也。」由此，可見雝雝亦言聲也。至載見，「和鈴央央，」張衡東京賦，「和鈴鉠鉠，」鉠與鏘雙聲，故知鉠亦爲鈴聲。泮水，「鸞聲噦噦，」傳，「言其聲也。」

采菽，「鸞聲嘒嘒，」傳，「嘒嘒中節也。」中節言其聲之中節也。

此外言鈴聲及玉聲者又有，齊，「盧令令，」傳，「令令纓環聲。」卽環鈴之聲。有女同車「佩玉將將」傳，「將將鳴玉而後行。」終南，「佩玉將將，」亦指玉聲。將或作鏘，與上之鈴聲一也。采芑，「有瑲葱珩」傳，「瑲珩聲。」珩爲玉，卽爲玉聲也。

三、狀伐鐘鼓之聲

1「擊鼓其鏜。」（邶，擊鼓）傳：「鏜然擊鼓聲也。」說文，「鏜金鼓之聲。」「鼟鼓聲。」均引此詩。傳謂鏜然卽形容其擊鼓之聲也。

2「坎其擊鼓。」（陳，宛丘）傳：「坎坎擊鼓聲也。」下章，「坎其擊缶，」坎亦擊缶聲。大雅伐木，「坎坎鼓我，」箋，「爲我擊鼓坎坎然。」此亦言其聲也。

3「伐鼓淵淵。」（小雅，采芑）傳：「淵淵鼓聲也。」說文作鼘，鼓聲也。商頌那，「鞉鼓淵淵，嘒嘒管聲。」箋，「堂下諸縣與諸管聲皆和平不相奪。」是知淵淵爲鼓聲，嘒嘒爲管聲也。又魯頌有駜，「鼓咽咽，」傳，「咽咽鼓節也。」馬瑞辰云：「淵淵，咽咽皆鼘之假借字。」是知咽咽亦鼓聲也。

4「鼓鍾將將。」（小雅，鼓鍾）說文，「鎗鐘聲也。」鎗與將通叚，將將猶鎗鎗也。下章，「鼓鍾喈喈，」傳，「喈喈猶將將也。」故喈喈亦鐘聲也。周頌執競，「鍾鼓喤喤，磬筦將將。」傳，「喤喤和也，將將集也。」言聲之和與聲之集也。三家詩喤作鍠，將作鏘，其義一也。

5「鼉鼓逢逢。」（大雅，靈臺）傳：「逢逢和也。」此訓和與執競，「鼓鍾喤喤」之訓和，其義正同，均謂聲之和也。釋文，逢作韸。字既從音，可知其爲音聲也。

四、狀伐土木之聲

1「椓之丁丁。」（周南，兎罝）傳：「丁丁椓杙聲也。」說文，「椓擊也。」「杙謂之橜。」陳奐云，「椓杙謂之朾橜，丁古朾字。」蓋謂設罝於地，椓擊其橜然後張之。又小雅伐木，「伐木丁丁，」傳，「丁丁伐木聲也。」爾雅釋訓，「丁丁嚶嚶相切直也。」郭注，「丁丁斫木聲。」均狀其聲也。

2「伐木許許。」（小雅，伐木）傳：「許許柹貌。」說文許許作所所，並云，「伐木聲也。」陳奐云：「柹卽桃之隸變，廣韻，桃斫木札也。衆經音義卷十八云，江南名桃中札又謂之桃。今江蘇人謂所析木皮曰木桃。」是知許許爲伐木聲也。段玉裁謂丁丁刀斧聲，所所爲鋸聲。其說是也。

3「坎坎伐檀兮。」（魏，伐檀）傳：「坎坎伐檀聲。」玉篇土部，「詩云，坎坎伐檀，斫木聲也。」石經坎作飲，其義一也。

4「椓之橐橐。」（小雅，斯干）傳：「橐橐用力也。」箋，「椓謂搯土也。」孔疏，「取壤土投之板中，搯使平均，然後椓之。」橐同橐。廣雅，「橐橐聲也。」此猶椓之丁丁，皆謂其聲也。傳云用力，言用力擊之其聲橐橐也。

5「築之登登，削屢馮馮。」（大雅，緜）傳：「登登用力也。馮馮，削牆鍛屢之聲馮馮然。」

登登與橐橐之訓均爲用力，是言用力之聲也。

6「鑿冰沖沖。」（豳，七月）傳：「沖沖鑿冰之意。」釋文引韓詩云，「沖沖聲也。」毛韓義實同也。

其他如狀人之聲有，小雅車攻，「選徒嚻嚻，」傳，「嚻嚻聲也。」說文，「嚻聲也。」重言爲嚻嚻。板，「聽我嚻嚻」傳，「嚻嚻猶謷謷也。」十月之交，「讒口嚻嚻，」均言人之聲也。巷伯，「緝緝翩翩」傳，「緝緝口舌聲也。」說文，「咠聶語也。」聶附耳私小語也。即傳所謂口舌聲也。下文，「捷捷幡幡，」傳，「捷捷猶緝緝也。」是知捷捷亦爲口舌聲也。

又狀收穫之聲有，周頌良耜，「穫之挃挃，」傳，「挃穫聲也。」說文，「挃穫禾聲。」釋名作銍銍，云「斷禾穗聲也。」又有狀淅米之聲如，生民，「釋之叜叜」傳，「釋，淅米也，叜叜聲也。」釋文叜作溲。爾雅作溞云，「溞溞淅也。」玉篇，「溞溞淅米聲。」叟叟與溞溞一聲之轉。

至狀雷聲者有，召南，「殷其靁，」傳，「殷靁聲也。」箋，「靁殷殷然發聲於山之陽。」殷一作磤，廣雅，「磤聲也。」又一作隱，易林，「雷聲不藏，隱隱西行。」隱隱即殷殷也。邶終風，「虺虺其靁，」傳，「靁之聲虺虺然。」虺虺爲雷振物之聲也。大雅雲漢，「蘊隆蟲蟲，」傳，「蘊蘊而雨，隆隆而雷。」此隆隆乃雷之聲也。

丙、狀物之動作

一、狀流水之訓

1「汎彼柏舟，亦汎其流。」（邶，柏舟）傳：「汎汎流貌。」說文，「汎浮貌。」泛下去，「泛浮貌。」二字義同。廣雅釋訓，「汎汎氾氾浮也。」是氾汎泛並同義。又二子乘舟，「汎汎其景，」傳，「汎汎然迅疾而不礙也。」采菽，「汎汎楊舟，」箋，「楊木之舟，浮于水上汎汎然東西無所定。」此亦狀流水之詞。

2「毖彼泉水。」（邶，泉水）傳：「泉水始出毖然流也。」衛門，「泌之洋洋，」傳，「泌泉水也。」泌同毖，此名詞與形容詞之分。

3「北流活活。」（衛，碩人）傳：「活活流也。」說文，「咶流聲也。」活即咶，流之狀也。又下文，「施罛濊濊」傳，「濊濊施之水中。」說文，「濊礙流也。」施罛於水中必礙水流。

4「淇水滺滺。」（邶，竹竿）傳：「滺滺流貌。」說文作攸，行水也。玉篇作浟，水流貌。其字又作悠，黍苗傳，「悠悠行貌。」載驅傳，「悠悠遠貌。」黍離傳，「悠悠遠意。」皆音同義近。

5「汶水滔滔。」（齊，載驅）傳：「滔滔流貌。」四月，「滔滔江漢」傳，「滔滔大水貌。」江漢傳，「滔滔廣大貌。」大水謂其水流之大貌，其義正同。又載驅下章，「汶水湯湯，」傳，「湯湯大貌。」鼓鍾，「淮水湯湯，」義同。此即謂水流之大。均有水流之義。

6「秩秩斯干。」（小雅，斯干）傳：「秩秩流行也。」說文作泆，「水所泆蕩也。」傳云流行，即澗水之流行貌也。箋，「喻宣王之德如澗水之源秩秩流出無極已也。」

7「滮池北流。」(小雅，白華)傳：「滮流貌。」說文滮作淲，「水流貌。」水經注引毛詩曰，「滮水流浪也。」此形水之流狀。

此外與水流同類者爲舟行，如大雅棫樸，「淠彼涇舟」傳，「淠舟行貌。」說文，「迊速行貌。」淠迊音義均同。

二、狀鳥飛之訓

1「雄雉于飛，泄泄其羽。」(邶，雄雉)傳：「雄雉飛鼓其翼泄泄然。」箋，「奮迅其形貌。」杜注左傳，「洩洩舒散也。」洩泄音同而義亦近。大雅板，「無然泄泄，」釋訓作洩洩，其義一也。

2「鴥彼晨風。」(秦，晨風)傳：「鴥疾飛貌。」小雅采芑，「鴥彼飛隼，」箋，「隼急疾之鳥也，飛乃至天。」均狀疾飛之貌。

3「翩彼飛鴞。」(魯頌，泮水)傳：「翩飛貌。」廣雅，「翩翩飛貌。」四牡，「翩翩者鵻」其義同。巷伯，「緝緝翩翩」傳，「翩翩往來貌。」往來亦狀動作。

4「歸飛提提。」(小雅，小弁)傳：「提提羣飛貌。」箋：「羣飛而歸提提然。」廣韻，提下云，「提羣飛貌。」

5「振鷺于飛。」(周頌，振鷺)傳：「振振羣飛貌。」魯頌有駜，「振振鷺，鷺于下。」傳，「振振羣飛貌。」單言爲振，重言振振，其義一也。

三、狀笑泣之訓

1「咥其笑矣。」（衞，氓）傳：「咥咥然笑。」說文，「咥大笑也。」單言咥，重言爲咥咥。又下章，「泣涕漣漣，」傳箋無訓，王逸注楚辭九歎，「漣漣流貌也，詩曰，泣涕漣漣。」玉篇，「漣漣淚下貌。」

2「嘅其嘆矣。」（王，中谷有蓷）箋：「所以嘅然而嘆者自傷遇君子之窮厄。」是嘅爲狀嘆之動作。下章，「條其歗矣。」傳，「條條然歗也。」江有汜，「其歗也歌」箋，「歗蹙口而出聲。」是條爲狀歗之動作。卒章，「啜其泣矣，」傳，「啜泣貌。」韓詩外傳二引此詩作惙其泣矣。衆經音義謂惙爲短氣貌。短氣卽泣之狀也。

3「涕泗滂沱。」（陳，澤陂）滂沱傳箋無訓。易離卦，「出涕沱若。」沱若卽滂沱，均狀涕泗之動作也。

4「后稷呱矣。」（大雅，生民）傳：「后稷呱呱然而泣。」說文，「呱小兒嗁聲。」尚書，咎繇謨，「啓呱呱而泣，」卽其義也。

5「潸焉出涕。」（小雅，大東）傳：「潸涕下貌。」說文，「潸涕流貌。」並引此詩。此亦言泣之狀也。

此外狀與泣有關之行動如，柏舟，「寤辟有摽，」傳，「辟拊心也，摽拊心貌。」正義曰，「謂拊心之時其手摽然。」小弁，「惄焉如擣，」傳，「惄思也。」汝墳箋，「惄思也。」正義云，「所思在心，復云如惄，則似物擣心。」

四、狀人物行動之訓

1「挑兮達兮，在城闕兮。」（鄭，子衿）傳：「挑達往來相見貌。」正義云，「城闕雖非居止之處，明其乍往乍來，故知挑達為往來貌。」初學記引詩作佻。與大東，「佻佻公子」同。傳，「佻佻獨行貌。」則此挑達亦應為獨往獨來。韓詩佻作嬥，往來貌。亦此義也。又唐杕杜，「獨行踽踽」傳訓無所親。廣雅，「踽踽行貌。」說文訓疏行貌。箋謂，「獨行於國中踽踽然。」故亦為獨往獨來之義。

2「營營青蠅。」（小雅，青蠅）傳：「營營往來貌。」正義云，「彼營營往來者青蠅之蟲也。」說文言部作謍，引詩「謍謍青蠅，」並云「小聲貌。」此本三家詩。

3「悠悠南行。」（小雅，黍苗）傳：「悠悠行貌。」說文悠作攸，「行水也。」行竿傳，「滺滺流貌。」此為行之申義。

4「緝緝翩翩。」（小雅，巷伯）傳：「翩翩往來貌。」又傳，「幡幡猶翩翩也。」大雅桑柔，「旟旐有翩。」傳，「翩翩在路不息也。」周語引詩韋注云，「翩翩動搖不休止之意。」此與泮水傳訓翩為飛貌，均為狀動作之詞。

5「介駟陶陶。」（鄭，清人）傳：「陶陶驅馳之貌。」禮記祭義，「陶陶遂遂」鄭注云，「相隨行之貌。」說文作騊，「馬行貌。」陶騊同聲假借。「江漢滔滔，」風俗通義作「江漢陶陶，」此聲借之訓。

6「四牡騑騑。」（小雅，四牡）傳：「騑騑行不止之貌。」玉篇，「騑騑行不止也。」大雅桑柔，「四牡騤騤，」傳，「騤騤不息也。」是知騤騤，騑騑，彭彭均形容行動之詞。

7「儦儦俟俟，」（小雅，吉日）傳：「趨則儦儦，行則俟俟。」是知儦儦俟俟爲形容趨行之動作。韓詩章句作，「趨則駓駓行則騃騃。」字異而義同也。

8「憬彼淮夷。」（魯頌，泮水）傳：「憬遠行貌。」正義云，「淮夷去魯既遙，故以憬爲遠行貌。」釋文，「憬說文作懬音獷云，濶也，一曰廣大也。」此與遠之義相近。至說文引此詩云，「憬覺悟也。」此本韓詩。案憬訓覺悟則以憬爲動詞，而上文，「翩彼飛鴞，」傳訓翩爲飛貌。均爲狀動作之形容詞。上下文相較當以毛傳爲長。

9「有狐綏綏。」（衞，有狐）傳：「綏綏匹行貌。」齊南山，「雄狐綏綏，」傳，「雄狐相隨綏綏然。」相隨與匹行義同。玉篇引詩作「雄狐夂夂，」並云，「行遲貌。」綏綏與上列踽踽正相同也。

10「其魚唯唯。」（齊，敝笱）傳：「唯唯出入不制。」箋，「唯唯行相隨順之貌。」釋文引韓詩作「其魚遺遺。」玉篇，「遺遺魚行相隨。」馬瑞辰云，「唯卽遺及潰之假借字。」

11「趯趯阜螽。」（召南，草蟲）傳：「趯趯躍也。」廣雅，「趯趯跳也。」跳與躍同。小雅出車亦有此文，其義一也。小雅巧言，「躍躍毚兔，」史記春申君列傳，集解引韓詩章句作趯趯，並云趯趯往來貌。」

12「畇畇原隰，曾孫田之。」（小雅，信南山）傳：「畇畇墾辟貌。」箋，「今原隰墾辟則又成王之所佃。」馬瑞辰謂畇均也，旬也。廣雅，「旬治也。」畇即均治之義。而均治亦墾辟之義。皆言辟田之貌也。又周頌載芟，「其耕澤澤，」澤澤正義作釋釋，耕也。耕亦治田也。

13「子仲之子，婆娑其下。」（陳，東門之枌）傳：「婆娑舞也。」爾雅釋訓文同。李巡注作媻娑云，「媻娑媻辟舞也。」卽媻辟而舞是謂媻娑。又小雅伐木，「蹲蹲舞我。」傳，「蹲蹲舞貌。」賓之初筵，「屢舞僊僊，」傳，「屢數也僊僊然。」陳奐云，「僊僊然上更有數舞二字，蓋僊僊然者數舞貌也。」下章，「屢舞僛僛。」傳，「僛僛舞不能自正也。」此均狀舞之動作。

14「其角濈濈，其耳濕濕。」（小雅，無羊）傳：「聚其角而息濈濈然；呞而動其耳濕濕然。」又四牡，「嘽嘽駱馬，」傳，「嘽嘽喘息之貌。」此均狀畜類之動作。

15「其旂淠淠。」（小雅，采菽）傳：「淠淠動也。」泮水，「其旂茷茷，」傳，「茷茷言有法度也。」此言旂動之有法度。出車，「胡不旆旆」傳，「旆旆旒垂貌。」旆旆與淠淠茷茷聲義相同，均狀其旂動之貌。

16「薈兮蔚兮，南山朝隮。」（曹，候人）傳：「薈蔚雲興貌。」言南山之朝升雲薈蔚然。小雅大田，「有渰萋萋，興雨祁祁。」傳，「渰雲興貌，萋萋雲行貌，祁祁徐也。」又十月之交，「爗爗震電。」傳，「爗爗震電貌。震雷也。」此均狀雲雨與雷電之動貌也。

17「間關車之舝兮。」（小雅，車舝）傳：「間關設舝也。」一本作設舝貌。此乃形容行動之貌。

朱傳以爲設牽聲。要之行車必設牽，設牽必有聲。古人以間關爲聲，又以爲驅馳之意。如唐白居易琵琶行，「間關鶯語花底滑，」此形聲也。後漢書荀彧傳，「荀君乃越河冀，間關以從曹氏。」李注，「間關猶展轉也。」此形行動也。

18「臨衝閑閑。」（大雅，皇矣）傳：「閑閑動搖也。」魏風，「十畝之桑閑閑兮。」傳，「閑閑男女無別往來之貌。」箋，「今十畝之間往來者閑閑然。」是知閑閑均爲行動之狀詞。馬瑞辰謂閑閑爲盛貌非也。

此外如衞風芄蘭，「容兮遂兮，垂帶悸兮。」傳，「容儀可觀，佩玉遂遂然，垂其紳帶悸悸然有節度。」陳奐云：「爾雅遂有瑞綬兩義。傳於大東之遂訓瑞，而於此篇之遂爲綬。佩玉有綬，行則動綬以成聲，容儀遂遂。玉篇所謂習容觀玉聲。鄭注祭義云，遂遂相隨行之貌是也。」是遂遂爲動作之容。又小雅頍弁，「有頍者弁。」傳，「頍弁貌。」正義引王肅云，「興有德者則戴頍然之弁。」是知頍乃戴弁之貌，非形容皮弁之貌。此乃狀動作而非狀容也。

二十一、隨文爲訓

陳奐在疏小雅小明，「政事愈蹙，」句云：「凡古今文字日以滋廣，實由方言之殊，引申假借之用，故每字必有數音數義，解經者隨文立訓，生生而不窮。如公劉傳，戚斧也，戚之本義，而此句政事愈戚訓促，下句自詒伊戚，訓憂言各有當，不妨字同而義異也。此故訓用字之通例。」此隨文立訓在訓詁上甚爲重要，尤以毛詩爲甚。孟子說北山傳云，「故說詩者不以文害辭，不以辭害志，以意逆志是爲得之。」蓋亦有見詩之辭義甚多，若以一義律之則害其意矣。漢儒所謂詩無定詁，亦有見於此。然一字之立必與句中之義有關，所謂隨文乃隨句之義而爲詁。如黍苗，「悠悠南行，」傳，「悠悠行貌。」箋，「南行衆多悠悠然。」子衿，「悠悠我心。」箋，「己留彼去，故隨而思之耳。」是悠悠爲思貌。黍離，「悠悠蒼天，」傳，「悠悠遠意。」又載馳，「驅馬悠悠，」傳，「悠悠遠貌。」十月之交，「悠悠我里」傳，「悠悠憂也。」此均隨文爲訓。黍苗言南行，故悠悠訓行貌。子衿，「悠悠我心，」下文亦有，「悠悠我思，」故箋訓思。黍離言蒼天，故訓遠意。十月之交言里（卽寢見前例），故訓憂也。若執其一訓爲律則失其義矣。如外人 Legge 解「悠悠我里，」爲「我的村里很遠。」豈非笑話？又外人高本漢注釋詩經亦往往用比較方法，以此義入彼義，牽強附會在所不免。如訓「悠悠我思。」硬以「悠悠蒼天，」之訓遠爲長遠，故悠悠我思之悠悠應訓長。又「翼翼，」毛傳多訓敬愼之義，如文王，「厥猶翼翼，」傳，「翼翼恭敬也。」大明，「小心翼翼」箋，「恭愼貌。」緜，「作廟翼翼」箋，「嚴顯翼翼然。」常武，「緜緜翼翼，」傳，「翼翼敬也，」六月，「有嚴有翼，」傳，「翼敬也。」文王有聲，「以燕翼子，」傳，「翼敬也。」行葦，「以引以翼」傳，「翼敬也。」卷阿，「以引以翼」傳，「翼敬也。」但於采薇，「四牡翼翼，」傳，「翼翼閑也。」車鄰傳，「閑習也。」是翼翼爲閑習之義。采芑，「四騏翼翼，」箋，「翼翼壯健貌。」此與敬愼之義不同。又楚茨，「我稷翼翼，」箋，「蕃廡貌。」廣雅，「翼翼盛也。」張衡南都賦，「菽麥稷黍，翼翼與與。」

亦盛之義。此又與敬愼及壯健之義不同，均隨文爲訓之理。而高本漢硬用比較式把「我稷翼翼，」亦作秩序解，與恭敬之義相近，失之遠矣。要之，因其不明毛傳此訓例之重要性也。毛詩傳除上兩訓外，其餘隨文爲訓之例甚多，然可分爲兩大類，茲分別列之。

甲、隨文為訓而其義相成者

1「之死矢不慝。」（鄘，柏舟）傳：「慝邪也。」馬瑞辰謂慝爲忒之借字，爾雅釋言，「爽差也，」「爽忒也。」是慝亦差義，差與邪義通。大雅民勞，「無俾作慝，」傳，「慝惡也。」邪與惡義相近。陳奐謂各隨文解說也。

2「不遑將父。」（小雅，四牡）傳：「將養也。」大雅桑柔，「天不我將，」傳，「將養也。」至無將大車傳，「大車小人之所將也。」箋，「將猶扶進也。」馬瑞辰云：「說文，將扶也，廣雅，將扶也。將即牂之段借，養又扶之引申。」是養與扶均隨文爲訓，而其義又相成也。

3「靜女其姝。」（邶，靜女）傳：「姝美色也。」鄘干旄，「彼姝者子，」傳，「姝順貌。」箋亦訓爲有忠順之德。齊，東方之日，「彼姝者子，在我室兮。」傳，「姝者初昏之貌。」陳奐云：靜女傳姝美色也，此云初昏之貌者，傳指下在我室兮句以立訓也。」三詩均隨文爲訓。按說文姝作袾，好佳也。又作股，好也。均引靜女之詩。方言，「齊魏燕代之間謂好曰姝。」馬瑞辰云：「韓詩外傳，居處齊則色姝，是姝爲有德之色。」故姝亦訓順。至初昏之貌亦爲佳好之意。是其義得相成也。

4「被之祁祁。」（召南，采蘩）傳：「祁祁舒遲也。」上文「被之僮僮，」傳，「僮僮竦敬也。」陳奐云：「祁祁爲事畢歸去之儀，則僮僮爲助祭初來之儀，依文作訓，義可互見也。」七月，「采蘩祁祁，」傳，「祁祁衆多也。」玄鳥，「來假祁祁，」箋，「祁祁衆多也。」韓奕，「祁祁如雲，」傳，「祁祁徐靚也。」此訓徐靚又因上文「諸娣從之」以立義，謂諸娣從之徐靚也。徐靚與舒遲近義，均狀儀容之盛，盛又與多同義，故其義相通也。馬瑞辰於釋采蘩詩云，「僮僮祁祁皆狀首飾之盛，傳說非也。」實未明隨文爲訓之例也。

5「奄有四方，」（大雅，皇矣）傳：「奄大也。」執競，「奄有四國，」傳，「奄同也。」此傳與上文「自彼成康」有關，言成王康王同有四方也。但同與大義相近。陳奐云：「同大隨文立訓，又義互相足也。」馬瑞辰釋皇矣此詩云，「毛詩或訓大或訓同，失其義矣。」此亦不明隨文立訓之理。

6「火烈具阜。」（鄭，大叔于田）傳：「阜盛也。」謂持火者盛也。秦，「駟驖孔阜，」傳，「阜大也。」謂馬之大也。均隨文立訓。陳奐云：「駟驖傳阜大也，鄭風傳阜盛也，各隨文訓。」盛與大其義相成也。

7「有女懷春。」（召南，野有死麕）傳：「懷思也。」此以春得義。南山，「曷又懷止」傳：「懷思也。」四牡，「豈不懷歸，」傳亦訓懷爲思。此以歸得義。終風，「願言則懷，」傳，「懷傷也。」一卷耳傳，「傷思也。」故傷亦思也。匪風，「誰將西歸，懷之好音，」傳，「懷歸也。」此以上文歸字得義。皇矣，「予懷明德，」傳亦訓懷爲歸。時邁，「懷柔百神，」傳，「懷來也。」來亦歸也。泉水，「有懷于衛，」箋，「懷至也。」至亦歸也。西歸也，來也，均與思義相通，不過隨文爲訓耳。外人高本漢不明此理，認爲詩經之懷只能訓思，不能訓來，(見其注釋詩經董譯本一〇五頁)失之甚矣。

8「薇亦作止。」(小雅，采薇)傳：「作生也。」此以薇立訓。天作，「天作高山」傳，「作生也。」此以山立訓。無衣，「與子偕作。」傳，「作起也。」陳奐云：「作訓起者讀以起軍旅之起，是以軍旅立訓也。」魯頌駉，「思無斁，思馬斯作，」傳，「作始也。」陳奐引王劭云：「馬行先作弄其四足，毛以始訓作，意亦當爾。」始與生及起之義相成。陳奐云：「蓋其同者其字義則一，別者所因之文不同也。」此卽隨文爲訓之原理。又南山有臺傳，「基本也。」昊天有成命傳，「基始也。」本始亦同義。

9「魯侯戾止，」(魯頌，泮水)傳：「戾來，止至也。」戾亦至，止訓至故戾訓來，此均以魯侯而立義。雨無正，「靡所止戾，」傳，「戾定也。」定亦止也，其義相通。然此詩以指亂而言故訓定。亦因文爲訓也。

10「有敦瓜苦，烝在栗薪。」(豳，東山)傳：「敦猶專專也，烝衆也，言我心又苦也。」馬瑞辰云：「以專專爲瓜之團聚，故又訓烝爲衆。」此因文之義以爲訓也。烝之訓衆，烝民，棫樸兩傳同，而東山篇上文，「蜎蜎者蠋，烝在桑野。」則傳訓，「烝寘也。」箋，「古者聲寘，塡，塵同也。」故常棣，「烝也無戎，」傳，「烝塡也。」桑柔，瞻卬傳，「塡久也。」久與衆義相成。「烝在桑野」之烝訓久，乃以下句「敦彼獨宿」而立義，皆隨文爲訓之例也。高本漢又不明此例，故說：「我們總覺得特別奇怪，本篇一章的『烝在桑野』和三章的『烝在栗薪』完全平行，而毛氏竟有不同的解釋。」（見董譯詩經注釋三九〇頁）此其不知此訓例所以然也。

11「矢詩不多，維以遂歌。」（大雅，卷阿）傳：「遂就也。」就者成也。此以矢詩之義而立訓。雨無正，「戎成不退，飢成不遂。」傳，「遂安也。」陳奐云：「遂有成就之義，故訓爲安，安讀爲安民之安。」是知安有成義，而句中有成字不能複，故訓安耳。至氓，「言既遂矣。」箋，「遂久也。」久字爲从字之誤，馬瑞辰作从字正。並引說文，「豖从意也，」經傳多叚遂爲豖。从亦有成就之義。此隨文爲訓而其義相通也。

12「小子蹻蹻。」（大雅，板）傳：「蹻蹻驕貌。」此對人而言。崧高，「四牡蹻蹻」傳，「蹻蹻壯貌。」泮水，「其馬蹻蹻，」傳，「蹻蹻言彊盛也。」彊盛卽壯，皆對馬而言。陳奐云，「蹻蹻竝有驕壯之意，或施之於人，或施之於馬，各隨文通義也。」此言是也。

乙、隨文爲訓其義不同者

1「宜爾子孫振振兮。」（周南，螽斯）傳：「振振仁厚也。」麟之趾，「振振公子，」傳，「振振信厚也。」二義相同。但有駜，「振振鷺，鷺于飛。」傳，「振振羣飛貌。」振鷺，「振鷺于飛。」傳，「振振羣飛貌。」因言其飛，故訓羣飛。而與上義不同矣。

2「肅肅兎罝。」（周南，兎罝）傳：「肅肅敬也。」言兎罝之人賢其持事不忘其敬。肅之訓敬乃常訓也。小星，「肅肅宵征，」傳，「肅肅疾貌。」陳奐曰：「肅肅猶數數，數亦疾也。此言宵征之疾。」鴇羽，「肅肅鴇羽，」傳，「肅肅鴇羽聲也。」鴻雁，「肅肅其羽。」傳，「肅肅羽聲。」此兩詩均言羽，故訓羽聲。皆隨文爲訓，而其義與上不同也。

3「願言則嚏。」（邶，終風）箋：「願思也。」二子乘舟，「願言思子，中心養養。」傳，「願每也。」皇皇者華，「每懷靡及，」傳，「每雖也。」是此詩之願亦可訓雖。此言雖曰思子，其憂心養養然。陳奐云：「故終風願言不傳，此願言作傳，用意攸別。終風願訓思，此願訓思，則思言思子不成辭矣。」其言是也。

4「誰其尸之，有齊季女。」（召南，采蘋）傳：「季少也。」季女少女也。故傳又言，「古之嫁女者必先禮之於宗室，牲用魚芼之以蘋藻。」車舝，「思孌季女逝兮」傳，「季女謂有齊季女也。」此卽以采蘋之詩以訓季女，卽云少女也。但曹風候人，「婉兮孌兮，季女斯飢。」傳，「季人之少子也，女民之弱者。」正義曰，「采蘋云，有齊季女，謂大夫之妻。車舝云，思孌季女逝兮，欲取以配王，皆不得有男在其間，故以季女爲少女。此言斯飢，當謂幼者並飢，非獨少女而已，故以季女爲人之少子女子，皆觀經爲訓，故不同也。」此足證明隨文爲訓之理。馬瑞辰謂此詩傳訓太迂，過矣。

5「上帝耆之，憎其式廓。」（大雅，皇矣）傳：「耆惡也。」廣雅，「諸怒也。」玉篇，「耆怒訶也。」耆卽諸之借字，惡亦怒也。此以下文憎字得義。箋訓耆爲老失之。至周頌武篇，「耆定爾功。」傳，「耆致也。」此詩傳訓耆爲致乃以定字得義。馬瑞辰云，「說文，底柔石也，其引申之義爲致，耆者底之叚借，故傳訓爲致。」又云，「按書馬融注，底定也，則底亦爲定，耆定並言，猶詩靡所底止，底亦止也。左傳引詩此句杜注亦云，耆致也，言武王伐紂致定其功。箋訓耆老，謂年老乃定爾功失之。」此毛傳耆訓致乃以定字得義之證。（詳聲訓篇）

6「秩秩斯干。」（小雅，斯干）傳：「秩秩流行也。」陳奐謂秩讀若禹貢泆爲熒之泆。說文，「泆水所蕩泆也。」因在澗故訓流行。巧言，「秩秩大猷。」傳，「秩秩進知也。」此以下文「聖人莫之，」而得義。小戎，「秩秩德音，」傳，「秩秩知也」兩詩傳之義同。至「賓之初筵，左右秩秩。」傳，「秩秩肅敬也。」此以賓主得義。後漢書注引韓詩云，「言賓客初就筵之時，賓主秩秩然俱謹敬也。」假樂，「威儀抑抑，德音秩秩。」傳，「秩秩有常也。」此以威儀而立訓，故云有常也。有常者有常典也。此詩傳與賓筵傳大致相同。其同異之訓均隨文義而然也。

7「出話不然，爲猶不遠。」（大雅，板）傳：「猶道也。」馬瑞辰云：「猶通作繇，爾雅，繇道也。又作猷，方言，裕猷道也。故傳訓猷爲道。」下文，「猶之未遠」傳，「猶圖也。」常棣傳，「圖謀也。」故箋訓謀。陳奐云：「上文爲猶與出話對文，猶訓爲道。此承靡聖不誠，而猶訓爲圖，傳蓋緣文施訓也。」而箋兩猶字一律以謀訓之失矣。

8「君子陶陶。」（王，君子陽陽）傳：「陶陶和樂貌。」至清人，「介駟陶陶，」傳，「陶陶驅馳貌。」王風之陶陶，乃與下文「其樂只且，」之樂字立義，故訓和樂。箋，「陶陶猶陽陽。」傳訓陽陽無所用其心也，此亦樂意。而清人之陶陶，乃以下文左旋右抽，中軍作好之義故訓驅馳。此均隨文爲訓之例。至馬瑞辰謂王風之陶古通繇，繇又即傜，說文，「傜喜也。」陳奐謂鄭風之陶即蹈，說文，「蹈馬行貌。」則兩詩之陶字，音義均別也。

9「江之永矣，不可方思。」（周南，漢廣）傳：「方泭也。」說文，「泭編木之渡也。」爾雅，「舫泭也。」孫炎云，「方木置水中爲泭筏是也。」是方爲併木之義。至邶，谷風，「就其深矣，方之舟之；就其淺矣，泳之游之。」爾雅，「舫舟也；泳游也。」正釋此詩。是方即舟也，猶泳即游也。以上兩詩之方義不同，隨文爲訓也。馬瑞辰謂方有四義，通作舫，一是併船，二是併木，三是船之通稱，四是用船以渡。並引爾雅及詩以證。故知一字之訓不可不視文義也。

此外詩之同字異訓，各隨文義不同，甚有全義相反者，如東方未明傳，「瞿瞿無守之貌。」蟋蟀傳，「瞿瞿顧禮義也。」陳奐謂各隨文訓，而其義相反也。此例已見上正反同訓之例，其餘均如此也。

10「未見君子，惄如調饑。」（周南，汝墳）傳：「惄饑意也。」爾雅釋言，「惄饑餓也。」段玉裁曰，「饑餓當爲饑意譌。」至小雅小弁，「我心憂傷，惄焉如擣。」傳，「惄思也。」此與爾雅釋詁之訓惄爲思相同。說文惄字注云，「一曰憂也。」憂即思也。釋文引韓詩惄作愵。方言，「愵憂也。秦晉之間，凡志而不得，欲而不獲，高而有墜，得而中亡謂之溼，或謂之惄。」玉篇，「慁思也，愁也，或作愵。」惄，愵，慁聲同通用。小弁之訓惄爲思，正以我心憂傷而得義。而汝墳之訓惄爲饑意，又正以朝饑而得義。此傳之隨文爲訓也。馬瑞辰云：「小弁詩言惄焉如擣，則當訓憂；若云饑意如擣則不辭矣。」鄭箋不明此理，亦訓汝墳之惄爲思，而以惄如之如讀爲譬如之如，故云，「如朝饑之思食。」殊不知惄如卽惄焉，均形容詞連語，而此兩詞之訓應各不同，正含隨文爲訓之理，若一律強爲同訓則失詩義矣。

第四篇　名　訓

詩之名物最繁且廣，孔子曰，「多識於禽獸草木之名」，其博可知。中國訓詁之籍，自爾雅以下無不分門別類以作名物之訓。毛詩詁訓傳對於名物之訓綦詳，而與爾雅大同而小異。清儒陳奐作毛詩傳義類，依爾雅之制分爲十九類。而十九類中名物之訓竟佔十六類，其繁且重可知。本篇之作乃根據毛傳對名物訓釋之比義醜類，以訓例爲主，條而出之使知其訓詁之原理而已。易同人象傳，「君子以類族辨物。」類族卽分類，辨物卽各如其品以辨別。卽象傳所謂「品物流形。」故名物之訓謂爲辨物或品物亦無不可。茲將詩傳對名物之訓例列爲二十五條，分別說明如下。

一、兼名爲訓

物有數名，故得以此物訓彼物。王先謙在碩人詩疏中有所謂兼名訓釋之例，此篇卽本其旨而立訓。至一物之通名有因時地之不同而異其名者，故下列又須另立訓例，如以今名訓古名，以方言爲訓等例，此乃普通之一物兼名之訓而已。茲分例說明之。

1「青青子衿，悠悠我心。」（鄭，子衿）傳：「青衿青領也。」衿又作襟，爾雅釋器，「衣眥謂之襟。」郭注，「交領。」李巡曰，「交眥衣領之襟。」顏氏家訓云，「古有斜領下連於襟，故謂領爲襟也。」此誤以襟領爲二物，陳奐謂領有斜領與方領不同，士常服應用方領，故此傳釋衿爲領。

孔穎達詩疏云，「衿是領之別名，故傳云，青衿青領也。」孔說為是。

2「關關雎鳩，在河之洲。」（周南，關雎）傳：「雎鳩，王雎也。」雎說文作鴡。爾雅釋鳥與毛傳同。爾雅正義謂王雎卽金口鶚，能水上捕魚爲食，後世謂之魚鷹。雎鳩王雎，三家詩無異議。左昭十七年傳，「鴡鳩氏司馬也，」杜注，「鴡鳩王鴡也。」可見雎鳩與王雎乃一物二名之通稱也。

3「于以采蘋，于沼于沚。」（召南，采蘋）傳：「沼池，沚渚也。」小雅正月，「魚在于沼，」大雅靈臺，「王在靈沼，」傳均訓沼爲池。說文，「沼池水，小渚曰沚。」渚沚已見前互訓例，沼池，亦通名之訓也。

4「無感我悅兮，無使尨也吠。」（召南，野有死麕）傳：「尨狗也。」此與爾雅釋畜文同。李巡注云，「尨一名狗。」渾言之，則尨亦狗之通稱。

5「彼茁者葭，壹發五豝。」（召南，騶虞）傳：「葭蘆也。」爾雅釋草文同。碩人，「葭菼揭揭，」蒹葭，「蒹葭蒼蒼，」傳均訓葭爲蘆。七月，「八月萑葦，」傳，「葭爲葦。」說文，「葦大葭也。」「葭葦之未秀者。」是葭蘆同物二名也。正義云，「初生爲葭，長大爲蘆，成則名爲葦。」如是葭也蘆也葦也三名而一物也。又七月傳訓薍爲萑。碩人傳，「菼薍也。」正義亦云，「初生者爲菼，長大爲薍，成則名爲萑。」是則菼也薍也萑也亦三名而一物也。

6「燕燕于飛，差池其羽。」（邶，燕燕）傳：「燕燕鳦也。」爾雅，「巂周燕，燕鳦。」李舍人注云，「巂周名燕，燕又名鳦。」說文，燕下云，「玄鳥也。」乙下云，「玄鳥也。」巂下云，

「周燕也，巂周爲燕。」商頌玄鳥篇傳云，「玄鳥鳦也。」陳奐謂一物四名。

7「中谷有蓷，暵其乾矣。」（王，中谷有蓷）傳：「蓷鵻也。」釋草，「萑蓷」。蓷韓詩訓茺蔚。玉篇，「萑蓷茺蔚也。」是蓷名鵻又名萑又名茺蔚，今通俗謂之益母，一物數名也。

8「果臝之實，亦施于宇，伊威在室，蠨蛸在戶。」（豳，東山）傳：「果臝括樓也，伊威委黍也，蠨蛸長踦也。」釋草云，「果臝之實括樓。」李巡曰，「括樓子名也。」伊威委黍，蠨蛸長踦，釋蟲文。舍人曰，「伊威名委黍，蠨蛸名長踦。」陸機疏云，「伊威一名委黍。」均同物異名也。

9「隰有萇楚，猗儺其枝。」（檜，隰有萇楚）傳：「萇楚銚弋也。」此與釋草文同。李舍人曰，「萇楚一名銚弋。」本草云，「銚弋名羊桃。」郭璞曰，「今羊桃也。」是萇楚與銚弋爲通物也。

10「中唐有甓，邛有旨鷊。」（陳，防有鵲巢）傳：「唐堂塗也。」一本堂塗作庭塗。小雅何人斯，「胡逝我陳，」傳，「陳堂塗也。」爾雅釋宮，「廟中路謂之唐，堂涂謂之陳。」錢大昕在養新錄云，「唐之與陳，廟庭之異名耳，其實一也。」

11「爲鬼爲蜮，則不可得。」（小雅，何人斯）傳：「蜮短狐也。」蜮穀梁傳作䘕，射人者也。一名短狐。說文段注，「狐當作弧，又名射景。」詩義疏云，「人在岸上，景見水中，投人影則殺人，故曰射影。」又云，「蜮狀如鼈三足，一名射工，俗呼之水弩。」在水中含沙射人一名射人影。是一物數名也。

12「洌彼下泉，浸彼苞蕭。」（曹，下泉）傳，「蕭蒿也。」小雅蓼蕭同。爾雅，「蕭萩也。」

邢疏引陸璣義疏云，「今人所謂萩蒿也，或云牛尾蒿。」陳奐云，「萩亦蒿也。」又鹿鳴傳，「蒿菣也。」是則，蕭也萩也蒿也菣也一物而異名也。

13「淠彼涇舟，烝徒楫之。」（大雅，棫樸）傳：「楫櫂也。」此辭用作動詞，但原爲名詞。方言，「楫謂之橈，或謂之櫂。」郭注，「楫橈頭索也，所以縣櫂謂之楫。」是楫與櫂一物二名也。又衞風竹竿，「檜楫松舟。」傳亦訓楫爲櫂。

14「弓矢斯張，干戈戚揚。」（大雅，公劉）傳：「戚斧也，揚鉞也。」箋，「干盾也，戈句矛戟也。」正義曰，「廣雅云，鉞戚斧也。則戚揚皆斧鉞之別名。傳以戚爲斧，以揚爲鉞，鉞大而斧小。」此兼名之訓也。

15「孑孑干旟，在浚之都。」（鄘，干旄）傳：「下邑曰都。」陳奐詩疏云：「古者城郭之中謂之國中，亦謂之邑中。其餘鄉遂之地，公有公邑，家有家邑，縣都有縣邑，都邑皆謂之下邑。浚在衞都，故傳云下邑曰都也。」故下章，在浚之城，傳亦云，「城都城也。」又大雅韓奕，「于蹶之里，」傳，「里邑也。」陳奐云，「周禮載師，以小都之田在縣地，鄭注云，小都鄉之采地四百里爲縣。蹶父爲王卿士當受采地於縣內，里其都邑也。」是知里也邑也都也城也，在古制上之別名其義一也。

以上兼名之訓聊舉十餘條，其他如，麟趾傳，「趾足也，定題也。」采蘩傳，「宮廟也。」行露傳，「墉牆也。」將仲子傳，「牆垣也。」召南羔羊傳，「革猶皮也。」「緎縫也。」兎爰傳，「罿罬也。」園有桃傳，「棘棗也。」鴇羽傳，「苞稹栩杼也。」終南傳，「條槄，梅枏也。」南山有臺傳，「杻檍也。」四月傳，「鶉鵰也。」皇矣傳，「栵栭也，椐樻也。」潛傳，「潛椮也。」載芟傳，「畛埸也。」閟宮傳，「鉶羹也，縢繩也。」諸此之類不可勝數，讀者於詩中求之。

至詩中一物二名，由詩傳中得知二名實爲一物，其例亦多。如

1「士與女方秉蕑兮。」（鄭，溱洧）傳：「蕑蘭也。」陳風澤陂，「有蒲與蕑」，傳，「蕑蘭也。」陸機疏云，「蕑卽蘭，香草也。其莖葉似藥。」說文作葌，並云，「葌香草也。」漢書地理志引詩作「方秉菅兮。」葌，菅均蕑之同音或字。釋文引韓詩云，「蕑蓮也。」陳奐謂此蓮非荷蓮之蓮。並引管子地員篇之蓮，卽以蓮作蘭之證。毛韓蘭蓮同物也。由上可知蕑，蘭，蓮同一物也。而衛風芄蘭篇則直言蘭矣。

2「蔽芾甘棠。」（召南，甘棠）傳：「甘棠杜也。」唐風杕杜，「有杕之杜，」傳，「杜赤棠也」爾雅釋木，「杜甘棠也。」又云，「杜赤棠也，白者棠。」是甘棠赤棠皆得謂杜，惟別色之白者爲棠。說文，棠下云，「牡曰棠，牝曰杜，杜甘棠也。」此以雌雄以別之，其實一物也。

3「鱣鮪發發。」（衛，碩人）傳：「鱣鯉也。」又小雅四月，「匪鱣匪鮪。」箋：「鱣鯉也。」周頌潛篇，「有鱣有鮪，」箋，「鱣大鯉也。」爾雅釋魚，「鯉鱣也。」說文，「鱣鯉也。」「鯉鱣也。」二字互訓。崔豹古今注云，「鯉之大者爲鱣。」此據鄭箋以爲訓也。可知鯉鱣同物異名。

4「可以漚麻」，「可以漚紵。」（陳，東門之池）麻紵無傳。正義引陸機義疏云，「紵亦麻也。科生，數十莖，宿根在池中，至春自生，不歲種也。荊揚之間一歲三收，今官園種之歲再刈，刈

便生，剝之以鐵若竹挾之，表厚皮自脫，但其裏韌如根者，謂之徽紵。今南越紵布皆用此麻。」此知紵與麻一物二名也。詩中此種訓例極多，聊舉數條。此亦兼名爲訓之一種也。

二、通釋爲訓

詩之名物往往因字數與協韻關係，其辭不顯，故須申釋以通之。謂爲加字之訓亦無不可。茲以詩訓明之。

1「南有樛木，葛藟纍之。」（周南，樛木）傳：「南南土也。」箋，「南土謂荆楊之域。」南字之義不顯，申南土之名以通之。而鄭箋更申荆楊之域以通之。

2「退食自公，委蛇委蛇。」（召南，羔羊）傳：「公公門也。」正義云，「退朝而食，自公門入私門。」公字之義不顯，加門字以通之。

3「振振公姓，」「振振公族。」（周南，麟之趾）傳：「公姓公同姓，公族公同祖也。」此爲別親疏之義，同祖親於同姓。亦卽唐風杕杜，「不如我同父」，「不如我同姓，」同父又親於同姓，故傳訓同姓爲同祖。公姓，公族之義不顯，故加一「同」字以通之。

4「簡兮簡兮，方將萬舞。」（邶，簡兮）傳：「方四方也。」詩義疏云，「乃使之於四方行在萬舞之位。」方可以作形容詞之大。如北山，「旅力方剛，」有人訓方爲大。但以四方訓之，則爲固定之名詞矣。又同篇，「執轡如組，」傳，「組織組也。」正義曰，「以義取動近成遠，故知爲織組，非直如組也。」說文，「組綬織也。」組訓織，但言織組，則不同於普通之組也。又同篇，「右手秉翟，」傳，「翟羽也。」爾雅訓翟爲雉，但此訓翟爲翟羽，則有別於翟矣。

5「焉得諼草，言樹之背。」（衛，伯兮）傳：「背北堂也。」正義云，「背者嚮北之義，故知在北，婦人欲樹草於堂上冀數見之，明非遠地也。婦人所常處者堂也，故知北堂。」背訓北，但指明爲北堂，則非普通之北向。與南，南土也之例同。

6「采苦采苦，首陽之下。」（唐，采苓）傳：「苦苦菜也。」正義云，「內則云，『濡豚包苦』，用苦菜是也」。苦加一菜字其義更達也。

7「五楘梁輈」。（秦，小戎）傳：「五五束也。」五之義不明，加束字以明之。又同篇，「虎韔鏤膺」，傳，「虎虎皮也。」指明虎皮則義明矣。

8「文王孫子，本支百世。」（大雅，文王）傳：「本本宗也，支支子也。」正義云，「適譬本幹，庶譬其枝，故言本本宗，支支子也。」本與支其義不顯，加字其義始明也。

9「睆彼牽牛，不以服箱。」（小雅，大東）傳：「服牝服也，箱大車之箱也。」正義云，「不曾見牽牛以用於牝服大車之箱也。」服箱之義不明，加字其義始顯。

10「毋逝我梁，毋發我笱。」（邶，谷風）傳：「梁魚梁也。」此與齊風敝笱，「敝笱在梁，」小雅小弁，「魚逝我梁，」何人斯，「胡逝我梁，」鴛鴦，「鴛鴦在梁，」白華，「有鶖在梁，」衛風有狐，「在彼淇梁，」曹風候人，「維鵜在梁，」傳意均謂魚梁之梁，與大雅大明，「造舟爲梁，」

指橋梁而言不同。但不加一魚字，則其義混而不清矣。

此外如檜羔裘傳，「堂公堂也。」陳風東門之池傳，「池城池也。」七月傳，「遠枝遠也，揚條揚也。」小雅大東傳，「舟人舟楫之人。」賓之初筵傳，「室人主人也。」甫田傳，「甫田天下田也。」南山有臺傳，「栲山栲也。」六月傳，「物毛物也。」出車傳，「僕夫御夫也。」采芑傳，「軧長轂之軧也。」大雅生民傳，「黃嘉穀也，穎垂穎也。」何人斯傳，「貝錦錦文也，」「北方寒涼而不毛，」「昊昊天也。」「皇矣傳，」「鉤鉤梯也，」「臨臨車也，」「衝衝車也。」其例甚多，不可悉舉。至陳奐毛詩傳義類中有統稱一項。統者通也，通其名稱也。雖專指人稱而言，但亦可爲本訓例之補充，並可供參考。

三、連釋爲訓

連訓卽連用兩名爲訓之謂。蓋一名不盡，加一名以補足之。此訓例在爾雅中如「濆泉直泉也，直泉涌泉也。」以直泉訓濆泉，以涌泉而連釋之。釋草云，「唐蒙女蘿，女蘿兎絲。」以蒙釋唐，以女蘿釋蒙，再以菟絲釋女蘿也。又爾雅，「蠑源蜥蜴，蜥蜴蝘蜓，蝘蜓守宮也。」此連釋之又連釋也。又如說文，「伊威委黍，委黍鼠婦也。」段玉裁特加重此訓例並舉大東傳之訓例說明之。可見此訓例有相當地位也。茲舉傳例以說明之。

1「維鵲有巢，維鳩居之。」（召南，鵲巢）傳：「鳩鳲鳩，秸鞠也」以鳲鳩釋鳩，並以秸鞠釋鳲鳩，此連釋也。爾雅釋鳥，「鳲鳩秸鞠。」（說文同）郭注，「今之布穀也。」方言稱布穀，又稱結誥，又稱擊穀。郭注，「江東呼爲穫穀。」均語聲之轉也。崔豹古今注云，「鴶鵴一名尸鳩。」馬瑞辰謂崔豹之說合毛傳。

2「采采芣苢，薄言采之。」（周南，芣苢）傳：「芣苢馬舄，馬舄車前也。」此與爾雅釋草文同。陸機疏云，「馬舄一名車前，一名當道喜，在牛跡中生，故曰車前，當道也，今藥中車前子是也。」馬舄釋芣苢，車前釋馬舄，連釋之例毛傳與爾雅同也。

3「左執翿，右招我由敖。」（王，君子陽陽）傳：「翿纛也翳也。」正義云，「釋言云，翿纛也。李巡曰，翿舞者所持纛也。孫炎曰，纛舞者所持羽也，又云纛翳也。郭璞云，所持以自蔽翳也。然則翿訓爲纛也，纛所以爲翳，故傳並引之。」此亦三名連釋之例也。

4「山有扶蘇，隰有荷華。」（鄭，山有扶蘇）傳：「扶蘇扶胥小木也。荷華扶渠也，其華菡萏。」扶胥說文作扶疏。蘇，胥，疏通用。正義云，「毛以下章，『山有喬木』是木，則扶蘇是木可知。」以扶胥釋扶蘇，并以小木連釋之。又傳以扶渠釋荷，並以菡萏釋荷花，亦連釋之例也。陳奐云，「傳云荷華扶渠者以扶渠釋荷字，華則連經文而言之，故訓中多有此例。又恐人誤以扶渠當華，故申釋之云，其華菡萏也。」陳風澤陂，「有蒲與荷，」傳，「荷扶渠也。」「有蒲菡萏，」傳，「菡萏荷華也。」可以參證。按爾雅釋草云，「荷扶渠，其華菡萏，其實蓮，其根藕，其中的，的中薏。」此亦爾雅連釋之例也。

5「町畽鹿場，熠燿宵行。」（豳，東山）傳：「熠燿燐也，燐螢火也。」本草云，「螢火一名夜光，一名熠燿。」孔穎達義疏謂毛以螢火爲燐非也。陳奐謂韓詩章句以熠燿爲鬼火。或謂之燐，正與毛傳合，並無不當。崔豹古今注云，「螢火一名熠燿，一名燐。」此說是也。傳以燐釋熠燿，並以螢火釋燐，此連釋之法亦無不當也。馬瑞辰云，「傳正以鬼火亦名燐，恐其相混，故又申之曰，燐螢火也。」其言至當。

6「蔦與女蘿，施于松柏。」（小雅，頍弁）傳：「女蘿菟絲松蘿也。」是一物三名而連釋。淮南子說山云，「下有伏苓，上有兎絲。」又說林云，「伏苓掘兎絲死。」是一物又有四名。案爾雅釋草云，「唐蒙女蘿，女蘿兎絲。」此固毛傳所本亦是爾雅之連釋例也。可見此訓例來由有自矣。

7「父母先祖，胡寧忍予。」（大雅，雲漢）傳：「先祖文武，爲民父母也。」正義云，「於民則爲父母，於周則爲先祖。故言先祖文武，以其爲民父母故稱父母。」此以文武釋先祖，又以父母釋文武也。此亦連釋之例。

8「彼其之子，不與我戍申。」（王，揚之水）傳：「申姜姓之國，平王之舅。」申姜姓，幽王太子宜咎之舅也。宜咎後立爲平王，故云平王之舅。傳以姜姓之國釋申，再以平王之舅釋之，此亦連釋之例也。

9「九罭之魚鱒魴。」（豳，九罭）傳：「九罭緵罟，小魚之網也。」緵罟卽孟子所謂數罟，趙岐注，「數罟網也。」按爾雅釋器云，「緵罟謂之九罭，九罭魚網。」此爲傳所本，均爲連釋之例也。

10「王命南仲，往城于方。」（小雅，出車）傳：「方朔方，近玁狁之國也。」下章，「天子命我，城彼朔方，」傳，「朔方北方也。」傳以朔方訓方，並以近玁狁之國訓朔方，亦即北方訓朔方也。此亦連釋之例也。

11「菁菁者莪，在彼中阿。」（小雅，菁菁者莪）傳：「莪蘿蒿也。」此與爾雅釋草文同。陳奐云，「莪釋蘿，而又申之爲蒿也。莪蘿蒿也，四字作三句讀。蘿爲蒿，蒿之類不一，故說文以爲蒿屬也。」此連釋之例。義疏謂莪一名蘿蒿之說未允也。

12「弁彼鸒斯，歸飛提提。」（小雅，小弁）傳：「鸒卑居，卑居鴉烏也。」爾雅釋鳥，「鸒一名卑居。」又云，「卑居鴉烏也。」爾雅分釋，而傳則連釋矣。

13「山有喬松，隰有游龍。」（鄭，山有扶蘇）傳：「龍紅草也。」陳奐云，「龍紅草，龍一名紅，草名也。此與莪蘿蒿也。作三句讀一例。」正義云，「釋草云紅，龍古，其大者蘬。舍人曰，紅名蘢古其大者名蘬。是龍紅一草而別名，故云龍紅草也。」是知龍紅草也是三物而連釋也。

14「爰采唐矣，沬之鄉矣。」（鄘，桑中）傳：「唐蒙菜也。」爾雅，「蒙王女」郭注云，「蒙即唐。」陳奐云，「唐蒙菜名，唐一句，蒙一句，傳釋唐爲蒙，本爾雅釋草，而又申釋蒙爲菜也。」此亦三物連釋之例。

15「維鵜在梁，不濡其翼。」（曹，候人）傳：「鵜洿澤鳥也。」爾雅釋鳥，「鵜洿澤。」舍人云，「鵜一名洿澤。」是鵜名洿澤，水鳥也。亦三物連釋之例。

16「樵彼桑薪，卬烘于煁。」（小雅，白華）傳：「煁烓竈也。」爾雅釋言，「煁烓也。」傳既釋煁爲烓，而又申釋之爲竈也。說文，「烓行竈也，从火圭，讀若同，」郭璞云，「卽今之三隅竈。」亦三物連釋之例也。

17「韎韐有奭，以作六師。」（小雅，瞻彼洛矣）傳：「韎韐茅蒐染韋也。」箋，「韎者茅蒐染也。」說文，「韎茅蒐染草也。」字雖出入，而其爲連釋則一也。

此種連釋之例在詩傳中不少。又如周南卷耳傳，「卷耳苓耳易盈之器也。」小雅鹿鳴傳，「筐篚屬，所以行幣帛也。」采薇傳，「象弭弓反末也，所以解紒也。」彤弓傳，「彤弓朱弓以講德習射。」六月傳，「焦穫周地接于玁狁者。」又同篇傳，「吉甫尹吉甫有文有武。」祈父傳，「祈父司馬也，職掌封圻之兵甲。」此均對於名物一釋之不足，而連釋之例也。

四、方言爲訓

前已言物因時地之不同而異名。一物因地而不同名者謂之方言，因時而不同名者謂之古今名，或古今字。如邶谷風，「舟之方之，」傳，「舟船也。」舟之訓船，上已列爲古今語，亦卽古今字，但亦爲方言。方言云，「自關而西謂之船，自關而東或謂之舟。」是知以船釋舟乃兼方言爲訓也。爾雅，「阜螽，草螽，析螽，蟿螽，土螽。」李巡注云，「皆分別蝗子異方之語。」此方言爲訓之例。爾雅一書其名物之訓多取方語，故郭璞之注爾雅，其序中云，「考方國之語，采謠俗之志。」是也。

茲再舉傳訓以明之。

1「采采卷耳，不盈頃筐。」（周南，卷耳）傳：「卷耳苓耳也。」卷耳苓耳釋草文。郭注引廣雅云，「枲耳也，亦云胡枲，江東呼爲常枲，或曰苓耳，形如鼠耳，叢生如盤。」是知苓耳之訓卷耳乃江東之方言也。

2「黃鳥于飛，集于灌木。」（周南，葛覃）傳：「黃鳥搏黍也。」小雅黃鳥傳，「黃鳥啄粟，故一名搏黍。」方言云，「鸝黃自關而東謂之倉庚，自關而西謂之鸝黃，或謂之黃鳥，或謂之楚雀。」高誘注淮南子時則篇云，「倉庚爾雅曰商倉黎黃楚雀也，秦人謂之黃離，齊人謂之搏黍，幽冀謂之黃鳥，詩曰，黃鳥于飛，集于灌木是也。」據此，黃鳥搏黍皆方語也。

3「采葑采菲，無以下體。」（邶，谷風）傳：「葑須也菲芴也。」此均爾雅釋草文。葑之訓須爲兼名之訓，而菲之訓芴則爲方言之訓。詩義疏引陸機云，「菲似葍，莖麤葉厚而長有毛，三月中烝鬻爲茹滑美可作羹，幽州人謂之芴。」是知菲之訓芴乃方語也。

4「蟋蟀在堂，歲聿其莫。」（唐，蟋蟀）傳：「蟋蟀蛬也。」爾雅釋蟲文同。方言云，「蜻蛚楚謂之蟋蟀，或謂之蛬。」郭注云，「即趨織也，梁國呼蛬。」據此，此訓乃方語也。

5「蒹葭蒼蒼，白露爲霜。」（秦，蒹葭）傳：「蒹薕也。」爾雅釋草文同。郭注云，「似萑而細高數尺，江東呼爲薕。」陸疏云，「蒹水草也，堅實食之令牛肥彊，青徐州人謂之薕。」據此，蒹薕乃方語也。

6「蜉蝣之羽，衣裳楚楚。」（曹，蜉蝣）傳：「蜉蝣渠略也。」爾雅釋蟲文同。李舍人云，「蜉蝣一名渠略，南陽以東曰蜉蝣，梁宋之間曰渠略。」陸疏云，「蜉蝣方土語也，通謂之渠略。」據此，蜉蝣渠略均方土語也。

7「四月秀葽，五月鳴蜩。」（豳，七月）傳：「蜩螗也。」又小雅小弁，「鳴蜩嘒嘒，」傳，「蜩蟬也。」爾雅釋蟲云，「蜩蜋蜩螗蜩。」李舍人曰皆蟬。方言曰，「楚謂蟬爲蜩，宋衞謂之螗蜩，陳鄭謂之蜋蜩，秦晉謂之蟬。」詩義疏云，「是蜩蟬一物方俗殊名耳。」

8「鴟鴞鴟鴞，既取我子，無毀我室。」（豳，鴟鴞）傳：「鴟鴞鸋鴂也。」爾雅釋鳥文同。李舍人曰，「鴟鴞一名鸋鴂也。」方言曰，「自關而東謂桑飛曰鸋鴂。」陸疏云，「鴟鴞似黃雀而小，其喙尖如錐，取茅莠爲窠以麻紩之如刺襪然，縣著樹枝，或一房或二房。幽州人謂之鸋鴂，或曰巧婦，或曰女匠。」據此，毛傳以方語爲訓也。

9「呦呦鹿鳴，食野之蒿。」（小雅，鹿鳴）傳：「蒿菣也。」爾雅釋草文同。孫炎曰，「荆楚之間謂蒿爲菣。」陸疏云，「蒿青蒿也，荆豫之間汝南汝陰皆云菣也。」據此，毛傳以方語爲訓也。

10「宛彼鳴鳩，翰飛戾天。」（小雅，小宛）傳：「鳴鳩鶻鵰也。」爾雅釋鳥，「鶌鳩鶻鵃。」鵰鵃一語之轉。郭璞注爾雅，「今江東亦呼爲鶻鵃。」按氓篇，「于嗟鳩兮，」傳，「鳩鶻鳩。」亦是一物。據郭璞所云，則爲江東方語也。然據方言則鶻鳩爲關西秦漢之間之方語也。方言曰，「鳩自關而東周鄭之郊韓魏之都謂之鵖鷎，自關而西，秦漢之間謂之鵴鳩，其大者謂之鳻鳩，其小者謂之鸍鶪，或謂之鶏鳩，或謂之鶻鳩，梁宋之間謂之鵅。」

11「有豕白蹢，烝涉波矣。」（小雅，漸漸之石）傳：「豕豬也。」爾雅釋畜文同。方言曰，「豬北燕朝鮮之間謂之豭，關東或謂之彘，或謂之豕，東楚謂之豨，其子或謂之豚，或謂之貕，吳楊之間謂之豬子。」據此，豬豕均方言也。

12「領如蝤蠐。」（衛，碩人）傳：「蝤蠐蝎蟲也。」爾雅釋蟲文同。孫炎曰。「蠐螬謂之蟦蠐，關東謂之蝤蠐，梁益之間謂之蝎。又曰蝎蛣蝠。」方言曰「蠀螬謂之蟦，自關而東謂之蝤蠀。或謂之蚉蠾，或謂之蝖蝃，梁益之間謂之蛒，或謂之蝎，或謂之蛭蛒，秦晉之間謂之蠹，或謂之天螻。」此均方語之物名也。

13「魚麗于罶，鱨鯊。」（小雅，魚麗）傳：「鱨楊也。」爾雅釋魚無文。義疏引陸機疏云，「鱨一名黃頰魚是也，似燕頭魚身，形厚而長大頰骨，正黃魚之大而有力解飛者，徐州人謂之楊，黃頰通語也。」是楊者乃方語也。

14「陟彼南山，言采其蕨。」（召南，草蟲）傳：「蕨鼈也。」爾雅釋草文同。義疏引草木疏云，「周秦曰蕨，齊魯曰鼈，俗云，其初生似鼈脚，故名焉。」是則蕨鼈均方言也。

15「哀今之人，胡爲虺蜴。」（小雅，正月）傳：「蜴螈也。」蜴釋文作蜥蜴是也。方言云，「秦晉西夏謂之守宮，或謂之蠦蝘，或謂之蜥易，其在澤中者謂之易蜴，南楚謂之蛇醫，或謂之蠑螈，東齊海岱之間謂之螔蝀，北燕謂之蝘蜓。」戴震補注謂易蜴應作蜥易是也。據此，蜴螈爲方語之名。

16「松桷有舄，路寢孔碩。」（魯頌，閟宮）傳：「桷榱也。」爾雅釋宮，「桷謂之榱。」正義云，「桷之與榱是椽之別名。」說文，「桷榱也，椽方曰桷，周曰榱，齊魯謂之桷。」據此，桷榱亦方語也。

17「其釣維何，維絲伊緡。」（召南，何彼襛矣）傳：「緡綸也。」爾雅釋訓文同。郭注云：「詩曰維絲伊緡，緡繩也，江東謂之綸。」是綸爲方語也。

以上所舉乃名物因地域之不同而異名，而詁訓家因以方語而爲訓，故謂爲方言之訓。其實此種訓例，不祇對名物爲然，對於其他詞語亦莫不爲然。段玉裁說文注云，「楚謂聿，秦謂筆，燕謂弗，吳謂不律。」詩節南山，「庶民弗信。」傳，「庶民之言不可信，」是以不訓弗也，不弗方言也。王筠說文釋例亦云：「古人用字，貴時不貴古，取地之方言而制以爲字，取足達其意而已。」故方言爲訓在訓詁學上佔重要地位。因此，除上名物之訓外，對其他語詞，凡屬以方言爲訓者亦有申說之必要，茲竝舉例如下。

1「於我乎夏屋渠渠。」（秦，權輿）傳：「夏大也。」方言云，「自關而西秦晉之間，凡物之壯大者而愛偉之謂之夏。」是知夏之訓大乃方語也。

2「五日爲期，六日不詹。」（小雅，采綠）傳：「詹至也。」方言云，「楚語謂至爲詹。」是知詹訓至爲方語也。

3「笑語卒獲，神保是格。」（小雅，楚茨）傳：「格來也。」爾雅釋言同。方言云，「佫來也，自關而東周鄭之郊齊魯之間或謂之狢或曰懷。」按格與狢通。是知以來訓格亦方言之訓也。又時邁，「懷柔百神，」傳，懷來也。以懷訓來，亦方語之訓。

4「王事適我。」（邶，北門）傳：「適之也。」緇衣，四月傳均訓適爲之。此篇之字與鄘風柏舟，「之死矢靡他，」之字訓至。方言謂適，謂之乃宋魯語。此方語也。

5「公孫碩膚，赤舄几几。」（豳，狼跋）傳：「碩大。」碩人，碩鼠，巧言「蛇蛇碩言，」大田，「既庭且碩，」崧高，「其詩孔碩，」閟宮，「路寢孔碩，」箋均訓碩爲大。方言云，「齊宋人謂巨爲碩。」是碩大爲方語也。

6「顧瞻周道，中心弔兮。」（檜，匪風）傳：「弔傷也。」上章，「中心怛兮，」之怛，亦訓傷，故弔與怛同義。陳奐謂「吳都人有弔心之語，弔心卽傷心也。」此亦方域之語也。

7「有饛簋飧。」（小雅，大東）傳：「饛滿簋貌。」饛與朦通。方言，「朦豐也。自關而西秦晉之間凡大貌謂之朦。」傳訓饛爲滿，滿亦豐也。

8「樂只君子，福履將之。」（周南，樛木）傳：「將大也。」破斧，正月，我將，長發傳並同。方言云，「將大也，齊楚之郊，或曰京，或曰將。」據此，將大爲方語也。

9「度之薨薨。」（大雅，緜）傳：「度居也。」皇矣篇同訓度爲居。方言云，「度居也，東齊海岱之間或曰度。」是度居爲方語也。

10「天難忱斯，不易維王。」（大雅，大明）傳：「忱信也。」蕩篇，「天命匪諶，」傳，「諶信也。」忱諶又與訦通。說文，「燕岱東齊謂信訦也。」是又方語也。

11「王公伊濯，維豐之垣。」（大雅，文王有聲）傳：「濯大也。」方言曰「濯大也，荊吳楊甌之間曰濯。」是濯大亦方語也。

12「昭明有融，高明令終。」（大雅，既醉）傳：「融長也。」爾雅釋詁文同。郭璞注云，「宋衞荊吳之間曰融。」是知融長爲方語也。

13「孔曼且碩，萬民是若。」（魯頌，閟宮）傳：「曼長也。」方言云，「淮南吳越謂甚長曰曼，引伸之自夏口而下謂甚曰曼。」是知曼長亦方語也。

14「胡不相畏，先祖于摧。」（大雅，雲漢）傳：「摧至也。」釋詁文同。方言云，「摧至也，摧楚語。」此亦方語也。上列方言，楚語謂至爲詹，此亦謂至爲摧，是楚語詹摧同音。今湖廣有此語。

15「荏染柔木，言緡之絲。」（大雅，抑）傳：「緡被也。」說文云，「吳人解衣相被謂之緡。」方言云，「吳楊之間脫衣相被謂之緡緜。」是取方語之義以爲訓也。

16「豐年多黍多稌。」（周頌，豐年）傳：「豐大也。」方言云，「凡物之大貌曰豐。」又云，「趙魏之郊燕之北鄙，凡大人謂之豐人。」燕記曰，「豐人抒首，燕趙之間言圍大謂之豐。」是知豐大乃方語也。

17「純嘏爾常矣。」（小雅，卷阿）傳：「嘏大也。」方言，「嘏大也，宋衞陳魯之間謂之嘏，秦晉之間凡物壯大謂之嘏。」是知嘏之訓大乃言方也。

又小雅鴛鴦，「福祿艾之。」南山有臺「保艾爾後，」傳均訓艾為養。爾雅，「艾養也。」郭注引方言汝潁梁宋之間曰艾。臯矣，「其灌其栵。」馬瑞辰謂「栵與烈通。」爾雅「烈枿餘也」，方言，「陳鄭之間曰枿，晉衛之間曰烈，秦晉之間曰肄。」又汝墳，「惄如調飢，」傳訓惄飢意也，韓詩作愵，方言，「愵憶也，自關而西秦晉之間或曰惄。」此均與方言有關。

方言之入文入詩在古代固常有之。如宋之王荊公詩云，「黃狗臥花心，明月枝頭叫。」傳說蘇軾認為不通，曾將心改陰，將叫改照。後蘇貶黃州，知黃州人謂黃蜂為黃狗，謂知了蟬為明月，竟慚愧不已。可見古人之詩文之入方語，極為普遍。毛傳之訓詩當不能例外也。

五、今名訓古名

清陳澧曰：「時有古今，猶地有東西南北，相隔遠則言語不通矣。地遠則有翻譯，時遠則有訓詁，有翻譯則能使別國如鄉鄰，有訓詁則能使古今如旦暮。」張之洞之論訓詁亦謂「訓詁卽翻譯。」是知訓詁乃通古今之學，卽以今言通古言。上述今古文字之訓時已舉出大雅大明篇，「俔天之妹，」傳，「俔磬也。」盧文弨鍾山札記云：「在毛公當日磬之義人所共曉，故以磬解俔耳。」至後漢許慎說文又以譬諭釋俔，則在當時又以譬諭之義為人所共僥矣。又如鄭注禮記閒居傳云，「苄今之蒲平也，」在鄭康成時蒲平為人所共曉。時至今日，讀劉熙釋名之釋牀帳云，「蒲平，以蒲為之，其體平也。」始知蒲平爲牀帳之物。又周禮天官太宰，「四曰祿位，」鄭注，「祿者今月俸也。」又鄭志韋曜問荠今何草云，「今之狗尾也。」是故古今語殊，訓詁之學，要在以今語通古語也。本篇只就名物方面之今名訓古名。至名與字亦相同，如以上所列，「方之舟之」，傳訓舟爲船，舟船爲古今字，亦爲古今名。茲再詩傳之訓物以明之。

1「振鷺于飛，于彼西雝。」（周頌，振鷺）傳：「鷺白鳥也。」魯頌有駜，「振振鷺，」傳亦訓鷺爲白鳥。說文，「鷺白鷺也。」段注云，「周頌魯頌傳，鷺白鳥也。按大雅『白鳥翯翯』，白鳥謂鷺，傳不言者人所共知也，漢人謂鷺爲白鳥也。於頌則以人所知說其所不知，此傳注之體也。陸氏疏云，『好而潔白故謂之白鳥。』此白鷺當作白鳥，許之例多因毛傳也。」此鷺之訓白鳥，以漢人謂鷺爲白鳥也。

2「肅肅宵征，抱衾與裯。」（召南，小星）傳：「裯單被也。」箋，「裯牀帳也。」鄭志張逸問，「此箋不知何以易傳？答曰，「今人名帳爲裯。」三家詩裯作幬，說文，「幬單帳也。」爾雅釋訓，「幬帳也。」陳喬樅謂爾雅正釋此詩。郭注爾雅云，「今江東亦謂帳爲幬。」王先謙謂幬卽裯之俗體，故鄭云今人名帳爲裯也。鄭訓裯爲帳卽以今名釋古名也。

3「交交桑扈，有鶯其領。」（小雅，桑扈）傳：「領頸也。」衞風碩人，「領如蝤蠐，」傳亦訓領爲頸。爾雅釋詁同。陳奐曰，「領頸古今異名也。」此卽以今名訓古名也。

4「大任有身，生此文王。」（大雅，大明）傳：「身重也。」箋，「重謂懷孕也。」此明爲漢時語。陳奐引列女傳，楚考李后頌，「知重而入遂得爲嗣。」是漢時已謂重爲懷孕。又引褱子曰重，今江蘇有此遺語。

5「庤乃錢鎛，奄觀銍艾。」（周頌，臣工）傳：「錢銚鎛鎒也。」陳奐謂錢鎛銚鎒乃古今異名，故傳以銚詁錢，以鎒詁鎛也。

6「淇水湯湯，漸車帷裳。」（衛，氓）箋：「帷裳童容也。」釋名釋牀帳云，「幢容幢容也，施之車蓋，童童然以隱蔽形容也。」孔疏云，「童容以帷障車之旁，如裳以爲容飾，或謂之帷裳，或謂之童容。」童容爲漢時名而帷裳則古名也。

7「簟茀錯衡，」「鉤膺鏤錫。」（大雅，韓奕）箋：「簟茀漆簟以爲車蔽，今之藩也。鉤膺樊纓也。眉上曰錫，刻金飾之，今當盧也。」正義云，「茀者車之蔽，簟者席之名。」以漆席爲車蔽，即今之藩。此今字當指鄭康成時之物名。又眉上曰錫，古名眉上爲錫，即齊風。「抑若揚兮」，揚亦人面眉上之名。故傳云，「鏤錫有金鏤其錫也。」古謂眉上爲錫或揚，而漢代則名爲當盧矣。當盧即人面眉上之名，今古名異也。

又傳訓鉤膺爲樊纓。與釆芑同。但樊纓究爲何物？鄭注周官云，「樊讀鞶，鞶謂今馬大帶也，纓今馬鞅也。」鉤膺又名樊纓，而漢代則名馬大帶及馬鞅也。此今古異名。

8「帝謂文王，無然畔援，無然歆羨，先登于岸。」（大雅，皇矣）箋：「畔援猶拔扈也，岸訟也。當先平獄訟正曲直也。」正義云，「拔扈凶橫自恣之貌，漢質帝謂梁冀爲拔扈將軍，是古今之通語也。小宛云，宜岸宜獄相對，是岸爲訟也。」畔援是古語，拔扈爲今語，此以今語釋古語也。岸是古名，訟爲今名，是以今名釋古名也。

9「二矛重喬，河上乎逍遙。」（鄭，淸人）箋：「喬矛矜，近上及室題，所以懸毛羽。」陳奐謂矜當作矜，矛柄也。正義云，「經傳不言矛有毛羽，鄭以時事言之，猶今之鵰毛梢也。」所謂以時事言之，即以今名釋古名也。

10「池之竭矣，不云自頻。」（大雅，召旻）箋：「頻當作濱厓猶外也。」頻，漢時作賓，如召南采蘋，說文蘋作薲，頻說文作瀕，故頻作濱。箋義常本韓詩，韓用今文也，故箋以濱釋頻，即以今名訓古名也。又大雅，「國步斯頻，」漢許愼說文作「國步斯矉。」

11「或獻或酢，洗爵奠斝。」（大雅，行葦）傳：「斝爵也，夏曰醆，殷曰斝，周曰爵。」斝是古名，而爵則爲周後之今名，此亦以今名釋古名之例。

12「有豕白蹢，烝涉波矣。」（小雅，漸漸之石）傳：「蹢蹄也。」箋，「喩荆舒之人勇悍捷敏其君猶白蹄之豕也。」蹄，說文作蹏。陳奐謂蹄爲蹏之俗字，既爲俗字則爲當時之通名可知。是則，蹢爲古名而蹄爲今名矣。

13「采菽采菽，筐之筥之。」（小雅，采菽）箋：「菽大豆也。」生民，「蓺之荏菽。」箋亦訓菽爲大豆。陳奐謂菽又作叔，即尗之段借字。說文，「尗豆也。」段注云，「此以漢時語釋古語也。」又同篇「邪福在下，」箋，「邪福如今之行縢也。」此以今名之行縢釋古語之邪幅也。又左桓二年傳，

「帶裳幅舄，」杜注亦以行縢訓幅。

此外召南草蟲傳，「草蟲常羊也。」正義謂未聞。爾雅草蟲作草螽。卽蝗也。漢人常以疊韻名物，如扶蘇扶胥。常羊疊韻，而常羊又與蝗疊韻。是漢人謂蝗爲常羊矣。

六、通名訓異名

胡樸安在中國訓詁學史中云，「異語者或古今異語，或國別異語；通語者無古今國別之分，故以通語釋古今國別異語。如爾雅，翁，公，爸，爹，箸，父也。媓，妣，毑，㛹，嬭，媼，姐，母也。娟，嬃，姊也，媦，娣，妹也之類。」是篇所謂通名乃通俗所習知之名，異名乃奇異之名，卽以通俗之名以釋奇異之名也。茲舉詩訓以明之。

1「無感我帨兮。」（召南，野有死麕）傳：「帨佩巾也。」帨，說文謂本字作帥，「佩巾也。」士昏禮，「逘女施衿結帨，」注，「帨佩巾也。」帨爲異名而佩巾則通名也。

2「氓之蚩蚩，抱布貿絲。」（衛，氓）傳：「布幣也。」古毛詩說，鄭訓布爲泉。泉布是古幣名，故傳直以幣訓之。布爲殊名而幣則人所共知之名也。

3「衛侯之妻，東宮之妹。」（衛，碩人）傳：「東宮齊太子也。」東宮爲太子宮，故謂太子。東宮殊名而太子則通名也。又同篇傳，「蝤蠐蝎蟲也。」蝤蠐殊名而蝎蟲則通名也。

4「小戎俴收。」（秦，小戎）傳：「小戎兵車也，收軫也。」小戎別名兵車則通名。收爲奇異之名而軫則人所共曉也。又同篇，「厹矛鋈錞，」傳，「厹矛三隅矛也。」厹矛異名而三隅矛即所謂三鋒矛，乃人所知也。又同篇傳，「錞鐏也，」「蒙討羽也，」「伐中干也，」「韔弓室也，」「膺馬帶也，」「混繩也，」「縢約也，」均以通名訓異名。

5「伐柯如之何，匪斧不克。」（豳，伐柯）傳：「柯斧柄也。」考工記，「車人之事一欘有半，謂之柯。」注，柯斧柄之名。是柯爲異名而斧柄則通名也。

6「町畽鹿場，熠燿宵行。」（豳，東山）傳：「町畽鹿迹也。」說文，「田踐處曰町畽，禽獸所踐處也。」傳以鹿場故訓鹿迹。町畽人所不知，而鹿迹則人所通曉也。又上連釋例已引傳熠燿燐也，燐螢火也。以螢火釋熠燿，是亦通名訓異名也。

7「素衣朱襮，從子于沃。」（唐，揚之水）傳：「襮領也。」爾雅釋器，黼領謂之襮。傳云領渾言之也。襮殊名而領則通名。又魏風葛屨，「要之襋之」，傳，「襋領也。」子衿，「青青子衿」傳，「衿領也」是襋也，襮也，衿也皆異名而傳以領之通名訓之。

8「其檉其椐，其檿其柘。」（大雅，皇矣）傳：「檉河柳也，檿山桑也。」爾雅釋木文同。漢書西域傳，「鄯善國多檉柳。」即河柳也。尚書檿絲，國語檿弧，檿皆山桑。檉與檿爲異名，而河柳與山桑則爲通名矣。

9「有棧之車，行彼周道。」（小雅，何草不黃）傳：「棧車役車也。」杕杜，「檀車幝幝，」傳，「檀車役車也。」棧車檀車爲異名，而役車則通名也。又魏風汾沮洳，「殊異乎公路，」傳，「路車也。」路爲奇異之名，而車則爲普通之名也。

10「蜎蜎者蠋，烝在桑野。」（豳，東山）傳：「蠋桑蟲也。」小雅小宛，「螟蛉有子，」傳，「螟蛉桑蟲也。」同爲桑蟲，而蠋與螟蛉則爲異名也。

以上所舉，包括同訓異名之物及普通與奇異之名。其他如車舝傳，「鷮雉也。」鶴鳴傳，「錯石也。」無羊傳，「肱臂也。」東山傳，「垤螘冢也。」行露傳，「墉牆也。」甫田傳，「弁冠也。」蓼蕭傳，「鞗轡也。」彤弓傳，「櫜韜也。」等均以通名訓異名也。

七、物之性質爲訓

所謂性質包括本質，性能及構造而言。孟子云，「物之不齊，物之性也。」茲將毛詩傳所訓之不齊物性分本質，性能及構造三方面言之。

甲、本質爲訓

1「關關雎鳩，在河之洲。」（周南，關雎）傳：「水中可居者曰洲。」爾雅釋水，「水中可居曰州。」說文，「水中可居曰州，周繞其旁，从重川，詩曰，在河之州。」陳奐云，「洲當作州。」故知州之本質是水周繞其旁，其上可居人者。

2「爲絺爲綌，服之無斁。」（周南，葛覃）傳：「精曰絺，麤曰綌。」玉篇引韓詩云「結曰絺，辟曰綌。」結辟卽精粗也。說文，「絺細葛也，綌粗葛也。」此以物之本質以爲訓也。

3「陟彼崔嵬，我馬虺隤。」（周南，卷耳）傳：「崔嵬土山之戴石者。」爾雅，「石戴土謂之崔嵬。」正義以爲轉寫之誤。戴與載通，前已言之，土載石與石載土寶無大相反。谷風傳，「崔嵬山顚也。」此言山顚有土有石者。此以山顚之本質而言，而劉熙釋名謂因形名之非也。又同篇，「陟彼砠矣，」傳，「石山戴土曰砠。」爾雅，「土戴石曰砠。」又與毛傳相反。說文，釋名均隨毛傳。此亦以物之質而言也。

4「遵彼汝墳，伐其條肄。」（周南，汝墳。）傳：「肄餘也，斬而復生曰肄。」按肄卽商頌長發，「苞有三蘖」之蘖，傳，「蘖餘也。」亦卽爾雅之栵，均訓餘，卽斬而復生之枝也。

5「考槃在澗。」（衛，考槃）傳：「山夾水曰澗。」爾雅同。釋文引韓詩作干云，「墝埆之處也。」易，「鴻漸于干，」虞注，「小水從山流下稱干。」翟注云，「山厓也。」陳喬樅云，「韓云墝埆之處者，干爲山澗厓岸之地，故以墝埆言之，謂土地脊薄者也。」此均以其本質而言也。

6「有匪君子，如金如錫，如圭如璧。」（衛，淇奧）傳：「金錫練而精，圭璧性有質。」說文，「金五色金也，黃爲之長，久薶不生衣，百練不輕，從革不違。」此其本質也。孔疏云，「武公器德已百練成精如金錫如圭璧者。」又云，「道業已就琢磨如圭璧。」此皆以其質而言也。

7「我倉既盈，我庾維億。」（小雅，楚茨）傳：「露積曰庾。」甫田，「曾孫之庾，」箋，「庾露積穀。」說文，「倉穀藏也，庾倉無屋者。」周語，「野有庾積。」野積卽露積也。胡廣漢官解詁云，「在邑曰倉，在野曰庾。」此倉庾之性質也。

8「既方既皁。」（小雅，大田）傳：「實未堅者曰皁。」箋，「方房也，盡生房矣，盡我實矣。」故皁乃稻之初結實而未堅者。此以未堅之本質而言也。

9「作之屏之，其菑其翳。」（大雅，皇矣）傳：「木立死曰菑，其斃爲翳。」爾雅釋木，「立死菑，蔽者翳。」蔽卽斃也。陳奐云，「傳云自斃與立死對文，立者爲菑，不立者爲翳，皆謂木之死者。」此言死木之質也。

10「冽彼下泉，浸彼苞稂。」（曹，下泉）傳：「稂童粱，非溉草，得水而病也。」大田傳同。爾雅郭注云，「稂莠類也。」釋文引說文，「禾粟之莠而未成者謂之童蓈。」童蓈卽童粱也。其本質見水而病者也。

此外如邶谷風傳，「荼苦菜也。」簡兮傳，「苓大苦也，」瓠有苦葉傳，「瓠葉苦不可食也。」靜女傳，「荑茅之始生者也。」我行其野傳，「樗惡木也，」「蓫惡菜也，」「葍惡菜也。」溱洧傳，「勺藥香草也。」江漢傳，「鬯香草也。」此類之訓非鮮也。

乙、性能爲訓

1「肅肅鴇羽，集于苞栩。」（唐，鴇羽）傳：「鴇之性不樹止。」陸疏云，「鴇連蹄性不樹止。」馬瑞辰云：「鴇蓋雁之類，雁亦不樹止。」此以物之性爲訓也。

2「交交桑扈，率塲啄粟。」（小雅，小宛）傳：「桑扈竊脂也。」箋，「竊脂肉食，今無肉而循塲啄粟，失其天性不能自活。」爾雅釋鳥，「桑扈竊脂。」郭注，「俗呼青雀觜曲食肉，喜盜脂膏食之因以名云。」陳奐云：「傳用爾雅桑扈竊脂之文者，以其性言之也。」

3「匪鶉匪鳶，翰飛戾天，匪鱣匪鮪，潛逃于淵。」（小雅，四月）傳：「鶉鵰也，鵰鳶貪殘之鳥也。大魚能逃處淵。」箋：「言鵰鳶之高飛，鯉鮪之處淵，性自然也。」貪殘與高飛乃鵰鳶之性，鯉鮪能逃處深淵，亦此魚之性。故箋云，「性自然也。」至陳風墓門傳及商頌泮水傳，「鴞惡聲之鳥也。」能發惡聲亦鴞之性也。又小雅鴛鴦傳，「鴛鴦匹鳥也。」鴛鴦性喜匹，亦其性也。

4「魚潛在淵，或在于渚。」（小雅，鶴鳴）傳：「良魚在淵小魚在渚。」箋，「此言魚之性寒則逃於淵，溫則見於渚。」正義云，「小魚不能入淵而在渚，大魚則能逃於深淵。」此以其性能而言。至箋以魚之性寒溫不同，此亦言魚之性也。

5「去其螟螣，及其蟊賊。」（小雅，大田）傳：「食心曰螟，食葉曰螣，食根曰蟊，食節曰賊。」說文有螟，蟘，蟊，云，「螟食穀心者。」「蟘食苗葉者，」「蟊食草根者。」此皆以其性能爲訓也。

6「鴥彼飛隼，率彼中陵。」（小雅，沔水）箋：「隼之性待鳥雀而食。」此言隼之性能也。東山，「鸛鳴于垤，」傳，「鸛好水長鳴而喜也。」孔疏云，「鸛是好水之鳥，知天將雨，故長鳴而喜也。」此言鸛之性能也。又斯干，「黃鳥黃鳥，無集于穀，無啄我粟。」傳，「黃鳥宜集木啄粟者。」正義云，「言人有禁語云，黃鳥黃鳥無集於我之穀木，無啄於我之粟，然黃鳥宜集木啄粟，今而禁之，是失其性。」此以黃鳥之性爲訓也。

7「脊令在原，兄弟急難。」（小雅，常棣）傳：「脊令雝渠也，飛則鳴，行則搖，不能自舍耳。」箋：「雝渠水鳥，而今在原，失其常處，則飛則鳴求其類，天性也，猶兄弟之於急難。」此亦以鳥之性爲訓也。又小宛，「題彼脊令，載飛載鳴。」亦卽常棣傳所謂飛則鳴也。

8「黍稷重穋，禾麻菽麥。」（豳，七月）傳：「後熟曰重，先熟曰穋。」周禮天官內宰，鄭司農注云，「先種後熟謂之重，後重先熟謂之穋。」說文重作種，穋作稑，其義一也。此言其性先熟與後熟也。魯頌閟宮，「重穋植稺。」傳，「先種曰植，後種曰稺。」釋文引韓詩，「植長稼也，稺幼稼也。」先種卽長，後種卽幼。此其性也。又七月篇，「四月秀葽，五月鳴蜩，八月其穫，十月隕蘀。」傳，「不榮而實曰秀。釋草云，「華榮也，木謂之華，草謂之榮。不榮而實者謂之秀，榮而不實者謂之英。」不榮而實者此葽之性也。又正義云，「四月秀者葽之草也，五月鳴者蜩之蟲也，八月其禾可穫刈也。十月木葉皆隕落也。」此言因時候之不同而物之性能各異也。

9「無折我樹檀。」（鄭，將仲子）傳：「檀彊忍之木。」正義忍作韌。堅韌乃檀木之性，故胡承珙後箋云，「傳於木必兼言其形性者，自以取興所在。檀以喻段之恃彊，所謂多行不義也。」

10「折柳樊圃。」（齊，東方未明）傳：「柳柔脃之木。」正義脃作脆。箋：「柳木之不可爲藩，猶是狂夫之不任挈壺氏之事。」柔脆乃柳之性，柳木不可爲藩，此乃柳之能。傳以其性爲訓，而箋則以其能爲訓也。至大雅卷阿傳，「梧桐柔木也。」又云，「梧桐不生於山岡，太平而後生朝陽。」柔乃梧桐之性。不生於山岡太平而後生朝陽，乃梧桐之能也。

11「毋教猱升木，如塗塗附。」（小雅，角弓）箋：「猱之性善登木，若教使爲之必也。塗之性善著，若以塗附其著亦必也。以喻人之性皆有仁義，教之則進。」此以物之性而喻人之性也。

12「有鶖在梁，有鶴在林。」（小雅，白華）箋：「鶖也鶴也皆以魚爲美食者也。鶖之性貪惡，而今在梁，鶴絜白而反在林。」正義云，「此舉二鳥明喻二人。易稱鳴鶴在陰，是善鳥也，故喻申后，鶖惡鳥興褒姒。」此以其性以爲訓也。

13「鴻雁于飛。」（小雅，鴻雁）傳：「鴻雁知陰陽寒暑。」各本亦有入箋語。正義云，「知陰陽寒暑者，春則避陽暑而北，秋則避陰寒而南。」此鴻雁之性能也。

14「椒聊之實。」（唐，椒聊）箋：「椒之性芬香而少實。」此以椒之性以爲訓。

15「胡爲虺蜴。」（小雅，正月）箋：「虺蜴之性見人則走。」此以虺蜴之性爲訓也。

16「鴛鴦于飛。」（小雅，鴛鴦）傳：「鴛鴦匹鳥。」箋，「匹鳥言其止則相耦，飛則爲雙，性馴耦也。」此亦以其性而言。

丙、構造爲訓

1「汎彼柏舟，亦汎其流。」（邶，柏舟）傳：「柏木所以宜爲舟也。」陳奐云：「柏木爲舟曰柏舟，故傳云，柏木所以宜爲舟也。」此言舟之構造爲柏木也。又小雅，菁菁者莪，「汎汎楊舟，」傳，「楊木爲舟。」此言以楊木造成之舟也。又衛風竹竿，「檜楫松舟。」此亦言以檜木爲楫，松木爲舟也。

2「姑酌彼兕觥，維以不永傷。」（周南，卷耳）傳：「兕觥角爵也。」孔疏云：「觵以兕角爲之，字又作觥。」正義云，「其言兕必以兕角爲之。觥者爵稱也，爵總名，故云角爵也。」禮制云，「觥大七升，以兕角爲之。」可見觥之構造是兕角也。按詩四言兕觥而訓不同。七月傳曰，「觥所以誓衆也。」桑扈傳，「兕觥罰爵也」，絲衣箋曰：「繹之旅士用兕觥，變於祭也。」此均以兕觥之用而言，而此篇訓角爵則以其構造而言也。馬瑞辰據五經異義引韓詩說，一升曰爵……四升曰角。證此角卽四升之角。非兕角之角。然則，角爵之爵，亦可訓一升之爵，角爵二字之義爲不通矣。

3「心之憂矣，我歌且謠。」（魏，園有桃）傳：「曲合樂曰歌，徒歌曰謠。」爾雅釋樂，「徒歌謂之謠。」正義云，「此文歌謠相對，謠既徒歌，則歌不徒矣。行葦傳曰，「歌者合於琴瑟也。」」案行葦，「或歌或咢，」舊本傳，「歌者比於琴瑟也，徒擊鼓曰咢。」定本作，「歌者合於琴瑟也，徒歌曰咢。」陳奐云：「歌謂正歌曲合樂，所謂比於琴瑟也，徒擊鼓曰咢，爾雅釋樂文，歌咢猶歌謠，歌皆正歌，謠咢皆非正歌。」此言歌之成分乃曲合樂，卽比於琴瑟也，謠或咢之成分乃徒歌或徒擊鼓而已。

4「和鑾雝雝，萬福攸同。」（小雅，蓼蕭）傳：「在軾曰和，在鑣曰鑾。」和鈴也，故載見曰，

「和鈴央央」是也。鸞亦鈴也。說文，「鑾人君乘車四馬，鑣八，鑾鈴象鸞鳥之聲，和則敬也。」是和鸞皆鈴也。和之構設在軾前，鸞之構設於鑣。說文，「鑣馬銜也。」卽在設馬銜之兩旁，一馬兩鑣，卽一馬兩鸞。四馬共八鸞。采芑，「八鸞瑲瑲。」烝民，「八鸞鏘鏘。」烈祖，「八鸞鶬鶬。」是也。左桓二年傳，「錫鸞和鈴昭其聲也。」杜注云，「鸞在鑣和在衡。」此與毛傳異。又白虎通義，「鸞者在衡，和者在軾。」又與毛傳異。但衡只二馬，則非八鸞矣。當以毛傳爲正。

5「伯氏吹壎，仲氏吹篪。」（小雅，何人斯）傳：「土曰壎，竹曰篪。」爾雅釋樂，「大塤謂之嘂。」郭注云，「塤燒土爲之，大如鵝子，銳上平底，形如稱錘，六孔，小者如雞子。」塤與壎同。又爾雅，「大篪謂之沂。」郭注云，「篪以竹爲之，長尺四寸，圍三寸。一孔上出徑三分，橫吹之。小者尺二寸。廣雅云，八孔。」此言壎之構造，以燒土爲之，篪之構造以竹爲之也。

6「有兎斯首，炮之燔之。」（小雅，瓠葉）傳：「毛曰炮，加火曰燔。」孔疏云，「地官封人云，『毛炮之豚。』注云，爓去其毛而炮之。傳直言毛曰炮，當是合毛而炮之，未必能如八珍之食，去毛炮之也。」說文，「炮毛炙肉也。」義與傳同。是炮肉之成分是並毛而炮之也。說文，「燔爇也，」「爇燒也。」故燔肉之成分乃加火以燒之也。又下章，「燔之炙之，」傳，「炕火曰炙。」正義云，「炕舉也：謂以物貫之而舉於火上以炙之。」生民傳，貫之加於火曰烈，烈卽炙也。是炙肉之成分乃貫之加於火上也。

7「卬盛于豆，于豆于登。」（大雅，生民）傳：「木曰豆，土曰登。」箋：「祭天用瓦豆，陶器質也。」爾雅釋器，「木豆謂之豆，瓦豆謂之登。」正義云，「是木曰豆，瓦曰登，對文則瓦木異名，散則皆名豆，故云，瓦豆謂之登。」此言豆有木造，亦有陶器造。分言之，木造者爲豆，陶造者爲登。此均以其構造而爲訓也。

8「鼉鼓逢逢，矇瞍奏公。」（大雅，靈臺）傳：「有眸子而無見曰矇，無眸子曰瞍。」周禮春官，瞽矇，鄭司農注云，「無目眹謂之瞽，有目眹而無見謂之矇，有目而無眸子謂之瞍。」與傳訓同。此言矇之構造尙有眸子，而瞍之構造則無眸子矣。又陳風澤陂「涕泗滂沱。」傳，「自目曰涕，自鼻曰泗。」禮記檀弓作涕洟。鄭注，「自目曰涕，自鼻曰洟。」此又以涕泗之成分而言也。

9「醓醢以薦，或燔或炙。」（大雅，行葦）傳：「以肉曰醓醢。」爾雅釋器，「肉謂之醢。」李巡曰，「以肉作醬曰醢。」正義曰，「天官醢人注云，醓肉汁也。蓋用肉爲醢，特有多汁，故以醓爲名；其無汁者自以所有之肉魚雁之屬爲之名也。」是知醓醢之構成是以肉爲之也。

10「旣備乃奏，簫管備舉。」（周頌，有瞽）箋：「簫編小竹管，如今賣餳者所吹也。管如篴，併而吹之。」正義云：「風俗通云，簫參差象鳳翼，十管長二尺。其言管數長短不同，蓋有大小故也。要是編小竹管爲之耳。」又管如笛，併兩管而吹之，亦竹爲之也。此言簫之構成爲小竹也。

此外如頍弁傳，「弁皮弁也。」此言以皮製成之冠也。都人士傳，「緇撮緇布冠也。」此言以緇布製成之冠也。白華傳，「白華野菅，已漚爲菅。」此言菅之構造爲經漚而成也。

八、形狀爲訓

毛傳之訓物喜以形性爲訓，如上所舉劉熙，陳奐等已詳言之。茲舉其以形訓物之例如下。

1「南有樛木，葛藟纍之。」(周南，樛木)傳：「木下曲曰樛。」爾雅，「下句曰朻。」朻卽樛也，句卽曲也。釋文引韓引作朻。陳奐云，「樛木下曲而垂，葛藟得而上蔓之。」下曲而垂，卽樛木之形也。

2「于以湘之，維錡及釜。」(召南，采蘋)傳：「有足曰錡，無足曰釜。」方言曰，「錡或曰三脚釜。」玉篇云，「三足釜。」正義謂定本錡下無傳。陳奐謂六書故兩引有足曰錡，無足曰釜。是錡與釜之別乃有足與無足耳。有足無足乃物之形狀也。

3「燕婉之求，籧篨不鮮。」(邶，新臺)傳：「籧篨不能俯者。」下章，「得此戚施。」傳，「戚施不能仰者。」晉語，「籧篨不可使俯，戚施不可使仰。」傳訓本此。爾雅釋訓，「籧篨口柔也。戚施面柔也。」鄭箋合毛傳及爾雅而訓之曰，「籧篨口柔，常觀人顏色而爲之辭，故不能俯也。戚施面柔，下人以色，故不能仰也。」說文，「籧篨粗竹席也。」此另一義。傳箋之訓所謂不能俯不能仰，乃以其形狀爲訓也。

4「四牡騤騤，旟旐有翩。」(大雅，桑柔)傳：「鳥隼曰旟，龜蛇曰旐。」出車傳，「龜蛇曰旐，鳥隼曰旟。」干旄傳，「鳥隼曰旟。」此與周官司常文同。鄭注司常云，「鳥隼象其勇捷也。」

爾雅，「錯革鳥爲旟。」孫炎注曰，「畫急疾之鳥於旒，周官所鳥隼爲旟是也。」所謂畫，所謂象均取其形狀也。

5「螓首蛾眉。」（衛，碩人）傳：「螓首顙廣而方。」此與鄘風君子偕老傳，「廣揚而顏角豐滿，」相同。廣而方乃顙之形狀，此以形爲訓也。

6「考槃在阿。」（衛，考槃）傳：「曲陵曰阿。」說文，「阿曲阜也。」韓詩，「曲京曰阿。」京阜陵義同。大雅卷阿傳亦阿爲曲阿。菁菁者莪，「在彼中阿，」傳，「大陵曰阿。」緜蠻傳，「丘阿曲阿也。」曲也大陵也均形其狀也。

小雅魚麗，「魚麗于罶。」傳，「罶曲梁也。」正義云，「釋訓云，凡曲者爲罶，是罶曲梁也。曲者乃狀罶之形也。

7「淇水滺滺，檜楫松舟。」（衛，竹竿）傳：「檜柏葉松身。」爾雅釋木文同。禹貢，檜作栝，注云，「柏葉松身曰栝。」此言檜木其葉如柏，其身如松也。象形之訓也。

8「虡業維樅。」（大雅，靈臺）傳：「植者曰虡，橫者曰栒。」有瞽傳同。陳奐云：「凡經典皆言栒虡，詩言虡業，業猶栒也。」正義云，「郭璞曰，懸鐘磬之木植者名爲虡。然則懸鐘磬者兩端有植木，其上有橫木，謂直立者爲虡，謂橫牽者爲栒。」直立，橫牽乃言其形狀也。又同篇，「於樂辟廱，」傳，「水旋丘如璧曰辟廱，以節觀者。」正義云，「水旋丘如璧者，璧體圓而內有孔，此水亦圓而內有地，猶如璧然。土之高者曰丘，此水內之地未必高於水外，正謂水下而地高，故以丘言之，以水繞丘，所以節約觀者，令在外而觀也。」泮水傳，「天子辟廱。箋，「辟廱者築土雝水之外圓如璧，四方來觀者均也。」正義謂箋言水之外畔，而靈臺傳言水之中央，所據不同，互相發見也。此均言辟廱之形狀也。

9「有熊有羆，有貓有虎。」（大雅，韓奕）傳：「貓似虎淺毛者也。」爾雅，「虎竊毛曰虥貓。」說文，「虎竊毛謂之虥苗，从虎戔聲。」竊淺也。說文無貓字，苗卽貓也。單言曰貓，重言曰虥貓。此以其形而爲訓也。

10「駉駉牡馬，在坰之野。」（魯頌，駉）傳：「駉駉良馬腹幹肥張也。」正義云，「腹謂肚，幹謂馬脅。」又云，「肥張者充而張大，故其色駉駉然，是馬肥之貌耳。」此以其形貌爲訓也。

此外如伐檀傳，「風行水成文曰漣。淪小風水成文轉如輪也。」此以水文之形爲訓也。君子偕老傳，「美女爲媛。」山有扶蘇傳，「子都世之美好者也。子充良人也。」此以美貌之形爲訓也。衡門傳，「橫木爲門。」白華傳，「鶖禿鶖也。」晨風傳，「駮如馬倨牙食虎豹。」亦均以其形狀而言也。

九、大小爲訓

本來大小亦與形狀有關，惟詩傳言大小之訓特多，故另立訓例以著其原旨也。

1「于以采蘋，南澗之濱。」（周南，采蘋）傳：「蘋大蓱也。」爾雅釋草，「苹蓱，其大者蘋。」與毛傳同。陳奐云：「釋文引韓詩云，沈者曰蘋，浮者曰薸，薸卽蓱。是蘋蓱有大小沈浮之

異，萃其大名耳。韓言沈者非不浮也。但其根連水底較大於水浮之蓱。說雖異而義實同。」本草云，
「水萍有三種，大者曰蘋，中者曰荇菜，小者曰浮萍。」此以大小爲訓也。

2「羔羊之皮，素絲五紽。」（召南，羔羊）傳：「小曰羔，大曰羊。」後漢書循吏王渙傳注引韓詩章句云，「小曰羔，大曰羊。」正義云，「小羔大羊對文爲異。」又云，「傳以羔羊並言，故以大小釋之。」此大小之訓例也。

3「林有樸樕。」（召南，野有死麕）傳：「樸樕小木也。」爾雅釋木，「樸樕心。」孫炎注云，「樸樕一名心。」王引之在經義述聞辯之曰，「樸樕與心皆小貌也。心之言纖纖小也。釋名曰，心纖也。故毛傳及說文皆云，樸樕小木也。」此亦以大小爲訓也。至樸樕之聲轉爲扶蘇，山有扶蘇傳亦訓扶蘇小木也。

4「泉源在左，淇水在右。」（衛，竹竿）傳：「泉源小水之源，淇水大水也。」箋：「小水有流，入大水之道，猶歸人有嫁於君子之禮。」正義云，「泉源者泉水初出，故云小水之源；淇則衛地之川，故知大水。」此以大小爲別也。

5「遡游從之，宛在水中坻。」（秦，蒹葭）傳：「坻小渚也。」下章，「宛在水中沚，」傳，「小渚曰沚。」又召南，江有汜傳，「渚小洲也。」爾雅，「小州曰渚，小渚曰沚，小沚曰坻。」陳奐云：「傳以沚坻均極小之稱，不再區別也。」此均言物之小者也。

6「缾之罄矣，維罍之恥。」（小雅，蓼莪）傳：「缾小而罍大。」箋：「缾小而盡，罍大而

盈。」正義云，「郭璞曰，罍形似壺，大者受一斛。是罍大如缾也。」又云，「罍大似富衆，缾小似貧寡。」此以大小爲訓也。

7「益之以霢霂。」（小雅，信南山）傳：「小雨曰霢霂。」箋，「益之以小雨。」爾雅釋天，「小雨謂之霢霂。」說文霢下訓義同。案霢霂爲雙聲聯綿詞，而第三條之樸樕爲疊韻聯綿詞，詩用詞常用此類詞語。樸樕從木，故訓小木，而霢霂從雨，故訓小雨。

8「于橐于囊，思輯用光。」（大雅，公劉）傳：「小曰橐，大曰囊。」正義云，「橐囊俱用裹糧，而異其文，明有大小之別。故云小曰橐，大曰囊。」又引左宣二年傳稱趙盾見靈輒餓食之，又爲之簞食與肉置諸橐，以與之囊，唯盛食而已。是其小也。又哀六年公羊傳稱陳乞欲立公子陽生盛之巨囊而內。可以容人，是其大也。陳奐謂史記陸賈傳索隱引詩傳，「大曰橐小曰囊。」戴侗六書故引毛傳作無底曰橐，有底曰囊。恐出記憶之誤也。又同篇，「陟則在巘」，傳，「巘小山別於大山。」正義謂山形上大下小，因以得名。案巘古與鮮聲通同義，皇矣：「度其鮮原，」傳，「小山別大山曰鮮。」此均以大小爲訓也。

9「設業設虡，」「應田縣鼓，」（周頌，有瞽）傳：「業大版也，應小鞞也，田大鼓也。」爾雅釋器，「大版謂之業。」是業爲大版也。釋樂云，「大鼓謂之鼖，小鼓謂之應。」是應爲小鼓也。應爲小鼓，田宜爲大鼓也。箋改田爲朄，訓爲小鼓，此本三家詩義。又大雅靈臺，「虡業維樅，賁鼓維鏞。」傳，「業大版也，賁大鼓也，鏞大鐘也。」業之訓與上同。賁鼓設於軍旅之事，故謂大鼓。

爾雅，「大鐘謂之鏞。」是鏞大鐘也。商頌那篇，「厥聲庸鼓，」傳，「大鐘曰庸。」庸卽鏞之省借。此均以大小釋物也。

10「鴻雁于飛，肅肅其羽。」（小雅，鴻雁）傳：「大曰鴻，小曰雁。」杜注左傳亦云，「大者爲鴻，小者爲雁。」說文，「琟鳥肥大琟琟也。或作鳿」。鳿卽鴻也。九罭，「鴻飛遵渚，」箋，「鴻大鳥也。」此以大小訓鳥也。

11「大東小東，杼柚其空。」（小雅，大東）箋：「小也大也謂賦歛之多少也。小亦於東，大亦於東。」箋以大小而訓大東小東，與魯頌「遂荒大東」箋，「大東極東也。」之訓不同。

12「自羊徂牛，鼐鼎及鼒。」（周頌，絲衣）傳：「自羊徂牛，言先小後大也。大鼎謂之鼐，小鼎謂之鼒。」詩言先羊後牛，故傳言先小後大也。說苑尊賢篇引詩曰，自堂徂基，自羊徂牛，言以內及外，以小及大。爾雅釋器，「鼎絕大謂之鼐。」說文，「鼐鼎之絕大者。」段注云，「絕大謂函牛之鼎也。」此亦以大小名物之訓例。

13「築城伊淢，作豐伊匹。」（大雅，文王有聲）傳：「淢成溝也。匹配也。」箋，「六十里曰成，淢其溝也。深廣各八尺。文王受命而猶不自足，築豐邑之城，大小適與成偶，大於諸侯，小於天子之制。」此爲大小相匹之訓也。

此外如小雅庭燎傳，「庭燎大燭也。」周頌般傳，「嶞山山之嶞嶞小者也。」均以大小爲訓也。至說文，「仜大腹也。」「褊衣小也。」「藩大箕也」。此例不勝其數。至正月之「侯薪侯蒸，」據鄭注周禮甸師云，「大曰薪，小曰蒸。」此又以大小而名物也。

十、長短爲訓

物有大小亦有長短，大小爲物之衡，而長短乃物之度。此種訓例在詁訓方面極普遍，如說文，「襡，短衣也。」「被，寑衣，長一身有半。」此本論語鄉黨篇，「必有寢衣，長一身有半。」「櫾，崐崘山河隅之長木也。」「罃，備火長頸缾也。」「韠，韍也，下廣三尺，上廣一尺，其頸五寸。」段注，「謂其頸長五寸也。」茲舉詩傳之例明之。

1「伯兮執殳，爲王前驅。」（衞，伯兮）傳：「殳長丈二而無刃。」箋，「兵車六等軫也。戈也，人也，殳也，車戟也，酋矛也皆以四尺爲差。」考工記云，「殳長尋有四尺，尋八尺又加四尺，是丈二也。」正義釋箋義云，「因殳是兵車之所有，故歷言六等之差。考工記曰，兵車六等之數，車軫四尺謂之一等。戈柲六尺有六寸，既建而迆崇於軫四尺謂之二等。人長八尺，崇於戈四尺謂之三等。殳長尋有四尺，崇於人四尺謂之四等。車戟常崇於殳四尺謂之五等。酋矛常有四尺，崇於戟四尺謂之六等是也。」此均以長短之度以訓物也。

2「終日射侯，不出正兮。」（齊，猗嗟）傳：「二尺曰正。」正義云，「正者侯中所射之處。經典雖多言正鵠，其正之廣狹則無文。」周禮司裘，「王大射則共虎侯熊侯豹侯，設其鵠，諸侯則共熊侯豹侯，卿大夫則共麋侯，皆設其鵠。」鄭司農注云，「鵠鵠毛也，方十尺曰侯，四尺曰鵠，二尺曰正，四寸曰質。」此本詩傳二尺爲正之說。至賈逵注周禮云，「四尺曰正，正五重，鵠居其內，而方二尺以爲鵠。」此又與毛傳二尺爲正之說不合。此正義所謂正之廣狹則無文也。然無論二尺或四尺爲正，其以長度之訓例則一也。

3「輶車鸞鑣，載獫歇驕。」（秦，駟驖）傳：「獫歇驕田犬也。長喙曰獫，短喙曰歇驕。」此與爾雅釋畜文同。李巡曰，「分別犬喙長短之名。」說文，「獫長喙犬也，猲短喙犬也。」猲卽歇驕。皆以長短喙而名物也。

4「脩我戈矛，與子同仇。」（秦，無衣）傳：「戈長六尺六寸，矛長二丈。」考工記及廬人，戈柲六尺有六寸。」鄭注云，「柲猶柄也。」傳云戈長者，戈柄之長也。鄭風清人箋，「二矛酋矛夷矛也。」酋矛與夷矛之長度不同。考工記云，「酋矛常有四尺。」注云，「八尺曰尋，倍尋曰常。」常有四尺卽長二丈也。此指酋矛而言。至夷矛則三尋，長二丈四尺。故知詩之矛乃指酋矛而言。

5「之子于垣，百堵皆作。」（小雅，鴻雁）傳：「一丈爲版，五版爲堵。」箋，「春秋傳曰，五版爲堵，五堵爲雉，雉長三丈，則版六尺。」正義云，「板堵之數，經無其事，毛氏以義言耳。五板爲堵，自是公羊傳文。公羊在毛氏之後，非其所據。五板爲堵，謂累五板也。板廣二尺，故周禮說一堵之墻長丈高一丈，是板廣二尺也。」正義又釋鄭說云，「傳以一丈爲板，鄭欲易之，故引傳文以證板之長短。春秋傳，五板爲堵，五堵爲雉。定十二年公羊傳文也。公羊雖非正典，其言傳之先達，故鄭據之以破毛也。言五堵爲雉，謂接五堵成一雉，既引其文，約出其義，故云，雉長三丈，則板六尺也。雉長三丈，經亦無文，古周禮說，雉高一丈，長三丈。」此正義申述傳與箋對於板之長短之異議。但據王愆期注公羊云，諸儒皆以為雉長三丈，堵長一丈，疑五誤當為三。」據此，則毛傳之說合而鄭非矣。

6「終朝采綠，不盈一匊。」（小雅，采綠）傳：「自旦至食時為終朝。」又鄘風蝃蝀，「崇朝其雨」，傳亦曰，「從旦至食時為終朝。」崇者終也。此以時間之長短立訓也。

7「百堵皆興，鼛鼓弗勝。」（大雅，緜）傳：「鼛大鼓也，長一丈二尺。」鼓鍾傳，鼛大鼓也。已見前訓。此言長度一丈二尺。周禮冬官，「韗人為皐鼓，長尋有四尺。」皐即鼛，古皐鼛聲同。八尺為尋，尋有四尺即丈二尺也。此傳以大小長短兼訓也。

8「酌以大斗，以祈黃耇。」（大雅，行葦）傳：「大斗長三尺也。」正義謂大斗長三尺，謂其柄也。說文，「枓勺也，杓枓柄也。」正義引漢制禮器制度注云，「勺五升徑六寸長三尺。」據說文，勺與杓不同，而漢制之勺似非斗柄。故正義又云，「此蓋從大器挹之以樽，用此勺耳。其在樽中不當用如此之長勺也。」

9「元龜象齒，大賂南金。」（魯頌，泮水）傳：「元龜尺二寸。」元大也，元龜即大龜。漢書食貨志，「元龜岠冉長尺二寸，公龜九寸以上，子龜五寸以上。」孟康注云，「冉龜甲緣也，岠至也，度背兩邊緣尺二寸也。」白虎通義著龜篇引禮三正記云，「天子龜長一尺二寸，諸侯一尺，大夫八寸，士六寸。龜陰故數偶也。」北堂書鈔引詩傳作「長尺二寸。」此長短之訓也。

10「是斷是度，是尋是尺。」（魯頌，閟宮）傳：「八尺曰尋。」正義云，「於是斬斷之，於是量度之。其度之也，於是用八尺之尋，於是用十寸之尺。」說文，「周制寸尺咫尋常仞諸度量皆以人之體爲法，尋度人之兩臂爲尋八尺也。」此古度量之法也。

11「受大球小球，爲下國綴旒。」（商頌，長發）箋：「湯既爲天所命，則受小玉，謂尺二寸圭也。受大玉謂珽也，長三尺。執圭搢珽以與諸侯會同，結定其心，如旌旗之旒縿著焉。」又考工記玉人篇云，「大圭長三尺，杼上終葵首，天子服之。鎮圭尺有二寸，天子守之。」此言天子執玉長短玉制也。

12「蠨蛸在戶。」（豳，東山）傳：「蠨蛸長踦也。」說文，「蠨蛸長股者。」正義引陸疏，「蠨蛸一名長脚。」按說文蠨蛸乃長股者。此本傳之所謂長踦。長踦乃形容蠨蛸之長股。此以長短爲訓之例。至陸疏謂一名長脚，此因其長脚而得名亦未可知。

十一、方圓爲訓

方圓本是物之形，與物之大小長短同類，但細分之而已。說文，「楄方木也。」「簋黍稷方器也。」「璣珠不圜者。」「篅圜以盛穀者。」「篿圜竹器也。」此種訓例甚多，開其端者毛傳也。茲條例之。

1「于以盛之，維筐及筥。」（召南，采蘋）傳：「方曰筐，圓曰筥。」說文簾下云，「方曰匡，圜曰篆。」段注云，「召南傳，方曰筐，圓曰筥，筥當作篆。」匡卽筐之省借。此本毛傳之訓。王先謙詩疏謂許書不言非也。至淮南時則篇高注云，「方底曰筐，員底曰筥。」毛傳雖未言明其底，但或指其底而言，亦屬合理。

2「載驅薄薄，簟茀朱鞹。」（齊，載驅）傳：「簟方文席也。」正義云，「用方文竹簟以爲車蔽。」又云，「簟從竹，用竹爲席，其文必方」簟文以方訓之，足知毛傳對此之重視。

3「取彼斧斨，以伐遠揚。」（豳，七月）傳：「斨方銎也。」說文，「銎斧空也。」陳奐云：「空卽孔字，斧孔曰銎，方孔者則曰斨也。」又破斧，「旣破我斧，又缺我斨。」傳，「隋銎曰斧。」正義云，「隋銎曰斧，方銎曰斨。然則斨卽斧也，惟銎孔異耳。」此傳以孔之方隋而訓物，足見其辨物之精微也。

4「於粲洒埽，陳饋八簋。」（小雅，伐木）傳：「圓曰簋。」說文，「簠黍稷方器也。」「簋黍稷圜器也。」段注云，「周禮舍人注，方曰簠，圓曰簋，盛黍稷稻粱也。許云簋方簠圜，鄭則云簋圜簠方。不同者師傳各異也，周易二簋可用享。鄭注云，離爲日日體圓，巽爲木，木器圓簋象。聘禮竹簋方注云，竹簋方者器名，以竹爲之，狀如簋而方。賈疏云，凡簋皆用木而圓，此則用竹而方，故云如簋而方。周禮疏云，孝經陳其簋簠，注云，內圓外方，受斗二升者直據簠而言。若簋則內方外圓。孝經鄭注說者謂鄭小同之注也。賈所引文亦不完，則無用深求矣。而秦風釋文有內圓外方曰簠，內方外圓曰簋之文，蓋本孝經注。聘禮釋文則又方圓字皆互易之，自相乖刺，聶崇義曰，舊圖云，內方外圓曰簠，外方內圓曰簋，與秦風音義合。廣韻曰，內圓外方曰簋。歐陽氏集古錄曰，簠外方內圓，與聘禮音義合。考圜器之內為之方，方器之內為之圓，似以木以瓦以竹皆難為之，他器少如是者，恐孝經注不可信，許鄭皆所不言也。」方圓之訓，考據之詳，詁訓豈易為哉！

5「不稼不穡，胡取禾三百囷兮。」（魏，伐檀）傳：「圓者為囷。」說文，「廩之圜者，从禾在囗中，圜謂之囷，方謂之京。」考工記匠人鄭注，「囷圓倉也。」吳語韋注云，「員曰囷，方曰鹿。」正義云，「月令，修囷倉，方者為倉，故圓者為囷。」此均以圓釋囷也。

詩傳訓方圓祇此數條，亦可見其例。至上例碩人傳，「螓首顙廣而方。」靈臺箋，「水旋丘如璧曰辟廱。」正義謂璧體圓而內有孔，此水亦圓，而內有地，猶如璧然。此亦與方圓之訓有關也。

十二、高下為訓

所謂高下是指高低上下而言。物有高矮上下，此亦與物之形態有關。醜者固不得為美，高者亦不得為下，此乃物之性也。茲將詩訓列之如下。

1「言秣其馬，」「言秣其駒。」（周南，漢廣）傳：「六尺以上曰馬。」「五尺以上曰駒。」釋文，「駒本作驕。」說文，「馬高六尺為驕。」引詩皇皇者華，「我馬維驕，」（今本作駒，馬瑞辰云，「驕與駒雙聲，古音蓋讀驕為駒，因叚借作駒。」）六尺即五尺以上也。鄘風定之方中，「騋牝三千，」傳，「馬七尺以上曰騋。」周禮夏官庾人，「馬八尺以上為龍，七尺以上為騋，六尺以上爲馬。」此傳所本。陳風株林，「乘我乘駒，」箋，「六尺以下爲駒。」六尺以下卽五尺以上，亦卽說文所謂六尺。周禮輈人注云，「國馬謂種戎齊道高八尺，田馬高七尺，駑馬高六尺。」此卽龍，騋，駒也。此均以其高度而言。

2「東方未明，顚倒衣裳。」（齊，東方未明）傳：「上曰衣，下曰裳。」正義曰，「此其相對定稱，散則通名曰衣，曲禮曰，兩手摳衣去齊尺，注云，齊謂裳下緝也，傳言此解其顚倒之意，以裳爲衣，今上者在下，是爲顚倒也。此言上下分明，不得顚倒。」「邶風綠衣，綠衣黃裏，」傳，「綠間色，黃正色。」此言上衣應正色，下裳爲間色，以喻顚倒之義，詩之寄義如此也。

3「猗嗟名兮，美目清兮。」（齊，猗嗟）傳：「目上爲名，目下爲清。」爾雅釋訓，「猗嗟名兮，目上爲名。」孫炎曰，「目上平博。」郭注，「眉眼之間。」玉篇引詩作「猗嗟顯兮。」並云，眉目間也。」玉篇所引乃據韓詩。此詩之名與清與上章之「抑若揚兮」相對，揚玉篇引韓詩作陽，並云眉上曰陽，卽陽明之處，卽俗所謂太陽穴也。據此，則揚，名，清乃形容詞作名詞用，只以眉上，目上，目下爲分耳。馬瑞辰謂均爲形容詞，名與光明之明通，失矣。

4「阪有漆，隰有栗。」（秦，車鄰）傳：「陂者曰阪，下濕曰隰。」正義云，「釋地云，下濕曰隰。李巡曰，下濕謂土地窊下常沮洳名爲隰也。又云，陂者曰阪，下者曰隰，李巡曰，陂下謂高峯山陂下者，謂下隰之地，隰濕也。」陳奐云，「爾雅，隰有兩解，下濕謂平地之隰，下者對陂者言，則謂不平之隰，傳不云下者曰隰，則必云下濕曰隰者，於阪見其不平，而於隰著其高下。」所謂高下者卽高爲阪下爲隰也。又大雅，皇皇者華，「于彼原隰。」傳，「高平曰原，下濕曰隰。言華不以高下易其色也。」高平與下濕爲對擧之文，卽高下之分也。昭元年公羊傳，「上平曰原，下平曰隰。」亦以上下之對稱也。案詩兼言原隰者有，「于彼原隰，」「原隰裒矣，」「畇畇原隰，」「原隰旣平，」「度其原隰。」有獨言原者如，「鶺鴒在原，」「至于太原，」「瞻彼中原，」「中原有菽，」「周原膴膴，」「度其鮮原，」「于胥斯原，」「復降在原，」「瞻彼溥原。」有獨言隰者如，「隰有苓，」「隰則有泮，」「隰有荷華，」「隰有游龍，」「隰有榆，」「隰有杻，」「隰有栗，」「隰有楊，」「隰有六駁，」「隰有樹檖，」「隰有杞桋，」「徂隰徂畛，」「隰有萇楚，」「隰桑有阿。」此均爲高下之別也。

5「百川沸騰，山冢崒崩。高岸爲谷，深谷爲陵。」（小雅，十月之交。）傳：「山頂曰冢。」爾雅釋山，「山頂冢。」與傳同。孔疏云，「又時山之冢頂，高峯之上，崒然崔嵬者皆崩落。山高在上君之象，今崩落是君道壞也。於是又高大之岸陷爲深谷，岸應處上，今陷而在下，由君子居下故也。又深下之谷進出爲陵，谷應處下，今進而上，由小人處上故也。」此均以高低上下而訓詩也。

又同篇，「田卒汙萊。」傳，「下則汙，高則萊。」陳奐云，「此謂田盡不治，則下者積水，而高者蔑草矣。」此亦以田之高下而言。

6「君子至止，鞞琫有珌。」（小雅，瞻彼洛矣）傳：「鞞容刀鞞也。琫上飾。」正義云，「古之言鞞，猶今之言鞘。此琫有珌卽容飾也。琫上飾於鞞之形飾有上下耳。」又大雅公劉，「鞞琫容刀，」

傳，「下曰鞞，上曰琫。」陳奐云，「琫上飾珌下飾者，上下自至刀言之。琫在珌上，鞞在琫下，珌在琫末。公劉詩不言珌，故云，下曰鞞。舉鞞以該珌。鞞琫有珌，言鞞琫又加珌也。王莽傳，瑒琫瑒珌。孟康曰佩刀之飾上曰琫下曰珌。」此言刀鞘之容飾有上下之分也。

7「旄丘之葛兮。」（邶，旄丘）傳：「前高後下曰旄丘。」此與爾雅釋水，「前高旄丘。」同。李巡曰，「「謂前高後卑下。」以前高則後必下，故傳亦言後下。釋名作髦云，「前高曰旄邱，如馬頭舉垂髦也。」此以高下以訓詩也。

8「曾孫之庾，如坻如京。」（小雅，甫田）傳：「京高丘也。」箋，「坻水中之高地也。」爾雅釋丘，「絕高謂之京。」天保傳，「高平曰陸，大阜曰陵。」李巡謂土地高大爲阜，而京爲絕高之地，是京與陵均爲絕高之地也。又蒹葭傳，「小沚曰坻。」此本爾雅，「水中可居者曰州，小州曰渚，小渚曰沚，小沚曰坻。」既爲水中可居之處，則知爲水中之高地也。京高丘，坻爲地，均以高爲訓也。

十三、方向爲訓

1「觱沸檻泉，言采其芹。」「小雅，采菽）傳：「檻泉正出也。」爾雅釋水，「檻泉正出，正出涌出也。」李巡曰，「水泉從下上出曰涌泉。」瞻卬，「觱沸檻泉，」箋，「檻泉正出涌出也。」此即以爾雅爲訓。說文引詩作濫，並云，「濫氾也。」此三家詩文。

小雅大東，「有洌氿泉，無浸穫薪。」傳：「側出曰氿泉。」爾雅釋水，「氿泉穴出，穴出仄出也。」李巡曰，「水泉從傍出名曰氿。」仄與側通。說文作厬，側出泉也。

曹風下泉，「洌彼下泉，」傳，「下泉泉下流也。」爾雅釋水，「沃泉縣出，縣出下出也。」李巡曰，「水泉從上溜下出。」正義謂下泉卽爾雅之沃泉。

采薇傳言正出，大東傳言側出，下泉傳言下出，均以泉流之方向爲訓也。

2「梧桐生矣，于彼朝陽。」(大雅，卷阿) 傳：「山東曰朝陽。」此與爾雅釋山文同。郭注云，「旦卽見日，朝陽卽高岡之東。」山頂之東卽早朝見日，故曰山東爲朝陽。此以東爲訓。

3「度其夕陽，豳居允荒。」(大雅，公劉) 傳：「山西曰夕陽。」爾雅釋山文同。孫炎曰，「夕乃見日。」陳奐云，「湛露傳，陽日也。山之西夕見日，故曰夕陽。山之東朝見日，故曰朝陽。因之山東爲朝陽，而山西爲夕陽矣。」此以西爲訓。

4「殷其靁，在南山之陽。」(召南，殷其靁) 傳：「山南曰陽。」僖三十八年穀梁傳，「山南爲陽。」范寧注云，「日之所照曰陽。」下章，「在南山之側。」傳，「亦在陰與左右也。」正義云，「上陽直云山南，此云側不復爲山南，三方皆是。陰謂山北，左謂東，右謂西也。」陳奐云，「桓十六年公羊傳注云，山北曰陰，則陰在山北也。北與背同，北亦側也。卷阿傳，山東曰朝陽，左謂東，山東則左側也。公劉傳，山西曰夕陽，右謂西，山西則右側也。是陰與左右皆側矣。說文，則旁也。」按邶風北門傳，「北門背明鄉陰。」是知陰卽北也。三章，「在南山之下，」箋，「下謂山足。」此以東西南北以爲訓也。

5「綢繆束芻，三星在隅。」（唐，綢繆）傳：「隅東南隅也。」陳奐云，「參星在天則自東而南，昏見於隅，故傳以爲東南隅。」小雅斯干，「築室百堵，西南其戶。」傳，「西鄉戶南鄉戶也。」焦循宮室圖云，「路寢其大室之西則西鄉戶，大室之南則南鄉戶。」楚茨，「獻醻交錯。」傳，「東西爲交，邪行爲錯。」陳奐云，「東西爲交者，東西二觶竝張，旅行也，東西行謂之交也。太玄瑩篇，東西爲緯，南北爲經，經緯交錯，邪行以分。此與傳訓同。」又大雅抑篇，「尚不愧于屋漏。」傳，「西北隅謂之屋漏。」此爾雅釋宮文。孫炎云，「屋漏者當室之白日光所透入。」舍人云，「古者徹屋西北厞以炊浴，汲者，訖而復之，古謂之屋漏也。」劉熙釋名云，「禮有親死者，輒撤屋之西北隅，薪以爨竈煮沐，供諸喪用，若値雨則漏，故以名之也。」此以東南，西北，東西等方向以爲訓也。

又小雅信南山，「我疆我理，東南其畝。」傳，「或南或東。」正義云，「成二年左傳曰，先王疆理天下物土之宜，故詩曰，我疆我理，東南其畝，是於土之宜須縱須橫，故或南或東也。」陳奐更以南北爲阡，東西爲陌以證明東南其畝之意義。此亦以方向爲訓也。至公劉箋云，「厚乎公劉之圝也，既廣其地之東西，又長其南北。」東西南北之訓明矣。

6「我思肥泉，茲以永歎。」（邶，泉水）傳：「所出同所歸異爲肥泉。」爾雅釋水，「泉歸異出同流肥。」水經注淇水篇引爾雅，「歸異出同曰肥。」河水篇又引呂忱云，「爾雅，異出同流爲瀵水。」陳奐謂爾雅本文當爲，「歸異同出肥，異出同流瀵。」後人轉寫錯誤也。劉熙釋名云，「所出同所歸異曰肥泉。」所謂出同歸異，出異歸同皆以流水之方向而言也。

7「東則啓明，西則長庚。」（小雅，大東）傳：「日且出謂明星爲啓明，日既入謂明星爲長庚。」爾雅釋天，「明星謂之啓明。」孫炎曰，「明星太白也，出東方，高三舍，今日明星。昏出西方，高三舍，今日太白。」正義云，「長庚不知是何星也，或一星「出在東西而異名。或二者別星未能審也。」史記索隱引韓詩云，「太白晨出東方爲啓明，昏見西方爲長庚。」毛傳以明星爲啓明與長庚；韓詩以太白爲啓明與長庚。雖其名不同而晨東昏西之方向則一也。

8「燕燕于飛，下上其音。」（邶，燕燕）傳：「飛而上曰上音，飛而下曰下音。」此與上章「頡之頏之」傳，「飛而上曰頡，飛而下曰頏。」之意正同。飛上言上之方向，飛下言下之方向也。

9「駉駉牡馬，在坰之野。」（魯頌，駉）傳，「坰遠野也。邑外曰郊，郊外曰野，野外曰林，林外曰坰。」此與爾雅釋地文同。今本爾雅增，「郊外謂之牧，牧外謂之野，」兩句。按野有死麕，燕燕，干旄等傳，鄭風叔于田箋，併云，「郊外曰野。」野有蔓草傳，「野四郊之外。」均與此訓同。郊，野，坰均以遠近之方向而爲訓也。

10「是類是禡，是致是附。」（大雅，皇矣）傳：「於內曰類，於野曰禡。」正義云，「傳言於內曰類者，以禡於所征之地則是國境之外，類之雖在郊猶是境內。以二祭對文，故云於內曰類，於外曰禡。謂境之內外，非城內也。」內外亦指方位而言。

11「祝祭于祊，祀事孔明。」（小雅，楚茨）傳：「祊門內也。」祊說文作鬃，「門內祭先祖所以徬徨也。」蓋廟門之內皆祖宗神靈所馮依焉。鄭注郊特牲云，「祊之禮宜於廟門外之西室。」此又爲門外之說。總之，門內門外，均言方向也。又同篇，「獻醻交錯，」傳，「東西爲交，邪行爲錯。」特牲饋食禮衆賓及衆兄弟交錯以辯，鄭注交錯猶東西。交錯爲迻遣之省借。馬瑞辰云，「東西正相值爲迻，東西邪行爲遣，旅酬行禮，皆一迻一遣也。」此亦方向之訓。

此外齊風東方之日傳，「闥門內也。」鄭風丰傳，「巷門外也，」魯頌閟宮傳，「常許魯南鄙西鄙。」均以方位爲訓也。

十四、雌雄爲訓

大雅正月云，「具曰予聖，孰知烏之雌雄。」小雅無羊云，「以薪以蒸，以雌以雄。」鳥畜如是，其他動植物亦莫不皆然。故同一物也，往往因性別之異而其名稱不同也。廣雅之於鳩鳥，其雄謂之運日，其雌謂之陰諧。說文，「牡曰棠，牝曰杜。」郭璞注爾雅云，「虹雙出，色盛鮮者爲雄，雄曰虹，闇者爲雌，雌曰蜺。」詩傳之訓亦如此也。

1「彼茁者葭，壹發五豝。」（召南，騶虞）傳：「豕牝曰豝。」爾雅釋獸文同。說文，「豝牝豕也。」說文，「牝畜母也。」畜之母卽雌性也。

2「獸之所同，麀鹿麌麌。」（小雅，吉日）傳：「鹿牝曰麀。麌麌衆多也。」箋，「麕牡曰麌麌。復麌言多也。」爾雅釋獸文同。靈臺，「麀鹿攸伏，」傳，「麀牝也。」說文，「麀牝鹿也。」鄭箋訓，麠牡曰麌麌者乃據爾雅釋獸，「麠牡麌，牝麜。」郭璞注爾雅引詩曰，「麀鹿麌麌。」此鄭所據與毛不同也。

至同篇三章，「瞻彼中原，其祁孔有。」箋：「祁當作麎，麎麜牝也，中原之野甚有之。」毛傳訓祁爲大，謂瞻彼中原之野，其諸禽獸大而甚有。鄭訓祁爲麎，謂瞻彼中原之野，其麜牝之獸甚有之。二人所據不同而訓異。

3「爰及矜人，哀此鰥寡。」（小雅，鴻雁）傳：「老無妻曰鰥，偏喪曰寡。」書大傳，「舜年三十不娶稱鰥。」則不老而無妻亦稱鰥。此指男性無妻者而言，卽俗稱鰥夫。偏喪指夫死亡而言，淮南子原道篇，「雖有偏喪，不復更醮。」此指寡婦而言。鰥夫與寡婦相對，雌雄之義明矣。

4「牂羊墳首，三星在罶。」（小雅，苕之華）傳：「牂羊牝羊也。」爾雅釋畜，「羊牡羒，牝牂。」說文，「牂牝羊也。」羊吳羊，吳羊之牡者曰羒，其牝者曰牂。

5「取羝以軷，載燔載烈。」（大雅，民生）傳：「羝羊牡羊也。」說文，「羝牡羊也。」廣雅，「羝雄也。吳羊牡三歲曰羝。」漢書蘇武傳，「匈奴使武牧羝，羝乳乃得歸。」顏師古注云，「羝不當產乳，故設此，言示絕其事。」此羝爲牡之證。

6「由醉之言，俾出童羖。」（小雅，賓之初筵）傳：「羖羊不童也。」箋，「羖羊之性牝牡有角。」說文，羖下云，「夏羊牡曰羖。」段玉裁注云，「小雅俾出童羖，鄭云，羖羊之性牝牡有角，則鄭謂羖羊兼有牝牡，與許說殊。疑鄭說即郭所云，今人便以牂羖名黑羊也。黑羊則名羖。牝牡皆角，故童羖爲難。白羊則名牂，牝者多無角。」爾雅，「夏羊牝羭牡羖。」均以雌雄以訓物也。

7「鳳皇于飛，翽翽其羽。」（大雅，卷阿）傳：「雄曰鳳，雌曰皇。」正義云，「鷗鳳其雌皇，是雄曰鳳雌曰皇也。」說文鷗下無鳳字，故以鷗爲鳳皇別名，然其雌爲皇，則鳳爲雄，與傳義同也。

8「鴛鴦在梁，戢其左翼。」（小雅，白華）箋：「鳥之雌雄不可別者。以翼右掩左雄，左掩右雌，陰陽相下之義也。」此亦以雌雄爲訓也。

十五、年齡爲訓

物之名稱亦往往因其年齡不同而殊異。如廣雅之於蘸奚毒，附子也。一歲爲萴子，二歲爲烏喙，三歲爲附子，四歲爲烏頭，五歲爲天雄。本爲一物因年齡之短長而異名。又如說文，「羜五月生羔也。」謂羔生五月者也。「羍六月生羔也。」謂羔生六月者也。「犙二歲牛。」「犙三歲牛。」「馴馬八歲也。」「馬一歲也。」「馬二歲曰駒，三歲曰駣。」此種訓例極多，開其端者毛詩傳也。玆列之如下。

1「彼茁者蓬，壹發五豵。」（召南，騶虞）傳：「一歲曰豵。」七月篇，「言私其豵，獻豣于公。」傳，「豕一歲曰豵，三歲曰豣。」說文，「豵生六月豚，一日一歲豵。」廣雅亦云一歲豵。並與毛傳同。

2「竝驅從兩肩兮。」（齊，還）傳，「獸三歲曰肩。」說文，「豣三歲豕，肩相及也。詩曰，竝從兩豣兮。」後漢書馬融傳注引韓詩章句與毛傳同。許所據或齊魯詩也。按七月傳言豣豕三歲，而此詩言獸三歲。陳奐謂田豕亦獸也。則還之肩卽七月之豣，均三歲之物也。

3「不狩不獵，胡瞻爾庭有餘特兮。」（魏，伐檀）傳：「三歲曰特。」爾雅釋畜，「豕生三豵二師一特。」毛傳不同此訓。正義云，「獸三歲曰特，毛氏當有所據，不知出何書。」陳奐謂三字應作四，引廣雅云，「獸一歲爲豵，二歲爲豝，三歲爲肩，四歲爲特。」是知三歲爲特應作四歲爲特。並謂鄭司農注周禮大司馬職云，詩云，「言私其豵，獻肩于公。一歲爲豵，二歲爲豝，三歲爲特，四歲爲肩，五歲爲愼。」三與四字誤倒。然以年齡名獸則同也。

4「今者不樂，逝者其耋。」（秦，車鄰）傳：「耋老也，八十曰耋。」正義云，「易離卦云，七耋之嗟，注云，年踰七十。僖九年左傳曰，伯舅耋老，服虔云，七十曰耋。此言八十曰耋者，耋有七十八十，無正文也。」陳奐云：「傳八十曰耋當作七十曰耋。易離九三釋文引馬注云，七十曰耋。鄭注謂年踰七十，經言大耋，卽爲過耋之年，踰七十爲大耋，則鄭亦以七十爲耋，與馬注同。杜注僖九年左傳云，七十曰耋，與服注同。何注宣十二年公羊傳，七十稱老，徐彥疏云，七十稱老曲禮文也。按今曲禮云，七十曰耋，與此異也。禮記射義疏亦云，六十之老，七十之耋，與公羊疏同。今本曲禮，七十曰老，疑老卽耋之誤，奪去下至耳。曲禮七十曰耋正爲毛傳所本。是七十謂之耋，非八十謂之耋也。」陳說是也。

5「匪我言耄，爾用憂謔。」（大雅，板）傳：「八十曰耄。」大雅抑篇，「借曰未知，亦聿既耄。」傳，「耄老也。」老乃渾言，八十則析言也。左隱四年及昭元年傳杜注及國語周語楚語韋注皆云，「八十曰耄。」與毛傳同。此詩傳以八十爲耄，則車鄰傳應以七十曰耋。左傳劉子語王曰，「諺所謂老將知而耄及之者其趙孟之謂乎。」又「穆叔曰，趙孟將死矣，年未盈五十，而諄諄焉如八九十者弗能久矣。」是八十九十皆得謂之耄也。

6「薄言采芑，于彼新田，于此菑畝。」（小雅，采芑）傳：「田一歲曰菑，二歲曰新田，三歲曰畬。」又周頌臣工，「亦又何求，如何新畬。」傳，「田二歲曰新，三歲曰畬。」此與爾雅釋地文同。正義云，「菑者災也，畬柔和之意，故孫炎曰，菑始災殺其草木也；新田新成柔田也；畬和也，田舒緩也。郭璞曰，今江東呼初耕地反草爲菑是也。臣工傳及易注均與此同。唯坊記注云，二歲曰畬，三歲曰新田。坊記引易之文，其注理不異，當是轉寫誤也。」此說是也。以上均以年齡而訓物名也。

十六、顏色爲訓

耳以辨聲，目以辨色，物之種類繁多，而其顏色各有不同，於是以其色而分物之名稱。此古人以色名物之由來也。爾雅釋草，「黃華蘱，白華茇。」舍人注云，「此別華色之異名也。」說文，「䵷黑羊也。」「羳黃腹羊也。」「騅馬蒼黑襍毛。」「騩淺黑色。」「牻白黑襍牛色。」「犖駁牛也。」
「㸰牛白脊也。」此種以色名物之訓毛傳開其端，茲以例明之。

1「大車檻檻，毳衣如菼。」（王，大車）傳：「菼，鵻也。」箋：「毳衣之屬，衣繢而裳繡，皆有五色焉。其青者如鵻。」爾雅釋言，「菼鵻。」郭璞曰，「菼草色如鵻，在青白之間。」菼鵻均青色是以鳥色訓草色也。又同章下章，「毳衣如璊。」傳，「璊赬也。」說文璊下云，「玉赬色也。禾之赤苗謂之穈，玉色如之，从玉㒼聲。」又𣯌下云，「以毳爲罽色如虋，故謂之𣯌虋，禾之赤苗也，从毛㒼聲，詩曰，毳衣如𣯌。」按詩言毳衣，璊字應從說文從毛。此又以赤色以訓詩也。又按璊黃朱之間，是淺朱。爾雅，再入爲赬，注謂淺赤。斯干赤芾傳諸侯黃朱。是黃朱乃赤也。古人對顏色之分精細如此。

2「縞衣綦巾，聊樂我員。」（鄭，出其東門）傳：「縞衣白色，男服也。綦巾蒼艾色，女服也。」正義云，「廣雅云，縞細繒也。戰國策云，彊弩之餘，不能穿魯縞。然則縞是薄繒，不染故色白也。顧命云，四人綦弁。注云，青黑曰綦。說文云，綦蒼艾色也。然則綦者青色之小別，顧命爲弁色，故以爲青黑。此爲衣巾，故爲蒼艾色。蒼卽青也，艾謂青而微白爲艾草之色也。」按說文引詩綦作綥，並云，「綥帛蒼艾色也，詩曰，縞衣綥巾。」馬瑞辰謂畀卽騏字。秦風傳騏綦文也，其色亦蒼艾也。

又同篇下章，「縞衣茹藘。」傳：「茹藘茅蒐之染，女服也。」箋，「茅蒐染巾也。」馬瑞辰云：

「釋器，三染謂之纁。郭注云，纁絳也。廣雅，纁謂之絳。是茹藘染絳，卽纁也。女昏禮，女次純衣纁袡。是茹藘所染當卽纁袡。」據此則茹藘之染當爲絳色。傳訓衣，箋訓巾，因上章言巾，此章亦應言巾爲是。

3 「充耳以素乎而。」（齊，著）傳：「素，素象瑱。」下章，「充耳以青乎而。」傳，「青，青玉。」卒章，「充耳以黃乎而。」傳，「黃，黃玉。」士以素象爲瑱，卿大夫以青玉爲瑱，人君以黃玉爲瑱。素素象瑱，青青玉，黃黃玉，此詩及傳以顏色名物之正例。又如鄭風大叔于田，「叔于田，乘乘黃。」傳，「四馬皆黃。」黃卽黃馬也。均此例也。

4 「君子至止，黻衣繡裳。」（秦，終南）傳：「黑與青謂之黻，五色備謂之繡。」說文，「黻黑與青相次文。」此本考工記文。又考工記，「五采備謂之繡。」五色卽五采也。古者黹刺與畫繢皆有五色。山龍青，華蟲黃，作繪黑，宗彝白，璪火赤，畫繢之五色也。粉米黼黻亦備五色，黹刺之五色也。色之於物大矣。又同篇首章，「錦衣狐裘，」傳，「錦衣采色也。」以采色以訓錦衣，明其顏色也。

又小雅采菽，「玄袞及黼。」傳，「白與黑謂之黼。」文王，「常服黼冔。」傳，「黼白與黑也。」周官冬官繢人云，「白與黑謂之黼。」此傳所本也。是亦以顏色訓物也。

5 「三十維物，爾牲則具。」（小雅，無羊）傳：「異毛色者三十也。」箋：「牛羊之色異者三十，則女之祭祀索則有之。」正義云，「經言三十維物，則每色之物皆有三十，謂青赤黃白黑毛色別異者各三十也。祭祀之牲畜當用五方之色。故箋云，女之祭祀索則有之。」按詩之言物多指其毛色而言。如小雅六月，「比物四驪，閑之維則。」傳，「物毛物也。」古人注重物之色可知。

6「其帶伊絲，其弁伊騏。」（曹，鳲鳩）傳：「騏綦文也。」小戎傳，「騏綦文，謂白馬而有蒼色文也。」此傳，騏綦文，謂白鹿皮而有蒼色組以飾弁也。上第二條已說明綦卽騏，故書顧命之綦亦作騏。均言其顏色也。

7「維秬維秠，維穈維芑。」（大雅，生民）傳：「秬黑黍也。秠一稃二米也。穈赤苗也。芑白苗也。」爾雅釋草，「秬黑黍，秠一稃二米，虋赤苗，芑白苗。」秠卽穈也。李巡曰，「黑黍一名秬。」郭璞曰，「秠亦黑黍，但中米異耳。」正義云，「漢和帝時任城生黑黍，或三四實，實二米，得黍二斛八斗，則秬是黑黍之大名，秠是黑黍之中有二米者別名之爲秠。故此經異其文，而爾雅釋之若然，秬秠皆黑黍矣。赤苗白苗者，郭璞曰，虋今之赤粱粟，芑今之白粱粟，皆好穀也。」此以黑赤白之色以名物也。

8「文茵暢轂，駕我騏馵。」（秦，小戎）傳：「騏騏文也。左足白曰馵」騏文正義本作綦文。出其東門傳作綦文。說文，「騏馬靑驪文如博綦也。」段注云，「如綦，各本作如博棊不通。今依李善七發注，玄應書卷二卷四卷八正。凡馬言色者，如下文深黑色淺黑色，全體之色也。其言某處黑某處白，發白色，發赤色，一耑之色也。言襍毛者謂其毛異色相錯，非比異色成片段者也。其曰文者獨此而已。謂異色相枝條相交如文之錯畫。然下文靑驪馬爲駽，謂其全體靑黑色。此言靑驪文如綦，謂白馬而有青黑，枝路相交如綦也。綦者靑而近黑。秦風傳曰，騏綦文也。魯頌傳曰，蒼騏曰騏。蒼騏卽蒼綦，謂蒼文如綦色。曹風，其弁伊騏，傳曰，騏騏文也。正義作綦文。顧命騏弁，鄭注曰，靑黑曰騏。本作綦弁。古多叚騏爲綦。」段氏言騏馬之色甚詳也。按詩之言騏，除此詩外，尙有曹風鳲鳩，小雅皇皇者華，采芑，魯頌駉共五見，其訓相同也。

至左足白曰馵，本爾雅釋獸文，但爾雅作「後左足白曰馵。」說文，「馵馬後左足白也。」傳不言後者省文耳。易說卦傳曰，「震爲馵足。」虞翻注，「馬白後左足爲馵。」亦多一後字。說文段注云，「左當作ナ，釋獸毛傳皆曰後左足白曰馵。」是段氏所見毛傳或有一後字亦未可知。

9「之子于歸，皇駁其馬。」（豳，東山）傳：「黃白曰皇，駵白曰駁。」魯頌駉傳亦曰，「黃白曰皇。」黃白及駵白均有二解，一曰有黃處有白處，及有駵處，有白處。正義之說是也。一曰黃中帶白，卽淺黃色；赤中帶白，卽淺赤色。陳奐之說是也。正義云，「黃白皇，駵白駁。釋獸文。舍人曰，駵赤色名曰駁也，黃白色名曰皇也。」孫炎引此詩，餘皆不解駵白之義。案黃白曰皇，謂馬色有黃處有白處。則駵白曰駁，謂馬色有駵處有白處。舍人言駵馬名白馬非也。孫炎曰，「駵赤色也。」陳奐云，「爾雅，黃白皇，駵白駁，與靑驪駽同一文法。皆謂全身一色之馬，謂黃馬而發白色者是曰皇，非黃白二色相襍也。孔謂馬色有黃處有白處，其說自誤。說文，「騜黃馬發白色。」段注，「騜卽皇，則擧騜例皇，可以明黃白之義矣。」釋畜，「駵白駁。」孫炎注云，「駵赤色也。」駉傳，「赤身黑鬣曰駵。」駵爲赤馬，以駵馬而發白色者是謂之駁。淡赤非深赤，故說文云，「駁馬色不純，謂非正赤色耳。孔陳之說不同，當以陳說爲是。

10「四牡騑騑，嘽嘽駱馬。」（小雅，四牡）傳：「白馬黑鬣曰駱。」說文，「駱馬白色黑鬣尾也。」毛傳與爾雅釋獸文少一尾字。魯頌駉傳與此詩同訓。詩釋文引樊光，孫炎所據爾雅作，「白馬黑髦鬣尾也。」髦鬣同義，陳奐謂寫者誤併耳。淮南子時則篇作「白馬黑毛曰駱。」毛即髦也。依毛傳，駱馬全身白色，唯鬣黑耳。

11「我馬維駰，六轡既均。」（小雅，皇皇者華）傳：「陰白雜毛曰駰。」爾雅釋獸與魯頌駉傳同。說文，「駰馬陰白襍毛黑。」汲古本改作黑也，以合爾雅毛傳。此陰後人多誤作馬之私處。郭璞注爾雅云，「陰淺黑也，今之泥驄。或云目下白，或云白陰皆非也。」璞以陰白之文與驪白，蒼白，黃白，彤白相類，故知陰是色名，非目下白與白陰也。段玉裁說文注已據郭璞之說詳言之矣。陳奐云，「陰之爲言幽也。隰桑傳，幽黑色也。陰白襍毛謂黑馬發白色而間有襍毛，是曰駰也。」陳氏之說亦承郭段等人之說而申明之也。

12「檀車煌煌，駟騵彭彭。」（大雅，大明）傳：「騮馬白腹曰騵，言上周下殷也。」爾雅釋畜同。郭璞云，「騮赤色黑鬣。魯頌駉傳，小戎箋竝云，「赤身黑鬣曰騮。」鄭注檀弓亦云，「騵騮馬白腹。」高注淮南子云，「黃馬白腹曰騵。」月令有赤騮黃騮，故騮馬亦得爲黃馬。說文無騵有縓，云縓帛赤黃色。正與騵義近。傳言上周下殷，謂騵上赤下白，周尚赤殷尚白也。

13「薄言駉者，有驈有皇，有驪有黃。」（魯頌，駉）傳：「驪馬白跨曰驈。黃白曰皇。純黑曰驪。黃騂曰黃。」正義云，「釋畜云，驪馬白跨驈。孫炎曰，驪黑色也。白跨股脚白也。郭璞云，跨髀間也。然則跨者所跨據之處，謂髀間白也。釋畜亦云，黃白皇。舍人曰，黃白色雜名皇也。其驪與黃爾雅無文。月令孟冬云，駕鐵驪象時之色。檀弓云，夏后氏尚黑，戎事乘驪。故知純黑曰驪。爾雅，黃白皇，謂黃而色白者名之爲皇，則黃而赤色者直名爲黃明矣。故知黃騂曰黃。騂者赤色，謂黃而襍色者也。」案黃白皇已見上列東山傳。驪黑色亦見前列。而「黃騂曰黃」之訓，陳奐謂黃馬而帶騂色者，與正義謂黃而赤色者合。惟陳氏謂黃赤只有深淺並無雜色，此又與正義之說不合。詩傳以色訓物，其微細處，費人推究也。

同篇二章，「有騅有駓，有騂有騏。」傳：「蒼白襍毛曰騅。黃白襍毛曰駓，赤黃曰騂。蒼騏曰騏。」釋畜，「蒼白襍毛曰騅。黃白襍毛曰駓。赤黃曰騂。蒼騏曰騏。」釋畜，「蒼白襍毛騅。」郭注，「謂在青白之間。」蒼白卽青白也。說文，「騅青黑襍毛。」段注謂黑當作白，與毛傳合。黃白襍毛曰駓，亦釋畜文。郭注云，「今之桃華馬也。」此二者皆云襍毛，是體有二種之色相間襍。赤黃曰騂已見上章。謂赤黃者謂赤而微黃，其色鮮明者也。上章云，黃騂曰黃，謂黃而微赤。此云赤黃曰騂，謂赤而微黃，其所以異也。騏者黑色之名，倉騏曰騏，謂赤而微黑。正義謂今之騘馬也。

同篇三章，「有驒有駱，有騮有雒。」傳，「青驪驎曰驒。白馬黑鬣曰駱。赤身黑鬣曰騮。黑身白鬣曰雒。」爾雅釋畜，「青驪驎驒。」孫炎云，「色有淺深，似魚鱗也。」郭璞曰，「色有深淺班駮隱粼，今之連錢驄也。」說文，「驒一日驒馬，青驪白鱗，文如鼉魚也。」段注云，「謂如鼉魚青黑而白斑也。」此與孫炎之說合。駱與駠已見上條，不叙論。至黑身白鬣曰雒，正義謂不知所出。陳奐引說文雒之名稱。謂爲黑色之鳥，則其爲馬亦爲黑色之馬。但白鬣則無所出矣。阮元毛詩校勘記云，「經文當是兩言駱，雒字後人所改，俗本作駁尤非。」姑並存其說。

同篇卒章，「有駰有騢，有驔有魚。」傳，陰白襍毛曰駰。彤白襍毛曰騢。豪骭曰驔。二目白曰魚。」駰已見前訓。彤白襍毛曰騢，爾雅釋畜文同。舍人曰，「赤白襍毛，今赭馬名騢。」郭璞曰，「彤赤也，卽今赭白馬是也。」郭解彤白亦謂赤馬發白色者也。豪骭曰驔，爾雅無文。正義曰，「其驔爾雅無文。說文云，骭骹也。郭璞曰，骭脚脛。然則骭者膝下之名。釋畜云，四骹皆白驓。無豪骭白之名，傳言豪骭白者，蓋謂豪毛在骭而白長名爲驔也。驓則四骹雜白而毛短，故與驔異也。（正義在骭下加一白字）」陳奐謂爾雅，四骹皆白驓，卽毛傳豪骭也。說文，「騽馬豪骭也。」與毛詩之驔訓同。故知爾雅之驓與詩之驔皆說文之騽也。案爾雅釋畜，「驪馬黃脊曰騽。」說文亦有「驔驪馬黃脊」之文。段注云，「爾雅音義云，騽說文作驔，音簟，是則爾雅之騽卽驔之異體。許於此篆，用爾雅不用毛傳也。毛傳曰，豪骭曰驔，此卽驔之異說。詩音義引字林云，驔又音覃，豪骭曰驔。是則字林豪骭一義不作騽也。今說文乃別有騽篆，訓云豪骭。前與毛傳不合，後與字林不合。此蓋必非許原文，許原文或驔下有一曰豪骭之文，或驔後有重文作騽之篆，皆不可定。後人乃以兩義分配兩形耳。」馬瑞辰亦謂覃古音讀如尋，尋習一聲之轉，故驔或作騽。正義之說與陳奐及段玉裁之說對于馬顏色之訓各有不同。而以段說較長。

14「有駜有駜，駜彼乘騆。」（魯頌，有駜）傳：「青驪曰騆。」爾雅釋畜，「青驪騆。」舍人曰，「青驪馬，今名騆馬也。」孫炎曰，「色青黑之間。」郭璞曰，「今之鐵驄也。」說文，「騆青驪馬。」段注云，「謂深黑色而戴青色也。」騆馬之色如是也。

15「誰謂爾無牛，九十其犉。」（小雅，無羊）傳：「黃牛黑脣曰犉。」爾雅釋畜，「黑脣犉。」舍人注云，「黃牛黑脣曰犉。」說文，「犉黃牛黑脣也，詩曰九十其犉。」段注云，「爾雅不言黃牛者，牛以黃爲正色。凡不言何色皆謂黃牛也。」正義云，「釋畜云，黑脣曰犉。傳言黃牛者，以言黑脣明不與身色同，而牛之黃者，衆故知是黃牛也。」黃身黑脣均言其顏色也。由上觀之，毛傳對于名物之訓察形辨色，是同等重要也。

16「叔于田，乘乘鴇。」（鄭，大叔于田）傳，「驪白雜毛曰鴇。」按駟傳，純黑曰驪。是黑馬發白色而間有雜毛者是曰鴇。鴇本爲鳥，是以鳥名馬也。釋文引說文作駂，今說文無此字。爾雅作鴇，郭注云，今呼之爲烏驄。

十七、數字爲訓

數字爲處理事物之基本工具，孔子以六藝教人，禮樂射御書數，數佔其中之一位。詩三百言數之詞甚多，如野有蔓草，「有美一人。」鄭風揚之水，「維予二人。」采薇，「一月三捷。」干旄，「良馬四之。」小星，「三五在東。」采綠，「六日不詹。」摽有梅，「其實七兮。」烝民，「八鸞鏘鏘。」一九罭，「九罭之魚。」六月，「元戎十乘。」「于三十里。」東山，「九十其儀。」載馳，「百爾所思。」候人，「三百赤芾。」玄鳥，「邦畿千里。」定之方中，「騋牝三千。」甫田，「歲取十千。」鳲鳩，「胡不萬年。」閟宮，「公徒三萬。」假樂，「子孫千億。」等等，由一至億之數字無不應有盡有。而毛鄭諸賢對于數理亦頗精詳。尤以鄭玄對於三統曆及九章算術極有研究，故於訓詩多用數字。茲舉其訓例明之。

1「無踰我里，無折我樹杞。」（鄭，將仲子）傳：「二十五家爲里。」周禮地官遂人云，「五家爲鄰，五鄰爲里，是二十五家爲里也。」又大司徒云，「五家爲比，五比爲閭，閭亦二十五家。」郊內爲閭，郊外爲里也。古代地方組織是以數字爲制也。

2「彼其之子，美如英。」（魏，汾沮洳）傳：「萬人爲英。」正義曰，「禮運注云，英俊選之尤者，則是賢才絕異之稱。此傳及尹文子皆萬人爲英。大戴禮辨名記云，千人爲英，異人之說殊也。」案禮運疏及左宣十五年傳疏，均稱千人爲英。傳言萬人爲英，言其賢之殊人也。英本爲美稱，故鄭風羔裘，「三英粲兮，」傳，三英三德也。三德卽三美德也。卽鄭箋所謂剛克柔克正直三德也，三德亦以數字爲訓。至正義引周語「三女爲粲，」以釋箋之衆意，三女亦數字也。

3「不稼不穡，胡取禾三百廛兮。」（魏，伐檀）傳：「一夫之居曰廛。」古廛有兩義，一爲市廛。如周禮載師云，「市廛之征，」鄭司農注云，「廛市中空地，未有肆。」城中空地未有宅者也。二爲園廛。遂人職云，「夫一廛田百畝。」楊子云，「有田一廛謂百畝之居也。」古者一夫田百畝，別授都邑五畝之地居之。故孟子云，「五畝之宅樹之以桑是也。」此廛卽在都邑可居之地。此卽園廛，廛爲居，園爲圃。故廛卽一夫之所居，亦卽五畝之宅也。七月傳，「五畝之宅樹之以桑，」卽此詩一夫所居之廛。但七月言畝數，而此詩不言畝耳。古代田宅之劃分有其數字之制也。

4「一之日觱發。」（豳，七月）傳：「一之日十之餘也。」正義云，「一之日，二之日猶言一月之日，二月之日，故傳辨之，言一之日者乃十分之餘。謂數從一起，而終於十，更有餘月，還以一二紀之也。」陳奐云，「傳云一之日十之餘也者，十十月也，數起於一終於十，復從十月而數其餘月。一之日十有一月之日，二之日十有二月之日，皆以紀夏正也。」由此觀之，毛傳對於數字之訓亦微且精矣。

5「儦儦俟俟，或羣或友。」（小雅，吉日）傳：「三曰羣，二曰友。」周語，「獸三曰羣。」韋注云，「自三以上爲羣。」說文友下云，「同志爲友，从二又相交友也。」卽藏二數之義，故曰二爲友。正義云，「周語曰，獸三爲羣，故二曰友。友親於羣，其數宜少。易損卦六三云，『一人行則得其友。』獸亦當然。故二曰友。」三曰羣，卽俗所謂三五成羣。二曰友，卽易所謂二人同心，其利斷金也。

6「我倉旣盈，我庾維億。」（小雅，楚茨）傳：「萬萬曰億。」箋，「十萬曰億。」萬萬曰億，伐檀傳同。傳箋之數不同。正義云，「萬萬曰億今數然也，傳以時事言之。故今九章算術皆以萬萬爲億。」說文，「十萬曰億，」與鄭箋合。此從古數也。但陳奐疑十字乃萬字之誤。字有古今，想數亦有古今之算法也。

7「亦有高廩，萬億及秭。」（周頌，豐年）傳：「數萬至萬曰億，數億至億曰秭。」數億至萬，卽伐檀楚茨傳所謂萬萬曰億也。正義以數億至億曰秭爲今數，定本集注皆云，「數萬至億曰秭。」釋文云，「數萬至億曰秭，一本作數億至億曰秭。」毛傳於伐檀楚茨均用今數，則此亦當用今數。正義之說是也。衆經音義引算經，黃帝爲法，數有十等，謂億兆京垓壤秭溝澗正載。及其用也有三，謂上中下，下數十萬曰億，中數百萬曰億，上數萬萬曰億。又風俗通義云，「千生萬，萬生億，億生兆，兆生京，京生秭，秭生垓，垓生壤，壤生溝，溝生澗，澗生正，正生載，載，地不能載也。」由前之說則億億爲秭；由後之說則萬萬爲秭。古人說數，亦各有不同也。

8「倬彼甫田，歲取十千。」（小雅，甫田）傳：「十千言多也。」箋，「歲取十千，於井田之法，則一成之數也。九夫爲井，井稅一夫之田百畝，井十爲通，通稅十夫，其田千畝，通十爲成，成方十里，成稅百夫其田萬畝。欲見其數從井通起，故言十千。上地穀畝一鍾。」傳以十千爲萬，故言多也。箋則以丈夫之所稅田，一歲之中於一成一地取十成畝也。所謂欲見其數從井通起，則鄭氏之於數亦高明矣。

9「彼疏斯粺，胡不自替。」（大雅，召旻）箋：「疏麤也，謂糲米也。米之率，糲十，粺九，鑿八，侍御七。」正義云，「言米之率，糲十粺九鑿八侍御七者，其術在九章粟米之法。彼云，粟率五十，糲米三十。粺二十七，鑿二十四，御二十一。言粟五升爲糲米三升，以下則米漸細，故數並少。四種之米皆以三約之，得此數也。」所謂九章，即九章算術，鄭氏對此算術深有研究，故以數推之（以三約之）乃如此計算也。

10「有客宿宿，有客信信。」（周頌，有客）傳：「一宿曰宿，再宿曰信。」國語越語，「越君其次也。」韋注云，「次舍也。」左莊三年傳，「凡師一宿爲舍，再宿爲信，過信爲次。」正義云，「釋訓云，有客宿宿再宿也。有客信信四宿也。彼因文重而倍之，此傳分而各言之，其意同也。」詩之宿，信乃因次數而異名也。左傳之舍，信，次亦以次數不同而殊名。至釋訓因文重而倍之，亦以數演之也。

此外如采綠傳，「婦人五日一御。」棫樸傳，「半圭曰璋。」泮水傳，「五十矢爲束。」箋，「黃金三品。」車攻傳，「一曰乾豆，二曰賓客，三曰充君之庖。」七月傳，「兩樽曰朋。」菁菁者莪箋，「古者貨貝，五貝爲朋。」均以數名之也。由此觀之，古人對于數字之重視可知矣。

十八、物之用爲訓

凡物皆有所用，詩之名物多有其用，故傳箋多以物之用以爲訓。許叔重因之，故說文亦有以物用爲訓之例。如說文，「粉所以傳面者也。」「囿所以養禽獸也。」「圃所以種菜也。」「園所以樹果也。」「篗所以收絲者也。」「梔黃木可染者。」「藼令人忘憂之草也。諸如此類不可勝數。開其端者毛詩傳也。茲舉其例以明之。

1「彼采葛兮，一日不見如三月兮。」（王，采葛）傳：「葛所以爲絺綌也。」周南葛覃傳同。說文，「葛絺綌草也。」段注云，「周南，葛之覃長兮，爲絺爲綌。」此卽傳所謂以爲絺綌之義。同篇二章，「彼采蕭兮。」傳，蕭所以共祭祀。正義云，「可作燭有香氣，故祭祀以脂爇之爲香。」大雅生民，「取蕭祭脂。」傳，「取蕭合黍稷臭達牆屋。既奠而後爇蕭，合馨香也。」此傳全用禮記郊特牲文。故是蕭所以供祭祀也。

又同篇第三章，「彼采艾兮，」傳，「艾所以療疾。」孟子曰，「猶七年之病求三年之艾也。」趙岐注云，「艾可以爲灸人病，乾久益善。」是艾可以療疾也。

2「采采芣苢，薄言采之。」（周南，芣苢）傳：「芣苢，宜懷任焉。」說文，「芣苢一名馬舄，其實如李，令人宜子。周書所說。」段注云，「食之令人宜子，陸機所謂治婦人難產也。」陶隱居又云，「韓詩言芣苢是木，食其實宜子孫。」是知芣苢之用途可治婦人難產也。

3「我心匪鑒，不可茹也。」（邶，柏舟）傳：「鑒所以察形也。」鄭注考工記云，「鑒亦鏡也。」故詩文王云，「宜鑒于殷，」鄭箋云，「以殷王賢愚爲鏡。」鏡之用可以察形也。

4「毋逝我梁，毋發我笱。」（邶，谷風）傳：「笱所以捕魚也。」齊風敝笱箋云，「魴也鰥也，魚之易制者，然而敝敗之笱不能制。」小弁，「無發我笱，」箋，「發人笱此必有盜魚之罪。」制魚，盜魚均猶捕魚也。說文，「笱曲竹捕魚器也。」淮南子兵略篇，「魚笱門。」高注云：「竹笱所以捕魚，其門可入而不得出。」是知笱之用以捕魚也。

5「牆有茨，不可埽也。」（鄘，牆有茨）傳：「牆所以防非常。」正義云，「言人以牆防禁一家之非常。」說文，「牆垣蔽也。」段注云，「左傳曰，人之有牆以蔽惡也。故曰垣蔽。」防非常或蔽障，均為牆之用也。

6「玉之瑱也，象之揥也。」（鄘，君子偕老）傳：「揥所以擿髮也。」正義云，「以象搔首，因以為飾，名之揥，故云所摘髮。」葛屨，「佩其象揥。」傳，「象揥所以為飾。」故知揥之用，一方面可以搔首摘髮，同時可以為飾也。淇奧，「會弁如星，」傳，「會所以會髮。」說文，「鬠骨擿之可會髮。」又云，「擿搔也。」陳奐云，「說文之會髮本淇奧傳，而擿則本此篇傳，許說正可申明毛訓也。擿髮以象骨為之，男女將冠笄者先櫛髮而後以組束髮，是謂之鬠，亦謂之揥，男子象揥為會髮之用，女子象揥為擿髮之用，而又佩之以為飾。」據此，則鬠與揥為一物異名，而其用則同也。

7「芄蘭之支，童子佩觿。」（衛，芄蘭）傳：「觿所以解結，成人之佩也。」禮記內則云，「子婦事父母舅姑，皆左佩小觿，右佩大觿。」注云，「小觿解小結也。」小觿解小結，則大觿解大結也。說文，「觿佩角銳耑可以解結。」管子白心篇，「觿解不可解而后解。」說文修文篇，「能治煩決亂者佩觿。」均傳言觿所以解結之義也。

8「心之憂矣，之子無帶。」（衛，有狐）傳：「帶所以申束衣。」申與紳同。禮記內則云，「紳大帶所以自紳約也。」紳約即申束。申束衣為帶之用也。又同篇上章，「之子無裳，」傳，「裳所以配衣也。」東方未明傳，「上曰衣下曰裳。」是有上必下以相配也。言下裳之用以配上衣也。

9「無踰我園，無折我樹檀。」（鄭，將仲子）傳：「園所以樹木也。」說文，「園所以樹果。」果在木也，其義同。又檀此篇傳訓爲彊忍之木，而伐檀傳則云，「檀可以爲輪。」彊忍乃其性，而可以爲輪乃其用也。

10「抑釋掤忌，抑鬯弓忌。」（鄭，大叔于田）傳：「掤所以覆矢。鬯弓弢弓。」掤又作冰。正義云，「昭二十五年傳云，公徒執冰而踞。字雖異音義同。」服虔云，『冰櫝丸蓋。』杜預云，『或說櫝丸是箭筩，其蓋可以取飲，先儒相傳掤爲覆矢之物。』且下句言鬯弓，明上句言覆矢可知矣。故云掤所以覆矢。鬯者盛弓之器，鬯弓謂弢弓而納之鬯中，故云鬯弓弢弓，謂藏之也。」是知掤之用可覆矢。而鬯之用亦以藏弓也。

11「游環脅驅，陰靷鋈續。」（秦，小戎）傳：「游環靷環也，游在背所以禦出也。脅驅愼駕具所以止入也。靷所以引也。」正義云，「游環者貫兩驂馬之外轡，引轡爲環以束驂馬，欲出此環牽之，故所以禦出也。脅驅者以一條皮上繫於衡，後繫於軫，當服馬之脅，愛愼乘駕之具也。驂馬欲入則此皮約之，所以止入也。靷者以皮爲之，繫於陰板之上。驂馬頸不當衡，別爲二靷以引車，故云，所以引也。」此釋游環，脅驅，陰靷之物甚詳，而其爲用亦明矣。

12「無冬無夏，値其鷺羽。」（陳，宛丘）傳：「鷺鳥之羽可以爲翳。」箋，「翳舞者所持以指麾。」漢書地理志引此詩，顏師古注云，「鷺鳥之羽以爲翿，立之而舞以事神也。」古人舞有用翟羽，如簡兮，右手秉翟是也。亦有用鷺羽，此詩是也。是知鷺之羽可用爲翳，而鷺翳之用乃指以指麾也。

13「四牡翼翼，象弭魚服。」（小雅，采薇）傳：「象弭弓末反也，所以解紒也。」紒，說文作紛。說文，「弓無緣可以解轡紛也。」故箋云，「弭弓反末彆者以象骨爲之，以助御者解轡紒，宜骨也。」段注說文云，「紒卽今之結字。」此言象弭之用途也。

14「七月流火，八月萑葦。」（豳，七月）傳：「豫畜萑葦可以爲曲也。」月令，「季春具曲植籧筐。」（一作筥筐）鄭注云，「時所以養蠶器也。曲薄也，植槌也。」薄用萑葦爲之以供爲蠶之用。方言，「曲作苖，」曲苖古今字。又同篇，「采蘩祁祁，」傳，「蘩白蒿，所以生蠶。」馬瑞辰引何楷詩世本古義云，「蠶之未出者，鬻蘩沃之則易出。」此亦言蘩之用。

15「爾牧來思，何蓑何笠。」（小雅，無羊）傳：「蓑所以備雨，笠所以禦暑。」正義云，「蓑唯備雨之物，笠則元以禦暑兼可禦雨，故良耜傳云，笠所以禦暑雨也。」但都人士，「臺笠緇撮。」傳，「臺所以禦暑，笠所以禦雨也。」南山有臺傳，「臺夫須，皮可以爲蓑。」是臺卽蓑。蓑可以禦暑與此詩傳相反。陳奐謂轉寫誤例，不無理由也。

16「有捄棘匕。」（小雅，大東）傳：「匕所以載鼎實。」雜記鄭注云，「枇所以載牲體者。」牲體卽鼎實，牛羊豕鼎，魚臘鼎，鼎皆有匕，匕取鼎實而載之於俎。此乃匕之用也。又同篇云，「有捄天畢，」傳，「畢所以掩兎也。」天畢象畢弋之畢，此畢之用可以掩兎也。

17「營營青繩，止于榛。」（小雅，青繩）傳：「榛所以爲藩也。」正義云，「藩以細木爲之，下章言棘榛卽是爲藩之物，故下傳曰，榛所以爲藩。」是知棘榛之爲物均可以爲藩也。

18「酌彼康爵，以奏爾時。」（小雅，賓之初筵）傳：「酒所以安體也。」禮記射義云，「酒所以養病，所以養老。」是由安體故可以養也。此言酒之用也。

19「采菽采菽，筐之筥之。」（小雅，采菽）傳，「菽所以芼大牢而待君子也。羊則苦，豕則薇。」箋，「菽大豆也。采之者，采其葉以爲藿。三牲牛羊豕，芼以藿。王饗賓客有生俎乃用鉶羹，故使采之。」禮記，「鉶芼，牛藿，羊苦，豕薇。」是知牛用菽葉，羊用苦菜，豕用薇蕨也。此均以其用而言之。又同篇傳，「邪幅，幅偪也，所以自偪束也。」箋，「邪幅如今行縢也，偪束其脛，自足至膝，故曰在下彼與人交接自偪束。」正義云，「今之行縢，然則邪纏於足謂之邪幅，故傳辨之云，邪幅正是偪也，名曰偪者所以自偪束也。」此亦言邪幅之用途也。

20「王在靈囿，麀鹿攸伏。」（大雅，靈臺）傳：「囿所以域養禽獸也。」與說文同。囿有二，周禮，「閽人王宮每門四人，囿游亦如之。」是爲宮中之囿也。又，「委人共其野囿財用。」又云，「囿人掌囿游之獸禁，牧百獸。」此均爲野囿。此詩之靈囿當在郊野。左傳，鄭有原圃，秦有具囿，並均野囿，均所以域養禽獸以供國君之游獵也。

此外詩之言物之用極多，如白華傳，「桑薪宜以養人者也。」旱麓傳，「黃金所以飾流鬯也。」有瞽傳，「業所以飾栒爲縣也。」此均言物之用也。

十九、物之德爲訓

以上言物之形狀性質等等均以其內在之實質而言，而此言物之德乃指其行爲表現而言。德與得通，說文，「得行有所取也。」此就其行爲而言。中國人重視道德觀念，任何事物總以道德觀念衡量，因而對名物之訓釋亦不能例外。章太炎在國故論衡中語言緣起說云，「何以言馬，馬者武也。（古音馬武同在魚部）何以言牛，牛者事也。（古音牛事同在之部）何以言羊，羊者祥也。何以言狗，狗者叩也。何以言人，人者仁也。何以言鬼，鬼者歸也。何以言神，神者引出萬物者也。何以言祇，祇者提出萬物者也。此皆以德爲表者也。」以德爲表卽言其行爲之表現。詩三百篇爲聖賢教人之範本，故其訓釋往往以事物之德而立言。如關雎詁訓傳，「關雎后妃之德也，風之始也，所以風天下而正夫婦也。」故毛傳之立訓多以道德觀念出發。茲只就其對於名物之訓方面舉出其例如下：

1「麟之趾，振振公子。」（周南，麟之趾）傳：「麟信而應禮，以是至者也。」箋，「喻今公子亦信厚與禮相應有似於麟。」正義云，「麟之爲獸屬信而應禮，以喻今公子亦振振然信厚與禮相應，言公子信厚似於麟獸也。」又云。「言信而應禮則與左傳之說同以爲脩母致子也。哀十四年左傳，服虔注云，視明禮脩而麟至，思睿信立則白虎擾，言從乂成則神龜在沼，聽聰知正則名山出龍，貌恭體仁則鳳皇來儀。」此以信而應禮之德以訓麟。又下章，「麟之角，振振公族。」傳，「麟角所以表其德也。」箋，「麟角之末有肉示有武而不用。」陸機疏云，「麟麕身牛尾馬足，黃色，員蹄一角，角端有肉。音中鍾呂，行中規距，遊必擇地，詳而後處，不履生蟲，不踐生草，不羣居，不侶行，不入陷穽，不罹羅網，王者至仁則出。」此皆言麟所表之德也。

2「于嗟乎騶虞。」（召南，騶虞）傳：「騶虞義獸也。白虎黑文，不食生物，有至信之德則應之。」正義云，「言不食生物者，解其仁心，故序云，仁如騶虞。云有至信之德則應之者，騶虞之爲瑞應至信之德也。陸機云，騶虞白虎黑文長於驅，不食生物，不履生草，應信而至也。」此表麟之德也。說文，「虞騶虞也，白虎黑文尾長於身，仁獸也，食自死之肉。」此本傳訓。騶虞山海經作騶吾，大傳作虞，其物一也。

3「碩人俁俁，公庭萬舞。」（邶，簡兮）傳：「碩人大德也。」碩者大也。碩人箋，狼跋傳之訓同。人者仁也，仁亦人之德也，故云碩人大德也。依章太炎氏之說，此乃碩人之德之表也。故正義云，「此賢者既有大德復容貌美大俁俁然。」又下詩，「有力如虎，執轡如組。」箋，「碩人有御亂御衆之德可任爲王臣。」下章，「左手執籥，右手秉翟。」箋，「碩人多才多藝，又能籥舞，言文武道備。」此均以碩人之德爲訓也。

4「維熊維羆，男子之祥。維虺維蛇，女子之祥。」（小雅，斯干）箋：「熊羆在山，陽之祥也，故爲生男。虺蛇穴處，陰之祥也，故爲生女。」陽之祥言熊羆之德；陰之祥言虺蛇之德也。

5「吉日維戊，既伯既禱。」（小雅，吉日）傳：「維戊順類乘牡也。」箋，「戊剛日也，故乘牡爲順類也。」正義云，「日有剛柔，猶馬有牝牡，將乘牡馬，故禱用剛日。故云維戊順其剛之類而乘牡馬。」牝牡爲馬之形，而剛柔乃日之德。又下章，「吉日庚午，既差我馬。」傳，「外事以剛日。」正義云，「庚爲剛日故解之。」上章言乘牡是外事宜用剛日，此章言差馬亦是順剛之類。漢書翼奉傳，「南方之情惡也，惡行廉貞，寅午主之。西方之情喜也，喜行寬大，己酉主之，二陽竝行。是以王者吉午酉也。詩曰，吉日庚午。」翼奉治齊詩，主陰陽之說，雖未可靠，但言時日與方位之德，則合毛傳之教也。

6「左之左之，君子宜之。右之右之，君子有之。」（小雅，裳裳者華）傳：「左陽道，朝祀之事；右陰道，喪戎之事。」此言朝祀之事爲陽道，故尚左，喪戎之事爲陰道，故尚右。此即老子所謂吉事尚左，凶事尚右也。此亦言朝祀之事，其所表之德爲陽，而喪戎之事，其所表之德爲陰也。正義云，「以天下之事多矣，大總不過吉凶。故舉左右以目之。左陽道謂嘉慶之事。朝者人所樂，祀者吉之大，故爲陽也。右陰道謂憂凶之事。喪者人所哀，戎者有所殺，故爲陰也。」此言傳以事之德以爲訓也。按此條已見前義理爲訓，而在此則指表事之德也。

7「不屬于毛，不罹于裏。」（小雅，小弁）傳：「毛在外陽以言父；裏在內陰以言母。」正義云，「人體皆毛生於表而裏在其內。毛在外陽，裏在內陰，以父陽母陰，故假表裏言父母也。」陳奐云，「父者屬於毛，非父則不得附屬矣；母者離於裏，非母則不得附離矣。」此以內外陰陽以表父及母之德也。

8「鳳皇于飛。」（大雅，卷阿）傳：「鳳皇靈鳥，仁瑞也。」說文，「鳳神鳥也。」神亦靈也。禮運云，「麟鳳龜龍謂之四靈。」此言鳳鳥之德有神靈也。正義云，「言仁瑞者，五行傳及左氏說皆云，貌恭體仁則鳳皇翔。言行仁德而致此瑞。」此亦用上列脩母致子之義。

9「維此王季，因心則友。」（大雅，皇矣）傳：「因親也。善兄弟曰友。」因古作姻。因訓親，親心卽仁心。中庸云，「仁者人也，親親爲大。」周禮六行，其四曰姻。注云，「姻親於外親，是因得爲親也。」爾雅釋訓，「善父母曰孝，善兄弟曰友。」是知孝之表現爲善父母，而友之表現乃善兄弟也。此均以其德而言也。

10「經始靈臺，經之營之。」（大雅，靈臺）傳：「神之精明者稱靈。」爾雅，「靈善也。」神之精明亦善也。正義云，「靈是神之別名，對則有精粗之異，故辨之云，神之精明者稱靈。則靈之爲稱就神中精者而名也。」又云，「傳唯解靈之名，不解臺爲靈臺之意，故申之。此實觀氣祥之臺，而名曰靈者，以文王之化行似神之精明，故以名焉。」是知神有精明之德，而靈臺之德似神之精明也。

二十、稱謂爲訓

以上所列均爲物稱之訓。茲補敘人稱之訓。爾雅釋親乃專言親屬之訓。而此篇則專以詩傳稱謂爲訓之例而說明之，而於古代之稱謂情形亦得明其梗概矣。

1「東宮之妹，邢侯之姨，譚公維私。」（衛，碩人）傳：「女子後生曰妹，妻之姉妹曰姨，妹之夫曰私。」爾雅釋親，「男子謂女子先生爲姉，後生爲妹，妻之姉妹同出爲姨，女子謂姉妹之夫爲私。」孫炎曰，「同出俱已嫁也，私無正親之言。」傳不言同出略也。左莊十年傳，「蔡哀侯娶於陳，息侯亦娶焉。息嬀將歸過蔡，蔡侯曰，吾姨也。」說文，「妻之女弟同出爲姨。」女弟卽姊妹也。釋名云，「姊妹互出謂夫曰私。言於其夫兄弟之中，此人與己姊妹有恩私也。」邢侯譚侯皆莊姜姊妹之夫，互言之耳。

2「問我諸姑，遂及伯姊。」（邶，泉水）傳：「父之姊妹稱姑，先生曰姊。」爾雅釋親，「父之姊妹爲姑。王父之姊妹爲王姑，曾祖王父之姊妹爲曾祖王姑，高祖王父之姊妹爲高祖王姑，父之從父姊妹爲從祖姑，父之從祖姊妹爲族祖姑。」孫炎曰，「姑之言古，尊老之名也。」陳奐云，「王父以上之姊妹由父之姊妹而推之皆得稱姑，此衞女念親親之詞。故知諸姑爲父之姊妹，不及王父以上之姊妹也。古人稱父之姊有爲姑姊者，稱父之妹有爲姑妹者。左襄二十一年傳云，季武子以公姑姊妻之，是父之姊爲姑姊也。左傳釋文引列女傳云，「梁有節姑妹，是父之妹爲姑妹也。其於古人稱謂之詳可得聞矣。」至先生曰姊，見前釋親文。

3「終遠兄弟，謂他人昆。」（王，葛藟）傳：「昆兄也。」爾雅釋親，「晜兄也。」郭注云，「今江東人通稱晜。」說文弟部云，「周人謂兄曰𥈞，从眔弟。」陳奐謂𥈞本字昆借字，晜譌也。

4「彼女孟姜，洵美且都。」（鄭，有女同車）傳：「孟姜齊之長女。」說文，「孟長也。」書康誥，孟侯。書大傳，「天子太子年十八曰孟侯。」是知孟爲長也。孟姜，是姜姓之長女也。又候人，「季女斯飢，」傳，「季人之少子也。」陟岵，「母曰，嗟予季行役。」傳，「季少子也。」采蘋，「有齊季女」傳，「季少也。」季之訓少，卽孟之訓長也。此以其輩份而言也。

5「叔兮伯兮，唱，予和女。」（鄭，蘀兮）傳：「叔伯言羣臣長幼也。」箋，「叔伯兄弟之稱。」正義云，「士冠禮爲冠者作字云，伯某甫仲叔季，唯其所當，則叔伯是長幼之異字，故云，叔伯言羣臣長幼也。」廣雅，「叔少也，伯長也。」是知叔伯爲長幼也。邶風旄丘，「叔兮伯兮，何多日也。」箋，「叔伯字也。」字卽士冠禮爲冠者作字之字，亦謂少長也。

6「展我甥兮。」（齊，猗嗟）傳：「外孫曰甥。」箋，「姊妹之子曰甥。」正義云，「傳言外孫曰甥者，王肅云，據外祖以言也。謂不指襄公之身，總據齊國爲信，外孫得稱甥者。」陳奐云，「若箋云，姊妹之子爲甥，則直指襄公之身言之。而其謂魯莊爲齊甥，無二義也。」案古代凡異族之親皆稱甥，如伐木，「以速諸舅。」姊妹之子亦稱甥，二者無二致也。

7「我送舅氏，曰至渭陽。」（秦，渭陽）傳：「母之昆弟曰舅。」爾雅釋親，「母之晜弟爲舅。」孫炎云，「舅之言舊，尊長之稱。」舅氏謂晉文公也。又王風揚之水傳，「申姜姓之國，平王之舅。」此言平王母之昆弟也。

8「既有肥羜，以速諸父。」（小雅，伐木）傳：「天子謂同姓諸侯，諸侯謂同姓大夫皆曰父。異姓則稱舅。國君友其賢臣，大夫士友其宗族之仁者。」關於此種稱謂，正義述之最詳，玆並錄之。正義云，『傳以經稱諸父舅，序云，燕朋友故舊。則此故舊是文王之朋友也。禮，天子謂同姓諸侯，諸侯謂同姓大夫皆曰父，異姓則稱舅。故曰，諸父諸舅也。禮記注云，「稱之以父與舅，親親之辭也。」覲禮說，天子呼諸侯之義曰同姓，大國則曰伯父，其異姓則曰伯舅。同姓小國則曰叔父，異姓則曰叔舅。是天子稱諸侯也。左傳，「隱公謂臧僖伯曰，叔父有憾於寡人。」「鄭衛公謂原繁曰，願與伯父圖之。」禮記，衛孔悝之鼎銘云，「公曰叔舅。」是諸侯稱大夫父舅之文也。諸侯則國有大小之殊，大夫唯以長幼爲異。故服虔左傳注云：「諸侯稱同姓大夫，長曰伯父，少曰叔父是也。然則諸侯謂異姓大夫，長者亦當爲伯舅，但經傳無其事耳。」又云：「曲禮曰，五官之長曰伯，是職方天子同姓謂之伯父，異姓謂之伯舅，東西二伯。又曰，九州之長入天子之國曰牧。天子之同姓曰叔父，異姓謂之叔舅。」禮記注云，牧尊於大國之君，而謂之叔父，避二伯也。此亦以此爲尊。禮或損之而益，謂此類也。言由避二伯故稱叔，因以別異大邦之君，亦以損其稱而更益其尊。故云，損之而益也。齊太公爲王國之伯。左傳云，王使劉定公賜齊侯命曰，昔伯舅太公佐我先生。是稱太公爲伯舅也。及齊桓公興覇功，王又以二伯之禮命之。僖九年傳曰，王使宰孔賜齊侯胙曰，使孔賜伯舅胙是也。周公亦是分陝之伯，而魯頌云，王曰叔父者，以其實成王叔父，以本親言之也。其晉文公亦有覇功，而王策命辭云，王曰叔父者。齊桓晉文雖俱有覇功，天子賜命皆本其祖太公受二伯命故還以二伯之禮賜桓公。唐叔本受州牧之命，故還以州牧之禮賜文公。故唐叔文公但稱叔父。左傳，周景王謂藉談曰，叔父唐叔。是唐叔亦受州牧之禮而稱叔父也。僖二十四年傳，王出適鄭，使來告難曰，敢告叔父，謂魯爲叔父。成二年傳，王告鞏朔曰，今叔父克遂有功於齊，謂晉爲叔父也。昭七年，王使追命衛襄公曰，叔父陟恪在我先王之左右，是謂衛爲叔父也。是晉與魯衛王皆稱之爲叔父。昭九年王使詹桓伯辭於晉曰，伯父惠公歸自秦，又謂晉侯爲伯父。……以晉既大國，世作盟主，故變稱伯父耳。尚書文侯之命，王曰，父義和，平王得文侯夾輔周之勳，尤親之而直稱父也。天子稱朝廷公卿則無文，蓋有爵者自依諸侯之例，無爵者亦應以此長幼稱伯父。叔父大夫以下位卑，其稱父舅與否，無文以明之。此傳及下經父舅兼有解天子所呼父舅之文。以諸侯於大夫猶天子於諸侯同有父舅之文，故連釋之焉。』此段於毛傳之解釋最詳，而於古代稱謂之制尤詳也。

9「言旋言歸，復我諸父。」（小雅，黃鳥）傳：「諸父猶諸兄也。」案上章，「復我諸兄。」傳，「婦人有歸宗之義。」陳奐云，「女子雖適人而姑姊不絕九族之親，明有歸宗也。其姊妹與宗同父，同父宗者也。與宗同王父，同祖宗者也。與宗同曾祖王父，同曾祖宗者也。與宗同高祖王父，同高祖宗者也。婦人歸宗，父母在則歸父室，父母既歿則歸於諸父昆弟，謂之小宗，小宗既絕，則或歸於大宗之家。」又云，「小宗四，大宗一，五宗之昆諸兄也，五宗之父諸父也。故傳云，諸父猶諸兄也。鄭駁五經異義云，婦人歸宗，女子雖適人，字猶繫姓，明不與父兄爲異族。」此謂女子嫁後歸宗之稱謂也。

10「瑣瑣姻亞，則無膴仕。」（小雅，節南山）傳：「兩壻相謂曰亞。」箋，「壻之父曰姻。」爾雅釋親文同。左昭二十五年傳，「昏媾姻亞。」杜注同。釋言，「亞次也。」劉熙釋名，「兩壻相謂曰亞者，言每一人取姊一人，取妹相亞次也。又並來女氏，則姊夫在前，妹夫在後，亦相亞也。」箋言壻之父曰姻亦釋親文。

11「侯主侯伯，侯亞侯旅。」（周頌，載芟）傳：「主家長也，伯長子也，亞仲叔也，旅子弟也。」正義云，「坊記云，家無二主。主是一家之尊，故知主家長也。主既家長，而別有伯，則伯是主之長子也。亞訓次也，次於伯，故仲叔也。不言季者以季幼少，宜與諸子爲類也。令旅中兼之，旅訓衆也，謂幼者之衆卽季弟及伯仲叔之諸子，故云，旅子弟也。此子弟謂成人堪耕耘者，若幼則從饟而行，下云有依其士是也。」此農家人之稱謂也。

二十一、官職爲訓

詩分風雅頌三部分，風爲地方民謠，雅頌則爲朝廷之樂章。故雅頌之詩多言卿士官職，而毛傳亦常以此爲訓。由此，對於上古之官制亦可得其端倪焉。

1「祈父予王之爪牙。」（小雅，祈父）傳：「祈父司馬。職掌封圻之兵甲。」箋，「此司馬也，時人以其職號之，故曰祈父。書曰，若疇圻父，謂司馬，司馬掌祿仕，故司士屬焉。又有司右，主勇力之士。」案尚書酒誥，若壽圻父，注云，「順壽萬民之圻父。圻父謂司馬，主封畿之事。」此與傳意同。正義云，「司馬掌祿，故司士之官屬焉，是爵祿黜陟由司馬也。其屬又有司右之官，主勇力之士，故爪牙屬司馬也。」此以官職爲訓也。

2「赫赫師尹，民具爾瞻。」（小雅，節南山）傳：「師大師，周之三公也。尹尹氏，爲大師。」一師大師，大明傳同。版箋，「大師三公也。」周官云，「太師太傅太保，茲惟三公。」是大師周之三公也。武王時尹佚爲之有功，後子孫因以官族故亦稱尹氏。陳奐云，「周公以冢宰兼大師，太公以司馬兼大師，皇父以司徒兼大師，是大師爲三公之兼官矣。此尹氏當以司空兼大師。」上古有兼職之官，不獨今世然也。

3「擇三有事，亶侯多藏。」（小雅，十月之交）傳：「擇三有事，有司國之三卿。」王制，「大國三卿皆命於天子，次國三卿，二卿命於天子，小國二卿皆命於其君。」鄭注云，「小國亦三卿，此文似誤脫耳。」箋云，「專權足己，自比聖人，作都立三卿，皆取聚斂之臣。禮，畿內諸侯二卿。是知皇當二卿，今立三有事，是增而無厭也。」此以立公卿之職爲訓也。

4「羣公先正，則不我助。」（大雅，雲漢）傳：「先正百辟卿士也。」尙書文侯之命，「亦惟先正，克左右昭事厥辟。」鄭注，「先正謂公卿大夫也。」正長也，先正卽先長也。禮記緇衣篇，「詩云，昔吾有先正，其言明且淸，國家以寧，都邑以成，庶民以生。維此秉國成，不自爲正，卒勞百姓。」此先正亦指公卿而言也。

5「王命傳御，遷于私人。」（大雅，崧高）傳：「御治事之官也，私人家臣也。」尙書牧誓篇，「我友邦冢君御事司徒司馬司空。」孔傳云，「治事三卿。」大誥，酒誥，梓材，召誥，雒誥等篇言御事皆爲諸侯治事之臣。此與傳義合也。凡大國三卿命於天子，皆有職私於王室，故天子得以敕之命之傳御。私人卽傳御之私人。傳御爲諸侯之臣，故傳以私人爲家臣。禮記玉藻，「大夫私事，使私人擯則稱名。」鄭注云，「士臣於大夫者曰私人。」此私人爲家臣之證。

6「江漢之滸，王命召虎。」（大雅，江漢）傳：「召虎，召穆公也。」正義引世本云，「穆公是康公十六世孫。」召虎人名，而召穆公乃官職也。下章，「召公維翰，」傳，「召公召康公也。」箋，「召康公名奭，召虎之始祖也。」此又以官職訓人名也。又烝民，「保茲天子，生仲山甫。」傳，「仲山甫樊侯也。」正義云，「言仲山甫是樊國之君，爵爲侯，字仲山甫也。」此亦以官爵以訓人名也。至韓奕，「蹶父之子，」傳，「蹶父卿士也。」亦以官職以稱蹶父也。

7「殷士膚敏，祼將于京。」（大雅，文王）傳：「殷士殷侯也。」此殷侯有兩解。正義云，「此殷士卽前商之孫子服周者，故知殷侯也。」此言服周後之殷侯。但陳奐云，「傳以殷士爲殷侯，謂殷諸侯也。文王爲西伯，殷諸侯自有來助祭於周廟者。毛意以殷之未喪言之也。」據此，爲未喪前之殷侯矣。然殷侯則以官爵名之也。

8「嗟嗟臣工，敬爾在公。」（周頌，臣工）傳：「工官也，公君也。」書皐陶，「俊乂在官，百寮師師，百工惟時。」傳，「寮工皆官也。」正義云，「我臣之下諸官，謂諸侯之卿大夫也。汝等皆當敬愼於汝在君之職事。」公君也，爾雅釋詁文。敕臣工，敬君事也。工官，公君，皆以爵位爲訓。又大雅板篇，「及爾同寮，」傳亦訓寮爲官。

同篇，「嗟嗟保介。」箋，「保介車右也。」月令，「孟春天子親載耒耜措之於參保介之御間。」正義曰，「彼說天子耕籍田之禮，天子親載耒耜措置之於參乘之人保介之與御者二人間。君之車上只有御者與車右二人而已。」此箋以保介爲天子親耕之車右。但陳奐則謂保介卽崧高篇之傳御。（見崧高陳詩疏）並引呂覽孟春紀高誘注，保介副也。以證副乃天子之副師。天子躬耕，則三公以下爲副；諸侯躬耕，則三卿以下爲副。則臣工保介爲諸籍田時所率耕之人矣。據此，則保介之官位比車右爲高也。

9「有瞽有瞽，在周之庭。」（周頌，有瞽）傳：「瞽樂官也。」箋，「瞽矇也，以爲樂官者，目無所見，於音聲審也。」周語，「瞽獻曲，」韋注，「瞽樂師。」是瞽卽周官之大師小師矣。此亦以官職爲訓。

10「君子來朝，何錫予之。」（小雅，采菽）傳：「君子謂諸侯也。」傳言君子謂諸侯，因此詩序言諸侯來朝，故知君子爲諸侯也。通篇九君子均謂諸侯。君子爲抽象之通稱，而諸侯則指定其職位也。

案詩言君子本無定訓，有指丈夫者，如小戎，「言念君子，」晨風，「未見君子，」此婦謂夫之稱。風雨，「既見君子，」則指愛人。有杕之杜，「彼君子兮，」指友好。出車，「君子之車，」指將帥。南山有臺，「樂只君子，」指賓客。雨無正，「凡百君子，」指衆在位者。小明，「嗟爾君子，」指僚友。巧言，「君子信讒，」鴛鴦，「君子萬年，」指天子。而此篇及庭燎，「君子至止，」蓼蕭，「既見君子，」均指諸侯也。

11「嗟我兄弟，邦人諸友。」（小雅，沔水）傳：「邦人諸友謂諸侯也，兄弟同姓臣也。」箋，「我同姓異姓之諸侯，女自恣聽不朝，無肯念此禮法爲亂者。」是知邦人諸友爲異姓之諸侯，而兄弟則爲同姓之諸侯也。案詩言友又無定訓。如伐木，「求其友聲，」指朋友。皇矣，「因心則友，」指兄弟。假樂，「燕及朋友，」指羣臣。而此篇則指諸侯而言。諸侯有爵之位也。

此外，如「方叔卿士也。」「武丁高宗也。」「子仲陳大夫氏。」「留大夫氏，」「原大夫氏。」等均以官職爲訓也。

二十二、共名訓別名

荀子正名篇云，「物也者大共名，鳥獸也者大別名也。」天下事物極繁，若一一以此物名彼物，有時而窮，故另以大共名以釋之。如說文，「蘭香草也。」「薰香草也。」蘭與薰爲別名，而香草則共名也。「河，水；江，水。」河江爲別名而水則共名也。「柟木也。」「槀木也。」柟槀爲別名，而木則爲共名也。「獝犬也。」「猩犬也。」獝猩爲別名，而犬則爲共名也。「鴇鳥也。」「鴱鳥也。」鴇鴱爲別名，而鳥則共名也。此種訓例，開其端者毛詩傳也。茲將其例分類明之。

甲、水名爲訓

1 「遵彼汝墳。」（周南，汝墳）傳：「汝水名也。」漢書地理志，「汝水出東南至新蔡入淮。」是知汝爲水名也。

2 「江有沱。」（召南，江有汜）傳：「沱江之別者。」箋，「岷山道江東別爲沱。」是沱爲江之別流。

3「毖彼泉水，亦流于淇。」（邶，泉水）傳：「淇水名也。」桑中傳同。漢書地理志，「河內郡共北山，淇水所出。」是知淇爲水名。

4「溱與洧方渙渙兮」。（鄭，溱洧）傳：「溱洧鄭兩水名。」褰裳傳同。溱說文引作潧。水經，「洧水東過鄭縣南。潧水從西北來注之酈。」

5「彼汾沮洳」（魏，汾沮洳）傳：「汾水也。」地理志，「大原郡汾陽北山汾水所出。」

6「瞻彼洛矣，維水泱泱。」（小雅，瞻彼洛矣）傳：「洛宗周漑浸水也。」地理志，「北地郡歸德洛水出北蠻夷中入河。」是知洛爲水也。

7「在洽之陽，在渭之涘。」（大雅，大明）傳：「洽水也，渭水也。」洽水經注及說文引作郃。段注說文云，「魏世家築合陽，字作合，合者水名。」渭亦莘國之水名。

8「民之初生，自土沮漆。」（大雅，緜）傳：「沮水漆水也。」沮漆二水在周，故下章傳云，「周原沮漆之間也。」又潛傳，「沮漆岐周之二水也。」是知此二水在岐周。

9「夾其皇澗，遡其過澗。」（大雅，公劉）傳：「皇澗名也，過澗名也。」皇澗逕豳居之東南流入於渭。過澗逕豳居之西逆流北入於涇。是皇過爲澗水名也。

以上均以共名之水字訓別名之水也。

乙、山名為訓

1「遭我乎猺之閒兮。」（齊，還）傳：「猺山名。」說文，「猺山在齊地。」此本傳訓也。方與紀要云，「猺山在臨淄縣南十五里。」是知猺為山也。

2「采苓采苓，首陽之顚。」（唐，采苓）傳：「首陽山名也。」正義云，「首陽之山在河東蒲坂縣南。」

3「瞻彼旱麓。」（大雅，旱麓）傳：「旱山名也。」地理志，「漢中郡南鄭旱山池水所出，東北入漢。」是知旱為山也。

4「奄有龜蒙，遂荒大東。」（魯頌，閟宮）傳：「龜山也，蒙山也。」水經注，「龜山在博縣北十五里。昔夫子望山懷操，故琴操有龜山操。」禹貢，「蒙山在西南。」論語之東蒙，即蒙山也。是知龜蒙皆山名也。

同篇，「保有鳧繹，」傳，「鳧山也，繹山也。」鳧山在今鄒縣西南。地理志，「魯國鄒故邾國繹山在北。」是知鳧繹皆山名也。

又同篇，「徂徠之松，新甫之柏。」傳，「徂徠山也，新甫山也。」水經汶水注，「汶水西南流逕徂徠山。西山多松柏，詩所謂徂徠之松也。」新甫山在今新泰縣西北。是知徂徠，新甫皆山也。

以上以共名山字訓別名之山也。

丙、地名爲訓

1「爰有寒泉，在浚之下。」（邶，凱風）傳：「浚衞邑也。」干旄，「在浚之郊，」傳亦訓浚爲衞邑。地與楚丘相近。時衞都遷浚，即帝丘也。

2「驅馬悠悠，言至于漕。」（鄘，載馳）傳：「漕衞東邑。」擊鼓，泉水傳皆云，「漕衞邑。」此傳言衞東邑，此時衞在河東也。列女傳引詩作曹，一地也。

3「清人在彭，駟介旁旁。」（鄭，清人）傳：「清邑也。彭衞之河上，鄭之郊也。」水經注渠水篇，「清池水出清陽亭西南平地，東北流逕清陽亭，南東流即故清人城也。詩所謂清人在彭，彭爲高克邑也。」是知清及彭均爲邑名也。同篇「清人在消，」「清人在軸，」傳訓消及軸爲河上地。陳奐謂彭，消，軸三地相近。

4「爰采唐矣，沬之鄉矣。」（鄘，桑中）傳：「沬衞邑。」沬又作妹，即尙書所謂妹邦。在今河南淇縣。當時衞邑在沬鄉。

5「防有鵲巢。」（陳風）傳：「防邑也。」防即陳之邑。博物志云，「邛地在縣北，防亭在焉。」是知防即邑也。

6「胡爲乎株林，從夏南。」（陳，株林）傳：「株林夏氏邑也。」夏南食采株林，故知株林爲夏氏邑也。後箋云，「夏亭城在陳州西，華縣西南三十里。城北五里有株林，即夏氏邑。」是知株林爲邑名也。

7「皇父孔聖，作都于向。」（小雅，十月之交）傳：「向邑也。」正義云，「左傳說桓王與鄭十二邑，向在其中。杜預云，河內軹縣西有地名向上。則向在東都之畿內也。」朱駿聲謂在今河南懷慶府濟源縣西南。又襄十一傳，師于向，在今河南開封府尉氏縣西南。疑是此地。

8「于邑于謝，南國是式。」（大雅，崧高）傳：「謝周之南國也。」謝乃申之邑城。正義云，「杜預云，申國在南陽宛縣。是在洛邑之南也。」又同篇，「王餞于郿，」傳，「郿地名。」正義云，「於漢屬右扶風，在鎬京之西也。」

9「出宿于泲，飲餞于禰。」（邶，泉水）傳：「泲地名，禰地名。」箋，「泲禰者適衞之道所經，故思宿餞。」均指地名而言。同篇，「出宿于干，飲餞于言。」傳，「干言所適國郊也。」箋，「干言猶泲禰，未聞遠近同異。」是均以地名訓別名也。

10「整居焦穫，侵鎬及方，至于涇陽。」（小雅，六月）傳：「焦穫周地，接於玁狁者。」箋，「鎬也，方也皆北方地名。」爾雅釋地，「周有焦穫。」郭注，「今扶風池陽縣瓠中是也。」正義云，「出車傳曰，『朔方近玁狁之國。』鎬方文連，傳意鎬亦北方地也。」

11「韓侯出祖，出宿于屠。」（大雅，韓奕）傳：「屠地名。」正義謂其地可止宿，故知爲地名。但其地未詳。下章，「其追其貊，」傳，「追貊戎狄國也。」正義云，「追貊是百蠻之大總也。」箋，「其後追也，貊也爲玁狁所迫，稍稍東遷。」是知追貊爲北狄國名也。

12「建旐設旄，薄狩于敖。」（小雅，車攻）傳：「敖地名。」敖本有山名。秦敖倉在山北，春秋時晉士季帥師覆於敖前，在山南。今開封府榮澤縣西北有敖山卽此。

13「密人不恭，敢距大邦，侵阮及共。」（大雅，皇矣）傳：「國有密須氏，侵阮，遂往侵共。」箋，「阮也徂也共也三國犯周，而文王伐之。而密須之人敢距其義兵，違正道是不直也。」據傳，則只有密須，阮，共三國。依箋，則有密須，阮，徂，共四國矣。正義亦從箋義。同篇下文，「以按徂旅，」傳，「旅地名。」旅乃密須國之地名也。

14「纘女維莘，長子維行。」（大雅，大明）傳：「莘大姒國也。」正義云，「姒是其姓，則莘是其國。故云莘大姒國也。」方輿紀要云，「古莘城在郃陽縣南二十里。」又大雅生民，「卽有邰家室。」傳，「邰姜嫄之國也。」說文，「邰炎帝之後，姜姓所封周棄外家國，右扶風斄縣是也。」

以上乃以共名之地字而訓別名之地也。

丁、厓岸名爲訓

1「于以采蘋，南澗之濱。」（召南，采蘋）傳：「濱厓也。」北山篇傳，「濱涯也。」厓與涯通。說文引作頻，頻濱通。召旻，「不云自頻」，傳亦訓頻爲厓。

2「鋪彼淮濆。」（大雅，常武）傳：「濆厓也。」正義引詩作淮濆。廣雅，「濆厓也。」墳與濆通。說文，「瀆水厓也。」與傳同。又同篇，「率彼淮浦，」傳，「浦厓也。」說文，「浦瀕也。瀕水厓，人所賓附也。」左傳，「荒浦庸浦，」浦皆厓也。

3「緜緜葛藟，在河之滸。」（王，葛藟）傳：「水厓曰滸。」大雅，緜篇，「率西水滸，」傳，「滸水厓也。」爾雅釋水，「滸水厓。」

同篇，「在河之涘。」傳，「涘厓也。」爾雅釋丘，釋厓岸，「涘爲厓。」說文，「涘水厓也。」鄭注大誓云，「涘涯也。」厓與涯通。蒹葭，「在水之涘，」大明，「在渭之涘，」傳均訓涘爲厓。

同篇，「在河之漘。」傳，「漘，水隒也。」伐檀，「寘之河之漘兮，」傳，「漘厓也。」廣雅，「隒漘厓也。」是隒與漘皆得爲厓也。

至秦風蒹葭，「在水之湄。」傳：「湄水隒也。」陳奐謂湄與漘皆有垂邊之義，故傳訓同。是湄亦厓也。

4「瞻彼淇奧，綠竹猗猗。」（衞，淇奧）傳：「奧隈也。」爾雅釋厓岸，「隩隈，厓內爲隩，外爲隈。」說文，「隩水隈厓也。澳隈厓也。其內曰澳，其外曰隈。」大學注，「澳隈厓也。」是奧亦厓也。

5「寘之河之干兮。」（魏，伐檀）傳：「干厓也。」說文，「厂山石之厓，岩人可居。」籀文作厈，謂厓岸也。

6「鳧鷖在沙，公尸來燕來宜。」（大雅，鳧鷖）傳：「沙，水旁也。」沙出卽水少，俗謂之沙灘也。下章，「鳧鷖在潨，」傳，「潨水會也。」箋，「潨水外之高者也。」廣雅，「潨厓也。」亦是水旁厓岸之地。卒章，「鳧鷖在亹，」傳，「亹山絕水也。」箋，「亹之言門也。」正義云，「謂山當水路令水勢絕也。」所謂山當水路亦卽厓岸也。

是故濱也，頻也，濆也，浦也，滸也，涘也，漘也，湄也，奧也，干也，沙也，潨也，亹也，均爲厓岸之別名而傳箋則以共名訓之也。

戊、草名爲訓

1「彼茁者蓬。」（召南，騶虞）傳：「蓬草名也。」蓬春生秋老而爲飛蓬。衞風所謂首如飛蓬是也。

2「揚之水，不流束蒲。」（王，揚之水）傳：「蒲草也。」說文，「蒲水草也。」箋謂蒲爲蒲柳，爲木本。失之。

3「防有鵲巢，邛有旨苕。」（陳，防有鵲巢）傳：「苕草也。」傳以苕入爾雅釋草，故直謂苕爲草。說文，「苕草也。」

4「冽彼下泉，浸彼苞蓍。」（曹，下泉）傳：「蓍草也。」淮南子說山篇，「上有叢蓍，下有伏龜。」則蓍爲叢生之草也。

5「四月秀葽。」（豳，七月）傳：「葽葽草也。」說文，「葽草也。」引此詩。

6「呦呦鹿鳴，食野之芩。」(小雅，鹿鳴) 傳：「芩草也。」說文同。陸機疏云，「芩草莖如釵股，葉如竹蔓，生澤中，下地鹹處爲草貞實，牛馬喜食之。」

7「南山有臺，北山有萊。」(小雅，南山有臺) 傳：「萊草也。」爾雅，萊作釐。陸機疏云，「萊草名，其葉可食。今兗州人烝以爲茹，謂之萊。」

8「芃蘭之支。」(衞，芃蘭) 傳：「芃蘭草也。」芃蘭草屬，故傳直以草釋之。爾雅作雚，說文作莞，均草屬也。

9「以薅荼蓼，」(周頌，良耜) 傳：「蓼水草也。」王肅云，「蓼水草，」與傳同。爾雅作薔虞，孫注謂澤之所生。卽水草也。

10「如彼棲苴。」(大雅，召旻) 傳：「苴水中浮草也。」說文，「苴履中草也。」楚辭，「草苴比而不芳。」故知苴爲草也。

此外如上所列，「龍紅草，」「勺藥香草，」「鬯香草，」「鷊綬草，」等均以草之共名而訓別名也。至草屬亦爲菜，再舉以菜名爲訓之例。

11「陟彼南山，言采其薇。」(召南，草蟲) 傳：「薇菜也。」采薇同訓。說文，「薇菜也，似藿。」

12「采葑采葑，首陽之東。」(唐，采苓。) 「傳葑菜名也。」谷風傳，「葑須從也。」其根莖不可食，但其葉可食，故名菜也。

13「薄言采芑，于彼新田。」（小雅，采芑）傳：「芑菜也。」正義引義疏云，「芑菜似苦菜，莖有白色，摘其葉白汁出，脆可食，亦可蒸爲茹。」文王有聲，「豐水有芑，」傳，「芑草也。」生民，「維糜維芑，」傳，「芑白苗也。」故芑有三，而實均爲草屬也。

14「彼汾沮洳，言采其莫。」（魏，汾沮洳）傳：「莫菜也。」正義引義疏云，「莫莖大如箸赤節，節一葉，似柳葉，厚而長有毛刺。今人繅以取繭緒，其味酢而滑，始生可以爲羹。」

15「菫荼如飴。」（大雅，緜）傳：「菫菜也，荼苦菜也。」夏小正，「二月榮菫。」傳，「菫菜也。」說文訓草，菜亦草本也。荼苦菜，谷風同。采苓訓爲苦。正義引疏云，「苦菜生山田及澤中，得霜恬脆而美，所謂菫荼如飴。」是荼爲甘矣。

此外如「芑菜也，」「蓫菜也，」「葍惡菜也，」其例甚多。均以菜名而訓別名也。

己、木名爲訓

1「山有榛，隰有苓。」（邶，簡兮）傳：「榛木名也。」說文同。正義引陸疏機云，「栗屬，其子小如柿子，表皮黑，味如栗是也。」榛或作蓁，蓋一木也。

2「無折我樹杞。」（鄭，將仲子）傳：「杞木名也。」此杞與四牡傳，杞枸檵不同。正義引陸疏云，「杞柳屬也。生水傍，樹如柳，葉粗而白色，理微赤，故今人以爲車轂。今共北淇水傍，魯國泰山汶水邊純杞也。」案詩有三杞，除上二種外，又南山有臺，「南山有杞」此杞則爲山木。

3「山有喬松。」（鄭，山有扶蘇）傳：「松木也。」說文同。此爲易識之木也。

4「山有苞櫟。」（秦，晨風）傳：「櫟木也。」爾雅釋木，「櫟其實梂。」孫炎注，「櫟實橡也。」木本也。

此外如，「樸枹木，」「樗惡木，」「穀惡木，」「梧桐柔木，」「桑木之柔也。」等等，均以木名以釋別名也。

庚、鳥名爲訓

1「瑣兮尾兮，流離之子。」（邶，旄丘）傳：「流離鳥也。」爾雅，「鳥少美長醜爲鶹鷅。」郭注謂猶留離，並引此詩爲證。說文，「鳥少美長醜爲鶹離。」詩言流離子當指少美者。

2「胡瞻爾庭有縣鶉兮。」（魏，伐檀）傳：「鶉鳥也。」禮記表記鄭注，「鶉小鳥也。」鄘風，「鶉之奔奔，」之鶉亦與此詩之鶉同爲小鳥。說文作𩿫一物也。

3「鳧鷖在涇。」（大雅，鳧鷖）傳：「鳧水鳥也，鷖鳥屬。」正義引陸疏云，「大小如鴨，青色卑脚短喙，水鳥之謹愿者也。」鷖既爲鳧屬，則鷖亦水鳥也。

此外如上所列，「鴇洿澤鳥也，」「雝一宿之鳥，」「鷺白鳥也，」均以鳥名而釋別名也。

辛、魚名爲訓

1 「敝笱在梁，其魚魴鰥。」（齊，敝笱）傳：「鰥大魚。」王引之詩述聞謂應作「魴鰥大魚。」下章，「其魚魴鱮，」傳，「魴鱮大魚。」正義引陸機疏云，「鱮似魴厚而頭大，魚之不美者。」此均魚之大名爲訓也。

2 「九罭之魚，鱒魴。」（豳，九罭）傳：「鱒魴大魚也。」說文，「鱒赤目魚也。」正義云，「釋魚有鱒魴，樊光引此詩。郭璞云，鱒似鯶子赤眼者，江東人呼魴魚爲鯿。」此亦以魚之大名爲訓。

3 「鼉鼓逢逢。」（大雅，靈臺）傳：「鼉魚屬。」正義云，「月令，『季夏命漁師伐蛟取鼉。』漁師取魚之官，故知鼉是魚之類屬也。」淮南子時則訓高誘注亦云鼉爲魚屬。釋文引義疏云，「形似蜥蜴，四足長丈餘，甲如鎧，皮堅厚宜冒鼓。」此亦如上以共名爲訓之例。

壬、蟲名或獸名爲訓

1 「蜎蜎者蠋，烝在桑野。」（豳，東山）傳：「蠋桑蟲也。」蠋古文作蜀。玉篇亦謂蜀桑蟲也。說文，「蜀葵中蠶也。」引詩作蜀。釋文引說文葵作桑。蠶亦蟲也。

2 「螟蛉有子，果蠃負之。」（小雅，小宛）傳：「螟蛉桑蟲也。」箋，「蒲盧取桑蟲之子負持而去，煦嫗養之以成其子。」陳奐謂螟蛉亦蠋一類。

3 「竝驅從兩狼兮。」（齊，還）傳：「狼獸名。」爾雅釋獸，狼牡貛，牝狼。」傳但以其大名爲訓也。正義引陸疏云，「其鳴能小能大，善爲小兒啼聲以誘人，去數十步，其猛捷者雖善用兵者不能免也。」

4「瞻爾庭有縣貆兮。」（魏，伐檀）傳：「貆獸名。」箋，「貉子曰貆。」爾雅釋獸，貈子貆。」說文同爾雅。貉亦獸之名也。貆或作狟豕屬，非也。

5「毋敎猱升木。」（小雅，角弓）傳：「猱猨屬。」正義謂猱，爲猿之輩屬，非猨也。並引陸機疏云，「猱彌猴也，楚人謂之沐猴，老者爲玃，長臂者爲猨。猨之白腰者爲獑，胡獑胡猨駿捷於獼猴。」然則猱猨其類大同。

6「匪兕匪虎，率彼曠野。」（小雅，何草不黃）傳，「兕虎野獸也。」說文，「兕野牛，其皮堅厚可爲鎧。」釋獸，「兕似牛。」是兕虎之野獸之名也。

7「獻其貔皮，赤豹黃羆。」（大雅，韓奕）傳：「貔猛獸也。」禮記曲禮，「前有摯獸，則載貔貅。」鄭注，貔貅亦摯獸也。引書曰，如虎如貔。摯卽猛也。是貔爲猛獸之一種。

癸、器物之名爲訓

1「采采卷耳，不盈頃筐。」（周南，卷耳）傳：「筐畚屬。」正義云，「言頃筐畚屬者，說文云，『畚草器，所以盛種。』此頃筐可盛菜，故言畚屬以曉人也。」至鹿鳴傳，「筐篚屬。所以行幣帛也。」其用不同。故亦不同類。

2「既破我斧，又缺我錡。」（豳，破斧）傳：「鑿屬曰錡。」說文，「鑿穿木也。」錡穿木之器，故爲鑿屬。鑿者大名，錡者小名也。又下章，「又缺我銶。」傳，「木屬曰銶。」釋文引韓詩云，「銶鑿屬也。」一說爲今之獨頭斧。

3「洞酌彼行潦，挹彼注茲，可以濯罍。」（大雅，洞酌）傳：「罍祭器。」周禮春官司尊彝云，「四時之祭皆有罍。」是罍爲祭器也。祭器爲大名也。

4「秬鬯一卣，告于文人。」（大雅，江漢）傳：「卣器也。」爾雅釋器，「卣中尊也。」又「彝卣罍器也。」李注云，「卣鬯之器也。」書，洛誥，以秬鬯二卣。文侯之命，用賚爾秬鬯一卣。是知卣與罍皆爲祭器也。

此外如「被首飾也。」「饎酒食也。」「餱食也。」「胾肉也。」「酤酒也。」此其類甚多，均以大名而訓小名也。

二十三、別名訓共名

物有大名亦有小名，大名既可訓小名，而小名亦可訓大名，亦即以別名訓共名也。茲舉詩訓之例。

1「陟彼南山，言采其蕨。」（召南，草蟲）傳：「南山周南山也。」齊風，南山，「南山崔崔，雄狐綏綏。」傳，「南山齊南山也。」正義云，「詩人自歌土風山川不出其境，故云，南山齊南山。」

又曹風，「蔚兮蔚兮，南山朝隮。」傳，「南山曹南山也。」正義亦以歌土風山川不出其境爲說。南山共名也，而周南山，齊南山，曹南山則爲別名矣。

2「采葑采菲，無以下體。」（邶，谷風）傳：「下體根莖也。」正義云，「言采葑采菲之菜者，無以下體根莖之惡並棄其葉。」下體可指人獸之下體，而此傳乃指根莖。是則下體爲大名而根莖爲小名矣。

3「二子乘舟，汎汎其景。」（邶，二子乘舟）傳：「二子伋壽也。」正義云，「以序云思伋壽，故知二子伋壽也。」二子爲共名而伋壽爲別名也。

4「知子之來之，雜佩以贈之。」（鄭，女曰鷄鳴）傳：「雜佩者珩璜琚瑀衝牙之類。」正義引玉藻云，「天子佩白玉，諸侯佩山玄玉，大夫佩水蒼玉，世子佩瑜玉，士佩瓀玟玉。則佩玉之名未盡於此，故言之類以包之。」所謂未盡於此，即大名也，而珩璜琚瑀衝牙則爲大名內之小名也。

5「升彼虛矣，以望楚矣。」（鄘，定之方中）傳：「虛漕虛也。」漕衞邑，是言衞邑之虛。易，「升虛邑。」釋文，「虛丘也。」說文，「古者九夫爲井，四井爲邑，四邑爲丘，丘謂之虛。」是知虛乃普通之丘虛，而指名爲漕虛，則爲以別名訓共名也。

6「周公東征，四國是皇。」（豳，破斧）傳：「四國管蔡商奄也。」詩言四國有數處，如曹，鳲鳩，「正是四國。」小雅青蠅，「交亂四國。」大雅，民勞，「以綏四國。」皇矣，「維彼四國。」傳，「四國四方也。」崧高，「四國于蕃。」「聞于四國。」傳，「四國猶四方也。」江漢，「洽此四國。」箋，「四方之國。」雨無止，「斬伐四國。」箋以天下諸侯訓四國。十月之交，「四國無政。」箋，「四方之國。」故知四國爲大名，而以管蔡商奄之小名訓之，是以別名訓共名也。至王先謙云，「言天下皆正則非獨管蔡商奄，詩稱四國，猶鳲鳩。正是四國之比，非有實指。」陳奐謂周公東征不祗此四國，言此管蔡商奄乃舉其重者而言。陳說爲是。然亦可知四國爲大名，管蔡商奄爲小名者矣。

7「王命仲山甫，城彼東方。」（大雅，烝民）傳：「東方齊也。」正義云，「下言徂齊，故知東方爲齊也。」東方包括地方甚大，如大東小東，言東方之大小東國也。而指齊而言則爲東方之小名。正如大東篇，「東人之子。」傳，「東人譚人也。」譚人亦東人之一部份。亦以小名訓大名也。至大東，「西人之子，」傳，「西人京師人也。」西人爲共名而京師人則是小名矣。此均以別名訓共名也。

8「於皇時周，陟其高山。」（周頌，般）傳：「高山四嶽也。」大雅崧高，「崧高維嶽，」傳，「嶽四嶽也。東嶽岱，南嶽衡，西嶽華，北嶽恆。」案嶽亦有五嶽，周禮大宗伯，「以血祭祭五嶽。」大司樂，「四鎭五嶽崩令去樂。」爾雅釋山有二說，一說，河南華，河西嶽，河東岱，河北恆，江南衡。另一說，泰山爲東嶽，華山爲西嶽，霍山爲南嶽，恆山爲北嶽，嵩高爲中嶽。據此則嶽有四嶽五嶽之名。嶽爲總名，而四嶽，五嶽爲分名也。而此詩之高山爲大名而四嶽則爲小名矣。此均以別名訓共名之例。

9「惠此中國，以綏四方。」（大雅，民勞）傳：「中國京師也，四方諸夏也。」說詩者均言下章言，「惠此京師，以綏四國。」故知中國卽京師，四方卽四國也。殊不知中國爲大名當包括小名之京師在內，四方爲大名亦包括諸夏各國在內，大可釋小，小亦可釋大也。亦卽莊子天下篇所謂馬與白馬之分，與理則學所謂大函與小函之別。至商頌長發，「方外大國，」傳，「諸夏爲外。」外爲大函而諸夏爲小函，大函可以釋小函，而小函亦可釋大函也。

10「路寢孔碩，新廟奕奕。」（魯頌，閟宮）傳：「新廟閔公廟也。」新廟卽指宗廟。古者路寢居宮之中央，右社稷，左宗廟，故詩言路寢更連及新廟。但新廟可以爲周公之廟或隱公之朝，而此指明閔公之廟。則新廟爲共名而閔公之廟爲別名矣。

11「元龜象齒，大路南金。」（周頌，泮水）傳：「南謂荆揚也。」此南係指在魯之南而言。僖公時荆楚已兼有禹貢揚州之地。故閟宮傳曰，「南夷荆楚也。」南是共名，如周南樛木，「南有樛木。」傳，「南南土也。」南可指南土，亦可指荆揚，荆楚。而南土或荆揚則爲別名也。

12「王曰叔父，建爾元子。」（魯頌，閟宮）傳：「王成王也。」箋，「叔父謂周公也。」周公爲成王之叔父也。王之包函甚廣。如周頌烈文，「前王不忘。」傳，「前王武王也。」天作，「大王荒之。」大王本指周之大王。陳奐詩疏謂韓詩則專指文王，不兼指大王。蓋大王雖是遷岐之君，而治岐之道無如文王。據此，則王字之函甚廣，可以爲大王，可以爲文王，又可以爲武王、而此詩傳則指成王。王爲大名，成王爲小名也。上已說明伯父叔父之範圍甚廣，而此詩箋則指爲周公，是叔父爲共名，而周公爲別名也。

此外詩傳中如，「二國殷夏也。」「三后大王王季文王也。」「火大火也。」「師女師也。」「私燕服也。」「商邑京師也。」「一人天子也。」「子大夫也。」「之子侯伯卿士也。」「之子有司也。」「玄王契也，武王湯也。」「二后文武也。」「稚子成王也。」「烈考武王也。」「昭考武王也。」諸如此類，不可悉數。

二十四、複名訓單名

此訓例卽陳奐所謂叠字訓單字之例，又謂單評累呼之例。亦卽王先謙所謂長言短言之訓。小雅桑扈，王先謙詩疏云，「短言曰扈，長言曰布穀。」此在名物方面常見之例。茲舉詩傳之例。

1「牆有茨，不可埽也。」（鄘，牆有茨）傳：「茨蒺藜也。」爾雅釋草文同。郭注云，「布地蔓生，細葉，子有三角刺人。」說文茨作薺，並云薺蒺藜也。陳奐謂蒺藜合呼之曰薺也。茨單名，而蒺藜則複名也。

2「陟彼阿丘，言采其蝱。」（鄘，載馳）傳：「蝱貝母也。」蝱爾雅釋草作莔，亦訓貝母。陸機疏云，「今藥草貝母也。其葉如栝樓而細小，其子在根下如芋子，正白四方連累相著有分解者也。」蝱爲單名而以複名貝母釋之也。

3「有女同車，顏如舜華。」（鄭，有女同車）傳：「舜木槿也。」舜文選注作蕣。係朝華暮落者。正義引義疏云，「舜一名木槿，一名櫬，一名椴，齊魯之間謂之王蒸。」木槿也，王蒸也均複名也。

4「瞻彼淇奧，綠竹猗猗。」（衛，淇奧）傳：「綠王芻也。」小雅采綠，箋亦訓綠爲王芻。爾雅綠作菉，並云王芻也。舍人云，「菉一爲王芻。某氏曰，菉鹿蓐也。」王芻也，鹿蓐也均複名也。

5「參差荇菜，左右流之。」（周南，關雎）傳：「荇接余也。爾雅荇作莕，並云「接余也。」說文荇作莕，接作萋。音同。齊民要術引義疏云，「接余其葉白，莖紫赤，圓徑寸，浮在水上，根在水底，根與水深淺等。大如釵股，上青下白，以苦酒浸之爲菹脆美可案酒，其華蒲黃色。」接余之菜如此。然荇單名，而接余則複名矣。

6「彼汾一曲，言采其藚。」（魏，汾沮洳）傳：「藚水舄也。」爾雅釋草，「藚牛脣也。」郭璞引毛詩傳曰，「水蕮也，如續斷，寸寸有節，拔之可復。」陸機疏云，「今澤蕮也。其葉如車前草大，其味亦相似。徐州廣陵人食之。」水舄也，牛脣也，澤舄也，均複名也。

7「七月鳴鵙，八月載績。」（豳，七月）傳：「鵙伯勞。」爾雅釋鳥同。李巡曰，「伯勞一名鵙。」郭璞云，「似鶷鶡而大。陳思王惡鳥論云，伯勞以五月鳴，應陰氣之動，陽氣爲仁養，陰爲殺殘賊，伯勞盖賊害之鳥也。其聲鵙鵙，故以其音名云。」鵙爲單名，而伯勞爲複名也。

8「予手拮据，予所捋荼。」（豳，鴟鴞）傳：「荼萑苕也。」出其東門箋，荼茅秀。雅廣，「蒤茅穗蒤即荼。」爾雅，「蔈荂荼，猋藨芀。」郭注皆芀荼之別名。按詩之言荼有三種，一爲谷風，緜傳，荼苦菜也可食。一爲出其東門箋，荼茅秀。又其一爲穢草，若以薅荼蓼是也。此詩之荼殆爲第二種也。然萑苕也，茅秀也，萪茅也，蔈荂也，皆以複名訓荼之單名也。

9「視爾如荍，貽我握椒。」（陳，東門之枌）傳：「荍芘芣也。」爾雅同訓，惟芘芣作蚍衃。郭璞曰，「今荊葵也。似葵紫色。」陸機疏云，「芘芣一名荊葵，似蕪青，花紫綠色，可食微苦。」崔豹古今注以荊葵，芘芣，與戎葵蜀葵四者爲一物異名者。然此四者皆複名而荍則爲單名也。

10「翩翩者鵻，載飛載下。」（小雅，四牡）傳：「鵻夫不也。」爾雅釋鳥同。李巡曰，「夫不一名鵻，今楚鳩也。」郭璞曰，「今鵓鳩也。」夫不，楚鳩，鵓鳩均複名也。

11「南山有臺，北上有萊。」（小雅，南山有臺）傳：「臺夫須也。」爾雅釋草文同。舍人曰，「臺一名夫須。」陸機疏云，「舊說，夫須莎草也。可爲蓑笠。都人士云，臺笠緇撮，傳云，臺所以禦雨是也。」說文臺作薹，以爲草也。夫須，莎草均以複名而訓單名之臺也。又同篇，「南山有枸，北山有楰。」傳，「枸枳枸，楰鼠梓。」陸疏謂枳枸卽木蜜，鼠梓卽苦楸。亦均以複名訓單名之例。

12「蓼蓼者莪，匪莪伊蔚。」（小雅，蓼莪）傳：「蔚牡菣也。」爾雅釋草文同。舍人曰，「蔚一名牡菣。」陸機疏云，「牡蒿也。三月始生，七月華，華似胡麻而紫赤。八月爲角，角似小豆，角銳而長，一名馬薪蒿。」牡菣，牡蒿均複名也。

13「苕之華，芸其黃矣。」（小雅，苕之華）傳：「苕陵苕也。」箋，「陵苕之華紫赤而黃。」爾雅釋草文同。舍人曰，「苕陵苕也。」蘇頌本草圖經云，「紫葳陵霄花也。」蘇又引郭璞謂陵霄卽陵苕之別名。陸機義疏云，「苕一名陵時，一名鼠尾，似王芻，生下濕水中，七八月中華紫，似今紫草。華可染皁，煮以沐髮卽黑。」據此，苕一名陵苕，一名陵霄，一名陵時，一名鼠尾。而均以複名爲訓也。

14「思樂泮水，薄采其茆。」（魯頌，泮水）傳：「茆鳧葵也。」說文同。陸機疏云，「茆與荇菜相似，葉大如手，赤圓，有肥者手中滑不得停，莖大如匕柄，葉可生食，又可鬻滑美，江南人謂之蓴菜，或謂之水葵，諸陂澤中皆有。」據此，茆名鳧葵，又名水葵，又名蓴菜，皆以複名爲訓也。

15「百川沸騰，山冢崒崩。」（小雅，十月之交）傳：「冢山頂，崒崔嵬。」崒崔嵬，各本作箋云，經陳奐訂正爲傳語。爾雅釋山，「山頂冢。」孫炎曰，「謂山顚也。」爾雅與傳訓同。漸漸之石，「維其卒矣，」箋云「卒者崔嵬也。」正本傳訓。可見古卒卽崒。爾雅釋山，「崒者厜㕒。」郭璞曰，「謂山峯頭巉岩者。」谷風傳，「崔嵬山巓也。」說文，「厜㕒山顚也。」字異義同，以郭璞之說爲更詳。山頂也，崔嵬也，皆複名也，以複名訓單名也。

至周南，螽斯，「螽斯羽，詵詵兮。」傳：「螽斯蚣蝑也。本以複名訓複名。但陳奐謂斯字衍詞，卽螽蚣蝑也，如此則又是以複名訓單名。陳氏之語甚精，玆並錄之。陳奐云，「斯語詞，螽斯羽與麟之趾句法相同。傳云，螽斯蚣蝑，疑螽下斯字當衍。」春秋『桓五年秋螽。』穀梁謂螽爲蟲，公羊作蝝。說文，『螽蝗也，或作蝝。』是螽卽蝗矣。爾雅，『阜螽草螽析螽蟿螽土螽。。』李巡云，皆分別蝗子異方之語。析螽，七月篇作斯螽，爾雅毛傳皆謂之蚣蝑。然則螽爲蚣蝑，斯螽爲蚣蝑，猶鳩爲桔鞠，尸鳩爲桔鞠，鳩爲鶻鳩，鳴鳩爲鶻鳩，此單評累評之例。若謂螽斯可倒作斯螽，則析螽亦可倒作螽析矣，解者失之。」

此外如澤陂傳，「荷夫渠也。」下泉傳，「稂童粱也。」晨風傳，「棣棠棣也，檖赤羅也。」君子偕老傳，「瑱塞耳也。」小戎傳，「棨歷錄也，陰揜軌也。」兎爰傳，「罦覆車也。」等例甚多，讀者可以詩傳中得之。

二十五、單名訓複名

名有單，亦有複。既可以複名訓單名，自可以單名訓複名。此與乙篇義訓中，重言訓單言，單言訓重言之例相類也。茲舉例明之。

1「何彼襛矣，唐棣之華。」（召南，何彼襛矣）傳：「唐棣栘也。」爾雅釋木文同。舍人曰，「唐棣一名栘。」郭璞曰，「今白栘也，似白楊，江東呼之栘。」陳奐謂傳應作，「唐棣棣也。」栘者誤也。並引晨風傳，「棣唐棣也爲證，但據孔穎達晨風篇詩疏云，「爾雅釋木有唐棣常棣，而傳必以爲唐棣，未詳聞也。」說文，「栘棠棣也。」棠棣即唐棣，此本於毛傳。而陳奐謂棠應作常。常棣即小雅之常棣也。而常棣與唐棣不同。故正義云，「常棣棣，釋木文也。舍人曰，常棣一名棣。郭璞曰，今關西有棣樹，子如櫻桃，可食是也。與此唐棣異木，故爾雅別釋。」爾雅既有唐棣與常棣之分，陳奐混爲一物非也。然唐棣栘也，常棣棣也均以單名訓複名也。

2「蔽芾甘棠，勿翦勿伐。」（召南，甘棠）傳：「甘棠杜也。」釋木云，「杜甘棠。」又云「杜赤棠。」此傳與爾雅之訓同。唐風有杕之杜傳，「杜赤棠也。」並與爾雅同。是甘棠赤棠均得謂之杜，唯辨其白者謂之棠。赤者爲赤棠耳。是則甘棠訓杜，赤棠亦得訓杜，此皆以單名訓複名也。

3「鴥彼晨風，鬱彼北林。」（秦，晨風）傳：「晨風，鸇也。」爾雅釋鳥文同。舍人曰，「晨風一名鸇，鸇摯鳥也。」郭璞曰，「鷂屬。」陸機疏云，「鸇似鷂，靑黃色，燕頷勾喙，嚮風搖翅，乃因風飛急疾，擊鳩鴿燕雀食之。」孟子離婁篇，「爲叢驅雀者鸇也，」卽此鳥。鸇單名而晨風複名，是以單名訓複名也。

4「喓喓草蟲，趯趯阜螽。」（召南，草蟲）傳：「阜螽蠜也。」箋，「草蟲鳴，阜螽躍而從之異種同類。」爾雅釋蟲文同。正義云「李巡曰蝗子也。陸機云，今人謂蝗子爲螽子。兗州人謂之螣。許愼云，蝗螽也。蔡邕云，螽蝗也，明一物。」案爾雅，草蟲負蠜。負蠜，陸機謂小大長短爲蝗。是則負蠜阜螽與上節所列之斯螽土螽等同類，但非一物。故箋言異種同類。且草蟲善鳴，阜螽善躍，其性能亦稍有分別，又說文，螽蝗也，蝗螽也。蠜阜螽也。蠜與蝗自然不同一物，故謂蠜卽蝗之說亦非。然蠜爲單名，阜螽爲複名，是以單名訓複名也。

5「肇允彼桃蟲，拚飛維鳥。」（周頌，小毖）傳：「桃蟲鷦也。」爾雅釋鳥文同。鄭箋謂鷦爲題肩，又或謂鴞，皆惡聲之鳥。郭璞謂爲鷦鷯，俗名巧婦。陸機謂爲鷦鷯而生鵰鴞者也。此者以傳言鳥之始小終大者之義而爲訓。陳奐云，「鴟鴞鸋鴂，桃蟲鷦爾雅毛傳區別甚明。鴟鴞小鳥故或評之鴂，以其鳥編巢攻緻，故又評之爲巧婦。而說者遂以桃蟲爲巧婦，失之遠矣。」陳說甚是。然桃蟲訓鷦乃單名訓複名之例也。

6「犧尊將將，毛炰胾羹。」（魯頌，閟宮）傳：「毛炰豚也。」周禮地官封人云，「歌舞牲及毛炰之豚。」鄭注，「毛炰豚者爛去其毛而炰之。」周禮言祭祀有毛炰之豚，故傳訓毛炰豚也。炰與炮同，毛炰訓豚亦單名訓複名之例也。

7「天命玄鳥，降而生商。」（商頌，玄鳥）傳：「玄鳥鳦也。」正義謂鳦燕也，以其色玄故謂之玄鳥。按邶風燕燕篇傳，「燕燕鳦也。」爾雅釋鳥，「巂周燕燕鳦。」舍人云，「巂周名燕燕，又名鳦。」說文，「燕燕元鳥也。鳦口布翄枝尾，象形。」又說文乙下云燕燕也。乙卽鳦之省。故知巂周，燕燕，玄鳥，鳦乃四名一物。而燕燕與玄鳥爲複名，鳦則爲單名。是以單名訓複名也。

8「蝃蝀在東，莫之敢指。」（鄘，蝃蝀）傳：「蝃蝀虹也。」箋，「虹天氣之戒尚無敢指者。」爾雅釋天，「螮蝀謂之雩，螮蝀虹也。」螮蝀卽蝃蝀。據爾雅蝃蝀一名雩。雩卽霓，亦作蜺。又一名虹。郭注云，「虹雙出色鮮盛者爲雄，雄曰虹，闇者爲雌，雌曰蜺。」是知虹與蜺均爲蝃蝀也。虹蜺均爲單名而蝃蝀爲複名也。

此外如上方言爲訓第四條，唐風傳，「蟋蟀蛬也。」陸機疏云，「蟋蟀似蝗而小，正黑有光澤如漆，有角翅，一名蛬，一名蜻蛚。」是蟋蟀又名蛬也。蛬單名，而蟋蟀則爲複名。二者除爲方語外，亦爲單名複名之訓也。王筠說文釋例卷十二云，「聖人正名百物，大物皆一字爲名，小物乃兩字爲名。」證之以上所列，如虹之名蝃蝀，虹亦大物也。鶌小鳥也而單名。大抵單名複名多與聲有關，不能一概論也。

以上名物之訓例共二十五條。乃就其訓物之原理而言，至其他事物之分類，讀者可於爾雅及陳奐毛詩傳義類中求之，故不具述。然此二十五條亦就其大者多者而釋其例。至於其他之小訓例亦不少，如鄭風叔于田及秦風駟驖傳，「冬獵曰狩。」車攻傳，「夏獵曰苗。」又小雅天保傳，「春曰祠，夏曰禴，秋曰嘗，冬曰烝。」魯頌閟宮傳，「諸侯夏禘則不礿，秋祫則不嘗，唯天子兼之。」七月傳，「春夏爲圃，秋冬爲場。」此皆以四時爲訓之例也。

此外毛傳亦有以天文曆法爲訓之例。如小星傳，「參伐也，昴留也。」漸漸之石傳，「畢噣也，月離于畢則雨。」大東傳，「漢天河也。河鼓謂牽牛。日旦出則明星爲啓明，日既入謂明星爲長庚。」七月傳，「一之日周正月也。二之日殷正月也。」「三之月夏正月也。四之日周四月也。」小雅采薇傳，「陽曆陽月也。」箋，「十月爲陽，時坤用事嫌於無陽，故以名此月爲陽。」正月傳，「正月夏之四月。」十月之交傳，「之交日月交合。」箋，「周之十月夏之八月也。八月朔日，日月交會而日食，陰侵陽，臣侵君之象。日辰之義，日爲君，辰爲臣，辛金也，卯木也，又以卯侵辛，故甚惡也。」四月傳，「六月火星中暑盛而往矣。」小明傳，「初吉朔日也。」此皆傳箋以天文曆法爲訓之例也。

由此以觀，則本篇之作想必多漏略，讀者從而正之，則補益於詩訓甚大也。

中華語文叢書
毛詩訓詁新銓

1912

作　　者／陳應棠　著
主　　編／劉郁君
美術編輯／鍾　玟

出 版 者／中華書局
發 行 人／張敏君
行銷經理／王新君
地　　址／11494 台北市內湖區舊宗路二段181巷8號5樓
客服專線／02-8797-8396　　傳　真／02-8797-8909
網　　址／www.chunghwabook.com.tw
匯款帳號／兆豐國際商業銀行　東內湖分行
067-09-036932　中華書局股份有限公司

法律顧問／安侯法律事務所
印刷公司／維中科技有限公司　海瑞印刷品有限公司
出版日期／2017年9月再版
版本備註／據1969年10月初版復刻重製
定　　價／NTD 550

國家圖書館出版品預行編目（CIP）資料

毛詩訓詁新詮 / 陳應棠著. — 再版.— 臺北市
: 中華書局, 2017.09
面 ; 公分. — (中華語文叢書)
ISBN 978-986-95252-5-1(平裝)

1.詩經 2.研究考訂

831.117　　106013182

NO.H2029
ISBN 978-986-95252-5-1（平裝）

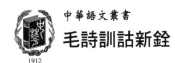